煙籠河

艾米塔．葛旭——著
張家綺——譯

Ibis Trilogy 2

RIVER OF SMOKE

朱鷺號 三部曲之二

獻給我的母親，
在她八十歲時。

目次

第一部

島

1

狄蒂的聖殿藏身在模里西斯偏遠角落的一處懸崖，這座島嶼的西岸與南岸海岸線兩兩牴觸，形成莫納山上強風吹拂的穹頂。這處由風勢與海水在石灰岩山嘴內淘空掘出的洞穴屬於地質異象——除此之外，這座山上再也見不到如此景觀。後來狄蒂堅稱，牽引她來到此處的，除了命運別無他者——要是你不曾真正踏足，實在很難想像這地方的存在。

科弗莊園就在海灣彼端，狄蒂年事已高，在人生邁入終點之際，關節炎使她雙膝僵硬，不再能獨自爬上聖殿：除非坐上特製的蒲斯轎椅（pus-pus）——一種既像肩輿又像轎子的新奇裝置。意思就是，要前往聖殿，出行規模將不下於一趟浩大的遠征，會需要一大票科弗莊園的男眾，尤其是年輕結實的壯丁。

集結整個科弗宗族（用克利奧爾語表示就是La Fami Colver）並不簡單，家族成員早已各奔東西，分散島上各處與海外各地，不過每年仲夏時節有個大家都會盡可能趕回來參加的場合，那是新年之前的重要假期。家族從十二月中便開始動員，假期一開始，全宗族在子姪甥婿與其他姻親組成的大陣仗下展開遊行。密密麻麻的科弗家族猶如展開鉗形攻勢的軍隊在農莊會齊：有的人乘牛車登陸，大老遠從科爾派和卡特勒博爾納穿越霧氣瀰漫的高地而來，有的搭船從路易港和馬埃堡環繞海岸航行，直到瞥見莫納山煙霧繚繞的乳頭為止。

大半時候要看老天賞臉，天候不佳時，想在強風肆虐的山區徒步旅行是不可能的。但若碰上天時地利人和，前一晚便開始安排遠行，緊接在祭拜儀式後的盛宴向來是這趟朝聖令人摩拳擦掌的部分。準備過程往往激起眾多興奮期待的情緒：鐵皮頂小屋中迴盪著刀剁、石磨、研缽和擀麵棍的聲響，研磨綜合香料，調製酸辣醬、一堆堆蔬菜變身抛餅和扁豆薄餅的填料。等到一切都包進午餐盒，收進涼爽的儲藏室（gardmanzés），大家便匆匆收工，提早休息。

天色破曉時，狄蒂會監督每個人確實刷洗淨身，同時無人嚥下任何一點食物——就跟其他朝聖一樣，這一趟也要求潔淨未染的身軀，裡外皆然。狄蒂總是頭一個起床，她會手拄枴杖，嗒嗒繞行木板地平房，用獨特的比爾哈方言混著克利奧爾語叫人起床：Revey-té! É Banwari; é Mukhpyari! Revey-té na! Haglé ba?

當整個部落都甦醒起身，熠熠發光的太陽也已騰駕於繚繞莫納山巔的雲朵之上。狄蒂登上領頭馬車，列隊隆隆駛離農莊，穿過柵門，沿著山丘而下，來到斜接莫納山與島嶼其他部分的地峽。這裡就是車輛所能駛及的最遠處，到了這裡，所有人都得下車，狄蒂會坐上她的蒲斯轎椅，由年輕男子輪流扛著，她的椅子在隊伍最前端領頭，穿越覆蓋山巒低坡的茂密草木。

抵達下坡最後一段，也是最陡峭的地方之前，會先碰到一塊便於駐足的林地，可讓大家停下腳步，不單喘口氣，更可飽覽夾在兩道有沙灘環飾的扇形海岸線間的叢林與山巒美景。

狄蒂是唯一不為這片壯闊遠景目眩神迷的人，只見沒幾分鐘，她就對眾人喝斥：Levé té！我們可不是來這兒目瞪口呆，花一整天做這些有的沒的事情。Paditu！快走！

抱怨雙腿疲軟，頭暈腦脹都沒用，你只會得到冷酷的回應：Bus to fana！給我站起來！

要刺激這群人繼續走不用費多大力氣，空腹走上這麼長一段路後，他們早已迫不及待享受祭儀後的餐點，尤其孩子更是如此。一如往常，狄蒂的蒲斯轎椅和高抬轎子的壯漢首當其衝：隨著卵石聲響，他們走上陡峭小徑，繞著一道山脊而行。剎那間，山的另一面映入眼簾，陡然墜降海面。海浪拍擊聲登時自崖邊升起，在他們耳邊繚繞迴盪，強風颳著臉龐。這是旅途中最危險的地段，此地的風勢與上升氣流最強勁，不容逗留徘徊，不得停步觀賞四周猶如一圈鐵環在大海與天空之間兜轉的地平線風光，要是拖拖拉拉，還會挨上狄蒂的手杖猛刺：Garatwa！給我繼續走……

再走幾步路，就來到形成聖殿入口的隱蔽岩架，這奇特的天然地形被家族中人稱作「喬奇」（Chowkey），就算讓建築師精心規劃，成果也不過如此了：此處地面寬闊，幾近平坦，上方提供遮蔽的岩石天花板，讓人宛如身在蔭涼長廊，然後，彷彿要讓整個錯覺更加完整，還有各式草木盤結交錯，攀附著岩架形成綠色欄杆。但看向另一側，海浪在懸崖腳邊翻騰，令人頭暈目眩：底下的浪花自南極洲千里迢迢而來，即便在萬里無雲的清朗天氣，海流也洶湧依舊，似乎迫不及待要席捲那阻礙它流動北進的傲慢污漬：也就是這座小島。

意外形成的「喬奇」可謂設計上的奇蹟，訪客只消坐下，浪濤便從視線中消失——保護岩架的盤結草木讓坐在地面的人無法瞥見海洋。換言之，這道石造長廊是個聚會的好所在，也正因這一特色，來自海外的表親便常對喬奇得名的緣故產生誤解——這多少算是能讓人聚集的小廣場（chowk）吧？再說這四面封閉的空間，不也有點讓人窒息（chokey）的感覺？[1]但也唯有懂得印地語的外國人才會生出這種想法：任何一位島民都知道，在克利奧爾語中，「喬奇」亦指滾製印度烤餅的平坦圓盤（這玩意兒在印度則被稱作「磨石」（chakki））。就這樣，狄蒂的喬奇位於岩架正中央，並非人類巧手打造而成，而是風與大地的共同傑作：說穿了，就是一塊飽經風吹雨打的碩大卵石，在風化後成了一朵平頂岩石毒蕈。眾人抵達後沒多久，女人就開始辛勤工作，滾出薄如棉紙的扁豆薄餅和抛餅，再填入前晚備好，由島上最可口的蔬菜——山芋、辣木莢、紫心芋和醃菜乾（wilted songe）——碎剁細切的美味餡料。

狄蒂在人生這個階段拍攝的幾張相片保留了下來，包括幾張漂亮的銀版照片。其中一張是在「喬奇」拍的，狄蒂在前景中，仍坐在她的蒲斯轎椅上，雙腳置地。她穿了件紗麗，但跟照片裡其他女人不同，她讓頭紗自頭頂垂落，露出怵目驚心的白髮。紗麗尾端垂掛肩頭，上頭有一大串沉甸甸的鑰匙，象徵她仍是家族中管事的長老。她的臉龐黝黑渾圓，表面鑿出數道深刻的凹痕：銀版攝影的畫面細節，甚至讓觀者彷彿錯覺能明確感覺到她那皺褶粗糙、飽經風霜皮革般的肌膚紋理。她的雙手沉著地在膝上交疊，但傾斜的身體看不出一絲平靜：狄蒂的嘴唇緊繃噘起，瞇成一線的雙眼望入相機。白內障讓其中一眼黯然失色，朝鏡頭折射出空白的光，可是另一隻眼凝視的目光銳利且深具穿透力，瞳孔色澤是與眾不同的灰。

越過她的肩頭，我們瞥見聖殿內室的入口：說穿了，就是懸崖邊的一條傾斜細縫，窄到後方似乎不可能藏有洞穴。背景中可見一個圍著腰布的男人，挺著大肚腩想盡法子哄著一群孩子排成直線，尾隨狄蒂入內。

這步驟是儀式不可侵犯的重頭戲：向來也是狄蒂的責任，就是確定最年幼的孩子率先舉行上供儀式，才能比其他人更早進食。她一手拄著枴杖，一手握著一捆蠟燭，帶路率領年輕的科弗家族成員（少年與少女、男孩與女孩）前進，筆直穿越這恍若走廊的洞穴通往內殿。餓得前胸貼後背的年輕小傢伙會急匆匆跟在她背後，幾乎無人抬眼觀看外室的彩繪牆面以及上頭的繪畫與塗鴉。他們衝到狄蒂稱為「神堂」的地方：也就是藏在後方岩石內的小洞穴。若這聖殿是座尋常寺廟，這裡便是中心點——映射

1 關於Chokey一字之由來與演變，請見前集《罌粟海》之附錄3：〈朱鷺號字詞選註〉。

出神聖光芒的聖殿，主要供奉印度神廟中鮮為人知的神祇：風神摩錄多，也就是神猴哈奴曼的父親。他們在這裡就著閃爍搖曳的燈火快速上供，口中喃喃誦經，低聲默念禱詞。接著在供奉完滿手阿爾提花，嚥下好幾口酸得牙齒打顫的供品後，孩子會蹦蹦跳跳回到喬奇，迎面對上的是Atab！Atab！的呼叫聲——但其實根本沒有一整桌食物，眼前只見香蕉葉做的食器，也沒椅子可坐，僅有幾張布巾和坐墊。

這些餐點都是素菜，往往是以最簡陋的廚具明火烹煮的簡樸菜色：通常是扁豆薄餅和餡餅，一般會搭配以葫蘆和佛手瓜為餡的炸餅、番茄和花生製成的配料、羅望子和青檸製的甜酸醬，可能還會有醃菜或兩種萊姆，再不然就是黃瓜，或者是辣椒加萊姆製的辣糊——當然，還有科弗莊園的牛乳製的達希酸奶和酥油。而這些只是盛宴中最簡單的菜，等到食物一掃而空後，大家又會無助地倚著石牆，哀嘆怎會吃得撐到五臟六腑都發出隆隆巨響，這麼狂吃有多不明智，manze zisk'araze……

多年後，在暴風雨吹襲下，絕壁斷崖傾倒，聖殿也崩塌捲入大海，然而孩子對這些朝聖之旅記憶最深刻的部分仍將會是：餡餅與扁豆薄餅，配料與酸辣糊，達希酸奶與酥油。

＊

等到消化了餐食，煤油燈點亮，孩子們才會退回聖殿的外室，怔怔凝視洞穴內的彩繪牆面，也就是狄蒂的「回憶寺廟」。

家族裡的每個孩子都知道狄蒂學會繪畫的故事：狄蒂還很小時，祖母就在她出生的印度斯坦[2]小村莊教她畫畫。這座在比爾哈省北部的村莊叫納亞恩浦，在那裡可以俯瞰恆河與卡蘭納薩河這兩條大河匯流。那裡的房屋與你在這座島上看見的南轅北轍——沒有鐵皮屋頂，幾乎不見金屬或木頭。在那裡，他們住的是以茅草為頂、牛屎抹壁的泥屋。

大多數納亞恩浦人不會在牆上塗鴉，可是狄蒂的家人不同：她祖父年輕時曾在東邊六十哩外的達爾邦加當過傭兵，服役期間入贅附近一座村莊的拉吉普特高等種姓家族，當他返回納亞恩浦定居時，妻子也跟著一道回來。

那裡比模里西斯好的是，每座城鎮村莊都有引以為傲的特色：其中一些以陶瓷聞名，一些以酥炸煉乳球（khoobi-ki-lai）的滋味著稱，有些是以居民罕見的愚蠢行徑揚名，有的則是格外美味的稻米。狄蒂祖母所在的村莊馬杜巴尼則是以裝飾美輪美奐的房屋與精美的彩繪壁面聞名。她搬去納亞恩浦時，也一併帶走了馬杜巴尼村的祕密與傳統：她教會女兒和孫女如何用米漿刷白牆面，如何用水果、花卉和彩色土壤創造出繽紛色彩。

狄蒂家族的每個女孩都有一樣特長，她的專長是描繪在提婆與惡魔腳邊嬉戲的凡人。這些出自她手的小人物往往具備身邊人物的特質：他們就是她又愛又懼的私人萬神殿。她喜歡勾勒出他們的輪廓，通常是側面像，並賦予每個角色獨有的特徵印記：因此她那個在東印度公司印度軍團中的大哥克斯里．辛，通常就畫成拿著一支冒煙步槍的士兵形象。

狄蒂結婚離開村莊時，發現自己從祖母那兒學會的藝術在夫家不受歡迎，因此家中牆壁從未刷上一抹顏料或沾上一絲色彩。不過夫家無法阻止她在葉子和布塊上繪圖，他們也無法不讓她裝飾自己選擇的神堂：這小小的禱告壁龕就成為她作夢與想像的倉庫。在漫長的九年婚姻中，繪畫不僅是種慰藉，更是紀念的主要方式：從未學會寫字的她，只能用這種方式記錄自己的回憶。

她逃離另一段人生時，這習慣如影隨形地跟著她。幫助她逃離的男人，是後來成為第二任丈夫的

---

2 Inndustan，泛指印度次大陸的北部及西北部地區。

卡魯瓦。他們出發前往模里西斯時，她發現自己懷了卡魯瓦的孩子——故事發展則是這個男孩，她的兒子季林，領著她找到自己的聖殿所在。

回顧那段歲月，狄蒂當時是個苦力，在莫納灣另一頭剛清理出的墾殖農場工作，主子是個法國人，他是在拿破崙戰爭中身心受創的退役軍人：就是他買下狄蒂和朱鷺號上的八位同伴，帶他們來到小島的這個偏遠角落，履行他們的合約。

這塊區域當時是模里西斯人煙最罕見的偏僻角落，土地也因此格外低廉：這一帶幾乎無路可通，補給品只能由船隻運進來，食物短缺時，苦力甚至得深入叢林搜刮食物才能填飽肚皮。莫納山的森林比起島上其他地方更為繁茂，因此極少有人敢冒生命危險攀爬此處的陡坡——這座山早有陰森恐怖的名聲，據聞曾有成百甚至上千人死於此地。回溯到蓄奴時代，莫納山的難以親近反而吸引了數目可觀的逃奴在此定居，這個逃亡者社群——在克利奧爾語中稱作「痲戎」（marrons）——在此延續至一八三四年過後不久，直到在模里西斯蓄奴不再合法為止。然而對這改變絲毫不察的痲戎，繼續在莫納山上過著習以為常的生活——直到某天，一組軍隊出現在地平線上，往他們這裡行進。痲戎完全想不到這群士兵可能是來宣告自由的使者——在誤認軍隊是來突襲的前提下，他們便從懸崖邊縱身投入下方岩石的死神懷抱中。

這場悲劇發生在狄蒂與她朱鷺號上的手足跨過海灣，來到墾殖農場數年前。如今這段記憶依舊滲透在周遭景色中。每當列隊苦力聽見山間傳來風聲呼嚎，這據傳來自孤魂野鬼的淒厲哭聲都會引發一陣恐懼，以致無人願意踏上山坡。

狄蒂對這座山的恐懼不亞於他人，但她不一樣，她有個嗷嗷待哺的一歲小兒，要是稻米短缺，孩子就只能吃香蕉泥。莫納山的林中盛產香蕉，狄蒂有時會鼓起勇氣，將兒子縛在身後冒險越過地峽。

某天，事情就這麼發生了。迅速掩至的風暴將她困在山上，等她察覺天候有異時，高漲的潮水已經阻斷地峽，眼見沒有其他辦法返回農場，狄蒂決定循著一條古徑走，希望能帶她找個地方擋風遮雨。她循著早年由麻戎開闢、如今雜草叢生的小徑，找到爬上山坡的小路，就在山脊附近，她來到那個後來成為家族喬奇的岩架。

狄蒂意外發現這地方時，那塊突出在外的岩架正是她所需的避難處：她就在此熬過這場風暴，毫未察覺這岩架是另一個更安全避難所的大門。根據家族傳言，發現聖殿入口岩縫的正是季林：當時狄蒂把他擱下，想找個地方貯存稍早採集的香蕉，視線不過才離開季林一分鐘，但他是個精力旺盛的孩子，東爬西鑽之下，轉眼便不見蹤影。

她大聲尖叫，以為他跌下了岩架——這時卻聽見他發出的咯咯聲在岩石間迴蕩。她環顧四周，遍尋不著他的身影，便走向岩縫，手指沿著邊緣探索，然後把手探入縫中；裡面很涼，空間似乎也很寬闊，於是她走入岩縫，幾乎立刻被自己的兒子絆倒。

一旦雙眼適應昏暗的光線，她就知道自己踏入的是個曾經有人居住的空間：牆邊堆著木柴，她看見燧石散落一地，腳下地面有丟棄的蔬果皮殼，破裂的葫蘆碎片差點割破腳底板。角落甚至有幾堆經過時光流轉已不再發臭的硬化人糞：真奇怪，這些在其他地方看到時可能厭惡反感的東西，在這兒卻反倒有種安撫作用，證明了這個洞穴曾經庇護真實存在的人，而不是鬼魂或邪靈或惡魔。

不多久，暴風雨開始肆虐，風聲轉為尖銳嚎叫，她堆起一些木柴，用燧石生火：登時發現白堊壁面有木炭塗鴉的痕跡，有些像是孩子畫的火柴棒狀人物，當鬼哭神嚎的風聲把季林嚇得嚎啕大哭，這些古老圖畫卻讓狄蒂興起在牆上作畫的念頭。

你瞧，她對兒子說：看——他在這裡陪我們，是你爸爸啊。沒什麼好怕的，他就在你身邊啊……

於是，她就這麼開始第一幅畫作：比卡魯瓦真人尺寸更大的畫像。

後來的年歲中，兒孫不時會問，為什麼聖殿牆上沒有多少她自己的肖像。為什麼不把她先前在墾殖農場的經歷化為圖像？為什麼有這麼多她丈夫和逃亡同夥的畫像？對此，她答道：Ekut（聽我說）：對我來說，你們祖父的畫像不只是牆上的幾個線條，那是真的，他是真的。我是跟著他一塊兒來到這裡的。在我這一生，每一天每一秒都得承受這個事實：我剛來的時候，他也在……

*

那幅超過真人比例的畫像，永遠是觀賞聖殿的起點：在這面牆上與真實人生中，卡魯瓦的身形總是比任何人高大，膚色與黑天一般黝黑。側面示人的他，胯間圍著腰布，猶如征服世界的法老王橫跨牆面。有人在他腳下刻寫的字，是他在加爾各答移民工營地時別人所給的名字——馬杜・科弗——這名字以華美的漩渦裝飾圈繞勾勒。

就像所有朝聖行程一樣，家族來到聖殿時也要依循特定程序：除了依習俗和慣例決定繞行方向，也包括觀賞及崇拜畫像的順序。緊接在家族開基祖肖像後的，就是全家族皆熟知的畫作「離別（Biraha）」：畫底沒有刻印或雕文，不過科弗家族所有成員都這麼叫這幅畫，即便最年幼的孩子，都知道這幅畫描述的是家族史上最重大的轉捩點——亦即狄蒂與她的伴侶分離的時刻。

他們對事發經過全都一清二楚，當初狄蒂和卡魯瓦踏上朱鷺號，與其他契約工一起從印度出發航行至模里西斯。這趟旅程打一開始便厄兆不斷，所有災難在卡魯瓦因一次微不足道的自衛之舉被宣判死刑後達到臨界點。然而一場風暴在行刑前到來，吞沒了這艘雙桅縱帆船，這場意外讓卡魯瓦與另外四個逃亡者有機可乘，逃到一艘救生艇上。

在科弗家族中，族長從朱鷺號上獲救的英雄故事傳誦已久：對他們來說，這故事相當於守護神廟的群鵝拯救古羅馬的傳說——正是又一個命運利用自然展示預兆，告知人們生命從此不再尋常的案例。在狄蒂的敘述中，場景彷彿永遠凝結在救生艇被怒濤捲離母船前的片刻：朱鷺號被描繪成神話中的鳥，有巨大的鳥喙狀船首斜桅，以及兩張碩大外揚的帆翼。他們逃亡用的長艇距離右船舷僅一呎左右，它則是在配合劇本演出的兩道巨浪襲來時脫離了朱鷺號。此外，彷彿為了對比雙桅帆船的鳥類造形，這艘小艇畫得讓人聯想到一條半露出水面的魚。再者，它的比例（也許是為了強調其扮演角色的重要，畢竟這艘小船是讓族長得以逃脫的救星）過度誇大到幾乎與母船相當，兩艘船在畫中可承載的人數極少，雙桅帆船能載四人，小船則是五人。

重提舊事是讓奇蹟融入日常生活的手段：即便人人都已知道故事梗概，但每次率領家族遠征聖殿時，狄蒂仍會反覆聽到這些相同的問題：

Kisa？那些男孩和女孩大喊著，手指向這個或那個人物：Kisisa？

但狄蒂仍舊堅持依自己的順序進行儀式，無論孩子如何喧鬧鼓譟，她總會以同樣方式開始解說，高舉手杖指向救生艇上五個人形中最小的那個。

Vwala（你們瞧）！那個有三道眉毛的人嗎？那是船工喬都——跟你們寶麗阿姨一起長大，親得就像她的同胞兄長。那邊那個，纏頭巾的是阿里沙浪——如果要說有誰能跟gran-koko一樣聰明，那一定就是沙浪。而那兩個，他們是犯人，正要前往模里西斯服刑——左邊這個，他父親是孟買來的大商人，但他母親是中國人，所以我們管他叫中國佬，不過他真正的名字叫阿發。另一個呢，還會有誰，就是你們那個愛說故事的尼珥叔叔。

就在這時，她的手杖尖端移向佇立在船身中央，描繪成巍然而立的馬杜．科弗身影。五名逃亡者中，唯獨他面向後方，彷彿正回頭張望朱鷺號，與妻子及未出世的孩子道別——他的妻子狄蒂在此被畫成身形腫脹的大肚婆。

那裡，你們瞧！那是我站在朱鷺號甲板上，你們的寶麗阿姨在旁邊，諾伯・開新大叔在另一邊。後面是西克利馬浪——也就是二副賽克利・瑞德。

整幅構圖中，狄蒂畫像的位置最為奇怪：不同的是，其他人的腳全都站在各自的船上，狄蒂卻被描繪成雙腳懸空，飄在甲板上方。她的頭往後微斜，凝視的目光明顯越過賽克利的肩頭，朝向風暴大作的天堂。然而與這幅畫中的其他元素相比，狄蒂頭部的古怪傾斜賦予構圖一種奇異靜謐的特質，似乎在暗示這個場景應該刻意緩慢地呈現。

但任何對於畫面效果的說法，必然都會被狄蒂強烈反駁：Bon-dyé（老天）！她會大喊，你們是蠢還是怎麼著？別傻了：這整件事，從頭到尾只有短短幾分鐘，那時的情況完全就是jaldi-jaldi，沒有希望，一團亂。相信我吧，這真的是奇蹟，五個人要逃走——要不是有阿里沙浪，還真是不可能。整件事是他一個人計畫的，就是他，都是他的功勞。所有船工也都有份，那是當然，但那也是經過小心安排，才能讓船長完全沒法把他們跟這件事扯上邊。這個計策真了不起，只有沙浪這種老江湖（burrburrya）才想得出這麼了不起的計畫：他們等警衛和師傅因為暴風雨而退到甲板下，躲進自己的船艙後，就堵住艙口，把他們關在裡頭，至於船上主管，沙浪也算準了時間，等到換班時，兩位馬浪下了甲板後才突然發起行動。

中國佬阿發最快起身行動，他本該去關上主管的艙門——結果卻先找上大副，用一支木梃插進他的肋骨送他下地獄——但這要等到小船離開後其他人才會發現。當喬都放我出來，上了甲板時，我真以為自己瞎了。外頭一片漆黑，伸手不見五指，只有閃電劃過天空時才能看見四周——雨水像冰雹一樣打下來，雷聲轟隆作響，只差沒震破耳膜。這時候我要做的，就是把你們的祖父從他被綁著的桅杆上放下來，可是那樣風雨交加的時候，你們沒法想像有多困難……

光聽這段描述，大概會以為這個瘋狂場面不消幾分鐘便結束——然而狄蒂卻聲稱她所敘述的「離別」過程有正常時間的一、兩小時之久。而這還不是說到那一晚時唯一的矛盾。後來寶麗證實，卡魯瓦被放入小船的當下，她就在狄蒂身邊，她發誓，直到賽克利把她們送回甲板下之前，狄蒂的雙腳都不曾離開朱鷺號甲板，一刻都沒有。但她的堅持仍未動搖狄蒂對那短短幾分鐘過程一字不易的敘述：對於將自己畫成這樣的原因，她從未改口，也就是把她從甲板往上帶，捲入半空中的這股力量，除了這場暴風雨外，別無他者。

凡聽狄蒂講過這段故事的人，全不懷疑她發自內心相信是風將她捲入空中，讓她能夠俯瞰腳下發生的一切——她不曾懼怕驚惶，反而鎮定如常，波瀾不興。彷彿是暴風雨選中她作為密友，同時凝結時光的軌道，還讓她看見它視野中的景象，因為在那瞬間，她能清楚看見落入盤旋颶風內的物品：她看見腳下的朱鷺號，還有瑟縮在艉甲板出入口遮蔽下緊緊相依的四個人，其中之一便是她自己。東邊不遠處，她注意到一連串被許多險峻水道分隔的小島。她還看見在小島邊緣與小海灣中避風的漁船，以及一艘不尋常的奇特船隻疾速穿越水道。接著，就像家長引導孩子的目光望向某樣引起興致的事物，暴風雨將她的下巴後仰，讓她看見一艘困在暴風邊緣的船隻——也就是那艘逃離朱鷺號的長艇。她看見逃亡者利用暴風眼內的平靜，迅速航過水面，衝向最近的小島，她看見他們跳下船，再驚訝地看著他們翻過船身並往外推，讓海水攫住船身，隨浪飄盪而去……

稍後狄蒂會堅稱，這一切（一連串的幻覺和影像）都是她在幾秒內目睹的畫面。若是她的證詞屬實，那麼這幻覺沒多久便消失了——因為暴風眼的降臨，不僅給了逃亡者暫時喘息的空間，也給了警衛和師傅機會。當風勢一減弱，他們便開始敲打堵住的艙口，不用一、兩分鐘，他們便可打破艙門，然後蜂湧而上……

是西克利馬浪救了我們，狄蒂補充道。要不是他，肯定就慘了——要是警衛和工頭發現我們三個在甲板上，他們會怎麼對付我們可就難說，可是馬浪要我們站起來，把我們推進中艙，跟其他移民工躲在一塊兒。多虧了他，警衛與工頭衝上甲板時才沒看到我們……

至於後來發生的事，他們（狄蒂、寶麗和中艙內的其他人）只能單憑猜想：從暴風眼離開前到勁風重返的短暫休兵期間，朱鷺號宛如被另一場風暴籠罩，幾十雙腳拍打著甲板，整艘船亂成一團，一下往這兒跑，一下向那兒跑。然後，颶風突然再度襲來，除了強風咆哮和雨水怒吼，什麼聲音也聽不見。

沒多久，移民工便聽見有人責怪西克利馬浪，說犯人逃跑、沙浪和船工棄船、放走卡魯瓦，甚至連大副被謀殺等事件會發生都是他的錯。這下子，所有責任結結實實全都落在他肩上。

在下方的中艙，移民工對上頭發生的事一無所聞，等最後再次獲准出艙時，只聽說五個逃亡者已經死亡。長艇也已尋獲，但艇身翻覆且船底有個洞。這些都是師傅告訴他們的，毋庸置疑地，這就是這些人應得的報應。至於西克利馬浪則被監禁起來，船長最後不得不答應這群憤怒的工頭，只要一抵達路易港，就會把西克利馬浪交給當局處置。

Dyé-koné，你可以想像這消息對所有人的影響，又引起怎樣的軒然大波，船工哀嘆阿里沙浪的死，印度契約工為卡魯瓦心痛，寶麗則為情同兄長的喬都淚眼漣漣，還有她的愛人西克利馬浪，她的心早已屬於他。我是在場唯一一個沒流半滴眼淚的人，讓我告訴你們為什麼，那是因為我知道這些都不是事實。聽著，我對你們的寶麗阿姨喃喃低聲說：別擔心，他們很安全，我說那五個人，他們是故意把船推回大海，這樣才能誤導別人以為他們死了，然後很快忘了他們。至於西克利馬浪，妳也不用擔心，tu-vwá（妳等著看），他對妳自有安排——只管相信他就是。果不其然，一、兩天後，其中一個船工，一個叫孟篤的領班給了你們寶麗阿姨一包馬浪的衣物，在她耳邊輕聲說：「船進港的時候穿上這身衣服，我們會想辦法帶妳上岸。」我是唯一一個不覺意外的人，因為這一切都照我親眼所見的發生，就是暴風雨把我高舉在半空中，讓我看見腳下發生的那些事……

關於狄蒂所說那一晚的故事，從來不乏人質疑，大半聽眾都在這座島上長大，可以大放厥詞自己與龍捲風的近距離經驗：卻無人曾經想像，或能相信可以透過暴風眼觀看世界。這一切可能是她事後想像出來的嗎？又或許是她癲癇發作，或是出現幻覺？她真的認為自己看見了聲稱看到的東西？即便是最孝順的孩子，也都不禁對此起疑。

可是狄蒂意念堅定：他們不也相信星辰、行星和掌紋嗎？這些都能對知悉如何解開生命謎團之人揭露命運，而他們不也都能接受嗎？既然如此，為何不相信風？畢竟星辰與行星都是繞著可預測的軌道運行，可是風，卻無人知道它要往哪去。風是改變與轉變的力量：這就是那天她所體認到的——她，狄蒂，一向相信是星辰與行星主宰自己的命運，可是她也瞭解，是風決定將她送往模里西斯，推向另一段人生，亦是風送來一場暴風雨，讓她的丈夫重獲自由……

說到這，她轉身面對這幅「離別」，指向畫面中或許最震懾人心的部分：暴風。她所畫的暴風雨占據了畫面上半部，橫過整個畫面：這暴風被描繪成一條由外往內盤繞的巨蟒，越往內繞尺寸漸小，最終縮成一顆碩大的眼睛。

你們自個兒瞧吧：她會對半信半疑的人說，難道這還不夠證明？要不是我眼見為憑，怎麼可能想像得到暴風雨會有隻眼睛？

2

根據眾人說法，科弗家族並不特別值得採信，因此若無合理解釋，多數人只將「離別」這幅畫視作一個不尋常的家族紀念物。但尼珥有次告訴家族成員，狄蒂對於「離別」的描述中至少有一點是真有遠見：亦即畫中的暴風簇擁包圍著一隻眼睛這件事。她所預示的對於暴風雨本質的理解，放在那個時代不只非比尋常，更深具革命意義：因為在一八三八年，那場暴風雨發生當年，正是史上第一次有科學家提出，颶風可能是由圍繞著一個靜止中心（換句話說，就是一隻眼睛）打旋的風所構成的。

等到尼珥踏上莫納山時，暴風繞著中心眼旋轉的概念幾乎已人盡皆知——但這概念卻因他約莫十年前第一次與暴風的正面遭遇而清晰地在腦中留下烙印。他在期刊上讀過相關報導，暴風召喚出的畫面則令他目眩神迷——一隻處於巨大望遠鏡彼端的龐然巨眼，檢視行進路徑上的一切，攪亂某些事物，卻讓其他事物毫髮無傷，然後尋找新的目標，重新開始，改寫命運，讓原本不可能聚首的人相遇。

回首當下，這個想法讓他親身接觸暴風的經驗擁有了形貌、產生了意義——但在當時，尼珥對這概念的重要性毫無所覺。而像狄蒂這樣一個不識字且飽受驚嚇的年輕女人又怎可能有此洞見？更何況當時世上僅有屈指可數的幾位科學先驅知道此事。

這是個不解之謎，尼珥對此毫不懷疑。這也是為何他聽完狄蒂說的故事後，開始覺得狄蒂的聲音帶他回到了暴風眼：

……沙浪和其他人在我耳邊大吼：Alo-alo！Alé-alé！而你們的祖父，天曉得他身子怎麼能這麼高大、還這麼沉又這麼byin-bati（硬梆梆）。他走到船舷邊，我跪倒在他腳邊說：帶我走，讓我跟你去，拜託！他卻推開我說：不，不行！想想肚子裡的孩子，不許跟來！之後他們登上那艘小船——我們四周暴風怒吼，風勢越來越猛，才一眨眼，小船就遠離母船，一下子消失無蹤……

尼珥幾乎能感覺到小船的厚木板在腳下顫動，大雨拍打臉龐：這感受太逼真了，他很感激孩子們拉著他的手臂把他帶回聖殿：後來發生了什麼事，尼珥叔叔？你害怕嗎？

不，當時不怕，他說。我現在回想反倒才開始害怕——可是那當下沒時間怕。狂風吹得我們只能牢牢抓緊小船，好像隨時可能連人帶船被風捲走。結果我們奇蹟般地沒事：正當我們要放棄的時候，船進了暴風眼，風勢緩和下來，就在這短暫片刻間，我們趕緊划槳上岸，當雙腳一踏上沙地，我們的第一個念頭就是把船扛上岸，找個安全的地方擱著。可是阿里沙浪阻止我們：不，他說，最好撬起幾塊船底木板，然後翻過船身，再推回海裡！我們不敢相信，這簡直瘋了——要是沒了小船，我們要怎麼離開這座島？可是沙浪不睬我們，他說：島上還有很多小船，要是留下這艘長艇，船身上面一目了然的記號會給我們招來不少麻煩。若是有人找到這艘船，就會知道我們還活著，他們會追到天涯海角——最好還是讓全世界都以為我們死了，這麼一來我們就能銷聲匿跡，展開新的人生。當然他說得一點也沒錯——這樣才是最明智的做法。

接下來呢？後來怎麼了？

第一夜我們在一塊突出的岩石底下躲避暴風雨的瘋狂攻擊。你們可以想見，我們身在一個陌生地方，全身上下筋疲力盡，不過保住了一條小命，更好的是，我們自由了。然而我們要拿這自由如何是好？除了阿里沙浪，沒人知道自己在哪裡。我們以為自己被海浪沖到某個荒島上，注定要餓死。這是我們心底最直覺的恐懼，可是不多久這念頭便煙消雲散，天色破曉時，暴風雨過去，太陽升上清朗天空，我們踏出遮蔽處，發現身旁是成千上萬顆椰子——全都是被強風打落樹頭，堆在地面或漂在海上。

吃飽喝足後，阿發和我四處走動，看看我們到底在哪裡：這座小島，或者說我們眼前所見的地方，就像一座從海面巍然拔起的大孤山，海陸交接處的斜坡邊緣布滿深色岩石與金黃沙礫，除此之外，島上就是一整片樹林——可是本來茂密青綠的叢林，現在被暴風雨乾淨俐落連根拔起，只剩一望無際的光禿枝幹，看來噩夢成真了：這裡真是個徹頭徹尾的荒島！

這時，阿里沙浪沒有到處走動，仍然在陰影下安靜蜷著身子呼呼大睡。我們知道這時最好別叫醒他，於是只能坐在旁邊乾焦急。等他終於睡醒，你可想見我們有多急，便圍著他問：阿里沙浪，我們現在怎麼辦？

沙浪這才告訴我們，這不是他第一次來到這座小島，他年輕時在一艘海南島的戎克船上做事，早就不知來過這裡多少次。這島叫大尼可巴島，絕對不是荒島，而且在山巒盡頭靠近岸邊的地方，還有個意想不到的富裕村莊。

我們說：怎麼個有錢法？

他指向天空，迅速飛翔的鳥群正盤旋兜轉，或是倏地衝上雲霄。他說：看看那些鳥，島上的人叫牠們hinlene，牠們可寶貝了，這種鳥就是島民的財源。牠們雖然看起來不怎麼樣，卻可以創造某種值很多錢的東西。

那是什麼？

鳥窩，有人出大錢買牠們的窩。

你們可以想像，這番話對我們三個印度佬是什麼效果！你們祖父、喬都跟我都以為沙浪把我們當 gadhas（笨驢）耍。

我們說：世界上哪裡有人會付錢買鳥巢？

中國。他說：中國人會把鳥巢煮來吃。

像扁豆泥那樣？

沒錯，只不過在中國，這是最昂貴的一種食物。

這在我們聽來真不可思議，於是轉身面向阿發問道：這話可當真？

沒錯，他說：如果真的有這種在廣州叫「燕窩」的鳥巢，那就價值連城了，可以跟東方海域流通的任何錢幣一樣值錢——按鳥窩的品質可以換到金子或銀子。一箱燕窩就能在廣州換到八金衡磅的金子[3]。

我們的第一個念頭就是我們要發了，只要找到這種鳥巢，然後挖下來就行了。可是阿里沙浪連忙糾正我們，他說這些鳥會在大型洞穴裡築巢，而每個洞穴屬於不同的村莊，要是我們這樣莽莽撞撞闖進洞裡去，就甭想活著離開這個島。採取任何行動前，我們要做的是先找到村長——本地人叫作 omjah karruh——得到他的允許，並談好如何分配獲利等等。

幸運的是，沙浪正好認識某個村長，於是我們立刻動身前往他的村落。徒步走了半天後，我們找到那個 omjah karruh，他正帶著一批工人爬坡上山，看見我們他相當開心，因為他還需要更多人手。

我們花了一小時才費力爬上洞穴入口，有那麼一瞬間，我們就這麼目眩神迷看著眼前驚人的景

3 一金衡磅相當於十二盎司，八金衡磅約等於三公斤。

觀。一整片象牙白的洞穴地面全是厚厚一層鳥糞，陽光從表面往上反射，讓這個前所未見高大寬闊的空間熠熠生光。壁面陡直往上延伸幾百呎高，堆滿數不盡的白色鳥巢，讓所有突出的寬闊岩石好像都鑲上了珠母貝一樣。

雖說鳥巢大多築在壁面高處，還是有幾個離地面不遠。我瞥見的第一個鳥巢大約只有肩膀高，裡頭坐著一隻鳥：我接近這個小生物，牠一動也不動，即便我把牠捉起來也一樣——這鳥比我的掌心還小，我能感覺到牠的心跳在指間撲通撲通搏動。這不過是隻微不足道的小動物，身上棕黑，腹部雪白，不到八吋長，尾羽像叉子，翅膀線條流線俐落——我後來才知道這種鳥叫「金絲燕」。我攤開手心，牠試著拍打翅膀，卻飛不起來：直到我將手往空中一拋，牠才飛竄出去。

這場風暴為這群聚落帶來一場空前浩劫，不少鳥巢因此墜地。然而撥去羽毛、細枝與灰塵後，這些鳥巢閃著近乎彩虹光澤的白，乍看之下，鳥巢所用的編織原料明顯和其他鳥類不同——細絲編成的環形紋路十分細緻。這些鳥巢如此嬌小輕盈，即使七十個合起來秤重也還不到大約等於二十一盎司的一廣東斤或一中國市斤。

我們蒐集了上千個鳥巢，幫忙搬回村裡。為了回饋我們的協助，他們答應讓我們留下一些——雖然發財是談不上，但已經足夠讓我們出航。

就這樣，有了所需盤纏後——我們發現選擇比想像中來得多。往北是緬甸的丹那沙林省（Tenasserim）海岸及繁華的丹老港（Mergui）；往南有這一帶最富有的王國之一，亞齊蘇丹國；往東航行幾天就到了新加坡和麻六甲。

但所有人一起行動恐怕會引來不必要的注目，我們明白必須分散行動。阿里沙浪想去丹老，喬都選擇與他同行。阿發決定向東往新加坡，再接著往麻六甲，他在麻六甲有親人——他姊姊和姊夫幾年前已移居至此。

對你們的祖父馬杜·科弗和我來說，這是最困難的抉擇。他的第一個念頭是去模里西斯，希望能與你們的祖母重聚，可是他也心知肚明，在那樣一個小地方隱姓埋名並非易事，要是身分曝光，還得等著吃牢飯，甚至絞刑伺候。我的情況也差不多：我的妻子馬拉蒂和兒子小拉傑在加爾各答，我極渴望能夠回去帶他們遠走高飛，但現在回去風險太高，我的身分很可能會被識破。

我們討論許久，反覆思索，最後因為丹老比較近，你們祖父決定跟喬都與阿里沙浪走。而我呢，是阿發幫我下的決定：我們共同經歷過這些大風大浪，成了很要好的朋友，他力邀我跟他一起去新加坡和麻六甲，事情就這麼定了。

我們就此分道揚鑣：阿里沙浪安排他們三人上了一艘往丹老港的馬來快速三角帆船，阿發和我則等一艘會在此停靠的武吉士（Bugis）雙桅貿易帆船，再隨它前往新加坡。

然後呢？你們怎麼做？怎麼做？

狄蒂很同情被問題淹沒的尼珥，進來把這些鬧烘烘的小鬼趕開：Agobay！哪來這麼多問題——你們想把他累死，嗄？他是來konze，不是來和你們palab跟panchay的，別再bak-bak又katakata——吃你們的拋餅去。

孩子一離開，狄蒂進來的意圖就藏不住了。她遞給尼珥一塊木炭，說：輪到你了。

這是做什麼？尼珥說。

加入我們的牆，你也是我們這個船上家庭最早的家人，這是我們的回憶寺廟，來這裡的每個人——西克利馬浪、寶麗、喬都都在牆上畫過了。現在輪到你了。

尼珥想不出拒絕的藉口。好吧，他說：我試試。

他向來不擅長作畫，不過還是從她手中取過那塊黑炭，猶豫不決地下筆。孩子一個個又兜回來，湊在身邊叫嚷鼓勵著，或對彼此發問。

……他在畫一個男人，對嗎？

……對，你看，他有鬍子，還戴頭巾……

……他後面有一艘船對吧？有三根桅杆……

最後是狄蒂為大家不斷升高的好奇心發問：那是誰？

巴蘭吉老爺。

那是誰？

巴蘭吉．納魯茲．摩迪老爺——阿發的父親。

那他身後呢？那是什麼？

他的船：阿拿西塔號。

*

關於阿拿西塔號是否遇上襲擊朱鷺號的同一場暴風雨，後來眾說紛紜，以當時的情報，很難提供可靠答案：但可確定的是，阿拿西塔號在大尼可巴島西方不到一百哩處往尼可巴海峽前進時，也遇上同樣的壞天氣。當時她已離開孟買十六天，正在先去新加坡再轉往廣州的航程中。

直至當時，整趟旅途波瀾不興，阿拿西塔號風帆全開，穿越了幾個航線上的風暴。阿拿西塔號是艘俐落優雅的三桅船，是少數在孟買建造的船隻之一，一般狀況下速度比英美製的鴉片船都快，甚至包括家喻戶曉的紅海盜號與海巫號。這趟航程中，她同樣飛速前進，似乎又將創下另一個紀錄。可是九月的孟加拉灣向來以天候難測而惡名昭彰，當天色突然變暗，不苟言笑的紐西蘭船長一秒都不浪費，立刻停船。當風勢持續增強，他不得不派消息給船主巴蘭吉老爺，建議他到船東套房內小憩，這段期間最好待在裡面別出來。

幾小時後，巴蘭吉仍在船東套房裡，這時船務長維可衝進來，告知貨艙裡的鴉片箱鬆脫散開了。

Kya?維可，這怎麼可能?

是真的，patrão（頭家），我們得想想辦法，jaldi（快點）。

巴蘭吉在維可的腳跟後頭匆匆下樓，努力在濕滑的艙室扶梯上站穩，貨艙門的安全設計十分嚴密，搖晃的船身只讓解開鏈鎖變得更加不易。最後，當巴蘭吉總算將一只油燈探進艙門移近地板，發現自己正盯著一個難以理解的場面。

後艙的貨物幾乎全是鴉片，在暴風雨摧殘下，幾百只箱子已鬆脫碎裂，裝鴉片的陶製容器猶如炮彈撞上艙壁，內容物灑得到處都是。

鴉片這會兒成了泥棕色：雖然觸感粗澀，但混入液體時仍會溶解。阿拿西塔號的造船工並非不曾想到這點，因此用盡心思設計能防滲漏的艙壁，可是船身在暴風劇烈晃動下，木板接縫開始「出血」，濕滑的雨水及底艙的海水滲了進來。濕氣讓固定貨物的粗麻繩變脆，這時繩子也已斷裂，貨箱相互碰撞，潑灑出的內容物成了泥漿。臭氣薰天的黏稠液體隨著船身搖晃傾斜，從一側橫掃至另一側，拍打著貨艙牆壁。

巴蘭吉從沒遇過這種情況：他經歷過多次風暴，從未見過託運的鴉片弄得如此七零八落。他自認行事謹慎，而在中國經商三十餘年，他發展出一套獨門鴉片裝箱運送程序。貨艙中的鴉片分為兩類：三分之二是來自西印度，做成小型圓餅，類似某種粗黃糖的「摩臘婆」（Malwa）。這種鴉片在運送過程中不會特別包覆，只用罌粟葉和少許葉莖碎料包起。其餘的則是「孟加拉」鴉片，包裝較嚴密耐久，每塊鴉片餅都小心裝入形狀尺寸像極炮彈的硬殼陶罐中。每箱可裝四十只這種陶球罐，每顆球罐則放在由罌粟葉、稻草和其他收割剩餘碎料堆出的格位中。箱子用芒果木製作，要應付從孟買到廣州約三、四週的航程絕對夠堅固也夠安全：破裂情況極少見，損壞往往是滲水和濕氣造成。為避免這種狀況，巴蘭吉通常會在每排箱子之間預留空間，以保持空氣流通。

這些年來，巴蘭吉這套做法一向是安全保證：在印度與中國間往返穿梭這數十年，一趟航程中他頂多只須報銷一到兩箱貨。過往經驗讓他對自己的做法信心滿滿，於是當阿拿西塔號遇上暴風雨時，他壓根沒想到要巡貨艙，是脫韁的箱子發出的碎裂聲驚動船員後，他們才通報維可。

巴蘭吉低頭查看，只見撞上艙壁的碎裂貨箱猶如在暗礁上撞毀的木筏，貨艙裡到處是撞上龍骨後爆裂的硬殼鴉片球，生鴉片膠凝塊則像碎彈片亂飛。

維可！我們得處理一下，趁箱子全部散開前進去綁好。

維可人高馬大，挺著個滾圓肚皮，有張黑得發亮的臉孔，雙眼外凸，眼神戒慎。他本名叫維多里諾．馬提恩霍．索列斯，是「東印度人」，來自一個距孟買不遠，名叫瓦賽（Vasai）或巴薩因（Bassein）的村莊。他粗通多種語言，其中包括葡萄牙語，大約二十年前開始在巴蘭吉手下工作後，便總是以葡萄牙語的 **patrão**（也就是「頭家」）稱呼巴蘭吉。然而自從維可晉身船務長，他要管理的就不僅是巴蘭吉的私人事務，更兼軍師、中間人與生意夥伴。他還長期投資部分收入在老闆的事業上，這使他再也不是從前那個無足輕重的小角色。他在孟買及其他幾個地方置有產業。身為虔誠天主教徒，他還以母親之名資助一座小教堂。

因此，維可繼續跟著巴蘭吉遠行就不只是為了討生活，還有其他原因，其中之一就是持續關注自己的投資。他在阿拿西塔號這趟所載的貨上也投入不少資金，對於這批貨的安全，他的關心絲毫不亞於巴蘭吉。

你先在這裡等一下，patrão。他說：我去找幾個船工來幫忙，你可別自己下去。

為什麼？

維可走到一半，轉頭補上一句提醒：要是這艘船發生什麼事，patrão就會自己一個人困在這下面，不是嗎？在這裡等我——我很快回來。

巴蘭吉心知這忠告沒錯，只是在這情況下很難聽進去。他正值壯年，是個停不下腳步的人：休息對他來說如同折磨，他曾有好幾次無法說話或移動時，設法自制的結果通常會變成一場輕點腳尖、彈舌出聲或扳折指關節的小小風暴。現在他倚在艙門邊，嗅到冉冉升起的瀰漫煙霧：那是生鴉片的甜膩氣味融合底艙海水所產生令人頭暈腦脹的窒人臭氣。

要是他還年輕，仍然纖瘦輕盈，身手矯健，絕對二話不說直接爬下梯子，可他如今年近花甲，關節已開始不太靈光，腰圍也明顯寬了不少。不過他只是壯碩，還算不上發福（如果能這麼說的話），容光煥發的氣色和粉嫩臉頰顯示仍舊充滿活力、精神充沛。空等命運之神下決定不是他的風格：他卸下罩袍，開始往下爬進貨艙，卻正巧碰上一陣劇烈晃動，梯子也跟著傾斜搖擺。

他的手臂環著鐵柱，小心緊握油燈把手，儘管如此小心，仍未料到腳下黏稠滑溜的軟泥。板條箱的碎片、包在乾葉片與葉莖碎料中灑出的內容物，現在全與泥漿融為一體。艙底木板像沾滿堆肥的地板一樣濕滑，腳下不管踩到什麼全都裹著一層草莖碎葉，稠得像牛糞似的。

巴蘭吉剛離開階梯，雙腳就驟然一滑，整個人面朝下趴在一堆糞土般的泥濘中。他勉強轉身撐成坐姿，背靠梁柱，這時伸手不見五指，油燈也滅了，不消多久他的衣服便在泥濘中浸得濕透，從頭巾頂到及踝的開襟外衣邊緣全都一樣：鴉片也讓黑色皮鞋內的趾縫間吧唧作響。

有個又冰又濕的東西貼在臉上，他伸手想要抹掉，但說時遲那時快，船身陡斜一晃，那坨濕滑的東西擦過唇邊後反而送進嘴裡。剎那間，在顛簸搖晃的黑暗中，箱子和容器在他身邊滑動碰撞，腦門充滿鴉片令人暈眩的味道。他開始搔抓皮膚，覺得噁心難耐，試著抹掉臉上的膠泥，可是又一個木箱撞上手肘，於是更多鴉片順勢滑入嘴唇。

一縷燈光在上方的艙門走道上閃爍，有個聲音擔心地喊道：patrão？patrão？

維可！我在這裡！巴蘭吉盯著油燈，看著燈光緩緩向他移來，再走下搖晃的梯子。接著船身再次傾斜，這次他被甩到貨艙另一側的泥漿裡，眼睛、耳朵、鼻腔和氣管內全是鴉片——彷彿溺水一般，當下許多面孔從眼前一閃而逝——人在孟買的妻子詩凌白、兩個女兒，幾年前在廣州過世、外號荔枝妹的情婦芝美，以及和她生下的兒子。芝美的面孔在他眼前縈繞不去，他坐起身咳得唾液飛濺時，她的雙眼似乎仍然緊瞅著他，她的存在如此真實，他伸手想要觸碰——卻發現自己望入的是維可的油燈。

他的雙手本能地摸向自己的卡斯堤——那條七十二針的腰布，這是他信仰的聖物，總會圍在腰間。自孩提時代起，這條卡斯堤就是他的護身符，保護他不受不可知的威脅——但一摸到腰布，他馬上就發現腰布也在泥濘中浸濕了。

緊接著，除了頭頂的暴風咆哮聲，他還聽見碎裂崩垮聲，彷彿這艘船就要四分五裂。船身陡然傾向右舷，維可和巴蘭吉在貨艙地板上滑倒，當兩人癱坐在地板和舷牆間的夾角，散落的鴉片球如炮彈砸在木板上。每一顆球都值不少銀子——但此刻巴蘭吉和維可沒這心思去想它的價值，阿拿西塔號的船身如此陡斜，幾乎可以肯定這船就要翻覆。

不過這時，船身開始以十分緩慢的節奏停止擺盪，龍骨的重量將船身從傾覆邊緣拉回。當船身回正，她先晃向另一側，再擺盪回去，就這樣回復了不甚穩定的平衡。

維可的油燈奇蹟似的還亮著，船身傾斜漸緩後，維可轉向巴蘭吉：patrão？發生什麼事了？你怎麼這樣看著我？你看見什麼了？

巴蘭吉瞥向他的船務長，心頭忽地一震：維可渾身上下，從黑玉般的頭髮頂端直到靴尖全都沾滿棕色泥漿。維可向來謹慎打理外貌，總是穿歐式服裝，這模樣著實怵目驚心：如今他的襯衫、背心和馬褲厚厚覆著一層鴉片，幾乎像是滲進表皮底下。他炯炯發亮的大眼頓時與滴著泥漿的暗黑面孔形成強烈對比。

你在說什麼，維可？

patrão剛才伸出手的時候，好像撞了鬼一樣。

巴蘭吉唐突地搖頭：Kai nai——沒什麼。

可是patrão——你還喊了一個名字。

福瑞迪？

是的，可是你叫的是他另一個名字——他的中國名字……

阿發？

巴蘭吉幾乎從不用這名字，維可十分清楚：不可能——你一定聽錯了。

沒有錯，patrão，我跟你說，我真的聽見你這麼喊。

巴蘭吉腦袋一片混濁渾沌，舌頭似乎變得肥厚，他開始喃喃自語：一定是那味道……這些鴉片……我看見東西了。

維可憂慮地緊蹙眉頭，抓著巴蘭吉的手肘，推他走向梯子。patrão要回艙房好好歇一會兒，這兒交給我處理就好。

巴蘭吉掃視貨艙：他的命運從未與一批貨物如此緊密相依——但他也從未對貨物的命運如此漠不關心。

好吧，維可，他說。整理一下貨艙，能救多少算多少，再告訴我損失情況。

好的，patrão，小心走，動作慢點。

巴蘭吉上樓時，梯子不知何故好似無比漫長，是因為船身傾斜還是腦袋暈眩，他無法分辨，但他也無意加快，不疾不徐一步一步爬梯，還在每一階之間喘口氣。他爬到頂時，發現六個船工正等著下艙，他們退開讓出路來，震驚地張大嘴盯著他。巴蘭吉順著他們的目光低頭看著自己，發現他也跟維可一樣，全身上下覆著一層厚厚的融化鴉片，他的衣服已變成緊貼著身體的第二層肌膚。腦袋隆隆作痛，他停下穩住腳步，這才踏過艙口圍板。巴蘭吉對鴉片的味道早不陌生：他待在廣州期間不時會來上一管——但他是少數能偶一為之而不上癮的幸運兒；離開廣州時，他也從不想念鴉片。可是吸鴉片煙與嚥下半液態的黏糊生鴉片是兩碼事。對於突如其來的噁心虛弱，他毫無心理準備，他現在全無心思去想貨艙裡的損失有多慘重，雙眼和腦袋將近乎透視的專注力放在芝美身上：他每望向一處，眼前就浮現她的臉龐，影像猶似中國燈籠懸在面前，在他穿越船隻的狹窄內臟，往船尾的空闊艉樓甲板前行，進入屬於他與船上主管的寬敞房間時為他照亮道路。

船東套房位於悠長走道的盡頭，這段路上有許多扇門。一票船工簇擁站在其中一扇門邊，注意到巴蘭吉靠近時，其中有個領班告訴他：Sethji（老爺）——您有位munshi（祕書）受了重傷。

發生什麼事了？

肯定是船晃得太厲害從床鋪摔下來，鬆開的行李箱又剛好掉下來壓到他。

他能活下來嗎？

很難講，老爺。

祕書是位年邁的帕西族老先生，已協助巴蘭吉處理書信多年，要是沒有他，巴蘭吉無法想像該如何是好，同時也使不上力氣為此哀傷。

還有其他傷亡嗎？巴蘭吉對領班說。

有的，先生，甲板上有兩個人落水。

船身損壞情況如何？

船頭全撞裂了，老爺，整個裂開，包括船艏斜桅。

艏飾像也在內？

是的，老爺。

艏飾像是阿拿西塔號的一尊雕像，是個觀望海面的天使。是他妻家密斯垂家族（阿拿西塔號的真正船主）珍貴的傳家寶，他知道他們會把失去艏飾像視為厄兆——不過他也有自己的厄運要操心，現在他只想爬回船艙，脫掉這身衣服。

請幫我照顧好祕書先生，也通知船長一聲……

是的，老爺。

*

尼珥不用人提示，一眼就認出寶麗獻給聖殿的畫作——那是一個男人的頭部側面輪廓，像極了漫畫中新月形內側弧線般的五官畫法：一只長而下垂的大鼻子、竄出的眉毛像雪貂的鬍鬚、下巴則隱沒於逐漸削尖上揚的鬍子裡。

狄蒂說：你知道那是誰嗎？

嗯，當然知道，尼珥說。是潘洛思先生……

潘洛思先生的面容令人過眼難忘：瘦削、飽經風霜，額頭突出，下巴如鐮刀上翹。身型高瘦的他，走起路來總像在鞠躬，雙眼盯著地面，彷彿在細數即將踩過的草木。他是出了名的不在意外表，鬍子沾附稻草，襪子黏著芒刺司空見慣，也幾乎沒一件大衣少得了補丁和污漬。陷入深思時（常有的事），削尖的鬍子和一對濃眉會煞有介事地抽搐擺動，彷彿在宣告他這個「無事免開口」之人的存在。這抽搐動作並非來自歲月的積累，他在孩提時便有這「瞪眼抽筋」的習慣，由於那姿態像隻鼬鼠，也讓他因此得到「菲奇[4]」的綽號。

雖有抽搐動作與特殊習性，但他的儀態仍望之儼然，專注凝望的眼神使他不致被視為行徑詭異的怪人。事實上，菲德列．「菲奇」．潘洛思成就斐然、家財萬貫：他是知名園藝師兼植物採集家，靠著銷售種子、幼苗、插枝嫁接技術及園藝器材進帳大筆財富——他擁有專利的刮苔器、樹皮鏟和園藝鬆土機在英格蘭有一眾為數可觀的死忠擁躉。潘洛思的主要事業是英國康瓦耳郡法爾茅斯區一個名為「潘洛思父子」的苗圃：它以中國進口貨源聞名，其中一些——像白花丹屬植物、貼梗海棠及臘梅——在不列顛群島廣受歡迎。

採集植物的嗜好將菲奇一再帶往東方國度，他乘的是自己的雙桅帆船雷路斯號。

雷路斯號在朱鷺號抵達路易港後兩天進港，他們的旅程也飽受厄運與災難所苦。船上最慘的莫過於菲奇本人，後來是船員催促，他才決定上岸休養：雷路斯號抵達後的第一個晴天，兩名水手划船送他上岸，並為他雇了匹馬前往旁波慕斯植物園。

會把路易港排進航程，主要為的就是這座植物園。旁波慕斯（Pamplemousses）名列世上最早創建的植物園之列，在創建人和歷任園長中不乏植物學界知名人士——如識別出黑胡椒的偉人皮耶．波瓦賀（Pierre Poivre），還有發現九重葛的菲力柏．康默森（Philibert Commerson）都曾在此工作。要是真有那麼一條園藝家的朝聖之路，那麼毫無疑問，旁波慕斯絕對是當之無愧最神聖的一站。

旁波慕斯距路易港不到一小時路程，菲奇在首次前往中國的返航途中曾經造訪：當時小島還是法國殖民地——現在卻為英國所有，外觀也大不相同。不過出乎意料的是，菲奇毫無困難找到了通往那村子的道路。一路上，他注意到路邊長著一種俗稱「野火灌木」的美麗灌木種，這種漂亮的旋花屬植物會綻放大片烈焰般的赤紅花朵。在其他時候，這樣的發現會讓他情緒興奮高張，他會跳下馬背，仔細端詳——但他現在沒這心情，於是沒有停下步伐，繼續前進。

抵達旁波慕斯時，他還不曉得自己到了。

這裡是島上最美的幾座村莊之一，有漆成鮮豔色彩的平房、刷白的教堂，以及馬蹄下發出悅耳叮噹聲的卵石小徑。屋舍和廣場與菲奇記憶中如出一轍，但當他的目光停在植物園方向，卻驚愕地差點摔下馬背：曾經間隔有序、井然成行的樹木，以及風景如畫的深邃遠景，如今只剩叢生雜草。他不可置信地搖頭，再定睛一瞧，仔細打量：門柱還佇立在預期中的位置，但後方看來就只剩一片荒煙蔓草。

菲奇扯了下韁繩，詢問一位路過的老者：「太太！請問您知道植物園怎麼走嗎？」

4 菲奇（Fitcher）即白鼬（fitcher）的諧音。

女人噘起嘴搖頭：「啊，先生……植物園早沒了……二十年了吧……英國人丟下不管……」

她搖著頭閒步離開，留下菲奇繼續上路。

發現植物園的衰落與自己的老鄉脫不了關係，讓菲奇十分難過，但這其實也不完全出人意料。自從倫敦皇家植物園的裘園（Kew Gardens）前任園長約瑟夫·班克思爵士辭世，英國本土植物園的經營便漸趨消極，因此一個殖民地植物園落得如此慘澹下場也可想而知。然而，這依舊無法轉移菲奇對眼前荒野般的景象所產生的反感：無人修剪的園內樹冠交疊成茂密天篷，樹蔭下的花圃與石板路都因此籠罩在黑暗中。沿著園區外圍生長的草木猶如一堵難以穿透的牆，無人修剪的榕樹氣根遮蔽了主要通道，形成生人勿進的厚重圍籬——如同一道彷彿用來抵禦入侵者的升降閘門。這裡不是原始叢林，普通的荒野不可能擁有跨越各大洲的豐富品種。大自然中，你不可能在同一座森林中看見非洲攀緣植物與中國樹對戰，也看不到印度灌木與巴西藤蔓生死交纏。這是人類的傑作，一座植物版的巴別塔。

即便哀嘆植物園的衰敗，菲奇倒沒忽略眼前的罕見機會。無論是否荒廢，不可否認這塊土地上有許多珍稀植物，由於這地方已不屬任何人，因此就算像他這樣的採集者蒐集一些珍貴植物樣本，也不會有人說話。

菲奇在老舊大門外，把馬拴在一根腐朽的柱子上，踏向堵住入口的濃密榕樹氣根。他前進幾步就戛然而止——赫然發現植物園其實沒有表面來得荒蕪：俯瞰地面，他看見泥濘土壤上有一對新踏出的鞋印。菲奇停下腳步：他聽說島上某些地區土匪依然猖獗，所以鞋印很可能是某些冷酷危險的人物所留下。不過菲奇早已接到警告，因此帶了手槍與彎刀防身。他確定手槍上膛後放回口袋，再從鞍袋裡抽出一把彎刀，走進灌木叢，目光直視鞋印的蹤跡。

潮濕路面不利悄然潛行，菲奇得抬高膝蓋，像走鋼索那樣踮著腳尖走路，鞋子才不會在泥濘中吧唧作響。當鞋印驟然消失在糾結的矮樹叢與草木間，菲奇停下觀察形勢：雖然眼前不見人影，但能感覺到有人就在咫尺之內。他更小心走了幾步，一、兩分鐘後果然聽見一個聲音，頓時停下腳步：那聲音雖低，但毫無疑問是金屬刀刃刮擦掘入土壤的聲音。

聲音似乎來自兩排樹中間的開口，他躲在一叢高聳黃竹後方，緩步前進。一、兩分鐘後，菲奇走到一個可瞥見入侵者背部之處：那人穿了條馬褲和鬆垮上衣，蹲在地上挖坑——可能準備埋藏偷來的戰利品，或甚至屍體。

菲奇往旁邊移了幾步，看得更清楚後，詫異地發現自己錯了：那傢伙挖的不是大坑，而是個淺洞，就像園藝師種樹苗時挖的那種。所用的器具也不適用於埋藏戰利品或掘墓：那是把園藝鏟——就菲奇自己的豐富經驗，他看得出這男人的手對這器具非常熟悉。那男人稍微挪動身子，菲奇看見他也帶了容器——乍看之下像個斗勺，但尖端有根凸出的針狀物。再挪近一點觀察後，菲奇驚訝地發現那是「插秧器」，是專業園藝師用來將幼苗從一個定點挪至另一處的工具。

但這不代表什麼。有可能是兇殘的壞人假裝成園藝師，或是相反？有沒有可能這人不過是來採集樣本，搜刮園中的豐富資源？

當園藝師的腳踝突然踩回地面，半轉過臉時，菲奇覺得比較可能是後者：雖然只看見部分臉孔，但已足夠確定是個年輕小夥子。不是惡棍，只是個小毛頭。他似乎沒有武器，菲奇想不出他能造成什麼危險。

菲奇本想以不干擾對方的方式現身，卻不巧一腳踩在一截竹子上，造成一聲斷裂巨響。年輕人旋即轉身，看見這名藏身技巧癟腳的自然學家以及他手中的閃亮彎刀，雙眼警戒，瞪得老大。

「不好伊思，小子……」

偷窺卻被逮到讓菲奇尷尬不已，要是這園藝師開口痛罵——或甚至丟東西，那也怪不了他。可這年輕人非但沒有摸索石子，雙手反倒似乎自有意志地舉起，以自衛之姿交抱在未穿外套的凌亂上衣胸前。這反應驗證了潘洛思對這年輕人的觀察——因為他成長時也是如此受教，認為在外人面前不穿外套很不得體——然後他快步向前，想表達歉意並自我介紹。說時遲那時快，只見年輕園藝師立刻轉身，衝過灌木叢飛奔離去。

「等等！」菲奇大喊，「聽著，我沒有要傷害你的意思……」但小夥子早已消失在綠油油的草木之間。

菲奇瞥向插秧器，注意到灰藍色的肥沃短苗——他直覺是某種仙人掌——不過現在沒時間細看，菲奇手握彎刀，趕緊衝進樹叢去追那逃跑的園藝師。

沒過多久，菲奇就開始劈砍糾結盤繞的草木，棘刺和草刺黏附在衣服上。雖然已看不見園藝師的身影，他仍繼續往前闖，穿過盤繞的灌木叢後，發現自己在一片野草及胸的平地上。兩側都是高聳的扇形棕櫚樹，像大道旁的行道樹般筆直成行。在平地遠端，從參差不齊的樹葉中冒出一座規模雖小但比例均勻的木屋：頑強的幼樹在屋頂和牆壁扎根，扯裂了磚瓦木材，幾扇窗板被攀緣植物撬開，鉸鍊拍打窗框，發出疲憊的嘎吱聲響。

菲奇記得這棟房子，上次來訪時有人指給他看過：那是皮耶．波瓦賀親手蓋的「蒙普利司[5]」。菲奇邁向木屋時，以朝聖者的敬畏放慢步伐——這裡曾住著那位把自己的名字獻給胡椒屬[6]的男人。菲奇不禁想道，這就是探險家凝望叢林中的廢棄寺廟時內心會湧現的感受吧——只是對這一刻來說，諷刺的是，吞沒寺廟的正是寺廟所供奉的自然力量。

菲奇正要踏上門階的破裂石板時，一個人影忽地出現在門口，是剛才那位年輕園藝師：他現在穿戴整齊，有了外套和帽子，手裡還多了把短棍。

菲奇原地停步，「倪不必拿那把鏟子，」他把彎刀擱在地上，伸出手：「我叫菲德列．潘洛思——他們叫我菲奇，我不會傷害倪。」

「這由我來決定，」年輕人俐落地說，無視他伸出的手。「我要知道你來的目的才能判斷。」

菲奇注意到他說得一口流利英語，可總有種說不上的奇怪——不是因為法腔法調的慣用語，而是語調，是某些聲調讓他莫名聯想到船工。

「我還在等你回答。」年輕人語帶不耐地說。

菲奇挪動腳步，抓抓鬍子。「關於這個，」他說：「也許我們兩個來這裡的目的是一樣的。」

年輕人皺起眉頭，彷彿試著搞懂這句話的意思。菲奇仔細打量，發現他比自己想得更年輕，臉頰甚至還透著青少年的粉嫩紅潤：他這年紀的孩子很容易洩露恐懼或憂慮——可是他的聲音沒有絲毫顫抖，也未顯露其他細瑣情緒。

「我不懂，先生，」園藝師說：「你不曉得我出現在這裡的原因，怎能斷定我們有相同的目的。」

「我剛才看見倪在那兒，」菲奇說：「掘一個洞打算種仙人掌。」

聽到這裡，園藝師略微瞇起雙眼，臉上露出一抹笑意：「我想你誤會了，先生，」他說：「我已經很久不碰仙人掌。」

這下換作菲奇陷入困惑：他不能理解為何這男孩要大費周章掩飾這樣一件小事。「不然倪在做什

---

5 Mon Plaisir：法語中意為「我的榮幸」。

6 皮耶．波瓦賀（Pierre Poivre）將其姓氏用來為胡椒屬（Poivrea）命名。

麼，孩子？」他試探地問：「當時倪手裡拿著仙人掌，我親眼看見的——倪別想瞞過我。」

年輕人用就事論事的態度聳肩：「沒什麼大不了，先生：只是個小錯誤。你的誤解很常見，這是可以原諒的。」

「不然那是什麼？」菲奇不習慣在植物學上屈居人下，怒道：「倪以為我有多嫩，連仙人掌也看不出來？」

年輕人的笑意更深了：「潘洛思先生，既然你對自己那麼有信心，願不願意跟我賭一把？」

「倪想賭一把，是嗎？」

雖然菲奇並非嗜賭之徒，但手還是伸進口袋，掏出一枚銀幣：「我拿這個跟倪賭——希望倪配得上這枚銀幣。」

「那你過來吧，」小子輕快地說：「我帶你去看親本，你自己看。」

他示意菲奇跟上，一頭鑽進齊胸高的草叢中。菲奇努力跟進，可是這傢伙速度可比郵車，他追不上。最後他停下來大吼：「倪跑到哪裡去了？」

「這裡。」

菲奇循聲前進，發現年輕園藝師跪在一張滿覆青苔的石頭長椅旁，長椅的腳邊有一株逐漸被毯子般的藤蔓淹沒窒息的帶刺植物：光對那堆球根與小刺看上一眼，菲奇就知自己確實丟臉地犯了外行人的錯誤。

「你看，潘洛思先生，」男孩用勝利的語調說：「那不是仙人掌，是大戟，就是卡爾．林奈命名為Euphorbia（大戟屬）的植物。這是白角麒麟（King Juba's spurge）——原本一定長得很好，我是怕它活不久了，所以才移到其他地方栽種。」

菲奇滿臉羞愧癱坐在長椅上，「倪讓我輸得徹底，我無話可說。」他的手伸進口袋，掏出銀幣。「倪贏得光明正大。」

年輕人二話不說便伸出手，菲奇把錢幣塞入他掌心。他把手縮回，站在原地注視那枚八里爾銀幣[7]，彷彿從未見過這東西。

「倪住在哪？」菲奇問。

「你問這作什麼，先生，」年輕人說：「我就住那裡——那棟屋子。」

「倪是說那小木屋？那不是廢墟嗎？」

「絕對不是，先生，」園藝師說：「來，我帶你參觀。」

這會兒菲奇再次穿越齊胸高的野草，園藝師拔腿奔回「蒙普利司」，讓他在後追趕。他嘴裡唸唸叨叨地抵達時，他早已站在門邊等候。

「眼見為憑，」年輕人宣示所有權般驕傲地伸手向室內一比，「這屋子沒有外表那麼破敗。」

菲奇的視線剛探進門內，就明白他所言不虛——除了地板上的積灰，牆邊連著的閃亮蜘蛛網，很明顯小木屋還沒被自然之力吞沒，不過菲奇也完全沒看見家具或任何居家配件。

「倪都睡哪裡？」

「這裡空間很大，先生。你看。」

年輕人推開一扇門，菲奇發現自己望入一個精心打掃並整理過的房間：地板乾淨，空氣飄散著男

---

7 piece of eight，是十六世紀西班牙於墨西哥殖民地製作的銀幣，幣值有0.5、1、4、8里爾（real）不等，其中以8里爾幣較常見，在中國則稱為本洋、雙柱、柱洋、佛頭銀、佛銀、佛洋等名。

孩最愛的迷人植物香氣──壁爐架和窗框垂掛著灌木。房間中央擺了一堆被單和窗簾，猶如用再生草堆成的床墊。角落有一套桌椅，同樣一塵不染。桌面上有一紮皮繩裝訂的紙張，翻開的頁面立刻吸引菲奇的目光──這一頁的主要內容是張色彩奪目的植物插圖。

菲奇無法克制自己不湊上前：他走過去，仔細盯著那頁紙──是手繪插圖，畫的是種他不熟悉的長葉植物，下方文字是法文和拉丁文，他幾乎完全看不懂。

「這是倪的作品嗎？」

「噢，不是！我只負責畫圖，先生──只有畫。」

「那其他的呢？」

「這是我……我大伯的作品，他是植物學家，把所有知識都傳給了我，唉，不過他還來不及完成手稿就過世，所以這本著作就留給我了。」

菲奇的眉毛因好奇而輕顫：植物學家的圈子很小，幾乎就像個大家庭，每個成員多少都認識其他植物學家，無論是熟識本人或是喊得出名號，抑或只是曉得對方的名聲。「倪這位大伯是誰？他叫什麼名字？」

「他姓蘭柏，先生。皮耶．蘭柏。」

彷彿窒息的哽咽聲竄出菲奇的喉頭，他跌坐在椅子上。「呃……我……蘭柏先生！……倪剛說他是倪大伯？他跟倪是什麼關係？」

園藝師又開始支支吾吾，「怎麼了，先生……他是我父親的哥哥……所以說，我……我就是他侄子保羅．蘭柏。他女兒寶麗是我堂姐。」

「是嗎？」

雖然菲奇．潘洛思自認厭惡人類，但絕非不懂察言觀色：突然間，每件事都自動拼在了正確的位置上──「男孩」雙手交抱胸前時帶著罪惡感的驚訝神情、還有散放花朵的臥房。他再一瞥那頁攤開紙張上的插圖，認出一個簽名。

「倪剛說這是誰畫的？」

「怎麼了，先生，是我畫的。」

菲奇彎腰盯著這一頁，「可是這簽名，要是我沒看錯，不是『保羅』，而是『寶麗』。」

＊

除了巴蘭吉，維可是唯一知道阿拿西塔號的後艙裝載了三千箱鴉片的人。巴蘭吉和維可無所不用其極保守這個祕密，篡改貨物單據、調動裝卸貨物的船員，掩飾部分柳條板箱。就許多層面來說，讓實情眾所周知並不聰明，那只會導致更難取得保險，並增加盜竊風險──因為這批船貨不僅是巴蘭吉運過最昂貴的貨物，還可能是印度次大陸運過最有價值的一批貨。

巴蘭吉是極少數能用人脈與名聲集結到這麼一大批貨的商人，在中國貿易界幾乎無人能敵：能吹牛說自己去過廣州三、四次的印度商人都沒幾個──而巴蘭吉投入這份事業以來就已去過十五次。這過程中，幾乎是他單槍匹馬打造出密斯垂兄弟公司的出口部門──孟買有史以來規模最大且能持續獲利的貿易公司。

雖然這是孟買最傑出的公司，但以其傳統來看，該公司的專長頗為狹隘，除了造船與工程外，對其他產業並無多少興趣。巴蘭吉憑一己之力建立起出口部門，讓這個小單位成長到足以媲美知名造船廠。可是公司內部仍有不少阻力，他能堅持下去，主要是出於對接納他進入家族，給了他在商業世界起步機會那位長老的忠心耿耿——也就是他的岳父，魯斯坦吉·佩斯托基·密斯垂老爺。

如同許多經由利益聯姻而飛上枝頭的人，巴蘭吉也是贅婿，但他入贅的家族名聲最為顯赫：就他來說，他對密斯垂家族的尊敬成分中有不少是基於感激之情，畢竟是他們給了他機會，讓他能從不起眼的出身背景往上爬。

巴蘭吉家也曾享有榮華富貴，備受尊崇，在濱海古吉拉特邦的納瓦斯里城家鄉享有崇高地位，他祖父曾是無人不知的紡織商，在巴羅達、印多爾和瓜廖爾等土邦宮廷皆有人脈，可是晚年經商大不如前，一生勤儉謹慎的他，孤注一擲做出不少草率的投資決定，招致堆積如山的債務纏身，他是個正直有骨氣的男人，遂一肩扛起所有債務，把每一分鐵尼、克波隆和半安那[8]都付得一乾二淨，最後整個家族窮到家徒四壁，錢箱裡僅剩一小把貝殼——聽說那把貝殼少得可憐，甚至串不滿一條手臂長的絲線。他們不得不出清氣派的古老私宅，舉家遷至城邊的幾間陋屋，這是壓垮這位老人與他兒子（即巴蘭吉之父）的最後一根稻草。他一生肺病纏身，無法活著親眼看到巴蘭吉參加navjote——也就是瑣羅亞斯德教的受信禮儀式。

但男孩和他的兩個姊妹很幸運，他們的母親在孩提時代便習得一樣營生技藝：她是異常出色的縫紉女工，編織的刺繡披肩極受人重視與喜愛。當這家人的困境傳遍整個社群，訂單便如雪片飛來，她努力工作，勤儉度日，不僅能養活孩子，還讓巴蘭吉接受基本教育。日復一日，年復一年，她的聲名遠及孟買，這讓她得到一個重要的工作機會：孟買最顯赫的帕西族商人要嫁女兒，她受邀為婚禮製作刺繡披肩——而這商人不是別人，正是魯斯坦吉·佩斯托基·密斯垂老爺。

這兩個家族並非互不相識，密斯垂家族也是在納瓦斯里發跡——原本是個小型家具工坊，摩迪家族全盛期時也曾大方光顧。工坊有個用來做造船塢的附屬棚屋：雖然小歸小，這門生意卻迅速拓展出不同支線，獲得東印度公司的大合約後，密斯垂家族遷至孟買，並在馬扎剛碼頭區開了家造船廠。魯斯坦吉老爺接管公司後，更加積極進取，在他的率領下，密斯垂造船廠成為印度次大陸最成功的企業之一。接下來，他準備把女兒嫁給國內最富裕的商業世家：戈拉巴的達狄賽思家族之子，並打算以空前絕後的盛大規模歡慶婚禮。

但在婚禮活動展開前幾天，一切安排妥當，眾人莫不引頸期待時，命運之神前來攪局：達狄賽思家在亞丁港的一名合夥人，送給準新郎倌一匹健美的阿拉伯駿馬，年僅十五的男孩堅持要去海邊騎馬，但剛經過跨海長途旅行的馬兒失去控制：暴怒之下突然在沙灘上狂奔，男孩被甩下馬背，當場喪命。

對密斯垂家族來說，男孩的死可謂雙重悲劇：他們不僅失去理想女婿，還不得不接受一個事實，那就是這場悲劇已讓女兒的前景被惡運玷污，就算她不是不可能再找個好人家，機會也微乎其微。當他們再次向外試探，心中的恐懼立刻獲得印證：女孩的處境引來不少同情聲浪，卻無人願意提親。當意識到他們的圈子裡明顯不會有人提親，密斯垂家只好心有不甘地把親家對象擴展至本城之外，回到故鄉，找上巴蘭吉母親的門前。

雖然家道中落，但摩迪家族這一支系向來受人敬重，巴蘭吉是個身強體壯、相貌堂堂的男孩，也多少受過教育，年近十六，正值適婚年齡。聽到關於他的好口碑後，老爺前往納瓦斯里時與巴蘭吉見了面，對他的上進與活力留下了好印象：雖然有些缺點，像是舉止不甚合宜及出身貧寒，但最後老爺仍舊決定這男孩足以匹配他的女兒。不過情勢使然，巴蘭吉母親得到的聯姻條件中列出幾項前提：由

---

8 英國殖民時期的印度貨幣，鐵尼（tinny）是錫幣，克波隆（coproon）和半安那（half-anna）是銅幣。

於男孩身無分文，短期內看不出有什麼前途，因此這對夫妻必須住在孟買的密斯垂宅邸，新郎必須參與家族事業。

雖然這場聯姻帶來作夢都想不到的好處，可是巴蘭吉的母親並未逼他接受：她經歷人情冷暖，早已看清世態，她與兒子討論聯姻附帶條件時說：一個跟岳家生活的男人，也就是「入贅女婿」——gher-jamai——從來不是容易的事。你知道人家怎麼形容這種女婿的嗎：kutra pos, bilarã pos per jemeinã jeniyãne varmã khos——養貓養狗，但女婿跟他後代要推進水溝……

巴蘭吉只把這句話當鄉下人的老生常談一笑帶過，以為對密斯垂這種富裕而世故的家族並不適用。他迫不及待想揮別這鄉下地方，也知道這種機會可一而不可再：他幾乎當下就作出決定，但礙於形式，他還是等了一週才要求母親代他接受聯姻的要求。

就這樣，這場婚姻就在低調慶祝下完成，巴蘭吉與詩凌白搬進孟買的阿波羅街密斯垂宅邸中。

詩凌白是個羞怯靦腆的女孩，自從發生了這場婚姻之前的悲劇，她的性格就蒙上抹不去的陰影，與其說是新嫁娘，她的模樣倒更像寡婦，似乎永遠籠罩在愁雲慘霧中，彷彿在哀悼失去那個原本應得的丈夫。對巴蘭吉，她仍克盡為人妻子的本分，卻沒什麼熱情。由於他對她也沒抱太多期望，兩人倒也相敬如賓，接連誕下兩個女兒。

雖說巴蘭吉與詩凌白之間少了點激情，但兩人也甚少積怨——不過這不包括與她家族其他人的相處。密斯垂家族占地遼闊的宅邸窩居著許多人，包括詩凌白的父母、她的三個兄弟及其妻小——除了族長明顯看好他，其他人則似乎上下一心將他視為一文不名的鄉下人、是個自以為是的粗野窮親戚滲透到家族中、準備謀奪他們的財產。

巴蘭吉在某些方面確實笨拙，他不否認，就像他也不否認自己那口古吉拉特邦鄉下口音及拙劣英語讓他在高雅的密斯垂宅邸屢現窘態。可這都是小問題，事實上，是密斯垂家族傳統上對男性天資的期許讓他的缺陷顯得格格不入。他們是世代相傳，對個人手藝自傲的造船工與工藝大師。詩凌白的父親魯斯坦吉老爺想證明歐洲人通常稱為「港腳船」或「黑船」的印度船，就算不比世上其他地方的船好，至少也能有同樣傑出的表現，並以此為己任。老爺不僅親自負責開發數種造船技術上的重大革新，並訓練學徒在這瞬息萬變的產業中力保技術不落人後。孟買常有時下最精良最時髦的外國船隻來訪：與這些船上的技工和修理匠結交，密斯垂家族便可向他們取經，學會所有最新改良技術與航海裝置情報，以精進自己製造的船隻。確實，他們的船舶設計先進，製作成本低廉，於是許多歐洲艦隊和船東——就連英國皇家海軍——都開始找上密斯垂父子公司，而不是南安普頓、巴爾的摩和呂貝克的造船廠。

密斯垂家族在競爭如此激烈的業界中能把公司成功塑造成一股強大勢力，是因為把焦點牢牢鎖定在自己擅長的領域。一個新手要達到這種專業公司的要求，就得具備巴蘭吉沒有的技能：他的雙手不穩，無法把工具握牢，鑽研細節讓他深感無趣，他又太過我行我素，很難和團隊夥伴合作。他的造船學徒身分沒維持太久，很快就被派到後面會計作帳的昏暗辦公室。可是這活兒也不適合他，無論對數字或同事，他都提不起興致：在他看來，收帳業務與分類帳記帳員的眼界狹窄到不可置信，也缺乏想像力與冒險精神。他認為自己擁有完全不同的天賦：他長袖善舞，擅長掌握最新情報，更有一雙懂得衡量風險與機會的利眼；而非枯燥乏味的整理錢幣和填寫欄位——即便還在辦公室工作，他仍謹慎關注新職缺，毫不懷疑有天能找到更適合發揮自己天賦的事業領域。

沒過多久，巴蘭吉便明確知道自己要的是什麼：西印度與中國之間的出口貿易發展迅速，帶來不少好機會——不單是利潤，還有旅行、逃離與刺激。但他知道要說服密斯垂家族投入這戰場並不容易，講到做生意，他們的態度仍舊十分保守，不認同任何帶有投機成分的事業。

巴蘭吉第一次建議投入出口貿易市場時，他岳父自然對此反感：什麼？把鴉片賣到國外？你這是在賭博——這也不是密斯垂這種公司該參與的事業。

不過巴蘭吉有備而來。他這麼說：聽我說，sassraji（岳父），我知道您與您的家族致力於製造及工程產業。不過你瞧瞧周圍的世界，看世界已變成什麼樣子。在今天，利潤最高的事業賣的都不是有用的東西：剛好相反，利潤都來自販售沒有實際用處的物品。你看大家從中國引入的新種白糖就好——這種他們叫作「低糖」（cheeni）的糖，會比蜂蜜或棕櫚粗糖甜嗎？沒有，可是大家還是願意掏雙倍價錢、甚至更多錢買。你看看其他人賣蘭姆酒和琴酒賺的錢，這些會比我們自個兒的棕櫚酒、葡萄酒或土釀（sharaab）好嗎？沒有，可是大家還不是趨之若鶩。鴉片也一樣，除非生病，否則要鴉片作啥，但大家還是要買。等到他們用了以後，就戒不掉這玩意兒了，市場只會越作越大，這就是為何英國人想要搶下並獨吞這門生意，幸好他們還沒壟斷孟買的鴉片，現在還是合法生意。從這上頭賺點錢能有什麼損失？每家造船廠都有自家的小船隊用來作海外貿易，密斯垂家難道不該創辦自己的出口部門？看看其他公司出口棉花和鴉片賺入多少盈收：每批運往中國的貨物，投資報酬可是翻倍甚至三倍數目。只要您點頭，我就願意去趟廣州探探路。

魯斯坦吉老爺還是不買帳，不。他說：這和我們公司經營的業務相差太遠，我不能讓你這麼做。

於是巴蘭吉重返會計部門，可是表現實在差強人意，於是魯斯坦吉老爺又召他回辦公室，直言不諱告訴他，他成了個徹頭徹尾的nikammo——吃軟飯的男人。他在造船工廠沒用處；在家裡也似乎無法和多數家族成員融洽相處——再這樣繼續下去，很快就會成為家族的累贅。

巴蘭吉低下頭說：Sassraji，誰能無過，我不過二十一歲，給我個機會，讓我去中國跑船吧，我會證明給你看。相信我，我一定努力證明自己值得您和家族的信賴。

魯斯坦吉老爺對他認真凝視許久，極輕地點了個頭：好吧，你去闖吧，咱們看看你能闖出什麼名堂。

於是乎，密斯垂父子公司資助了巴蘭吉的廣州首航──結果滿座震驚，連巴蘭吉本人都覺得不可思議。對他來說，該趟旅程之最莫過於商人居住的廣州城內飛地，老手稱之為「番鬼城」的地方，儘管受到諸多古怪限制，卻又格外紙醉金迷。在這裡總有人盯著你，但至少不必忍受家族的蹙眉監視，此地嚴禁婦女進入，可是總有女人以意想不到的方式走進你的生活：巴蘭吉就在二十來歲時意外但欣喜地與芝美發展出一段情緣，這個蜑民之女為他生下一子──由於必須瞞天過海，不讓孟買的人知道此事，這孩子對他來說就顯得更加寶貝。

在廣州，巴蘭吉卸下家庭、家族、社群、責任與禮俗的層層包袱，感受到一個之前一直在體內冬眠的全新人格浮出表面：他變成巴力．摩迪，一個自信強勢、合群好客、精力旺盛而事業有成的男人。但等回到孟買，這個自我又遁回原先的外殼，巴力再度變回巴蘭吉，那沉默奉獻、在聯姻家族的限制下敢怨不敢言的丈夫。倒不是其中哪一個自我比另一個真實，這兩個都是他人生的一部分，對巴蘭吉來說同樣重要、同樣必要，他不想改變任何一方。就連詩凌白無動於衷的盡守本分，她那幾乎毫不掩飾的失望，也是他存在的輪廓中不可或缺的，與他熱情洋溢的天性是必備的互補。

巴蘭吉成就斐然，他大可從密斯垂家族離巢，打造自己的貿易公司──可是這想法從未真正進入他腦袋。首先，他得到的補償慷慨到沒得抱怨。不過比起收益，巴蘭吉更享受身為孟買名聲最響亮的公司代表所能享有的特權：例如在廣州享受最高級的住所，以及幾近不受限的個人開銷。另外說到舒適與名望，還有一艘像阿拿西塔號這樣任他使用的船。這船是岳父親手為他打造，幾乎等於他的個人旗艦：無論在廣州或世界其他地方，沒幾個商人能像他一樣誇耀無可匹敵的豪奢旅行方式。

此外，若與密斯垂家族分道揚鑣，便無可避免得走上搬家一途——巴蘭吉深知詩凌白絕不會同意離開家族宅邸，每次提起此事，她就淚眼潸然。你怎能說走就走？Ay apru gher nathi？這不也是我們的家嗎？你明知要是沒有我，我母親就活不下去，而你遠在中國這些年月，我又該如何是好——自己承擔一切，身旁連個男人都沒有？如果gher ma deekra hote——家裡有個兒子，情況當然就會不同，偏偏……

所以巴蘭吉安分守己留在密斯垂的勢力範圍內，低調打造自己的商業王國，將它塑造成能與家族造船廠實力相當的兄弟。但奇怪的是，巴蘭吉的成功並未改變詩凌白的兄弟對他的看法：相反地，他們因為長久以來對他積累的疑慮而多出一份恐懼，更痛恨父親對他漸增的依賴。

密斯垂家年輕輩的態度或許讓巴蘭吉摸不著頭緒，但他母親可不這麼看，她再次伸進諺語錦囊解說：你知道他們為什麼害怕？他們對彼此說的是：palelo kutro peg kedde——會一口咬上你腿的，總是家裡養的狗……

以前巴蘭吉老是嘲笑她的村俚妙語——可是到頭來還真證實了她是對的。

那些年巴蘭吉為密斯垂父子公司掏心掏肺，加上岳父的鼓勵，他明白這份在他手上建立並壯大的事業終將完全交到他手中，可是一場毫無預兆的中風，使老爺肢體癱瘓甚至無法言語。幾個月來，他在生死之間遊蕩，讓家族與公司陷入紛爭。先是那份傳說中的遺囑從未找到，等他一過世，兒孫更立刻捲入爭奪公司主導權的亂局，這事巴蘭吉和詩凌白都沾不上邊，因為她所繼承的遺產都由兄弟託管，至於巴蘭吉則因手中股權不足，無法列入負責人的考慮名單。

被妻舅召去開會時，巴蘭吉已嗅出事有蹊蹺。他們繞著他呈半圓而坐，說明他們對公司的未來已有共識，由於造船生意衰落已久，他們決定變賣公司，以提供眾兄弟與孩子們另行創業的資金。由於出口部門與船隊是公司目前最有賺頭的部分，因此將首先出售。當然，不幸的是，巴蘭吉便勢必得退休，不過看在他對公司的貢獻，公司自然會給他一筆極優渥的安家費——畢竟，他確實已五十好幾，兩個女兒都已嫁人且衣食無虞，難道他不認為，人生走到這一步，風光退休正是精采生涯的最佳結局嗎？

換句話說，他，對公司卓有貢獻的巴蘭吉，要被踢出繼承的位置，過著拿退休金養老的日子。

密斯垂家族願意賣掉利潤豐厚的出口部門是他萬萬想不到的發展，他也不會妥協就此退休，想到從此再也不出海，再也不回廣州，這簡直比折他一半壽命更糟糕，就跟活死人沒兩樣。他上次去中國已是三年前的事，他那現在已二十出頭的兒子銷聲匿跡，芝美也已離世。光為這理由他就無法想像永遠離棄廣州，要他不能知道兒子的下落，他永遠無法消受這等折磨。

但為何要現在賣掉？巴蘭吉對妻舅說：為何要在生意最興隆的時候賣掉出口部門？怎麼不多等個幾年？

密斯垂兄弟解釋，他們最近耳聞許多中國方面的不利風聲，甚至盛傳皇帝很快就會全面禁止鴉片進口，這段不知會拖多久的不確定期似乎迫在眉睫，這也是為何很多孟買商人現在都洗手不沾中國貿易這條線。至於他們自己，則一向覺得這門生意風險太大又過於投機，結論就是最好趁出口部門變成公司的燙手山芋前將它脫手。

巴蘭吉的反應則是以毫不掩飾的詫異瞪著妻舅：他握有更多消息來源，其實比他們更關注相關傳聞與謠言，他的結論與他們恰恰相反，在他眼中，目前商機大好，而且是一生難再的絕佳機會。一八二〇年也曾傳過類似謠言，那年魯斯坦吉老爺也試圖打消巴蘭吉的鴉片船運。但他不僅堅持己見，那年運送的鴉片更是史上數目最大，最後情況一如預期，他也大賺了一筆。而正是這次出奇致勝，讓他得以躋身外國商業菁英圈。在廣州，這群人叫作daaih-baan——「大班」，他們喜歡塑造這樣的自我形象。

巴蘭吉有足夠理由相信，類似的好事今年還會再次發生：他近來得知，有批重臣向中國皇帝上了奏摺，建議將鴉片貿易合法化，看來很快就會成真：如果對鴉片貿易課稅，國家歲入將會大增，這些高官也能賺得荷包飽飽。之後對鴉片的要求自然會大幅攀升。

巴蘭吉若是有意，大可將此事告訴密斯垂家兄弟，也可告訴他們，他今年計畫運送一批極大量的鴉片，可望為公司大賺一筆。可這兩件事他都沒做，反而作了個幾年前就該下的決定：長久以來，他運用才智、膽識和經驗為妻舅賺錢，現在該是為自己賺錢的時候了。如果合併所有資源，把他的儲蓄變現、抵押房地產、變賣詩凌白的珠寶、再跟朋友借貸，那就一定能讓手上資金翻倍甚至到三倍，他就能建立自己的公司。這是他必須冒的風險。

他對妻舅客氣地一笑。不行，他說：你們不能賣掉出口部門。

你這什麼意思？

你們不能賣掉出口部門，意思是，我要向你們買下來。

你？他們異口同聲說道。可是想想開銷……還有船隊……阿拿西塔號……船員和薪水……保險……辦公室……倉庫……營運資金……固定費用。

他們全都陷入沉默，睜大雙眼望著他，直到有人屏不住氣了才問道：你有資金嗎？

巴蘭吉搖頭。沒有。他說：我現在沒有資金，可是一旦我們決定了價格，我會承諾，你們一年內就能拿到這筆錢。在那之前，我要求你們保持出口部門完好，交給我自由管理。

這群兄弟焦躁不安、面面相覷，不確定該如何回應。巴蘭吉為了將此事定調，溫和地指出：你們明白自己別無選擇。全孟買每個人都知道這部門是我從無到有一手建立的，我未表態前沒有買家敢出手的，而且如果真是這樣，你們就不會知道這個部門哪怕只是一小部分的真正價值。

說時遲那時快，頭頂傳來一個聲音，只不過是某樣重物掉在樓上地板——可是巴蘭瞭解他的聽眾有多迷信，見機不可失，便把手壓在心口說：Hak naam te Saahebnu，真相乃天神之名。

如他所料，此舉讓爭論畫下句點：密斯垂兄弟接受他的條件，巴蘭吉立刻著手展開計畫。

多年來，他周旋在負責將鴉片從印度中西部市集小鎮運至孟買的小商人、商隊主和放債人之間，培養出廣闊的人脈。而今他派出信差與使者至瓜廖爾、印多爾、博帕爾、德瓦斯、巴羅達、齋浦爾、久德浦爾和科塔等地，到處放話說，孟買有位老爺今年開的鴉片收購價絕對公道。與此同時，為了取得這批貨的進貨資金，巴蘭吉把儲蓄變現，動支名下每一分可動用的產業。當這些加起來還不夠，他（在妻子強力反對下）抵押了他們共同持有的土地，並變賣黃金、白銀和珠寶。

然而即便做了這一切，他還是湊不出一船能完成他野心的貨：最後能夠成行，要歸因於一件當初未曾預見的發展。雨季來到尾聲，大量貿易船隊通常這時就要出發前往廣州，但迫在眉睫的中國禁煙風聲似乎越來越明確，在這消息影響下價格一落千丈。於是當眾人不再買進鴉片時，便是巴蘭吉進場的時候。

就這樣，他成功收齊了一船的貨，在一八三八年九月的暴風雨中乘風破浪前進。這批貨的總值若如巴蘭吉所料想，那麼將超過一百萬兩中國白銀——相當於四十英噸白銀。

這下損失了多少？巴蘭吉躺在船東套房的床鋪上，因鴉片後勁而暈眩時，焦慮也同時煎熬著他。維可每一出現他就問：多少，維可？Kitna？損失了多少？

還在計算，頭家，還不知道。

終於，維可算出最後金額，情況比預期中好，也比預期的糟：他估算大約損失了三百箱——也就是整批貨的一成左右。

損失約莫五噸白銀無疑是錐心之痛，但巴蘭吉明白情況可能更糟。加計保險之後，他仍能償付投資人，並賺進一筆漂亮利潤。

現在唯一的問題是，要怎麼打這副牌，牌已握在手中，牌桌也已就緒。

*

看一個女孩哭得梨花帶雨，菲奇幾乎無法承受這種煎熬。用力捋了番鬍子，又清了幾次喉嚨後，他突然開口：「倪聽我這麼說或許會很吃驚，可是寶麗小姐，我和倪父親很熟，我不得不說，倪跟他是一個模子印出來的。」

寶麗抬起眼皮，擦乾淚水。

「沒有可能（incroyable）啊，先生：您是在哪遇見我父親的？」

「就在這裡，這個坑坑疤疤的房子，就在這座植物園……」

事情發生在三十多年前，就在菲奇首航中國後返回英格蘭時。這是一趟艱困的航程：他的舊式「植物艙」被一陣雹暴嚴重摧殘，植物同時遭到海水潑濺與強風肆虐。痛失大半採集樣本後，他絕望地來到旁波慕斯。在那兒的植物園入口附近有個儲藏庫，他就在那裡結識了皮耶．蘭柏：這位年紀輕輕的植物學家剛從法國抵達，正在試驗一種新的植物運送容器：他用老樹幹做成容器，再移開幾塊上方的板子，換上厚玻璃框。他給了菲奇兩個容器，且未對他收費。

「我一直想感謝倪父親，但是從此再也沒見過他，現在知道他走了，我真的很遺憾。」

聽到這裡，寶麗的冷靜自持消失殆盡，開始傾訴她的故事：她告訴菲奇，她父親在加爾各答過世後，她落得窮困潦倒，於是她決定遠行到模里西斯，她的家族在那裡曾有舊識，後來成功偷渡上一艘苦力船朱鷺號。這趟航程在許多方面都堪稱災難，但多虧幾名善良的船員，她才得以安全上岸。她這身衣服就是這艘船的二副賽克利．瑞德借給她的，可是他現在卻被逮捕，很快就要送回加爾各答以叛亂罪名受審。身無分文下，她走向植物園，這個她父親曾經工作過的地方——卻發現植物園已遭荒廢遺棄，無處可去的她過去幾天都藏身在這廢棄的小木屋，並四處搜尋食物。

「倪曉得接下來要怎麼做嗎？有頭緒嗎？」

「不，還沒有，不過目前為止還應付得來，沒理由不能再多撐一陣子。」

菲奇咳嗽，清清喉嚨，轉頭面對她：「那要是——要是我有更好的提議呢，寶麗小姐？一份工作？倪會考慮嗎？」

「先生，一份工作？」她帶著防備的表情說：「可以問是哪一種工作嗎？」

「園藝工作——不過是在船上，倪會有自己的船艙，年輕淑女該有的設備全都有，薪水和水手長一樣，伙食不另外收費。」他頓了一下：「這是我欠倪父親的。」

寶麗的臉龐漾出笑容，搖了搖頭：「先生，您很仁慈，但我不是走失的小貓，我父親不會希望我因您的慷慨而占您便宜。至於我，我得坦承我也受夠了靠別人的接濟過活。」

「接濟？」

菲奇瞬間察覺體內某處變得奇異地不受控制：彷彿某種陌生疾病侵襲，他不記得體驗過這種症狀——咽喉就要窒息、雙手如中風不聽使喚地顫抖、眼睛奇癢無比。他癱坐在一張椅子上，手指摸上喉頭，困惑地看見從鬍子末梢淌落的水滴。他看著濡濕的手指末端，彷彿它們幻化成某種難以理解之物——好比從荊棘末端探出的捲鬚。

菲奇不是有淚輕彈的男人：小時候不管捱上多少拳腳，他都能忍住不掉一滴眼淚，可現在卻像一輩子的苦痛全都傾瀉而出，汩汩滑落臉頰。

寶麗奔上前跪在他身邊，憂心忡忡望著他的臉：「先生，您怎麼了？要是我惹您生氣，請相信我不是有意的。」

「倪不懂，」菲奇帶著哽咽聲說：「我給倪這份工作不是接濟，寶麗小姐。事實上我也有個女兒，她叫艾倫，跟著我一塊兒旅行。她從小就喊著想跟我一樣去中國，去採集植物樣本。一個月前她生病了，我們卻無計可施。現在她走了，沒有了她，我真不知道自己還能不能活下去。」

他把雙手從臉上放下，看著她：「事實上，寶麗小姐，倪才是對一個老傢伙行善的人。就當是為了我吧。」

3

好多年來，巴蘭吉都把新加坡的崛起當作熱帶叢林笑話來說嘴。

早年巴蘭吉橫渡海峽時，不停在新加坡而選擇麻六甲是有原因的，麻六甲是他最愛的城市之一：他喜歡它的地理位置、樸素的荷蘭式建築、中國寺廟、刷白的葡萄牙教堂、阿拉伯市集以及古吉拉特邦家族長期定居的巷弄——身為美食饕客，他又特別喜愛城裡娘惹商人[9]的家宴菜色。

這些日子以來，新加坡不過是堵在海峽開口的眾多草木叢生小島之一。島嶼南邊的河口那兒有個馬來小村（kampung）：船隻偶爾會在附近下錨，派出長艇來取淨水並採買糧食。但這小島也因叢林中的老虎、鱷魚和劇毒蟒蛇而惡名在外，若非必要，沒人願意在此逗留。

英國人選擇這個前景不看好的地點興建開展新城鎮時，巴蘭吉跟許多人都相信這聚落很快就會再次被叢林吞沒：麻六甲僅在一日航程之外，誰會想在這裡落腳？不過，隨著一年年過去，儘管巴蘭吉個人偏好麻六甲，還是不得不頻繁屈服於他船上的長官，他們聲稱新加坡的港口設備更佳——並格外中意提芬戴爾先生位置便利的造船廠：他們常說那是這地區最好的船廠。

風暴之後，阿拿西塔號就是來到這裡：雖說她失去第二斜桅和艏飾像，但其他桅杆依舊完好，她

9　娘惹為馬來語「峇峇娘惹」（Baba Nyonya）的簡稱。指的是明清兩朝時移民至印尼、星馬一帶的中國移民與當地原住民混血後形成的族群。

只用了不到一週便通過這段航程。由於嚥下的生鴉片殘留的後遺症，巴蘭吉在整段旅程中都打不起精神，後來幾天，鴉片引發的暈眩更讓他吃足苦頭：比任何先前的經驗都要猛烈，也比他遇過最嚴重的暈船更難受。他的腹部每小時都會痙攣糾結個一、兩次，彷彿身體想把內臟從嘴裡推擠出來。這抽搐讓人虛弱癱瘓，沒有維可幫忙，他甚至無法自己翻身。

阿拿西塔號抵達新加坡時，巴蘭吉仍舊虛弱得下不了床，當船進塢維修整裝，他選擇留在船上。這算不上什麼折磨，比起城裡唯一夠得上水準的旅館：杜崇奎先生（Mr. Dutronquoy）的飯店，他自己的船還是舒適多了。阿拿西塔號的船東套房恐怕是除了皇家船艦之外最奢華的船上套房：除了臥房，還有客廳、書房、浴室和盥洗室，這裡正如阿拿西塔號的其他部分，用波斯與亞述藝術主題裝飾艙壁，木頭鑲板上刻有浮雕：有類似波斯波利斯與帕薩爾加德的凹槽式廊柱、筆挺站立的蓄鬚持矛士兵側身像、以及生有羽翼的法羅哈[10]與躍馬。船艙一隅有張桃花心木大桌，另一個角落立著一座小神壇，掛著一幅先知瑣羅亞斯德的鍍金框畫像。

床鋪是套房最豪華的特色之一：一張四柱篷床，位置可讓巴蘭吉望出船艙窗外看見海港，得以飽覽像新加坡這般前所未見的迅速轉變。

提芬戴爾造船廠位於新加坡河口，即海口灣與港外下錨地之間的內港。碇泊在這中間的阿拿西塔號，船尾隨著潮水搖晃：面朝外時，會看見上百艘販貨船（bumboat）與名叫舯舡（tongkang）的平底駁船在泊於港灣的船隻間穿梭來往。當這些船返回岸邊，偶爾太靠近阿拿西塔號時，巴蘭吉會聽見河口的牛干冬村（Chulia）船夫用坦米爾語（Tamil）、泰盧固語（Telegu）和歐利亞語（Oriya）交談、吆喝及歌唱。阿拿西塔號船尾轉向時，新建的倉庫和貨棧全景則盡收眼底，有時阿拿西塔號晃得角度太大，往上游方向甚至能看見駁船碼頭，更小的「港腳船」就是在那裡卸下貨品和乘客。

商業活動無休無止、船隻川流不息，看在巴蘭吉眼底，他逐漸瞭解為何有些熟識的商人最近會在新加坡購置或租下倉庫和辦公室：看來這座新聚居地的商業地位很快將會超越麻六甲。巴蘭吉百感交集：他懷疑自己在這英國人新建的殖民地不會像在老麻六甲一樣愜意，在那裡，馬來人、中國人、古吉拉特人、阿拉伯人與葡萄牙和老荷蘭家族的後代比鄰而居。但新加坡在規劃上謹慎地將「白人鎮」與其他聚居地區隔開，中國人、馬來人和印度人各自分到不同的「生活區域」——或是某些人口中所稱的「貧民窟」。

這別開生面的新市鎮會變得如何？可以確定的是很適合作買賣：維可上岸短暫停留後帶回的報告證實，集市街和市場在這殖民地如雨後春筍冒出——維可格外喜歡每週一次的露天集市，人們會從四面八方湧進，販賣交換舊衣。

從維可轉述的內容以及巴蘭吉自己對河上交通的觀察，他很清楚新加坡正在快速蛻變，將成為印度洋的主要中繼站：所以當他聽聞老友查狄格・卡拉比典也在這個城裡時並不驚訝——查狄格當時走在商店街上，與維可撞個正著。

Arré（唉呀），維可！巴蘭吉說：你怎麼沒帶查狄格大哥[11]回來？

他正要去別的地方，頭家。他說會盡快來找你。

---

10 法羅哈（farohar）：祆教的鳥類符號，象徵人類出生前的靈魂死後依然存在，提醒世人生存的目的，提升靈魂層次。

11 Bey，源自土耳其語，作為姓名的後綴敬稱。本書中巴蘭吉以此作為對查狄格的敬稱。但兩人在之後的對話中除此敬稱外，也會用印地語中更親密且發音相近的bhai互稱，本書中則將Bey與bhai分別譯為「大哥」和「兄弟」。

他在新加坡忙什麼？

他正要往廣州去，頭家。

噢？巴蘭吉急切地坐直身子。行程都訂好了嗎？

不知道，頭家。

維可，你得去找他，巴蘭吉說：告訴他，他得搭我們的阿拿西塔號一塊兒去。我不許他拒絕。告訴他盡快上船。Go na jaldi！（快去！）

查狄格．卡拉比典是巴蘭吉寥寥可數的真正知交，兩人二十三年前在廣州相遇。查狄格是製表商，經常遊走印度洋與南中國海眾多海港，販賣鐘表、音樂盒與其他機械器材——總的來說就是「鳴唱裝置」，這在廣州非常搶手。

查狄格雖是亞美尼亞人，但家人已在埃及落地生根好幾世紀，他們住在開羅的基督徒區和猶太區。傳說中，查狄格的某位祖先從小被賣給埃及蘇丹，後來晉升進入馬穆魯克軍團[12]，便想辦法帶了幾個親戚來到開羅，他們在此以工匠、稅吏和商人身分起家。自那時起，他們便與亞丁、巴斯拉、可倫坡、孟買以及包括廣州在內的幾個遠東港口發展出密切的商業關係。

比起宗族裡的其他人，查狄格從骨子裡對旅行上了癮，他精通包括印度普通話在內的多種語言，並擁有巴蘭吉稱之為khabar-dari（消息靈通）的才華——這也是讓他們在廣州相遇的部分原因。

那是一八一五年，法國在滑鐵盧敗戰的第一手消息於十一月底傳至南中國，這消息讓大半歐洲居民鬆了口氣，因這場戰爭而延宕歸期的歐洲商人現在都改變心意，決定踏上歸途，由此引發五花八門的混亂局面，其中包括匯票短缺。正因需求量大，要在印度找到可支付的匯票格外不易：這時巴蘭吉突然發現，若想兌現當季利潤，他可能得遠征一趟英格蘭。

巴蘭吉對此並不特別失望：他從未踏足歐洲大陸，想到遠行的可能就興奮不已——但預訂行程時，發現前往西方的船位嚴重不足，就在此時，有位帕西族友人從中牽線，介紹他認識了查狄格·卡拉比典。

身為熱中歐陸政治學的學生，查狄格早已預見百日戰爭[13]的結果，甚至找出從中獲利之道。他正巧要前往英格蘭，並料到當季會有不少人前往西方，於是保留床艙裡的另一個鋪位，等待轉讓給意氣相投且願慷慨解囊的旅伴。經過一番熱烈但平和的講價，他與巴蘭吉達成雙方皆滿意的條件，在一八一五年十二月七日於澳門登上東印度公司的喀夫內爾號。

查狄格身材高䠷，頸子修長纖細，粉嫩紅潤雙頰上放射蛛網狀的微血管讓他總是看似遭到凍傷。啟航之後，巴蘭吉與查狄格幾乎形影不離：他們的船艙在船身深處，為了避開艙底臭氣，這兩個生意人總是盡量待在甲板上，倚著欄杆聊天，任海風吹拂臉龐。兩人都三十五歲上下，極詫異地發現在兩個不同大陸成長的男人，遭遇竟能如此不可思議的相似。查狄格跟巴蘭吉一樣，受益於一段門不當戶不對的婚姻才爬到今天的地位——他被與家族有往來的一個富戶相中，娶了他們守寡的女兒。他也很清楚身為窮親戚被岳家看低的感受。

有天，他們倚著欄杆，觀望喀夫內爾號船艄激盪的泡沫浪花，查狄格說：當你遠離老家，住在中

12 Mameluok，西元第九至十六世紀間效忠於近東地區伊斯蘭諸王朝的奴隸軍團。之後並於十三至十六世紀間在埃及建立自己的王國。

13 指的是一八一五年拿破崙一世從流放地厄爾巴島重返法國復辟，以至滑鐵盧戰役敗北後再次被流放之間約百日的過程。

國的時候——是怎麼……解決需求？

巴蘭吉對這種話題向來不自在，於是開始結巴：Kya？……這什麼意思？

你知道，這沒什麼好羞恥的。查狄格說：這不只是身體的需求，也跟rooh——靈魂——的需求有關——一個在自己家裡孤單無伴的男人，難道沒有權利在別的地方尋求慰藉？

你說這是權利？巴蘭吉問道。

不管是不是權利，我不介意告訴你——我，跟許多必須長年在外走動的男人一樣——有第二個家庭，在可倫坡。我在那裡的「妻子」是錫蘭公民，雖然我和她組成的家庭算不上名正言順，但這個家對我的重要，不下於我名分上的家庭。

巴蘭吉匆匆瞥向他，又垂下眼皮。那很辛苦，對吧？

他語調中有些東西令查狄格停頓半晌。所以，你也有個情婦？

巴蘭吉垂著頭，點了一下。

是中國人？

對。

是人家說的「煙花女」嗎——職業的那種？

不！巴蘭吉激動起來：不是的，我遇見她的時候，她是個洗衣婦，是個寡婦，跟母親和女兒住在一艘小船上，她們靠著幫城內飛地的外國人洗衣過活……

巴蘭吉從未和任何人提過此事：能說出口讓他輕鬆許多，話匣子再也關不上。

她叫芝美，他這麼告訴查狄格。巴蘭吉遇到她時才初到廣州。身為帕西族商團中最年輕的成員，常有人吆喝他幫大老闆跑腿，有時甚至派去碼頭區找人洗衣。這機緣促成了他與芝美的相遇。她在自己的船尾平台上刷洗衣服，一條頭巾緊裹著頭髮，幾綹髮絲掙脫布巾束縛，蜷曲地貼著前額。她的臉蛋細緻活潑，黝黑眼珠晶亮有神，潤澤雙頰猶如拋光的蘋果。他們短暫四目相接，但她很快把臉撇開。不過稍後他準備走回行館時回身張望，正好逮到她也在看他。

他回到房裡，她的臉龐不斷浮現腦海。這不是巴蘭吉第一次對碼頭上工作的女人產生幻想——但這次他的渴望比以往更強烈。她望著他的模樣深深印在腦海，催促他重回她的舢舨。他開始假借跑腿名義造訪洗衣船，有好幾次，他注意到她看到他時，一張臉會羞紅地轉開：他也只能藉此知道她認得他。

他注意到她的舢舨上似乎總是只有其他兩人，一個老太太和一個小女孩：船上從來不見男人蹤影。他因此鼓起微弱的希望，有天發現她落單時，把握機會問道：「妳的名字叫什麼？」

她的臉頰飛紅：「Li Shiu-je，先生名字叫什麼啊？」

後來他才理解，她是要他喊她「李小姐」：不過那時候知道她能說流利的番鬼城通行語就夠了。

「我巴力。巴力．摩迪。」

她捲起舌頭唸他的名字：「巴力先生？」

「是的。」

「巴力先生是Pak-taw-gawi嗎？」

巴蘭吉認得這個詞：意思是「白頭鬼」，指的是帕西人，因為許多帕西人都包著白頭巾。他微笑道：「是。」

她羞赧地點個頭，又悄悄溜進舢舨船艙。

那時，他已知道她有些特別之處。廣州的女船民跟陸地上的姑娘截然不同：她們不纏足，通常赤腳，也不講究舉止端莊：她們划船、叫賣貨物，論起工作姿態，即便沒有男性船民熱切，也絲毫不落下風。至於金錢，她們則恬不知恥的貪婪，因此常有人告誡巴蘭吉這樣的新人，跟她們打交道時要當心。

但芝美跟某些洗衣婦不同，從沒伸手要過打賞（cumshaws）或小費（bakshish）[14]。她會積極爭取應得的工錢，但不多要。有次巴蘭吉故意多付，多塞了幾個銅板在她手中。她仔細數了數，追了出去：「巴力先生！給太多，拿回去。」

他試著推還給她，但只是令她動怒，她指向泊在附近的一艘俗麗花船：「那隻船有唱歌小姐，巴力先生去那裡花。」

「巴力先生不要唱歌小姐。」

她聳聳肩，把銅板丟回他掌心後揚長而去。

下次見到她時，他微帶愧色，她則似乎覺得有點好笑。把洗好的衣服交給他後，她低聲問：「巴力先生？唱歌小姐，要還不要？」

「不要。」他鼓起勇氣說：「巴力先生不要唱歌小姐，要李小姐。」

「啊呀！」她哈哈大笑：「巴力先生亂說話啦！李小姐不是唱歌小姐啊。」

這奇特的洋涇濱腔調對巴蘭吉來說很新鮮，這樣的你來我往更憑添一股無法言喻的情慾感：於是他起床後就會跑去找她聊天，對她解說自己的人生：「巴力先生已經有了一個太太跟兩個女孩子……」

下回去拿衣服時，他想到一個刺探她婚姻狀態的方法。他假裝這堆衣服太沉拿不動，問道：「李小姐有丈夫先生嗎？有的話，可以讓他幫我拿。」

她的臉色瞬間一沉。「沒有的，丈夫先生死了，在海上，已經一年。」

「噢？巴力先生心裡太難過。」

不多久，巴蘭吉也痛失至親。他收到一封母親的家書，說最小的妹妹在古吉拉特邦過世。她病了幾個月，但大家覺得最好別通知他，畢竟他遠在異國，在那擔心也幫不上忙。如今意想不到的事還是發生了，這會兒沒有理由不讓他知道。

巴蘭吉格外寵愛這個小妹，心煩意亂下，在廣州卻沒一個帕西人可為他分擔這消息的重量。他躲回自己的小房間，該為孟買商團長輩做的工作草草了事。有天，一位商界老前輩痛斥他沒留意衣物清洗狀況，一陣長篇痛罵後，老前輩遞來一條撕裂的頭巾布。

你看——全是你的錯，看看這是怎麼回事！

巴蘭吉沒心情跟他爭辯：他直接走出行館，前往芝美的舢舨。這時天色已暗，但他毫無困難找到舢舨。今天不知何故，只有她在船上。

「巴力先生，請進。你需要什麼？」

「李小姐太可惡了。」

「哎呀！我做了什麼？」

「妳弄破了衣服。」

「我弄破什麼地方啊？巴力先生，給我瞧瞧？」

「當然可以。」

---

14 cumshaw是從閩南語的「感謝」一詞音譯為洋涇濱英語的外來語。bakshish則源自波斯語，後來進入南亞、近東及東南歐語文中，用以表示小費或賄賂之意（見前集《罌粟海》之附錄3：〈朱鷺號字詞選註〉）。

船上唯一一盞燈在艙內：艙裡低矮狹仄，不過裡頭沒什麼物品，因此並不擁擠。巴蘭吉蹲坐在箍環艙頂下，抖開布料尋找撕裂處。頭巾布有好幾碼長，很快便覆滿他們全身，纏繞著兩人的手臂。

這時巴蘭吉口中突然咒罵不斷——bahnchod！madarchod！——她立刻抓住他的手臂。

「停，停，巴力先生。停下來。」她舉起手中布料，抹去他臉上的某樣東西。

「巴力先生困難有嗎？心裡傷心？」

他的喉嚨乾涸，仍勉強擠出一句：「對，我妹妹死了，太傷心了。」

她坐得很近，身子半轉向他，他把頭栽進她的頸部弧彎，詫異於她竟未推開，反而用另一隻手輕撫他的背。

他從未透過撫觸得到如此深刻的安慰：此時卻無半點慾望和性愛的意念，有的只是感激。

很快地，對於他，她似乎下了決定。她在他耳邊低語，告訴他不能再逗留，因為她母親和女兒幾分鐘後就要回來。但她會派人送消息給他，「小男孩——我親戚，名字叫阿留。」

兩天後，巴蘭吉感覺到袍子褶邊一陣拉扯，便轉過身，發現有個小男孩站在身後。一條鼻涕珍珠似地掛在鼻子下，他穿了件污穢上衣和破舊寬褲，模樣就像在城內飛地遊蕩，向人討錢、提供跑腿服務的頑皮小鬼。

「你叫阿留？」

男孩點頭，開始走向碼頭，他的步態搖擺不定，像是隨時都會向前仆倒：由於步伐顯眼，巴蘭吉不用費勁就能在一片黑暗中看見他。他們來到一艘船艙內暗無燈火的舢舨。阿留示意巴蘭吉爬進去，自己則吃力地爬上前甲板。芝美正在昏黑的艙內等著他。她用動作示意他別出聲，他們不發一語並肩而坐，阿留解開繫泊繩，將舢舨划向上游的白鵝潭。這時，她攤開一張墊子。

「來，巴力先生。」

他從未與妻子之外的女人如此親密：他在商場上有多自信好鬥，對親密隱私就有多害羞含蓄。以前他脫衣時總是嚴肅而沉默，可如今芝美幫他脫掉頭巾、讓外袍滑落、解開他的寬褲時，卻咯咯笑個不停。當她試著拆掉他的神聖腰布，他低聲說：「這條布有神明保護，脫不得。」

她驚笑出聲：「唉呀！腰布還有神明保護的？」

「有啊，當然有。」

「白頭鬼穿太多衣服。」

「白頭鬼才沒穿太多衣服。」

狹窄的空間、堅硬的木板邊緣、舢舨的擺盪，以及艙底滲出的魚乾味，帶來一種近乎意亂情迷的急迫感。與詩凌白做愛像是醫生診療，除了必要部位，他們幾乎不觸碰彼此的身體。因此巴蘭吉對於汗水、黏膩、滑落的手與愛撫時誤觸的部位、還有她毫無預兆的放屁，全都沒有心理準備。

激情過後，他們彼此相擁，聽見煙火聲時，兩人把頭探出被子。湖畔村莊正在慶祝某件事，沖天炮穿過天際劃出一道光弧。在空中爆發的絢爛色彩映著暗黑湖面，使得舢舨彷彿懸在一顆燦爛的光球之中。

小船轉向岸邊時，巴蘭吉毫不詫異聽見她說：「巴力先生要給小費，作完買賣（lob-pidgin），吃了雞要付錢，巴力先生要給大大小費。」

他們為了該付多少錢吵了半小時——這種討價還價卻比任何情話都甜蜜，畢竟這是他最熟悉的語言，他每天使用的語言，比起真正的談情說愛，他可以用這語言不停歇地說下去。到了最後，他心甘情願把身上的一切都給了她。

當他準備上岸，她說：「巴力先生也要給阿留小費。」

巴蘭吉的口袋已空空如也，他笑出來：「我沒現金了，晚點再給阿留。」

男孩尾隨他回到住處，巴蘭吉一時興起，送了一份很大方的禮物，阿留立時臉上放光，漾出燦笑：他給他半塊摩臘婆鴉片餅，要他立刻賣掉換現金。「拿去買鞋，買衣服，吃大米。Dak mh dak aa（得唔得啊）？」

「Dak！Mh-goi-saai！（得！唔該晒）[15]！」男孩臉上掛著欣喜的笑容跑開。

巴蘭吉和芝美開始每週一至兩次固定見面。諸如此類的交易都透過男孩阿留安排。當巴蘭吉見他在城內飛地與其他男孩四處奔跑，只需挑挑眉，使個眼色，阿留就懂了。等他晚上來到碼頭，就會見她在舢舨上等待。

打一開始，巴蘭吉就盡可能慷慨，甚至為她擺出闊氣派頭。那個貿易季的尾聲，他在回孟買前問她想要什麼，她說要艘大一點的船，他也欣然應允。下個貿易季開始時，他會滿載各式禮物回來。每次在廣州的居留到了最後，他都會確認她和家人（老母和女兒）的用度足夠到他下次回來為止。他從未起過自己不在時她另有情人的念頭：他絕對信任她，她也從未讓他有理由懷疑她的忠誠。

一八一五年三月，巴蘭吉啟程返回孟買前幾天，芝美拉過他的手，放在她肚皮上：「摸摸看，巴力先生。」

「Chilo（小寶寶）？」

「是，Chilo。」

聽到這消息，他跟得知詩凌白懷孕時一樣欣喜若狂：他擔心的只有她會想拿掉這孩子。為了便宜行事，他給了她錢離開廣州到珠江下游，這樣到時就能告訴別人孩子是領養來的。

這孩子的來臨，讓他興奮到那一年只在孟買待了四個月，雨季結束時又迫不及待回到中國。抵達澳門時，他沒等待往上游的渡船，反而雇了艘快蟹船[16]穿越珠江三角洲的祕密渠道，快速回到廣州。

這初生嬰兒裹在襁褓中，生殖器卻驕傲地露在外面：她把孩子塞入他臂彎，但他抱得太緊，一條溫熱水流從小陰莖噴射而出，濺得他滿臉濕透，滴滴答答流下鬍子。

他笑出來，「他叫什麼名字？」

「良發。」

「不行，」巴蘭吉搖頭：「他要叫福蘭吉。」他們無傷大雅地鬥了一會兒嘴，沒作出結論。

這事發生在巴蘭吉遇見查狄格的三個月前。他對新朋友說起故事時，對話仍鮮明地刻在腦中。故事說到最後他大笑出聲，查狄格也不禁莞爾：所以你兒子到底叫什麼名字？

她叫他阿發，我叫他福瑞迪。

是你的獨生子？

是。

查狄格往他背上一拍以示祝賀。Mabrook（恭喜）！

謝謝。你和另一個太太生了幾個孩子？

兩個。一男一女：雅麗娜和薩爾吉斯。

---

15 「得唔得」與「唔該晒」即粵語的「好不好」與「多謝」之意。

16 珠江三角洲的海盜與私貨販常用的快速帆船。因船身兩側各置數十支槳，形似蜈蚣或螃蟹，故在元明兩代稱為蜈蚣船，在清代則稱為快蟹船。

查狄格說出名字後陷入沉思，他把手肘靠上舷欄，拳頭頂著下巴：告訴我，巴蘭吉兄弟，你曾想過離開你的家庭嗎——我是說法律上的家庭——這樣就能跟你另一個家庭一起生活：我是說芝美，還有她為你生的孩子？

這問題讓巴蘭吉驚愕不已。不。他說：從沒想過，我絕不會起這種念頭。為什麼？你考慮過嗎？

是的，我考慮過。查狄格說：說實話，我常在想這件事。因為除了我，他們無依無靠——而我在開羅的家庭卻擁有一切。隨著一年年過去，我發現很難離開真正需要我的人，不在他們身邊，我的心很糾結。

他的語調之沉重讓巴蘭吉大為詫異。他無法想像一個有責任感的商人會認真考慮離開家人和自己的族人：在巴蘭吉的世界，他知道這樣的作為不僅會在社交上蒙羞，更會招致財務危機。一個健全完整的男人、丈夫與父親，竟會懷抱這種小男孩般的幼稚想法，讓他覺得不可思議。

查狄格大哥，你知道人家怎麼說的嗎？他語帶揶揄：理智的男人不會讓小頭控制大頭。

查狄格說：不是那樣的。

不然呢？難不成是人家說的——ishq？愛？

叫它ishq、hubb或pyar，想怎麼叫就怎麼叫。這是我內心的感受，難道你不也一樣？

巴蘭吉思忖片刻，然後搖頭。不。他說：我和芝美之間不是愛，我們說這是lob-pidgin（買賣），我還是比較喜歡這麼說。另一件事——我不知道怎麼向她表達，她也不知怎麼對我說。當你找不到能夠形容的字眼，又怎麼知道自己感覺到了？

查狄格意味深長地打量著他。

我的朋友，我真替你感到悲哀。他說：你知道，到了最後，我們也只剩這些了。

只剩這些？巴蘭吉爆出笑聲。你瘋了不成，查狄格大哥！你在開玩笑，對吧？

不，巴蘭吉兄弟，我不是開玩笑。

那好，查狄格大哥，巴蘭吉輕快地說：若你真這麼想，就表示你會離開元配，是嗎？

查狄格嘆口氣。對。他說：有一天我會不得不這麼做。

無論當下或之後，巴蘭吉都不相信查狄格真會這麼做——但他幾年後確實說到做到，留給開羅的家人一大筆贍養費，然後在可倫坡的要塞區買了幢寬敞的房子。不久後巴蘭吉前去拜訪：他的情婦是個端莊穩重的荷蘭裔女子，就他所見，他們的孩子幸福健康、而且教養良好。

隔年，巴蘭吉帶查狄格去廣州見了芝美和福瑞迪。芝美準備了一桌盛宴，還在學步的福瑞迪也讓查狄格大為著迷。在那之後，查狄格只要到中國就會前往探訪。回到可倫坡後，他也不時向巴蘭吉更新這對母子的消息。

巴蘭吉就是透過這些書信往來，得知福瑞迪的失蹤與芝美的死訊。

*

最後，是雷路思號解決了寶麗的難題——這艘雙桅橫帆船彷彿對她下了咒語，讓她對菲奇提議的疑慮煙消雲散。

如果可以用主人的形象來打造一艘船，那麼這艘船屬誰所有就再清楚不過——她就像菲奇本人的延伸。跟菲奇一樣，雷路思號纖瘦且稜角分明，線條犀利上揚——她的船艏斜桅甚至會「抽擋搖擺」，令人詭異地聯想到她主人的眉毛。即便連風吹過雷路思號索具的聲音，似乎都與其他船隻不同：如果船會說話，那寶麗將能想像，雷路思號就會用讓人想起菲奇的方言腔調與口哨般的母音說話。

但讓雷路思號與其他帆船迥異的不是這些特點：而是她甲板上的植物。在帆船上看見植物可說見怪不怪：大多船隻都會載運一些，若非為了補充營養，就是作為裝飾，或僅是為了能在大海上看見一點綠意總是好事。不過雷路思號的花草庫存遠超過一般船隻的半打盆栽：她的甲板上堆著琳琅滿目的「保護箱」。這可是新發明：這種正面為玻璃，側邊可調整的箱子，其實就是迷你溫室。這發明革新了跨海運送植物這門生意，從此變得更加簡易安全。雷路思號上有數不清的這種箱子，用繩索和纜線安穩地固定著。

船上綠意最茂盛的地方是後甲板：一排排盆栽與箱子沿著舷欄、繞著後桅底部堆放。為了給植物額外保護，菲奇還設計了別出心裁的移動式遮篷。遮篷可隨意調整，以提供遮蔭或日光，或保護植物不受惡劣天候侵害。下雨時，遮篷還可變身聚水器：船上有這麼多植物，雷路思號因此比其他船更需要淡水，因此菲奇痛恨浪費任何一滴水。

關於處理垃圾，雷路思號也自有一套獨到方式：廚餘不會任意扔出船外，每一樣可能成為植物養分的東西，都會從作為船員主食的鹽醃食料剩菜中小心挑出。茶葉、研磨咖啡粉、白米、久放的餅乾和硬麵包碎屑——全都扔進一個懸掛在船尾的大桶中。容器是用緊密防水的蓋子覆蓋，但在炙熱無風的日子，腐爛分解物的氣味有時仍會強烈到引來鄰近船隻的抗議。

植物的綠意和玻璃罩容器的反光，讓旁人不禁嘲笑起雷路思號的模樣：郵輪碼頭邊，也常有人問她是否就是傳說中專門送瘋子去偏遠小島的著名「瘋人船」。不過這艘雙桅船跟她的主人一樣，特異獨行之處僅限外表：寶麗很快證實了雷路思號其實一點都不古怪，甚至相反，這艘船的運作基本上皆取決於節約與利潤這雙重動機。比如說，取得所運送的草木植物不需大量資金，也不會導致財務周轉困難，可獲得的報酬卻如天文數字可觀。同時，其真實價值僅有極少數人明白，因此她的貨物也無被竊或遇劫的風險。

帶上雷路思號的貨不是隨便挑的，所有植物都由菲奇親手揀選：多數是最近才引入歐洲的美洲植物，應該還未有人帶入中國。這批花卉草木包括由亞歷山大．馮．洪堡從墨西哥引進的金魚草、半邊蓮和大麗菊。同樣來自墨西哥的還有墨西哥橙花，以及一個美麗的吊鐘海棠新品種；來自美國西北部的北美白珠樹是裝飾植物，也具醫療效果，還有一種神奇的新種針葉植物，這兩種都是大衛．道格拉斯引進——菲奇敢打包票，後者會特別得喜愛松樹的中國人所好。而他帶的灌木也不容忽視：菲奇尤其對開花醋栗抱有高度期望。他告訴寶麗，光這種植物就足夠支付道格拉斯先生首趟美國之行的盤纏——而他們很幸運，目前還沒人想過要把這品種引進中國。

菲奇有意用這些美國植物交換尚未引進西方的中國品種。在寶麗看來，這獨特的點子真是天才，可菲奇堅絕否認這是他想出來的：「妳聽過傳教士湯執中[17]嗎？」

思忖片刻後，寶麗說：「該不會就是以他之名為角蒿屬植物命名那位？那種有漂亮喇叭狀花朵的植物？」

「就是他。」菲奇說。

菲奇解釋，湯執中是耶穌會會士，多年來住在北京的皇帝宮殿中，如同其他外國人，他的行動受到嚴格限制，不能出城採集植物，也無法進入御花園。為了改變這種情況，他想出了提議交換植物的對策：他寫信回法國，要求寄來歐洲花卉，對方寄來鬱金香、矢車菊和耬斗菜。可是這些沒一樣能得

17 Father d'Incarville（1706-1757），耶穌會法國傳教士兼植物學家，一七三九年來到北京傳教，他利用引進歐洲植物，以此換取乾隆皇帝許可在御花園採集中國植物樣本。荷花、蘇鐵、角蒿等植物便是透過他引進歐洲。

皇帝的歡心——他反而選了不起眼的含羞草。

「既然如此，雷路思號為何不帶含羞草呢？」

雷路思號的功用與她的模樣截然相反，她既不是瘋狂科學家也非大言欺世夢想家的產物，她其實比這平凡多了：她只是個勤奮園丁的手工作品——這人不是擅長推理的思想家，而是能實際解決問題的能手，他把大自然當作各式各樣的謎題，其中很大部分要是能確實解決，便可帶來豐厚利潤。

這種思想架構讓寶麗覺得很新鮮，相對於傳授她植物知識的父親，他對大自然的熱愛向來近於宗教，屬於心靈層面的追尋：他相信，倘能理解每個品種的內在生命力，人類便可超脫這個枯燥索然的世界與人造環境，如果植物是這個宗教的聖經，那麼園藝便是崇拜的形式：對皮耶・蘭柏來說，照顧花園不只是埋下種子、修剪枝葉那麼簡單——而是一種精神修鍊，一種與這些恬靜默然的生命型態交流的方式，也唯有仔細研究其表達模式才能理解它們——那是種盛開、茁壯與凋零的語言：他告訴寶麗，唯有如此，人類才能理解組成大地精神的主要能量。

菲奇看待世界的方式與他實在天差地遠：然而看在寶麗眼中，在某種奇特的層次上，他卻比她父親更貼近自然規律。菲奇就像礫石坡上一棵瘤節盤錯的老樹，堅定不移地從這世界擷取維生的養分：這是他致富的方式，但也是為何財富對他來說沒什麼意義，他不需要奢侈品，財富於他並非慰藉，反而是焦慮的源頭——那是種負擔，就像在匱乏季節裡地窖內所藏的一袋袋甘藍菜。

越瞭解他，寶麗就越明白菲奇的想法與態度其實都來自他的出身背景。他是康瓦耳郡一名蔬果小販之子，出生於法爾茅斯郊區一棟能望見海洋的透風木屋，他父親曾當過一艘「水果快船」（一種往來於地中海果園與英國市集間的快速縱帆船）的水手，但一場意外導致右臂殘廢，逼得他不得不轉換謀生行當：他開始了叫賣蔬果的生活，有些貨源還是來自從前船上的同伴。潘洛思家有五個孩子，不算寬裕的家境讓他們只能有一搭沒一搭地上學：當家中男孩不用幫父親作生意時，就得到鄰近農場和花園找零工貼補點家用。正因如此，一位教區醫師注意到了小菲奇：他在閒暇時是個熱忱的業餘博物學家，注意到這男孩對植物頗有一套，便帶著他研究植物，並借書給他。菲奇因而灌溉出自我成長的慾望，之後被一艘水果快船的船長雇用時，也才能發揮長才。他很快學會照料帆船上脆弱的地中海貨物——柳橙、李子、柿子、杏桃、檸檬和無花果。跟大多商船一樣，水果快船允許水手自帶一定數量的貨物賺點外快。若是天氣許可，菲奇就會運用配額運送樹苗、果樹和花園植物，其中某些貨物在帆船來到倫敦時可賣得不錯的價錢。

當時的習慣在菲奇身上扎了根，成為他累積財富的主要手段。他投入多年耐心耕耘，把潘洛思苗圃打造成英國園藝界的主要勢力，離開了雖短暫卻不輕鬆的海上生活。不過身為珍奇異國花木的供應商，菲奇太清楚園藝這門生意需要永不懈怠的創新——部分是因為新種花卉從崇高稀有到濫生雜草的時間逐漸縮短，部分則是因為市場空間因漸增的激烈競爭對手而縮小。「潘洛思父子」的眾多對手中，最難應付的恐怕就屬比鄰德文郡的威齊苗圃：威齊從不停止尋覓新貨源，經常出資贊助船隊或探險隊。菲奇也資助過幾個具潛力的植物採集者上路，但結果都教人失望：有些人帶著錢銷聲匿跡，有些人發瘋或死於恐怖的原因，能回來的很少帶回有價值的植物。其中有這麼一個，一位前途看好的康瓦耳年輕人，卻把最好的植物私藏起來，隨後再轉賣給威齊——這背叛讓菲奇心痛不已，因為他的德文郡對手甚至不是英格蘭西南部人，而是移居他鄉的蘇格蘭人。

這些經驗說服菲奇，他自己下來反而能做得更好，更能降低成本：畢竟他的苗圃中有不少親身自南中國採集的植物都大受市場歡迎，更別說當時的他經驗生澀並缺乏資源。他知道，若能乘自己的船再訪中國，成果勢必更加豐碩——但這樣一趟旅程至少要花上兩、三年，得等他能卸下家庭重擔後才能啟程。菲奇晚婚，妻子又過早去世，留下他和三個孩子——一對雙生男孩及一個比哥哥小很多的女孩。菲奇沒想過把孩子託給親戚照顧。更從未起過為了找個人照顧孩子而結婚的念頭。於是他只好心有不甘地接受計畫必須暫緩的事實，等到兒子能接手生意後再說。在這段過渡時期，他仔細籌備航海事宜，親自投入設計直到雷路思號下水服役，這船名則是來自妻子的出生地。

潘洛思家的男孩是能幹的年輕人，很有生意頭腦，常識豐富。聽菲奇這麼說，寶麗便明白這兩個兒子唯一讓他失望之處，就是對植物學或自然史不感興趣：對他們來說，植物就跟門把、香腸或任何能在市場上賣錢的商品沒兩樣。

潘洛思家的孩子裡，只有艾倫繼承了菲奇對大自然的熱愛。這也是她和父親特別親密的原因之一（菲奇透露，她跟她母親凱瑟琳幾乎是一個模子印出來的，人們常說，她的臉蛋就是最好的幫手。）雖然體格不算健壯，艾倫仍堅持要上雷路思號，菲奇為打消她的念頭，便試著羅列長途航海的種種危險，她則提出瑪麗亞．梅里安（Maria Merian）的植物插畫家生涯作為反證，引述她如何在五十二歲從荷蘭遠行至南美洲——令菲奇啞口無言，畢竟將梅里安在蘇利南所繪的花卉昆蟲畫作送給艾倫以鼓勵她接觸植物的正是他自己。

艾倫以沉默低調的風格，證實自己的頑固堅持一如菲奇。菲奇最終不得不退讓：為了艾倫，雷路思號將其中一個艙房重新裝修，到了春天，這艘雙桅帆船便載著十八名船員、沉甸甸的外銷植物與設備瀟灑出航。雷路思號一路順風抵達加納利群島，山坡上的野生花卉讓艾倫欣狂若喜，堅持要登岸並爬上山丘——她可能就是在那兒染上熱病，過了幾天船出海後才發作。菲奇的藥典無法減緩艾倫的病徵，最後在雷路思號抵達聖赫勒納島前一天，艾倫撒手人寰。菲奇在一片覆滿風鈴草與半邊蓮的山腰墓地將她下葬。

菲奇領寶麗走到艾倫深鎖的船艙門前，她立時不言自明，上次有人踏進這艙房已是無數週前的事。

「現在是倪的了，寶麗小姐。皮箱裡有艾倫的衣服：只要派得上用場，都歡迎倪拿去穿。」

語畢，菲奇便關上門讓她休息。

船艙空間不大也不鋪張，擺著一張舒適的小床和書桌，以及在滿載男性船員的船上，一位單身年輕女性所需的各種設施：例如廁所、陶瓷臉盆等，以及一個用鉚釘固定在天花板的輕便活動式銅澡盆。

小床邊還有個書櫃，其中的書籍讓寶麗能夠瞭解這位艾倫．潘洛思是個怎樣的人：裡面有本經常翻閱的聖經、一本約翰．衛斯理[18]的傳記、一本衛理公會讚美詩集，還有幾本祈禱書。除此之外還有幾本植物學著作，包括瑪麗亞．梅里安的植物圖集。可是連一部小說或詩集都沒有：顯而易見，在傳奇故事與詩歌的品味上，艾倫．潘洛思跟她父親如出一轍。

再看過行李箱的衣物後，更加深了寶麗對她的印象：這些衣物樸素實際，少有花邊、蕾絲與其他華而不實的裝飾。連身裙領口很高，把頸部包得密不透風，顏色嚴肅，大半是黑色系。寶麗試穿時，發現這些衣服是做給身材比她豐腴的人穿的——好在其中一個行李箱裡有針線包，她輕輕鬆鬆就改好了衣服。

當寶麗穿上菲奇女兒的衣服，準備出現在他面前時，仍舊不免遲疑。不過菲奇沒注意到她衣著上的改變：他正在照料一棵花旗松，只說了句：「倪也拿把大剪刀吧。」

幾天過去，他才冷不防迸出一句：「倪知道，看見自己的衣服被妥善利用，艾倫會很開心的。」

寶麗對此全無心理準備：「呃，先生……我不曉得該怎麼謝你……提供的這一切……」

18 John Wesley（1703-1791），英國國教（聖公會）神職人員及基督教神學家，亦是基督教衛理公會的創始人。

她喉嚨一緊，把後面的話給堵住了，她卻暗自慶幸，因為即便只是這幾個感謝之詞就讓菲奇尷尬得臉頰抽搐，他的臉色緋紅，開始喃喃低語：「現在沒有時間感性，寶麗小姐，還有工作要忙。」

過了一、兩天，寶麗在雷路思號上才真正開始覺得自在：船員都很高興能卸下照料植物的職責，甚至比老闆更熱烈歡迎她。寶麗很快理解到自己在這艘船上的地位，而在雷路思號離開路易港前幾天，她心頭最掛念的就是賽克利。但她的擔憂也隨著在港邊街上偶遇諾伯．開新大叔而緩和：他告訴她，目前賽克利仍被拘留，等著轉送加爾各答後盤問朱鷺號上發生的意外事件。

「別擔心，蘭柏小姐——瑞德先生不會有事，齊林沃斯船長原諒他了，到時船長的證詞會支持他，案子會撤銷，我也會在場，會幫忙顧著。」

這番話著實讓寶麗安心不少：「諾伯．開新大叔，請向他轉達，我很好，我很幸運遇到一位知名園藝家潘洛思先生。他很有錢，準備航向中國採集植物，請我當他的助理。」

「所以說妳要去中國囉？我會向神明祈禱，祝妳旅途平安。」

「你也是，諾伯．開新大叔，請告訴賽克利，我希望能盡快與他相見，不管我在哪裡……」

*

對尼珥和阿發來說，這趟前往新加坡的旅途格外緩慢：他們在大尼可巴島登上的武吉士雙桅船正在往麥加朝覲的回程路上，必須在蘇門答臘沿岸停靠多次，讓朝聖者一一下船，導致旅途延遲了好幾天，他們抵達新加坡時適逢低潮，雙桅帆船必須在外港下錨，但眾乘客不想枯等漲潮，便湊了些硬幣，雇了艘牛干冬駁船往上游的駁船碼頭去。

河口被船隻堵得水泄不通——三角帆船、舢舨、戎克船、老閘船、單桅三角帆船等等。在這些底層百姓的海船與河船當中，有一艘特別顯眼：那是艘尺寸中等、做工精湛的三桅船。她就泊在河口外，他們的駁船不得不貼著她的右舷橫向駛過，那鮮明的輪廓與時髦外形彷彿是為了吸引人們注意她經歷過的苦難，從用網子暫時罩上的船艏清楚可見醒目的傷口：曾經掛著第二斜桅與艏飾像的位置，如今冒出一個巨大窟窿。

許多人轉頭注視這艘被斬首的船，尼珥注意到，其中阿發更被這艘殘破的船迷得失了神——他怔怔凝望，專注到扣著舷緣的指關節都發白。

他們抵達駁船碼頭時，天色已黑，他們過河到對岸，想在船工、苦力和工人花幾個銅板找塊地板休息的眾多簡陋客棧中挑一間。但阿發臨時改變主意，他沿著河堤走，嚷嚷著：「我餓了！快點，我們去找廚船。」

岸邊許多小船的灶上燒著火，其中幾條船上聚著幾群人（主要是中國人）正在吃喝，阿發停下腳步一一打量，不過看來沒一個中他的意。走了一會兒，阿發突然停下，向尼珥打個手勢，要他跟著走過跳板：他毫不遲疑跟上，雖然也說不準自己為何這麼做。畢竟這艘船似乎燈光更暗，也更少有人光顧。

「為什麼挑這艘？有什麼不一樣？」

「別管，快來。」

船上操持生意的是個圓臉年輕女人，還有一對貌似她祖父母的老夫婦：看起來他們剛收攤，阿發走過跳板，口中不知嚷著什麼，老人家正躺在一張席子上。尼珥聽不出這嚷嚷是打招呼還是發問，但不管是哪一種，總之神奇地讓昏昏欲睡的小船立刻一變：年輕女人活力充沛地招呼阿發，老夫婦臉上則堆滿歡迎的笑容。

「她說什麼？」

「她說阿伯和伯母要去睡了，她很樂意幫我們做菜。」

這歡迎讓人心頭一暖，尼珥覺得很不可思議，因為他和阿發只穿著破舊寬褲和泥濘上衣，所有家當揹在肩上，完全就是身無分文的流浪漢模樣。「你跟他們說了什麼？」他問：「他們怎麼一見我們就這麼開心？」

「我說船伕行話，」阿發仍舊一貫的言簡意賅：「他們能懂。不要緊，來吃飯喝酒，我們來點廣州好酒。」

廚船造型很特別：中段看似鑿空，船頭與船尾上揚，尾端有個帶著一扇沉重門扉的「木屋」。而另一頭的船首兩側之間是個四面透空的茅草棚：客人在此圍坐在幾塊架高當桌子的木板旁用餐。鑿空的船身中央是廚灶所在：廚子只消站起身子，菜便可「上桌」。

他們坐定後，阿發靠向當作廚房的凹井，跟年輕女人短暫交談。結束對話前，他指指「木屋」頂，那裡有幾群捆著腳倒吊的活雞。那女人就像摘下藤蔓上的一顆水果，伸手俐落地從屋頂那窩雞中扯下一隻。那隻大鳥發出短暫的粗嘎叫聲與振翅聲，接著沒了頭而腳仍捆著的牠被丟出船外，在水中拍打翅膀。聲音漸漸平息，過了一會兒，內臟碎塊扔進一個懸在船邊的魚簍，發出一陣滾動拍打聲。

接著傳來熱油滋滋聲，然後一盤由雞肝、雞胗和雞腸炒的雜碎送上面前。

菜餚香氣四溢，尼珥用筷子撥了撥便開始狼吞虎嚥。剛才阿發雖嚷著肚子餓，卻似乎壓根沒注意菜已上桌——他和廚娘講完話後，目光又飄回河對岸那艘沒了船艏斜桅的船上。

「阿發，為什麼一直盯著那艘船？」尼珥最後總算問出口：「那艘船有什麼特別？」

阿飛晃晃腦袋，如夢初醒，「我說你也不信。」

「說說看。」

「那艘船是……我家的。我父親的。」阿發隨即放聲大笑。

「什麼意思？」

「就這個意思。船是我父親家的。」

帶著酸味的烈酒送上面前，阿發在白色小杯裡斟了一些，輕啜一口，面露偶爾因尷尬或不自在時才有的笑容。但不管他要表示認真或輕佻，尼珥都看不出來，因為阿發內心的外顯反應與他人不同：以這幾個月來對阿發的瞭解，尼珥發現，當他像個小孩耍起拗勁，其實可能正怒火中燒；而他若有所思陷入沉默時，又可能只不過是想打盹而已。

撇開那笑容不管，尼珥能感覺出阿發不是開玩笑，至少不完全是：在他與對岸那艘船之間，有些強烈而矛盾的連結，某些他想抗拒的連結。

「那船叫什麼名字？」他語氣半帶挑釁，半是希望阿發不曉得答案。

答案一拍不漏地丟回來：「名字是：阿拿西塔號。是我父親宗教裡的水上女神，像我們的媽祖。前面本來有雕像，女神的，它是——你們怎麼叫——？」

「……艏飾像？」

「艏飾像。現在沒了，我家人會難過，特別是祖父，船是他造的。」

「祖父？」尼珥說：「你是說，你父親的爸爸？」

「不，」阿發說：「我父親大老婆的爸爸，魯斯坦吉．密斯垂老爺：他是孟買有名造船商……」

廚娘起身送上一盤褐色雞腳，打斷他的話頭。阿發用筷子夾起一塊雞腳餵她，兩人一陣笑鬧，她才讓阿發把雞腳送入她嘴裡，然後咯咯笑著拍掉他的手。他這才轉頭繼續對尼珥說：

「抱歉，」他雙眼閃閃發亮：「好久沒看見女人，沒機會爽一下（do jaahk）。」他邊笑邊往兩人杯中斟了更多酒。「都只能看到你，我們兩個，跟雞一樣腳綁起來。」他指向捆在小船屋頂的禽鳥，再次縱聲大笑。

尼珥點頭：「那倒是真的。」

在海上共處那段日子，被束縛幽禁的兩人無比親近，甚至得輪流動作才能轉身或移動。尼珥從未與另一人這樣貼身相對，也從未體驗過與另一個有血有肉的生命如此長久親密共處——但現在，他卻和以往一般，感覺自己對阿發一無所知。

「你這是說，」尼珥說：「你跟魯斯坦吉．密斯垂老爺是親人？」

「是，」阿發說：「那是透過我父親，他大老婆是老爺的女兒，我有很長一段時間一直蒙在鼓裡……」

阿發直到童年即將結束時，才發現自己在遙遠的孟買還有血親。小時候他聽到的說法是自己是個孤兒，出生後父母雙亡，由守寡的大姨拉拔長大。在廣州碼頭和番鬼城裡認識他們的人聽到的故事都是這個版本，阿發的長相或膚色都未洩露他的血緣，日頭曬出的黝黑膚色在蜑民來說沒什麼好大驚小怪。成長過程中，他也從未覺得自己的家人與附近其他人有何不同，只除了一件事：他們有個很富有的金主「巴力叔叔」，這個印度來的「白頭鬼」是他乾爹，或叫「契爺」。他們告訴他，巴力叔叔是他爸爸的老闆。他父母死後，他覺得有義務幫助這個孤苦無依的孩子，因此才給姨媽養育費，還從印度帶禮物給他，幫他付教書先生的學費。

大姨不鼓勵巴力叔叔對這孩子抱太高期望：也不苟同他在這些事上花這麼多錢。為一個蜑民之子安排教育並非易事，但巴力叔叔十分慷慨：他希望這孩子能學好古典中文和學校英語，希望他「受人敬重」地長大，成為優雅有禮的男人，可以輕鬆自如地與番鬼城的商人交涉，讓他們對他的運動天分和學識留下深刻印象。大姨不懂其中的用心：她寧願巴力叔叔把錢交給她管，別再逼這孩子。依律蜑民不得參加科舉考試，懂書法對他有什麼用？蜑民也不能上岸建屋，那他學打拳和騎馬又能作什麼？她只想要他像其他蜑戶的孩子一樣長大，學會釣魚、航行和操作船隻就行了。

不過，在夢裡，大姨還是逃不過阿發不是真正蜑民之子的事實。她常作噩夢，夢中這孩子總會被鱷魚——在這裡叫龍魚——攻擊，以至於最後她乾脆不讓他下水。

阿發跟其他蜑民的孩子一樣，也是腳踝繫著鈴鐺長大的，這樣家人才能隨時掌握行蹤。跟他們一樣，船移動時他得坐在水桶裡；跟他們一樣，他的背上也綁著一塊木板，這樣不慎落水時才漂得起來。但這些孩子兩、三歲後就不再繫鈴鐺綁木板——阿發卻久久仍未拿下，這讓他成了其他孩子的笑柄。在廣州碼頭，小男孩會跳進河裡撈錢幣和廉價飾品來娛樂洋人。阿發也想跟其他孩子一起游水、一起潛水賺錢——但只有他禁止從事這些舉動，這全是因為那陰魂不散的龍魚夢魘。

可是姨媽肯定知道，要水上人家的孩子遠離水邊根本就不可能。

「從他們——我們——還很小，我們就在水上漂……」

當漂著幾顆雞肉丸子的清湯碗送上面前，阿發打斷話頭：他用筷子指著一顆上下浮沉的小肉丸。「我們就是這樣學游泳的，那些pun-tei（本地人）——陸上的居民——都笑我們，說我們有鰭沒腳。我也是，趁大姨不在學會了游泳，有時候還跟其他人一起跳水撈錢幣。結果有一天被她發現，把我從水裡撈起來，在大家面前痛打一頓，讓我把臉丟光。因為太丟臉，我真想跳進河裡，龍魚來吃我那更好。我以為，她會這樣對我，就是因為我沒爹沒娘。我心想：如果我是她的孩子，她一定不會這樣揍我。我也想過逃家。我暗中計畫，還去問過乞丐，結果被大姊發現。她才告訴我實情：姨媽其實不是阿姨，她是媽媽，『巴力叔叔』也不是契爺，而是爸爸。我不敢去問媽媽，因為我知道她會打告密的大姊，所以我等巴力叔叔下一次來，等到只有我們兩個人才問他：你是我爸，姨媽是我媽，是真的嗎？剛開始他說：不，沒這回事。可是我一問再問，最後他哭起來，承認說：對，都是真的，他是我爸，他在孟買還有另外一個家。」

阿發陷入沉默，示意尼珥舉杯。乾杯之後，尼珥也陷入片刻靜默。等阿發斟滿酒杯，他才低聲問：「發現事實的時候一定很驚訝吧？就當時的情況來說？」

「驚訝？是啊，也許，」阿發的聲音平板不帶一絲情緒，「一開始我只想知道真相，去認識孟買、認識大媽、認識姊姊，你能想像對我來說這感覺有多奇怪。我還小的時候，我們住在像這樣的小船上，也跟這些人一樣，都是窮苦的蜑戶，有時沒東西吃，只能喝西北風，然後有一天，聽到人說我父親是個hou-gwai（好鬼）[19]有錢人、有錢白頭鬼。現在我明白我媽為什麼要揍我——我不是真正的中國人，我是她見不得人的羞恥，可是她需要我，因為爸爸會給錢。但這些都不重要，怎麼說他都有另外一個家，我想瞭解更多，所以問爸爸，可是他什麼都不說，他不喜歡提這件事。他告訴我麻六甲、可倫坡跟倫敦的事，就是不提孟買。我讀過書，書上的『西天』——印度——有黃金跟魔法，所以我想要跟美猴王一樣飛去，可是只能在腦袋裡想——我的腳還踩在我生活的廚船上，所以等我聽說父親有一艘叫阿拿西塔號的船，我發瘋一樣想看到它。」

「後來那船有來廣州嗎？」

「沒有，」阿發說：「大船進不來廣州——就像它們也進不來這條河。水太淺，要在黃埔下錨——英文叫『Whampoa』。很多船上上下下，所以我認得船：我知道通商季的航行紀錄——從孟買到廣州要十七天。爸爸來的時候，我說帶我走，帶我上你的船，他的臉變紅，搖著頭。他很怕帶我走，這樣船就會帶著消息回孟買，要是大老婆發現有我，就會出大亂子。他告訴我，船不是他的，是他岳父和大舅子的。他就像拿薪水的僕人，所以最好還是低調小心一點。可是這些對我沒有意義，我不在乎，我告訴他，我想去，不然我就讓他丟臉，我會自己去黃埔。於是他說，好，他帶我去，不過是派他的船務長維可陪我——他自己沒去。維可帶我上船，講故事給我聽，就跟我在腦子裡想的畫面一樣——就像皇宮，比官船還要高級。你真的要看到才相信……」

他停下來，指向阿拿西塔號突出的船尾甲板，羅經箱燈的光暈打亮甲板。「你看，船尾附近——第三根桅杆，你是怎麼叫的？」

「後桅杆？」

「對，那根桅杆像一棵樹，在底下，船尾甲板那邊，雕出一個可以坐的長椅。是祖父雕的，他雕成村裡菩提樹的樣子，維可告訴我的。之後我再見到阿拿西塔號，總是想起我的長椅……」

廚娘再次打斷他的話，這次將兩碗熱騰騰的米飯，以及用剩下的雞肉做的六樣菜擺上木板。香味引人食指大動，可是尼珥在阿發的回憶中浸得太深，對食物絲毫不曾留意。

「你有再回到那艘船上嗎？」

「沒——我沒有，可是看過很多次，在伶仃島。」

「你是去那裡見你父親？」

「沒有，我父親沒去過伶仃島，」他瞥見尼珥眼中的困惑，便說：「等下，我給你看……」

阿飛熟練地用筷子分解一塊雞肉，挑出Y形許願骨，把骨頭放在木板上，指著豁然大開的下顎：

19「好鬼」即粵語中「非常」之意。

「這裡珠江口，一路到廣州。」接著他從碗裡挑出幾顆飯，用筷子把飯分散在骨頭開口周圍，「這些小島——很多小島，像海裡鑽出來的牙，這些牙對海盜很管用，對我父親這種外國商人也是。因為禁運，外國船不能運鴉片到廣州，他們假裝不會送進中國，運來這裡。」——他的筷子移向許願骨開口中央的一顆飯——「伶仃島。他們在這裡賣鴉片，談好價錢，買家會派船，快船，有三十支槳——『快蟹船』。」阿發哈哈大笑，筷子一閃，許願骨便丟入水中。「我就這樣去伶仃島——坐快蟹船。」

「為什麼？你去那裡作什麼？」

「你想呢？買鴉片啊。」

「幫誰買？」

「我老闆——他是鴉片大賣家，有很多快蟹船，他手下有很多leng（打仔），有很多hing-dai（道上兄弟）。我們是大gaa，大家族，他是我們的Daaih-go-daai，家族裡的大哥大。我們叫他Dai Lou（大佬）。他是廣州人，可是到處走——連倫敦都去。他在那裡停留很久，然後回來，在澳門，作自己的生意。很多像我這種人幫他做事，他喜歡用我這種。」

「你這種，是指哪種？」

「Jaahp-júng-jai（雜種仔）——『混血小鬼』。」阿發大笑：「珠江這裡有很多這種的——澳門、黃埔、廣州，任何港口、任何地方，只要男人可以買女人的地方，都有很多yeh-jai（野仔）和『西洋仔』。我們也要吃飯討生活，所以大佬給我們工作，對我們很好，他一直就像我的親大哥。後來我們有麻煩，我得離開廣州，跑路，不能再回去。」

「發生了什麼事？」

「大佬，有個女人，不是老婆……你們怎麼說的？」

「姘頭（Concubine）？」

「對，姘頭，她很漂亮，叫亞德莉娜。」

「她是歐洲人嗎？」

「不是，亞德莉跟我一樣，都是『鹽焗對蝦』：一半清國佬，一半Achha。」

「Achha？你為什麼用這個字？」

「『阿差』——廣州人叫你這種人阿差，你們印度那邊——全是『阿差』。」

「可是『Achha』在印地語裡是『很好』或『沒問題』的意思。」

阿發大笑：「在Gwong-jou-talk（廣府話）剛好相反，阿差意思是『壞人』，我看你好阿差，他們看你就壞阿差。」

尼珥也忍俊不住：「所以，你的亞德莉是半個阿差？她哪裡人？」

「她母親果阿來的，不過住澳門，她父親中國人，廣州來的。亞德莉很美，也喜歡抽鴉片，大佬要出遠門會特別交代我照顧她，有時候她會找我一起吞雲吐霧，我們都是半個阿差，都沒去過印度。我們會聊印度，聊她母親，聊我父親，然後就……」

「睡在一起了？」

「對，我們din-din-dak-dak（癲癲特特）的[20]。都瘋了。」

「然後被你老闆抓到？」

阿發點頭。

---

20 粵語中的癲癲特特（din din dak dak）有做傻事、犯傻的意思。

「他怎麼做？」

「你覺得呢？」阿發聳肩，「國有國法，家有家規，我知道大佬想殺我，就躲到我媽那裡，後來聽說兄弟追殺過來，我就跑路了。我去澳門，假裝基督徒，躲在神學院，後來他們送我去孟加拉的塞蘭坡。」

「那亞德莉呢？」

阿發望著他的眼睛，然後筷子指向泥濘的河水。

「她自殺了？」

他極輕地點了下頭算是回答。

「可是事情都過了，阿發，你不想再回廣州嗎？」

「不，不能回去，就算我媽在那裡，大佬到處都有眼線，不能回去。」

「你父親呢？你怎麼不去找他？」

「不！」阿發將杯子用力撞上桌面。「不要，我不見我父親。」

「為什麼？」

「上一次見他，我求他帶我去印度。我想離開那裡，離開Chin-gwok（清國），離開廣州。我知道要是留下來，我跟亞德莉會出事。我知道大佬會逮到我們，他什麼事都做得出——不管對我還是對她。所以有一天我去求父親，要他帶我去印度，上阿拿西塔號，他卻說：不，不行，福瑞迪，你不能去，不可能的。後來我也怒了，非常生氣，再後來我就再也沒見過父親。」

儘管阿發語氣憤慨，尼珥仍能感覺到這艘船對他朋友的影響力，它的磁場也持續加強。「聽著，阿發，」他說：「無論你和你父親之間有過什麼過節，也許他已經變了，你不覺得應該看看他在不在船上嗎？」

「不用去看，」阿飛說：「我知道。他在裡面，他在船上。」

「你怎麼知道？」

「你看到旗子嗎？上面有柱子的？父親在船上才會升起來。」

「那你怎麼不送個口信給他？」

「不要，」這兩個字猶如從口中噴發。「不要，我不想。」

尼珥抬眼，看見阿發本來從不顯露絲毫情緒的臉龐瞬間崩潰，扭曲成一張飽受打擊的面具，可是阿發幾乎立刻挺直肩膀，搖著頭，像要努力甩掉情緒。他大口把酒喝乾，然後說：「尼珥先生，你害我說太多話，別說了，睡覺。」

「去哪睡？」

「這裡，這艘船，老闆娘說我們可以在這過夜。」

4

這趟由模里西斯前往南中國的旅途，菲奇選擇循最短路線，也就是經爪哇前端岬角走巽他海峽，中途在面向長年冒著輕煙的圓錐狀喀拉喀托火山島的安格爾港停留補給。

下達揚帆指令時，朱鷺號還泊在路易港中。駛出港口時，雷路思號從數百碼外與這艘雙桅橫帆船錯身而過。甲板上空無一人，比起碇泊在附近的高大帆船，未立起船桅的朱鷺號實在嬌小，寶麗想到這樣一艘小船竟能在這麼多人的生命中扮演如此重大的角色，難免覺得不可思議。即使當雷路思號這艘雙桅橫帆船的船帆灌飽了風，即將乘風破浪前行，寶麗仍舊久久無法將視線移開：最後還是菲奇提醒她有工作要做。

「寶麗小姐，快動起來：沒時間望著大海興嘆……」

寶麗很快發現，這話一點也不誇張：當船帆張開，照顧船上的植物可不允許半刻走神。就像照顧拴在一頭好動巨獸背上的花園，永遠有事情要做。雷路思號幾乎沒有平穩的時刻，最接近時也只是左右上下輕微晃動，其他時候，她的甲板都在左右劇烈搖晃，船頭若非驟然沉入海中，就是被大幅往上抛起。每一個動作都可能對植物造成危害：只要些微角度改變就可能讓性喜陰涼的灌木曝曬在強烈熱帶陽光的高溫下，一道大浪也可能濺來一大片海水，給盆栽來場鹽水浴，而當甲板太過傾斜，沃德箱更有可能脫離纜繩，沿著舷門一路連續碰撞。

每當遇到更多類似偶發事件，他們便遵從一套由菲奇制定的標準程序與規則：他不會長篇大論解釋做事方法，寶麗多半得自行觀察仿效。但在工作中，有時他會開始自言自語——而寶麗發現，在這近乎無聲的長篇碎唸中能學的事可真不少。

就拿土壤為例：菲奇會看著一棵即使在陰影中都快枯萎的植物，深究病因，甚至詳細到其種植環境的成分。他說：有些土壤性「熱」有些性「冷」，這意思是，某類土壤比起其他的導熱更快，有的則能長時間保溫。為了彌補這種平衡的必要，他會預存幾個桶子，有的標記「冷」，有的標記「熱」：前者是顏色較淡的白堊土質；後者顏色深沉，呈泥煤狀，含有更多植物組織。當他需要其中一種，就會派寶麗下去艙中取土，並謹慎判斷用量來使用這帖良藥。

寶麗起初只把這種冷熱土壤的概念當作不切實際的想像——但不可否認的是，菲奇的法子有時真能讓植物奇蹟般地起死回生。

肥料是另一個菲奇深入研究的主題，他從不反對傳統上用來滋養土壤的物質——雷路思號的貨艙中就有許多桶菜籽餅、麥芽糟和亞麻籽粉——但他最感興趣的卻是可在航行過程中收成或生長的肥料。就拿海藻來說：他相信有幾種海藻經過浸泡、曬乾和研磨後，就可變成一種對植物特別有益的物質。每當雷路思號碰上一撮海藻，他就會垂下網子和水桶，從水裡打撈一些藻體上來：接著挑掉多餘物質，將剩下的浸入清水，掛在後橫桅索和索具上。晾乾之後，他會用缽研磨，再拈起小撮粉末，當作稀有藥方似的撒入土中。

雷路思號上的雞隻也是植物養分的另一重要來源。寶麗的工作之一就是每天早上清理雞籠糞便。據菲奇說，雞屎兌水再加發酵後，可製成強效肥料，同時這種禽鳥的屍骨也不容小覷：一隻雞宰殺上桌後，剩餘的所有部位，包括羽毛和骨頭，都可切碎然後丟進雷路思號船尾懸掛的堆肥桶中。菲奇還說，迷途的海鳥因可完整剁碎而更加有用，於是現在只要有海雀或海鷗飛到這艘雙桅船上休息，船員間就會掀起一陣騷動——因為只要能抓到鳥，菲奇就有獎賞。

肉骨又是另一種極有價值的堆肥原料：那是用食物桶中的殘骨回收敲碎後加入堆肥桶製成的。寶麗從沒想過可以如此利用獸骨，不過菲奇向她再三保證，這在倫敦十分常見，屠夫會把這種副產品賣給農夫賺錢——而且不只骨頭，也包括毛髮和獸角。就連骨粉和骨片也都能賣，這些原料經水煮再磨成粉狀後，就可製成富含石灰、磷酸鹽和氧化鎂的一塊塊肥料餅。

魚肉和魚骨也必須物盡其用，這艘雙桅船後方總會拖著兩、三條釣魚線，一旦釣上的魚大到足夠上桌，菲奇就會小心剔肉，取出魚骨，再連同魚頭魚尾送去堆肥。若魚小到無法食用，他就會整隻丟進栽培土中。他說，在康瓦耳，挑剩的沙丁魚是很有用的肥料，通常會整隻埋進土中。

有天，他們發現雷路思號的釣魚線釣上一隻圓胖的幼年鼠海豚。打撈上船時，小海豚一息尚存，寶麗很想放生，但菲奇不聽她的——因他曾在某處讀到，薩莫維爾勳爵在薩里郡的農場上會拿鯨脂當肥料且成效頗佳。於是看著這隻鼠海豚在雷路思號的甲板上如「平底鍋上的沙丁魚」掙扎時，他開心不已。寶麗則只能悶悶不樂看著他們宰殺海豚後再刮下脂肪丟入特殊堆肥桶。

菲奇唯一要求禁用的物質——至少在寶麗面前他會這麼說——就是「排泄物」，但他這麼做只是基於船員的偏見而不得不然。事實上，他毫不遲疑地承認自己十分樂於利用這種原料。他說：這些液狀排泄物已經化學家證實極具價值，他們還表示，不管是人是獸，所有尿液中皆含重要的蔬菜成分。至於其他型態的排泄物呢，呃，康瓦耳不是沒有過這樣的傳言，說老菲奇．潘洛思慳吝成性到「挖糞榨油也在所不惜」——他本人倒不恥於身為英國使用人糞肥料的先驅，而這正是他從中國學來的幾種園藝新招之一。

「先生，這是真的嗎？還有其他的嗎？」

「有的，」菲奇說：「例如矮化栽培——他們可真聰明絕頂。像是溫室，他們已經用了好幾個世紀，還有用木頭跟紙做的巧妙支架，另外還有空中壓條法。」

寶麗完全沒聽過這個，「先生，請問，那是什麼？」

「就是直接把枝條移植在另一段枝幹上……」

菲奇說，他在英國推廣普及的這種中國園藝法，讓他著實大賺一筆：說著他鑽進自己的艙房，不一會兒便帶著一個由他設計，並以「潘洛思繁殖盆」為名上市銷售的器材出來，大小約如一只澆水器，除了側邊設有切口可裝樹苗，切口前還有個小環，可將盆栽掛在樹枝上：這個完美工具，讓樹苗不用種入土壤便能長出樹根。

「要是不曾在中國見過這玩意兒，我自己是怎麼也想不到的。」

這樣的故事讓寶麗讚嘆不已，菲奇與她想像中的植物採集人迥然不同，外表和言談舉止都異於常人，很難想像他會是個勇敢無畏的旅行家，可是寶麗從父親那裡得知，就連史上最偉大的採集家亞歷山大·馮·洪堡的形象，也與其傳說南轅北轍——他短小精幹、游手好閒，來找他的人往往以為自己碰上了騙子。菲奇雖不是同類探險家——不過雷路思號的植物與設備充分證實了他的認真、能力與熱忱。

「先生，我想，」有天她說：「可否請問，當初是什麼讓你決定去中國的？」

「當然可以，」菲奇說著，眉毛一陣抽動。「我會盡可能回答俔的問題，當時我是個水手，在一艘康瓦耳的水果快船上工作……」

某年夏天，這艘雙桅帆船在倫敦停靠數日，這時有個消息傳到菲奇耳中，說是有位紳士要找個有照料植物經驗的水手，進一步詢問後，他在驚詫之下得知，這人不是別人，正是約瑟夫·班克思公爵，亦即皇家植物園裘園的園長。

「約瑟夫・班克思公爵？」寶麗驚呼：「先生，你說的就是第一個引進澳大利亞植物種系的人嗎？」

「正是他。」

由於在海上那幾年，菲奇沒有荒廢對於科學的興趣：閒暇之餘，其他水手都在抽菸、打屁、catchhum-killala（玩鬧）時，他則努力充實自我和閱讀，他不用聽人說便知約瑟夫公爵是庫克船長首次環球航行時的隨船自然學家，他也是皇家學會會長，是這個科學界當之無愧的帝國中無庸置疑的君王。

而菲奇對園長懷抱的敬畏之心，使這第一次見面便不太順利。約瑟夫公爵是他這輩子見過最講派頭的紳士，從撲了粉的鬈曲假髮到拋光的鞋後跟，無一處不是精心打扮。他一出現，菲奇立刻意識到自己相形見絀：外套上的補丁瞬間更加顯眼，臉上則爬滿被船友比作沸騰燕麥粥的青春痘，而他又是個羞赧的人，只要一尷尬舌頭就打結，據聞就連親兄弟都笑他發bee和baw的音時都帶著濃重鄉音。

可是菲奇多慮了，約瑟夫公爵立刻猜到他來自康瓦耳，接連問了幾個關於康瓦耳花卉的問題——第一個是關於「囊狀種籽莢」植物，第二個是一種叫「珊瑚項鍊」的花——菲奇皆能正確描述並辨識出這兩個品種。

園長對此心滿意足，他從座位起身，開始來回踱步，接著陡然停住，說他要找個願意去中國的人——一個具備園藝經驗的水手，「你覺得自己能夠勝任嗎？」

一向遲鈍的菲奇抓抓腦門咕噥道：「那得看酬勞多少，還有此行的目的，先生。我得多知道些才能告訴你。」

「好吧：聽著……」

約瑟夫爵士說，裘園擁有的植物規模十分可觀，其中許多來自世界最遙遠的角落，但唯有一個地區的物種仍舊貧乏，那就是中國——這是備受眷顧的特殊國家，植物品種異常豐富，不僅擁有最美麗或最具醫療效用的植物，更有不少具有極大商業價值的品種。舉例來說，茶樹——山茶科的其中一種，茶葉就是從這種植物上摘下的——是全球貿易中占比極高的植物，英格蘭的歲入更有十分之一來自於此。

英吉利海峽彼岸的對手與勁敵也很清楚中國植物的價值：荷蘭與法國的主要植物園和植物標本室都致力安排採集中國花卉——他們勤奮的程度遠遠超過英國——成效卻不大顯著。遲遲不見進展的原因不難想見，最主要的，無疑就是中國人的執拗。天朝人與其他植物豐沛國家的人民不同，他們似乎相當珍視上天賜予的自然環境，中國的園丁與園藝學家擁有世上最豐富的知識和才藝，對於國內的寶藏亦格外謹慎維護：那些能夠收服其他國家人民的玩具和小玩意打動不了他們，就連重金賄賂也無法說服他們讓出手中的寶藏。為了獲得茶樹植株，歐洲人早已嘗試多年，投入的花費甚至足夠買下全阿拉伯的駱駝——但仍一無所得。

另一個更棘手的問題，就是歐洲人根本得不到進入中國內陸的許可，因此無法像在其他國家那樣四處遊走，自由採集想要的東西：在中國，洋人只能在廣州和澳門這兩個城市活動，並有當地官兵嚴密看守。

儘管障礙重重，列強依舊不曾鬆懈，努力想取得中國最珍貴的樹種與植物。雖說對手提前起跑，但英國在這場競賽中並非毫無勝算：東印度公司便在廣州建立了規模最大的分部，而為了國家利益著想，他，約瑟夫．班克思說服了公司裡最有科學頭腦的辦事員，要他們盡可能採集植物。他們已經著手進行，成果還算不錯——不過這樣的努力又遇上另一個挫折：要把這些植物從中國運送到英格蘭簡直是天方夜譚。除了詭譎多變的氣候與海水潑濺，諸多氣象變化並非唯一要面對的危機——更大的威脅來自照料植物的水手抱持的態度——就職業別來說，水手恐怕是世上最差勁的園丁。他們似乎把植物看作對自身的一大威脅，只要一有缺水的可能就不願為它們澆水。而當船隻遇上暴風雨或暗礁時，這些盆栽在他們眼中就與壓艙石無異。

其他權宜之計也不盡令人滿意，幾年前約瑟夫公爵下定決心，要派一名受過專業訓練的園丁去廣州。獲選的是一位裘園的長工，年輕的蘇格蘭人威廉．克爾。這傢伙有陣子表現可圈可點，但近來似乎有些不安於室：他寫信通知約瑟夫，說是計畫於明年夏天前往菲律賓，要求約瑟夫派個值得信賴的人來廣州，把他採集的植物安全運回英國。

「你意下如何，我的好夥伴？」約瑟夫公爵說：「你有意參與這趟遠征任務嗎？若是如此，我會為你安排搭上下週前往廣州的公司船。」

菲奇接下這項任務，雖然出發與抵達廣州的時間都有延誤，但他憑藉這趟最後結果堪稱圓滿的旅程，得到這位有權有勢園長的栽培：幾年後，他再次被派往中國，這次就不只是託管人，而是取代威廉．克爾的位置。菲奇這第二趟中國之旅，為他在植物學家與園藝學家的圈子裡打響名號——在澳門與廣州待了兩年後，他成功帶回眾多新植物。他小心揀選能熬過英國苦寒氣候的品種，引進的植物中，有幾種立刻在英格蘭的花園間廣受歡迎：有兩種紫藤、一種撩人的新種百合、一種精美的杜鵑叢、一種罕見的報春花、一種亮麗的山茶花及許多其他品種。

「許多人在廣州發家致富，」菲奇說：「我很幸運，也是其中之一。」

「那廣州是什麼樣子，先生？」寶麗問：「到處都是花園嗎？」

菲奇難得笑了出來：「噢，不是倪想的那樣——廣州是我見過最繁忙擁擠的城市，也是最大的城市，比倫敦還大，房屋和小船像海一樣一望無際，植物長在倪料想不到的地方：有在舢舨篷頂上的、有從老舊牆頭往下蔓延的、也有垂掛在遮蔽的陽台上，街上來去的小推車載滿花卉盆栽，河上往來交易的小船賣的不是別的，就只有植物。擺設宴席和節慶時，整個城裡百花齊放，花販用會讓英國園丁嫉妒到臉色發青的價格叫賣。我曾見過滿滿一船蘭花在一小時內賣光，每一盆都能賣到一百銀圓。」

「噢，我真想親眼見見，先生！」

菲奇蹙著眉，「可是倪知道倪不能去，對吧。」

「噢？」寶麗說：「為什麼不能？」

「因為歐洲女人不能踏上廣州的土地，這是法律規定。」

「可是，先生，」寶麗挫敗地嘟囔：「怎麼可能？那麼住在當地的商人呢？他們不也攜家帶眷嗎？」

菲奇搖搖頭：「不，外國女人最遠只能到澳門——她們只能留在那裡。」

得知自己無法遠行至廣州，寶麗簡直失望透頂：彷彿有把自天而降的燃燒長劍將她隔絕於伊甸園外，永遠剝奪了她在植物歷險史上留名的機會。

寶麗感覺淚水就要奪眶而出：「可是先生！我難道不能跟你去廣州？那我要待在哪裡？」

「澳門有很多正派的英國家庭會收留房客，反正我一次也只停留一、兩週。」

寶麗原本想過自己能在荒野中採集植物，知道機會遭到剝奪，她的淚水滾滾而落：「可是先生，這樣我就會錯過最精彩的部分。」

「好了，寶麗小姐，」菲奇說：「倪不必這麼難過，沿岸還有一大堆小島，可以讓倪採集植物呢，沒必要難過。來，我讓倪瞧瞧……」

菲奇取來一張南中國海岸的航海圖，指向張著血盆大嘴的珠江口和周圍上百座星散小島。珠江張大的西側下顎關節，是葡萄牙殖民地澳門：外國船隻必須在此取得從珠江口上行前往廣州的「護照」。江口東側盡頭，是個名叫香港的小島：那裡強風吹拂、人煙稀疏，居民似乎也不介意不論或男或女的洋人上岸。菲奇去過一次：那是他在中國期間唯一一次荒野採集的機會，他找到幾種精緻的蘭花，因此一直想重回這座小島徹底搜查。

「那是個好地方，是倪夢寐以求的採集地，寶麗小姐，」菲奇說：「在那裡可以如倪所願，在野地做植物採集工作。」

*

查狄格一如既往，張開雙臂熊抱巴蘭吉後再親吻雙頰。從彼此身邊退開一步後，巴蘭吉才發現這位老友的模樣變了不少——簡直是徹底換了個人。

查狄格大哥！他說。你變白人啦！大老爺啊！

查狄格身穿帆布褲、高領襯衫，一件外套，打著領巾——他尷尬瞥了自己的衣著一眼，擺擺手示意沒什麼。你別笑太大聲，我的朋友，他說：哪天你可能也得穿這身衣服。在這樣的城鎮有時還挺管用。

他們在船東套房的客廳，敞開的窗邊擺著兩張中式扶手椅。巴蘭吉招呼查狄格坐上其中一張說：希望你沒變得太像歐洲人，不想來點檳榔了[21]？

不，查狄格微笑道，當然沒有。

很好！巴蘭吉示意一名男僕把檳榔匣拿來。

與此同時，查狄格環視這個之前造訪過無數次的客廳。我很高興這裡沒什麼損傷，他說：可是船頭那模樣實在慘不忍睹。

是啊，巴蘭吉說。我們運氣不差，情況還不太糟，我從沒碰過這麼強的風暴，兩個船工被風吹走——我的老帕西祕書也死了，他當時就坐在船艙裡，部分貨艙還淹了水。

貨物有損失嗎？

有，我們損失了三百箱。

鴉片？

對。

三百箱！查狄格挑高眉毛。以去年的價格，光這些就夠你再買兩艘船！

男僕端了一只銀匣子進來擱在茶几上。巴蘭吉掀開蓋子，取出新鮮的綠檳榔葉，小心塗抹白石灰。

這真是我遇過最可怕的風暴。巴蘭吉說：我一聽見貨艙淹水，就趕去看能怎麼搶救，結果那裡的水實在太多，我一跤滑倒，奇怪的事就發生了。

哦？繼續說，巴蘭吉兄弟，我洗耳恭聽。

巴蘭吉拾起一顆檳榔，用一把銀色小刀劃開。他說：有那麼一瞬間，我以為自己溺水了，你知道

---

21 paan，是印度及許多東南亞國家普遍的零食。類似台灣的包葉檳榔，但paan除石灰之外，還可選擇包入數十種不同的香料、水果、菸草甚至巧克力搭配食用。

人家說溺水的人會看見什麼吧？

知道。

我以為我看見芝美。這就是為什麼我看到你會這麼開心，查狄格大哥。我想知道你上次去廣州的時候聽到的芝美和福瑞迪的消息。

巴蘭吉把檳榔葉包成三角形，遞給查狄格，查狄格一把塞進臉頰內側。

我很遺憾地告訴你，巴蘭吉兄弟，我沒什麼能說的。上一次我去那個水上城市時，想去芝美的廚船，可是船已經不在那裡。於是我去找你以前的買辦泉官[22]，是他告訴我發生了什麼事。

巴蘭吉又拾起檳榔小刀。什麼？快告訴我。

查狄格陷入遲疑，這事很可怕，巴蘭吉兄弟，所以我不想在信裡告訴你，覺得當面跟你說比較好[23]。

說啊！巴蘭吉不耐煩地說：到底發生了什麼事？

好像是發生搶案，有賊人登上那艘廚船，她想趕跑他們，事情就這麼發生了。

巴蘭吉的手凝結不動，檳榔小刀從指間滑落。你是在告訴我，她被人殺了？

是的，我的朋友。查狄格說：我很難過得親自告訴你這個消息。

福瑞迪呢？

泉官也不知他的下落。查狄格說：在芝美死前不久他就不見人影了，之後也一直沒消沒息。

你覺得他也出事了嗎？

沒人知道。查狄格說：但你別急著下定論，他可能只是離開廣州去了其他地方。我聽說他同母異父的姊姊嫁了人，已搬去麻六甲——他可能去那裡找她了。

巴蘭吉回想與芝美的最後一次見面。三年前，就在她剛買的那艘船上——那是艘船尾猶如上揚魚尾的華麗大船。他是在回孟買前來向她告別的。長久以來，他與芝美維繫著鬆散的關係，他常去她船上晚餐——就某方面來看，兩人已是老夫老妻。巴蘭吉來時，芝美很少做飯：她的拿手好菜翻來覆去都是那幾道清淡的廣州菜，她曉得巴蘭吉偏愛較辣的食物，所以會派人去鄰近船上買些擔擔麵和「辣子雞丁」，也許再來點四川的「夫妻肺片」。食物送來後，她會親自服侍，坐在他對面，幫忙揮扇子趕蒼蠅。幾年下來，她的身形略微横向發展，臉龐也顯得豐腴，卻還是穿著顏色保守、剪裁如同麻布袋的衣服。她不常花功夫裝扮自己，他對此頗為著惱，問她怎麼不把他送的首飾戴起來，她遂取來一只鑲金玉飾胸針別在罩袍上，接著露出燦笑：「巴力先生滿意嗎？」

他們是來搶珠寶的嗎，那些小偷？他想像她試圖避開他們的刀子，眼前浮現她別著胸針的罩袍被劃出一道裂縫，鮮血汩汩冒出胸膛的畫面。

巴蘭吉雙手摀著臉說：真不敢相信，我真不敢相信。

查狄格站到他身邊，一手壓著他的肩頭說：肯定很難接受吧？

我不敢相信，查狄格大哥。

你記得嗎，我的朋友？查狄格輕聲說：好幾年前你跟我討論過愛情？你說你和芝美之間不是愛？

22 明清兩代中國南方商人與外國通商時，為方便外國人稱呼，常另取商用外號並以「官」字作為後綴敬稱，譯為外文時則在字尾加上閩粵方言的「官」字諧音qua。此處的「泉官」即上集《罌粟海》中曾出現的「春泉」。

23 本書第三章曾提到巴蘭吉是在與查狄格通信時得知芝美的死訊與阿發失蹤的消息，顯與此處敘述不合。為尊重原著，未改動內文而以註解說明。

而是其他的，某種不同於愛的東西？

巴蘭吉用手抹抹眼睛，清清喉嚨。是的，查狄格大哥，我記得很清楚。

查狄格捏了下巴蘭吉的肩膀：我想，你當時說錯了，不是嗎？

巴蘭吉艱難地嚥下幾次口水，終於開口道：聽著，查狄格大哥，我跟你不同——我從不思考這種事，也許你說得對——也許我對芝美的感受，是我經歷過最接近你所說的不管是愛、pyar、或ishq的東西。不過那又怎樣？她已經不在了，不是嗎？日子還得過下去，我還有貨要賣。

沒錯，你得向前看，巴蘭吉兄弟。

正是如此，告訴我，查狄格大哥，你會和我一起去廣州嗎？搭阿拿西塔號去？我幫你安排個舒適的艙房。

好，我當然去，巴蘭吉兄弟！能再跟你一道旅行真是太棒了。

很好！你什麼時候登船？

給我一、兩天，我帶行李過來。

查狄格離開後，巴蘭吉再也無法單獨留在自己的套房。這是暴風雨後他首次決定上主甲板。他一直害怕親眼見到阿拿西塔號船艏損傷的這一刻，而映入眼簾的景象果真比預期中更慘不忍睹。雖說換了支新的船艏斜桅，但在巴蘭吉眼中，少了鍍金艏飾像的船艏仍舊怵目驚心。

我受不了，維可。他說：我得下去。

巴蘭吉的恐懼不在損失本身，而是這場損失將對密斯垂家族造成的結果，其中最主要又在於詩凌白。她是徵象與預兆的虔誠信徒，而巴蘭吉的拒絕留意預兆和神諭向來是他倆爭執的主因。她也從不隱瞞，自己相信兩人婚姻中最令她失望的主要原因：那就是她生不出兒子。

詩凌白出生在一個剛愎自用、有權有勢的男性家族，雖然夫婦倆對兩個女兒疼愛有加，她還是一直想要個兒子。為了達到目的，她去過許多神泉，觸摸過不少奇蹟石，綁上數不盡的絲線，尋求精神導師[24]、托缽僧、苦行修士、偶像聖人[25]的祝福，雖然都沒能讓她喜獲麟兒，她卻更加深信這些中間人的神力。她也常央求巴蘭吉陪她一同努力找到療法：可是為什麼？pante kain？你為何都不肯跟我去？

好幾年前，有一次她總算說服了他，帶他去找其中一位大師（guru）：她不知從何而來的信念，認為這男人可以治癒她不孕男胎的問題，並堅持巴蘭吉與她一同前往。經過幾個月的抗爭，她指出自己的年紀就快無法懷孕後，巴蘭吉總算讓步：他為了在家中圖個耳根清靜，答應陪她去找這位奇蹟販子。這位繁殖大師住在離城兩小時外的波里弗利叢林，是個蓬頭垢面，渾身覆著灰土的聖人[26]：他問了巴蘭吉很多問題，不斷幫他把脈，經過反覆苦思與哄騙後，他宣稱找到了原因——問題不在詩凌白，而在他，巴蘭吉身上。是家庭環境導致巴蘭吉的男性體液活動力削弱：原因無他，正是他 ghar-jamai（贅婿）的身分——也就是與妻子的家庭同住一個屋簷下的男人，會因依賴岳家而變得體弱耗損。想要變得強壯以孕育男嬰並非易事，但也非不可能，要是他巴蘭吉願意灌下大量藥水、塗抹某種膏藥，然後當然，再捐贈大筆獻金給聖人的靜修中心，就能有望得子。

巴蘭吉一反常態耐著性子對這段表演隱忍不發，但終究惱怒地問道：你確定知道自己在胡扯什麼

24 pir，指伊斯蘭教神祕主義教派蘇菲派（Sufism）的精神導師。
25 sant，泛指印度教以及印度各種其他宗教中的聖人。
26 sadhu，指印度教中的苦行修士或聖人。

嗎？

老人白內障的花白眼睛閃過一絲詫異的狡猾神色，對巴蘭吉露出迷人笑容，答道：怎麼？你有理由相信你的種子可以孕育出男嬰嗎？

巴蘭吉立刻瞭解，這是老人謹慎設下的圈套，此刻指責他是騙子只會引起詩凌白懷疑。雖然所費不貲，但比起被發現他已經生了個兒子——一個私生子——這筆錢還算小事。不久前，一件類似的事蹟敗露就在社區內引起軒然大波：男主角是巴蘭吉熟識的商人，後來他被逐出帕西長老會，遭到排擠放逐，成了個沒有任何帕西人願意租房子給他的賤民，更因無人願意與他作生意而在商務上損失慘重。巴蘭吉願意付出任何代價避免這種下場。

但他要開口否認時卻吞吞吐吐。沉默繞過這話題是一回事，主動否認兒子的存在，假裝未曾參與自己孩子的人生——對他卻是難上加難。父親的身分和家庭對他來說就是宗教，抹殺與他相連的神聖血緣羈絆，不管對他的兒子或女兒這麼做，都等於與他的信仰背道而馳。

聖人可能察覺到他的兩難，便說：你還沒回答我的問題……

巴蘭吉能感覺到妻子的目光鑿入體內，他勉強吞嚥口水說：不，你說得對，肯定是我的種子有問題。我會接受治療——只要該做的，什麼都行。

接下來幾個月，他灌下聖人的藥水、塗抹藥膏，要求的費用沒有少付一分錢，以指定的方式與時間和詩凌白行房。這些努力也不盡然完全無用，至少詩凌白再也沒提到想要兒子的事——但另一方面，「治療」無效似乎也證實了她對未來的預感。她對跡象和預兆也更加深信不疑。

詩凌白的憂慮從來不曾比巴蘭吉這次出海到南中國更加準確：幾週前，她每天都去火神廟，花上好幾小時進行儀式，巴蘭吉出發的日子和時刻也要由占星師決定，而既然他拒絕算命，她便自己花錢四處求神問卜。出發前夕，只要聽見貓頭鷹啼叫，就會堅持要他改期，到了早上，她會把家裡重新安排，以確保他能走過嚴謹打造的吉祥物迷宮——女僕會突出現在樓梯間，頭上頂著盆水，園丁散布在花園中，但不能顯得刻意，每個人手上都要抱著特定的水果和鮮花，巴蘭吉踏上馬車時，有個漁夫會莫名現身，及時讓他瞥見一眼他的漁獲。詩凌白還會指定通往碼頭的特定路線，以避開洗衣婦聚集的湖邊——扛著不潔衣物的洗衣婦是必須不計任何代價迴避的景象。

然而，以往就算在最糟的情況下，詩凌白也從未讓她的迷信與儀式阻礙巴蘭吉的投資——這一年，她卻使盡一切手段不讓他離家。別走，她央求：Tame na jao……別去，今年求你就別去了，大家都說會出問題的。

他們究竟都說了什麼？巴蘭吉回道。

很多流言，她說：這裡現在又來了帶著戰艦的英國海軍上將。

妳是說梅特蘭上將？

對，她說，就是他。Jhagro thase……都說搞不好會跟中國開戰。

巴蘭吉正好認識梅特蘭上將，也清楚他的任務：他是少數受邀上過他的戰艦阿爾吉林號的孟買商人，很清楚這艘由梅特蘭指揮的船艦，不過是派去中國作武力宣示而已。

聽著，詩凌白。他說：妳不用擔心這些，我的工作就是要同步掌握事情的發展。

我只是轉述我兄弟說過的話。詩凌白抗議道：他們說中國會終止鴉片進口，可能還會開戰。他們說你現在不該去：風險太大了。

這番話讓巴蘭吉火冒三丈：Arré（唉呀），詩凌白，妳那幾個兄弟懂什麼？他們只管顧好自己份內之事，我的事我自會處理。他們跟中國作買賣的時間要是有我久，就會知道同樣的謠言已經傳了很久，還不是沒事——現在也不會有什麼事。如果今天妳父親還活著，他就會支持我——但俗話說「智者不再，分崩離析……」

第一次爭辯無效後，詩凌白才坦白說出其他顧忌：有位占星師聲稱，星象顯示此時出外的旅人將遭逢險境，一名占卜師也看見戰爭與動亂的跡象，她信任的精神導師也警告大海不會平靜無波。詩凌白深信丈夫會有危險，於是再找來兩個女兒——都已成婚，且蒙天佑生了幾個孩子——加入行列，乞求他不要去。他也曾經讓步，兩度延後出發日，期望出現吉兆。可是等了兩週毫無斬獲之後，他害怕錯過廣州即將開始的貿易季，便索性自己決定出發日，說他再也等不下去。

出發那天早晨，一切都不對勁：破曉之際貓頭鷹啼叫，這是明顯的厄兆，他的頭巾也在夜裡掉在地上。更糟的是，詩凌白在換衣服準備陪巴蘭吉去碼頭時，弄斷了紅色婚鐲。她淚眼婆娑乞求他別走：**Tame na jao**。你知道妻子的手鐲斷裂是什麼意思吧？假如你不在乎我：好，那家人呢？你也不在乎女兒和她們的孩子嗎？**Jara Bhi Parvah nathi**？你一點都不在乎嗎……？

她的聲音裡飄盪著某種東西，讓巴蘭吉很難以一貫的溺愛語氣回應：她的央求帶著急切與絕望，這是他先前從未聽過的，彷彿她總算接受他不僅是她那無緣丈夫的替代品，彷彿實踐四十年無情冷感的婚姻義務後，她對他的感情霎時催熟，昇華至另一階段。

她這輩子都失望冷然地履行義務，要他現在面對如此赤裸無保留的感情，實在不公平——要是早一天，他還可能告訴她芝美和福瑞迪的事，但現在船等著起錨，根本不可能跟她長談。他摟著彎腰坐在床沿的詩凌白，她的手握著那破碎的鐲子，形單影隻的纖細身形從頭到腳垂掛著中國絲織的蒼白錦緞，她的紗麗色彩簡樸，布料以乳白色光澤填滿整個室內：她未穿戴珠寶首飾，僅有幾個鐲子，身上唯一的顏色來自腳上那雙幾年前他在廣州近良買給她的豔紅色拖鞋。

巴蘭吉緩緩撥開她的手指，從她手裡接過破裂的玻璃手環。聽著，詩凌白。他說：讓我去這最後一次，回來後我會跟妳說明一切，妳會明白為何我非去不可。

等你回來？但要是……？她遙望遠方，無法把整句話說完。

詩凌白，巴蘭吉說：我母親曾說「妻子的禱告不會徒勞無功。」妳可以確定妳也不會的。

＊

他們是誰？

這問題不僅落在阿發和尼珥身上，更落在造訪牛干冬村落平日衣市的人身上，許多新加坡的駁船夫、苦力與無足輕重的商人都在此居住。這是湊合拼起的新邊陲小鎮中最窮困的一區，以竹編牆的簡陋小屋堆聚出的貧民窟如雨後春筍冒出，擠在稠密叢林的一側，另一側則是泥濘沼地。

市集在一塊開放空地上，毗鄰新加坡河的一條小支流。往來道路不過是條泥濘小路，大半訪客都搭船過來。城裡的馬來和中國區居民則搭小扁舟或屜條大舟古駁船；水手和船工往往直接搭他們五顏六色的舢舡過來，船上裝載他們想要販賣或交換的商品：有他們在休假午後親手織的毛衣、束環索和粗毛布縫製的短上衣、或從溺斃船員的袋子裡翻出的油布與厚呢短外套。

尼珥和阿發是少數徒步走來市集的人，人聲鼎沸的場面著實讓他們驚訝：跋涉一段人跡無多的漫長小徑後，他們頓時來到種滿紅樹林的小溪岸邊，走進市集的混亂場面中。光從外表和氣氛看來，這個市集其實與各地村莊的平日市場和市集沒兩樣：都有流動小販和叫賣商人、街頭藝人和零食攤、肉販和手籠販子——可是衣飾攤是主要景點，也是大多客人來此的目標。

在水手與船工之間，都把這市集叫作「制服市集」，意指這裡曾經販售制服或軍服，其中不少服飾現在仍能找到：當然世上還是有些其他地方能讓你拿手榴彈兵的冠帽換來蒙古毛帽，或用步兵的緊身夾克換成祖瓦夫兵團[27]的燈籠褲。但這市集並非只賣軍用品：制服市集存在的二十年間，它聲名漸起，甚至不尋常地遠播新加坡境外。在比鄰的半島、島嶼和海岬，人們就叫它作「帕開巴剎」（Pakaian Pasar）——意即「衣服市場」——人人都知這裡可以買賣任何衣飾——從巴布亞的陰莖鞘到斐濟的蘇魯裙，從孟加拉的紗麗乃至菲律賓民答那峨島的巴戈博長褲應有盡有。來到島上的有錢訪客或許寧可在商業廣場附近的歐洲與中國商店購物，但經濟拮据和手頭沒那麼鬆的人——或連一枚銅板都掏不出，只能用魚或家禽以物易物的人——就很適合來這地圖上連影子都沒有、任何自治區都不管的市集：除了這裡，還有哪裡能讓女人用高棉筒裙（sampot）換民答那峨的碧蘭罩衫？漁夫還能上哪把一件紗籠換成緊身短衫？或把錐形雨帽換成峇里帽？還有哪裡能讓男人僅著一條鯨鬚束腰的腰布和絲質拖鞋就出外四處晃蕩？

這些服飾物件來自囊中羞澀的過路朝聖者、傳教士、士兵和旅人，不過很多人來自更遙遠的地方，他們在印度洋的偏遠角落偷拐搶騙——對於經常出沒這些水域的人來說，人人都知除了衣服市場，沒有其他地方更適合卸下這些偷來的服飾。來此市集的客人比起在其他地方更常被人勸告要小心檢查所買物品，因為其中許多都沾有血跡、有彈孔或匕首割痕，以及其他隱而不顯的缺陷。豪華服飾尤其需要當心——鑲邊的朝袍外套和刺繡繁複的常服袍子——其中許多是掘墓所得，仔細檢查通常可發現蟲蛀痕跡，但就算有這些風險，所得的回報仍舊足以抵銷：畢竟逃兵能在哪兒卸下那身三角帽和飾領再換上英式服裝呢？顯而易見，這種地方不可能永遠持續下去，但只要還存在，衣服市場對眾人來說就是天賜寶物。

得知衣服市場存在的是尼珥，他是從牛干冬村一個印度羯陵伽來的船夫那聽來的。這對他和阿發來說是個好消息，因為他們抵達時穿的是外島上隨手找來的衣服——寬褲、背心和破損的紗籠。要是不想引起注意，他們就不能再做這身乞丐裝扮，但這時他們的荷包已明顯縮水，城裡商店的衣服遠遠超出預算。

衣服市場是他們現下處境的最佳解決之道：他們買的第一樣東西就是布袋，一路邊買邊往袋裡塞戰利品，一攤接著一攤，交雜數種語言討價還價。尼珥買了件歐式外套、有寬有窄的褲子，幾條帶子以及當頭巾用的大手巾，還有三、四條輕盈的棉質排釦開襟衫。阿發也搜刮了五花八門的類似組合：一件寬外套、幾件襯衫和馬褲、幾件有黑有白的罩袍，還有幾件中式長衫。

他們正往鞋攤方向去時，有人用洪亮的嗓門在後頭對他們大吼，音量甚至大到蓋過市場的喧囂。

「福瑞迪！該死的……！」

阿發僵在當場，臉上血色盡褪，他沒回頭張望，繼續往前，然後戳戳尼珥要他別停下腳步。幾步之後他小聲問：「看看是誰，他長什麼樣？」

尼珥回身張望，瞥見一個頂著啤酒肚的男人，穿著完美無瑕的歐式衣著：帽子下的臉孔十分黝黑，眼珠白亮外凸，手中抱著剛買的新衣，正快步追向他們。

「他長怎樣？」

尼珥還沒來得及開口，那大嗓門又對他們嚷道：「福瑞迪！Arré福瑞迪你這該死的渾小子！是

---

27 Zouave，十九世紀法國在阿爾及利亞成立的殖民地輕步兵軍團，名稱來自當地柏柏爾人的祖瓦瓦部落（Zuwawa），成員多為柏柏爾人。該軍團制服以阿爾及利亞傳統服飾風格著稱，通常包括色彩各異的圓筒型絨帽、束腰上衣以及燈籠褲。

我，維可啦！」

阿發用嘴角嘶聲對尼珥說：「你繼續走，我們等下再講。」

尼珥連忙點個頭，繼續穩步向前，拉開一段距離後才停下腳步，在一個小攤的遮篷下轉頭觀望這兩個男人。

即便有段距離，仍可明顯看出維可在乞求阿發，只是阿發不為所動。毫無反應，但過了一會兒，他態度稍微和緩，維可顯然也鬆了口氣，在匆匆趕回溪邊前，擁抱了福瑞迪一下，有艘優雅的小艇正在等他。

尼珥等了一會兒才截住阿發。「他是誰？」

「我爸的船務長維可，我跟你提過吧？」

「他說了什麼？」

「他說爸生病了，很想見我，我得去見他。」

「你答應了？」

「對，」阿發用他簡明扼要的語氣答道：「我去船上，今天晚點過去，他們派船接我。」

阿發的計畫令他忐忑不安，但尼珥說不上是為什麼。「我們得談談，阿發，」他說：「你要怎麼跟你父親說？要是他問你這幾年都上哪兒去了，你要怎麼告訴他？」

「不說，」阿發說：「什麼都不告訴他，只說我三年前上船離開中國，一直都在海上漂。」

「但要是他發現其實你都在印度呢？發現你坐牢那些事？」

「不可能，」阿發說：「他不會！我離開廣州以後一直用不同名字，監牢只關住我的身體：沒有名字，啥都沒留。不會和我扯上關係。」

「那之後呢？要是他想把你留下怎麼辦？」

阿發搖頭：「不，他才不會要我留下來，他太害怕大媽發現我的事情。」

這時阿發再次展現神奇的感應能力，一手繞著尼珥肩膀說：「你怕我把你丟下嗎，尼珥？別擔心，你我朋友耶，對吧？我不會把你丟這裡。」

當晚，阿發前往阿拿西塔號後，尼珥回到廚船上，獨坐等待。幾個鐘頭過去，他開始懷疑阿發今晚不會回來，也漸漸對自己感到不耐：究竟是哪門子理由讓他覺得自己的未來會繫於阿發與父親的這次會面？要是他們分道揚鑣，他就得盡自己所能過下去——也只能這樣。他起身走向船尾，前往有棚蓋遮蔽的「小屋」，前幾個晚上他都在這裡過夜，接下來，他幾乎一沾枕頭就睡著。

幾小時後，他醒了過來，急著小解。打開門，發現河面上月光皎潔，熠熠生光。再回船艙時，尼珥視線瞥向船首——看見兩個人影斜靠著船頭。

尼珥立刻清醒，他悄悄向前，來到距離那兩個人影幾碼之外。他們正靠著月光映照的舷牆：一個是阿發，另一個是做菜的廚娘。

「阿發？」

他發出悶聲咕噥回應。

尼珥踏上船頭，發現阿發手裡抱著煙槍。

「你在做什麼，阿發？」

「抽煙。」

「鴉片？」

阿發的頭非常遲緩地往後傾，臉龐在月光下顯得慘白，眼中帶著尼珥從未見過的神色，鬱鬱寡歡、如夢似幻，但又不是昏昏欲睡。「對，鴉片，」他輕柔地說：「維可給我一些。」

「當心點，阿發——你知道自己抽了大煙會怎麼樣。」

阿發聳肩：「今天癮上來了：一定要抽一管，今天晚上一定要。」

「為什麼？」

「我爸告訴我一些事。」

「什麼事？」

停頓半晌，阿發才說：「我媽死了。」

尼珥倒抽一口氣：阿發面無表情，聲音中也聽不出一點情緒。「怎麼發生的？」

「我爸說可能是小偷。」他又聳聳肩，斬釘截鐵地說：「多說沒用。」

「再往下說，」尼珥說：「你不能只說到這裡。你父親還說了什麼？」

阿發的聲音縹緲虛無，彷彿退入井口內。「爸爸很高興看到我，他一直哭一直哭，說很擔心我。」

「那你呢？你見到他開心嗎？」

阿發只聳聳肩，默不作聲。

「除此之外呢？他有告訴你接著該怎麼做嗎？」

「他也同意我最好去麻六甲找大姊，他說過了廣州這一季，他要給我作森意的錢，只要等三、四個月。」

說到這時阿發已不知神遊何處，尼珥曉得很難再從他那得到什麼消息。「好吧，」他說：「我們該睡了，明天再說。」

正當他轉身要離開，阿發嚷著：「等等！也有給你的消息。」

「什麼？」

「你想幫我爸工作嗎？」

尼珥望入他空洞的雙眼與空洞的臉孔，心想他肯定在胡言亂語：「你說什麼，阿發？」

「我爸需要祕書——幫忙寫信讀報紙，他之前的祕書死了，我告訴他我知道一個能做這工作的人，我在監獄裡看過你寫信，對吧？你可以寫英文、印度普通話那些的，是嗎？」

「對，但是……」尼珥兩手一拍頭頂，再往阿發身旁坐下，除了阿發轉述的內容，他對巴蘭吉．摩迪一無所知，他聽過的故事讓他憂心忡忡。有時他想起自己的父親，拉斯卡利的地主：他倆也幾乎沒有交集，因為這位地主陪伴情婦的時間比在家多。他們不常見面，但每次都要費心準備並焦慮不已：屢試不爽。等到面對父親的時刻來臨，尼珥每每五味雜陳，舌根僵硬——恐懼、憤怒與執拗的恨意流竄——想到要與巴蘭吉見面，這些思緒就如潮水湧回心頭。

但是能有工作，不用再過逃犯的生活也是一大解脫。

「父親想明天見你。」阿發說。

「明天！」尼珥說：「這麼快？」

「對。」

「你跟你爸說了我什麼，阿發？」

「我告訴他，我跟你是巧遇，在新加坡。我只知道你作過祕書，他說明天要見你，談工作。」

「可是阿發……」

尼珥難得語塞，但阿發奇異的直覺似乎看透了他的腦袋。

「你會喜歡我爸，尼珥，所有人都愛他。有人說他是大人物，他見過很多世面，認識很多人，知道很多故事。跟我不一樣，你知道。我也不像他。」他微笑道：「只有一個時候我像老爸。」

「什麼時候？」

阿發舉起煙槍：「看這個？我抽大煙的時候就變成老爸。人人都愛的大人物。」

5

還有一週就可抵達中國海岸時，寶麗發現除了活生生的植物寶藏，雷路思號上還藏著一個「彩繪花園」——一批植物畫作與插圖。

之所以這麼晚才發現，是因為圖畫並未展示出來：它們全都仔細包裹收進緞帶捆紮的文件夾，藏在菲奇收納植物標本、種籽罐與其他器材的陰暗小儲藏室。這並不令人意外：菲奇並不特別重視藝術，圖畫的美感價值對他意義不大。他純粹把圖畫視為工具，但是種特殊的工具——對他來說，圖畫是引導他尋找全新未知植物品種的線索。

利用畫作尋找植物，寶麗覺得這真是絕佳的創新，而且這方法太有趣了：有什麼能比不在大自然中，而是從脫離自然的人造王國找尋新物種更不可思議的？但這是很古老的方法，也已經過證實，菲奇解釋道，這絕對不是他發明的：這歷史可追溯至最早前往中國的歐洲植物獵人——這群人當中，有個名為詹姆斯·康寧安（James Cuninghame）的英國植物學家，曾於十八世紀二度探訪中國。

在康寧安那個年代，外國人遠行至中國比現在稍微容易一些：他第一次到中國時，很幸運在廈門港停留數月。在那裡時，他發現中國畫家以工筆描繪植物、花卉與樹木的技巧出奇高超：這是他的幸運之處，因為當時還無人奢望能從中國把活標本漂洋過海運回歐洲。採集家的目標是收集種子，然後集中成一個「乾燥花園」。為此，康寧安增加了一種新收藏，亦即「彩繪花園」：他帶著上千幅畫回到英格蘭，許多人慕名前來參觀，但也引起不少質疑——對於習慣歐洲花卉的眼睛來說，美得如此放肆的花朵幾乎不可能真正存在。有人說，這些手繪的花朵等同植物界的鳳凰、獨角獸和其他神話動物。但當然他們大錯特錯：隨著時間過去，全世界將會發現，康寧安的畫作中包含許多世界其他地方日後從中國接手的知名花卉——繡球花、菊花、梅花、牡丹、第一種多次開花的玫瑰品種、鳶尾花，數不清的新種梔子花、報春草、百合、紫藤、紫菀和杜鵑花。

「但是，讓康寧安得以留名的收藏，首推山茶花（camellia）。」

菲奇說他從來無法理解，為何卡爾·林奈選用卡莫爾醫生（Dr. Kamel）之名為山茶花命名，他只是個沒沒無名不足掛齒的德國醫生。照理說，這個品種應該命名為Cuninghamia以紀念康寧安，畢竟山茶花是他畢生熱情所注、是他的追尋：他也是把第一片山茶花葉運回英國的人。

不僅是因為在所有花卉中，康寧安對山茶情有獨鍾：他相信除了穀類，這種植物可能是所有植物中對人類最有價值的品種。這並非天馬行空的想像：畢竟山茶家族為這世界提供了茶樹（Camellia sinensis），當時茶樹已經成為另一個巨大商業價值的來源。而康寧安又因一個中國傳說，對茶樹的另一個姐妹品種產生了興趣。據說有個男人墜入一個沒有出口的山谷：他在那裡活了一百年，期間只以一種植物為食。康寧安聽說，這種植物色澤金黃，蘊藏一種能讓白髮變黑、活絡筋骨、清肺化瘀的功效。康寧安將其命名為「金茶花」，他相信只要能找到這植物並加以繁殖，金茶花的價值超越茶樹便指日可待。

「那他找到了嗎，先生？」

「可能吧，但沒人知道……」

當康寧安結束第二趟中國之行，卻在返回英格蘭途中，於印度南部海岸消失無蹤。他的收藏品也隨之湮滅，後來出現耳語謠傳，說他可能因為持有某種禁止外流的植物品種而遭不測。等到他的文件包裹毫髮無傷送達英格蘭時，這些謠言更是甚囂塵上：這些文件是在他最後一趟航行啟程不久前寄出，其中包括一幅未知花卉的小幅畫作。

「是金茶花？」

「倪自己看吧，」菲奇以一貫的簡潔扼要說。他伸手取來一個文件夾，抽出一張方形卡紙，遞給寶麗。

卡片不大，上面的圖畫僅約六吋見方：畫作用精細的毛筆勾畫，紙是薄薄的淡黃宣紙，背景是淡墨描繪的霧靄繚繞山巒，前景是棵盤根錯結的柏樹，樹下坐著一個雙手托缽的老人，身邊擺著一支開出幾朵鮮豔花朵的樹枝。但比例太小，很難精確勾勒出花瓣細節，不過花朵色彩鮮明：是由淡紫逐漸轉為日曬的金黃色。

看著這張畫，對過的折頁上有兩行由上至下寫就的中文。

寶麗指著文字：「有人懂得這幾行文字嗎，先生？」

菲奇點頭，轉過卡片，另一面有人以清晰的銅版字體淡淡寫下英文翻譯：

初篁苞綠籜，新蒲含紫茸。
舒筋活絡骨，清心潤肺通。[28]

---

28 這四句非出自同一首詩。前兩句摘自謝靈運詩〈於南山往北山經湖中瞻眺〉。後兩句出處不明，此處參考簡體譯本之譯法。原書引用之英譯則為：It remedies the pain of ageing bones and quickens the memory and mind, It puts to flight the death that festers in the lungs.

幾排文字底下的落款是：康樂公謝靈運。

菲奇說，康樂公是真實存在的人物，不是神話英雄，他生於西元五世紀，被視為中國最偉大的自然學家之一。有人認為他寫的這幾行文字，不僅指出這種花能返老還童，還可對抗人類最恐懼的敵手：肺臟的天敵——肺癆。

康寧安過世後多年，論文落入約瑟夫公爵手裡。他也深信金茶花可能是最偉大的植物發現：是植物獵人朝思暮想的聖杯。菲奇說，這也是公爵決定用公費派一名受過訓練的園藝家——威廉·克爾——前往廣州的原因之一。

「可是克爾先生沒找到這種山茶？」

「沒有——不過倒是找到了證據。」

克爾運回裘園的最後一批植物數量相當大，為了確保安全，他還雇了個年輕的中國園丁將這批貨送回倫敦。這男孩名叫阿飛，雖說還是青少年，但人格外聰明，而且手藝嫻熟——他將這批採集品幾乎毫髮無傷地成功運回。抵達裘園時，並把一座小型「彩繪花園」交給約瑟夫公爵——那是由一位廣州畫家繪製的數十張植物插圖。約瑟夫公爵在其中找到一張未知花朵的畫作，長得像極了康寧安畫作中的山茶花。

這會兒菲奇又從書架上抽出另一個文件夾，取出一張圖畫，遞給寶麗。「這裡——倪瞧瞧。」

這張圖不是畫在紙上，而是另一種較厚實堅硬的材質，有種古舊且拋過光的滑順質感：菲奇解釋道，這是用蘆葦根髓做的，很受廣州畫家歡迎。紙張尺寸與大裁紙相當，畫面中央色彩繽紛，繪製手法更強化了畫面的鮮明，堆疊在蘆葦根髓上的多層顏料，讓主題在平滑表面上宛若浮雕突出——那是形狀完美的雙苞花朵，花瓣排列成幾個同心圓。躺在綻放花朵中心的，是個發光的淡紫色圓圈，這色調一路潑灑入花瓣底部，隨著漸漸遠離中心，色彩形成漸層變化，花冠外緣是明亮耀眼的烈日金黃。寶麗從未見過哪朵花有如此奪目的色彩變化。「真是太美了，先生——美到讓人懷疑這種花真的存在。」

「這不能怪倪，」菲奇說：「要是倪注意看他畫的方式，就會明白這是對著活生生的標本寫生。倪覺得對嗎？」

寶麗再次仔細端詳，發現畫作結構與歐洲的植物插圖並非如此不同：它涵括了許多生動細部。她將目光集中在葉片上，其中兩片繪製得異常細緻：橢圓形葉片描繪成優美的水滴狀，葉柄十分精細，而閃亮光滑葉面下的中脈與葉脈亦清晰呈現。畫中還有另一朵花苞正從恍若魚鱗緊緊包裹的萼片中竄出頭。

「給你看這幅畫的人是約瑟夫公爵嗎？」

「正是。」

阿飛抵達裘園不多久，約瑟夫．班克思公爵再次叫來菲奇，他來到園長面前，才發現除了植物和圖畫之外，威廉．克爾還讓阿飛帶了封信，他有意卸下廣州的職位。他已經在那裡待了好幾年，迫不及待想要離開。他已採集了超過兩百種新植物，約瑟夫公爵決定讓他如願以償，當作給他的獎賞：並在錫蘭為他開個新職缺。

「不過廣州還有很多待辦的重要工作，」約瑟夫公爵說：「我收到情報，有一種花，它的價值可能高過克爾發現的任何一種植物。出於這個理由，我決定下一個派去中國的人將不再代表裘園，而是作為一群私人投資者的密使。」

就這樣，約瑟夫公爵把最近取得的金茶花圖交給菲奇。

「不用我再提醒你吧，潘洛思，你要嚴格保密。」

「當然，先生。」

「那你覺得如何，潘洛思？你是個可靠的傢伙，是吧？有沒有想過揚名立萬，順便賺點錢？」

菲奇立刻知道，這個提議將逆轉他的人生：距離他首次航向中國已過三年。回來後他得到裘園的工作，爬上領班位置，也讓他娶了多年前在法爾茅斯心有所屬的女孩。她現在身懷六甲，菲奇痛恨選在這個時間拋下她，但她反而說服他接下園長交派的工作：她說自己大可回娘家待個兩、三年等菲奇回國。法爾茅斯多的是嫁給水手的女人，大家的處境相似，她不會有問題的，反倒是這樣的機會稍縱即逝，不容錯過。

於是乎，菲奇踏上第二趟前往廣州的旅程。兩年後，他帶回讓他聲名遠播、打下財富基礎的植物收藏——唯獨金茶花不在收藏之列。

「所以說你從未找到金茶花的蛛絲馬跡囉，先生？」

「是的。」菲奇說。

約瑟夫公爵不願把山茶畫作託付給菲奇：他帶著上路的是複製品。然而這些複製品的品質都不夠好，兩幅都在前往中國的舟車勞頓中損毀了。

「現在我有原圖，情況自然不同，」菲奇說著把畫作收回文件夾。「我知道要從哪裡下手。」

*

上船不到一分鐘，尼珥就見識到阿拿西塔號的「船宮」之名絕不誇張。她並非大得誇張或尺寸驚人：僅有一百二十呎長的她，比起眾多停泊新加坡外港、龍骨較長的歐美船隻，個頭明顯嬌小得多。

這些大船雖然可靠平穩，卻只是平凡的貿易船。阿拿西塔號的外觀倒更像玩樂用的遊艇、有錢人的玩物。她的黃銅配件在日光下閃爍，用磨石拋光的甲板鋥亮。除了缺少艏飾像，看不出最近受過任何損傷的跡象，沒有一條繩索或錨鏈移位，新裝上的船艏斜桅驕傲地從船首往前伸。

尼珥環視主甲板，視線被舷牆吸住：從外頭看來，與一般的硬木條沒兩樣，可是如今上了船，便看見舷牆內側經過美化裝飾，有一系列古波斯和美索不達米亞藝術主題的鑲板：有長了翅膀的獅子、雕花槽紋立柱以及邁著大步的矛兵。他很想細細端詳這些設計圖案，但現在沒時間磨蹭，維可不斷敦促他上船尾甲板。「來吧，祕書先生，老闆等著呢。」

大廳、船艙和特等艙讓尾甲板成為目前看來整艘船最豪奢的部分。白天時，這裡會被裝飾用天窗篩落的柔和自然光打亮，也因此少了木船內部慣見的陰沉黑暗：反而營造出寬敞豁亮的氛圍。主要走廊用桃花心木做鑲板，掛著波斯波利斯和埃克巴坦那廢墟的鑲框蝕刻版畫。尼珥也想在此逗留，可惜維可要他快步跟上，直到他們抵達一扇通往船東套房的門前。他抬起手敲門。

頭家，祕書來了——福瑞迪派他來的。

讓他進來。

巴蘭吉坐在桌前，身著一襲淺色棉質排釦開襟衫，腳上趿著鑲繡銀線的尖頭便鞋，框著下顎的鬍子修剪整齊，頭戴一條樣式簡單但綁得無可挑剔的頭巾。

從老爺臉上高聳的鼻梁與深色眉毛，尼珥不僅看見阿發英俊樣貌的來源，更看出其他特徵——例如他銳利雙眼中的智慧，以及不容置疑的堅定意志：一種幾近無情的堅毅神情。但巴蘭吉臉上不見阿發的受傷脆弱神色，兩人的相似處僅止於此：他口若懸河，熱情歡快的舉止能讓人卸下防備。尼珥看得出，這不過是他魅力的一小部分。

Arré，祕書先生。他喊道，兩手忙著揮舞，你怎麼像棵樹杵在那兒？過來啊？

他聲音中的抑揚頓挫立即驅走尼珥與父親會面的記憶：他馬上看出巴蘭吉與這位老地主完全沒有相似之處——事實上，他與任何一位尼珥從前認識的有權有勢富人天差地別。巴蘭吉身上沒有這種人對世間感到厭倦的百無聊賴和倦怠疲憊。正好相反，他生氣勃勃的舉止就跟他的鄉下口音一樣，帶著活力和不矯揉造作的坦率。

「敢問你的大名？」

尼珥已下定決心，新工作上要用新名字：阿尼珥．庫馬祕書，老爺。

巴蘭吉頷首，指向一張直背椅。好，祕書先生。他說：你何不坐那張椅子，我們才能看見彼此的眼睛？

悉聽尊便，老爺。

尼珥跨步走向椅子時，閃過一絲微弱的直覺，這應該是某種測試——巴蘭吉在面試某類員工時會用的詭計。至於究竟要測試什麼，他想不出所以然，於是按照指示，沒再多說便直接坐上那張椅子。

他顯然做對了，巴蘭吉倏地熱烈叫好。很好！他大喊，往桌上開心地一拍。Ekdum theek！非常好！

關於自己究竟做對了什麼，尼珥還真不清楚，巴蘭吉主動解釋：「我很開心，」他用英語說：「看見你能好好坐在椅子上，我無法忍受蹲在地上的祕書，以我這個位子，怎麼可能忍受那些匍匐在地的傻傢伙？這可是會讓外國人見笑的，不是嗎？」

老爺所言甚是。尼珥說。他模仿之前自己用過的祕書，謙恭地低下頭。

「祕書先生，所以你多少見識過外面的世界，是吧？」巴蘭吉說：「打過一、兩回馬球？嘗過扁豆湯和咖哩飯之外的美食？能好好坐在椅子上的祕書可不好找。你會用刀叉嗎？至少會一點吧？」

會的，老爺。尼珥說。

巴蘭吉點頭：「你是在新加坡這兒遇見我乾兒子福瑞迪，我說對了嗎？」

「對，老爺。」

「那在這之前你都做些什麼？怎麼會來這裡？」

尼珥感覺這問題不單是追問他的過去，更在測試他的英語能力——他使出最字正腔圓的口音重述準備好的故事：他來自孟加拉邊境特里普拉邦一個遙遠土邦的抄寫員家族，在宮廷失寵後，不得不從商維生，在商人底下擔任祕書和通譯。他跟著上一位僱主從吉大港來到新加坡，由於僱主意外過世，這就是他現在又空下來的原因。

巴蘭吉似乎對故事興致不高，反倒對尼珥流利的英語欽佩不已。他一把將椅子往後推，站了起來，開始來回踱步。「太厲害了，祕書先生！」他說：「Phataphat，你英文說成這樣，打算讓我難堪不成？」

尼珥明白了自己不經意間讓老爺臉上掛不住。於是他決定只要情況允許，今後都只說印度普通話，英語就留給巴蘭吉說。

「你會寫波斯體書法[29]？」

是的，老爺。

---

29 nastaliq，原是用於書寫波斯文與阿拉伯文的一種書寫體，後來也用於書寫烏爾都語、喀什米爾語、旁遮普語及普什圖語等，故在印度也能通行。

「古吉拉特語會嗎？」

不會，老爺。

這答案似乎未令巴蘭吉不悅，「無所謂，不用什麼都會，古吉拉特語我可以自己來。」

是，老爺。

「但一個好祕書可不是只懂讀寫就夠，還有其他重要的技能吧？你明白我在說什麼？」

不是很確定，老爺。

巴蘭吉在尼珥面前停下腳步，兩手拍向他的背部，接著欠身，看進尼珥的雙眼，「我說的是信任——shroffery——有的人可能會用sharaafat（品德兼優）。你聽過這兩個字吧？可明白個中意義？對我來說，祕書跟管帳員一樣，差別在於祕書管的是語言。就像管帳員得替保險櫃上鎖，祕書就要把嘴上鎖。如果你要為我做事，你所讀寫的一切，都必須深鎖在腦子裡，這就是你的財庫，你的khazana。」

巴蘭吉接著繞過椅子，兩手擱在尼珥的頸子上，往兩側轉動。

「你明白吧，祕書先生？就算有土匪想擰下你的頭，保險櫃還是要鎖得牢牢的？」

巴蘭吉的語調像是說笑，雖然說不上威脅，舉止卻透著些微威嚇。尼珥有些不舒坦，但仍保持冷靜。是，老爺。他說：我明白。

很好！巴蘭吉快活地說。但還有件事你得知道：寫信不是你最主要的工作，目前更重要的是我所謂的khabar-dari——打探消息，然後向我通報。人們以為只有統治者和大臣需要知道戰爭、政治這些要事，但那都過去了，現在時代不同：消息不靈通的現代人必將踏入毀滅。這句話我老掛在嘴邊：消息是賺錢的源頭。你懂我意思嗎？

不是很懂，老爺。尼珥咕噥道：我不懂消息怎麼可能賺錢。

好，巴蘭吉說著，開始來回踱步。我說個故事好讓你理解。這是跟我的朋友查狄格・卡拉比典在倫敦聽說的。二十二年前的一八一六年，有天某人帶我們去股票交易所，手指向一個名氣響亮的銀行家，一位羅斯柴爾德（Rothchild）先生，這男人比誰都瞭解 khabar-dari 的重要，他建立一套自己的系統，利用鴿子和信差傳遞消息。後來滑鐵盧戰役爆發——這你肯定聽過吧？

聽過，老爺。

戰役發生當天，倫敦股票交易所的人莫不緊張，要是英國人輸了，黃金價格就會下跌，贏了就漲。該怎麼辦？該買還是賣？他們等啊等，當然這銀行家是第一個知道滑鐵盧戰役情報的人，你覺得他怎麼做？

他買了黃金嗎，老爺？

巴蘭吉捧腹大笑，拍上尼珥的背。瞧，所以說你是祕書，不是商人。Arré budhu（哎呀，笨啊）——他當然開始**賣**黃金！他開始賣黃金時，大家心想，wah bhai（糟了，老兄）！這場仗輸了，我們最好也開始賣。於是黃金價格慘跌，這時羅斯柴爾德先生卻回頭買黃金——他買了又買，買了又買。你懂嗎？這全是因為他比其他人更早掌握消息。後來有人告訴我，這故事不是真的——但是不是真的重要嗎？這不正是對現代生活的一大啟示？我跟你說，要是我有勇氣，就會上前觸碰那男人的腳，對他說，你是我的導師！

巴蘭吉本來在踱步，這時驟然停在尼珥面前：現在你懂了嗎，祕書先生，為什麼 khabar-dari 對我這樣的商人很重要，你懂對吧？我們要去廣州，到那裡之後，你得作我的耳目。

聽到這番話，尼珥全身緊繃：在廣州嗎，老爺？但要怎麼做？那裡我一個人都不認識。

巴蘭吉聳肩不睬他。你不必認識誰，這交給我就好。你該做的是讀兩份廣州發行的英文報，其中一份叫《廣州紀事報》（*Canton Register*），另一份是《中國叢報》（*Chinese Repository*）。有時可能還有其他報紙，但你不用管——我只對這兩份有興趣，你的工作就是讀這兩份報紙，然後向我回報。摘掉不必要的 **phoos-phaas**（枝微末節），給我重要情報就好。

巴蘭吉將手伸向辦公桌，拾起一份報紙。喏，祕書先生，這就是《中國叢報》。我朋友查狄格．卡拉比典先生借我的，有些地方他畫了線——你可以把內容告訴我嗎？

可以，老爺。尼珥說。他的視線掠過一行行文字後說：這篇似乎是摘自一位朝廷命官寫給皇帝的奏摺。

好。巴蘭吉說：繼續讀，他寫了什麼？[30]

「鴉片乃異邦毒物。論其優點，則能提振獸慾，預防虛弱困乏，此乃國人之所以沉淪。初則隨俗流風，但隨藥力漸發，習以為常，吸食者神智昏沉、猶如行屍走肉，枯瘦一如鬼魅。此即鴉片之害，更有甚者，此物價格極昂，僅能以銀易之。吸食之始初荒廢營生，假以時日，則財盡家破，其人亦復銷亡。世間無有可憎於鴉片之物，即較之砒霜，鴉片之毒仍以十倍之。吞砒霜者乃因名譽掃地，無法自脫於絕境而為之。然抽鴉片者乃為逸樂而自損其身。

「若持續沉淪，雖自以為精神健旺，但應知此皆虛妄之象。比諸油燈之芯，或可理解。挑撚燈芯，火焰雖長，但實則速耗其油，速滅其火。是故年少者吸之必折其壽，無力興家，徒使父母妻子無依無靠。中年及年長者吸之，則壽終之日必不遠矣……」[31]

停！Bas！夠了。

巴蘭吉從尼珥手中奪回報紙，丟上桌面。

好，祕書先生，很明顯你可以毫無障礙閱讀英文，只要你想要，這份工作就是你的了。

＊

若說寶麗對菲奇有什麼瞭解，那就是他是個有條不紊的男人。這也是為何發現他早就備好計畫，準備追尋山茶畫作的源頭時，她絲毫不覺驚訝。他的希望主要落在威廉．克爾取得的那幅插畫上：這張畫不過三十餘年，幾乎可以確定是在廣州畫的——畫家本人非常可能還活著。

「但你需要專家來找出這名藝術家，是嗎，先生？」

「是的。」菲奇說。

「你有認識的人？」

「沒有，不過我知道一個可能幫得上忙的人。」

菲奇腦中的這號人物是位英國畫家，旅居中國南方多年；據說他人脈極廣，知識異常豐富。菲奇有意去澳門探訪他，越早越好。

「他叫什麼名字，先生？」

30 編按：本書中引用中文歷史文獻甚多，但因作者資料來源為當年之英文報譯稿，以下查有確實出處者以中文原文示之，若無說明出處者即為出處不詳或作者虛構，則維持由原書英文譯出之中文。

31 本段引自英文《中國叢報》，中文出處不詳。據《叢報》該篇報導，原文為一八三六年（道光十六年）九月江蘇省江寧府一位名為Koo Kingshan的literary gentleman（未確定此譯法所指為秀才、國子監學生或翰林學士）所撰之題為〈Foreign Opium a Poison〉（異邦毒物鴉片）之文章。

「錢納利。喬治．錢納利。」

「哦？」

雖然寶麗的注意力被喚起，但還是謹慎裝出冷淡口吻問道：「真的嗎，先生？你怎麼知道這號人物的？」

「從他一個朋友那裡……」

菲奇說，他在法爾茅斯苗圃的一位常客提過他——是一位名為詹姆斯．霍博豪斯先生的肖像畫家，他年輕時結識了這位錢納利。這位藝術家在南中國住了十多年，而且霍博豪斯告訴他，他對澳門和廣州的畫家也十分熟悉。

霍博豪斯是在皇家學會認識他的，與風景畫家威廉．泰納（J.M.W. Turner）同時期的錢納利，一度被視為與泰納並駕齊驅的藝術家，但他是個陰晴不定的男人：固執而機智、浪漫而放肆，上一刻好心情，下一刻忿忿不平，這樣的他很難與那幫人合得來，霍博豪斯先生補充道，錢納利是個才華洋溢的家族，不過行為似乎總是古怪脫序。

這位藝術家當然承襲了諸多家族特質，光是似錦前程仍無法讓他待在倫敦，他出發前往愛爾蘭，與眾多像他這樣不負責任的年輕人一樣，在那裡娶了房東的女兒，她接連為他生下兩個孩子，沉重的家庭生活對他這種逃兵本性怕是太難承受，他再次逃離，拋下妻子，留她自個兒拉拔孩子長大。下一站他來到兄長落腳的馬德拉：在那座城市待了五年後，他搬去孟加拉，最後在加爾各答落腳。在這英屬印度的首都，他初嘗成功滋味，以東方最出色的英國畫家之名享譽國際，聲名大噪。消息傳回英格蘭後，他的家人決定舉家遷至印度與他重逢——先是他的女兒瑪蒂達，上一次見面時她還是個孩子，現在已出落成年輕女子。再來是他苦命的妻子瑪麗安，最後是那希望展開軍旅生涯的兒子約翰。可是這次搬家卻帶來不幸：約翰抵達不到一年，便得了熱病辭世，痛失愛子讓錢納利精神失常，他將累積的宿怨發洩在妻子身上，光看到她就令他難以負荷，於是他再次離開，盡可能搬得越遠越好——去澳門吧，這地方很適合，人們總愛以此說笑，說要是他妻子繼續千里尋夫，他還可躲去廣州，因為那裡禁止任何外國女人進入。

在南中國，霍博豪斯先生說：他的老友似乎找到了適合自己的位置，他在那裡逗留了十三載，這段時間對他來說猶如永恆。現年六十四歲的他，遠離婚姻束縛，在船長、外地客商、鴉片商和其他四處奔波的人陪伴下，日子似乎過得挺愜意。他們對他的作品讚譽有加：他訂單很多，利潤豐厚，據聞還成立了畫室，好應付大量訂單，更訓練家僮和僕人學習他的畫風。

曾與羅姆尼（George Romney）、魯本（Henry Raeburn）及霍普納（John Hoppner）齊名的錢納利，居然淪落到一個遠離歐洲廳堂的地方吃盡苦頭，在這偏鄉死水服務粗鄙庸俗的客戶，難道他無所謂？他假裝漠不關心，這已不需贅述——時有耳聞倫敦的鑑賞家並不欣賞他的作品，讓他內心苦澀難堪，最後只能抽鴉片煙逃避悲痛失志。無論這是不是偽善人士司空見慣的胡說八道，霍博豪斯先生都不願回應：但即使不願對該主題加以評論，他仍表示希望菲奇能調查此事，回英國後為眾人解惑。

寶麗沉默不語聽著故事，小心不做多餘舉動以顯示自己其實知道這位藝術家或他的職業生涯——事實上，錢納利的名號她並非不曾耳聞，而是正好相反。其實對這位畫家人生的某個面向，她知道的遠遠超過菲奇：此事攸關他的另一個家室——他與孟加拉情婦桑達麗在旅居加爾各答期間生下的兩個兒子。

寶麗會與喬治．錢納利的「非正統私生子」熟識，起因於桑達麗和她親愛的奶媽譚蒂瑪的一次偶然聯繫。譚蒂瑪是喬都的母親，自寶麗呱呱墜地起便負責照料她：她和桑達麗是胡格利河畔村莊的老鄉。這兩個女人是在加爾各答重溫兩人孩提友情時，發現彼此都在為一個與眾不同而又addle-pated（腦袋裝糨糊）的白人老爺打理家務。但兩人的共通點僅止於此，因為寶麗的父親皮耶·蘭柏在白人社會中本就是異類，他不過是個出身卑微的區區植物園園長助理。喬治·錢納利可就不同，他在加爾各答收入可觀，宅邸就像城裡任何一座豪宅充滿無用之物（chuck-muck），大群傭人在穿堂打馬球，馬廄（istabbuls）裡滿是馬伕，至於廚房，光是花在果子露與奶油葡萄酒的費用，一週就是一百盧比……

錢納利是個浪漫的情人，不但揮金如土地用奢侈品寵溺珍愛的桑達麗，還在主屋外側建了棟屋子讓她及為他生下的兩個兒子住。她還擁有一批自己的僕從：一個領班、幾個保母和男僕，還有一個檳榔師傅，他什麼事都不用做，只需要依她的口味製作包葉檳榔。這等安排對兩人都很理想——在桑達麗，她能照自己的喜好自由吃住；在錢納利先生來說，這意思就是，一旦有需要，他寶貴的小愛巢就近在咫尺，但白人老爺和太太來訪時，又可眼不見為淨。

桑達麗也是個多彩多姿的人物，曾經小有名氣，風光過一陣子：她是村裡鼓手的女兒，以歌舞聞名——因此吸引了錢納利先生的注意，他去看表演時，曾付錢請她坐著讓他作畫。懷了他的孩子後，桑達麗不再演出，開始過著珠光寶氣、錦衣玉食的放縱生活。她最得意時經常向譚蒂瑪炫耀，並可憐她住的只是狹仄陋室，並揶揄她為蘭柏家的拮据而奔忙。

但這位藝術家的另一個家室不多久後抵達加爾各答，這一切便出現戲劇性轉折。一如許多放蕩不羈的藝術家，錢納利在某些方面仍舊格外傳統——只要一想到髮妻和孩子可能得知他在孟加拉養情婦及她生的兩個孩子，就立時陷入恐慌。原本養尊處優的奶油麵包，瞬間便成了等著製成醬汁的咯咯蠢雞：她和兩個兒子被草草趕出屋子，打包行李搬去齊德埔的一間廉價公寓，有個男僕會不時送去每月的零用金。

當然，這種安排瞞不過任何人。在城裡的白人老爺間，錢納利先生的私生活幾乎與鴉片交易價格的起落同樣引人注目。瑪麗安・錢納利很快發現了丈夫的另一個家庭，然而值得贊揚的是，她盡力確保他們衣食無缺、讓丈夫擔起責任，甚至為兩個小男孩安排教堂受洗：本來在朋友間叫克卡和羅賓的他們，受洗後成了「亨利・柯林斯・錢納利」和「愛德華・查爾斯・錢納利」——這害得他們淪為玩伴的笑柄，而他們當然還是繼續用原本的孟加拉綽號。

瑪麗安・錢納利甚至更進一步說服丈夫讓孩子去畫室學畫，兩個男孩在父親的監督下工作了幾年，但不幸的是，這段人生插曲並未維持太久：在他們進入青春期前，父親就逃離加爾各答，拋棄了兩個家庭。

雙重打擊下，瑪麗安・錢納利對克卡和羅賓失去了興致：或許痛失愛子也讓她更難面對他們，抑或是她那嫁給英國治安法官的女兒施壓，要母親切斷與丈夫的難堪連結，或者也可能只是長期置身殖民地社會讓她變得鐵石心腸。無論如何，喬治・錢納利離去後，桑達麗和兩個兒子也遭遺棄，只能自求多福：畫家寄回家的微薄費用不夠他們生活，於是桑達麗得為英國家庭做飯打掃貼補家用。但桑達麗也非等閒之輩：即使身處困境，仍舊盡己所能確保兒子繼續接受藝術教育——有句她常掛在嘴邊的話就是，除了畫筆，沒有什麼能讓他們免於落得過齊德埔的男僕那樣的日子。

兩個錢納利家男孩中，年長的克卡是個魁梧黑黝的俊俏男孩，淡棕頭髮，風度翩翩：這名個性隨和的青少年雖然對藝術興趣不大（要不是正好有個畫家父親，他的手指才不可能染上一滴顏料），拿起畫筆卻頗有天賦。他的弟弟羅賓則無論樣貌或性情都與他有天壤之別：雙頰圓潤，雙眼突出，一頭紅銅髮色。據說羅賓跟父親很像，同樣身材壯碩、矮小。與哥哥不同的是，他生來就對藝術充滿熱情——這份強烈的熱情甚至超過他原本便頗可觀的製圖與繪畫天賦。但他總覺無法創作出符合自己高標準的作品，遂將精力傾注於研究古今藝術家的作品，總是四處搜尋可讓他檢視並臨摹的印刷品、複製畫和蝕刻版畫。古玩和珍奇物品是他的另一項熱情所在，有段時期，他曾是蘭柏家小屋的常客，會花上好幾個鐘頭翻閱皮耶．蘭柏收藏的植物標本與插圖。雖然虛長寶麗幾歲，可他的孩子氣使兩人幾乎沒有年齡與性別上的差異：他不斷對她灌輸最新時尚觀念，帶來他母親日漸減少的雜類衣物與小飾品——可能是腳踝上的踝鏈、或手腕上的手鐲。寶麗對飾品的缺乏興致總是讓他驚訝，他自己倒頗能欣賞這些飾品帶來的樂趣，經常串在自己的腳踝和手腕上，一面旋轉一面觀賞鏡中的自己。有時他倆甚至會穿他母親的衣服，在屋裡翩翩起舞。

羅賓也將引導寶麗認識藝術視為己任，經常帶來印有精細複製歐洲畫作的書籍——他父親留下很多這類書籍，這也是他最珍貴的收藏之一。他不厭其煩地鑽研，而過目不忘的天賦異稟，讓他能夠僅憑記憶便複製出不少此類畫作。得知寶麗在幫她父親的書製作插畫時，他也花費不少心思指導她，教她如何混合色彩以及畫出俐落線條的祕訣。

寶麗與羅賓的相處並不輕鬆：每當她的鉛筆或畫筆出錯，他這個指導老師時常粗暴專橫到令人難以承受，導致兩人經常爭執不休。但他俗麗的裝扮、突如其來的尖笑聲與對八卦的熱愛，又常讓她樂不可支——而他嘗試讓她去除身上的男孩氣舉止，要讓她變為淑女的行為，有時亦讓她莫名感動。

出於這些理由，羅賓．錢納利曾是她生命中重要的一部分——但大約在她十五歲時，這段關係突然中斷。那時他莫名黏上喬都，決定開展一個計畫——喬都和寶麗將是畫作中的主角。他說這作品的靈感來自某個偉大的歐洲藝術主題，但寶麗問他是哪個主題時，羅賓怎樣都不肯說。他只說她不必知道，那不重要，畢竟他只是重新詮釋，賦予作品嶄新的靈魂。

寶麗和喬都對這幅畫作都不太提得起勁，發現得花好幾個鐘頭僵立不動時，更加心不甘情不願，但又無法拒絕羅賓的懇求——他聲稱這是他創作出大師傑作，打響藝術家名號的大好機會——最後他們出於同情才答應他。接下來長達兩週，他們遵照他的指導並肩站立，他則在畫架前埋頭揮毫，在這期間他完全不讓他們看自己畫了什麼：他們若提出要求，他會說，等等，再等等，還不是時候，畫好自然會讓你們看。作畫過程中喬都和寶麗都穿著平時的衣物。喬都圍了條布巾和一條丁字褲，寶麗則是長及腿肚的紗麗，雖然兩人有時會應他請求把衣物裹得比平時緊些，卻從未脫下——他倆怎麼都料不到後來的發展。

這也解釋了最後他們總算偷瞄到未完成的畫作，發現自己被畫成一絲不掛的全然赤裸時會如此怒不可遏，不僅如此，他們還被畫得荒誕可笑而恬不知恥。兩人站在一棵大榕樹下，直勾勾盯著觀畫者，彷彿在炫耀自己的赤裸——或扮演苦行修士（Naga sadhus）之類的角色。此外寶麗的皮膚被畫成灰白色，手裡托著一顆芒果（站在榕樹下！），喬都則被畫得烏漆抹黑，頭頂有條豎起身子的眼鏡蛇。幸好寶麗的芒果剛好擋住她最不想讓全世界看到的部位——但只有一條眼鏡蛇的喬都就沒那麼幸運：即使蛇身繞過腰際，還是沒擋住本來可輕易遮掩的部位。他的那個部位不僅清晰可見，更栩栩如生描繪出細節，讓人清楚看出那部位未受過割禮，這讓喬都大為受傷。

但整件事實在令人震驚而且做過了頭，易怒的喬都暴跳如雷，從畫架上奪過畫布。要比力氣羅賓遠不如喬都，無能為力的他只能求寶麗插手制止。叫他別動手，我求妳。他還這麼說：我把你們畫成亞當和夏娃，是要展現你們的純真和簡單之美，沒有人會看出是你們——拜託，我求妳，快讓他住手！

可是寶麗幾乎和喬都一樣震怒，她根本聽不進羅賓的話，直接打了羅賓一耳光，接著便幫喬都把這幅畫撕成碎片。羅賓杵在一旁無言旁觀，淚水滑落臉頰，最後他說：咱們走著瞧，你們會付出代價的，總有一天……

這件事之後，羅賓再也沒有來過，從那時起，寶麗就沒再密切追蹤錢納利家男孩的消息。她零星聽說一些他們後來的事業發展，也都來自譚蒂瑪偶爾的題外話：她記得曾經聽說，幾年後桑達麗生了病，而長子卡克則以默希達巴德市行政官特使的身分去了英格蘭。

獨留在加爾各答謀生的羅賓，運用天分獲得成功的同時，也讓自己捲入醜聞：起因是他開始複製所謂的「錢納利」畫作。他對父親的風格與技法瞭如指掌，這算不上什麼難事，他以同樣手式作畫，然後謊稱是父親留下的作品，成功賣出一些畫，賺了一大筆錢。可是最後騙局仍被拆穿，羅賓沒有坦然留在印度面對入獄的命運，而是追隨叔叔威廉的典範——逃離印度。有傳言說他去找他父親，但究竟去了哪兒沒人說得準，寶麗也不知道。直到她聽潘洛思先生提到喬治．錢納利在澳門定居，她才想到羅賓很可能跑去那裡了——也就是說，要是她陪同潘洛思先生前往畫家的住所，很可能會撞見他。有鑒於他們最後一次見面時的狀況，她無法排除他伺機報復的可能。

雖然她每想到羅賓心頭就會一暖，也常感嘆兩人友誼不再，但她清楚羅賓有刻薄易怒與愛八卦的一面，絕對有可能捏造故事來挑撥她與菲奇的關係。在她琢磨著這些念頭時，便錯過了向菲奇坦白自己認識羅賓的機會，接著話題又說到別的事情上，於是便沒機會再說出口。

*

在巴蘭吉堅持下，等待阿拿西塔號修復完工期間，尼珥和阿發便都待在船上：兩人各住一個船艙——過了好幾個月的苦日子後，這等奢侈真是難以想像。不分日夜，他們面前都堆滿食物：早晨吃早餐時，巴蘭吉會喚來私人管家梅斯鐸——一位光頭閃亮，臂膀肌肉虯結的黝黑巨人——與他商量午餐和晚餐要為乾兒子準備什麼。每一餐都是不同的饗宴，有時是帕西式什錦豆咖哩羊肉和糙米飯，魚卵和秋葵，還有patra-ni-machhi，也就是芭蕉葉蒸魚排。有時是果阿料理，有炸蝦餅、葡式雞肉咖哩和熱辣燉蝦。有時又是東印度料理，有羊肉南瓜咖哩和葡式豬肉咖哩。

但船上的生活並不自在：尼珥必須時刻提防，假裝自己和阿發只是在新加坡巧遇的點頭之交，還得小心不能表現出自己知道阿發與巴蘭吉的真實關係。這不容易，有時就連巴蘭吉都很難維持那張乾爹的面具：他會自然散發熱情本性，突然把阿發攬進臂彎，用力來個熊抱，再不然就喊他beta或deekro，並頻頻往他盤裡布菜。

阿發往往沒有反應，有時甚至對這種表露情感的方式反感，但巴蘭吉對此無動於衷，彷彿這是他第一次過著自己想要的人生——扮演將智慧和經驗傳承給兒子的家族大老。

在尼珥看來，巴蘭吉過猶不及的情感表達方式很動人。長久以來，阿發一直認為父親不願承認自己，拚命否定兩人關係。因此他能瞭解阿發為何厭煩，也明白阿發為何覺得這是巴蘭吉對於長年冷落自己的卑微補償。

可是對尼珥來說，巴蘭吉跟阿發的關係之中最驚人的，不在其中的問題，而是這段關係的真實存在。過去在加爾各答，尼珥知道很多男人有不合法的婚外私生子：可是就他所知，沒有一人曾對情婦和孩子釋出善意。他甚至知道有的人為了擔心被勒索，便索性掐死自己的嬰兒。他的老王爺父親據說就相繼與不同女人生過一打私生子：而他處理這種狀況的做法就是丟給這些女人一百盧比，打發她們回自己的村子了事。這種事在他這階級的男人之間司空見慣。尼珥也見怪不怪，從未沒仔細思量——他從未思考過父親的私生子也就是自己的半個手足。繼承王爺之位後，他大可輕易查出與他有一半血緣關係的私生兄弟姊妹——可是他壓根沒有這個念頭。如今回首過去，關於過去的這一面，尼珥無法不承認自己十分失敗，更讓他明白巴蘭吉對阿發與他母親的表現不僅不尋常，以他的身分來說甚至非常特殊。

但要向阿發解釋，讓他理解，並不容易。

「老爸覺得『福瑞迪』就像寵物狗，所以才會摸摸抱抱揉揉，老爸只在乎他自己，不在乎其他人。」

「聽著，阿發，我知道你心裡怎麼想，但相信我，大多男人在這種情況下都會拋棄你跟你母親，這種處理方法最簡單，一百個男人有九十九個會這麼做，可是他沒有這樣，這不就證明了嗎？你還不明白嗎？」

阿發聳聳肩，不置可否——至少假裝不懂——但看在尼珥眼中十分明顯，撇開表面的怨懟，他的朋友其實明白自己現在成了父親的焦點，這前所未有的處境簡直讓阿發樂不可支。

隨著日子一天天過去，阿發愈發安靜，意志消沉。尼珥很清楚，不僅與父親的分離在即折磨著他，知道自己無法去廣州也是主因之一。有天，他們正在船尾甲板踱步，阿發帶著濃濃的妒意說：「你很幸運，可以去廣州——那可是天下第一的城市。」

「全天下？」尼珥詫異地說：「這話怎講？」

「沒有一個地方比得上廣州，你自己等著看吧。」

「你很想念那裡，對吧？」

阿發下巴緩慢垂至胸前：「太想了，我太思念廣州，偏偏不能去。」

「你想要捎口信給誰嗎？還是要我幫你去見什麼人？」

「不！」阿發旋過腳跟，「不行！你在廣州千萬不能提到我，凡事要小心，非常小心，時時刻刻都要留意，別亂說話，也勿提阿發的名字。」

「你可以相信我，阿發，但我真希望你也一塊兒去。」

「相信我，尼珥，我也很想。」阿發一手擺在尼珥肩頭。「到了那裡要當心，我的朋友。」

「為什麼？」

「在中國，他們有這麼一句話：『要嘗鮮到廣州』，年輕人最好別去——讓人墮落的方法實在太多。」

6

航至中國的最後一段路，菲奇特別選了條迂迴路線，讓雷路思號避開因海盜出沒而惡名昭彰的萊德隆群島[32]海域。這片海域與寶麗見過的迥然不同，星羅棋布綴滿上千座杳無人煙的嶙峋小島。小島勁風吹拂，叢叢草木依傍陡峭多石的山坡，有些島正如其名，如詩如畫，航海圖上名稱分別是：「官帽岬」、「榫頭島」、「龜頭島」和「針岩島」。

海岸線逼近時，眾多船身與索具形式奇特的船隻躍入眼簾：老閘船、戎克船、小船[33]和富麗堂皇的西班牙馬尼拉船，偶爾會冒出幾艘英美船。某天上午菲奇認出一艘路過的雙桅帆船，船主恰巧是個舊識，他決定過去打招呼，便乘便船過去。一小時後回來時，菲奇顯得異常煩躁，焦急到眉毛都打了結。

「壞消息嗎，先生？」寶麗說。

菲奇頷首：雙桅帆船的船主告訴他，現在外國船隻要取得珠江的護照非常困難，就連進入澳門港口都很棘手，大多外國船選在對面河口底端，就在分隔九龍岬和香港島的那個海峽落腳。

經過幾番深思熟慮，菲奇決定走那位船長建議的路線：與其按原計畫挺進澳門，雷路思號轉向改走另一方向。

很快地，從海面升起的嶙峋山脊躍入視野。菲奇說那就是香港：岸邊房屋寥寥無幾，樹木更是稀少，這片土地蠻荒風強，跟其他鄰近小島並無不同，只不過面積更大，更為陡峭高聳。菲奇說，香港的名字意指「芬香的港口」：寶麗認為對一個荒涼陰森的地方，這名字實在奇異而幽默。

雷路思號找到一處港灣下錨，島上最高的山顛可俯瞰這個港灣。那裡有幾艘外國船，有一組小販船和引航船艦隊在他們周遭快速逡巡，在船隻與陸地間運送物資和乘客。

隔天一大早，菲奇就搭引航船前往澳門，留下寶麗負責雷路思號的漂浮花園。他在一天後折返，一臉意志消沉。

人在澳門的英國商務代表查爾斯．義律上校讓目前的情況雪上加霜，看來皇帝頒布了數道法令，命本省官府全力遏止鴉片交易，結果他們找來幾艘曾在珠江遊蕩、從停泊商船接運鴉片上岸的快蟹船，點起一把火燒個精光。許多英國商人以為情況很快就會回歸常態——過去也曾有過短暫的警戒時期，但從不超過數月。不過這次不同：幾個商人試著重建船隻，中國官員則將之再次燒毀。這還只是開始，接下來中國官員更逮捕當地鴉片商，有些人被抓去坐牢，有些遭到處決。政府搜到他們的商店和賊窩，把鴉片燒個精光。然後是頒布法令，進入珠江的規定變得更嚴格，現在想取得護照難如登天。唯獨廣州商會豁免的外國人才有望在此時此刻取得護照：菲奇沒有這樣的人脈，因此近期要獲得護照是不可能了。鑑於情況如此，義律上校建議菲奇目前先把雷路思號停泊香港附近，等候轉機。

菲奇獨白時，寶麗一直等著聽見「錢納利」這名字，卻遲遲沒出現，於是主動發問：「你有去見

32 Ladrone Islands，西班牙語直譯意為「強盜群島」，為一五二一年葡籍航海家麥哲倫發現此地時所命名。一六六七年西班牙對此地聲明主權，並冠以王后瑪麗安娜之名，然而直至二十世紀之後馬里亞納群島（Mariana Islands）才成為航海及地圖標示之正式用法。

33 batelo，即南法方言歐西坦語中對應英語 boat 之單字。

其他人嗎，先生？」

菲奇瞥向她，沉默好一會兒後含糊地說：「有，我也去找了錢納利先生。」

「哦？必定收獲不少吧，先生？」

「是，但與我預期的不同。」

錢納利先生在畫室接待菲奇，就在伊格納休—巴提斯塔街八號他的住宅頂樓：那是個採光明亮的大房間，掛著好幾幅栩栩如生的肖像與風景畫，包括一張正由兩名中國實習生著手完成的作品。

沒幾分鐘菲奇就發現，錢納利先生邀他進入畫室，是希望他能訂製一幅肖像。當菲奇解釋此行目的不在於此——而是追蹤幾幅出自廣州的植物畫作——這名畫家立時面露慍色。他只對這幾幅山茶畫作匆匆一瞥，便說是微不足道的便宜貨（gew-gaws），並說：廣州畫家的塗塗抹抹不值得嚴肅對待與關注。確實，畫這幾張植物插畫的畫家幾乎算不上藝術家——他們不過是偽造複製畫，再便宜賣給遊客和水手當紀念品的工匠。

「藝術在中國是已死的文字，先生，是已死的文字啊……！」

菲奇發現自己不小心挑了這位藝術家心情低迷的時刻來訪：於是決定先行告退，擇日再訪。就在他正起身打算離開時，這位藝術家也許後悔自己脾氣太衝，問起菲奇是否知道往碼頭的路，也就是他登船之處。菲奇說不，他不知道，錢納利先生遂提議派人帶路，陪他走回碼頭：他說他有位侄子，他哥哥的兒子正好與他同住，不久前剛從印度過來，但已對這座城市瞭若指掌。

菲奇滿懷感激接下這個提議，錢納利先生便將侄子喚來，一個年約二十五歲的年輕人，他與這名藝術家有著相像的家族特徵：他們的臉孔、微凸的眼珠、及門把般的鼻子如此神似，簡直猶如彼此的化身，差別只在年紀，可能面容色澤也不同，年輕男子的面孔較為黝黑。事實上，這兩個錢納利長相十分神似，要是菲奇不知情，很可能會把他們誤認為父子而非叔侄：不僅外表相似——在往碼頭的路上，菲奇得知年輕人也是藝術家，就像老錢納利先生的翻版。其實錢納利先生正是他的啟蒙老師，年輕人說：他正追隨他的步伐，計畫去廣州尋覓客戶，他叔叔已運用影響力幫他取得護照，預計幾天後就要出發。

聽到這裡，菲奇萌生一個想法：他給年輕的錢納利看那兩張山茶畫作，問他在廣州時是否有興趣幫忙打探畫作的由來，年輕版錢納利對此反應熱切，走到碼頭這段短短的路程中，他們便達成協議：菲奇會付他定金，交換條件是他要定時回報進度，要是成功便有豐厚獎賞。

想到要與他的畫分開，菲奇憂心忡忡，但他的擔憂馬上就找到應對方案：年輕的錢納利先生自豪地說，他是傑出的臨摹畫家，要求讓他收下畫，只要幾天時間：他不用多久便可畫出複製品，畫作完成就會親自將原版送回雷路思號。

「我可以問問嗎，先生，」寶麗遲疑地說：「這位錢納利先生的侄子叫什麼名字？」

「艾德華——艾德華・錢納利，」菲奇停頓，尷尬地扯了扯鬍子，「可是他說倪都叫他羅賓。」

寶麗屏息：「他這麼說？」

「我會說，年輕的錢納利先生非常高興聽見倪也在這裡，他說倪曾經就像他的親妹妹，但某件小事讓倪們鬧翻。他說很想念倪的陪伴——但他叫倪另一個名字——是什麼？寶——什麼的？」

「寶格麗？」寶麗的雙手羞愧地覆上臉頰，又隨即放下：「對——他給我取了不少綽號。羅賓以前是我……現在還是……很親近的朋友。請原諒我，先生，我早該告訴你的——但之前發生過一件很糟的事，要我告訴你嗎？」

「不用麻煩，寶麗小姐，」菲奇露出罕見的微笑：「錢納利先生都告訴我了。」

*

叫喊聲冷不防嚇了眾人一跳：Kinara！上岸囉！中國在前方！Maha-Chin agey hai！

當班的守望船工開始揮手叫喊時，巴蘭吉和查狄格正在阿拿西塔號的船尾甲板。筆直的地平線開始變得破裂零碎，透出參差嶙峋的景觀剪影，他們走到舷牆，伸手遮在眼睛上方。中國最南邊的盡頭，只見海南島尖端躺在那兒，有那麼一會兒，阿拿西塔號跟海南島的距離，近到巴蘭吉透過小望遠鏡便能打量這座島嶼：外觀跟他們從新加坡一路過來的路上所見區別不大，一樣是陡峭山地、茂密森林和鑲著黃金細沙的海岸線。

瞥見陸地不多久，船長便叫喚所有人手上甲板，要他們保持高度警戒：海南島四周海域因海盜為患而惡名昭彰，每一艘進入視線範圍的船都有嫌疑。負責守望的水手靈活地在船尾就位，也派出桅樓守望者爬上高處。

Tabar Iagao！Gabar uthao！

輔助帆裝上桁端，頂帆也升上每根桅杆，阿拿西塔號迎著強風躍起，船首分水在浪濤和深海槽間顛簸，船身曲折航行時橫梁驟然傾斜。隨著船身從海面往上拋起，小島亦隨之消失無蹤，唯獨在朝著日落前進時，藉著再度瞥見雲朵繚繞的山脈而重新現身。

這景象讓巴蘭吉為之振奮，使他想起另一趟旅程，那座約莫二十年前，他曾在遙遠的地球另一端踏上的小島。

告訴我，他對查狄格說：你還記得那一次嗎？我們和「將軍」見面那回？

查狄格笑了：當然啊，巴蘭吉兄弟。誰能忘得了？

事情發生在一八一六年，巴蘭吉和查狄格搭乘HCS喀夫內爾號前往英格蘭。離開廣州兩個月後，他們抵達開普敦，聽聞一個令人震驚的消息：拿破崙．波拿巴被放逐至一座大西洋小島，之所以令人震驚，是因為他們從澳門出發時，謠言甚囂塵上，說威靈頓公爵在滑鐵盧在一棵樹上以絞刑處決了拿破崙皇帝。所以聽聞拿破崙在聖赫勒拿成為俘虜令他們大為震驚，尤其這港口正是他們的下一個停靠點，也許可以一瞥這名昔日的獨裁者，船上乘客莫不陷入興奮狂熱。

當時巴蘭吉對歐洲政治的認識還很有限，聽到消息時並不如其他人激動。可是對查狄格來說，這消息簡直就是打在腳邊木板的一道閃電：拿破崙侵略埃及時，查狄格還是個十五歲的小孩，與家人同住在Masr al-Qadima，亦即開羅舊城區。當法國軍隊拿下亞歷山卓港，正往首都方向行軍邁進時，這郊區的傷痛如今仍歷歷在目。當戰役煙塵飄揚在金字塔上方，他也加入群眾爬上姆阿拉卡教堂（Church of the Mu’allaqa），聽著跨河傳來的炮火巨響。

在許多方面，拿破崙的勝利在許多方面對查狄格造成或大或小的影響：例如他開始上法文課，他和堂表兄弟開始騎馬，這是以前他們身為基督徒不能做的：他絕不會忘記第一次在伊茲貝奇亞花園騎著馬碎步前進的那一刻，當時他是一位法國表匠的學徒，由此習得吃這行飯的技能。

查狄格的親戚中，因這場侵略而改變人生的不在少數：他幾個堂表兄弟正好略通法語，當上了侵略軍的口譯員，其他人則在新建的印刷廠找到工作。一位長年清貧的藝術家叔叔奧罕．卡拉比典，也因此成了一夜致富的變天受益者。身為主要靠教會案子維生的聖像畫家，他很難養家活口，這會兒他被法國官員包圍，他們都想要埃及科普特教會的紀念品——他其實是亞美尼亞教會而非科普特教會的人，但他們才不管。

法國侵略也間接讓查狄格走入婚姻：他母親家族的遠親簽了一份供應法軍葡萄酒與豬肉肉品的大

宗合約，因此發家致富。拿破崙決定往北進軍巴勒斯坦和敘利亞，他們派出最近剛參與家族生意、年紀最輕的女婿當侵略軍輜重列車的隨車人。一年後，年輕人在雅法死於瘟疫，哀悼期結束後，這家人決定他們年輕的女兒不能守一輩子活寡——查狄格就這麼結婚了。

拿破崙在埃及時，查狄格曾見過他一次，但兩人距離很近。當時執政官正在前往察看尼羅河水位刻度計的路上，準備主持一場年度洪氾期開始的儀式，觀眾之一的查狄格訝異地發現拿破崙竟比他整整矮一個頭。

隨著喀夫內爾號逐漸接近前任皇帝的流放地，諸多早已忘卻的記憶又在查狄格腦中翻騰。若他曾經有過可能見到本尊的念頭，感受可能會更強烈——但他以為這決不可能而打消了念頭。拿破崙無疑是世上受監管最嚴密的囚犯，他這麼對巴蘭吉說：就連能看見或遇見他的想法都很愚蠢——是沒錯，但沒多久他們便發現船上有幾個乘客抱著這種希望。

喀夫內爾號主要功能是貨船，其他乘客是四對英國夫婦。由於這艘船的空間配置，再加上其他因素，使得查狄格與巴蘭吉鮮少有機會與英國乘客互動：他們的船艙在船腹深處近艙底處，平時都跟沙浪、領班、修帆工及其他無足輕重的船上主管用餐，需要伸展四肢時，則被局限在主甲板上。至於那幾對英國夫婦住在船尾與後甲板艙室，和主管的艙房在一起。他們與船長同桌用餐，閒暇時則待在後甲板上，那裡是唯有接到命令或邀約才可踏入的區域。

儘管彼此隔閡重重，但乘客並非互不相識，主甲板就是這艘船的十字路口，有時他們會在那兒打照面。他們會對彼此鞠躬寒暄，行額手和屈膝禮——雖然真誠，這種形式還是略嫌僵硬，服裝的對比更突顯雙方的尷尬，一方穿著長褲、皮上衣和緊身外套，另方則身著罩袍並戴著華麗頭飾。

雖然互動稀少，但巴蘭吉和查狄格並非全然不知其他乘客的行蹤：通過後甲板下方時，他們常聽見頭頂傳來的對話片段。艙室扶梯下的通風設備底下有個小凹室：若是頭頂傳來討論的事格外有趣，這地方就很適合他們躲起來偷聽。

自從喀夫內爾號駛離開普敦後，他們就偷聽到不少關於這位前任獨裁者的對話。

「我真沒想過，我竟然這麼想看到這男人，這個禽獸，這貨真價實的怪物……」

「居然會有人想親眼看著這麼一個魔鬼，確實不可思議——但我得坦白，我自己也想看得不得了。」

「你怎可能不想呢，親愛的？觀看一隻窩在巢穴裡的野獸，這可不是每天都有的機會呀。」

在海上漂流一週後，後甲板的對話出現轉折：英國乘客不單臆測意外一睹拿破崙的可能，甚至開始討論各種安排前往他住處的權宜之計。

瘋言瘋語，查狄格不屑一顧地說：除非他們長了翅膀，能夠像鳥一樣飛，否則別想看見拿破崙。

喀夫內爾號從開普敦出港三週後，地平線上聳現一座小島上依山而建的城堡：那就是聖赫勒拿島。縱使從遠處眺望，仍可明顯看出英國海軍布下嚴密的防禦：許多船隻在小島周圍逡巡，彷彿周邊海域有場海戰即將開打。

看見這座島嶼及周圍的戰艦，在後甲板上掀起一陣新鮮的興奮熱潮：「想想看，那隻激怒全世界的野獸就窩在那裡頭……」

「……奪下世上最優秀王國的權杖……」

「……在耶拿和奧斯特里茨會戰殲滅所有敵軍[34]……」

---

34 拿破崙分別於一八〇六與一八〇五年在耶拿和奧斯特里茨擊潰普魯士軍與俄奧聯軍。

巴蘭吉和查狄格在竊聽崗位上，這時他們明白，探訪前法國皇帝的念頭如今已形成一個完整的計畫：其中一個英國乘客在海軍部有認識的人，業已寫了封致主管單位的信，要求獲准探訪這位前任執政官，除此之外，他們屆時還將推派喀夫內爾號船長親自送交此信，意欲以其身分來突顯此事的重要性。

由於嚴密的防禦措施，使得靠岸時間意外拖得格外漫長，喀夫內爾號離小島還有數哩遠就被一艘單桅縱帆戰船給攔下。在用傳聲筒對船上主管進行一場冗長的訊問後，喀夫內爾號才獲准向港口前進。這事讓船長心生猶豫，他告誡同胞，提醒即便拿破崙樂意接見他們，官方讓他們拜訪這名囚犯的可能仍然極小。不過諸位女士可不輕言放棄，喀夫內爾號一碇泊，他們便喧嚷著要船長落實承諾。船長只好降下雙桅小帆船，手握那封請願信函划向詹姆斯鎮[35]。

船長回來時態度很明顯，沒什麼值得開心的好事：巴蘭吉和查狄格及時趕到竊聽崗位，聽見他說拿破崙被嚴密看管，攻下一個堡壘都比接近他來得容易。

「拿破崙剛抵達時對艦隊司令說：既然不可能逃離這座小島，那就撤掉哨兵和警衛吧。『不，不行，將軍。』艦隊司令回應：『你比我聰明得多，他們必須留在原地，此外每十二小時還會派個軍官前來查看。』之後這規定就不曾變過。」

在如此森嚴戒備之下生活，船長說：拿破崙很少有心情接見客人。他先前就拒絕過這類要求，不斷表示，就算海軍部的高階將官他都不想見。因此，要說拿破崙會破例允許路過的旅客拜見，這機會幾近於零——但儘管如此，船長還是完成任務，把信交了出去。

翌日，船長的晦暗預測成真，兩名身著制服的訪客上船，向滿懷希望的乘客宣告他們的請求遭到草率拒絕：將軍說他不太舒服，無法接見訪客。

這回答引發一陣激烈抗議，不只是失望，更出於憤慨與難以置信。

「噢，那頭野獸！他壞事幹盡，難道不欠這世界什麼嗎？」

「不過當然了，先生，他在這麼孤寂的地方，肯定很缺同伴吧……畢竟他待慣了最光鮮亮麗的社會，聽慣最聰明機智的對話……？」

「有人聽他說過，女士，他希望自己能在俄羅斯的皚皚白雪中死去，或在萊比錫中彈而亡。」

「噢，那可真是死得其所……」

咒罵與央求聲不絕於耳，持續了好一段時間，最後訪客受夠主人的任性要求，準備起身離去。這下艙的動作太過突然，巴蘭吉和查狄格險些來不及退出凹室。查狄格剛巧來得及轉身離開，巴蘭吉卻在艙室扶梯底部與訪客臉對臉撞個正著。雖然措手不及，巴蘭吉依舊儀態穩重，泰然自若地回應。他鄭重欠身致意，臉上則神色漠然。他的舉止救了這場面，訪客也作出和善回應。巴蘭吉不卑不亢地告退，心滿意足地發現自己給對方留下深刻印象，他聽見訪客對主人竊竊私語：

「那個戴頭巾的——就是他們說的那個王侯？」

「不只如此——他可是古波斯王室的王子……」

「是純種帕西人——薛西斯和大流士的直系後裔……」

巴蘭吉不自禁露出微笑，心想母親若泉下有知定會開懷大笑。

隔日，他們得知設備出了小問題，喀夫內爾號留在聖赫勒拿的時間會比預計要久。巴蘭吉和查狄格早已受夠待在船艙，迫不及待抵達目的地，這消息只讓他們徒然心煩。但英國小組重燃樂觀與希

---

35 Jamestown，聖赫勒拿島首府。

望：一聽到拿破崙喜歡在居所附近慢慢散步時，他們便安排租馬騎上山去。查狄格預測這次征程會跟先前一樣無功而返——但他錯了，這組騎兵隊帶著重新燃起的希望歸返。雖然沒見到拿破崙本人，卻遇見某個說能幫忙安排他們會見之人。這位男士正是負責將軍住處必需品的軍需官，此外他也是其中一位乘客的熟人，於是立刻變得溫文有禮且樂於助人：他說將軍最近看來對喀夫內爾號有點興趣，他提議直接將他們的要求轉告伴隨將軍一同流放至此的貝特朗元帥，他向他們保證，隔日就會有答覆。

隔天，軍需官果真於正午來到喀夫內爾號，沒多久，一位船工下艙告訴巴蘭吉，後甲板上有人要求見他。

巴蘭吉先前從未收過這種邀請，有些受寵若驚。你確定？他對船工說：誰派你來的？

白人老爺和太太。他回答。

Achha（好吧）？Chalo（咱們走）。告訴他們我這就來。

巴蘭吉套上一件全新的排釦開襟上衣，爬上通往後甲板的梯子，迎面而來的是前所未有的熱情。

「噢，摩迪先生，請就座。」

「你今天還好嗎？希望這天氣沒讓你太難受？」

「沒事，沒事，」巴蘭吉連忙安撫他們：「我健康無虞，請告訴我，我能幫上什麼忙。」

「這個嘛，摩迪先生……」

經過開場的尷尬和迂迴閃爍的言詞後，軍需官最後說出重點：「我相信你也知道，摩迪先生，拿破崙是這座小島的囚犯，船上有些人很渴望能見他一面，他也答應接見了，只是有個條件。」

「條件？」

「拿破崙在見其他人之前，規定要先見你，摩迪先生。」

「我？為什麼？」巴蘭吉驚愕地大喊。

「關於這件事，摩迪先生，拿破崙耳聞喀夫內爾號上有位瑣羅亞斯德王子。」

「王子？」巴蘭吉睜大雙眼，「什麼王子？他想幹什麼？他見王子有什麼事？」

軍需官清清喉嚨，才接著解釋：「摩迪先生，看來拿破崙曾幻想自己是當代的亞歷山大大帝，他本有意從埃及往東，一路向波斯和印度挺進，追隨這位馬其頓偉人的腳步。他甚至有個夢想，在波斯波利門前與大流士相遇，就跟亞歷山大大帝一樣……」

對巴蘭吉與他的眾多同胞來說，沒有哪個名字比這頭上生了兩隻角的希臘人更可憎，他頓時腦門充血，咆哮道：「Chha！你提什麼亞歷山大——啥力山大？你知道那齷齪的王八羔子幹了啥？劫掠皇宮、焚燒寺廟、侵犯人妻——什麼好事沒幹過？就連小男孩都不放過。現在來了個新的，你以為我會逆來順受去見他？我瘋了不成？」

慌了手腳的軍需官忙不迭安撫他，「你無需擔心，完全不用：拿破崙沒有要傷害你的意思，畢竟他是法國人，不是希臘人。他不只對你的宗教感興趣，也想瞭解你在中國的生意，大家也清楚他曾說過：中國最好持續沉睡，等到她醒來，全世界都要嚇得顫抖。」

這讓巴蘭吉一頭霧水，他說：「你在扯什麼？這傢伙以為中國人睡得太多是嗎？」

「噢，不是的，」軍需官說：「我敢保證這只是他的譬喻，我只是想表達，他只是想要明確表達自己對中國的看法，這就是他想見你的原因之一。」

這會兒巴蘭吉一心好鬥，一點不想配合任何人的請求。「Arré！我一下是大流士，下一分鐘又變成忽必烈汗？他腦子裡裝什麼？他去抓個中國人來就好，何必要我去？」

「噢，求求你，摩迪先生，」其中一位英國女士哀求道：「你不再考慮一下嗎？」

巴蘭吉怒火稍歇，兩手指尖輕點著桌面，思索下一步該怎麼走：被一個不久前還身為皇帝的人召見，不可否認是極有面子的事——但他又想到，單槍匹馬面對一位曾經統帥百萬兵馬的大將軍，實為不智之舉。他幾乎聽見老母用古吉拉特語在耳邊輕語：頭若放上磨台，就別怕杵來舂。

巴蘭吉搔搔鬍子說：「那我也有個條件，若要我去，我的好友卡拉比典先生也得一塊兒去。」

與他對談的這群人交換懷疑的眼色，「可是，為何非得如此？」

「因為，」巴蘭吉說：「他會說法語，明白嗎？他會是我的翻譯。」

「這恐怕不可能，」軍需官的語氣透著堅定，「我得指出，你的朋友不在拿破崙的邀請名單上。」

「那好！Bas！（就這樣）何必浪費時間？」巴蘭吉撩起袍子，一副準備起身的模樣，「我這就走人。」

「噢，等等！摩迪先生，拜託！」

眾位女士介入解決了這件事，最後他們同意，一行人隔天早上十點出發。

查狄格當然一直躲在竊聽崗位，偷聽到所有對話內容，他深深感激能被拉進這支遠征隊——感激巴蘭吉竟然想到討價還價，為他爭取到一個位置。

但巴蘭吉如此堅決要求讓好友加入，不全然是為了查狄格：巴蘭吉直覺到，接待皇帝會有必須遵守的禮節，即使這皇帝已遭罷黜，而他想不出怎樣才算合乎禮節。他參見過幾名大公和王爺，甚至是沙阿—拉姆二世（Shah Alam II）——這位坐在德里那張搖搖欲墜的蒙兀兒帝國王位上的虛位國王（Badhah）[36]。這些經驗教會了他，無論處境多麼潦倒狼狽，這些國王和皇帝仍舊珍視自己的尊嚴。

當然，查狄格的旅行經驗比巴蘭吉豐富，也更熟悉宮廷儀節——但即使對他來說，這也是前所未見的狀況，而某些方面的禮儀，他也和巴蘭吉一樣不太有把握。比如他們該穿什麼？兩個男人的行李箱中都備有歐式外套和長褲，但兩人都不太想把平日穿慣的服飾換成貼身剪裁衣物，此外查狄格並推論，要是看見波斯王子打扮得像個殖民地官員，拿破崙豈不失望透頂？所以最好還是穿自己習慣的服裝——幸好他們倆都有幾套穿進宮廷也不致顯得出格的服裝。查狄格選的是奢華的土耳其縐綢卡夫坦長衣，加上葉里溫[37]的金線刺繡背心；巴蘭吉則是一襲有腰帶拉繩（izarband）裝飾的銀灰色蒙兀兒風格寬褲，搭配奶油色鑲金線及膝罩袍，再以一件華麗的外套——藍色絲質、配上金色絲緞高聳立領的拉賈斯坦邦風格外袍作結。至於頭飾，對查狄格來說就容易得多，他選了頂高聳的紫貂皮帽——至於巴蘭吉，這問題竟成了準備過程中最棘手的部分，他的儀式頭巾超過十呎長，他知道要在僅容兩個男人轉身的狹窄船艙裡綁好頭巾，絕不是什麼簡單任務。

但著裝過程不若他們擔心得那麼難應付：他們充當彼此的貼身男僕，蠕動扭曲，成功將身體套入衣服中，接著便聽見船長已備好雙桅縱帆船，要送他們一行人上岸到詹姆斯鎮。

詹姆斯鎮是小島的主要聚居區，曾經是個風景如畫，美得非比尋常的地方：這座小鎮由雙排色彩繽紛、沿著陡峭V形谷地建造的房屋構成，隨著山谷深入島內，視線也被地形引向一座小丘，丘頂有棟外觀樸素的平房：這裡便是監禁拿破崙之處。

一隊馬匹組成的運輸隊早已安排妥當，一行人馬踩著輕快步伐出發，沿著小鎮的鵝卵石窄徑蜿蜒爬上山丘。分配給前皇帝的這處住所叫長木莊園（Longwood），坐落在島上的其中一個制高點位置，距離首府約五哩遠。路徑窄仄但景色秀麗，每一次轉彎，交替躍入眼簾的淨是閃亮湛藍的海洋與林木

36 源自波斯語Padishah，Badshah是阿拉伯語中的對應名詞，意指「皇室之主」或「大王」。
37 Yerevan，亞美尼亞首都。

茂密的山坡景致，山坡覆滿垂墜蕨類的樹木。往上小徑愈漸陡陗，這批遊客行經果園和一叢叢野花，直到被一個由英國士兵把守的據點擋住去路。附近有座破敗不堪的小木屋：他們得知這是亨利．葛哈欽．貝特朗伯爵的居所，他也是宮廷元帥[38]與法國的愛爾蘭外籍軍團前任指揮官。

他們在此下馬，讓人通報後，元帥出來接見他們——他絲毫不像人人畏懼的怪物，反而是個樣貌出眾、儀態迷人的男人。雙方打過招呼後，元帥領著客人前往小木屋，說要為他們介紹某位很有意思的人。這群女人把這話解讀為他們即將見到怪獸本尊，立時陷入一陣難掩的激動情緒——不用說，這當然只是元帥逗著他們玩：在小屋中等待訪客的是他的妻子，他們都被她的儀態萬千與流利英語迷得團團轉。看見查狄格時，她似乎格外開心，拿出一條駱駝毛披肩說，這是瑪麗亞．露易莎皇后[39]以三百幾尼[40]向一個亞美尼亞商人買來，後來又送給她的，這句話引起熱烈討論，英國乘客很快就與混有愛爾蘭與克里奧爾血統的伯爵夫人打成一片，迷到就連貝特朗元帥略帶歉意知會他們，要先帶兩名亞洲訪客與將軍私下交談時，也絲毫未露不豫之色。元帥說：若是諸位不反對由伯爵夫人作陪多留一會兒，他就先暫時告退。英國訪客立即點頭答應，巴蘭吉與查狄格遂起身跟著元帥步出小木屋。

長木莊園佇立山顛，通往屋舍的路徑險峻蜿蜒，當屋舍映入眼簾，兩名訪客陡然一驚：那不過是棟平房，規模與外觀皆貌不驚人，真要說有什麼顯著特色，那就是頂部加上斜陡山形牆的門廊，若非四周有士兵站崗，恐怕會讓人誤以為只是某個尋常人家的房舍。

花園尾端，駐了一個排的兵守在一個帳篷外，幾名其他訪客正在裡面等候，但元帥一聲令下，巴蘭吉和查狄格便插了其他人的隊排到最前頭。往前走了幾步後，元帥停下腳步，為他們指向某個貌似花園的地方，然後說：他現在得先折回自己家，接下來他們很容易就能自己找到將軍——將軍喜歡每天這時候在花園散步，再往上走一定能看到他。

最後一段上坡路十分費勁，查狄格和巴蘭吉走得氣喘吁吁，袍子下汗流浹背。

「他算哪門子皇帝？」巴蘭吉低聲咕噥，「好歹有個接風的侍從[41]吧。」

就算元帥再三保證將軍很好找，他們還是沒瞥見將軍的身影，至於花朵，他們走到花園時發現，不過就是幾朵雛菊和紫菀。

「至少可以種點玫瑰吧？」巴蘭吉嫌惡地說：「怎麼著，是皇帝（Emperor）還是窮酸帝（shemperor）？」

他們快步前進，一路穿越蔬菜農作地，視線對上某個正向他們靠近的人。這男人不僅面帶威嚴，胸前還別著一顆星，他們都以為這人就是拿破崙。

在施有糞肥的甘藍菜田旁與一個皇帝碰面，是巴蘭吉始料未及的意外，他決定效仿查狄格的動作，於是往後退一小步，眼睛注視著朋友。若他在這泥地下跪，無論會不會弄髒衣服，巴蘭吉絕對都會照做不誤，可是查狄格的動作更難仿效：他手伸向帽子，露出頭頂。對於是否該脫下頭飾，巴蘭吉只遲疑片刻，隨即想到解開十呎長的布料可不簡單：無論對方是不是皇帝，他都不打算扯下頭巾，便只深深九十度鞠躬。

---

38 Grand Marshal of the Palace，名為元帥但並非正式軍職，統率約八百名宮廷禁軍（Military Household of the Emperor），職責近於宮廷總管，負責維持皇帝及王室成員的人身安全。

39 Maria Louisa（1791-1847），奧地利帝國皇帝弗朗茨一世之女，拿破崙的第二任妻子。

40 guinea，英國於十七至十九世紀間發行，幣值定為一英鎊的金質貨幣。

41 chobdar，意指為帝王持權杖的隨從，參見《罌粟海》之〈附錄3：朱鷺號字詞選註〉。

他們失望地發現，這些努力全白費了：這男人根本不是拿破崙，只是個服侍他的軍官——更慘的是，他們的狼狽完全未讓他莞爾，「將軍已經準備好接見你們，」他作出指示，狡黠地一笑：「所以請保持冷靜自持。」

＊

這日天氣出奇得好，雷路思號後甲板的盆栽和植物間擺好椅子，準備迎接羅賓・錢納利到來：寶麗從甲板的保護天篷遮蔽處遠觀主人歡迎這名訪客從舷梯踏上甲板。

從寶麗的目光看到羅賓的那一刻起就立刻察覺，距離最後一次見到他，羅賓的樣貌改變不少——程度並不亞於她自己的變化，只不過他的轉變多是在服裝和舉止方面。他一樣還是那個矮胖傢伙，長了個門把般的鼻子，外凸的眼睛，洛神花色的嘴唇——但那身色彩斑斕的花稍服裝、半透明圍巾和閃亮小飾品全不復見：取而代之的是深色的莊重服飾，即他曾習慣嘲笑為「英國船務人員制服」的裝扮。他的外套和長褲沉悶過頭，上衣領口既不高也不低，他曾喜歡頭包繽紛閃亮的大手帕或鮮豔的輕薄頭巾，現在也改戴樸實的黑帽。

他肩上垂掛的提袋，也與過去刺繡繁複的提包與綴滿珠寶的小手提袋天差地遠：那是個有黃銅釦的皮袋。寶麗望著他手伸進袋內，取出一份薄薄的作品集，在遠處聽著他說話。

「你的圖，潘洛思先生：我沒有複製舊的那幅，細節都看不清了，不過這是我畫的另一幅複製畫——我敢打賭你分不出原版和複製版的差別。」

「倪說得沒錯，不過我天生就不善賭。」

羅賓的聲音再三顯示他的腔調變了不少，就算沒有外觀變化那麼大，也相去不遠：他已去掉孟加拉語的抑揚頓挫，嚷嚷著：「寶麗呢？她在哪兒？」是字正腔圓的標準英國白人老爺語調。

「在那裡等著倪呢，」菲奇說，手指向後甲板，「去吧，我知道倪們肯定有很多話要聊，我給倪們幾分鐘自個兒去說。」

羅賓發出短促的尖叫——「她不就在這兒嗎，我親愛的寶格麗！」——寶麗再度看見這位朋友以往熟悉的模樣。接著他奔上艙室扶梯，幾乎就跟以往的羅賓沒兩樣，開始用孟加拉語嘰嘰喳喳：Aré Pagli, toke kotodin dekhini！——唉呀，寶格麗，好久不見！快過來啊妳……

寶麗環抱著他，感覺他柔軟豐滿的擁抱，猶如某種記憶中的味道在舌尖化開。她回味起他們共度的時光，嬉笑怒罵，捉弄八卦，她突然驚覺，羅賓可能才是她這輩子最親密的朋友——喬都則更像兄弟而非朋友。

噢，羅賓，我真開心見到你——真的好久不見。

真的太久，太久了！羅賓大喊：「我超想妳的，親愛的寶格麗。」

你原諒我們了嗎，羅賓？原諒我跟喬都？

「噢，當然，」羅賓說，輕輕推開她的懷抱：「都那麼久的事了，你們當時還是孩子，而且我得說，我親愛的寶格斯福小姐，你們的品味如此『特別』，我怎能期待你們能懂得藝術呢？說到底都是我自個兒的錯，要怪只能怪自己……不過我無法否認，你們的破壞當時對我真是一大打擊。天知道我投注多少心血在那幅畫上啊，這場損失讓我心情沮喪——結果招致一個最可怕不幸的下場。我那可憐又親愛的母親，妳知道，對這可怕的世界來說她的心地太過善良，太容易相信人。我的情況讓她內心警報大響，於是幫我安排——妳能相信嗎，親愛的寶格麗？——她要我娶老婆耶！」

「真的假的？後來怎麼樣？」

「恐怕是沒結成，親愛的寶格麗，我不是會娶老婆的那種男人，此外，她——我的新娘——長得真正有夠駭人，凡跟她打過照面的都嚇得魂飛魄散。」

Eki？那你怎麼做？

「我做出所有錢納利家男人都會做的事，親愛的寶格麗：我落跑了。當然我的第一個念頭就是逃到廣州，跟錢納利先生一樣，這地方是白人老爺可以放心女人止步的地方。我可以告訴妳，要逃走真不容易，不管用哪種方式，通往中國的路途可不便宜……不過幸運的是我手邊還有幾幅畫，是錢納利先生風格，只欠簽名。我以為錢納利先生會原諒我走投無路下採用的手段，不過，哎喲喂呀，結果不出我所料：錢納利先生痛斥我假冒他的簽名——更糟的是他根本不住在廣州，而是澳門，那個小城除了索然乏味，別無他物。這地方每個人都假裝自己很有文化修養，這股熱潮似乎延燒到錢納利先生身上：我的抵達讓他心煩意亂——妳相信嗎，親愛的寶格麗，他堅持要我裝成他的侄子，全面禁止我在公開場合穿著花稍服飾，能穿的只有最沉悶的服裝。我試著配合裝乖，但他還是繼續煩我，要我回加爾各答——去跟我妻子和好，他這麼說，不過他也不是不知，那女人已經跟個樂隊指揮私奔到巴拉喀布爾。當然我心意已決，要是沒在廣州待上一季，絕對不走，他也無法動搖我的決心。」

但羅賓，為什麼？去廣州為什麼對你來說這麼重要？

羅賓發出一聲長長的嘆息，「我不好意思告訴妳，親愛的寶格麗，我怕妳笑我。」

當然不會，Bol！快說。

「親愛的寶格麗，我的人生談不上幸福——對一個不斷被幸福拒於門外的人，幸福的吸引力格外強大：我確信廣州就是我能找到渺小幸福的所在。」

「廣州？」寶麗驚呼，「但那麼多地方，為什麼偏是廣州？」

「親愛的寶格麗，我已經不是孩子，明白自己注定無法享受一般的家庭幸福，同樣地，我會以單身漢身分活下去，除非能找到一個『朋友』，一個我能對他真誠付出的夥伴，否則只怕我將孤獨一生。我最景仰的藝術家，每一位都有鞭策他們努力不懈的『朋友』——波提切利、米開朗基羅、拉斐爾、卡拉瓦喬。讀到他們的故事時，我就知道，欠缺這樣一位『朋友』，將會是我人生最大的缺憾：沒有『朋友』，我就永遠無法登峰造極。但妳知道，親愛的寶格麗，我這人不容易交到朋友——畢竟我跟其他男人不同，有時別人確實會覺得我有點怪，孩提時代就沒人願意陪我玩，就連我哥也一樣——噢，如果被其他小孩每揍一次，我就能得一分錢，現在我早是富翁了，這我敢跟妳打包票。」

「可是羅賓，為了尋找『朋友』跑去廣州，難道不奇怪嗎？」

「噢，絕對不奇怪，我親愛的寶格麗！我敢擔保，世上沒有其他地方比廣州的外國內飛地更適合找『朋友』：沒有哪個地方有這樣數之不盡的單身漢。妳知道，對他們來說，住在女人止步的內飛地毫不痛苦，因為廣州也是賺大錢的好地方，我相信像我這樣的獨行俠定能如魚得水。我聽說每年有某個時段，單身漢都會像尋覓過冬巢穴的候鳥湧入廣州：錢納利先生的某些朋友確實這麼告訴我。我常對他引述他們的話，但這似乎只會令他更加憤怒——他說我是那種容易屈服於廣州誘惑的男人，他無法贊同自己的親骨肉選擇這種命運。他鐵了心告訴我別再抱著去廣州的希望。要是我沒威脅說要拿出箭囊裡的唯一武器，我懷疑他絕對不會同意：我告訴他，要是他不利用自己的影響力幫我取得護照，我就要把我母親、我哥哥和我的身世都說出去。聽到這裡他才肯放手，親愛的寶格麗，現在一切都辦妥了：我將在廣州的馬威克飯店度過一季！」

「噢，我好羨慕你，羅賓！」寶麗說：「真希望能跟你一起去。」

羅賓用單手給她一個擁抱：「妳可以的，我親愛的寶格麗，我會盡可能提筆寫信給妳——廣州和其他外島之間常有船隻往返，寄信給妳不會有問題。我會透過自己的雙眼讓妳看見廣州的！」

「你真的會寫信給我嗎，羅賓？我能相信你嗎？」

「當然可以——一刻都不容懷疑。」彷彿封印誓言般，羅賓用力掐了她的手一下，「好了，親愛的寶格麗，我想聽聽妳的事……妳和妳那惡棍哥哥怎麼樣，統統告訴我吧——我要知道每一件事！」

＊

巴蘭吉和查狄格繞過角落，便立刻望見將軍：拿破崙站在一片灌木林間，掃視著腳下的山谷。他是個身材厚實的男人，比巴蘭吉稍矮一些，身子略微前傾，兩手緊握身後：他的腹部明顯隆起，就一個如此活躍的人來說頗為罕見。他穿了一件樸素的綠色外套，有附帶銀釦的天鵝絨領，每顆釦子都刻著不同的圖案。他身著紫花布馬褲，絲質長襪，外套上有顆碩大星星，飾以帝國老鷹紋章，頭上戴了頂往上豎起的黑帽。

訪客靠近時，拿破崙摘下帽子，快活地躬身致意，若是換作別人，恐怕會讓人有敷衍之感，但他做起來卻合情合理，似乎只在說明時間不多，虛擲在膚淺的枝微末節上沒好處。巴蘭吉印象最深刻的，就是他的凝視，猶如外科醫師的手術刀深具穿透力，彷彿切開他的身體，讓輕薄脆弱的骨架裸露在外。

等他一開口，很明顯地，要這位前任軍人主動向兩位訪客自我介紹有些困難：他明顯看出查狄格是來當口譯，因為他自我介紹後，便轉身面對他。

你叫「查狄格」（Zadig），嗄？他掛著笑容說：是取自伏爾泰那本哲學小說的書名嗎？你也是個巴比倫哲學家？

不，陛下，我出身亞美尼亞，名字是族裡的古名。

這兩個男人對談時，巴蘭吉利用這大好時機近距離觀察將軍。他的體格讓他想起母親的一句古吉拉特諺語：Tukki garden valo haramjada ni nisani——私生子必有短脖子。但他也注意到他具穿透力的目光，那單刀直入的說話方式，不常用但具強調意味的手勢，還有唇邊若有似無的笑意。查狄格曾告訴他，只要拿破崙願意，他能展現出近乎魔法的超凡魅力：巴蘭吉現在親眼看到，縱使語言的隔閡都無法消弭他催眠般的魔力。

巴蘭吉很快成了對話主題，他從將軍來回投射的掃視得知，自己接下來將要接受冗長的訊問。知道自己被提及卻不知究竟講了什麼，這種感受很奇特。巴蘭吉很高興最後查狄格終於轉向他，開始把將軍的話翻譯為印度普通話。

巴蘭吉也以印度普通話回答——但查狄格絕不是被動的口譯員，此外他對許多拿破崙有興趣的話題也懂得比巴蘭吉多，於是迅速形成三方對話，大多時候巴蘭吉只是一知半解的聽眾，稍後才會理解他們交談的內容——但事後回顧時，他卻清晰記得整個過程，彷彿他與查狄格用同一副耳朵和舌頭聆聽與說話。

巴蘭吉回憶道，拿破崙的頭幾個問題頗為私密，讓查狄格有些尷尬：這個普魯士的禍害明白指出，巴蘭吉的外貌讓他大感驚豔，他能從面孔和鬍子看出古波斯人的模樣，但服飾上卻看不出相似處，反而看來比較像印度服裝，因此他很好奇，想知道現今的帕西人身上還存有哪些古波斯文明。

對這問題，巴蘭吉早已備有答案，因為他得經常應付英國友人類似的質疑。將軍說得沒錯，他答道：他的服裝確實大半是印度服飾，但有兩件物品例外：他信仰的宗教要求每位信徒，不分男女，都要貼著肌膚穿上七十二針的腰布，這種腰布叫卡斯堤（kasti），還有一種稱作薩得拉（sadra）的長衣——巴蘭吉外衣底下便穿有這兩件衣物。而將軍的揣測沒錯，這便是他在國內身分地位相仿的同胞會在這種場合穿的衣服。像這類外觀上的順應改變，加上內在特質的保留，可說已延伸至他小小社群的其他生活層面上，但說到信仰，帕西人則忠誠追隨古老習俗，努力跟隨查拉圖斯特拉先知的教誨，但在其他層面，他們則即興借用鄰近族群的風俗習慣。

查拉圖斯特拉先知的主要教義有哪些？

這個宗教是最早出現的一神教，陛下。聖書波斯古經（Zend-Avesta）中的上帝是無所不知、無所不在、無所不能的阿胡拉．馬茲達（Ahura Mazda）。創世之時，據說阿胡拉．馬茲達釋放出天崩地裂的強光，其中部分光芒臣服於造物主，與祂融合為一。其他逃離的光芒，則被阿胡拉．馬茲達驅逐：這股黑暗勢力就是angre-minyo或稱惡神阿里曼（Ahriman）——亦即惡魔或撒旦。自那時起，善與光的勢力就永恆為阿胡拉．馬茲達效力，黑暗勢力則與祂處處作對。而每個瑣羅亞斯德信徒的目標，就是擁戴善良，驅逐邪惡。

拿破崙轉過頭看向巴蘭吉：他會說查拉圖斯特拉的語言嗎？

不，陛下，跟他的大半族人一樣，他成長時說的無非是古吉拉特語和印度普通話——他甚至很後來才學的英語。至於波斯古經的古語，現在僅剩一些特定的祭司和其他熟讀聖書的人才懂。

那麼中國話呢？將軍問道。住在中國，你們倆是否試過熟悉他們的語言？

兩人異口同聲回答：不。又說：他們不說中國話，因為在南中國，用於貿易的共通語是一種行話——或者某些人稱之為「洋涇濱」（pidgin），意思就是「生意」，很適合用來描述一種主要用來談生意的語言。很多中國人即使能用英語對答如流，仍舊認為如此會在與歐洲人交易時落居下風，因此不用英語協商。他們認為洋涇濱可靠得多，雖然文字主要是英語、葡萄牙語加印度普通話，但文法與廣東話相同——如此一來，每個說這種混合語的人都處於均等的劣勢下，這樣人人都有好處。更有甚者，這是種簡單的語言，不難上手，至於對那些不懂洋涇濱的人，還有口譯員這個行業，也就是眾所周知的通譯（linkisters），他們能把英語和中國話翻譯成洋涇濱。

那你們在廣州時，將軍說：可以自由和中國人打交道嗎？

可以，陛下大人，這方面沒有限制。我們最重要的交易就是與一個名叫「公行」的特殊中國商人公會合作，其成員的唯一職責就是與外國人作生意。但若有違法亂紀事件，他們也得為外國生意夥伴的行為負責，所以中國商人與他國商人的關係在某方面來說相當密切，幾乎就像合夥人。但還有另一個中間人階級：叫作「買辦」（compradors），負責為外國商人提供日用物資和僕役。他們也負責維護修繕我們所住的名叫「十三行」[42]的地方。

查狄格用英語說出「十三行」（the Thirteen Factories）這三字，其中一個字引起將軍的注意：啊！「工廠」（Factory），這跟我們法語的 factorerie 是同一個字嗎？

查狄格探究過這問題，早已有了答案：不，陛下，Factory 一字起先來自威尼斯人與之後在果阿的葡萄牙人所用的 feitoria 一字，這個字僅是指經紀及辦事員居住與作生意的地方。在廣州，Factory 也常稱為「行館」。

所以說它們與生產製造無關囉？

是的，陛下。完全無關。確切地說，十三行屬於公行，但你若能親眼見到行館就不會這麼想，因

42 清代廣州十三行是沿用明代的名稱，並非意指只有十三家洋行。清代除主導的十三家較大洋行外，尚有數目時增時減的一些較小行館。

為許多行館都以特定國家或王國命名，有幾個甚至升起國旗——法蘭西館就是其中之一[43]。

將軍輕快邁出大步，斜眼瞄向查狄格：這麼說，公行就像大使館囉？

外國人經常如此看待公行，不過中國人不這麼認為。英國人偶爾確實會指派廣州商務代表，但中國人不承認，他們只透過廣東省官府[44]對外溝通協調：而這又是另一個難處，因為中國官員不接受任何不用確切中文字以奏摺或說帖形式書寫的信件——而英國人又不願這麼做，因此書信往往不被接受。

拿破崙臉上閃過一笑，牙齒映出陽光：所以說，這些繁文縟節阻礙了他們關係的進展？

正是如此，陛下。雙方互不相讓，若說有哪個國家可與英國人比拚傲慢和頑固，那肯定非中國人莫屬。

可是既然英國人派了使節過去，意思肯定是他們需要中國人，更甚於中國人需要他們？

正確，陛下。自上世紀中葉以來，英國與美國對中國茶葉的需求持續成長，現今東印度公司的主要收益來源便是茶葉。對茶葉課徵的稅收占英國歲入足有十分之一，要是再計入生絲、瓷器和漆器，更明顯可見歐洲人對中國產品索求無度。但反過來，中國卻很少對歐洲的出口產品感興趣——中國人相信自家的東西比世上其他地方優秀，例如他們的食物和風俗民情。過去幾年，這在英國造成嚴峻的問題，因為雙方貿易往來高度不均，令英國流失大量白銀，這就是為何他們開始向中國出口印度鴉片。

將軍挑起一道眉毛，驚訝地轉頭一瞥：開始？Commencé？你是說這項貿易不是一直都存在？

沒錯，陛下——直到六十多年前，鴉片仍然只是小額零星貿易，而東印度公司把它當作一種回收外流金銀的手段，他們現在做得非常成功，幾乎是供不應求。白銀的流通現在也完全逆轉，改由中國流入英國、美國和歐洲。

將軍這會兒在一棵長著詭異毛茸葉片的樹下停下腳步：他摘下兩片葉子，分別遞給巴蘭吉和查狄格。他說：不用說，你們一定會對這棵樹感興趣，它叫「母巨木蕉」（She-Cabbage Tree），全世界只有這裡才有。你們可以留下這些樹葉當作來這小島一趟的紀念品。

查狄格鞠躬致意，巴蘭吉也照做：謝謝您，陛下。

他們這時距離房屋已有一段距離，將軍決定回頭。有那麼一會兒——巴蘭吉鬆了口氣——將軍的注意力似乎已偏離先前討論的話題。但等他們再次走起來，便發現拿破崙顯然不是個注意力容易分散的人。

那麼，兩位先生，請告訴我，中國人認為鴉片無害嗎？

噢，當然覺得有害，陛下：上個世紀中國曾嚴禁鴉片進口，並數次重申禁令。基本上鴉片走的是地下貿易——但對許多官員來說，要終止鴉片進口仍舊十分困難，因為許多大小官員都從中獲利。而對本地鴉片販子和進口商來說，由於利潤太高，他們很快就能找出鑽法律漏洞的法子。

拿破崙目光低垂，凝望灰撲撲的小徑。對，他自言自語般輕聲說：這也是我們在歐洲面臨大陸封鎖政策時的問題。商人和走私販子對規避法律總是很有一套。

正是如此，陛下。

---

43 以國名為別稱的行館有「荷蘭館」（集義行）、「新英國館」（保和行）、「舊英國館」（隆順行）、「瑞典館」（瑞行）、「帝國館」（孖鷹行）、「美國館」（廣源行）、「法蘭西館」（高公行）及「西班牙館」（大呂宋行）。

44 清代設置負責對外貿易及管理外商的官職為粵海關監督（官階同總督及巡撫而品級稍低），但鴉片戰爭前，粵海關並不直接管理外商及稅收事務，而是由十三行的行商組成的公行代管。

將軍眼中精光一閃：可是你們認為中國人對這種交易還會容忍多久？

這還有待觀察，陛下。對東印度公司來說，中斷貿易形同發生災難，若說英國人沒有貿易就無法掌握他們的東方殖民地，這說法毫不誇張，他們不會眼睜睜看著利益流失。

Quelle Ironie！（還真諷刺！）拿破崙迸出這麼一句，對訪客露出迷人的笑容。若是因為鴉片而讓中國從睡夢中驚醒，還真是一大諷刺。要是真的發生，你們認為是好事嗎？

怎麼不是，陛下，查狄格立即回答。我學到的向來是，邪惡不會帶來好東西。

拿破崙笑了，這樣的話，那全世界除了邪惡就別無他物了，舉個例子，若非如此，你們又何必賣鴉片？

不是我，陛下，查狄格迅速接話：我只是鐘表商，與鴉片貿易完全扯不上關係。

可是你朋友呢？他賣鴉片，不是嗎？他相信鴉片是邪惡的嗎？

這問題出其不意，令巴蘭吉一時間啞口無言。他整理一下思緒，然後說：鴉片就像勁風或浪潮：單憑我個人之力無法左右其航道，一個乘風揚帆航行的人並無善惡之分，而是該由他如何對待周遭人等——朋友、家人、僕役——來作評斷，這是我秉持的信條。

拿破崙以穿透力十足的視線盯著巴蘭吉，心想：但因乘風航行，這人也許會死，但願不會？

長木莊園已出現在眼前，於是這念頭在他唇畔枯萎，他們看到一名副官在小徑上匆忙奔跑尋找將軍。

拿破崙轉身面對查狄格和巴蘭吉，摘下頭頂的帽子：Au Revoir messieurs, bonne chance！（再會了，先生，祝你們好運！）

第二部

廣州

7

一八三八年十一月七日
廣州馬威克飯店

我最親愛的寶格麗，我被送過來了！我總算抵達廣州——過程真是無比漫長！我是搭客船來的——這種船很特別，形狀類似毛蟲，動作也一樣緩慢。我好羨慕有錢番鬼能駕著他們漂亮的單桅縱帆船和時髦快艇呼嘯而過！聽說最快的船從澳門到廣州只要一天半！不用說，我們的毛毛蟲花了兩倍以上的時間，最後抵達了離廣州還有十二哩遠的黃埔。

黃埔是珠江中的一座小島，周遭水域是讓外國船隻下錨的最終站，船隻未經獲准，不得靠近廣州一步，因此他們必須留在這裡，等候貨艙填滿或清空。它們可憐的船員就淒慘了，因為黃埔除了一座寶塔外毫無樂子可尋：我感覺這座村莊之於珠江，就像布德蓋—布德蓋之於胡格利河——搖搖欲墜的卵石倉庫、貨艙及海關。船隻一停就是好幾週，無聊的水手和船工只能倒數著下一次到廣州上岸度假的日子。

幸好訪客不用在黃埔停留太久，白天晚上都有往廣州的渡船。河面滿是奇形怪狀與設計精巧的船隻，讓人感覺不出就要抵達一個大城市。左邊是個名叫河南的小島[1]：滿是花園、宅院和果園，這座小島深具田園風光——令人想起加爾各答市區與胡格利河之間齊浦爾鎮的遍地田野與森林。但舢舨、舢艇[2]和鹽船的數目陸續增加，河岸兩側很快泊滿下錨的船隻，宛如一道連綿不絕的屏障，阻擋了河岸景象。接著，城市的城牆碉堡從桅杆與船帆上方冒出頭來——漫無邊際的灰石牆，每隔一段距離就有守望台與覆有頂棚的通道。與這偌大的城牆堡壘相形之下，加爾各答的威廉堡只是個小不點：城牆綿延數哩，妳能看見它們攀上山丘，最後交會於一座有五層高，名為鎮海樓（這名字可詩意不？[3]）的雄偉樓閣，我聽說只要給衛兵塞點錢，他們就會放人上去：上頭景色美得不得了，整座城市像一幅浩瀚無邊的地圖在腳下展開。沿著城牆只要一、兩個鐘頭就可走到這座樓閣，我非去不可——否則等於連廣州的外城都沒看過。但所有城門嚴禁外國人通行——這反而讓人更想進去！噢，好吧……還是有很多值得一看、值得一畫的東西，整面城牆之外便是城外郊區——相形之下，外城就像廣州的旗艦，郊區則是周圍停泊的較小船隻組成的艦隊。

妳可能不會相信，親愛的寶格麗，但廣州近郊最棒的就是河川！比起整個加爾各答，住在這座漂浮城市中貧民窟的人甚至更多：據說多達百萬！他們泊在兩側河岸的船隻不計其數，多到妳無法看見底下的河水。這座漂浮城市乍看就像個由數不盡的漂流木、竹子和茅草棚屋所組成巨大無比的貧民窟。小船緊緊相依，若非偶爾掀起的浪頭和水波，妳真會誤以為它們只是形狀奇異的小屋。最靠岸邊的是一排排舢舨，大多四、五碼長，船頂用竹子打造，設計出奇簡單而巧妙，可依天候移動。雨天時

1 即珠江中的下渡島，今日的廣州市海珠區所在地。廣州人的對話或文字中若無特別指明，江南或河南皆意為珠江南岸，而非長江以南或河南省。

2 lantea，參見《罌粟海》之〈附錄3：朱鷺號字詞選註〉。

3 英譯名為Sea-Calming Tower，英文譯名用字並不精確，羅賓不通中文，因此覺得頗有詩意。

可展開遮蔽整艘船，天氣好時可以收起，讓陽光照進平時活動的區域——觀看周遭的一切景致讓人驚豔不已，住戶忙進忙出，妳可想見這座漂流城市就像個水上蜂巢：這裡的小船人家在做豆腐，另一艘船在做線香，還有一艘在製麵，另一艘忙著其他事——這些全都襯著背景中的雞啼、豬嘶與狗吠聲，原來這每一座漂浮工廠同時還兼農家！船與船間只有僅容一艘小販船通行的極窄水道，還有更多妳想像不到可能存在的東西，主要是叫賣小販和琳瑯滿目賣廉價貨的小販船——有皮匠、補鍋匠、裁縫、鞋匠、桶匠、剃頭師傅、整骨師等五花八門的工匠，全都在搖鈴吶喊。

這裡的番鬼說這漂流城市是各種三教九流、人渣廢物的集散地——但我要坦白說，這反而讓我更迫不及待探索這座城市，這裡讓人目不暇給到讓我想試著畫些航海畫，或許會用羅伊斯達爾（Van Ruysdael），甚至泰納（不過可能沒辦法，哎呀，誰教錢納利先生光聽到這名字就打翻醋罈子）的畫風。

最後總算來到讓外國人居住的內飛地——這個我得知又叫「番鬼城」的地方！這裡是全城最遙遠的角落，在外城的西南城門外，番鬼城的外觀和你以為該有的樣子不同，也的確與我想像的天差地遠，不過是美到讓我屏息！我想像中的行館帶著天朝風韻——或許有幾道弧形屋簷或寶塔狀尖頂，諸如此類在中國畫中令人目眩神迷的事物。但妳若能親眼看見行館，親愛的寶格麗，我向妳保證，他們會讓妳想到遙遠國度的畫作——維梅爾的阿姆斯特丹，或甚至……錢納利的加爾各答。妳會看見一排有圓柱、柱頭裝飾、壁柱、立式高窗和鋪瓦屋頂的建築，有些還建了柱廊，並掛起妳在印度看過的香根草簾：只要瞇起雙眼，就能想像自己身在加爾各答海濱，望著大型英國貿易行的倉庫和辦公室。只不過色彩十分不同，更加鮮明豐富：從遠處望去，行館的模樣就像一道道畫在外城灰牆上的顏料。

英國館是十三行中規模最大的，還有一座附有鐘塔的小教堂，整個番鬼城便是以這鐘聲來對時。

行館正前方有座花園和一根高大無比的旗杆，有些行館正前方亦是旗海飄揚——荷蘭、丹麥、法國和美國國旗，這些見過最大的旗幟，旗杆也高聳入天，就像插入中國土地的巨矛，甚至高過行館的屋頂，彷彿是要讓城牆內的中國官員都能望見。

或許妳已能想像，我在船上就在思考該怎麼畫出這些景象。當然我還沒動筆，但我知道這會是個嚴峻的挑戰，深度尤其是個難題。行館的正面狹窄，從正面看去會以為只能容納十來個人，但每道門面後方都有狹窄的屋舍庭院、倉庫與帳房，每個庭院裡都有蜿蜒的漫長拱廊連結屋舍和庭院——到了夜裡，這些通道點上煤油燈後，看起來便像城裡的街道一樣。

有人說行館是依典型中式建築興建，一座庭園的牆內可能坐落著好幾個亭子和院落，但我也聽說行館有點像牛津和萊登的學院，由許多相互連通的方形走廊和房舍組合而成，我若是波斯模型畫家，會畫出前方門面，再取個門面後方能看見庭園內部結構的角度。但這連想都不用想，真這麼做就太丟人了：錢納利先生會嚇到魂飛魄散，然後命我多花幾年好好練習透視畫法。

我說了太多自己的事，都還沒告訴妳番鬼城的河梯，也就是——我發誓這名字是真的——「屁眼岬」（Jackass Point）（想進入盛名在外的仙境，得先穿越那不宜說出口的岬角）。這枚肛門塞劑與我們加爾各答的河梯沒兩樣，沒有碼頭——僅有臺階，還殘留著前一次漲潮的河泥（沒錯，我親愛的寶格麗，珠江就像我們最愛的胡格利河，潮水每天漲退兩次！）可是就連在加爾各答，我都不曾目睹屁眼岬這樣的混亂場面：人潮洶湧、騷亂喧囂，數不清的苦力爭搶袋子和行李箱！我自認幸運，找到一個笑容可掬的男孩幫忙，他叫阿立（妳可能想問，為什麼有這麼多「阿」卻沒有「喔」？澳門街上到處可見數不清的名叫「阿文」和「阿甘」的年輕人，妳若問「阿」是什麼意思，要知在廣東話中，「阿」就像在英語中，不過是清喉嚨的聲音。這些名中帶「阿」的主人通常年紀很輕或出身卑微，但妳切莫以為他們沒有其他名字。他們也可能另有妻子或好友才知、名叫「噴火龍」或「千里馬」的其他身分）。

阿立既非噴火龍也非種馬，他的體形還沒我一半大。我以為他會被我的行李壓垮，可他手腕俐落地轉了兩下，便把行李輕鬆扛在背上。他問：「你要去哪裡？」我告訴他：「馬威克飯店」。就這樣，我尾隨年輕的阿特拉斯[4]，登岸踏上番鬼城的中心，這是行館與河岸間的開放空間，英國人稱為「廣場」，印度人取了個更絕的名字叫「操場」（Maidan），正如其名，這是個十字路口、交會點、廣場、大道、遊藝會永不散場的舞台：場景充滿活力，我迫不及待想捕捉在畫布上。隨處可見都是奇特非凡的景色：吱吱喳喳的嘈雜聲一湧而上，噪音來源是個用扁擔挑著上千顆核桃殼的挑夫。仔細端詳，妳會發現每顆核桃都是精雕細琢的籠子——而裡面住的是蟋蟀！而這男人所扛的是上千隻齊聲高鳴的昆蟲。繼續走不到一、兩步路，另一陣喧囂風暴又小步向妳襲來。廣場中央來了號大人物，恐怕是中國官員或公行商人，他坐著一種轎椅，其實就是掛著簾布、用扁擔架著扛在肩上的轎子，扛轎的男人稱作「無尾馬」，旁邊還跑著幾個同夥忙著敲鑼打鼓開道，這畫面實在太新鮮，我實在移不開視線，腳下差點就被無尾馬給絆倒。

但這其實是個「小」地方！整個番鬼城——廣場、街道和十三行——放到加爾各答廣場上只能占個小角落，從頭到尾，這內飛地只有一千呎，大約四分之三哩長，寬度約是這長度的一半。番鬼城就某方面來說像是海上的船，上百——不，上千個——男人擠在寸土寸金的狹窄空間生活。我相信世上沒有一個這樣的地方，如此狹小，卻又如此多樣，居民來自世界各個角落，每年有六個月時間摩肩擦踵共同生活。我要告訴妳，我親愛的寶格麗，要是妳站在廣場，看著行館的旗子在廣州外城的灰牆邊飄盪，我敢說妳肯定也會為之傾倒：就好像來到了世上最後一座也是最偉大的旅社門前。

然而一切如此熟悉：隨處可見的男僕、稅吏、伙房小廝、官差、佃農、門房、庫房門衛、碼頭工和船工。我親愛的寶格麗，這就是番鬼城的重重驚喜之一——這裡有許多來自印度的居民！他們來自信德省和果阿、孟買和馬拉巴、馬德拉和科林加山、加爾各答和錫爾赫特——但這些差異對群集於廣場上的流浪兒並無意義。他們對不同的鬼佬取了不同綽號：英國人是「我說」（I-says），法國人是「媽的」（Merdes）。至於印度人，不管來自喀拉蚩或吉大港的都叫「阿差」：成群小鬼會伸著雙手追著他跑，一面大喊：「阿差！阿差！給我零花！」

他們似乎深信不疑，認為全世界的阿差都來自同一個國家——這想法豈不可笑？甚至有個行館就叫「阿差行」——當然沒有飄著自己的旗幟。

*

尼珥在阿差行的工作從一大清早開始。巴蘭吉生活規律，因此僕從和雇員便得配合他的意願與方便來安排時間。對尼珥來說，這意思就是他得在天未亮就摸黑早起，因為他負責將巴蘭吉的辦公室依照嚴格要求打掃乾淨，在這方面老爺無法忍受一點不精確：房間至少要在他進門前半小時打掃乾淨，讓塵埃慢慢落定。尼珥的辦公桌椅也要精確歸位，除了遠端牆角，不能放在其他位置。確認這些事並不難，只是需要早起並打擾好些人，而有些人根本不願受尼珥這年輕菜鳥祕書指使。

尼珥看過的所有辦公室中，這房間算得上一怪：簡直像從冷冽的北歐運到中國來的——高聳天花

---

4 阿特拉斯（Atlas）：希臘神話中遠古泰坦神族的一員，神族之王克洛諾斯被其子宙斯推翻後，泰坦神族多半逃走或遭放逐，阿特拉斯則被宙斯責罰以雙肩與頭頂天。

板上裝了椽子，看起來像個小教堂，甚至還有壁爐和壁爐架。

維可對尼珥說了老爺如何得到這辦公室的故事。剛來到廣州時，巴蘭吉跟多數帕西商人一樣住在荷蘭洋行：這又有個故事，由於久遠之前，古吉拉特邦的帕西人曾幫過荷蘭商人的大忙——於是帕西人開始與中國貿易時，荷蘭人便為他們提供住宿。早年在蘇拉特，巴蘭吉的祖父在生意上也曾有位阿姆斯特丹的合夥人，出於這層關係，當初巴蘭吉才會來到荷蘭館。不過巴蘭吉從未喜歡過這間行館，這地方陰沉蕭索，就連大笑或高聲說話都可能引來不認同的白眼，甚至被臭罵一頓。此外，身為孟買商團最年輕的一員，巴蘭吉通常被分到整棟樓最陰暗潮濕的角落。雖然這洋行還住有其他帕西人，但也未讓他感覺好過點——因為其中不少老人自認看著他是他們的職責——於是當他得知另一棟樓有空房時，便刻不容緩前去看屋。

後來他得知這棟樓正是豐泰行——番鬼城的其中一家「炒炒館」或說綜合館。豐泰行的正面與其鄰居相比算是低調，此外與其他所有行館一樣，豐泰行並非獨棟建築，而是一整排以拱道和有遮頂的廊道相連的屋舍，每棟樓舍之間都以庭院相隔。屋舍大小不一：有的較小，有的則大到足夠隔成好幾間公寓，每一間都有自己的廚房、倉庫、辦公室、金庫和宿舍。後邊的房子通常最不受歡迎：由於與廣場之間隔著數不清的走廊和庭院，通常會比前面的房舍陰暗骯髒，有些像是大雜院，堪比牢房的房間住的是番鬼城裡最窮的外國人——像是無足輕重的小商人、兜售便宜貨的投機商、僕人和小職員。

番鬼城最受歡迎的住所就是可遠眺廣場的房子，但由於建築的門面都很狹窄，因此數量不多且租金高昂，能住進這種房子可算是奢華之舉。儘管如此，還是很少有視野良好的公寓空出來。有鑑於此，巴蘭吉見機不可失，便迅速下了訂金租下這間可眺望廣場的套房。自那時起，他每次回到這裡都會租下同一間套房，每次還會多租幾間，好容納如收帳員、男僕、會計與廚房員工等日漸增加的隨行人員。

後來，不少孟買商人隨著巴蘭吉的腳步被吸引到豐泰行，這也是這間行館後來叫作「阿差行」的由來。但說到第一個搬進的帕西人，這殊榮仍舊屬於巴蘭吉，在那裡住了二十多年後，他理所當然占據行館中最好的房間：包括一間倉庫、一個廚房、一個金庫和幾個小房間，以及十五名隨行人員的宿舍。他的公寓在頂樓，包括寬敞但背光的臥房、清涼的浴室，以及只有特殊場合才派上用場的餐室。當然還有可以眺望廣場與河川的辦公室——多年來，這面豎框窗已成外國內飛地的一個小地標，據說許多老住戶會指給新來的人看：「你們瞧，那可是巴蘭吉的辦公室。」

但巴蘭吉當然不是唯一用過這房間的商人：每當他選擇留在孟買度過交易季的年頭，辦公室就轉租給別人。許多前任用戶在此留下痕跡，因為每到季末，商人往往會發現自己東西已多到無法簡單運回：在這種情況下，最簡單的做法就是把東西留下。就這樣，辦公室中累積了大量五花八門的雜物：一座及腰高的低頭人像雕刻、木雕寶塔、邊框上漆的鏡子、研磨荳蔻用的銀甕，還有個玻璃碗裝著永遠在兜圈子的凸眼金魚。其中很多東西是巴蘭吉的，包括一顆窩在室內陰暗角落、表面覆著一層灰土的謎樣大石：它的體積很大，呈灰色，表面有許多麻子般的孔洞，看起來就像被蛆蟲從裡到外蛀過一遍。

「你知道那玩意兒是誰給的？」有天早上，巴蘭吉指著石頭問尼珥。「是個我認識多年的買辦泉官。有天他突然來這裡，說是帶了份禮物要送我，我說，好啊，有何不可？然後六個小子忽地扛著這石頭冒出來，我心想，這肯定是開玩笑：這小子是在裡頭藏了珠寶吧——接著會突然掏出寶石給我個驚喜。結果沒有！他告訴我，他的曾曾祖父從太湖裡撈起這石頭，太湖就是以石頭聞名的——（想像一下，嗄？中國佬就連石頭都有『著名產地』——就像我們的奶油甜球（laddoos）和糖果（mithais）

一樣）。但石頭搬回他家後，他家的老祖宗下了結論，說這破石頭還不夠好。不是吧，這些傢伙在想什麼？上帝在古早之前創造出這顆石頭，可是這樣還不夠，他們打算怎麼著你知道嗎？他們把這石頭放在屋檐下，任水滴落在石頭上打出花樣。這些老傢伙時間還真不少，嗄？跟你我不同：沒人chull-chull（趕時間）。九十年來，這顆該死的石頭就放在屋檐下，然後泉官決定時候到了，便帶來當禮物送我。Arré我的老爹，我暗自心想，我該拿這要命的大石頭做什麼？但又不便拒絕，怕傷了他的心，可也不能帶回家，Beebeejee（太太）一定會痛罵：『啥？』她會這麼說：『中國是沒好東西能帶了，你連棍子和石頭都帶回來給我？你究竟在那裡學會什麼邪門歪道（budmashee）？』我還能怎麼辦？當然是留在這裡啊。」

這塊石頭不是老爺辦公室裡唯一一樣具有個人重要性的物品：他的辦公桌也是。無庸置疑，這是件製作精美、由紅漆紫檀木與鋥亮的白銅零件組裝成的優美家具。正面前方是雙排拱形文件格，分隔架則雕成燙金書脊的樣子。書寫桌面底下有九個紮實的抽屜，每一個都配有黃銅把手和鑰匙孔。

辦公桌的所有鑰匙由巴蘭吉保管，正前方抽屜的最大鑰匙除外——尼珥也有這支的備鑰。他的工作包括每天早上打開辦公桌大抽屜，確認巴蘭吉選用的文具存量是否足夠。老爺偏愛的鵝毛筆還能找到供應者——但墨水就不好找，巴蘭吉不是隨便哪種都行。在廣州，他堅持要有精美的雕紋硯台、幾條優質墨錠，以及一小罐特殊「泉水」——若有需要，他會以中國學者若有所思的沉著風範，用這些工具研磨所需的墨汁。但巴蘭吉性情焦躁，因此實在很難想像——但無論如何——研製墨汁的器具，每天都得像鵝毛筆一樣，不偏不倚放在辦公桌的左上角。諷刺的是，無論辦公桌或文具都不常派上用場，因為巴蘭吉在辦公室時很少坐著。他在辦公室的大半時間都是雙手交疊身後來回踱步，即使有文件需要簽名，也往往只是站在窗邊，用尼珥那枝快磨壞的鵝毛筆簽字。

唯有早餐時間巴蘭吉才會善用椅子。這頓精心製作的餐點，是多年來演化出的儀式：由廚子梅斯鐸主持，並且不是在巴蘭吉的私人餐室，而是辦公室角落的大理石桌上用餐。梅斯鐸會在老爺快要進辦公室前，先在桌面鋪上絲綢桌布，然後等巴蘭吉就座，便在他面前擺出一組小碟與碗缽，裡頭盛的可能是akoori——用香菜、青辣椒和青蔥炒的蛋、少許鑲雞肉末和香菇的燒賣。或許還會有幾片吐司和幾串沙嗲肉串，最後可能再上一些以清奶油佐味的馬德拉式粥品，一小碟kheemo kaleji——即肝臟與羊肉末等諸如此類的菜色。

巴蘭吉的早餐總是以梅斯鐸聲稱自己發明的飲料作結：飲料以茶葉製作，可味道與廣州常見的茶根本是兩回事——事實上，阿差行的中國客人都覺得這茶的氣味令人反胃，好幾個客人甚至聞之欲嘔（「你看」，維可輕蔑地說：「蛇肉和蠍子這些傢伙吃得是津津有味，反倒是沒法喝牛奶！」）

雖說準備飲料的是梅斯鐸，採購原料的重責大任卻落在維可肩上——這可不是件小事，因為飲料最重要的原料就是牛奶，這東西在廣州可是比沒藥或欖仁乾果還難找到。外國內飛地的主要乳源包括隸屬丹麥行的幾頭乳牛，由於許多歐洲商人不能沒有奶油、牛油和乳酪，因此牛奶才剛擠入桶中，丹麥人供應的牛奶便瞬間被搶個精光。不過勤勞不懈的維可發現了另一個供應者：正對外國內飛地對面，江中的河南島上有座占地遼闊的佛教僧院，裡頭住著一大群西藏僧侶。西藏人慣喝酥油奶，並食用須以牛奶製作的食物，於是養了一小群水牛替代此地沒有的犛牛：梅斯鐸製作飲料所需的牛奶就從這兒來。他會抓一把黑色武夷茶葉、一點丁香、肉桂與八角與牛奶共煮——接著再加幾小把cheeni，即近年在孟買大受歡迎的中國精製糖，最後調製出的成品稱為「奶茶」（chai），或「香料奶茶」（chai-garam）（後者得名於加在茶中的綜合香料）：巴蘭吉不能沒有這種飲品，於是盛裝奶茶的玻璃杯會定時送進辦公室，宛如標定一日中不同時辰的標點符號。

奶茶不僅是巴蘭吉個人的飲料，整個阿差行的人也都愛喝，巴蘭吉的隨行人員會都會熱切等待廚子定時發出的吟唱聲：熱奶茶，熱奶茶！最讓人迫不及待的就是上午十點左右的奶茶，通常會搭配一種零食。最常供應的是種叫「烤包子」（samsa）的新疆特產——這是種三角形小餡餅，通常以絞肉為餡，用攜帶式維吾爾筒狀泥爐烘烤，廣場上很容易找到這種熱騰騰的烤包子。它同時也是種受歡迎印度小吃的祖先，阿差行的人對它有同等的熱愛，並以較熟悉的印度版名字——薩莫薩三角餃（samosa）——稱之。

如同阿差行的其他人，尼珥沒多久就引頸企盼上午十點的薩莫薩三角餃及熱奶茶。對他來說，這些不熟悉的名字光聽起來就跟名字的主人一樣帶著鹹香美味。他不斷從巴蘭吉的隨員身上學到新字眼，像是「奶茶」，這個源自粵語的詞彙，其他則是維可教的葡萄牙語——舉例來說，falto，意思就是詐騙不實或假造，後來演變成阿差人口中的**phaltu**。

隨著逐漸安頓適應，尼珥發現豐泰行一號明顯自成一個世界，有自己的食物、語言、禮俗和慣例：其中居民猶如一個嶄新國度，一個尚未成形的阿差斯坦王國的的首批住民。此外，從揮著掃把的最低階清潔工，到換錢時最吹毛求疵的收帳員，每個居民對自家行館的自豪，全不亞於對自身家族的驕傲。起初這讓尼珥感到詫異，因為從表面來說，要讓一群阿差組成某種家族，這想法不但不可能，甚至可說是荒唐：這群匯聚於此的各路人馬，其實來自印度次大陸上各個不同的偏遠地方，說著十幾種不同語言，有些人來自英國或葡萄牙屬地，其他人則來自印度的土邦地主（Nawabs）、行政官（Nizams）、大公（Rajas）或王侯（Rawals）掌管的地方，其中更有穆斯林、基督徒、印度教徒、祆教徒，以及少數被家鄉放逐之人。要是他們從未離開次大陸，他們的道路就不會交集，甚至永遠不會相遇或與彼此說話，更別說一塊吃飯。在家鄉，他們可能想都沒想過彼此會有共通點——但在這裡，無論喜歡與否，都無法視而不見彼此的共同之處，每次一踏出門，這名字便往他們身上推，那是廣場上迎著他們發出的呼喊：「阿差！阿——差？」

抗議這種沒來由且不分青紅皂白送作堆的公然侮辱是沒用的：這些頑童才不在乎你是卡契希（Kachhi）的穆斯林還是波羅門（Brahmin）的天主教徒，抑或來自孟買的祆教徒。是因為外表？還是你的服裝？抑或是所說的語言（怎麼可能？明明南轅北轍）？或是聞到你們衣服上幾無差別的香料味？無論原因為何，過了一會兒，你就會接受自己與其他阿差的共同處：這是無法逃避的事實，你無法脫掉這身皮囊，拋在身後換上另一副。奇怪的是，你一旦真正接受了這個只存在那群廣場小鬼（jinns）眼中的神祕共通點，它就有了真實感，然後你會認清，這就是其他人對於你們共有的理解與待遇。你在這屋檐、在門前這廣場上待得越久，這聯繫就越強烈——然而矛盾的是，與其說這牽絆來自強化的自尊，倒毋寧說是共同的恥辱。因為你知道所有運到廣州的「黑泥」，幾乎都與你相同的那道海岸線來的，你也知道即便自己從「黑泥」上頭分享的財富微乎其微，還是無法讓身上比其他異鄉人少沾點臭氣。

*

熟悉的小教堂鐘聲，一如巴蘭吉從辦公室窗口望出的景致撫慰人心：他望向廣場，景色一如既往——幾批攬客的人一擁而上為新豆欄街（Hog Lane）的酒吧拉客，水手和船工從屁眼岬的登岸河階蜂擁而至，一心要用這上岸假期快活一下，大批乞丐站在樹下和巷口，卡嗒嗒敲著響板，搬運工在倉庫和運貨駁船間來回疾走，剃頭師傅在各自地盤上的攜帶式竹席下替客人刮額髮打辮子。

儘管表面上一如常態，但船剛駛入珠江口，巴蘭吉就清楚發現中國這邊的情勢已然不同。過去他會把阿拿西塔號留在江口的伶仃島：從印度來的貨船都會先到這裡，可是這次島上完全不見船蹤，只有兩艘分屬英美兩國的大型舊駁船（hulk）。這些年來，鴉片都是從這些沒有桅杆的船隻甲板上神不知鬼不覺移上快蟹船運走。觀看這些纖細有力的小船呼嘯穿過水道，六十支槳整齊劃一抬起降落，曾是珠江最動人心魄的景觀之一。現在河口卻舉目不見一艘快蟹船。而這些笨重大船曾經熱絡喧鬧的甲板亦杳無人跡，狀似傾覆。

巴蘭吉已先收到警告，便把阿拿西塔號留在香港，在分隔這座小島與九龍岬角的狹窄海峽中下錨。這也是過去無法想見的。以前由於怕遇上海盜，船隻往往避開這個海峽。然而今年，整支鴉片艦隊都停泊於此，唯一值得安慰之處，就是可以彼此照應所帶來的安全感吧。

河口的情況讓巴蘭吉以為廣州也與從前大不相同：於是當他發現番鬼城大致如昔時，心頭為之一振。但當目光飄向珠江水面一如以往的漂浮城市，他才想到，這城市有個地方已終究不再，至少對他來說是這樣。他的目光習慣直接掃向芝美的船停泊之處：也就是右邊的珠江和北江交匯形成名為白鵝潭的遼闊水域——過去幾十年來，雖換過幾次船，但芝美始終守住那個泊船處。早年她的廚船體貌皆不驚人，巴蘭吉很難從幾百艘泊在河岸的船中找出它來。但隨著時間過去，她的船越換越大且更顯眼，他曾從辦公室窗口一眼瞥見那艘漆著明亮色彩、有前後甲板與形如上揚魚尾的船尾。每當走到窗邊，他的目光總習慣搜尋它的身影：只要有燒菜油煙繚繞而上，他就知道芝美已經開伙，一天的工作開始了——彷彿那艘船的節奏與他的辦公室是某種神祕而必然的對位。

抵達廣州後，巴蘭吉半期待半希望能在老地方找到芝美的船，在某種程度上那也算他的財產，畢竟是他慷慨出資為她買下這船：他仍希望能親自處理。

從黃埔到廣州的最後一段路，這事在他腦中百轉千迴，他本想盡早對泉官說這件事，但抵達屁眼岬後，卻遍尋不著泉官熟悉的面孔：最後是由泉官有個名叫庭官的兒子來接巴蘭吉一行人。巴蘭吉從他那裡得知，他的老買辦已於幾個月前久病過世——按照慣例，父親的客戶便由兒子接手。

這消息讓巴蘭吉大為震驚：多年來泉官一直是他的買辦，兩人從二十來歲開始合作，並相伴邁入壯年及中年。兩人之間的信任與感情羈絆非常深厚：他們認識彼此的家人，巴蘭吉不在時，都是泉官照顧芝美和福瑞迪，他以父執輩的身分照看教養這孩子，巴蘭吉也透過他寄錢和禮物給兒子。

痛失泉官意味巴蘭吉與廣州的另一個聯繫也斷了線：買辦的幾個兒子是他從小看著長大的，即便如此，他仍無法想像其中有人能取代他們父親的地位——尤其沒想到是庭官，這年輕人個性輕浮，對於接手的事業並未投入多少心思。當巴蘭吉問起芝美的船下落如何，他只敷衍答說已經賣掉——至於賣給誰他也不知道。

現在巴蘭吉每次走到窗邊，視線仍會不由自主飄向那艘船過去的停泊地點——當目光落空時，心頭便一陣刺痛，令他不禁渾身一縮。

一艘船的消失，竟能奇異地在如此密集豐富的地景中造成偌大缺口。

巴蘭吉的番鬼城生活還有無法從窗邊看見的另一面：那就是設在丹麥館大院內的廣州商會。

商會這機構的重要性遠超過其表面名稱：商會不僅負責制定規章，並為租界內飛地商人的喉舌，更控制了番鬼城忙碌社交生活的脈動。許多廣州的外商曾在印度生活，習慣了白庫拉俱樂部、孟加拉俱樂部等機構提供的舒適與便利。但廣州沒有相似的機構，外商只好只好心不甘情不願將廣州商會當作最接近的替代品。它就設在番鬼城占地最大的建築之一：丹麥館的二號樓。一樓是商會的辦公室和大廳，寬敞到足以容納所有商會成員開會，社交設施都在樓上：樓中的這部分稱為「俱樂部」，願意多花些錢的會員能使用吸菸室、酒吧、圖書室、接待室、天氣和煦時供應午餐的陽台，以及一間可從窗戶眺望沙面島潮汐的餐廳。

這幢建築還有再上一層，設有數間奢華套房與會議室，但這些房間只對少數如掌控商會運作的會長及有權有勢的成員開放。這個機構的正式名號是「商會委員會」——番鬼城中都簡稱「委員會」。與孟加拉和白庫拉俱樂部相比，商會有個最明顯的不同之處：那就是將排除亞洲人作為保留權利而非必要程序。此政策目的在因應廣州貿易的特殊環境需要，由於比例極高的進口商品來自孟買和加爾各答，外加有許多供應鏈，特別像摩臘婆鴉片是掌控於印度商人手中，因此過度嚴格落實印度次大陸俱樂部的種族原則並非明智之舉。商會的索費刻意設得高，藉此排除各種他們不希望加入的人，委員會中納入至少一位帕西人也是慣例之一——通常選擇在廣州的帕西社群中最年長的那位。這是眾多孟買商人覬覦的身分，意義上形同加冕，因為實際上委員會就是外國內飛地的非正式內閣。

巴蘭吉才剛抵達廣州一星期，維可就帶著一封有商會會長兼委員會主席休・漢米爾頓・林賽先生蠟封的信來到辦公室。已很熟悉番鬼城慣例的維可十分清楚這封信用意何在，他滿臉笑容舉起信封說：你瞧，頭家，看看這是啥！

雖然收到這封信並不意外，但巴蘭吉還是像個孩子興奮地拆開蠟封。這是他幾十年前初來廣州時就有的夢想：成為廣州阿差的領袖。

他微笑：沒錯，維可——我受邀加入委員會了。

隨信附著一張手寫字條，邀請巴蘭吉前來與幾位委員會成員共進晚餐。

巴蘭吉抬眼，發現維可咧嘴而笑，好像他才是贏得頭彩的人。Arré，頭家！看看你現在成了什麼人物？你可是老爺中的老爺——城裡的老爺，眾生的老爺！整個世界都在你腳底下了。

巴蘭吉本想一笑置之，可眼角再次瞥見這封信時，胸中不禁漲滿驕傲之情：他小心折好，塞入長袍胸前靠近心臟的口袋。這證明他已加入詹瑟吉・雷蒙尼老爺與詹瑟吉・杰霍伊老爺的偉大商人行列，也證實了他，從前為求生計還得讓母親縫製刺繡披肩的巴蘭吉・納魯茲・摩迪，已成為一個世上最富有男性團體的領袖。

次日早晨，查狄格展開雙臂步入辦公室：Arré，巴蘭吉兄弟！你受邀加入委員會了，果不其然？

對於查狄格同步得知這消息，巴蘭吉不感驚訝，是的，查狄格大哥，是真的。

Mabrook（恭喜），巴蘭吉兄弟！我真為你開心。

噢，沒啥大不了，巴蘭吉謙虛地說。委員會只不過是讓眾人暢所欲言的地方，幕後操盤的還是同一批人。

查狄格重重搖頭回應。噢，不，巴蘭吉兄弟，過去可能是這樣沒錯，但情況很快就變了。

這是什麼意思？巴蘭吉說。

你沒聽說嗎？查狄格帶著笑意說：威廉・渣甸決定離開廣州，他要回英格蘭了！

巴蘭吉掩抑不住驚訝：至少這過去十年來，番鬼城中影響力最大的男人就是威廉・渣甸。他的公司渣甸洋行（Jardine, Matheson & Company, Ltd.）[5]是廣州貿易最主要的推手之一，多年來他並以激烈手段擴展中國的鴉片市場。渣甸在印度亦是如此，人脈交遊廣闊，是很多人心目中的偶像：在孟買的商人圈中，巴蘭吉是少數對他無動於衷的人，這是因為渣甸和巴蘭吉的對頭——一家帕西公司關係密切，過去這兩者的聯手讓巴蘭吉頭痛不已。對巴蘭吉來說，渣甸離開是他夢寐以求的事，沒想到當

5 創辦人威廉・渣甸除力主英國應以禁煙為由與中國開戰，亦主張取得香港作為貿易據點。第一次鴉片戰爭後，渣甸於一八四二年將公司由廣州遷往香港，因廣州十三行總商怡和行名號響亮，便借其名將公司更名為怡和洋行。

真發生了。

你確定，查狄格大哥？渣甸為何要回英格蘭？他好多年沒回家了。

他別無選擇。查狄格說：中國官府抓到他的公司派船前往中國北方港口，尋找新的鴉片販賣管道，謠傳他們有意把渣甸驅逐出境，與其面對引渡，他寧可自己走人。

渣甸不在，巴蘭吉說：商會的一切都將跟著改變。

沒錯，查狄格帶著笑容說。我覺得你會交到很多新朋友，事實上，要是顛地先生主動對你示好，我也不會訝異。

顛地？藍士祿·顛地（Lancelot Dent）？

還能有誰？

藍士祿·顛地是湯瑪士·顛地的弟弟，湯瑪士是廣州最重要的公司之一：寶順洋行（Dent & Co.）的創辦人。巴蘭吉與湯瑪士·顛地是舊識：他是個勤儉、謙遜、毫不造作的老派蘇格蘭人。他與巴蘭吉相處甚歡，兩人多年來合力抗衡難搞的渣甸與馬地臣的合夥公司。但約九到十年前，湯瑪士·顛地身子大不如前，於是回到英國，把公司留給弟弟打理——藍士祿·顛地與他有著天壤之別：這年輕人牙尖嘴利、從不掩飾野心、痛恨競爭對手、對待才華不如己者則態度輕藐。他朋友不多，樹敵倒不少，但即便最厭惡他的對手都不得不承認，藍士祿·顛地是個目光長遠的精明生意人：人盡皆知，寶順洋行在他領航下，利潤已超越渣甸洋行。但即便經商成就斐然，藍士祿·顛地在番鬼城從未發揮過什麼影響力。他強硬粗率，不怎麼討人喜歡，與魅力十足且野心勃勃的渣甸很不一樣。他從未主動與巴蘭吉打交道——巴蘭吉也與他保持距離，並有種印象認為這年輕人把他看作滿腦子落伍思想的怪老頭。

湯瑪士回英格蘭後，我幾乎沒和藍士祿・顛地說過一句話。

查狄格笑了。對，但你當時還沒進委員會，巴蘭吉兄弟，不是嗎？走著瞧，他很快就會上前攀談了，他也不會是唯一一個。

這話怎講？

英國人——我是指英國和美國人——現在可是各有盤算，過去幾個月，這裡發生的事讓人摸不著頭緒。渣甸和他的人馬正對英國政府施壓，要他們做出武力宣示。但也有不同看法：有些人覺得這只是過渡期，鴉片貿易很快又會回歸常軌。

但這是有可能的，對吧？巴蘭吉說：畢竟中國人之前也吵過想終止交易。但鬧騰了幾個月後，還是又回歸正常。

查狄格搖頭：這次不一樣，巴蘭吉兄弟。現在情況不同，我認為中國人這次是玩真的。

這話怎講，查狄格大哥？

你看看四周，巴蘭吉兄弟，來廣州的路上，你可曾瞥見一艘快蟹船？他們起初被抓到燒毀時，有些人還說只是作作樣子，幾個月後河上又會出現新船，但是並非如此。有些販子的確試過重造快蟹船，但官府又燒了一次。過去幾週，他們抓了好幾百個鴉片販子，有些關進牢房，有些遭到處決。現在幾乎不可能把鴉片運上岸，有些番鬼就狗急跳牆，拿出之前沒用過的招式：他們開始自己運貨，把貨藏在單桅縱帆船和大舢舨中，讓他們的船工送到上游。如此一來，即使船隻被扣，也能賴在船工頭上。

這麼做風險不高，對吧？巴蘭吉說：畢竟中國人不太管外國船的小艇。

這點也不一樣了，巴蘭吉兄弟。查狄格說：沒錯，中國人對於跟我們外國人作生意向來謹慎：換作其他國家，很難想像會如此極力避免正面衝突和使用武力。可是今年一月，他們攔下一隻英國人的船，發現裡頭載有鴉片，於是將貨物充公，船則驅逐出境。你當然也知道今年稍早梅特蘭海軍上將率艦隊過來時發生的事吧？還不是因為叩頭行禮之類的儀節問題，導致中國人不願接見海軍上將，也不接見英國商務代表義律上校。最後艦隊離開時，非但沒達成目的，還激怒了中國人。如今雙方都有了誤解並對此憤怒，中國人決心終止鴉片貿易，只是對做法還有分歧。英國方面也不太確定該如何回應。

查狄格對巴蘭吉投以一笑：這就是為何我慶幸自己不在你的位置上，巴蘭吉兄弟。

這又怎麼說？

因為這些戰役將在委員會開打，你會在戰場中心，甚至可能是打破僵局的關鍵人物。說到底，在中國交易的這些鴉片幾乎全都來自印度，你說的話會很有分量。

巴蘭吉搖搖頭。你在我肩上加了太多責任，查狄格大哥。我只能代表自己，不能為他人說話，當然更不可能為整個印度發言。

你非得這麼做不可，巴蘭吉兄弟。查狄格說：不僅是印度——還要為我們這群非英國美國或非中國人士發聲。你得自問：未來將會如何？若真開戰，我們要如何保護自身利益？誰會得勝，是歐洲人還是中國人？我們已經在埃及和印度見識到歐洲人的力量是如何無法抵擋。但你和我，我們都很清楚中國不是埃及或印度：你若把中國人的統治手段跟我們的蘇丹、沙阿[6]與地主王爺相比就一目了然，中國人的做法高明得多——政府就是他們的宗教。如果中國人能夠阻擋歐洲人，我們將會如何？我們跟他們的關係又會如何？我們也會成為他們眼中的可疑同謀，於是在這裡經商好幾代之後，又要被拒於門外。

巴蘭吉笑了：查狄格兄弟，你一直都像個哲學家，我覺得是因為你花太多時間盯著那些鐘表——你看得太遠，但不能也期待我只根據未來可能發生的事就下決定。

查狄格徑直望入巴蘭吉雙眼。可是還有個問題，不是嗎，巴蘭吉兄弟？那就是，繼續作鴉片生意究竟對不對？過去，我們不清楚中國人是否真心反對，可如今這情勢毋庸置疑了。

查狄格的聲音裡帶有某種——不認同或指控——的絃外之音，令巴蘭吉一陣刺痛。他渾身發熱，但不想與老友爭執，於是逼自己降低音量。

你怎麼能這麼說，查狄格兄弟？光憑北京一道命令，不見得全中國都會服從，如果人民真的反對鴉片，那今天鴉片交易就不會存在。

巴蘭吉兄弟，世界上有很多事物是不管人們意願如何都會存在的。小偷、土匪、饑荒、火災——難道保護人民遠離這些事物不是統治者的責任？

查狄格大哥，巴蘭吉說：你我心知肚明，這國家的統治者全靠鴉片致富。中國官員要真有心，明天就能終止貿易：他們之所以睜隻眼閉隻眼，是因為也能從中撈點油水，鴉片可不是誰都有辦法硬塞給中國的，畢竟這裡可不是什麼弱國小國，可以任人欺負：它可是世上最強大的國家之一。看看他們是怎麼欺凌侵擾鄰國，把他們叫成「蠻夷」就知道了。

是啊，巴蘭吉兄弟。查狄格輕聲說：這麼說也不無道理，可是生活中不一定只有弱小無助者才會受到不公的對待。但一個國家不會只因強大、頑固並有自己的思考方式——就不會受委屈。

巴蘭吉嘆了口氣。他這下明白，廣州的諸多變化之一，也包括了自己再也無法對查狄格暢所欲言。

---

6 Shah，古波斯語中的君王頭銜，後世有些非波斯語民族或國家如尼泊爾，也以此字作為國王頭銜。

咱們談談其他事吧，查狄格兄弟。他疲憊地說：告訴我，最近生意如何？

*

從雷路思號的甲板眺望，小島的形狀猶如一隻龐然巨蜥，豎起的巨大頭部陡地探入海中，島上的山脊則延伸形成蜷曲的尾巴。

打從第一眼看到起，險惡的山峰與霧靄繚繞的峭壁就像磁鐵般吸引寶麗。這種吸引力難以解釋，畢竟披覆灌木叢的荒涼山坡沒什麼看頭，稀疏貧瘠的草木也絲毫無法引人興致：曾經有過的樹木全被散居島緣的貧困小村居民砍伐精光。他們砍伐得徹底，如今幾乎什麼都不剩，僅有幾塊粗矮樹樁和被風吹得東倒西歪的殘枝。此外，看似除了碎石和灌木叢外別無他物的蕪瘠斜坡——兩者的顏色也因草木轉為秋季的沉悶褐色而幾乎無法區分。

雷路思號停泊港灣北面的九龍岬有幾座村莊。每天會有好幾批人划著小販船穿越海峽來供應糧食：有雞、豬、蛋、榅桲、柳橙和許多不同蔬菜。划船的多是婦孺，除了殺價時，村民一般都相當和善。可是一上岸，他們的態度就變了，由於有過與爛醉外國水手相遇的不快經驗，他們對上岸者都疑神疑鬼甚至懷抱敵意。少數曾划船登陸九龍的外國人都不甚愉快，因為不管到哪都聽到有人高叫：gwai-lou（鬼佬）、fann-gwai（番鬼）和sei-gwai-lou（死鬼佬）！

香港島正好相反，由於居民屈指可數，訪客便得以不受騷擾。離雷路思號最近的陸地空蕩無人，即使最近的村落——充其量只是個有稻田環繞的幾間荒廢棚屋——也在好一段距離之外。雖然這個小島無法吸引內地居民，但對外國船隻卻有難以估量的價值：那就是從小島山顛和峭壁滾滾流下的清澈溪水，成為他們取之不盡的潔淨飲用水來源。

雷路思號每天會有一次甚至多次派出滿載空桶的小艇，前往海灣沿岸的一道狹窄卵石灘頭，寶麗常陪水手上岸，當他們用水桶裝水或洗衣時，她便沿著海灘漫步或爬上山坡。

有天，她找到一條小溪，沿著布滿巨石的陡峭水道往峰頂攀爬了大半哩路。這段路吃力難行，而且無甚收穫，她正打算回頭時望向前方，瞥見幾百碼外的山腰旁有個坑洞，洞旁有些白色斑點，走近一看，她發現那是從坑中長出的一叢開花植物。她脫掉鞋子繼續前進，攀過嶙峋岩壁，還不慎撕裂了裙襬。可是這一切都是值得的，她很快發現自己看到的是一叢綻放的白色細緻花朵：她以前在加爾各答植物園看過這種花：這些是「拖鞋蘭」——即紫紋兜蘭（*Cypripedium purpuratum*）。

她開心地蹦蹦跳跳下了山，隔天再帶著菲奇回去。這次他們爬得更高，發現另一種藏在兩顆巨石間的植物：那是種淺紅色蘭花。寶麗是初次見到，但菲奇一眼就認了出來：是毛柱隔距蘭（*Sarcanthus teretifolius*）。

他們已經爬得相當高，當他們坐下喘口氣時，寶麗不禁為腳下的壯麗景色震懾：船桅高聳的船隻在蔚藍海峽中顯得小巧玲瓏，海峽後方是中國內陸的山崖，一路綿延至霧氣朦朧的無盡遠方。

「先生，你真幸運，」寶麗說：「能在中國的森林山野間漫遊，在如此遼闊美麗的野外採集植物該有多令人興奮呀！」

菲奇轉身面對她，面帶驚訝。「漫遊？倪在想什麼？倪不會以為我都是在廣州野外採集的吧？」

「難道不是嗎，先生？」寶麗吃驚地說，「那你是怎麼找到新植物的？你引進的那些啊。」

菲奇爆出笑聲，「在苗圃找到的——就跟我家鄉一模一樣的苗圃。」

「真的嗎，先生？」

菲奇點點頭說：外國人只能在廣州和澳門活動，因此完全不用想去森林裡。能夠看到中國內陸花卉的歐洲人只有少數耶穌會會士以及幸運陪同外交使節到北京的自然學家。其他想幹植物獵人這行的人都被限制只能在這兩個南方城市活動，而這兩地都是擁擠、繁忙而嘈雜的地方，已經好幾百年沒有「野生」的東西了。

「但威廉．克爾先生呢？」寶麗說：「他不是引進了『南天竹』、秋海棠和『木香薔薇』？這些不可能來自苗圃吧？」

「噢，是的，」菲奇說：「正是來自苗圃。」

比利．克爾採集的所有植物，菲奇說：甚至任何植物採集者在中國取得的絕大多數植物——這些改變了世界各地花園生態的秋海棠、杜鵑、牡丹、百合、菊花和玫瑰——這些花卉資源都來自一個地方：不是叢林，不是山脈，不是沼澤，而是幾個由專業園丁管理的苗圃。

正全神貫注聆聽的寶麗發出一聲驚呼：「這是真的嗎，先生？那這些苗圃都在哪裡？」

「就在廣州對面的河南島。」

河南島最西端有塊水源豐沛的土地。菲奇說：「苗圃就在那裡：外國人稱之為『花地苗圃』。要花八枚西班牙銀元才能拿到去那裡的官府許可——而且每週只開放某幾天。」

「那麼這些苗圃是什樣子，先生？」

菲奇思考這問題時，好幾次開口欲言卻又止住：「很像迷宮，」他最後說：「就像漢普頓宮裡那座驚人的迷宮，當侃以為全看遍一回，會發現自己根本還沒正式開始。侃就只是那麼四處閒晃，張著嘴痴望著眼前的景物，就像暴風雨中一隻不知所措的綿羊。」

寶麗抓著膝蓋嘆氣：「噢，真希望我能親眼看見這些，先生。」

「可是侃看不到，」菲奇說：「所以最好還是別想了。」

8

十一月十四日，馬威克飯店

最親愛的寶格麗，如果有人從遠地來信，卻不描述所住的地方，這不是件討人厭的事嗎？我老哥去倫敦時，捎來的信中就對住處隻字未提，簡直讓我抓狂——對於我這樣愛畫畫的傻傢伙，除非眼見為憑，否則等於一無所知。而今我卻驀然一驚，發現自己也犯下同樣的錯——還沒對妳描述我住的房間。

好吧，我親愛的寶格麗姑娘，讓我告訴妳馬威克飯店的一切：飯店坐落在番鬼城中心，就在兩條主要大道中間，這兩條路名很好記，分別是老中國街和新中國街。雖說名字有「街」，但妳千萬別誤會以為它們像加爾各答的喬林基區或海邊的寬闊大道。番鬼城的街長與內飛地的寬度相當，僅有數百呎長。我不確定這兒的街道該不該稱為「街」，因為它們就像各行館間平行的馬廄通道，從廣場一路延伸至內飛地邊界，也就是那條名為十三行街的繁忙道路。

內飛地只有三條街，其中一條其實就像妳在齊德埔看到的小巷。這條小巷叫新豆欄街，窄到兩個男人幾乎無法錯身而過——而且我得說，親愛的寶格麗，常有人在那兒看到不堪入目的畫面。這條走道兩旁是燈光暗淡的破爛小屋和臭氣沖天的木棚：他們會供應名如「火燒」（hocksaw）或「小燒」（shamshoo）的土釀（後者聽說有摻鴉片，並以某種蜥蜴尾巴調味）。上岸到番鬼城度假的水手和船工很愛這些小店，在黃埔停泊數週後，這些可憐的傢伙早已無聊到瀕臨崩潰，迫不及待花光酒錢，甚至等不及先坐下再開喝。而那裡也確實沒有椅子或長凳，只懸了條齊胸高的繩索。我直到後來看見五、六個船員掛在繩索上的畫面時才明白了這種特殊家具的作用（那確實可算某種家具），他們雙臂外張，嘴裡汩汩淌著嘔吐物，而繩索讓他們吐完後身體仍能直立──因為若醉倒在地，可能會溺死在自己嘔出的劣酒殘羹中。有些上岸休假的船員就這樣雙腳踉蹌、身倚懸索，對周遭一切茫然不覺地度過整段假期。

不用多說，這些小店當然不只賣酒，只要一踏進小巷，就會被花言巧語的皮條客包圍：「要姑娘？要靚仔？要哪種雞？跟我說，我都有，有很多。」

親愛的寶格麗小姐，可別以為妳可憐的羅賓曾經對此動心。但在這麼一個能夠實現所有慾望、滿足所有需求的地方，我心中若不曾有那麼一點異樣的興奮那就是吹牛（當然也不是所有人每次都能盡興，像昨天我經過時，有個水手跟個畫中老巫婆般的人遁入巷中暗處，過了一會兒，那位海上騎士發出恐怖的尖叫：「天啊，有沒有船員來救我！我撞上冒牌貨啦，不救我的話，我整組桅杆就要被巫婆吃啦！」）。

比起新豆欄街，新中國街文明多了，但依然就是條喧囂擁擠的小巷，跟加爾各答的博奧市集（Bow Bazaar）差不多：這裡商店林立；也會有猛扯你衣服卻不知要幹嘛的小販。年長的番鬼會面不改色揮著黃竹開路──但我不想隨身帶根竹竿，就只好盡量不走那條街了。

跟這兒的其他道路相比，老中國街簡直是清幽雅靜的天堂：事實上，這條商店櫛比鱗次的通道與其說是道路，倒更像拱廊商場。其中一些店家門面頗高，但在左右兩旁行館高牆包夾下便相形見絀。街道上空的縫隙有席子遮蔽，擺放角度極為巧妙，因此街上行人猶如身在林中小徑般陰涼舒爽。但那些商家根本都是騙子，總是把貨架和玻璃櫃裡的商品陳列得美輪美奐。這裡有賣漆器、白鑞器具、絲綢以及五花八門紀念品的店家（其中最天才的設計是一種用完整象牙塊雕刻，由外而內包著逐層鏤空縮小的重疊球體）。商店門楣會用中英文寫著各家商人的名字，旁邊並標示專營品項：如「專賣漆器」、「白鑞器具」、「精雕象牙」等諸如此類的。門面上方還會有橫幅、三角旗或彩繪招牌，每當微風吹拂，整條街只見各種色彩閃爍飄舞，真是美麗如畫。

在我認為，這些店主比商店本身有意思多了，其中我最喜歡黃先生，他是個裁縫，人很友善，老是忙著炫耀店內貨色，讓人覺得若不歇腳喝杯茶都過意不去。他也很滑稽：像今早我坐在店裡，他忽然衝出去招呼一群水手。「嗨！那邊那個傑克！」又喊道：「那邊那個塔爾！要死了我的眼睛！買啥東西你們？」

這群水手醉得東倒西歪，其中一人對他咆哮：「我買什麼？你這木頭腦袋老海豚，我要有套子的威爾斯假髮。」

黃先生從不懷疑自己沒有番鬼可能想買的衣物，立刻指向一件綠袍說：「可以做，可以做！看這裡，」他大喊：「塔爾先生要買的我有。」

這群水手一聽頓時爆笑，嚷嚷著：「要死了我的眼睛！那玩意兒要是威爾斯假髮，你就是英格蘭女王啦！」

而黃先生呢，不用我多說，自是垂頭喪氣。

在老中國街盡頭，十三行街的對面就是公所——或稱「委員會所」，是以中國「衙門」風格建造的雅緻辦公場所。公所周圍高牆環繞，牆內可見多處簷角上揚的廳堂與亭閣。這建築雖然外觀典雅，卻被大半番鬼視為恐怖的地方——因為只要被傳喚到此，必定是中國官員有事要訊問番鬼了。

但我不是該告訴妳馬威克飯店的事嗎？怎又嘮叨起街道和公所來了？好，現在開始還不遲！不說廢話，讓我牽起妳的手——就在那兒！——我馬上帶妳去我房間。

馬威克先生的飯店在帝國館，這是十三行中最有意思的行館，之所以叫帝國館，是因為這裡一度與奧匈帝國扯上關係，即便現在這裡已不常見奧地利人，入口仍杵著象徵哈布斯堡王朝的雙頭鷹（這也是當地人又叫這行館「孖鷹行」的原因）。

馬威克先生與他的「朋友」藍恩先生共同經營這飯店，兩人年紀輕輕便來到中國，在東印度公司做事（馬威克先生是管家，藍恩先生是司膳總管），他們一直以來都是「好友」。他們是一對宛如童謠角色的奇特密友，藍恩先生身材矮壯，個性快活，馬威克先生是個鬱鬱寡歡的高個子，即使沒事兒也似乎老在抽鼻子。他們在住所的一樓經營商店，販售各式歐洲貨物和產品：像霍格森的麥芽酒、約翰尼斯堡的葡萄酒、萊茵河的紅酒、雨傘、手表、六分儀等。他們也經營一家咖啡廳，對於到內飛地的中國訪客來說這可是新鮮地方。當然還有餐廳，供應的菜色可有意思了，馬威克先生是用歐洲風味呈現中國料理的能手，其中有道「炒雜碎」廣受海員歡迎，曾有人想用高價買下食譜，但不管開出什麼條件他就是不賣。他也賣一種用辛辣中國調味料添加風味的自製醬料：名字就叫馬威克醬，番鬼圈裡的老中國通（old China hands）可少不了這一味。

真正的「飯店」分布在館內幾棟房舍的二樓以上部分，這裡想必一度十分豪華，但早已年久失修。現在這兒跟兔子窩沒兩樣，許多走廊昏黃暗淡、門廳長滿蜘蛛網（老實說，我倒覺得這樣挺好，要是碰到哪個脾氣暴躁的外國鬼佬，我就能輕易躲起來）。房間潮濕，幾乎全無裝潢，可是絕不便宜，每晚索費高達一美元！要是照價付帳，我是一定住不起，但我實在太幸運了，親愛的寶格麗：我覺得馬威克先生大概不太想讓我和其他客人廝混（像他這樣勤於捕風捉影的人，應該不會漏掉關於我和我叔叔的流言蜚語），所以給了我一間藏在頂層的閣樓套房，而且房價還不到其他房間的一半！不過，噢！我真希望妳能親眼看看，親愛的寶格麗，我覺得妳也會跟我一樣（或幾乎一樣）喜歡這間房，雖然小又透風（我猜以前這兒應該是雞舍），但有扇大窗和小陽台，因此光線十分充足。而我認為，整個房間最棒的就是這扇窗了：讓我告訴妳，可愛的寶格麗，我可以在窗邊坐上一整天眺望廣場，就像觀看一個永不散場、超越一切的華麗演出。

這房間還有個很棒的地方，就是我有個不得了的鄰居：他是亞美尼亞人，就住在正下方樓層的房間。他去過許多地方，會說的語言連最厲害的通譯都望塵莫及。我還真沒遇過如此過目難忘、說話又動聽的男人（……對了，不是的，我親愛的寶格麗女侯爵，妳可能已經在猜，但他不是我的真命天子——他老到可當我爹了，而且似乎已有一大窩子女）。他讓我隱約想起我們加爾各答的亞美尼亞人：他在開羅長大，跟一位隨拿破崙而來到埃及的法國人學製表（妳可能不會相信，但卡拉比典先生真的見過拿破崙本人！）他說自己是「唱歌人」——因為他賣的鐘表和音樂盒在廣東行話中就叫「唱歌」（sing-songs），這類商品需求量很高，卡拉比典先生手上最好的音樂鐘能賣上幾千銀元（他甚至曾賣過一座鐘給皇帝，北京的那個！）賣完所有外國唱歌商品後，卡拉比典先生會買進大量成本低廉又耐用的本地製鐘表，再拿去印度和埃及賣個好價錢大賺一筆。

卡拉比典先生已來廣州好一段時日，未曾遺漏任何八卦——比如哪幾個大班鬧不和、誰跟誰交好、哪些人不能湊在一塊兒晚餐等等（是的，我親愛的寶格麗，就算這樣的小地方還是會分集團派系），這裡甚至也有類似皇族的角色，或者至少可算是地下國王：那就是威廉・渣甸先生，一個來自蘇格蘭的富豪。這男人風度翩翩、個頭高眺、年紀五十好幾，相貌卻出奇年輕。錢納利先生幫他畫了張知名的肖像：我得承認，至少看見渣甸先生本尊前，我也很欣賞這幅畫。但現在看來，錢納利先生對他的外貌做了不止「一點」美化。如果讓我來畫渣甸先生，我會用維拉斯奎茲（Velázquez）為西班牙菲利普四世國王所畫肖像的風格。渣甸先生同樣有張光滑明亮的臉孔，凝望中帶著相同的威嚴與自滿。卡拉比典先生說他剛來廣東時是個醫生，對醫學厭倦之後轉行經商。他靠經商賺進上百萬銀元，主要是靠販賣鴉片——他勤奮不倦，辦公室裡連張椅子都沒有，為的是怕會自己閒逸怠惰。渣甸洋行全名其實是渣甸暨馬地臣公司，但合夥人馬地臣是個不易讓人留下印象的傢伙，也很少看見與渣甸先生同時出現：渣甸先生外出時幾乎總與一位名叫韋德摩先生的『朋友』同行。他是番鬼城中的花花公子，穿著打扮永遠時髦雅緻。你真該瞧瞧他們在廣場散步時人群如何在他們面前一哄而散：許多人會對他們行額手禮或脫帽致敬，那情景會讓妳以為渣甸先生是帶著寵妃外出散步的土耳其蘇丹呢。渣甸先生和韋德摩先生心繫彼此，卡拉比典先生說，在舞會上（沒錯，番鬼城經常舉辦舞會）兩人總會留著華爾滋和波卡舞曲與對方共舞，即便眾人高聲抗議他們牽手之舉也不為所動。不過這種感人的牽絆，不幸很快就要步入尾聲，查狄格大哥說，渣甸先生很快就得做出「最終的犧牲」，意思是他將離開廣州，搬回英格蘭結婚。渣甸先生自然心有不甘，不僅是因他的「朋友」，更因他大半輩子都在東方生活，深深眷戀這塊土地。

妳也知道，親愛的寶格麗，凡無法親眼看見並畫下的事物都無法勾起我的興趣。我從沒想過自己竟會對政治有興趣——但聽著卡拉比典先生的敘述，我開始構思一幅史詩畫作：這想法十分美妙，我可以從腦中的畫廊抽取細節加入這幅畫中。妳想想！光是渣甸先生就讓我找到一扇偷渡維拉奎茲風格的窗口。韋德摩先生則是試用范戴克（Anthony van Dyck）畫風的完美對象，此外還有加入布勒哲爾（Pieter Bruegel de Oude）風格的空間，對象就在渣甸先生身邊——也就是番鬼城中最傑出的人才，也是對王位虎視眈眈的陰謀篡位者！他就是藍士祿．顛地先生——撇開荒謬的姓氏[7]不說，他確是個實至名歸的巨頭。

妳也許還記得，親愛的寶格麗——我曾給妳看過一幅小布勒哲爾的傑出版畫？他畫的是兩個鄉村律師：我清楚記得畫中較年輕男子那自負中帶著陰謀算計的臉部細節，那畫的根本就是顛地先生！卡拉比典先生說，他的財富可與渣甸先生匹敵，但掌控的鴉片流量更多。前些年他因忙於積聚財富而甘心隱身幕後，如今經營有成，他的目光便也轉向渣甸先生的皇冠。卡拉比典先生說，顛地先生在愛丁堡求學期間，曾受某種探討國家財富的晦澀學說影響[8]，如今他不但是這學說的信徒，也成了實際倡議者，總是努力對人鼓吹，或將理論套用在所遇到的每一件事上。儘管他這樣很惹人厭，但坦白說，有時我心裡仍會不禁對他生起一絲憐憫：妳能想像比這種被貿易和經濟教條禁錮更悲慘的命運嗎？他就像個裁縫，深信世上不存在皮尺無法度量的事物。

我越想到我的畫，它的規模就越變越大：這兒有太多不能遺漏的人物。舉例來說，有個被番鬼稱為「何波[9]」的中國高官——只聽名字，可能會以為他像是某種袋鼠，但不是的，他不過是廣州海關稅務司的稽察官——然而衣袍與朝珠之華麗幾乎可比忽必烈汗。此外還有公行商人——全中國只有他們能與外國人作生意，他們非常富有，穿著讓人瞠目結舌的華服：繡著富麗堂皇圖樣的絲袍，帽頂還

7 荒謬乃指Dent亦有「凹痕」或「塌陷」之意。
8 應是指蘇格蘭經濟學家亞當・斯密（Adam Smith）於一七七六年出版之經濟學經典著作《國富論》（*The Wealth of Nations*）。
9 Hoppo，也有「跳躍」之意。

飾有顯示不同官品位階的頂珠[10]。

妳記得吧，親愛的寶格麗，我在加爾各答時是如何嘔心瀝血臨摹蒙兀兒王朝的微物畫？實在走運的是——現在廣州就有人要我為他畫這種風格的肖像。他是家財萬貫、相貌瀟灑的孟買帕西富商巴蘭吉．納魯茲．摩迪老爺，他是番鬼城中一號大人物，讓我想到馬諾哈（Manohar）筆下圍著頭巾、穿華麗的排鈕開襟衫、肚腩微凸，並有精織棉布腰封的阿克巴大帝（Emperor Akbar）。卡拉比典先生是他的好友，他說如今所有派系都極力爭取老爺加入。

妳瞧，寶格麗，我的史詩之作現在成了多大挑戰？我已告訴妳一小部分，但還有太多沒說出來：像是《廣州紀事報》的編輯——約翰．史萊德先生。他身材肥胖，看起來簡直就像碗什錦沙拉，集合了各式各樣的蔬菜與動物王國元素：要是能用亞晉波德（Giuseppe Archimboldo）的風格畫他該有多過癮啊——他的臉龐紅潤如石榴、絡腮鬍猶如來自雉雞屍身的閃亮尾羽、肚腩弧度猶如閹牛腰腿、頸子粗如公牛。史萊德先生聲音洪亮，讓他又多了個「雷公」的名號——我能證實這的確實至名歸：因為我在自己房裡就能聽到他在廣場另一頭發出的聲音！

然後是派克先生，他像隻烏鴉四處操煩，不過人倒和藹可親，管理一家有眾多中國病人的醫院。還有伊內思先生，他就像蘇格蘭高地酋長，在廣場上昂首闊步的樣子猶如十字軍，還會對不慎擋道的人大發雷霆。卡拉比典先生說，他深信自己的所作所為全都出自上帝的意志，其中也包括販賣鴉片！

但在番鬼城，這種想法並非不尋常，即使在傳教士中亦然。番鬼城有好幾個這類角色——有個可怕的郝某某先生[11]總在嚇唬大家，還有個布里基曼牧師，也是難以忍受的自以為是。老實說，我討厭死這些傳教士了，但我跟妳擔保，討厭他們倒不是因為他們把我看作什麼墮落孩子所擺出的古道熱腸憐憫姿態。卡拉比典先生說，他們全是徹頭徹尾的偽君子，他曾親眼看見他們在船的這頭發送聖經，轉過身又在另一頭賣起鴉片。不過我想至少可以幫他們說句公道話，他們提供的正是個實踐歌德風格的大好機會——觀賞他們展現食屍鬼兼江湖郎中的本性豈不好玩！

還沒說完呢，當然不能漏掉查爾斯．金恩先生。他不屬任何派系，他自己便自成一派——也因立下這個範例，使他成了番鬼城中一股不可小看的勢力。他是奧立芬公司的代表，根據卡拉比典先生的說法，這是廣東唯一一家從未經手鴉片交易的公司！當然其他番鬼不會讓他居功——相反地，他還因為正直清廉而遭辱罵，常被指控對中國官員逢迎拍馬，可是不管威嚇或嘲弄，金恩先生從不為之動搖：雖然比起那群統治番鬼城的道貌岸然老傢伙，他不過是個小夥子，但他仍堅守原則——妳可想見，在一個所有牲口都馴順跟從哞哞咆哮的領頭牛的牧場上，要這麼做，需要的可不只一點勇氣。

金恩先生不到三十歲就成為公司高階合夥人（創辦人奧立芬先生早就不在廣州）。可是看看金恩先生，妳絕對想不到他是個商人——親愛的寶格麗，我無法否認，蠢笨如我者會深受金恩先生吸引的原因之一，就是因為他神似我最崇拜的現代畫家：才華洋溢卻命運乖舛的傑利柯（Théodore Géricault）。

我只看過一位貌似傑利柯的人物，那是一幅某位法國畫家用墨水筆畫的肖像，畫家的名字我已記不得——畫的是自己年輕時的樣貌，黑色鬈髮覆蓋眉毛，下巴有精緻凹渦，還有那閃爍著熱情的夢幻凝望。任何認真研究過那幅肖像的人，看見金恩先生必定掩不住驚呼（跟我一樣）——因為實在像到

10 此處所指為清代官服。廣州洋行許多行商或曾出錢捐官，或曾因功獲朝廷封賞而擁有虛位官銜，因此於正式場合便得以穿戴官服並於官帽上裝飾顯示品級的頂珠。

11 原文為Herr Gut-something，Herr為德文，即英文Mister（先生）之意。Gut則為英文good之意。故將Gut-something譯為「郝某某」。

令人倒抽一口氣！

妳記得吧，親愛的，我讓妳看過傑利柯的複製畫傑作〈梅杜莎之筏〉？妳可能還記得，畫的是一群面臨毀滅命運的漂流者，我們還因此感動落淚而沾濕畫？我們也都認同，唯有親身遭遇過如此沉痛悲劇的人才能畫出有關苦難與失落的如此動人畫作：好吧，這又是金恩先生跟我心目中偉大藝術家的另一雷同之處——讓他增添一股哀婉悽涼的憂愁。他這個容貌特色是如此震撼，得知（我是從卡拉比典先生那兒聽說）他痛失某人時的傷痛幾近難以承受時，我不覺意外。

顯然金恩先生在美國的家庭情況逼得他不得不年紀輕輕便離開家，他才十七歲就被派來廣州——外表比現在更蒼白嬌弱的他，讓他淪為其他粗壯番鬼欺凌恐嚇的對象。聽他的暱稱就很明顯得知他遭嘲笑的重點——「金恩小姐」（妳可能無法相信，親愛的寶格麗，可是這種稱謂現在還在沿用，經常有人在他背後這麼竊竊私語，這就是為何我對金恩先生惺惺相惜，畢竟我自己也是這類綽號的受害者，「錢納利女士！Hijra！」幹這好事的都是狐群狗黨的粗野地痞，我太清楚了。）噢，親愛的寶格麗，要是妳知道我怎麼遇到那些撕裂圍裙的惡棍，好幾次必須赤手空拳應付這群無賴的情況，就能明白……

可是金恩先生比我幸運多了——上帝垂憐，賜給他一個「朋友」。他抵達廣州一、兩年後，有位美國人來到中國加入他的公司，叫作詹姆斯．培瑞特，左看右看都是黃金單身漢，頭腦聰明，談吐迷人，樣貌堂堂，氣宇非凡（我看過他的畫像——若我不知道這幅畫是在廣州畫的，恐怕會以為坐著被畫的人不是別人，正是根茲巴羅（Thomas Gainsborough）的〈藍衣男孩〉！）

我不知道這是不是我自己憑空幻想的，親愛的寶格麗（我想很可能是，因為如妳所知，我無可救藥地愛幻想）——可是我的傑利柯和藍衣男孩在那短暫時光，享受上天賜給他們彼此的無瑕情誼，這點我毋庸置疑。不過，好景不長——詹姆斯．培瑞特還沒二十一歲，就染上致命的間歇性熱病……

好了，我親愛的寶格麗麗寶貝（這張信紙的污點讓妳知道，這悲劇故事讓我多激動），其他我就不贅述。咱們就說黃金單身漢病倒了吧——現在就埋葬在法國島上的外國公墓，距離黃埔不遠。

可憐的金恩先生——才初嘗神仙伴侶般的幸福滋味，就硬生生被奪走！他深受痛苦打擊，此後將人生奉獻給宗教和好作品（卡拉比典先生說，在這座充滿偽君子的小城中，金恩先生是少數幾個真正的基督教徒）。

我就不對妳隱瞞了，親愛的寶格麗，在我知道所有情況前，我確實曾在幾個寶貴時刻好奇想過，金恩先生是否會是我夢寐以求的那個「朋友」。可是當然，這是窮極荒謬的無聊想像：金恩先生高尚到遙不可及，肯定當我是個輕浮、玩世不恭的小子，而且還是異教徒（說句公道話，這點我怪不了他）。不過我還是感到安慰，因為金恩先生待我仁慈有禮，為我著想——他甚至跟我保證，不久他會跟我訂一幅肖像！我不認為他是那種會把自己肖像掛在牆上的人，我懷疑他的意圖是讓我成為虔誠基督徒——但我才不在乎：我無法跟妳說清楚，我有多期待他請我作畫！

至於其他人，我想他們肯定說了我不少閒言閒語（卡拉比典先生說，他還沒見過流言蜚語（buck-buck？）比番鬼城多的地方）。我經過他們身邊時，眼神頓時迴避，聲音突然落下，這些都已司空見慣。至於說了我什麼，實在也不必太去揣度，因為這裡有很多人，尤其是顯貴人士，都與錢納利先生熟稔，這些人他泰半畫過：只能說我很害怕他們的冷嘲熱諷，所以都離我叔叔熟人圈的傢伙遠遠的。

好吧，這是我的命運，我得概括承受。我只能安慰自己，等到我的畫作完成便可稍微嘗到報復甜頭。

不過寶格麗西塔，我的愛，別以為我忘了妳和妳老闆派給我的任務，我每天都懷抱希望，可以碰見某個可能提供一絲線索的人，幫我們找到潘洛思先生的山茶。

要是我沒提及收到妳的信，感謝妳更新女王陛下船艦雷路思號的近況就收尾，便是我輕忽怠慢。我很高興讀到妳在這座屬於妳的小島上找到可愛植物！誰會想到這麼貧脊荒蕪的地方，居然有如此茂盛的草木？又有誰想像得到，我最可愛的寶格麗有天竟會成為勇敢無畏的探險王？

至於妳結尾提出的要求：當然，妳絕對可以信任我，我會幫妳精進英文口語！可是我必須強烈督促妳，多多練習妳的用字遣詞，對雷路思號船員說出鼓勵話語並非不好，要是這樣能讓他們工作更賣力有何不可，不過選用詞語時，妳得思慮周全。知妳如我，我十分清楚妳恭賀水手長在船首的表現傑出，動機全然單純，可是妳必須知道，親愛的寶格麗，妳本意良好的俏皮話，可能讓他大吃一驚，我完全不覺意外：我要坦白說，要是我聽見一個花樣年華的年輕淑女，大讚我「擦亮火熱棒子」的技術純熟，恐怕也會感到驚嚇。我絕不是在怪妳的臨機應變，親愛的寶格麗，可妳不能老以為將法語直接轉換成英語是安全的做法。例如，baton-a-foc 直譯成英文絕對不是「火熱棒子」——而是「第二斜桅」。

不，親愛的，我也不建議妳告訴那位茫然為難的水手長，妳只是想讚美他「前面突出的那根雄偉桅杆」技術了得。妳要知道，我親愛的寶格麗麗公主，有時執意解釋自己的意思，並非聰明之舉。

＊

巴蘭吉的工作模式對尼珥來說並不輕鬆。過去他雇用抄寫員和祕書時，很少需要在辦公室跟他的書記員、祕書和經紀人多說什麼，他們比尼珥清楚地主信件的標準格式和內容，後來偽造文書定罪後，他在加爾各答的阿里埔監獄等待運送時，也幫其他獄友寫過信，贏得多人愛戴——不過這些信不需要絞盡腦汁，他的獄友往往沒受過教育，無論是給老家的親戚還是隔壁牢房的小廝寫信，他們都信任尼珥的文筆，任他自由發揮，形塑他們的想法。

這就是他寫信的經驗，所以巴蘭吉要求尼珥寫信時，他毫無心理準備：老爺的信很少有既定格式和用法，主要目的只是讓合夥人知悉南中國現狀。尼珥並不期盼老爺尊重他，他似乎覺得祕書不過是小奴僕——以重要性排序，祕書的角色介於貼身男僕和收帳員之間，他主要的任務就是清理老闆的語言服裝，從一堆硬幣中挑出詞彙，區隔出重要與不重要。

老爺下指令的習慣讓尼珥的工作難上加難：他總是踏著腳不停來回踱步，讓他的言語更顛簸波折，演說經常如成串奔流滔滔湧出，每一波急流都淤積著各種語言的沉澱物——古吉拉特語、印度普通話、英語、洋涇濱、廣東話。老爺正滔滔不絕時，若是要求他停下，後果難以設想，若再對某個詞語拋出問題，或詢問某字的意思，唯恐會引來煩躁不耐的情緒爆發——提問必須留到最後，更好的做法是之後再問維可。尼珥停下來時，能做的僅有釐清汩汩融雪的聲音，仔細聆聽，不只是巴蘭吉說什麼，還要注意他放大加強與否定語言強度的動作、手勢和臉部表情。這些沒說出口的方言可不得輕忽怠慢：有回尼珥把一句話寫成「摩迪先生表示願意遵從」，巴蘭吉便認定他怠忽職責——「什麼鬼？你沒看見我的手勢嗎，像這樣，這樣啊。你怎麼會以為這是『好』？你看不出其實是『不好』的意思嗎？你是在作夢還怎麼了你？」

再來是窗子，辦公室裡長久以來的干擾來源：即便尼珥的辦公桌在室內的遙遠角落，卻總得面對底下傳來各種混雜的聲音：沿街叫賣的小販呼喊、上岸休假的醉醺醺水手高聲咆哮、乞丐哀嚎乞討以及碰撞聲響、受過訓練的鳴禽散步時從籠子裡飄出的口哨聲，以及鑼聲拔驍的巨響，對眾人宣告讓道給顯赫人物通行——諸如此類。從廣場飄揚過來的刺耳雜音瞬息萬變。

要是窗子對尼珥是種干擾來源，對他的老闆更尤其是。他會一句話說到一半登時停下，彷彿遭到催眠似的立定不動。穿戴圓頂般的頭巾和寬襬連襟上衣的形體輪廓，讓老爺的身形顯得高貴，尼珥有時不禁懷疑他是否刻意擺姿勢，好讓廣場上腳步不得閒的人觀賞。可是巴蘭吉不是一個能久站不動的男人：他情緒豐富地凝望遠方一會兒後，又開始在地上瘋狂踱步，彷彿努力將某個瘋狂追逐著他的想法或回憶拋諸身後。但要是這時他朝窗外一瞥，看見朋友或熟人，心情便跟著轉變：他跳至窗邊，探出頭嚷嚷著打招呼，有時用古吉拉特語（Sahib kem chho？），有時是廣東話（吳先生，你好嗎？好久不見！）有時穿插洋涇濱（阿托你好，好久不見！），有時又切換成英文（早安，查爾斯！你還好嗎？）

等待注意力回到信上，他通常會忘記自己要講什麼，臉龐蒙上一層灰，語調尖銳，彷彿暗示想法中斷都是尼珥的錯：「好吧，那把信唸給我聽——從頭開始唸。」

上午十點的薩摩薩三角餃和奶茶的時刻一到，就示意尼珥離開辦公室的時刻降臨。自那時起，老爺的注意力就會被一堆員工牽走——收帳員、財務員、會計等人。同時尼珥會回到自己在廚房邊那煙霧瀰漫的小隔間，開始把老爺的思維和反應編織成條理清晰的散文——視工作需求，以印度普通話或羅英語撰寫。雖然通常困難也總是耗時，過程卻很少沉悶：往往在他用最漂亮的納斯塔利克書法體或羅馬字體複寫完文章後，尼珥會詫異巴蘭吉的信是多大挑戰。老爺的信件不會有尼珥自己的信件裡占有一席之地的華麗詞藻、公式和慣用語。巴蘭吉在乎的重點是此時此刻，例如價格是否漲跌，會對他的生意造成哪些影響等。

不過，這門生意究竟是什麼？奇怪的是儘管他跟巴蘭吉相處這麼久，幫巴蘭吉寫過這麼多封信，尼珥對他公司的運作模式依舊模糊。利潤來源大多是鴉片，這點沒有爭議，但他交易的鴉片到底有多少，賣給誰、鴉片的流向——這些對尼珥來說都是謎，巴蘭吉的信件很少提及這些，難不成信中暗藏尼珥看不懂的暗號？或者他在尼珥交給他的表單邊緣，親手用古吉拉特語填入細節？還是說，某些信是由其他對生意運作更熟悉的收稅人員幫忙撰寫？後者似乎最有可能，但尼珥不太買帳：就他觀察，巴蘭吉的所有員工——或許除了維可例外——僅知道他們份內該知道的事，就是這樣。巴蘭吉的收帳人就像手表零件，每一位各司其職，卻不瞭解整體運作：唯有老爺清楚該如何組裝成一支表、目的為何。這不意外：就像是某種天生技能，他可調配每位下屬的職責，讓他們在自己的工作領域各盡其力，卻只有他負責整體。

這也讓尼珥回想自己管理辦公室的經驗，他這下才理解自己當初有多怠職：大半員工都比他更清楚他的事，拍員工馬屁反而造成反效果。這種體會讓他對巴蘭吉的天分激賞不已，很快就轉為一種惱怒的仰慕：不可否認，幫老爺工作很讓人火大，這人有數不清的小毛病和怪傾向，可是他的能力卓然，是獨具慧眼的商人，這點毋庸置疑。對尼珥來說，巴蘭吉在他的領域是天才。

阿發描述的不錯，巴蘭吉確實是個討喜的人，甚至人見人愛。他要求他的員工毫無保留的忠誠，不只因為他這老闆為人慷慨，處事公正，更因為他的態度從未顯露自己高高在上，或比其他員工優秀，他們好像都知道，雖然老爺坐享榮華富貴，內心仍是一個還沒長大、過慣貧困生活的鄉村男孩；他讓人煩躁的特質不惹人厭，反而惹人愛，即使偶爾爆發及喝斥他人閉嘴，大家只會怪罪天氣怪異，沒人會往心裡去。

巴蘭吉的高人氣不僅限於阿差行：撰寫承諾書是尼珥另一項職責，所以他很清楚老爺在內飛地集會多麼受萬人擁戴。

番鬼城的社交龍捲風強度讓尼珥驚訝連連：這樣一個小地方，住著各式各樣稀奇古怪的僑民，居然還有社交生活，讓他大嘆不可思議，更別說是這種強度。所有活動都是由如此微不足道的參與成員組織而成也很驚人——因為外國商人和他們的中國對手，加起來不超過幾百人（不過維可曾向尼珥指出，這些王八羔子可都是世上最富有的男人，「在這裡，他們全比肩繼踵窩在一塊兒，幾乎沒有轉身空間，家人不在身邊，無所事事——他們得自尋樂子不是？家無嬌妻，還有誰想坐在餐桌前？無人責備，哪門子的傻瓜會甘願早睡？」）

知道怎麼享樂的可不只有老爺、大班和大商人：一家之首舉辦宴席，員工也自得其樂開起派對，食物和飲料就跟他們老闆餐桌一樣源源不絕（確實經常是從同一個廚房和客廳來的）。之後他們會繞著海濱散步，比較不同商行提供的娛樂與好處——他們的結論是，他們設法享受的樂子，遠超過他們老闆。

維可在番鬼城的人脈絲毫不輸巴蘭吉：他認識每個行館的人，常常混到天光漸明才回來。他對食物與烈酒的熱愛在阿差行蔚為傳奇，沒人比他更愛臭屁這件事：他屬於那種愛誇大自己直覺和胃口的人，藉此虛張聲勢，光聽他說話，會以為他的最愛就是在床上虛擲光陰，大吃大喝，放屁縱慾。

他不斷建構出虛假的形象，尼珥一會兒才搞懂，維可在某方面其實跟他的裝腔作勢相反：勤勞、活力充沛，是忠心的好丈夫，虔誠的天主教徒。而他擁有眾多資源，具有各種意想不到的人脈關係，對這些說法和指涉，他都輕描淡寫——例如，他認識在日本長崎附近遭十字架釘死的東印度傳教士聖薩羅買西亞神父，以及其他天主教成員，例如其他五個方濟會成員。教皇烏爾班八世為他的殉道賜福，他在出生地也已被奉為未來的聖人：無巧不巧，這地方正好是維可的村莊——孟買附近的勃生——他的家人據聞是當地與神聖修士的遠親家族之一。

由於信仰同一個宗教的人際網絡，在中國鄉下，該國消息在天主教傳教士成員間的消息往往靈通：有一些偶爾會去廣州，照應外國內飛地的天主教徒的需求，即便他們保密的名聲響亮，對於維可靠魅力獲得人脈的魔法卻沒抵抗力。

維可的人脈對尼珥也很管用，因為除了撰寫書信通知，他的工作最重要的一環就是khabar-dari——收集情報。剛到廣州的前幾週，尼珥為了滿足老爺對情報無窮盡的胃口而感到乏力，他既不認識城裡任何人，除了《廣州紀事報》和《中國叢報》外沒有情報來源，窮途末路到去搜尋陳舊刊物，希望能翻出一些有意思、值得報告的內容。在這兩本刊物中，《廣州紀事報》偏學術派，大多都是多鱗食蟻獸和馬來人行使巫術等主題的冗長文章，諸如此類的題材巴蘭吉並不感興趣：他責罵這些摘要都是堆無用的瑣碎事實。

「我不想要任何該死的學者文章，聽懂沒，祕書先生？情報，情報，情報，只要情報。不要該死的『迄今』和『依據』：只要情報就好。Samjoed？」

《廣州紀事報》既有情報也有各方論述，更對巴蘭吉的味，尤其編輯約翰．史萊德是商會常客，可是這意思是，早在讀到印刷版前，他對《廣州紀事報》的內容早就瞭若指掌。

「祕書先生，」老爺煩躁地喝斥，「你為何要告訴我這些老消息？我如果要牛奶，你會給我凝乳嗎？」

維可有時同情尼珥，偷塞幾樣他曉得老爺會感興趣的東西給他。尼珥有天早上宣布：大老爺，我有個東西，你會有興趣聽聽。

是什麼？

大老爺，是上呈天子的奏摺[12]，《廣州紀事報》印出了譯本，我覺得你會想聽聽，內容是討論如何終止鴉片貿易。

---

12 摘自道光十八年閏四月十日（一八三八年六月二日），鴻臚寺卿黃爵滋所上之《請嚴塞漏卮以培國本摺》。

噢？巴蘭吉說：那好，讀來聽聽。

「蓋自鴉片流入中國，我仁宗睿皇帝[13]知其必有害也，特設明禁，然當時臣工亦不料其流毒至於此極……其初不過紈褲子弟習為浮靡……嗣後上自官府縉紳，下至工商優隸，以及婦女僧道，隨在吸食。置買煙具，為市日中。外洋來煙漸多，另有躉船載煙不進虎門海口，停泊伶仃洋[14]中……等處。粵省奸商溝通兵弁，用扒龍、快蟹等船，運銀出洋，運煙入口……故歲漏銀……至今漸漏至三千萬兩之多……洋夷載入呢羽鐘表，與所載出茶葉、大黃、湖絲，通計交易不足千萬兩。其中沾潤利息不過數百萬兩……較之鴉片之利，不敵數十分之一。故夷人之著意，不在彼而在此……以中國有用之財，填海外無窮之壑，易此害人之物，漸成病國之憂。日復一日，年復一年，臣不知伊於胡底……」

巴蘭吉頓時推開食物起身，這誰寫的？

一位朝廷命官（Wazir）[15]寫的，大老爺。

巴蘭吉開始在室內踱步：很好，繼續。他還說了些什麼？

大老爺，他還探討了終止鴉片流向中國的各種方案。

有哪些？

其中一項是建議封鎖所有中國港口，防止外國船隻進入或做生意。

他是怎麼說的？

大老爺，他說此法不會有效。

「這話怎講？」

因為中國的海岸線太長，大老爺，不可能完全封閉。外國人已和中國官商建立密切關係，他說因為沒太多賺頭，貪腐無可避免，於是官商勾結找出了把鴉片運進中國的方法。

哈！巴蘭吉邊踱步邊搓鬍子。繼續說，他還講了什麼？

另一個提案就是終止所有貿易以及和外商的交流互動，可是他說，這也不會有用。

此話又怎講？

因為外國船隻還是會在近海集結，中國合夥人會派出快艇走私鴉片，所以這方法也不會奏效，他是這麼說的。

巴蘭吉在辦公室的突眼金魚碗缽旁停止踱步，金魚追逐著自己如漂盪緞帶的尾巴，永無止盡兜著圈子。

那他有何建議？他希望朝廷怎麼做？

大老爺，看來中國命官對歐洲人的鴉片交易稍做了研究，發現歐洲人在自己母國對鴉片流通的限制頗嚴，唯獨遠航至東方，只對他們所覬覦的土地與財富的相關人民自由販售毒品。他引述的例子是爪哇島，歐洲人給爪哇人鴉片，引誘他們用毒，這樣就能輕易征服與收買，結果確實正如發展。正因歐洲人明白鴉片的強大效力，在本國才格外謹慎控管鴉片，不排除最嚴厲的方針與最嚴格的懲戒。他說這就是中國必須採取的行動，他提議給予所有鴉片吸食者一年時間戒除，一年後若發現繼續使用或交易毒品，就置之重刑。

此言何意？

---

13 即清代嘉慶帝，仁宗是廟號，睿皇帝是謚號「受天興運敷化綏猷崇文經武孝恭勤儉端敏英哲睿皇帝」之簡稱。

14 奏摺原文用字為「零丁洋」。

15 Wazir，伊斯蘭教國家的高官泛稱。

mawt ki saza，死刑啊，大老爺。他說：每個使用或交易毒品的人都將處死。

老爺鼻腔噴出不相信的鼻息：「你在說什麼狗屁東西？肯定有錯。」他闊步昂首走向尼珥，越過他肩頭，在哪裡？指給我看。

在這裡，大老爺。尼珥起身，攤開報紙，讓巴蘭吉看他剛才提到的段落。

看見了嗎，大老爺？這裡寫道：本犯照新例處死……子孫不准（參加科舉）考試……

「住嘴！你以為我看不懂英文[16]嗎？」

巴蘭吉目光掃視段落時，眉頭深鎖，但他的臉霎時豁然明朗，雙眼一亮。「但這只是陳情書，不是嗎？作者還是某個該死的印度狹鼻猴先生，他們肯定寫了幾百份這種玩意兒，皇帝看完就丟一邊忘個精光。他在乎啥？他可是皇帝呢，豈不是？光是一堆妻妾就夠他整天忙的。中國官員對任何改革是不會忍氣吞聲的——不然他們還能去哪兒賺那點小錢？該拿什麼來填煙槍？抽得最兇的就是那幫笨蛋。」

＊

巴蘭吉跟廣州總商會的現任會長休．漢密爾頓．林賽結識多年。會長面色紅潤，舉止溫文儒雅，他跟顯赫的蘇格蘭王朝巴爾卡拉伯爵有血親關係，已居住中國十六載，人緣極佳，眾人一致認同他是個沒架子的好人。巴蘭吉跟他用過幾次餐，知道他是盡責的主人：還是能力卓然的美食品鑑者。

正因如此，巴蘭吉愉快出席漢密爾頓先生的晚餐時，還特地挑選服裝。他不穿排釦開襟上衣，反倒挑了件達卡的白色棉質及膝長衣：上面細膩繡著堅達尼手搖織錦，頸子和袖口綴有一條條緣絲帶。巴蘭吉搭配的不是平時穿的紗瓦寬褲或寬管長褲，他決定套上一條銀線貫穿褲管的亞齊式黑色裏腿褲。天氣依舊暖和，他挑了一件奶油色調的棉質喬加長袍當外衣，上面繡有鍍銀的金繡活。最後以紫色的馬馬爾平紋刺繡織成的頭巾完成整體裝束。然後，巴蘭吉選了一支有著象牙把手的細枴杖，服務他的貼身男僕往空氣噴灑一團他最喜歡的茉莉香精油，巴蘭吉在香氛雲霧中逗留一會兒後走向門前。

晚餐在商會的餐廳舉辦，距離阿差行步行僅需五分鐘。儘管路程短暫，但只要應邀前去晚餐，依照廣州習俗還是要請人提燈籠，為他們照明道路。巴蘭吉幾十年來都雇請同一人：外國人都叫他阿普，這男人具有神奇的占卜能力，似乎還有某種超自然的說服力，可以讓操場的乞丐和土佬離得遠遠的。這天夜晚，阿普一如既往的準時，趕在日落前抵達，巴蘭吉不久後便隨他出發：他織錦豐富的長衣在微風中輕顫，紙燈籠在白色頭巾頂端發出光芒，他就跟任何大人物一樣引人側目——但是掌燈人的魔力使然，他是唯一一個沒被「零錢，給我零錢！」叫喊聲糾纏的行人。

廣場上人聲雜沓，將巴蘭吉的心靈拉回剛到廣州那段日子：他停下腳步環顧四周——望向遠方靜海樓龐然聳現的身軀，就在內飛地後那猶如窗帘般綿延的要塞灰牆旁，門面狹窄的行館閃爍著最後一絲日光：公行的拱形窗似乎在對他眨眼，圓柱石柱廊亦彷彿看見老朋友似的展露微笑，此情此景讓巴蘭吉的胸口鼓脹，挺著擁有特權的滿滿驕傲：多年來，想到他是每個外國人都渴望參與的盛況一分子，就讓他精神振奮。

丹麥行大門前，有兩個綁頭巾的看門人正在站崗，他們來自馬德拉附近的特蘭奎巴港，一見到巴蘭吉便鞠躬：身為廣州阿差圈子裡的老前輩，他們對他很熟悉。嘴裡念念有詞行了額手禮後，他們率領他經過大門，走進行館。

16 原文為Angrezi，即印地語中的English。

巴蘭吉穿越通往商會建築的中庭，可以看見許多林賽先生的賓客早聚集在俱樂部：接待室和餐廳燈火通明，他聽得見人聲與玻璃杯碰撞的清脆聲響。巴蘭吉步入接待室入口時，刻意停下瞥一眼：裡頭的男士莫不穿戴黑白色系服飾，顏色乏味，他知道燭光在他服裝的金銀編織絲線上閃爍光芒，他的入場必會驚豔四座。巴蘭吉一隻手擺在喬加衣襬上，撩起衣角，盡可能炫耀一身華服。

巴蘭吉一踏入室內便受到熱烈歡迎，他幾乎認得所有在場人士，到處擁抱甚至親吻賓客。他知道不會有被拒於千里之外的危險，他曉得這種洋溢熱情在歐洲恐怕會招來白眼，可是在東方的有錢人中，反而被視為一種自信的表徵。身為廣州的年輕阿差，巴蘭吉注意到這種情感外放可說是資歷高的老爺特權，他還留意到，輩分高的老爺經常在他人面前展現自己的存在感，算宣示自我權力。他也走到這一個階段，人人歡迎他擁抱、拍肩和親吻，即便是最拘謹刻板的歐洲人亦然，他想到就油然升起一股奇異的滿足感。

主人林賽先生出現在巴蘭吉身旁，低聲咕噥祝賀話語，歡迎他進入商會。巴蘭吉不一會兒就被帶去看一幅林賽先生的等身肖像，就掛在商會前任會長的畫像之中。

「想必你也認得出來吧，」林賽先生自豪地說：「出自錢納利先生之手。」

「哎呀，太棒啦！」巴蘭吉配合地欣賞畫作，「他畫得真好，可不是？在你手裡加了一把劍，簡直是英雄！」

樂陶陶的光暈堆滿林賽先生的瑰色面頰：「對啊，挺不錯的，是吧？」

「可是為何那麼早掛上牆，休？你的任期還沒結束，不是嗎？」

「事實上，」林賽先生說：「我任期只剩幾個月。」他欠身靠得更近，低聲說：「就我們兩個知道，巴力，我打算在今天晚餐宣布繼任者。」

「下一任會長？」

「對，正是……」

林賽先生開口正打算說下去，視線越過巴蘭吉的肩膀時卻戛然而止，他迅速說了句「失陪」便離去。巴蘭吉轉過身，發現自己正面對藍士祿·顛地。

自巴蘭吉上一次見他，顛地的容貌改變不少。他是個纖瘦的男人，臉窄，下顎輪廓內縮，也許是想讓下顎延長，蓄了淺棕色的山羊鬍，現在他洋溢著巴蘭吉前所未見的和藹可親。

「啊，摩迪先生！恭喜你就任——我們好開心你加入，我哥哥湯姆在此致上最深切的祝福。」

「謝謝，」巴蘭吉保持禮貌說：「我非常高興收到你們的祝福和祝賀。不過請叫我巴力就好。」

「那你叫我藍士祿便可。」

「好，那當然，藍士……」這名字不太好發音，巴蘭吉急忙唸出來：「當然，藍士祿。」

鑼聲一響，通知賓客移駕餐廳，顛地的一隻手臂立刻攀上巴蘭吉的手，餐桌上沒有名片，巴蘭吉沒得選擇，只好坐在顛地身旁，他左側是《廣州紀事報》的約翰·史萊德。

史萊德一直以來都是委員會固定班底，他現身晚餐並不讓人驚訝。除了編輯報紙，他也涉獵經商——但落得一場空。大家都曉得他欠了一屁股債，可是他的毒舌和尖酸刻薄的筆，卻使人望之卻步，很少有債主敢跟雷公要回債務。

不過史萊德跟巴蘭吉打招呼時，儀態看不出他雷聲隆隆的作風：他碩大通紅的臉擠出一個笑容，嘴裡低語：「太好了……太好了……我實在太開心你加入商會，摩迪先生。」

接著他的眼睛逡巡室內，面部僵硬，「我對那保加利亞人也只能說到這裡。」

這句話完全讓巴蘭吉摸不著頭緒，他循著史萊德的視線，看見雷公正盯著奧立芬公司的查爾斯·

金恩：那是美國公司，巴蘭吉很確定金恩先生是美國人。

「你剛是說『暴發戶利亞人』嗎，史萊德先生？」

「不，我是說保加利亞人。」

「可是我還以為金恩先生是美國人，你確定他是保加利亞人？」

「你知道不是不可能，」史萊德陰沉地說：「兩個都有可能。」

「我的天！既是美國人也是保加利亞人？這未免太誇張，可不是？」

巴蘭吉及時趕來救援，在巴蘭吉耳邊竊竊私語：「請多諒解我們的史萊德先生：他對正確用法一絲不苟，對變體用字恨之入骨，尤其討厭通俗大眾慣用的『傢伙（bugger）』，他相信這個字是『保加利亞人（Bulgar/Bulgarian）』的變體，堅持只用原本的『保加利亞人』。」

這番話讓巴蘭吉冒出更多問號，他一直以為「傢伙（bugger）」是印度普通話bukra或「山羊」的英文。

「所以金恩先生吃山羊肉囉？」他對史萊德先生說。

「這我一點也不意外，」史萊德先生哀戚地說：「眾所周知，生為保加利亞人，他會保加利亞化所有他喜歡的東西。陷入愛河的人全都神智不清。」

巴蘭吉從沒聽過番鬼城有人養山羊，但要是真有這種事，想來也只有奧立芬公司的人會養吧——那家公司一直以來都是番鬼城的異類，以脫離常軌的賠錢方式做生意，此外這間公司的經理還厚顏無恥批評他人，拒絕跟從他們的帶領：這點讓他們在同儕間不受歡迎，並不意外。

巴蘭吉是和查爾斯．金恩交情還不錯的少數幾個大班之一——這是因為他們經常討論生意以外的事。他非常清楚奧立芬的經紀在番鬼城的高層間，嚴重招惹敵意，看見他出現在商會成員名單中十分詫異。

巴蘭吉轉頭，不解地皺起眉頭對顛地說：「查爾斯．金恩也是商會成員？」

「對，確實，」顛地說：「因為中國官員對他愛戴有加，我們才邀他加入商會，以為他可以代表陳述我們的看法。但我必須坦承效果不大好：他沒捍衛我們，恰恰相反，一直在欺負霸凌我們，要我們遵從他的天朝老闆。」

這時，俱樂部的管家端著第一道菜進來。管家全是當地人，編辮髮戴圓帽，腳趿涼鞋。他們的短上衣是俱樂部的代表色藍色，罩在一條寬鬆及踝灰色長褲外。

跟管家不同，許多商會的廚子來自澳門：沒有義務準備俱樂部餐廳最受歡迎的餐點——烤牛肉、約克夏布丁、羊雜派、牛肉腰子派等食物——時，他們可以供應好吃的中葡澳門菜。巴蘭吉低頭望著擺在他面前的餐盤，很開心看見有他最愛的一道菜：叫作Caldo de Agriao的西洋菜湯，搭配各式各樣的調味品和醬料，還有來自孟朝的極品阿瓦里諾葡萄酒。

巴蘭吉沉浸享用美食和湯的同時，史萊德先生的聲音突然從餐桌那端隆隆傳來。「好了，渣甸先生，既然沒人敢問，就讓我自告奮勇一提。先生，你近期有意回英格蘭，這事可當真？」

大家頓時忘記喝湯，全轉過頭望向渣甸先生，他就坐在餐桌另一端，夾在主人和韋德摩先生中間。他毫無皺紋的臉上露出一抹莞爾，淡淡地說：「史萊德先生，關於這件事，我本來想在今晚結束前公諸於世的，但既然你都提問了，我就用這機會說明。簡短的答案是：是的，我確實有回英格蘭的打算，日期未定，但可能就這一、兩個月的事兒。」

室內陷入一片寂靜，好幾支湯匙懸在半空中。有人來得及開口前，林賽先生率先打破沉默，用他一貫渾圓慎重的語調說：「所有男人都夢寐以求能踏入婚姻，享受為人父的喜悅，我們不能期待渣甸先生繼續傑出地帶領我們，無限期延後自己的幸福。我們很幸運這段期間有他相伴，現在應當祝福他早日找到匹配得上他的美嬌娘。」

這段話結束，眾人頷首，傳來「阿門」和「就是啊、就是」等低沉的合聲，渣甸先生露出笑容表示收到：「謝謝你們，諸位紳士，謝謝：我自然需要你們的祝福，我對穿襯裙的族群經驗不多，要是真能找到一個豐腴美麗的四十歲淑女，便是我運氣好，這是我這年紀的男人可以希冀的美夢。」

接著又傳來一陣哄堂大笑，湯盤被端走後，換了好幾個碟子擺上餐桌。巴蘭吉仔細檢查菜色，認出數道他最愛的中葡澳門名菜：炸馬介休球、炸豬肉餅、酪梨蝦香料沙拉、鑲蟹肉和魚肉塔。

送上桌的食物沒讓史萊德先生分心太久：他迅速灌下幾杯葡萄酒，好幾盤螃蟹、鱈魚和豬肉丸後，開始對渣甸先生說話：「這樣吧，先生，既然我們餐桌上有這麼多人都是老光棍兒，也坦然接受自己的命運——跟你不久前一樣——你勢必得原諒我們好奇一問：追求婚姻是否真是你離開我們的唯一原因。」

渣甸抬起一邊眉毛：「失禮了，史萊德先生，不過我沒聽懂你的話。」

「呃，先生，」史萊德先生雷聲隆隆地說：「那就恕我不拐彎抹角了：外傳你策劃好一份縝密周延的戰爭計畫，希望說服外交大臣巴麥尊勳爵[17]，好好善用這計畫，這其中的真實性有多少？」

渣甸的笑容絲毫沒有動搖：「我只怕你高估了我的前瞻眼光和影響力，史萊德先生。巴麥尊勳爵並未找我諮詢或要求協助——但可確定的是，如果他有，肯定不會有半點推遲。」

「我很高興聽你這麼說，先生。」史萊德先生的聲音揚高：「如果你正好要和巴麥尊勳爵會見，我要請你代我們所有人說出真話。」

「可以問問，你要我說些什麼，史萊德先生？」

「何來此問，先生，」史萊德說：「我的觀點向來不是祕密：我在《廣州紀事報》裡公然重複表明，我希望你轉告爵士大人，他讓眾人失望了，各方面皆然。不容質疑，他是能力非凡的男人，我們都希望他理解貿易和商業對大英帝國未來的重要性，然而他採取英國對中貿易的保護和推廣方針，截至目前都不光彩，徹底慘敗。我要他認清，指派像義律上校這樣的人當英國在華政府代表，實在是大錯特錯。義律上校不過是靠他在社會上和政府中的人脈才爬到今天這個位置——他對財務金融毫無頭緒，他是軍人，從未真正充分領略自由貿易的原則。由此可見，他不能坦蕩蕩代表我們，替我們爭取利益，而我們卻得繳納稅金，繼續讓他這樣的人坐領薪水——這種政府寄生蟲似乎不斷擴增。這是昧著良心在做事啊，先生，請務必如實轉達爵士大人。我要他改變政策，別再相信士兵、外交官和其他政府代表。現在可是由貿易和商業鑄造形塑的新世代，爵士大人最好還是和我們這樣的人達成共識，我們就在這裡，清楚知曉中國的情況，他應該相信我們的領導商人，可以代表我們取得最佳權益，爵士大人應該要當心，如果他讓他一手展開的情況持續下去，那英國子民在中國的將來必慘淡黑暗：若不是他怠惰，現況也不會這樣，你應該警告他，要是繼續走目前的路，他自己也難逃罵名，他會發現自己的行政哨音害他代價慘重，要是這代價是犧牲自己祖國的榮譽和利益。」

空氣中飄盪著朦朧模糊的沉默，管家正好端上第二輪菜色：即便巴蘭吉的注意力已被史萊德先生雷聲隆隆的冗長演說勾走，但他還是沒錯過菜色，認出餐桌上擺著中葡澳門料理中的驕傲——非洲雞——佐以莫三比克的芬芳椰子醬製成的烤雞。

---

17 Lord Palmerston（1874-1865），英國貴族政治家，巴麥尊是爵位封號，本名為Henry John Temple，歷史上一般皆不以本名而稱之為巴麥尊勳爵。曾兩度出任首相，第一次鴉片戰爭期間為內閣外交大臣。

除了他，其他人都沒注意到烤雞。林賽先生從餐桌另一頭對史萊德先生皺眉：「你真要當自己是狗屎運生在英格蘭，約翰，在某些國家，要是有人敢對領導大呼小叫，是會掉腦袋的。」

「相信我吧，先生，」雷公說：「我非常清楚我享有的自由價值何在，看見在暴政底下哀嚎、數之不盡的人民能獲得自由，最讓我開心——尤其是那些深受滿洲暴君其害的可憐人。」

「可是史萊德先生！」是查爾斯．金恩的聲音，「要是自由只不過是你用來鞭笞他人的棍棒，自由二字必然失去它的意義，可不是？你責備巴麥尊勳爵，譴責義律上校，還罵過中國皇帝——卻沒提及那個帶我們走入眼前絕境的商品：鴉片。」

史萊德轉過頭面對跟他講話的人，他沉重的顎骨發出雷聲般的震顫，「對，金恩先生，」他說：「我是沒提到鴉片，也沒講到任何你熱中的話題。我自然會提，前提是你那群中國朝廷的朋友真心承認，他們是推動這項貿易的主力，而我們只是遵從自由貿易法，供應這些他們要求的商品……」

「那麼良心法則呢，史萊德先生？」查爾斯．金恩說：「這又怎麼說？」

「金恩先生，你以為在沒有貿易自由的地方，還會有良心的自由嗎？」

趁查爾斯．金恩能回應前，渣甸插進來：「不過還是一句話，史萊德，你話說得太重了，不是嗎？對外交大臣說話如此嚴厲，我實在看不出目的何在，至於義律上校，他不過是公職人員——我們不該把他職務範圍外的後果歸咎於他。」

史萊德張口欲辯，但送上來的點心教他分神，點心是濃郁綿密的「木糠布丁」——亦名 serradura，表面是一層香脆的烤碎餅乾。

林賽先生馬上逮住機會，以餐刀敲擊玻璃杯。

「各位先生，再一會兒我們就要敬女王一杯，但在那之前，我有好消息要跟諸位分享。你們都知道，我再幾個月就要卸下商會會長的職務，當然離職的會長指派繼任者是習俗，我要在此開心宣布我們的下任會長。雖然渣甸先生即將離開，他的精神將留在我們身邊，因為別無他人，這人正是渣甸先生最交心的朋友：韋德摩先生。」

眾多雙手開始鼓掌，韋德摩先生起身致謝。

「我很感動，真的深深感動，能在這種時刻受託領導職責。」他的聲音哽咽，頓了頓清喉嚨：「我可以說，這是我失去渣甸先生後的莫大安慰。」

這句話也引起熱烈掌聲，巴蘭吉加入拍手行列，但他注意到兩個鄰居互使眼色，交換笑容，像在說：「我不是告訴過你嗎？」

在鼓譟的掌聲掩護下，顛地靠向巴蘭吉的耳朵說：「巴力，你說我們要怎麼處理？」

巴蘭吉謹慎回應：「不好意思，藍士祿，此話怎講？」

顛地的聲音雖然低沉，卻非常緊繃：「我們面臨一個關鍵轉捩點，我覺得我們的領袖所用非人。」

林賽先生起身，高舉酒杯時，他驟然停止話語：「諸位先生，敬女王……」

敬酒完畢後，林賽先生聲明晚宴還沒結束，今宵才要開始。他一個手勢，餐廳和接待室中間的拉門滑開：三位小提琴師正在裝設他們的琴架。他們奏起華爾滋旋律，林賽先生示意賓客起身。「來吧，各位先生，要是沒有跳舞就結束，就算不上廣州的夜晚。渣甸先生和韋德摩先生過去常領舞，今晚想必也可以帶領大家吧。」

賓客在餐桌邊兩兩成雙，巴蘭吉發現他得在史萊德先生和顛地先生間抉擇，他急忙轉向右側：「跳支舞吧，藍士祿？」

「有何不可，巴力，」顛地回道：「但跳舞之前，我可以跟你借一步說話嗎？」

「當然。」

顛地挽著巴蘭吉的手臂，帶他走到銜接餐廳的寬廣陽台。「你得知道，巴力，」他壓低聲音說：「我們面臨規模空前危機，滿洲政府決定禁運鴉片，藉此展現它的權威。遭想像控制綁架乃暴君本色，這暴君為了實施他一時興起的想法，是不會停下來的：逮捕、突襲、處決樣樣來——這頭怪物將不惜一切，用盡可行的壓制手段。對於一個不信仰上帝的暴君，此舉恐怕不算意外——但我很遺憾地說，我們之中還是有人很開心配合這名暴君的調子。」

「你是指查爾斯．金恩？」巴蘭吉說。

「對，」顛地說：「我只怕渣甸先生一旦不在，他就會試圖掌控商會，幸好他的支持度不高，渣甸先生的追隨者不會讓他得逞。話說回來，渣甸先生和他的人馬提議的解決方案也沒太大差別：他們嘴上說是自由貿易，可是意圖卻是邀英國政府武裝介入。就我看來，這不僅僅牴觸自由貿易原則，更是一種嘲諷：我相信無論政府何時一揮那隻隱形的手，只要他們企圖依照他們的意志指定貿易流量，那麼自由商人就值得替他們的自由堪慮——我們這時就會知道，我們面臨一個想把我們當小孩耍弄的政權，欲推翻上帝賦予眾人的平等君權的力量，我必須說，這對雙方都形同瘟疫。」

巴蘭吉被撩撥起對抽象的本能疑慮：「可是藍士祿，面對現狀你打算怎麼做？你有什麼確切的計畫嗎？」

「我的計畫，」顛地說：「就是信任萬能的天神，其他都交由自然法則。距人類天生的貪慾冒出聲音，不會太久，我敢說這是人類最有力高尚的直覺：沒什麼禁得起它的考驗。希望居高位的統治者，他們傲慢的野心被貪念淹沒，只是遲早的事。」

巴蘭吉撥弄他的連釦開襟衣下緣，「可是藍士祿……聽著，我不過是個普通商人，你可以簡單解釋一下你想說什麼嗎？」

「好吧，」顛地說：「我這麼說好了，你認為中國的鴉片需求遞減，單純是因為北京敕令嗎？」

「不，」巴蘭吉：「這我深表懷疑。」

「你懷疑是對的，因為我跟你保證，真相絕非如此，即使食物短缺，人也不會因此不再飢餓——反而更飢腸轆轆。鴉片同理。我聽說現在在城裡，一箱鴉片的售價是三千銀元——這是一年前的五倍。」

「此話當真？」

「當真，你能想像這代表什麼嗎，巴力？每個中國官員、巡捕和旗營[18]一年前收到的賄賂，如今可能也翻了好幾倍。」

「那倒是真的，」巴蘭吉說：「你說到重點了。」

「中國官員要多久才能明白事理？如果皇帝的敕令和禁令不撤銷，該怎麼做他們才不會煽動反抗？如果他不收回這一時興起的想法，要怎麼預防底層的人起身反抗那為奪權而喪失理性的滿洲？滿洲跟他們甚至不同種族，他們還要多久才能看見自己的權益在哪兒？」

「但這就是問題，藍士祿，」巴蘭吉說：「時間。我坦白告訴你，我有一整船鴉片停泊在香港，亟需盡快處理，時間不多了。」

「噢，我完全理解，」顛地掛著笑容說：「相信我，我的處境跟你一樣——甚至比你嚴重，因為我等待處理的鴉片可不只一船。但捫心自問：我們還有什麼備案？如果奧立芬得逞了，我們就會失去

18 原文為bannerman，英文原意為旗手之意，本處應指駐防廣州的滿洲八旗軍隊。

整批貨物。如果渣甸和他的人贏了，你我能有什麼好處？等待遠征軍抵達需要一年或兩年時間。你以為那些把資金委託給我們的投資方會心甘情願，乖乖等英國艦隊繞過半個世界找上門嗎？」

「不，那倒是真的，他們不會等那麼久，」巴蘭吉說：「可是告訴我，藍士祿，你有什麼解決的辦法？你想要怎麼處理這問題？」

「很簡單，」顛地說：「你和我需要在適當的時機擺脫掉鴉片，絕對不能讓商會阻擋我們，重點是我們不能容許商會變成影子政府，準備推翻我們的個人自由，但要辦到這點，我需要你幫忙。接下來幾個月，我們會面臨龐大壓力，世界兩邊的政府會試圖逼我們乖乖就範，這時最重要的是做好反抗的準備——我們得團結，否則就等著被這股勢力捲走。」他把手放在巴蘭吉臂膀上：「告訴我，巴力——我能依靠你嗎？」

巴蘭吉垂下眼簾：他無法想見自己與渣甸結盟，或是和奧立芬公司的代表站在同一陣線——但顛地讓他不免遲疑，自己真有能耐率領大批同儕與他並進。

「告訴我，藍士祿：你認為你的支持夠嗎？」

顛地沉默半晌：「要是班哲明．勃南已經抵達，我就更有信心，對他，我絕對信得過，我相信有你和他的協助，我必可橫掃委員會。」

「你說加爾各答的勃南先生？」巴蘭吉說：「他也是委員會成員？」

「對，」顛地說：「你也知道，務必要有一位加爾各答代理行的代表，這是慣例，我很確定這位置保留給勃南：我們倆十分瞭解彼此，他現在正在前往廣州的路上，等到他一抵達，我就更有信心了。」他停頓下來清喉嚨。「可是當然，我們還需要你，巴力——畢竟你是顛地公司的老同袍。」

巴蘭吉心意已決，現在表明自己的意圖還太早，「我非常尊敬貴公司，」他用不置可否的語氣說：「但其他事，我還需要時間思考。」

音樂聲驟然中斷，正好給巴蘭吉一個結束對話的機會，他扭頭往接待室走，說：「啊，華爾滋結束了！現在換波卡舞曲，要進去嗎？」

就算顛地對突然改變話題感到不快，還是壓抑著沒表現出來：「當然，」他說：「走吧，我們進去。」

他們踏入室內，巴蘭吉瞥見一個高大壯碩的人影，大剌剌地倚在接待室的拉門邊，手上握著一大杯啤酒。

「哎唷，這不是伊內思先生嗎？」顛地說。

「他有受邀嗎？我先前沒看見他啊。」

「伊內思先生會因為沒收到邀請就不來嗎？這我很懷疑。」顛地哈哈大笑：「除非萬能的主出面阻撓，其他人他都不會忍氣吞聲。」

巴蘭吉跟伊內思僅是點頭之交，但他的名聲倒是聽過不少：雖然出身尊貴，但是個狂野任性的人物，為所欲為，吵架滋事，老是捲入打鬧，沒有一個受人尊重的孟買商人願意跟他交易，因為他是個陋習難改的麻煩精。後來他淪落到跟低級商人——還有小偷和土匪買鴉片貨物，這大家都知道。

聽到顛地讚許伊內思，他大為驚訝。

「就是要伊內思這樣的人，才能解決我們當前的困境，」顛地說：「心靈自由不羈的人可以遏止暴君的詭計，要是有誰可稱作自由貿易道路的改革者，這人就會是他。」

「此話怎講，藍士祿？」

顛地的眉毛驚訝揚起：「巴力，你沒發現嗎，伊內思是現在唯一一個繼續運送鴉片進廣州的人。

他相信這是上帝的旨意，違抗皇帝的敕令，繼續用他的獨桅縱帆船將一箱箱鴉片運至上游，當然要是沒有當地同夥，他不可能辦得到——路上每個人都被他買通了，海關人員、中國官員，哪一個不是。目前為止他暢行無阻——這證實了人性的貪念是人類自由的根基，永遠都壓過暴君心血來潮的想法。」

顛地貼向巴蘭吉的耳朵：「我可以偷偷告訴你，巴力：伊內思過去幾週幫我處理掉幾十箱鴉片，我很樂意幫你跟他說說。」

「噢，不了，」巴蘭吉迅速接口，想到他跟伊內思這樣的人有牽扯傳到孟買，輿論會怎麼樣，他就不禁縮了一下。「不必麻煩，藍士祿，沒有必要。」

巴蘭吉頓時警覺，伊內思似乎猜到他們正在討論他，因為他乍然轉過來，陰著一張臉。剎那間巴蘭吉浮起一個念頭，伊內思可能邀他共舞，於是害怕地捉住顛地的手：「來吧，藍士祿，」他說：「該跳舞了。」

9

馬威克飯店，十一月二十一日

我親愛的可愛的寶格麗麗寶貝兒！我終於可以跟妳報告山茶的新進度，雖然說不上天大進展，不過怎樣都算踏出了第一步——我充滿希望，不僅對妳的圖畫，對貼近我心的追尋亦然……！

這事我晚點再說：如果我沒做一件幾百年前就該做的事，就不會有今日的結果：我總算鼓起勇氣，去見廣州一位遠近馳名的藝術家：關喬昌先生[19]。

現在達成任務，倒想怪自己怎沒早點去：怎能如此疑神疑鬼？但這也不能怪我，畢竟這不只是我的錯：要怪就怪我叔叔。

你也聽潘洛思先生提過，錢納利先生對廣東畫家惡評如潮，稱他們為藝術家更是讓他動怒。他只把他們當工匠，不比路邊小舖的陶工或補鍋匠強，而這不僅是他的個人意見：中國鑑賞家也有同感，他們叱責廣州畫風，說這與其他備受景仰的中國畫法大相逕庭。同類型廣州畫家也沒有古代中國藝術家來得偉大：他們並非出身高雅的名門世家，既非學者亦非高官或智者。他們是郵差、農夫、貼身男

19 清代廣州畫家（1801-1860），外號林官。據傳經喬治·錢納利指導而學會表現光影的西洋畫風後，作品才開始受人歡迎。

僕和工坊勞工的後代——出身卑下、身強體壯，充滿男子氣概。卡拉比典先生的部分表源正來自這些工匠，他研究過，廣州畫室都是由瓷窯改建的，妳相信嗎？這些窯爐專門出產舉世聞名的中國瓷器！番鬼把花樣和圖片交給中國瓷器師傅，用以裝飾在當地生產並賣往歐洲市場的瓷器（家庭主婦爭相搶購「中國瓷器」，原以為是充滿異國風情的美麗器皿，結果設計竟是出自同胞之手，妳不覺得光想就很荒謬？）

製作符合洋人口味圖案的這些工匠，功力已達爐火純青，後來他們轉向其他領域：在鼻菸壺、托盤、磁磚和玻璃上臨摹小盒子與護身符上的肖像畫，並製作小型細密畫——這些小玩意兒深受航海至廣州的水手和船長喜愛，甚至帶他們喜歡的圖片請工匠複製：妻小、風景和肖像的細密畫——有的人還帶來知名的歐洲蝕刻畫，再以卓越的技術加以複製。卡拉比典先生說，有些廣州畫家對歐洲大師瞭如指掌，要他們再造從未公諸於世的提也波洛（Tiepolos）和丁托列多（Tintorettos）畫作也非難事——擬真程度就連藝術家本人都會誤認是真跡！很多這樣的畫作已被運至歐洲販賣，這是卡拉比典先生說的，他甚至很樂意一賭為快，眾人以為是在威尼斯或羅馬完成的畫作，其實是在中國畫的！可是廣州畫家卻不受自己母國推崇，因為他們的作品並不符合中國的高雅格調。

妳可想見，親愛的寶格麗，我由此受到多大啟發啊！我立刻明白錢納利先生為何輕視這些藝術家：因為廣州畫室生產的是私生子藝術——不受長輩所愛，亦不被人類同胞所喜（這情況誰能比我懂？）。

妳能理解為何我心裡會對這些藝術家萌生親切感：我覺得自己完全能與他們產生共鳴——某些藝術家甚至與我有相同的師承：不是別人，正是錢納利先生！知道這件事後，羈絆就更深了。是的，我親愛的寶格麗，我得說我叔叔對這群畫家成見頗深，要是妳知道不少人其實都在錢納利畫室當過學徒，或許會覺得不可置信。可是看在錢納利先生眼底，當過他學徒沒啥了不起，不過是他手裡揮灑的畫筆——這些學徒的功能只是工具（我跟我哥哥曾經也是），在這裡補些顏料，那裡添點顏色：他一刻都沒想過他們能參與那被他稱之為「藝術」的盛宴。

妳會明白，發現這些學徒完全有能力創造出自己的作品時，他為何如此不自在。妳也會明瞭，為何他格外不信任名聲最響亮的某位藝術家，對他又特別不滿：關先生——番鬼都叫他林官。（妳可能想問，為何有這麼多「官」？有人說這字源自「關」這個姓氏，有的人則說這是某個頭銜——但根本不可能搞懂這個字的意思，所以我放棄。我可以告訴妳一件事——沒有一個地方的「官」、「江湖郎中」和「遁詞」比廣州更多——浩官、茂官、林官，搞不好還有「鬼才知道官[20]」！）

講回林官吧：他在伊格納休—巴提斯塔街的畫室待過一陣子，錢納利先生振振有詞地說，林官會的一切全是他教的。但這說詞根本兜不攏，林官出身畫家世家：他的祖父是廣州最知名的藝術家關作霖，番鬼都以妳絕對想不到的荒謬名字稱呼他：史貝霖（卡拉比典先生給我看過幾幅他散落在番鬼城各處的作品，我可以作證這些作品確實傑出非凡，尤其是玻璃肖像）。可是錢納利先生不接受林官畫風承襲自祖父的說法，他堅稱林官假扮家僮的意圖十分明顯，就是來偷師他的作畫祕訣。我不敢說他的說法正確，但可以告訴妳——我準備出發來廣州前，錢納利先生曾清楚告訴我，他們之間有過

---

20 明清兩代中國商人以「官」字為後綴的商用外號常讓不諳漢語的人一頭霧水。此處羅賓在玩文字遊戲，以「官（qua）」與「江湖郎中（quack）」和「遁詞（quiddities）」押頭韻，而「鬼才知道官」（Jenesequa）乃法語諧音（正確寫法應為 Je ne sais quoi，即「我不知道」）。

節[21]，還警告我無論如何切勿踏入林官的畫室，我絕對會被轟出門，甚至遭棍棒追打。還沒說完呢：他說大多廣州畫家關係密切，我最好跟他們保持距離。

所以妳瞧，我可愛的寶格麗寶貝：妳現在能理解為何我小心避開一上岸就該立刻去見的人——要不是卡拉比典先生，現在行經他們畫室我很可能還掩著臉，不過查狄格大哥（後來我知道可以這麼叫他）友善又親切，他要我放心，說根本沒什麼好怕：林官是和藹可親的大好人，對恩師並無怨懟——只有錢納利先生懷恨在心，他氣憤是因為林官聲名大噪，讓他流失部分本可能找上伊格納休—巴提斯塔街的客戶，他們都去找林官（林官的索費不到錢納利先生的一半，恐怕也是主因之一）。

妳可以想像，當我跟著查狄格大哥來到林官的畫室時，心臟跳得多劇烈。我並非完全不認得這間畫室：距離我下榻的飯店僅一石之遙，事實上行經老中國街要不注意到它也挺難。大門上掛著一張引人發噱的招牌，寫著——「林官：帥氣的人臉畫家」。

畫室跟這條街上其他房屋一樣，是三層樓的商業店鋪：木造正面，上面樓層有著雕工精緻的回紋飾拉窗。白天窗戶通常拉開，妳可以看見學徒埋頭苦幹，在桌前彎腰手握畫筆和鉛筆的模樣——我發誓，親愛的寶格麗，一目了然，他們沒有違背樓下招牌的承諾：當真全是帥氣的人臉畫家。

我親愛的寶格麗麗，妳想像得到我穿過那扇門時有多興奮嗎？阿拉丁走進洞穴入口都沒我興奮！也沒半點失望——視線所及之處，到處都新奇有趣或新穎驚喜。玻璃面箱子裡裝著幾十幅在畫室完成的畫作：可能讓訪客感興趣的主題畫作，中國與外國人皆然——外國人會想來一幅番鬼城的畫作，看在他們眼裡，這樣的畫作有著無以名狀的中國天朝格調，就連中國人都覬覦這種畫作，畢竟這畫面在他們眼中也很陌生。這兩種客戶打造出廣州風光的龐大市場——除此之外，亦有不計其數的動物、鄉村景致、寶塔、植物、拉琴人、和尚和番鬼的畫作。其中一些是小卡圖畫，不超過一個巴掌大，以幾毛錢價格出售。這種畫作人氣水漲船高，到處都有人仿效——查狄格大哥說，這種畫作在歐洲掀起熱潮，被稱為「郵票卡」。

他們還有賣漆器顏料盒及紙捲：我一直都以為是米紙，但查狄格大哥透露，這種紙跟米完全無關——是由某種蘆葦抽取的髓拍打平實，再經明礬處理。明礬能保留色彩，可維持好幾年鮮豔明亮。還有畫筆：其中一些以幾根毛髮製成，有些跟我手腕一樣粗，這些都是用各種動物的漂亮獸毛製作，部分還是世界未知物種。

要從一樓的商舖上樓，就得走一段狹窄的樓梯——充其量只能稱為梯子，一側設有欄杆。妳的腳一離開階梯，立即會發現自己就在畫室的心臟位置。那裡擺放著多張長桌，像木匠和裁縫用的那種桌子。學徒坐在長椅上，每個人都有自己的工作空間，用具整齊安頓擺放，妳絕對看不見顏料粗心濺灑，或不小心滴下的墨水痕跡。他們頭部低垂坐著，辮髮捲曲固定在帽子上，完全不介意他人的目光——專注工作的他們，絲毫未察外人的存在。

現在我就來揭開他們作畫的一大祕密：模板！什麼都要用到模板——船隻、樹木、雲朵、風景和衣服的輪廓。查狄格大哥說，這些模板在市場到處買得到，成打在賣：每個畫室都備有好幾百張模板。變化布局與位置時，可達成各種別有意思的效果。

觀看一張畫作的製作過程令人驚豔：先從桌子一端開始，原本是一張白紙，很快上一層明礬製作，然後沿著長椅往下遞交，從一個人傳至另一人手裡，畫作需要加上輪廓、色彩和更多層明礬，到了桌子另一端時，畫作就完成了！這一切都只消幾分鐘完成。實在太令人屏息——是名副其實的影像

---

21 有另一說法謂與錢納利有過節的並非關喬昌，而是他同為畫家的弟弟關聯昌（外號庭官）。

製作工廠！

查狄格大哥說，這些畫室的方法可追溯回瓷器燒窯的年代，當時一只杯子或小碟可能經過七十隻手，一個人負責勾勒輪廓，另一個描邊，另一個塗抹藍色，再另一個上紅色調——諸如此類。他堅稱，世界虧欠這些畫室太多，因為他們讓出身卑微的人實現不可能的夢想：擁有自己和至親的畫像，可在自己家牆上掛起真正的畫作：（我不懂為何孟加拉沒有這樣的畫室：確實，親愛的寶格麗，我覺得我可能找到未來的商機了，不脫打造這樣的畫室……）

說了這麼多，妳都還沒見識林官本人：爬上另一個跟先前一樣的梯子，剎那間就來到藝術殿堂的聖所，就位在大師畫室裡。他面前坐了一個人——是一位臉色紅潤的瑞典船長——妳有幾分鐘時間觀察他工作，藝術家長著富貴之相，臉孔圓潤，腰圍敦厚紮實，頭形高聳飽滿。他穿著一襲簡樸工人般的袍子，辮髮紮著一顆發亮的髻。但作畫方式跟歐洲畫家並無不同：手裡托著調色盤和畫筆，站在一塊立在畫架上的畫布前。畫室很小，頭頂有個天窗，讓明亮光線注滿畫室：物品全整齊歸位——不見雜亂無章，沒有不耐的印痕，也無桀驁不馴的顏料噴濺。牆上掛著數十張肖像，有些是近期完成，有些則經過一季都沒人來領（最悲傷的一幅是海軍見習軍官的肖像——肖像未完待續，卻永遠也完成不了，因為畫中男孩在畫作製作過程死於斑疹傷寒）。

不過林官有個不碰觸的原則——而且非常奇怪，想到門上那塊招牌更是費解——那就是他不會美化男人，讓他們變帥。他絕不會放過缺陷、疣、胎記、黃板牙、溷濁眼珠、菜花耳、酒糟鼻等特徵——牆上某些男人的相貌確實驚人。

我環顧四周時看到誰了？當然是我自己！或應該說錢納利先生，而且呈現手法誠懇真摯：只消看一眼，就知道畫家對畫中主角並無怨懟。

林官肯定發現我在打量那幅肖像，他指著那幅畫，說：「同一個模子印出來的，」我還沒自我介紹，他就主動上前打招呼。他拱起手稱呼我「錢納利先生」：他說聽聞我來廣州時很想親自邀我來他畫室，但念在我叔叔的份兒上，怕引起他不快，便沒邀請我。林官問起錢納利先生的健康狀態和工作，扼腕他無法再訪錢納利先生畫室，聽說錢納利先生近來完成一幅不得了的風景畫，他非常想親眼看到那幅畫。

我坦言他如此念舊著實感人，錢納利先生對林官太不公平：這感受太強烈，我覺得自己非做點什麼，於是跟他要了紙筆。

我親愛的寶格麗維娜，妳也知道我很慶幸擁有絕佳的圖像記憶，三兩下便憑印象粗略畫出那幅畫（澳門景象）。查狄格大哥事後說，我這麼做有失謹慎，畢竟錢納利先生對林官最常抱怨的，就是抄襲錢納利先生的畫風。我說我根本不在乎：就我看來，一個男人若恬不知恥，棄之不顧自己腰際誕下的孩子，就沒資格保護自己雙手創造的作品。

親愛的寶格麗，我提到妳心繫的事：妳的山茶。我畫的圖讓林官心花怒放，他問我有什麼需要幫忙的，我大膽把潘洛思先生的圖畫交給他：我告訴他，這是我朋友的畫，他迫切想知道畫中主角及這幅畫的出處。

林官幾乎一個拍子都沒落便說，他從未見過這種花——可是他還是繼續仔細打量這幅畫，翻轉過來反覆查看，撫觸感受紙張，弄濕紙張邊緣。他說他幾乎可以斷言，從畫風斷定，肯定是在廣州畫的，畫紙狀況告訴他，這幅畫有三十年歷史。至於畫家究竟是誰，他猶豫不決，不敢輕率臆測：他告訴我，專畫動植物的插畫家不在廣州藝術家的主流圈子，他們跟其他藝術家不同，沒有規定非得到畫室當學徒，通常造訪當地的歐洲植物學家和採集家會雇他們繪圖，專家以獨門方法訓練畫法。因此他們的作品在中國相當少見——通常會跟著採集到的同批植物運至歐洲。

林官說到這兒頓了會兒，陷入沉思。他說雖然幫不上我，但他認識一個人或許能幫上忙：一名植物採集家，也是名畫收藏家，是這兩方面的權威人物。若要說有誰可為我指點迷津，非此人莫屬。

拜託，請告訴我，這個收藏家是誰？查狄格大哥知道他的名字，但我一無所知：他是公行裡中一位名為潘啟官[22]的貴人。林官跟他很熟，還指派一位學徒安排帶我去找他。

他派出一位學徒——親愛的寶格麗，愛情就這麼降臨！他一踏入室內，才幾分鐘我便了然於心，這不是一般的相遇：心慌悸動的感受流竄全身，我的雙手交疊胸口，努力抑制鼓譟的陣陣雷聲。

他名叫賈官，妳可別誤會我講的是小白臉，而且還是波提且利畫的採桃青年：不，完全不是。賈官既不高䠷，體格也不健美，可是臉龐泛著光芒，眼中閃著冷靜沉穩的光輝，蘊含了某種畫筆無法捕捉的智慧。我得坦白，在我的記憶裡，從沒有一個影像、一幅畫面、甚至一張肖像與賈官相像！我很少碰到給我這種感覺的人（親愛的寶格麗，沒人比妳更懂我的腦袋裝得下多少畫面），可是當我碰到這樣的人就會莫名興奮，因為我知道自己面對著全然的未知，就站在發掘探索的邊陲、一個瀑布與冒險的懸崖邊緣……

噢，我可愛的寶格麗維亞公主，要是妳知道怎麼禱告，我就會請妳為我禱告……因為我覺得自己可能遇上了真命天子——這個我不斷尋尋覓覓、真心真意的「朋友」。

我應該補充，這還不是本週唯一一場天堂般的相遇：我還發現一個最驚為天人的信差——妳見到他，自然會明白我的意思。

*

在一個空氣沁涼卻尚未冷冽的清晨，巴蘭吉望出辦公室窗戶，發現當地居民泰半卸下夏裝，套上厚重衣物：棉質短上衣和寬褲、輕便拖鞋和絲質帽已不復見——全換成羽絨袍和刺繡織錦的裹腿褲、厚底鞋和皮草帽。

巴蘭吉很清楚是怎麼一回事：前天肯定有人看見廣州總督換上一身冬裝：這一向是眾人打開冬季衣櫃換季的信號。就像印度的英國人一樣——不過廣州總督也要等遙遠的北京傳來信號。奇怪的是儘管首都遙遠，氣候型態不同，廣州的衣櫃換季跟北方的落差從不超過幾天。

當然才過短短幾天，北方吹來冷風，氣溫驟降：辦公室冷到必須把燒木炭的火盆搬進屋裡。

隨著氣候變化，另一個改變的謠言也找上門。下午，查狄格順路來辦公室，說他聽到熱騰騰的八卦：熱中沒收鴉片、焚燒快蟹船和處決交易商的現任廣州總督被召回首都：顯然他們指派了取代他的新官員。

番鬼城這陣子傳言紛飛，巴蘭吉小心不火上添油，以免眾人期望太高。好幾日他審慎打探消息，雖說他找不到直接證實傳言的證據，卻知悉許多人也聽聞確有此事——此事實屬多方揣測，但外界紛傳之下，卻跨越了謠傳跟真實消息的界線。眾人一致認為這個改變充滿希望，至少委員會成員如此。

---

22 由於廣州十三行文獻紀錄中各行商姓名或商號之羅馬拼音不統一，此處原文提及之Punhyqua音近仁和行之「潘海官」，但依情節推斷，此處所指人物應是十三行中財勢與怡和行並駕齊驅的同孚行「潘啟官」(同孚行前身為同文行，是怡和行之前的十三行總商)。又本書第十五章出現之另一行商Puankhequa，拼法與發音皆近似「潘啟官」但情節與史實不符，應是作者將此二人姓名混淆之故。為使情節盡量符合史實，此處將Punhyqua譯為潘啟官而非音近之潘海官。第十五章中則將Puankhequa譯為潘海官。

這件事激勵鼓舞著巴蘭吉，過去幾週好幾個投資阿拿西塔號貨物的孟買商人詢問：他們來信問他，據聞船隻慘痛損失，他們何時能回收償金。巴蘭吉的回答一概是道歉，再三安撫他們，並確認廣州市場近期確實進入停滯期，但估測不久便可見復甦。他還不敢告訴他們，阿拿西塔號還停靠在香港附近，貨艙仍近滿，他也沒告訴他們，他還沒碰到有意購買的買家上前刺探。如今，執政總督換人的謠言讓他充滿勇氣，他決定是時候通知投資方，中國的穹蒼終於顯現正面預兆。

拿一張新信紙，他對尼珥說。開頭照舊，接著這麼寫：正如您所知，現任總督倡導的政策導致廣州市場近日低迷，但您的忠僕在此通報，中國最高機關頒布新指示，情勢即將變天。盛傳現任總督很快會被召回首都，取代他的人物尚不可知，但我不必多解釋這是天大的好兆頭，情況很快將回歸正軌，我們可以合理預期在沒有嚴格遏止的要求下，出清貨品……

這時候，辦公室門上傳來劇烈敲門聲。

頭家！頭家！

維可？有事嗎？

門推開，寬到讓維可探出一顆頭：頭家，有人想見你。

你說現在？

莫名的打斷讓巴蘭吉既意外又惱怒：他向來保留每日工作的頭幾個小時寫信，於是指示員工，過了上午十點的喝茶休息，他才會在辦公室接見訪客。

搞什麼鬼，維可？這時怎會有訪客？我信才剛開始寫。

頭家，是一位何先生求見，全名是何留京。

這句話並未平息巴蘭吉的怒火：何先生？哪位？我沒聽過。

維可向前幾步走進辦公室，食指含蓄地比了個手勢，意思是新祕書在場，他無法多說。

巴蘭吉不情願地轉過面對尼珥：先這樣吧，祕書先生——你先回房間。我好了再派人通知你。

是，大老爺。

巴蘭吉等到門合上才問：怎麼回事，維可？這個「何先生」是誰？

頭家，他說你好多年前認識他。

拜託，維可，廣州有幾千個何先生，我怎麼可能記得每一個遇見的何先生？何況還是那麼久遠的事。

維可腳步不自在地挪動：頭家，他說他跟姨太是親戚……

芝美？巴蘭吉詫異地瞪大眼睛。我不記得她有姓何的親戚啊。

也許你知道他其他名字，頭家。中國人名字總換來換去——一下子叫阿什麼，下一秒又變這個先生，那個先生。

他有提到其別名？

有，頭家，他說你可能記得他是阿留，還是阿柳之類的。

阿留？名字在巴蘭吉的回憶興起一波漣漪。他轉身背對維可，步向窗子瞭望腳下的廣場。一如既往，掛著鼻涕猶如蒼蠅般的小鬼頭，穿著他們沾滿泥土的衣服和錐形帽成群結隊，遊手好閒，包圍散步的外國人，大喊：「我說（I-say）！我說！阿差！Mo-ro-chaa（嚤—囉—差）！Gimme cumshaw lan-tau（給我錢啊臭頭）！」

他腦海突然浮現一個小毛頭的臉，高度及腰、走路一跛一跛——那個負責幫芝美傳話的傢伙。

巴蘭吉轉頭面對維可：我想我記得這個阿留，可是距我們上次見面肯定已超過二十年，你是在哪兒碰到他的？

廣場，頭家。他來問我是否幫你工作，我說是，他就說有急事相求，必須見你一面。

什麼急事？

生意的事，頭家。

哪門子生意？他現在做什麼？

他做的是maal-ka-dhanda，頭家——他交易我們要賣的貨品，等級還不到批發商，我想是中盤商，他有幾間小舖子，還有一艘遊艇。

巴蘭吉過去幾分鐘憤怒地踱步，這會兒頓時停下腳步。他是毒販子，維可？他聲音氣得飆高。你讓一個毒販進我屋裡？

他們兩人間向來有不成文的共識，鴉片交易最底層的相關人士不得進入他們的辦公室。那種生意都由維可在商行外打理——過去幾年，就連維可都很少需要跟卑微的販子、小舖商等人打交道，貨品通常都在近海卸除，要不是伶仃島，就是更遠一點的海上。

巴蘭吉從未跟牽扯鴉片內部交易、眾人避而遠之的人物交涉，那個世界的人居然想跟他面談，而且是在他的辦公室，這想法就跟維可居然讓他進來一樣詫異。

維可，你瘋了不成？我們何時開始讓這種人進我們商行？

維可耐著性子解釋他的立場。聽著，頭家，他說。你我都清楚，過去幾週我們根本無法運貨：今非昔比啊，我跟這男人聊過，他有個很有意思的提案，我想你會想聽聽。

可是要在這裡？在我的辦公室？

不然還能到哪兒，頭家？比起外面，這裡更好，不是嗎？在外面會被大家看到啊。

要是有人看見他進來這兒呢？

沒有人看到，頭家：我帶他從後門進來，他正在樓下等著，現在請你告訴我：你要我怎麼做？如果你怕風險，我會請他離開。

巴蘭吉再次走到窗邊，瞭望行色匆匆的搬運工，和熱心叫賣的小吃販，忙碌的小吏和快手快腳的騙子。廣場上的輕率莽撞和朝氣勃勃彷彿當頭棒喝，提醒他行事過於謹慎：他不該忍受自己喪失膽大冒險的精神——難道不就是勇於冒險的胃口讓他走到今天這步？他深吸一口氣，轉過身。好，他對維可說：帶他進來，但要小心別讓祕書先生和其他人撞見他。

是的，頭家。

辦公室一側擺了張中式直背扶手椅，巴蘭吉喜歡在這裡接待客人。門一打開，維可和客人走進，他剛就座：客人是個身材矮小的男人，打扮樸素，衣著卻價值不菲，他穿了一件羽毛外套和灰紫紅色的平實絲質袍。以紅色緞帶繫綁及腰長髮，頭戴一頂黑色圓帽。

「跟您請安，巴力先生，」他說，一蹦一跳走進房間。「恭喜發財！發大財啊！」

巴蘭吉認出的不是他的臉孔，而是他的步態，他瞬間想起那個結實的小傢伙，踩著腳踝走路，看起來像隨時都快跌個狗吃屎，長著塌扁鼻子的面容如今變得豐潤中年，但走起來仍是一貫的輕快跳躍。他聲音裡那連哄帶騙的抑揚頓挫一樣沒變：聽他說話，巴蘭吉想起那段歲月，他會突然從廣場人群間冒出來，輕聲說：「巴力先生好，大姊今晚要你過來……」

這情境下回憶奔湧回潮，巴蘭吉措手不及，內心一震，無法再維持他想保持的正式生硬姿態。「你也好，阿留！你好，恭喜發財！」

客人聞言心花怒放，他嚷嚷：「哇！巴力先生還記得，嗄？」他微笑，露出幾顆金牙，兩手比劃划槳動作：「阿留送巴力先生和大姊去白鵝潭，記得吧？」

「記得，」巴蘭吉回想，畫面歷歷在目。第一次約會，正是這傢伙划船帶他跟芝美去那湖上：他坐在船尾，耐心搖櫓，他和芝美則躺在底下的船艙裡，尷尬地拉扯彼此的衣服。

「記得，我後來去巴力先生家，先生給我了小費？很大一筆小費？」

「對，我記得。」

阿留的臉轉為嚴肅，似在回應巴蘭吉的表情：「阿留心裡很難過，巴力先生。大姊死掉我太傷心了。」

巴蘭吉瞇起雙眼：「大姊發生什麼事？阿留知不知情？」

阿留激烈搖頭回應，「不知情，阿留那時去了澳門，太對不起巴力先生。」

「好了，告訴我，」巴蘭吉說：「你坐，坐那兒，阿留想要什麼？有話快講，時間不多。」好！他回答，伴隨著劇烈的肯定點頭：「阿留耳聞巴力先生帶了大貨來中國，此言當真？巴力先生貨是不是很多？」

「是真的，我有貨，大批貨。」

「Galaw，巴力先生告訴我真心話：你想怎麼處理這批貨？這次不能在廣州賣，賣不得，巴力先生知不知啊？」

「知道，當然知道，」巴力頷首。

「廣州的中國命官不是在這裡引起軒然大波嘛？鞭打拷問砍頭樣樣來，實在太粗暴了，Galaw，這下貨賣不出去啦。」

巴蘭吉謹慎望著阿留，來回打量：很明顯他指的是現任總督及他強制施行的禁運令——但他也可能是在刺探巴蘭吉對現狀的瞭解。

巴蘭吉不以為意聳個肩，表示不太擔心，「阿留有沒有耳聞？這個中國官很快就要回去，巴力先生可以等。也許新來的朝廷命官比較好，不會惹是生非。」

「是咩？」阿留做出一個喜劇式的誇張驚訝表情：「巴力先生不知啊？這個中國官走了，可能來個更兇猛的，我北京來的朋友說那裡的人都說這個 pili-pili——我是說皇帝——已經選好一個中國高官，很快就要來了，他會是下一任……」

阿留說到這裡，無法找到要說的字眼，遂從袖套抽出一本小冊子，這不是巴蘭吉第一次看人參考那本冊子，所以曉得那是什麼——一本叫《鬼佬話》的詞彙手冊。

巴蘭吉耐心等他的客人過濾幾百個中國字，找到他需要的那個字。

「總督。Pili-pili已經找到新的廣州總督，他目前是湖廣總督，在那裡終止不少鴉片交易，pili-pili要他在廣州故技重施。新總督會過來，他的名字是林則徐。」

聽到他提到名字，巴蘭吉心中不免質疑：像阿留這樣的男人擁有如此詳細情報的可能似乎不高；很可能又是談判手段。他自認這客人只是胡扯，於是露出燦笑：「阿留知道他的名字嗎？」出乎巴蘭吉意外的是，阿留猛力點頭：「知道，知道。」

「你可以寫下來嗎？」

「可以，可以。」

巴蘭吉一個手勢，維可便取來紙筆，阿留在紙上吃力寫下幾個中文字，遞給巴蘭吉說：「這個中國官林則徐太鐵面無私啦——儼然『鐵面人』。他要是來了，巴力先生就要在虎口上生活啦，阿留也是，貨拿不到，生意也玩完——這可是來真的——阿留不是開玩笑，巴力先生最好趁這次時機恰當賣掉，趕在林則徐抵達前處理。」

阿留對情況的瞭解與堅持逐漸激怒巴蘭吉，他的語調轉為強硬：「阿留為何要說這些？想要做生意嗎？你想買貨？」

阿留做出一個自貶的動作，「買不了太多，阿留只是小人物——沒有太多錢，阿留想要一百箱，最多這樣，你覺得如何？這筆生意做還不做？」

這數字讓巴蘭吉頓了頓：一百箱不到他貨量的二十分之一，可是在這節骨眼還算是豐收的交易，但最重要的問題還沒解決：船貨要怎麼運到廣州？

「阿留想怎麼從船上運這一百箱貨到廣州？中國官會抓不是？這樣巴力先生就頭痛了。」

阿留這時目光瞥向傾身打岔的維可。

聽著，頭家，他急促低聲對巴蘭吉說：我已經和這位朋友談過，這時只剩下一人運貨上岸——詹姆斯．伊內思先生。他的船工一直都用他的小艇把貨藏在其他貨下面——棉花、皮草、硬幣等——送到黃埔。他跟一個主要毒販達成共識，一整路早買通官員，目前為止還沒出過差錯，現在計畫要直接運貨進廣州——我們可以跟他安排，也幫我們把貨送過來。只要你首肯，我就去阿拿西塔號監督整個過程，不用勞煩你出面，你只要最後去伊內思先生的公寓，用幾分鐘時間跟他確認運貨完成。時間到了伊內思先生會通知你。就這樣——我都想好了。

巴蘭吉停頓半晌思忖：他曾經和不愉快的對象合作，若情勢必要他當然可以跟伊內思合作，問題是價格要夠好才值得冒風險。他看都沒看阿留，直接問維可：我們這位朋友出價多少？

維可微笑，從椅子上挺起身子。他自己告訴你吧，他說：你還是自己跟他談，我到外頭等。

維可一退出房間，巴蘭吉轉頭面對阿留：「你一箱打算出多少？」

阿留露出微笑，舉起一隻手，拇指壓下，伸直其餘四隻手指。

「四？」巴蘭吉小心不動聲色地說：「四千？Sei-chin maan[23]？」

阿留臉上的笑意更深，頷首確認。

巴蘭吉起身，走過房間，推開窗子讓沁涼空氣冷卻臉龐。

這數字比顛地說得還高，是正常售價的六倍以上，這筆收入夠讓他清償債主，他幾乎能看見自己寫信給他們：您的忠僕很開心在此知會您，儘管市場停滯，他還是盡到了微薄義務……

「巴力先生……」

他旋過身，發現阿留正站在背後，虛弱地微笑：「巴力先生，」他低聲詢問：「巴力先生知不知阿留買下大姊的船啊？」

「你？是你買下芝美那艘船？」

阿留打躬作揖，露出笑容：「對，是阿留在大姊過世後買的。巴力先生何不找一天登船？跟往昔一樣再去白鵝潭？抽一、兩管煙？我有認識紅牌，巴力先生想要怎樣搞就怎樣。男人偶爾必須放鬆一下，否則會悶出病變老哦。阿留可以幫巴力先生找紅牌煙花女，跟大姊一樣的……」

聽到芝美被人說得如此不堪，巴蘭吉忍無可忍，他轉過身面對阿留，眼睛閃著怒火：「好你個阿留！」他大喊：「你胡說些什麼？大姊不是煙花女，她是好女人——工作認真，用心照顧兒子，她不是煙花女，阿留究竟有沒有搞清楚？」

---

23 對照第八章中提及，故事中此時一箱鴉片時價三千銀元，此處的Sei-chin maan便應非字面上的四千文銅錢之意，而是四千銀元。

阿留往後退一步，雙眼瞠大：「對不起！真的對不起，巴力先生，我心裡其實很難過，都怪我失言。」

門一推開，維可衝進來。Kya hua？他說。發生什麼事，頭家？

巴蘭吉氣得渾身顫抖，他倚著窗，轉身背對客人。

把他帶走，維可，他疾言厲色揮手道。告訴他我做不來，我不想跟伊內思和他這種人攪和，風險太高。

遵命，頭家。

阿留走到門邊時回頭張望：「巴力先生，」他說：「你好好思考我的提議，如果你要還是可以交易，阿留隨時都準備就緒，最好趁新總督來之前完成。」

巴蘭吉氣到飆出一串只有粗略印象的廣東髒話：Gaht hoi！（趷開）Puk chaht hoi（仆柒去）……

幾分鐘後，維可帶著新祕書進門，巴蘭吉發作：我都聽到些什麼消息？為何你們倆沒有給我通報正確情報？我為何還非得從別人那裡聽到？

什麼意思，頭家？什麼消息？

有關新總督的消息啊，這個林及徐，還林則徐，管他的。我怎都沒聽你們提起？

*

教尼珥攫取最新情報的人是維可：你看，祕書先生，《廣州紀事報》每週四出刊，可是印刷準備週日和週一就完成了，有時甚至更早。

這對我有什麼好處？尼珥說。

看來是沒好處？維可說，你得親自跑一趟印刷廠。

廣州只有兩家英文印刷廠，維可解釋。一家在美國館，隸屬新教傳教士，另一家在十三行街，經營印刷廠的老闆是個中國男人，在有名的澳門印刷專家、來自果阿的德蘇沙先生手下當過好幾年學徒。維可跟他交情好，透過他跟他的助理梁奎川熟稔，番鬼都喊他康普頓。維可知道一件事，那就是康普頓一直都缺校訂人員。

你會讀英文校訂稿嗎，祕書先生？

尼珥有陣子當過一本文學雜誌的校訂，可以多少帶點自信回答：是，我會。

那好，我帶你去見康普頓，維可說。他的店面就像情報市場。

康普頓的店面位在十三行街，街區隔開番鬼城與該城的南部郊區。街道一側與外國行館的後牆並排，部分牆面裝有銜接行館與繁忙大道的小門道。另一側則是數之不盡的商舖店面，或大或小，商品的橫幅廣告和三角旗妝點每一間商店：絲織品、漆器、象牙雕刻品、假牙等。

康普頓的印刷工坊跟鄰居大異其趣，沒有櫃台，也沒有商品可賣。客人踏進一間散發墨水和焚香氣味的房間，房裡堆滿紙張，放眼不見印刷機，印刷程序都在建築深處完成。

尼珥和維可進去時，發現有個男孩正在一疊《廣州紀事報》舊刊上打盹兒，小夥子瞥了客人一眼，就衝過一扇門，接著便見他躲在一名身材滾圓、面露煩膩的男人腿後，男人剛從裡頭走出來。

「維可先生！你好嗎？」

「怎麼不好，康普頓先生，你呢？」

康普頓有張圓臉，那張圓臉與掛在鼻梁底搖搖欲墜的眼鏡鏡片相映成趣。他身穿一件灰袍，外頭罩了件部分沾染墨水痕跡的圍裙，辮子盤成一個紮實的工匠髮髻。

「這位肯定是你朋友囉，維可先生？」康普頓瞇起長年近視的眼睛，皺成擔憂的蹙眉打量尼珥。

「這哪位，嗄？」

「阿尼珥祕書先生，他幫巴蘭吉老爺寫信。你在找校訂人員，對吧？」

康普頓那雙厚眼鏡後的眼睛不自然地睜大：「是嗎？校訂！此話當真？」

「當真。」

沒幾分鐘尼珥已經坐在一大捆紙張前，仔細檢查下一期《廣州紀事報》的稿子。這天結束之際，他與印刷廠老闆已經親暱相稱：康普頓要他別再尊稱他「先生」，他也成了阿尼珥。尼珥手腕捆著一串現金離開印刷工坊，次日又回來工作。

康普頓已經準備好另一組稿件。檢查稿子時，尼珥問：「你聽說過新總督的事嗎？一個叫林則徐的？」

康普頓意外地瞟向他，「有啊！怎麼，你也聽說啦？」

「對，你知道這號人物嗎？」

康普頓微笑：「怎麼沒有！林則徐可是偉人——他是中國最傑出的詩人和學者，也是思想弘大的男人，想法開明——老是孜孜不倦學新東西，我老師跟他是朋友，常講到他。」

「他說了什麼？」

康普頓壓低嗓音：「林則徐不像一般中國高官，他是好人，剛正不阿的男人——是中國最棒的官。只要哪裡出亂子，派他出馬便是。他從不拿束脩，啥都不貪——這是真的！他年紀輕輕就升上江蘇巡撫[24]，兩年便終止該省所有鴉片交易。當地人稱他林青天——意思是『帶來晴朗青天的林先生』。」

康普頓停下來，一隻手指壓在唇上：「最好別對你老闆說，會害他窮擔心。行嗎？」

尼珥點頭：「行！行！」

很快地，尼珥只要有閒暇就會到印刷工坊走走，有時康普頓會帶他走那條隔開商鋪和他家的走道，這個建築區域有兩層樓高，房間繞著一個中庭，雖然中庭鋪有石板，但繁富的盆栽植物、樹木和藤蔓讓中庭增添幾分花園情調。洗好的衣物猶如遮蔭棚蓋，綁在樓上陽台的欄杆中間，在頭頂飄揚。另一側有一株櫻花樹，樹葉已逐漸褪色。

尼珥一走入房屋這塊區域，女人家便遁形無蹤，但眾多孩子仍然逗留。尼珥通常會看見他從未見過的面孔，給他一種大家族的印象。這裡經常有訪客造訪，更壯大人數：康普頓告訴他，他祖先居住的村落就在珠江口的穿鼻時，他並不意外，所以他常常接待拜訪的親戚。

康普頓並非土生土長的廣州孩子，小時候他多在水上度過：他父親當商船買辦維生，每逢交易季，全家人常要尾隨外國船隻，在虎門與黃埔間來回奔波。

商船買辦跟行館買辦的工作性質不同，後者像印度的口譯員，外商到廣州定居後，則由他們負責供貨。商船買辦比較類似船用雜貨商，替他們服務的船隻採購物資和設備。行館買辦不同，他們跟行館商人保持密切關係，商船買辦是個體戶，沒有背景強大的客戶可依靠。這門生意競爭非常激烈：還小的時候，每季一開始，康普頓和他父親就會輪流站崗，從他們家附近的山坡留意鴉片船艦。瞥見第一艘船時，他們就會飛奔下山到港口，幫家裡的舢舨解纜，然後開始瘋狂跟其他販船展開追逐賽，第

24　依史實，林則徐以欽差大臣身分至廣州前，曾在道光三年於江蘇按察使及道光十八年於湖廣總督任內查禁鴉片煙，皆非江蘇巡撫任內所為，未知作者所指為哪一段經歷。

一艘抵達進港船隻的小船，最有機會被選為買辦，尤其要是船長正好認識這家人，動作夠快又夠幸運的話，他們就可能簽下合約，接下來幾週都有得忙。

康普頓的家人在這行待夠久，很多外國船隻的船長和船員都認識他們，有些人每次回到南中國都會聘用他們。他們最忠實的老主顧之中，包括基地設在波士頓的旗昌洋行船隻。透過旗昌洋行，他們家網羅了一海票美國客戶，其中許多還幫他們寫推薦信，把他們介紹給其他美國船。有的客人即便不再航海，依然跟他們保持聯絡，有一些甚至請他們出海的年輕親戚，幫忙送小禮物和代幣給他們。就這樣，這家人收到來自柯立茲先生、雅思特先生和戴拉諾先生的信件，他後來才發現，這些人都是美國有頭有臉的大人物。有位名叫威廉·歐文的廣州商人甚至送他們一本書，是他叔叔寫的《阿蘭布拉宮故事》：很不巧，康普頓對這男人絲毫沒有記憶，對他來說，他只是幾百名教過他英文的友善旅人之一。

從能走路那刻起，康普頓就跟著父親造訪外國船。他是個討人喜歡的孩子，備受水手和高級船員疼愛。入境船隻必須在黃埔停泊數週，船員的時間多到沒地方好用，便和還是孩子的康普頓說英語自娛。康普頓學得很快，成為他們家的無價資產，他的流利英語幫家裡贏得不少客源。後來他的天賦還讓他在澳門德蘇沙的印刷廠找到份活兒，但他做的可不只印刷：學徒期間，他想到可以把他對英語和華語的認識，集結成一本廣州行話詞彙手冊，讓中國同胞有得參考。

這本簡短的小冊子名稱翻譯給尼珥是「紅髮人的買賣共通鬼語」，可是更常聽見的版本是「鬼佬話」——銷量非常好，這點原作者始料未及，收入夠讓康普頓在廣州成立自己的印刷工坊。

發行出版幾年後，《鬼佬話》的高人氣依舊不減：很多小販和店主手邊都備有一本當作參考，因此這本冊子的封面在番鬼城並不陌生。封面圖畫描繪一個身著十八世紀服飾的歐洲人，穿著及膝馬褲，高筒襪，三角帽，還罩了件搭鈕外套。這人一手拄著細枴杖，另一手可能拿著條手帕——康普頓臆測那是手帕。中國人曾對手帕著迷不已，他對尼珥解釋。很多人相信歐洲人都用手帕包裹攜帶他們的鼻涕——就跟節儉的中國農夫把自己糞便帶至田裡的做法一致。

認識康普頓前，尼珥的眼睛早就注意到《鬼佬話》的封面，有時不免好奇小冊子的內容是什麼，知道這是本詞彙簿時，他還挺詫異的——發現作者別無他人，正是他兼差工作的老闆時更是開心。

關於小冊子本身，尼珥的瞭解不多，因為全是用中文寫的，可是尼珥本身對各種文字的莫名迷戀，也讓他徹底愛上中國文字：對他而言，廣州最大的樂子就是無所不在的意符，商店招牌上、門道邊、雨傘上、推車與小船上。他已經學會幾個文字符號：例如「人」這個字就挺好記，那兩條外開的腿已經說明涵義——「人類」。跟這個字長得相近的「大」，讓人神祕地聯想到，其實就是一個人雙臂大張的畫面。「文（廣東話的元，貨幣單位）」的符號在番鬼城無數商店招牌上無所不在，認得這個字後，走到哪這個字似乎都如影隨形：它們從最出乎意料的地方蹦出來，彷彿想引起他注意似地揮舞四肢。

翻閱《鬼佬話》時，尼珥驚訝發現第一組字包括兩個他已經學會的字：一個是「人」，另一個是「文」。「人」和「文」的組合讓他百思不解，這會不會是某種細膩微妙的哲學宣言？

康普頓聞言忍不住大笑，「什麼東西？」他說：「你還沒看出來嗎？『文』就是廣東話的『man（人）』[25]啊。」

尼珥對其中蘊藏的天才驚豔不已：康普頓沒有利用語音符號，而是借用與英文單字發音相近的粵

---

25 廣東話的「文」發音是「maan」，音近英文的「人（man）」。

語漢字。至於更長而複雜的字，就結合兩個以上的單音節漢字：所以說「今天（today）」就變成「托歹」。

「這全是你自己想的？」

康普頓自豪地點頭，然後補充他的工作就是每年改編增訂這本小冊子，確保書能持續熱賣。

尼珥回到辦公間，事後一想，發覺他與康普頓的相識是天意：似乎是命運促成他踏入覓得知音的宇宙軌道，遇見一個與他同樣惜字如寶的男人。翻讀《鬼佬話》時他不由得好奇，為什麼沒有寫給英文讀者的洋涇濱字彙本，或是印度普通話版本？旅居番鬼城的外國人應該跟地主一樣，也需要聽懂內飛地的通用語吧？要是製作《鬼佬話》的英文版，肯定也會有大量市場需求吧？

有天夜裡，他從床上坐起，這書非做不可——有誰比他更適合與康普頓合作？

隔天，他在辦公室的工作一結束，就匆忙跑到十三行街，抵達康普頓的小舖時，他宣布：「我有個提議。」

「哦？什麼提議？」

「聽著，康普頓……」

原來康普頓早就有製作《鬼佬話》英文版的想法，他屬意找個人合編，問過幾個英國人和美國人，但都被取笑，不屑地打消這念頭。

「他們覺得洋涇濱只是破英文，就像嬰兒的牙牙學語，他們聽不懂，找人沒那麼簡單啊。」

「那你會讓我做囉？」

Yat-dihng！Yat-dihng！（一定！一定！）

「什麼意思？」尼珥有點緊張地問。

「好，當然好。」

Do-jeh（多謝），康普頓。

M'ouh Hak Hei（不客氣）。

尼珥已能看見封面：主角會是個華服加身的中國朝廷命官，至於書名，他也已經想好。他會給這本書這個名字：《天朝字詞選註：南中國完整貿易用語導覽與詞彙集》。

*

在香港採集植物比菲奇或寶麗想得要難多了。這座島上每一個斜坡邊緣都無比險峻，長達八哩，高度不低於五百呎：還有好幾座山峰超過一千呎高，菲奇猜測，最高的一座山峰可能僅稍低於兩千呎。土壤是花崗岩，而腳底下的石英、雲母和長石熠熠發光。陡峭斜坡滑溜傾斜，鞋子稍微一個沒踩穩，就會引起山崩，隆隆滾下樹木禿無的溪谷。有些分解腐爛的花崗岩表面覆蓋一層黴菌和苔蘚，乍看以為很堅穩，剎那間的粗心大意都可能讓人連滾帶爬摔下去。

險峻陡度和嶙峋坡面讓菲奇上了年紀的膝蓋吃不消，一天採集下來，他通常腰酸背痛，可是他拒絕承認自己年事已高，體力下滑，最後經常讓自己身陷絕境：他會規畫好幾哩路的征途，死鴨子嘴硬說這種距離他在康耳瓦沼澤已經司空見慣，也不管地形艱辛，完全不打折扣。一旦出發，他就會堅持到底，完全聽不進寶麗的一句勸，事後再讓自己陷入幾個鐘頭的痛苦。

隨著天氣轉冷，菲奇的臀部和膝蓋變得僵硬，痠痛惡化到他不得不接受，若要繼續在島上採集，就不能繼續用走的。可是香港島上沒汽車，也沒有道路，就連小路也少之又少，小島的村落和小木屋點點裝飾整片海岸線，居民最主要的交通工具就是船。

他們的困境有個最簡單的解決方式，那就是騎馬，可是島上也沒有馬——至少就他們所知是沒有：田裡唯一的役畜是閹牛和水牛。轎椅也是解決方法之一，可是菲奇聽不進去：「坐著轎子採集植物？我希望泥只是在說笑，寶麗小姐……」

答案隨著羅賓的下一封信抵達：信差是個lou-daaih或叫laodah（船老大）——某艘中國平底帆船的主人，外貌跟在這些水域航船、皮膚粗糙的廣州水手無異。他的身材結實壯碩，有雙八字腿，凝望的目光像是飽經世故、經驗老到的水手。他穿了一件尋常的船夫寬褲和短棉上衣，辮髮很短，交織著灰白，頭頂戴著一頂船夫都戴的錐形遮陽帽。

可是他一開口說話，卻嚇得寶麗說不出話。Nomoshkar，他用孟加拉語說道，兩手合十。請問是寶麗小姐嗎？您的朋友錢納利先生從廣州捎來這封信。

寶麗過了好幾秒才從驚訝中回神，禮貌地謝過他後，她說：Apni ke？你是什麼人？從哪裡習得一口孟加拉語？

我在加爾各答住過很長一段時間，他帶著微笑說。我去那裡當水手，然後跳船在當地結婚。那裡的人都喊我巴布羅。

那你現在住廣州嗎，巴布羅先生？

是的，只要我不在外跑船。

他轉過身指向他停泊在附近的船，然後解釋他固定在廣州和澳門間往返，常擔任信差，在沿途幾個停靠點幫忙送信件與包裹。

如果有任何需要請通知我，我可以幫忙。

寶麗從他的舉止看得出，這不是他隨便誇下的海口：他看起來像孟加拉語中的jogare——足智多謀、隨機應變的聰明人，消息通達。

告訴我，巴布羅先生，她說。你覺得這座島上找得到馬嗎？

巴布羅搔了搔頭，思索片刻，然後他的臉一亮：哦，有！他說。我知道島上有個男人有幾匹馬，妳想去見他嗎？

事情就此安排妥當：隔日巴布羅搭舢舨而來，載寶麗和菲奇去水灣岸邊一座詩情畫意的小村莊，他們及時找到馬主，檢查馬匹，很快便談妥合理價格。但一切準備就緒時，他們忽然發現一件意料外的問題：主人僅有兩組馬鞍，兩個都是鞍頭和鞍尾高起的中式馬鞍。

菲奇掃視一眼，搖頭：「倪穿這身裙子絕對沒辦法騎的，寶麗小姐。」

寶麗早想到對策，但她知道提出時需要謹慎。

「這個嘛，先生，」她說：「我身邊有的衣物不只裙子。」

「哦？」菲奇皺眉。

「你還記得吧，先生，我們在旁波慕斯初識時，我穿的是襯衫和長褲，那套衣服是瑞德先生借我的，我現在還留著呢。」

「什麼？」菲奇咆哮：「倪要扮男裝？倪心裡這麼盤算？」

「拜託，先生，這是唯一合理的做法，不是嗎？」

菲奇的臉皺成滿面愁容，擠出一個老緊的結，他的鬍子頂端只差幾吋就要碰到他扭曲的眉毛端頭。但他左思右想後，總算鬆開他揪成一團的下顎。

「既然倪都下此決心——那我們明天試試。」

於是他們隔天又回來，寶麗再次穿上賽克利的衣服，就連菲奇都不得不讓步，承認這方法皆大歡喜。馬兒載著他們登上一千多呎高，他們發現更多蘭花：淡玫瑰色的「竹蘭」，竹葉蘭屬，還有一種長在乾峽裡，體積嬌小、色澤黃澄如報春花的附生植物——第一種菲奇已經很熟悉，但第二種就頗陌生。

「寶麗小姐，我覺得俔應該找到新品種了。俔想給它取什麼名字？」

「要是由我命名，先生，」她說：「我會叫它潘洛思倒吊蘭。」

10

馬威克飯店，十一月二十六日

我最親愛的寶格麗，我有好多事要告訴妳！好多新進展——當然不乏妳的山茶……可是我不會開門見山告訴妳，免得妳跳過其他不讀。妳要知道，親愛的寶格麗，我這輩子從沒像過去幾天如此幸福……

林官讓我管理他的畫室，度過好幾個鐘頭的愉快時光。我就坐在賈官旁的學徒長椅上，變成模板藝術高手。他傳授獨門祕技，例如在畫紙反面畫出膚色——妳絕不會相信，這招可以賜予皮膚栩栩如生的透明感！可是他會的其他幾招，我只怕自己永遠不敢嘗試。他的畫作不大，可是當他畫布料時，有時似乎看得見衣服上的線頭。如果妳能觀察他是怎麼畫的，我敢保證妳也會說畫面十分震懾人心：他手握的畫筆不只一枝，而是兩枝，第一枝粗到足以沾上顏料的水珠，第二枝很細，細到不比一根頭髮粗，他用這枝畫筆輕彈另一枝筆，就這麼把顏料塗抹在畫紙上——就像刻意營造出肉眼幾乎無法察覺的細絲。

有時我會跟賈官去番鬼城和近郊散步，他會對我說些家人的事。他的模樣很像小孩，我還以為他比我年輕——結果發現他其實年紀比我略長，妳可以想見我知道時有多驚訝。他現年二十五，不僅結了婚，還是兩個孩子的爸——有個七歲兒子和一個五歲女兒（他給我看了孩子的肖像，是他畫的：真是可愛的小天使，就算現身曼帖那禮拜堂中也不突兀）。他老婆裹小腳，我真想看她的肖像，可是他假裝沒帶在身上（或者他其實有，只是不讓我看），因為她得遵守閨閣婦女的規矩（這裡似乎跟在我們老家某些階級的人一樣嚴格遵守）。我想他們的房子大概就像加爾各答蔓延無際的家族宅邸，有許多中庭，一堆叔叔阿姨堂表親，數都數不清——唯獨不同的一點：他們是繪畫世家。

不過我不該繼續說下去……我知道妳等山茶的消息已經等得不耐煩，我也讓妳等得夠久了。

不巧的是，我親愛的寶格麗，公行商潘啟官很久之後才有消息，因為他搬去鄉間莊園轉換氣氛！但昨天賈官告訴我，潘啟官總算捎來一封信，要我們去他在河南島的鄉間莊園坐坐，我們今早動身……這就是為何我今天非得寫信給妳不可，我知道如果不馬上寫的話一定會悶壞，或許之後也不會再有動力提筆——因為這一切太詭譎美好又新鮮！就連我們搭的船都是我從沒想過自己能坐到的小筏子！外殼呈圓形，用編織蘆葦和稻草製成：珠江常能看見這種筏子的蹤影，載著牢牢緊捉船身內側的孩子，在河面上頭暈目眩快速打轉，彷彿孩子們坐在一個巨大籃子裡被水捲走。我們這艘小筏子裡頭沒有孩子，只有兩個年輕女人，分別裝備一支槳。這在廣州也很常見，河上很多小船划槳的都是小女孩和女人——妳千萬別以為這群女人都是弱女子，纏裹小腳，膽怯不敢望進男人眼睛。她們絕對是鷹身女妖[26]，隨便一句話都能讓鋼鐵般的水兵臉紅心跳。要是妳聽見她們在我上船時對我說什麼，就會懂她們的善意逗弄是怎麼回事。不消多說，小筏子顛簸不穩，妳腳一踏進去，體重便會震得船身劇烈傾斜。我不想摔進河裡，只好捉住其中一位船女的手臂，沒想到她非但沒生氣，反而發出尖銳笑聲說：「不行！不行！早上不能幹這種事兒，官員您瞧瞧，他又摟又抱。別猴急嘛，等夜深人靜才不會有人瞧見啊！」隨後傳來哄然大笑，她們恬不知恥逗弄我——此時，我們的小船正旋轉通過這座漂浮城市，身邊全是泊成一條條街道巷弄般的茶船、米船和舢舨。

蜿蜒行經這些水道時，我們鑽入那開放好讓交通暢行的中游海峽：剎那間疾速穿過笨重駁船和高堆著竹子的碩大撐篙平底船，看來免不了一陣碰撞，我緊抓小筏子側邊，緊到指關節都發白——可是我們這兩個女槳手對周遭的危險視而不見，甚至在划槳掌舵時，不時舉起扇子對自己的臉搧涼風。

河南島在珠江對岸，我想我已經跟妳提過。小島跟廣州城遙遙相望，頗有規模，小島兩頭相距十六哩。賈官告訴我，為何有人認為這個也叫江南的小島不該叫江南而該叫與中國另一省同名的河南。如同這裡的所有事物，這名字背後也有個錯綜複雜的故事，有位中國高官在島上種了從河南省帶來的一種松樹，讓小島降雪，簡直是天方夜譚[27]——可是我想這故事要指出的，或許是兩側河岸的對比，進而彰顯出兩者就像隸屬不同省份。位於北岸的廣州擁擠程度前所未見，房屋、牆壁、貧民窟和街道朝遠方蔓延數哩之遠。而河南正好成反比，就像一座空曠遼闊的公園，綠草如茵，林木繁盛：好幾條小溪流經這座島嶼，岸邊綴滿寺院、苗圃、果園、寶塔和如詩如畫的小村莊。

我們的目的地在小島中心深處，想要到達那裡，我們得轉進一條蜿蜒小溪。穿越一片叢林時，我們來到一個突出泥堤岸的懸崖，這地方杳無人煙，空蕩無人，可是妳還是得在此擱下船，沿著一條曲折蔓延的小徑，走進草木茂盛的小島中心，再來到一堵狀似波浪向遠方綿延的長牆，眼前僅有一個入口，形狀呈圓形，猶如滿月。入口正前方，有一排宛如羽毛的松樹和奇形怪狀的圓石：望著它們時，妳會以為它們是蟻丘，爬滿許許多多孔洞、空心和裂縫——可是石頭呈灰色，外觀不是昆蟲啃噬而

---

26 harpy，希臘神話中一種鷹身女人頭，性格暴戾殘酷的生物。

27 典出東漢時期官至議郎的廣州學者楊孚返鄉時將洛陽友人所贈之五鬣松帶回河南島種植。其後某年寒流使此松樹枝葉覆滿霜雪，當地人認為是楊孚將河南省的瑞雪帶回廣州。此後便將下渡島稱為河南。

成，而是海水腐蝕造就的傑作。

大門深鎖，我們站在門外等候進入時，賈官告訴我，潘啟官的宅邸是南方造園風格的典範。親愛的寶格麗，妳可以想像我穿越圓形門時，心裡是多麼興奮期待——果不其然，我彷彿來到一個全然不同的王國，拱橋橫跨蜿蜒小溪，湖面上，雅緻小巧的裝飾建築岌岌可危地棲息在小島上，大大小小的走廊和涼亭，有些大到足以容納一百人，有些小到連一個人都不夠坐。這些樹木種類繁多，有些高聳堅實，驕傲挺拔地參天而立，有些小巧精幹，樹枝修整成如風的流動姿態。每轉一個彎，就有讓雙眼迷惘欣喜的全新景致：好像這塊土地經過形塑歪曲，形成虛無縹緲的遠景。

剎那間，我終於理解為何中國藝術家會在捲軸上畫山水畫：要是用透視法作畫，就無法看出花園的樣貌。若用捲軸，景色會從頭到尾，一一在妳眼前揭露，像是一個故事——妳會按照順序看見故事進展，在妳眼前慢慢往下攤開，彷彿親自走過這些場景。

然後，親愛的寶格麗，我萌生一個想法，讓我腳步瞬間凝結。我的創世畫作是否該做成捲軸？（當然我得找個適當的名字，畢竟「創世捲軸」聽起來很怪吧？）這不是神來一筆是什麼？事件、人物、臉孔、場景會隨著發展，一張張一幅幅在眼前攤開：充滿新穎革命性——可以讓我名聞天下，永留藝術家殿堂……

我親愛的寶格麗娃兒，妳能理解為何我的心情如此激動，在來到主人潘啟官面前之前，我對周遭事物一無所察。

妳千萬別以為我對這次會面完全沒有心理準備：幾天前，我已經提醒自己要跟這名權貴見面。查狄格大哥說，他家人在廣州經商數百年，其中一位祖先還是上世紀中葉廣州公行商會的創辦人，但他們並非來自廣州——而是從另一個沿海省份，就是廈門所在的福建省而來——雖然他們長期定居廣州，還是謹慎保留祖先的傳統和習俗。現在身列公行富豪家族之首，潘啟官也擁有官銜，帽子上別有好幾顆鈕釦：據說他沉迷女色，後宮佳麗眾多，妻妾成群，還是個大饕客，舉辦的宴席更是赫赫有名。

這些故事讓我不禁好奇，潘啟官是否有點類似我們加爾各答的地方長官——自負和趾高氣昂到無以復加，但我完全不害怕：他親切得像個祖父，眼裡閃著慈祥的光輝，絲毫不見自負姿態。我們去見他時，他正在嵌有藍白玻璃窗的涼亭裡歇息，穿著簡單樸實，穿了件棉外套和平凡的棉袍，躺在軟墊長椅上，身邊擺了張三腳小茶几。他好客熱情地問候我們，問了幾個關於林官的問題，接著問起賈官的家人，然後問到錢納利先生，這兩人關係匪淺，潘啟官的個人肖像就是錢納利畫的，我對許多錢納利先生在中國所畫的作品很陌生，因此表示了對這幅畫的好奇。他從屋裡取出這幅畫——果不其然，可以說展現出我叔叔大師級的最高水準，筆觸精湛，看得出不少蜻蜓點水和恣意揮灑。

經過幾番寒暄，我才讓他看那幅山茶畫作——親愛的寶格麗，妳若能看到他的反應定會大為興奮。他的臉龐瞬間亮起，無疑是認出了某些東西，他立刻找來一名侍從，派他沿著曲折走道跑腿。我本以為這男人會帶著一盆山茶回來，結束我們的搜尋。哎呀，非也！他帶回一卷絲綢，包裹的畫軸跟我帶來這幅幾乎如出一轍——只差在花朵的呈現角度不同，構圖稍微改變，但即便是我這麼不熟悉的眼睛，都看得出綻放的花朵屬於同一品種。至於顏色、畫筆和紙張，則相似到看得出兩幅畫出自同一畫家，幾乎於同一期間完成。

我親愛的寶格麗兒，我能想像妳眉頭深鎖，屏息坐問：這畫究竟出自誰手？

我得說妳馬上就要失望了……

……因為潘啟官根本不知畫家是誰：他只記得這幅畫出自一位年輕的廣州畫家之手，他老闆是英國人——是個約莫三十或三十五年前來到廣州的植物學家或園藝師。說也奇怪，這個番鬼——出於同樣理由，把這幅畫贈予潘啟官，而潘洛思先生也將這幅畫委託給我：也就是說，那位番鬼希望這幅畫能讓他們找到這種花卉。可是潘啟官對這品種一無所知，儘管四處打探，搜查還是無疾而終。他也知道那名英國人截至目前仍未追蹤到這種花的下落。

我能在腦中看見，妳自言自語問道：那這個番鬼是誰？這個讓妳追尋足跡的英國人究竟是何許人也？

妳可以安心，我沒漏掉這問題，我有問主人——可是哎呀，一樣徒勞無功，他也不記得這男人的名字（想來也不奇怪，畢竟都過了三十年啊！）。

今天我只能跟妳說這麼多，雖然說不上是最幸運的狀況。我們準備離開潘啟官家時，另一位公行貴人被領進門，我立刻認出他來，因為錢納利先生畫過他的肖像，而我參與過預備時的素描：他是公行行商之首伍秉鑒，番鬼都叫他浩官[28]。

浩官是公行中最年邁的行商，也是最富有的人物。查狄格大哥說，他的財富可比三千萬西班牙銀元——妳能想像嗎，親愛的寶格麗，如果融化這批銀幣，最後得到的一團白銀可是超過一萬兩千人的體重！但妳看見浩官，不會知道他身在世界首富之列：查狄格大哥說，他慷慨大方，但也是出了名的清心寡慾（有件人盡皆知的事蹟，他曾因同情一位無法清償債務又急著回家的美國人，當場撕掉一張面值七萬五千銀元的支票！）說到他的習慣，查狄格大哥說，一場上百道菜的宴席，他可以頂多只吃兩口菜。他看來確實清心寡慾，身材瘦削，幾近骨瘦如柴，雙頰凹陷，眼窩深沉。

他們就坐在那兒，這兩位商界巨頭，財富加總後至少足以買下半個倫敦城——這會兒居然聯手，凝視鑽研妳那幅山茶畫作！他們記得那位英國人性格古怪，絕非常人，對鴉片煙槍情有獨鍾，還憶起他不太得英國同胞的人緣，後來跑去河南島的小木屋獨居。最後是浩官想起名字（雖然我不相信他說的是正確名字）：親愛的寶格麗，名字聽起來像「摳耳」，很難想像這是他的本名。但潘洛思先生也許知道，廣州哪個植物學家正好叫這名字？

噢對了，我親愛的寶格麗女爵，我停筆前要謝謝妳託巴布羅寄給我的信：實在太讓人心醉了！信裡描述的畫面讓我心馳神往——妳穿著愛人的衣服，馳騁穿越香港島！我要告訴妳，妳也讓巴布羅刮目相看：比起當夫人，他敢說妳更適合當白人老爺噢！

*

宴席邀約來得正是時候：番鬼城每天都傳出新謠言，巴蘭吉的沮喪日漸攀升，無法與任何公行商人領袖靜下心對談。和其中一人預約並非難事，可是巴蘭吉知道以他們的立場出發，他們不會說真話：在眾多人物參與的活動碰面，沒有間諜和線人在場，還比較有機會引導出有意義的對話。

過去經常舉辦這樣的聚會，公行商人是數一數二的愛湊熱鬧，通常也是番鬼城最熱烈參加聚會的一群人。但今年他們變得節制：參加外國內飛地的活動時，他們的行為舉止僵硬不自在，身邊還跟了一批隨行人員，過去他們會定期舉辦大型精緻盛宴，但現在這些令人引領企盼的固定活動也變得少之

28 伍秉鑒家族於康熙年間由福建泉州移居廣東經商，其父伍國瑩於乾隆年間在十三行總商潘振承的同文行當帳房，後來在潘資助下收購破產洋行成立怡和行，更繼同文行後長年擔任十三行總商，陸續由伍國瑩之子伍秉鈞、伍秉鑒、孫輩伍元華、伍紹榮主持行務。而自伍國瑩以下這五人皆以「浩官」為商界名號，因此文獻中提到浩官時必須對照年代才知所指何人。

又少：這就是為何巴蘭吉收到活動邀約、裝飾漂亮的紅信封時心情大好。打開紅信封袋，讀到潘啟官邀他參加在河南島宅邸的宴會時，他心情甚至更好：巴蘭吉還記得珠江另一頭的河南島，曾幾何時是廣州最讓人印象深刻的盛宴場地之一——尤其是鼎鼎有名的饕客潘啟官舉辦的宴會。

宴會這天上午，按照慣例，客人會收到另一張提醒的紅卡。幾小時後，巴蘭吉便穿越廣場，跟他的提燈人阿普往屁眼岬的方向出發，一如既往，小船沿著登陸山路排滿，噴吐出乘客和貨物，泥濘臺階令人寸步難行。

屁眼岬有個好處，那就是蜂擁人群穿越此地時總是行色匆匆：一般遊手好閒無所事事的人，在這非常少見，所以要是正好不趕時間，通常可以在不被注意或搭訕的情況下，站在那兒觀察四周。阿普去找船和船夫時，巴蘭吉就占了一個角落觀察路人。

觀望熙熙攘攘的人群時，巴蘭吉憶起他幾十年前第一次造訪河南島的情況，當時他才二十二歲：他想起他當初瞠目結舌，毫不害臊望著精美的涼亭、獅身鷹首獸雕像、梯形花園及景觀湖——見識到他想都沒想過存在的事物。他還記得他是怎麼狼吞虎嚥，開心品嘗未知香氣和陌生口味，他還記得米酒令人輕飄飄的滋味，他彷彿踏入某種清醒的夢境：這麼一個身無分文、來自納瓦沙里的窮小子，怎麼可能跌跌撞撞闖入恍如傳說的天堂？而今他更樂意把多年在世間打滾累積的經驗，換成這個神奇時刻，再度體會熱血沸騰的感受——即使身處琳琅滿目的新鮮驚喜，似乎沒什麼比他這古吉拉特村莊的窮小子也闖得進中國庭院，還更不得了的事。

嘈雜熟悉的聲音將他從白日夢拉回現實：「巴力先生！您好！」

「阿留？」

「巴力先生好！你要去哪邊？河南嗎？」

巴蘭吉發現阿留出現身旁時，十分惱怒不安。人潮奔波洶湧，這樣的巧遇似乎壓根不湊巧，巴蘭吉不免好奇，是否有人預先告知阿留他今天計畫渡河。可想而知，答案根本無從得知。

「對，」他簡單回答：「我要去河南。」

阿留對他露出討好的諂笑：「巴力先生怎麼不跟阿留說？我可以帶你去河南，巴力先生知道阿留有一艘好船，不是嗎？」他一手舉起，指向河邊：「在那兒——你瞧。」

巴蘭吉轉頭望向阿留手指的方向，驚愕不已。即使船身改變許多，他還是一眼就認出來：那是芝美買的最後一艘「廚船」——也是她的遇害現場。事件之後，船身重新改裝上漆，現在漆成快艇的俗麗色彩——閃爍著金紅光芒——但他仍舊認出它形似上揚魚尾的特殊船尾。原本曾是芝美經營食堂的主甲板，如今飾以色彩亮麗的窗戶，向來拿來當住處的上甲板，也搖身變成裝飾富麗堂皇的亭子。船首有條像陽台的廊道：巴蘭吉和芝美以前坐過的兩張舊椅，如今換成一張木製軟墊躺椅，上面有個隨風鼓漲的絲質棚蓋。

「巴力先生喜歡嗎？」

巴蘭吉粗聲粗氣點頭回應：「嗯，喜歡，」阿留可能低價購入這艘船的想法激怒了他。他幹得還真不錯。

阿留鞠躬微笑，充滿活力地點頭：「我可以馬上帶巴力先生去河南，船隨時可以出發。」

這時巴蘭吉才注意到，這船裝配了船帆及六支補充用槳：還屬於芝美時，向來只停靠在停泊處——從未見它出航。

「巴力先生怎麼不跟阿留去河南？」

巴蘭吉有那麼一瞬間差點接受了阿留的提議，可是直覺告訴他，這不過是哄他上鉤談生意的幌子——再說，面對這艘船可能激起的回憶和聯繫，他也還沒作好心理準備。

「不了，阿留，」巴蘭吉說：「不去了，我有船，提燈人已經去幫我找了。」

湊巧阿普這時回來，他已經找到船，巴蘭吉悄悄從阿留身邊溜走。

*

這晚宴席辦在一間有著高窗和屋簷如飛鳥輪廓的亭子，俯瞰一個由紙燈籠打亮的蓮花池，紙燈籠恍如小小的月亮散發光暈。

亭子末端有個舞台，上面坐著演奏弦樂器的樂師，中央有幾張桌圍繞著椅子，家具全覆上猩紅色繡花罩毯，每張桌子中央擺著一組小碟和碗盤：裡面盛裝杏仁奶、烤堅果、糖漬果乾、瓜子和柳橙切片。每個位子都擺著一組碟子和餐具——瓷碟、湯匙、酒杯、紅白紙張包裝的牙籤，當然還有擱在黑檀筷架上的象牙筷。

潘啟官家族與孟買商人有著淵遠流長的羈絆：有次，他的公司遭到中國官員嚴厲「壓榨」，有群帕西人借了他一筆錢，還款條件十分慷慨：要是沒有他們的幫助，這個家族可能早就撐不下去。潘啟官從未忘卻恩情，只要在他的餐桌上，帕西人絕對會受到特殊款待：今晚就跟過去的場合一樣，巴蘭吉坐在主席，就在主座左側的位置。

餐點先由一輪敬酒開始，酒杯倒滿酒，之後又再續了好幾次溫熱米酒。接著，第一組盤子上桌，潘啟官開始逐一介紹菜色：這是「石耳」，僧侶很愛的一道菜，用某種魚製成，再以烏醋和香菇同煮。那邊攪和成一塊的玩意兒是脆炒貝類，這個東搖西晃的東西是用鹿蹄熬煮，再加以調味製成肉凍。那幾小塊東西叫「日本皮革」，得浸泡多日後方可食用，這碗鮮美多汁的烤毛蟲，只有在甘蔗田裡才捉得到。

「巴力，喜不喜歡？」

「太喜歡了！好吃！好吃！」

巴蘭吉跟其他餐桌上的外國人不同，毫不遲疑品嘗這些菜色：他喜歡告訴別人他對食材沒有成見，只在乎滋味和口感。他很開心可以對一個味蕾跟他一樣開放的人說，不用懷疑，最美味的菜就是——滿溢蔗糖甘甜的肥美毛蟲。

接著上桌的是「佛跳牆」，一種已蔚為流行的全新湯菜：這是福建菜，為此還特地將主廚請來這裡。要準備這三十種佐料需要兩天時間——脆筍絲、滑溜海參、耐嚼豬腱、多汁干貝、芋頭根和鮑魚、魚唇和香菇——是口感與味覺經過仔細調和的協奏曲，據說能讓和尚破戒。

吃完佛跳牆，稍作休息，又敬了幾輪酒，酒酣耳熱下，氣氛熱絡起來，巴蘭吉總算覺得可以傾身對潘啟官暢所欲言：「聽說新的朝廷命官就快到廣州，是真的嗎？那個林……林……」

他不記得名字了，但無所謂：他能明顯從潘啟官的反應看出，他知道巴蘭吉在講誰。這商業鉅子睜大雙眼，壓低嗓音說：「誰告訴你的？你從哪裡聽來這消息的？」

巴蘭吉隨意揮揮手，「某個傢伙告訴我的，是真的嗎？」

潘啟官的視線在桌間游移，將其他客人收進眼底，然後輕輕搖頭：「現在不是時候，我們晚點說，找個安靜的地方講。」

巴蘭吉點頭，注意力又回到食物上。另一組菜色出現，裡面有用魚翅和蒸魚塊、冰糖燕窩和鵝肝切片、炒麻雀頭和脆田雞腿、幾小塊搭配綠蟾蜍油的豪豬肉，還有海苔包裹的魚胃袋——神奇的是，每一道菜都比上一道更美味。巴蘭吉品嘗這些令人讚嘆的滋味，吃得津津有味，深陷白日夢中，僅在侍者過來詢問：「請問還要嗎？」時稍微動一下，點個頭。

連續兩小時的晚餐後賓客稍作休息，準備迎接下面的甜品。其他客人步出亭子，讓胃在裝下三十道菜後喘口氣時，巴蘭吉被潘啟官一吋長的指甲輕點一下，留在座位上沒出去。

等到無人注意他們，潘啟官把椅子往後靠，領巴蘭吉走出大廳，通過一座橋，來到一個設有八角涼亭的小島。他一踏入涼亭，就示意巴蘭吉找張石凳坐。他走過涼亭，找了張一模一樣的石凳就座，然後舉手輕拍一下，緊接著一位通譯謹慎戒懼地來到潘啟官身邊，身形完全隱沒在陰影中，只能聽到聲音。

Wah keuih ji……潘啟官說，通譯開始翻譯：「我主人想問：你是從誰那裡聽說新中國官要來廣州的事？」

「不重要，」巴蘭吉聳肩：「但這消息可是真的？」

「他說：很驚訝你這麼快就接到消息，目前還沒人敢斷定，只知道皇帝已經下旨命湖廣總督到北京：他的名字是林則徐……」

潘啟官說，雖然他跟林則徐沒私交，卻知道很多他的事，因為他也來自福建，雖然家境清苦，但出過不少名臣和政治家的家族備受敬重。林則徐是個聰明的學者，年紀輕輕就通過會試，中了進士。在官階快速竄升的他，卓越才能和正直本性讓他名滿天下：他非但不貪污，還是少數幾個在朝廷中不怕堅持異見，並敢於直言力諫的人。只要出現嚴重問題——水患、忿忿不平的農夫起義、主要堤防破裂——朝廷都派林則徐救火。因此，林則徐才四十來歲便受任國內最受覬覦的官職之一：江蘇巡撫。

他顯然就是在那裡首次遇到英國的鴉片走私販。

「摩迪先生還記得一艘叫作阿美士德勳爵號的船？」

「是，」巴蘭吉頷首：「我記得。」

巴蘭吉對阿美士德勳爵號事件印象特別深刻，因為他也捲入其中。事情發生在六年前：阿美士德勳爵號僅是眾多派去中國北方海岸探路的一艘英國船，希望能找到輸送鴉片與其他舶來品進入中國的新港口。英國人長期以來都在邊境挑戰中國政府設下的規範，其中最嚴格的規定就是限制外國商人在廣州的活動：他們的想法是，要是能找到方法規避這項法規，交易量便可大幅增加。

阿美士德勳爵號的任務，就是試著與有意推翻中國律例和法規的人牽上線。這趟任務風險很高，但潛在利益非常豐厚，成功挺進全新處女市場的商人保證豐收。從巴蘭吉在商界的立場，他是少數幾個非英國裔商人中受邀投資這項事業的人，這種機會求之不得，於是他為阿美士德勳爵號補上五十箱存貨。

可惜任務進行得不是很順利，惡劣天候影響下，阿美士德勳爵號不得不在中國港口找尋避難處，當地官府問他們為何跑到遙遠的北方時，船上主管則說他們是從加爾各答航行日本的路上被吹離航道。這答案很合理，只不過他們剛好帶了中文印刷的小冊子，於是不免令人懷疑其真正意圖。船上主管也謹慎提防，對船名撒了個小謊，如此一來即使中國政府提出抗議，東印度公司也可否認對這艘船的所有權——不過事情進展並不順利，中國官員透過他們不厭其煩的慣用手法，成功查明了事實。

說到這兒潘啟官插嘴，直接對巴蘭吉說：「那個時候林則徐，是江蘇巡撫，知曉很多這樣的事，也許他想，英國人太愛說謊，太常說謊。」

巴蘭吉笑了出來：「這是真的，」他說：「英國人說了不少謊，可是他們跟我們一樣：嗜錢如命。」

無論如何，阿美士德勳爵號事件在林則徐心中留下深刻印象。他之後接任湖廣總督時，以雷霆之勢掃蕩鴉片——才氣縱橫如他，努力達成前所未有的成功。他成了走私鴉片的專家，更成為少數幾個被要求對天子奏報鴉片煙害的人之一——他所上的禁煙奏摺堪稱最詳盡而完整。

說到這，潘啟官又欠身：「摩迪先生，林則徐通曉情況，」他說：「瞭若指掌。他有好多探子，知道貨怎麼運，是誰運，送往何處。他知道太多，要是他成了兩廣總督，生意就難做了。」

「可是現在還沒確定，不是嗎？」

「不，還沒，」通譯說：「可是皇帝已經見過林總督好幾次，還特准他在紫禁城內騎馬，這暗示已很明顯。據說皇帝曾言，要是無法將鴉片貿易在中國斬草除根，他無顏面對泉下祖先。」

「可是其他人之前也試過，不是？」巴蘭吉說：「現任總督也試過：突襲、處決、搜查——這些我們都聽說過，但日子還不是照樣過。」

潘啟官再次傾身，用一隻指甲敲敲巴蘭吉的膝蓋：「林總督可不像其他中國高官，」他說：「要是他來廣州，摩迪先生的麻煩就大了，如果你有貨，最好現在賣掉，事不宜遲。」

＊

「哎啊，」菲奇抓抓下巴：「他們說的這個人肯定是比利．克爾。」

寶麗從羅賓的信抬臉：「可是先生，這個發現萱草、刺柏和茶梅的男人，不抽鴉片吧？」

「噢，他也有他的煩惱啊，可憐的比利．克爾……」

菲奇第一次在廣州結識克爾時，就是一八〇六年的冬天，他已經在中國待好幾年。那時他二十五歲左右，比菲奇年輕一些：是個高大魁梧的蘇格蘭人，精力旺盛，無處發洩，抵達廣州時，他的職稱是華而不實的「皇家園丁」，這名號無法讓他在英國館吃得開，英國館有如莊園宅邸拘謹。說到底園丁不過是奴僕，應該認分在樓梯底下幹活兒，忌諱驚擾上級。

比利是指甲縫卡著泥土呱呱墜地的——他的父親之前是園丁，祖父恐怕也是。可是比利是個孜孜不倦的聰明小夥子，努力讀書，鑽研植物學，拚命讓自己更上層樓。他在英國館的地位並不符合他心中對自我的要求，不時表現出莽撞態度：結果他沒有在貴賓席上覓得一席之地，反而招來不少冷落怠慢。他的薪水也沒長進，年薪一百英鎊在其他地方稱得上優渥，在廣州卻很微薄：比利甚至連洗衣服的錢都付不起。

「比利是個性情友善開朗的傢伙，也跟刺蝟一樣易怒。」

有年夏天他違抗約瑟夫爵士的指令，逃到菲律賓，很不幸這趟航行淪為災難：馬尼拉採集到的植物，在回中國的路上遭颱風摧毀。

比利很難接受這個事實：菲奇初抵廣州時，他才剛結束這趟旅途幾個月。菲奇看得出這對他造成深刻影響：他搬出英國館，與同胞切斷聯繫，種種跡象。有位中國商人讓他使用花地附近的一塊地，他在那兒蓋了間簡陋小屋，菲奇不斷回去探訪他。克爾過著離群索居的隱士生活，他住的「房子」僅有一個房間，四周種滿一叢叢樹苗和一排排實驗性植床，唯一的同伴是他聘雇幫忙照料花園的阿飛：當時他才十三、四歲，在克爾手下工作的他習得一口流利英語。

「就是這個阿飛把山茶圖畫帶到英格蘭的？」

「對，正是他。」

雖然阿飛成功卸任，他的離開還是讓克爾付出不小代價：少了唯一同伴的他，變得比以往形單影隻。菲奇再次見到他時，他的情況很糟：骨瘦如柴和心神不寧的眼神說明，他對鴉片上癮了。他急著上路，菲奇抵達廣州沒幾天，克爾就離開了。菲奇此後再也沒見過他：他抵達可倫坡不久後就死於熱病。

「那阿飛呢？」

「啊，又是另一個詭異的故事……」

回英格蘭三年後，菲奇聽說阿飛在裘園混得不大好：他和領班爭執，與住宿家庭吵架。當地神職人員把這頭小野獸領回自己家，希望能感化他，帶他認識上帝，拯救他的靈魂，不料阿飛卻搶劫他家，揚長而去。

好幾年後，聽說阿飛改名，住在東倫敦的貧民窟，推著一台水果手推車叫賣。

「你有再見過他嗎？」

「沒有，」菲奇說：「我最後一次聽見他的消息時，他正想方設法搭船回中國，可是那已是很久以前的事——要是我沒記錯，約莫是二十年前。」

*

宴席的八十八道菜全部上桌，最後幾輪酒敬完，觥籌交錯，幾番下來在場客人幾乎沒人能站穩腳步。最後只差感謝主人招待，便可道晚安告辭：巴蘭吉和幾名英美友人走回宅邸的登陸港口，手勾著手緩步走到岸邊，幾十名提燈人幫忙打亮前路，眾人皆異口同聲，當晚氣氛熱鬧歡騰，可謂史上最精彩的宴席。

抵達港口時，眾人鬧烘烘再度告辭，方才心甘情願離去。其他人走向自己的小艇和內河船時，巴蘭吉環顧尋覓他的船，卻不耐發現四下不見船影，濃密的林木覆蓋海岸周圍，夜幕低垂，霧氣逐漸從小溪冉冉飄起。從港口望出去，一片模糊朦朧，巴蘭吉等了幾分鐘才回岸邊，沿著河岸走一小段路，想看看他的船夫是否在某個幽靜的停泊處夢周公。他從一側開始找，再換至另一側，卻無功而返，回到港口時，他發現那籠罩在幽幽繚繞霧氣中的港口，依舊空無一人。其他客人已經遠去，提燈人也回家了——他看得見遠處提燈人吊在杆子上的燈火跳動。

這下該如何是好？這裡沒有小船可租，沒路人可尋求協助。正打算轉身跟隨提燈人的腳步回潘啟官宅邸時，遠方傳來一陣叮噹聲，像極小船的鈴聲，似乎正沿著小溪上溯，徐徐穿過朦朧霧氣。他鬆了口氣：船夫肯定溜出去迷了路，他得好好痛罵一頓，罵到那人連自己老母的名字都記不得。巴蘭吉站在那兒等候，腦中搜尋挖掘記憶中每一句廣東髒話，等到那傢伙出現，他就能拼出一大段滔滔不絕的罵詞。

可是現身的小船不是載他來的那艘：一組紙燈籠照耀得船身燈火通明，隨著船逼近港口，輪廓在迷霧中若隱若現：它的船尾雕成一只巨大魚尾，優雅弧線探出水面。

巴蘭吉驚愕地注視著這個鬼影，好奇是否為酒後幻覺，然後他聽見河面傳來一個聲音：「巴力先生！巴力先生！」

怎麼又是阿留：這狗娘養的肯定付錢把船夫支走，這樣就有機會跟他談生意。情況十分明顯——他比較搞不懂的是阿留怎會知道他巴蘭吉會在這偏僻荒遠的港口？提燈人通常十分熱心，怎麼今天溜得特別快？難不成阿留在潘啟官的手下人中布有眼線？

還是酒精讓他萌生這些陰謀論的幻想？

不重要，重點是他就在那兒——站在某個茂密叢林般的港口——再怎麼生氣都無濟於事。事實上，不管是鬆口氣或酒酣耳熱，看見這艘船和阿留時他挺開心的，不過當然此時發個火也不會少塊肉，於是他清清喉嚨，用廣東話嘶吼發洩：Diu neih Allow！（屌你阿留）Diu neih louh mou！（屌你老

母）Diu neih louh mou laahn faa hai！（屌你老母爛花蟹[29]）

「對不起，巴力先生，真的對不起。」

「阿留，你該死的 bahnchoding bahn-chaht（笨豬丁笨柒[30]），我的船去哪裡了？你把船夫支開了是吧？」

「阿留太對不起你，巴力先生。阿留想要給你驚喜——用阿留的船載你，我只是遲到了。」

「你害巴力先生嚇出一身冷汗，你自己看著辦；巴力先生要是在叢林落單，被蛇咬怎麼辦？」

這時船已經停靠港口，阿留步出船，朝巴蘭吉深深一鞠躬。「對不起，巴力先生，真正對不起啊。現在請上船，讓阿留送巴力先生回阿差行。」

現在除了接受這個邀請也別無選擇，但巴蘭吉連感謝都懶得裝，他把阿留當透明人，逕自唐突走上船尾跳板。

前方就是那狀似大廳的房間，曾經是芝美的食堂，入口已改成豪華大門，門邊框上有盤旋糾結的龍鳳，其中一扇門半開半掩，巴蘭吉看見裡頭有個女人，身子在紅色燈籠下透出剪影。這畫面讓他震懾，那一瞬間想起芝美，他在腦海中看見她匆匆走過那扇門招呼他，銀鈴般的高音嚷嚷：「巴力先生！巴力先生！你好！」

他頓時停下腳步，阿留緊跟在他身後，手勢朝入口比劃：「巴力先生不想進來嗎？」

巴蘭吉的目光馬上從女人的剪影撇開：他向來不是多愁善感的男人，緬懷過去也不是他的本性。他盡可能不浪費不必要的時間哀悼芝美，也不想讓記憶糾纏折磨自己。

「不，阿留，」他說：「我不想進去，我想上樓。那裡。」

巴蘭吉指向頭頂的甲板，開始朝通往樓梯的舷門走。他的手剛碰上欄杆，才想到這可能不是什麼好主意：上甲板是整艘船他最熟悉的部分——那是芝美的房間，他來的時候，兩人總習慣窩在那兒坐一整晚。

有個想法瞬間襲來，她很可能就是在那兒過世的：謀殺她的兇手是否也踏過這些階梯？他有想過問阿留是否知道她是在哪個地點遇害，可是這問題一在他腦中成形，他便知道自己問不出口：「大姊是在哪裡死的？」這幾個字似乎讓她的死變得微不足道。

再說即使知道又有什麼好處？

巴蘭吉樓梯走到一半，再次腳步蹣跚：他知道現在掉頭，回去找其他地方坐比較好，可是病態的好奇心縈繞心頭，他不能回頭：他很快登上階梯，頭探出頂端，看見芝美的房間完全改裝到認不出來，不禁鬆了一大口氣：牆壁漆成紅金兩色，好幾個流蘇燈籠打亮室內，她的床、椅子、衣櫃和神壇全消失不見，取而代之的是尋常的花船家具——精緻華美的漆質躺椅、凳子、三角茶几等物。

巴蘭吉直接穿越房間，走到前甲板上的遮棚矮沙發，他累了，巴不得立刻坐下。他脫掉鞋子，陷入沙發墊枕。

雖然河水被一片霧氣濛濛籠罩，天空卻相當澄澈。巴蘭吉抬眼望著星辰，想到他跟芝美從未一同搭船遊河，實在可惜。然後阿留輕手輕腳走上前，彎腰在巴蘭吉耳邊低聲問：「巴力先生要姑娘嗎？我有頭牌『銀雞』，sei-méi girlie（細妹姑娘），四種絕技都一等一，舔腳也行，要玩什麼，都行。」

這粗鄙的提議激怒了巴蘭吉：「不用了，阿留，」他厲聲喝斥：「我不想要煙花女，Mh man fa！

29「爛花蟹」是粵語粗話中用來形容男女關係不檢點的女性。

30「柒」為粵語中的形聲假借字，意指疲軟不振的陽具。

Heui sei laa！（麻麻煩！去死啦！）」

「對不住，巴力先生，真的很對不住。」他很快退下，留巴蘭吉獨處。

小船開始搖動，船首撥開霧氣時，船尾浪花激起的漣漪猶如霧氣朦朧的影子，舔拭著海水。小船上的燈籠不少盞已熄滅，仍亮著的則被霧氣遮蔽得黯淡，光芒變成針孔大小的光。厚重迷霧讓每樣東西的輪廓都變得模糊，顏色與聲音皆緘默無語：划槳激出的水花聲幾乎聽不見。

阿留再度出現，這會兒手裡端著一個覆蓋織錦刺繡花布的托盤。

「你拿了什麼來？」

阿留坐在矮沙發上，揭開遮蔽托盤的花布，露出一根雕工精緻的象牙煙槍、一根長針，還有一只雕有刻紋的鴉片盒。

「這是幹麼？」巴蘭吉說：「我不想抽。」

「沒事兒，巴力先生，阿留坐這兒吞雲吐霧一會兒，巴力先生要是想抽，儘管告訴阿留。」

巴蘭吉試著把視線定焦霧氣籠罩的水面上，但他的目光不斷回到阿留身上。阿留把針頭探入鴉片膠，舉高至燈芯，鴉片劈里啪啦燃燒，然後他開始抽煙槍，往肺裡深吸一大口煙，發出哨音般的飢渴聲音，鴉片的雲煙朝巴蘭吉飄了過去，甜味讓他驚訝不已——他都忘了鴉片跟生鴉片的氣味有如許差別，是那麼芬芳，令人頭暈目眩。

「巴力先生要不要來一點？實在太爽了。」

巴蘭吉悶不吭聲，卻也沒拒絕阿留遞來煙槍、再次點燃火焰的手。他把煙嘴含在唇間，阿留把一小坨冒著輕煙的鴉片擱在煙鍋中。巴蘭吉抽了第一口，第二口，幾乎立刻就感覺到身體變得輕飄飄。過去幾天在他腦海嗡嗡盤旋的煩惱與憂愁，這下總算停止殘酷無情的喧鬧——彷彿他是一艘飽經暴風摧殘的船，現在緩緩穩定下來。

阿留從巴蘭吉手中接過煙槍，拾起托盤，「巴力先生現在請歇會兒，阿留速速回來。」他帶著器具轉身離去，巴蘭吉身子往後躺，陶醉在唯獨鴉片能帶來的極致快感：美妙的飄飄欲仙，身心靈不再受地心引力束縛。

霧氣再次環繞著他，他無重力的身軀似乎飄浮在一朵雲端。他閉上眼，讓自己隨風飄走。

他不知道自己躺在那兒多久，但下一刻卻發覺不再是單獨躺在矮沙發上：有人坐在他腳邊——一個女人。他知道她是從底下的甲板派來的，起初巴蘭吉對阿留不遵從他的指示感覺非常惱怒。要是這女人是一般的煙花女子，灑上香噴噴的香水、脂粉味重，層層疊疊戴了許多首飾珠寶，他肯定會立刻要求她離開，甚至大吼大叫，大發雷霆。可是這女人不是那種女子：她的衣著樸素——灰色長褲和短上衣——頭頂掛了件披肩，似乎想隔開那從河水升起濃厚濛濛的霧氣。她的姿態不扭捏輕浮、故作嬌態，也沒有引誘巴蘭吉，僅是毫無動靜躺在矮沙發腳邊，雙腿收起，手臂環繞膝蓋。她的存在帶給巴蘭吉莫名安慰，本來對阿留的厭煩漸漸化為感激。他是個小混混，無庸置疑，但還真是個好傢伙，以他獨特的方式體貼他人。

女人似乎安然窩在她的位置，最後是巴蘭吉要求她靠過來。她毫無反應，他坐起身靠在墊枕上，伸手去觸碰她的手，很高興發現這雙手不像煙花女子的手——而是習慣勞動，掌心爬滿粗糙老繭的手。她的衣袖濡濕，於是他把袖管往後推，將她的手肘內側貼近他的鼻子，完全嗅不出一絲香水味兒，她聞起來就像河流，有股木柴煙霧和淤泥河水的氣味。巴蘭吉體內流竄著一股騷動，某種深沉的需求，一種已許久不曾正視甚至遺忘的渴望。他扯了下她的手臂，她似乎想反抗時，他轉過身把頭倚向她：彷彿他又回到芝美身邊，他們倆曾經棲息卻不可思議的荒唐泡影，肩並肩在那艘無名的小筏子裡載浮載沉，既非愛，也非單純的「性交易」。

「來吧，」他說：「過來，我給妳小費，很高的小費。」

她毫無動靜，他怕她拒絕，為了測試她，他用唇輕拂過她那棉衫包裹的乳頭，布料的濡濕令他詫異，但他很高興她沒推開他，也未多做他想。他解開衣釦，把臉埋入她小而堅挺的雙乳間，深吸一口氣，吸取木柴煙霧和河水的氣味。

她的手這會兒也摸上他，以熟悉輕鬆的節奏在衣服的褶邊間游移，解開他的長上衣，卸除連釦開襟上衣的結，輕輕拉出卡斯堤繫帶底下的薩得拉長衣，鬆開他的裹腿褲褲頭，任其滑下，撫觸他最私密的部位。她幾乎毫無困難將他一把推進她體內，旋過身子，讓她披肩掩蓋的臉背向他，他的臉頰貼在她濕潤潮濕的頸後。

他這一輩子從未如此漫長的做愛，是如此完整，卻又如此流暢，結合是如此單純，彷彿兩人都不被身體的重量所牽累，肌膚、肉體、肌肉和汗水——這些似乎都沒有阻隔兩人的親密。結束時他彷彿在瀑布跌了一跤，非常緩慢地被雲霧沖下去。

他根本不可能現在就讓她走：他緊緊環抱她，臉頰依舊靠著她的後頸，他感覺得到船身在轉向，他抬起頭，不久便看見他們已經來到小溪末端。珠江就在前方，上千條停靠在岸邊的船隻飄出煮食爐火的輕煙，與河面繚繞升起的霧氣合而為一。薄霧雖然濃厚卻迅速流動，有許多看得見的漩渦跟湧流，好似河水本身已經變成煙霧的滔滔奔流。

巴蘭吉閉上眼，臉頰貼著她的頸子，再一次感覺在薄霧裡無重力飄浮，只是任自己隨著霧氣飄盪。睡眠結束時，他驚訝發現臂彎裡空蕩，她已不見人影。

「巴力先生！巴力先生！我們回到屁眼岬了。」阿留提著燈籠站在他頭頂，巴蘭吉在矮沙發上挪動身子時，他露出戲謔的笑容：「巴力先生喜歡嗎？」

巴蘭吉點頭：「嗯，」他粗啞地說：「喜歡。」他坐起身，摸索他的上衣，露珠似乎沉沉附著在他的衣服上，一切都濕答答，聞起來略帶河水氣息。巴蘭吉套上他的衣袍，重新繫上濕黏的寬褲拉帶。摸索排釦開襟上衣的釦環時，他的手正好刷過裝錢的內袋，內袋雖然潮濕，他仍可從口袋的重量判斷裡頭依舊塞滿硬幣——他本來半期待已經全空，發現還完整時不免驚訝。就算她逕自拿走銀兩，他也不在意——畢竟是他承諾小費在先，很樂意把所有錢都留給她。

巴蘭吉抬眼看著阿留：「那個女孩上哪兒去了？阿留可以叫她過來嗎？」

「叫誰，巴力先生？」

「那個女孩啊，阿留不是派了一個來？」

阿留眼底閃現一抹迷惑。

「阿留沒有派煙花女來，巴力先生說不想要，不是還對我發怒嗎？」

「對，可是阿留還是派了一個來，沒有嗎？」

阿留執著地搖頭：「不，阿留沒有派女人過來。」

巴蘭吉把手扣在阿留肩上，輕輕搖晃他。「聽著：巴力先生沒有氣阿留，巴力先生很開心阿留派來這個煙花女。巴力先生只想知道：她是誰？叫什麼名字？巴力先生想給她小費。」

阿留那張長著扁鼻子的臉綻放出一個大笑容。

「巴力先生看見的是煙夢，」他說，露出會意的笑容：「是鴉片煙帶煙花女給巴力先生。」

巴蘭吉鬆開阿留，跌回沙發靠墊：鴉片煙依然讓他的腦袋渾渾噩噩，無法正常思考。或許阿留說的沒錯，或許真的只是那樣——是鴉片煙施魔法引起的一場夢境，這充分解釋了他為何看不見她的臉，做愛為何如此完美——就像青春期夜晚幻想的性愛。

「阿留是說真的？沒有派煙花女來？」

「真的，是真的，」阿留說，點頭如搗蒜：「我沒派煙花女，巴力先生看見的是夢，巴力先生睡了很久，抽了鴉片後就一路睡到屁眼岬。」他指向滾滾煙流中仍依稀可見的港口。

巴蘭吉聳肩：「好吧，阿留，」他說：「巴力先生現在要回阿差行了。」

阿留頷首鞠躬，「阿留陪巴力先生走過去。」

趿上鞋子後，巴蘭吉起身，踏出第一步卻踩到一灘水，腳底不穩一個箭步向前滑，要不是阿留及時扶他，他肯定跌個狗吃屎。

「這裡怎麼有水？明明沒下雨啊。」

巴蘭吉低頭，發現甲板上不僅一小灘水，而是有好幾灘：它們匯集成一條濕淋淋的痕跡，從可俯瞰河面的甲板一側，一路流至矮沙發的角落。

阿留也瞥見那幾灘水，水窪中間都有個腳印，他的臉色立刻緊繃，擠出一個驚懼的皺眉，旋即轉過來說：「什麼都不是，巴力先生。是霧搞的，時常有的。」

「可是霧氣不會形成水窪。」

「會的，會的。走吧，我們加緊腳步，時候不早了。」

巴蘭吉隨著阿留下樓走到跳板，抵達港口。廣場冷冷清清，獨見瀰漫的煙霧繚繞。遠處的那一列行館，僅剩阿差行燈火通明。巴蘭吉知道維可和其他人可能開始正擔心他上哪兒去了。

他們廣場穿越走到一半，阿留再次提起鴉片：「巴力先生想跟阿留做買賣嗎？像上次談的？如果巴力先生想，還是可以賣。」

巴蘭吉一直都在等著聽他開口，要是他是在幾小時前提議，他肯定會毫不遲疑拒絕，可是現在不可能說不了。「好吧，阿留，」他說：「我們做買賣，明天讓維可去跟阿留談，然後他帶你的小船去阿拿西塔號安排，開始買賣。」

11

馬威克飯店，十二月二日

我最親愛的寶格麗，妳捎來的信和威廉．克爾先生可憐的生涯故事，真讓我久久無法自拔，並震驚不已。但我保證，我要告訴妳的事更令人吃驚——潘洛思先生會驚訝我有了最驚人的發現。可是這我留到後面再談，我得先告訴妳事情是怎麼發生的。

妳還記得公行的潘啟官和浩官說好要跟我介紹林聰，花地的那個園丁吧。是這樣，好幾天過去依舊音訊全無，我正想是否要親自去一趟花地時，這天早上馬威克先生便來敲我房門，通知我有訪客。他想當然橫眉豎目：因為他不喜歡訪客，妳也知道，尤其是當地人——他覺得常在廣場上鬼混的城裡人多半是la-lee-loon（就是洋涇濱的「混混」）。後來只要是他不想見的人，都會要求對方在樓下的樓梯頂端等候。馬威克先生審查的目光冷酷無情，但以下例子說明我們為何不該說他的標準太嚴厲。訪客是個長了顆大痣，留著長辮子的獐頭鼠目男人：他鞠躬哈腰，用一種諂媚奉承、鍥而不捨的態度微笑，凡是心懷不軌，打算做為人不齒之事的人就會那麼笑。起初我擔心他可能想兜攬，後來才知道他是林聰派來陪我去花地的人，他叫林聰「大佬」或者「老闆」。

他自我介紹名叫阿米，但我想他的名字很可能是常聽見的「阿莫德」，他告訴我他父親是黑頭鬼，意思是他可能是阿拉伯人或波斯人（要是他沒這麼說，我當然還想不到，因為從他的長相來看，除了廣州，我還真看不出他會是其他地方的人）。

無論阿米是不是半個阿拉伯人，河上都有艘舢舨等著我們，可以立刻出發。

我也希望賈官陪同，因為我無法想像和林聰先生能說什麼，也想像不到和阿米長時間共乘一艘船。可是阿米草草打發，說我們應立刻出發，動作要快，也不需要找翻譯，因為「老闆的英文講得很溜——簡直一級棒」。我不買帳，也不喜歡被趕，卻無能為力：於是我折回房間拿山茶畫作，尾隨他上舢舨。

花地離番鬼城不遠，就在珠江流入白鵝潭的河南島一頭，但要到達花地，勢必得跋涉通過這座水上浮城。番鬼城的隔壁有個叫沙面的沙洲：好幾艘「花船」就停在附近——全是男人尋花問柳的船，我知道妳不是弱女子，我親愛的寶格麗女士，所以就不跟妳拐彎抹角了（但我還是不建議妳把這段讀給潘洛思先生聽）——這些船呢，實際上就是載浮載沉的妓院！望見這幾艘船時，阿米忽然侃侃而談，讓我不得不好奇他是否跟她們脫不了關係——親愛的寶格麗，他向我描述的內容和提供的服務，我光想到要對妳重述，就不禁面紅耳赤：姑且這麼說吧，他透露，只要我開口，來自湖北、河南（省）和澳門的女人，從大胸脯的奶媽到苗條少女，從用歌聲愛撫耳膜的歌女，到手指靈活得能將我搓成繡花針的女裁縫，任君挑選。

可是我婉拒了，阿米失望地臉色一沉，然後報復似的指向遠處：「你看那裡，」他大喊：「他們在那地方砍人頭的！砍頭啊！」

他鬼扯什麼？我一、兩分鐘後才搞懂他指的是公開處決場地，就在河面上。

我承認我看得呆若木雞，查狄格大哥曾告訴我這地方：處決日當天，會有包括番鬼在內的許多人前去圍觀——據聞有些行館甚至會舉辦船宴！光想到就令人作嘔，對吧？可是當然加爾各答執行絞刑時，也會有好幾百人圍觀，我知道倫敦和其他城市也一樣——所以在這裡碰到相同情況，我們也不用假裝吃驚。但我對這種事沒啥胃口，我答應自己離得越遠越好——不過現在近在眼前，我得直說，我還是看得入神，目瞪口呆。

那是塊河邊狹窄的開放空地，從船上望出去一目了然。除了絞刑架，還有其他器材和裝置——例如有張椅子坐上去就人頭落地，還有個長得很像十字架的設備，實際上是用來絞死人的：定罪的人被綁在上頭，兩臂外張，接著一根繩子牢牢繞著他的頸子勒緊。

雖然離好一大段距離，我仍感覺一具屍首懸掛在其中一個十字架上，令我頭暈腦脹——可是看過後我已無憾：我立刻知道，這一定要畫上我的捲軸，之後在我腦中空白時，久久盤旋的僅剩不斷思索該怎麼付諸畫紙。

就在我全神貫注思考時，阿米宣布我們抵達花地。我本來以為會是綿延至水邊的開放式花園，但根本不是，岸邊點綴許多泥濘小溪和渠道，跟我們在加爾各答看見的很相似，岸邊種植許多我們在孟加拉看過的樹木：榕樹、菩提和木棉。我們轉進一條溪水，偶然經過猶如堡壘的大型建築，除了偶爾瞥見幾個瓷磚屋頂，牆後的一切全看不見。接著我們抵達港口，周圍停靠各形各狀小船——舢舨、渡船、舲艇，甚至有色彩活潑的遊船。

後方矗立一棟建築，跟我們在路上見到的並無不同，圍繞四周的牆高聳灰色，外觀門禁森嚴，讓人感覺像來到監獄或軍火庫，跟印象中的苗圃天差地遠，起先還以為我走錯了。阿米帶我走到入口——大門邊掛了張招牌，中文字上方刻寫著幾個英文字：「珠江苗圃」。

阿米領我入內，帶我來到一張長凳，拿走我的卡後，便遁入後方的小門道。我周遭有許多園丁和花匠，但他們忙著工作，無人睬我，我自由閒逛張望。

苗圃就坐落在一個矩形的大中庭裡，四周由一面牆圈繞起，雖然外觀平實無華，但牆壁內側的表面鋪上華美精緻的瓷磚和幾何圖形。地板上鋪滿磁磚，從一端綿延至另一端：視線所及之處，沒有一吋土壤沒有鋪上瓷磚。這裡的每一株植物——肯定有上千株——都種在盆栽裡：妳絕對沒在一個地方見過這麼多五花八門的盆栽設計——淺碟、碗口呈波浪狀的圓碗、種植梅樹巨大如缸的甕、色彩鮮豔猶如盆中盛開花朵的陶瓷桶盆。

盆栽，盆栽，到處都是盆栽——剛開始眼睛只看得到這些，不過隨著眼睛愈來愈適應環境，妳注意到容器是經過巧妙擺設，刻意營造出一種風水景觀印象，有著蜿蜒小徑、綠草茵茵的草地、林木豐富的山丘和濃密森林：妳也會看見這些自然特徵的變化多端，無止無盡：先是注意到新種植的果樹林，那邊又出現不久前還是果園的草原。很明顯，中庭可以隨著季節變化重新調整，甚至隨著管理員的當日心情轉變。

我四處閒晃飽覽一切時，走到阿米剛才穿越離開的那扇門，發現門上有個小窺孔，就狡猾地藏在一小面百葉窗後。我的目光透過百葉窗，望見一片覆蓋燈芯草的沼澤地，還有一條蜿蜒而過的小徑。小徑另一端又是一棟高牆圍繞的建築，比苗圃大得多，狀似城堡。

我站在那兒盯著洞口時，堡壘大門剎那間豁然敞開，大門拉開的時間足以讓十至十一人出來，正好讓我有時間一窺內部：我看見的不多，僅草草瞥見一個鬱鬱蔥蔥的花園，有涼亭和水路。接著大門再度敞開，一票男人開始朝苗圃的方向走來。有一個稍微走在其他人前頭，雙手交疊在背後：從其他人畢恭畢敬走在後頭的樣子看得出，很明顯他就是「老闆」林聰。

親愛的寶格麗，妳聽我這樣描述一位中國人可能覺得奇怪，但我敢跟妳擔保，親愛的寶格麗，我的說法如假包換：林聰長得就像義大利大師經常被要求描繪的文藝復興大主教肖像！服飾的相似度不用說——帽子、禮袍、珠寶首飾——亦延伸到他的鷹鉤鼻、豐滿顎骨、藏匿在厚重眼皮後那鋒利如劍的眼神——可以說這張臉寫滿了聰穎與腐敗，殘酷與色慾。

我趁被人發現前，連忙從門邊退開，門打開時，我已經移步到一段距離外，假裝一直都在漫步欣賞盆栽。

除了阿米外僅有林聰：其他人——貼身男僕、苦工、土匪，管他們是什麼人——都出去外頭歇息。他佇立審視打量我一、兩分鐘，我正準備用洋涇濱向他請安時，他率先開口——親愛的寶格麗，我腳下的地板瞬間化為水也不意外。他說：「你還好嗎，錢納利先生？」——他的發音會讓妳以為他在倫敦街頭混過好幾年！

我努力回過神說：「非常好，先生。您呢？」

「噢，你也知道，」他說：「時好時壞，跟氣象桁端沒兩樣。」

阿米這時生出兩張椅子：林聰往其中一張坐下，示意我坐另一張。我還沒完全從他方才的進攻恢復過來，他又開口。

他很開心見到我，他說。他名叫陳良，但我也可以叫他林聰或陳先生，想怎麼叫都好：他不在乎名字。然後他就像其他日理萬機的男人一樣，話鋒一轉，廢話不說單刀直入問道：「聽說你有東西要給我看。」

「是的。」我說，把山茶花的畫交給他。

凝視畫作時，他那雙覆蓋沉重眼皮的眼睛閃爍，臉上閃過一抹奇異神情。他用一根少說有兩吋長的指甲點著圖畫。

「你這幅畫是從哪拿到的？」他想知道答案，我告訴他，這是一個朋友的畫，他要我代為詢問這幅畫的事。「為什麼？」他以同樣唐突的口吻說。我不在意別人用這種語氣對我說話，所以我告訴他，因為我朋友希望採集植物樣本。

他們打算用多少錢買？他問我，我回答，他們想用一大批來自美洲的全新品種植物來交換。

聞言他眼底閃過一絲光線，長指甲開始刮擦手掌，彷彿想壓下蠢蠢欲動的收藏慾望。「他們有哪些植物？你有帶來嗎？」

沒有，我說，植物都泊在香港附近外海一艘船上。

「這對我沒好處，不是嗎？我怎麼知道這筆交易是不是值回票價？山茶花可是絕世珍品——唯有世界盡頭才找得到，我不是個性好投機的男人，錢納利先生：我得看看你們的貨。」

這下該如何是好？我不知所措了一會兒，突然想到個妙計，我說：「先生，我朋友可以給您看畫，我有個朋友是天賦異稟的插畫家。」

他思考片刻後答應，一切都好，只要能盡快讓他看見圖畫即可——因為金茶花從生長地送來廣州需要一點時間。

「我會即刻動筆寫信，先生，」我應允他：「我相信不消一週，您就能看見圖畫。」

他顯得躁動不安，我以為他要結束會面，正打算起身時，他卻伸出一根長指甲制止我。「讓我先問你個問題，錢納利先生，」他說：「你這位朋友——擁有這幅畫的朋友——他不會正巧姓潘洛思吧？我忘了他的教名，但我想大家都叫他『菲奇』。」

親愛的寶格麗，妳能想像我有多詫異嗎？我敢跟妳保證，在我們的對話中，我半次都沒提過潘洛思先生：這男人怎麼可能知道這幅畫的主人，何況是個跨越半個地球過來的人？

但他就是知道。

「是的，先生，」我說：「主人確實就是潘洛思先生。」

「我對他印象深刻——長著一張天花醫師的臉，對吧，這個菲奇．潘洛思？」

「所以先生認識他囉？」

「認得，」他答道：「他也認識我，你寫信給他時，幫我轉告他，阿飛用額手禮向他致上最高敬意，他會明白的。」

就是這樣，親愛的寶格麗：這不是林聰或陳先生——或隨便妳想怎麼稱呼的這位男人——第一次見到潘洛思先生的山茶畫作：這不是別人，正是帶著威廉．克爾採集的植物去倫敦的園丁阿飛！

我親愛的寶格麗女士，妳現在也許能夠理解為何對這男人的好奇讓我心急如焚，所以妳同情同情我，盡快寄來妳最出色的植物畫：我迫不及待要認識這位陳先生了。

*

巴蘭吉的公司是嚴格聯合經營的家族企業，節奏永遠不變，也沒商量餘地。這就是為何這首錯綜複雜協奏曲的管弦樂大師維可宣布要離開幾天時，一下便讓尼珥毫無警覺地走調。

「我不在時你要處理好頭家，」這位船務長露出大大的笑容說：「別皺眉頭，你辦得到。」

「你要去哪裡？」

「阿拿西塔號，有些公事要處理。」

「但船不是泊在外島嗎？」

「是啊，」維可說著，一邊拎起袋子：「我得從Amunghoy或穿鼻雇艘划艇。」

維可不在，尼珥才開始體會到巴蘭吉的公事有多需要這位船務長管理。老爺雖貴為公司之首，但身分類似司令官而非船長，他的目光看的是遙遠的地平線，注意力集中在長期策略上。維可才是旗艦的領航者，他穩定船身的手才剛偏離舵柄，船便慢慢失去平衡：「烏煙瘴氣」——廚房煙霧瀰漫、熱氣騰騰的區塊，也就是二十幾名員工的用餐區——乾淨不再，餐點也不在正常時間出餐，走廊的燈被煤炭燻得焦黑，kussab也忘記準時點燈。貼身男僕和苦工去豬巷烈酒酒吧狂飲，回來時通常已夜色蒼茫，早晨無法準時起床，按表操課準備工作。過去巴蘭吉對工作細節要求嚴格，但現在員工漠視指令，他似乎不太注意，也不那麼在乎，彷彿一顆大骰子擲入空中——從老爺到最底下的員工，每個人似乎都屏氣凝神等著看旋轉的象牙方塊滾落地面。

然而，至少就尼珥所知，無人私下議論維可去阿拿西塔號要處理的任務。其他員工團隊合作密切，儘管來自不同背景和環境，他們都來自孟買內陸：身為一個來自東部的外人——而且還是個跨越階級的人——尼珥深知，他受眾人質疑，行為舉止都要當心。他不問不良問題，有人用他不諳的語言談論公事時——古吉拉特語、馬拉地語、喀齊語和孔卡尼語——他會盡可能不表現出不恰當的好奇。但他依然豎耳聆聽，很快得到了結論，那就是他的同事跟他一樣，對維可的任務也一無所知，就算他們有優勢，並不是因為他們知道船務長的任務：而是他們已從長久以來的習慣得知，要照老闆的心情協調自己的工作——豐泰行一號的每個人都知道，老爺的心情最近出奇地不穩。

其中一個跡象就是他晚間不再外出：每一天，當太陽探入白鵝潭，巴蘭吉會問尼珥，他收到什麼邀約，聽他唸完名單後——這份名單果真不得了，宴席結束還有盛大晚宴，緊接著消夜，這種行程並非罕見——他會深思一至兩分鐘，才唐突打發。

請提燈人送回條，告訴對方我……

「身體微恙？」

你覺得怎樣就怎樣吧。

日子一天天過去，維可始終無消無息，明眼人都看得出壓力正逐漸消磨老爺的耐心。他日漸焦躁，把不耐無差別宣洩在身邊隨便一個倒楣鬼身上——而這個倒楣鬼，往往是最可憐的祕書。

巴蘭吉爆發的消息很快就傳遍阿差行，過一會兒，每個人都表現地像是集體贖罪，躡手躡腳走路，用英文交談。

率先上前慰問的，是那兩名收帳員：

「……怎麼辦？大老爺會這副模樣，唯獨……」

「……人生總會碰到痛苦折磨……」

「……向上帝禱告吧，咬牙扛下重擔……」

有天早上，巴蘭吉無精打采玩著早餐，尼珥正在讀一份北京發布的皇家法令：「即使各省總督授權可執行突襲，沒收鴉片，主事官員報告，吸食鴉片的習慣依然持續攀升。哎呀，中國官員粗心大意，行事草率，就算沒收鴉片，量往往也很少，擔心的是他們不夠正直……」

這是什麼鬼？巴蘭吉喝斥。

大老爺，是天子在京城發布的詔書：最新的《廣州紀事報》刊登了翻譯。

巴蘭吉把還沒吃完的餐盤推至一側，從桌邊站起：繼續唸下去，祕書先生，我要聽其他內容。

「這之後，各省總督必須嚴格要求人民遵從指令，亦必須命令百姓和軍官積極搜出所有參與鴉片走私、背信棄義的商人，城裡開鴉片館的店主必得送至衙門羈押。」

尼珥從筆記偷瞄，瞥見巴蘭吉從早餐桌前站起，做了件非常罕見的事——他在辦公桌前坐下。

「怎麼停下來？」巴蘭吉說：「繼續唸啊：皇帝還說了什麼？」

「各省總督必須致力斬草除根，擯除邪惡，誰都休想逃過恢恢法網，若有知情不報、藏匿或得過且過等情事，不強制逮捕等惡行惡狀，違規者將受到全新的法律制裁，後代子孫也無法參加國家考試。反之，若各區中國官員展現出完成任務的能力和智慧，將會根據新法律升遷。請至各省對人民頒布並宣揚此令。欽此！」

這時，尼珥被一個奇怪的研磨聲打斷，像是磨牙的聲音，他詫異抬起頭，發現聲音並非自巴蘭吉的嘴巴傳出，而是他的手——他已經把他的雕刻硯台擺在面前，瘋狂磨著他那久疏未用的墨錠。尼珥說不準此舉究竟是釋放他的焦躁，或讓自己冷靜下來。不一會兒，老爺動作粗暴一個不穩，將硯台撞出桌面。黑色墨汁灑向半空，浸濕老爺潔淨無瑕的長上衣，紙張灑得滿滿都是。

巴蘭吉跳起來，驚惶地低頭望向自己。「他媽的搞什麼東西！是誰准這群中國佬把墨汁做得像綜合香料？一群混帳！」他憤怒凌亂的雙眼轉向尼珥，指向硯台：「把這拿走！我永遠都不想再看到它！」

是，大老爺。

尼珥腳步正移向門邊，門忽地自動旋開：一位苦工站在門外，手裡拿著一張封好的紙條。緊急紙條送來了，男人說。送信人在樓下等候回覆。

從巴蘭吉的反應看得出，他一直都在等這張字條。硯台的不幸事件已完全拋諸腦後，他的聲音變得輕快，有條不紊：祕書先生，我要你下樓去金庫，麻煩收帳員準備一袋九十兩銀子的現款：告訴他們，挑「最好的一等元」。再吩咐他們一聲：上面不能有我的記號。

是，大老爺。尼珥躬身退出辦公室，趕緊下樓。

跟其他番鬼城的帳房一樣，老爺的保險金庫位於一樓。這間密不通風的房間有扇巨大的門扉，僅有一扇上了粗重鐵門的密閉窗子。這裡是公司重地，只有兩個收帳員可以進入：他們就在這兒算上幾小時的帳，成串銀元在他們手中叮叮噹噹，發出不絕於耳的金屬旋律。

番鬼城內最常用的是世上流通範圍最廣的錢幣：西班牙銀元，也稱作八片幣，因為面值正好就是八里亞爾。這種銀元含銀量略低於一盎司上等白銀，上面浮印著現任西班牙君主頭像與武器。但在廣州流通的八片幣很少留下鑄造時的原始設計。在中國，每一枚錢幣從某人手上付給另一人時，都會印上現任所有者的戳記，這項慣例可作為買賣雙方的保證，如此一來，若是有人抱怨錢幣出問題時，便可找蓋上戳記的前任主人更換。

幣面可用空間減少後，多半會再拿鎚子敲扁，有些時候有裂痕或磨損的錢幣就會碎裂，當某筆交易需要某個特定重量的白銀時就可放進袋子秤重。隨著錢幣老化，即使含銀量未變，卻會變得越來越難流通。相對的，新銀幣又叫「一等元」，其價格往往超過實際面額。

西班牙銀元雖然無所不在，但主要用於每日的小額交易，商業上的重要交易用的還是中國貨幣，最小的單位是「錢」，是鋅銅合鑄的錢幣，中心有個方孔，就可一次串起大量錢幣：一串為一百錢，這種單位在英文叫 mace[31]，人們購物時常會帶個一、兩串像手鐲般戴在手腕和手臂上。

在尼珥眼中，錢是種很美的硬幣，可是太重，不適合大量攜帶，面值也不大，甚至比一個印度派沙（paisa）還小。銀兩才是真正值錢的中國通貨：一兩含銀量約比西班牙銀元多三分之一，是最常用於大額貿易的貨幣。

事實上，巴蘭吉要求一袋裝著銀兩而非銀元的現款，在某方面可說別有用意。尼珥雖然看得出來，卻揣測不出是為什麼：這筆錢沒有多到能大量進貨，卻又遠大於每日的採買金額。

他絕不可能在商行裡跟其他人討論這件事，那是當然，因此尼珥以為這些問題的答案將永遠無法釐清。不過稍晚，他把裝在皮袋裡的九十兩銀子送到老爺臥房後，去辦公室取回他的文件，發現桌上有個詭異的加密訊息。他用來當作吸墨紙的紙張上有段潦草文字：貼近一看，發現是老爺的歪斜筆跡。

這應該是巴蘭吉的辦公桌被墨水潑髒後，索性便用尼珥的辦公桌。巴蘭吉火速回覆那張收到的字條後，曾在這張吸墨紙上抹乾墨水。尼珥凝視這張紙，讀出幾個字：

……伊內思……

……確認……會送來一袋……十一點在怡和行……巴蘭吉敬上……

*

巴蘭吉十分清楚當天早上得做什麼，維可已經謹慎仔細指導他該怎麼做。他要去詹姆斯．伊內思位在怡和行內的公寓。等到交出第一批鴉片後，他們才一手交錢，一手交貨：這不是要給伊內思的費用——那筆帳之後再結——這是小費，要發給確保運送順暢的當地官員。第一批交貨只是測試，維可不會在場，他計畫留在黃埔，確認香港來的快艇可將下一批貨順利運至兩艘小艇。

維可已經策劃好一切，巴蘭吉只需在怡和行待一小時左右——當然不算久，但巴蘭吉從不喜歡怡和行，不用留這麼久他會更開心。雖然他自己不曾住過這個商行，但他跟怡和行並非一面之緣，隔壁

31 mace為重量單位，為一兩的十分之一。按清代未有以一百銅錢為單位的幣值，通常以一千錢為一貫或等於一兩銀子，雖此理論上的幣值在實際兌換時會因銀價起落而有差別。在道光年間便因鴉片造成白銀外流以致銀價上漲，此時一兩白銀可兌一千兩百至一千六百文銅錢。

就是他在廣州第一個住所，荷蘭行。這兩幢建物僅一牆之隔，卻南轅北轍。荷蘭行低調安靜的可怕，而怡和行則熱鬧滾滾，自由放縱，居住的都是勇往直前、剛毅果決的自由貿易商——像是渣甸和伊內思這樣的男人。

怡和行[32]之所以得其名，是因為它夾在一條狹窄水道邊：這是番鬼城那側的最後一棟建物——怡和行另一側是公行商人的倉庫，小溪是怡和行的獨有特色，眾多房屋都有自己的碼頭，可以直通河川。

怡和行的房客常說他們喜歡這裡，因為緊鄰河水，可是巴蘭吉一直不覺得這話說得有道理。怡和行名字裡的小溪不過是條水路——開放式下水道和潮水的綜合體。這條水路是城市廢棄物的主管道之一，低潮時會萎縮成一條涓流，河岸清晰可見，難以想像更可怕的畫面。潮水往往會堆積遺棄的豬狗屍骨殘骸——它們就卡在堵塞的泥巴裡，蒼蠅嗡嗡作響，傳出令人作嘔的沖天臭氣，直到屍體鼓脹爆炸。

這個「風景」從來不吸引巴蘭吉，也無法想像對怡和行其他居民有吸引力：很明顯了，對詹姆斯．伊內思這樣的男人，怡和行的魅力在於水路可以直通河川，他們居住的公寓都設有碼頭和倉庫，貨物不必穿越廣場，便可直接運到門前。廣州主要的海關監督衙門就位在怡和行入口附近的水道河口，距離這麼近也無妨：海關官員——或他們說的「海關監督」——會在貨物送達前被伺候得服服貼貼。

巴蘭吉知道像這樣的貨經常送到怡和行，所以出錯的機率非常低——但他還是無法不對大大小小的事感到焦躁。他抽出一本詩凌白給他的黃曆，比對日子和時辰是否吉利——看見不吉時他的心情惴惴不安。然後他望著床上已經幫他準備好的衣物，打定對他今天的任務太華麗，戴著頭巾，身穿長上衣已讓他夠醒目，實在沒必要因為不必要的華服引來更多側目。

經過幾番思索，他決定穿一件毫無特色、多年未穿的陳舊束腰長袍，然後他綁好頭巾，又想到鬆開頭巾尾端或許不錯，若有必要時可以裹住臉——也許這樣提防有點荒謬，可是當下他不想錯過任何可能讓自己心安的方法。但他沒請貼身男僕效勞——他的員工都清楚，他的頭巾絕對會牢牢綁緊，要是風聲走漏，整個商行會議論紛紛——於是他決定自己來，請貼身男僕出去。

當然這蠢貨以為巴蘭吉在譴責他，開始擰手哀號——Kya kiya huzoor？我做錯什麼了嗎？

巴蘭吉見狀失去耐性，大發雷霆：Gadhera！你以為我自己啥都做不好嗎？給我出去，chali ja！

這男人嗚咽抽泣著往後退，巴蘭吉感到一絲悔恨的刺痛：這傢伙跟著他很久了，可能有二十多年，他還記得他很小就來了，而今他的絡腮鬍上冒出幾絡銀灰。一個衝動下，他把手伸進開襟上衣胸前的口袋，掏出他手指掃過的第一枚硬幣：是完整的一元，無妨——他遞給這男人。

喏，他說。沒事，拿去吧。你可以先走了，剩下的我自己來就好。

男人睜大眼睛，盈滿淚水，他深深一鞠躬，捉著巴蘭吉的手親吻。大人，他說，你真是我們的maai-baap，我們的衣食父母，要是沒有你，大老爺……

夠了！巴蘭吉說，可以了，你可以出去了，快走！

等到門一合上，巴蘭吉轉身面對穿衣鏡，鬆開緊緊纏繞的頭巾一褶，正打算輕輕塞回去時，他注意自己的手正在顫抖。他停下來深呼吸，看見他神經這麼緊繃，脾氣是那麼易怒暴躁，著實心慌——

---

32 本書中提到怡和行時有兩種說法，意指建築物時，用的是外國商人最初以地理特徵命名的 Creek Factory（小溪館），意指公司商號時則用音譯 Eho Hong。

可是又有誰想得到，他，巴蘭吉．納魯茲．摩迪老爺，也有落得鬆開頭巾尾端當面紗使用的一天？

離開臥房前，巴蘭吉決定把皮革袋塞在他的腰封褶子裡：雖然腰間沉甸甸，至少安然無恙藏在他的羊毛長上衣底下。他正打算開門時，忽然想到帶支手杖也許不錯：他帶了一支麻六甲的結實手杖，上面還有一顆瓷製球體，接著他的眼睛落在手表上，發現時間快十一點，於是快步走出房間，發現祕書在樓梯頂等他。

大老爺，今早有什麼可以為您效勞？

不用忙，祕書先生。巴蘭吉停下腳步對他微笑。你最近工作很辛苦，今早不妨休息吧？

是，大老爺。

走到樓梯底時，巴蘭吉發現好幾個員工漫無目的地磨蹭，在走廊上竊竊私語。

……大人，要我們陪您去嗎？

……需要效勞嗎，大老爺？

巴蘭吉知道他的態度要是不夠堅決，他們必會跟上來，於是他伸出一隻手指，嚴厲地擺動：不用，誰都不需跟我去——我也不許誰偷偷跟上來。

語畢，他們的眼睛垂落，悄悄溜走。巴蘭吉步向大門，他一踏出門，廣場上日常的奔波忙碌稍稍讓他定神：理髮師勤奮工作，在他們的攜帶式遮棚底下，削額髮編辮子。陣陣芳香雲霧從糖炒栗子小販的手推車飄來，巡迴雜技團在一群目瞪口呆的小鬼頭面前表演。巴蘭吉的視線望向屁眼岬，發現不比平時壅塞時鬆了口氣，船入塢中間的時段偶爾會很長，所以他沒多作他想，踩著輕快步伐，擺著手杖出發。

廣場和小溪之間是英國館和荷蘭館，這兩個行館吞沒前方這塊地，變成自家花園，廣場走到小溪的這段路，像被漏斗篩成一條小窄巷——阿差都稱這條狹窄的走道為「偷兒巷」。

巴蘭吉在偷兒巷遭遇過「賊爪」：多年前他某次穿過這條巷子，被偷走五十塊錢，他奮力擠過人群時，罩衫的內襯被小偷割破，扒走錢包，手法高明俐落，他直到海關局才發現錢包不見。今天通過這條巷子時，他的手小心護著錢包，以免遇到割衣賊。

來到小巷尾時，巴蘭吉迅速瞄了海關局一眼——這棟平凡無奇的建築就在水路口，隔壁是個人聲雜沓的院落，院子今天出奇安靜，唯有幾名苦力和小販流連：從巴蘭吉佇立的位置望出去看不太見河川，海關局阻隔起這條河，他突然萌生一個念頭；他可以走到碼頭，確定河面上沒有難處理的狀況。但他左思右想，決定還是別招來太多關注，然後晃著手杖，前往左側幾尺的怡和行入口。

巴蘭吉上次踏入怡和行已是多年前的事，可是裡頭沒什麼變：前方是條漫長漆黑的走廊，飄散著霉味與尿騷味，伊內思的公寓在二號房，入口在右手邊。巴蘭吉直接邁步走向入口，舉起手杖的圓球敲門，裡頭沒反應，他又敲了一次。不多久門敞開，一位男僕領他進入伊內思的公寓。

映入眼簾是一間擁擠狹長的房間，許多無足輕重的番鬼城商人都住在這樣的房間——但眼前這一間雜亂無章：小餐桌上堆疊著盛裝發臭食物的盤子，椅子和長靠椅上堆積著骯髒的被褥。巴蘭吉擠出一張鬼臉，視線移向房間的遙遠盡頭。

跟怡和行眾多公寓一樣，這間也有個俯瞰水路的小陽台：發臭食物和未洗衣物的氣味濃烈到巴蘭吉認定，這條小溪的味道可能比房間的臭味芳香。他正打算步出房走到陽台時，伊內思衝上銜接房間和樓下倉庫的陡峭樓梯：他的臉龐爬滿鬍碴，身上穿了件外套，以及一條看似幾天沒換的馬褲。他沒頭沒腦衝著巴蘭吉怒目而視，說：「我希望你帶了錢，摩迪先生。」

「啊，那是一定，伊內思先生，」巴蘭吉說：「貨品順利抵達，你自會拿到錢。」

「噢，貨已經在路上了，」伊內思說。

「你確定？一切都安然無恙？」

「嗯，那是當然，都指派好了，會按指示走。」伊內思往嘴裡塞入一根蘇門答臘香菸的菸屁股，火柴靠攏菸頭：「潮水要漲了，他們隨時會到。」

巴蘭吉發現他對伊內思逐漸產生好感：他那野獸般的自信十足鼓舞人心。「你的情緒還真高昂，伊內思先生，我很高興看見你這樣。」

「我只不過是上帝的小嘍囉，摩迪先生。」

樓梯底下霎時傳來一陣呼喊：是伊內思的男僕。「船！船來了！」

「到了，」伊內思說：「我最後得下樓監督卸貨，你可以在陽台上等，摩迪先生——若不介意味道，可從那裡盡收眼底。」

「就聽你的，伊內思先生，」巴蘭吉打開陽台門，步出陽台。

潮水湧入後，水路注滿河水，如今水面漲至可輕鬆把船停在伊內思倉庫旁的高度。巴蘭吉朝下一瞥，看見伊內思和他的僕人步出，站在小碼頭上，伸長脖子望向溪水。他的眼睛也轉往那個方向，看見一艘船從河面滑入，在狹窄水道上緩緩移動，經過海關辦公室：那是艘船的小艇，兩名當地人指引船工划槳。

即使潮水升高，小溪依舊擁擠，小艇速度奇慢——至少巴蘭吉覺得像是蝸牛移步，他的額頭開始滲出汗珠。最後小艇總算停靠在小碼頭時，他深深嘆了一口氣，用頭巾末端抹了抹臉。

「看見了吧，摩迪先生？」

是伊內思先生。他站在碼頭，帶著勝利之姿吞雲吐霧：「我告訴過你吧？一切都會安全送達，這難道不證明了天意嗎？」

巴蘭吉微笑，策略畢竟奏效：幾經深思熟慮，安排運送鴉片簡直是小意思——風險不高，鴉片還不用運進他自己的商行或途經倉庫。他唯一後悔的就是當初叫的貨太少。

巴蘭吉舉起一隻手恭喜他：「太棒了，伊內思先生！幹得好！」

*

尼珥早晨很少有自己的時間，他很清楚該怎麼利用這空檔：自他上次去阿沙蒂蒂的廚船已經有一陣子，光想到就口水直流。

這間食堂是廣州阿差經營的：對來到這種城市的無數印度兵、沙浪、船工、收帳員、當地會計、財務仲介、祕書和通譯而言，這是必訪之地。因為阿沙蒂蒂的廚船是整條珠江上，讓阿差無後顧之憂享用美食的唯一一家食堂，他們知道自己絕不會吃到牛肉或豬肉，也不會有會吠叫、喵喵叫，還是在樹梢爬行或啁啾的奇怪生物：羊雞鴨魚是她唯一供應的死動物。此外，她烹飪的方式絕對充滿道地家鄉味，使用的是貨真價實的綜合香料和叫得出名字的食用油，米飯不會有異地奇怪的柔軟黏稠口感：通常會有印度炒飯或魚燉飯，扁豆、綠炸菜餅，還有雞肉咖哩和印度平底鍋煎魚。有時候——這種時候都是大好日子——還會有炸菜丸和印度麵餅，要是正值當季，甚至可在阿沙蒂蒂這兒買到便宜的蔬菜料理——她做的不是廣州寺院裡平淡無味的那種，而是任誰都垂涎三尺的薄煎餅。

有些來到南中國的阿差訪客由於擔心不小心吃進禁食的肉類——更慘的是吃下讓腸胃絞痛的不明食材——因此連續數週只靠水煮青菜和米飯果腹，這些人不僅對阿沙蒂蒂感激不盡，甚至成為她的信徒。可是尼珥還有個經常造訪她食堂的理由：對他來說，她廚房提供的食物還增添另一種額外香料：

說孟加拉語的樂趣。

阿沙蒂蒂一口流利的印度普通話和孟加拉語常讓阿差們瞠目結舌，因為她渾身上下看不出跟他們老家有任何關聯。阿沙蒂蒂身材苗條，抬頭挺胸，身著廣州船女慣穿的工作服——一件藍色短上衣、長及小腿肚的寬褲，錐形遮陽帽，或許再加件保暖的冬季棉背心。她坐在凳子上，手指撥弄算盤，手腕上計時的焚香燃燒，完全融入廣州濱水的場景，聽見她用熟悉的家鄉話問好——印度普通話甚至孟加拉語，這兩種語言她都說得輕鬆流利——阿差往往大吃一驚。他們常嚇得下巴合不攏，問她怎麼辦到的，好像她流利的語言能力是某種魔術師的戲法。她會哈哈大笑回答：你明知道不是魔術，我是土生土長的加爾各答孩子，家人現在還住在那兒……

阿沙蒂蒂出生沒多久，她父親就搬到孟加拉：他是第一批移民加爾各答的中國人——在一大群客家人中，廣州人是少數族群，他一開始在齊德埔碼頭當搬運工，家人搬來後他就展開餐飲事業，專門為行經港口的中國船員做菜，供應麵食、醬料、醃菜、香腸和其他身體所需的食物。

他們提供的是家常小吃，每個家族成員都下廚幫忙，小孩也不例外，阿沙蒂蒂又正好是長女。阿沙蒂蒂出落得亭亭玉立，但還不到成熟的年紀。某天，她正好幫一個名叫阿保的年輕水手開門。阿保被派來幫他的船採購糧食，準備隔天出航。當天早晨食堂很忙，她渾身裹滿麵粉、掛著濕麵團，阿保一看到她便合不攏嘴，用廣東話悶悶咕噥幾句話，她也學他說話方式回應，告訴他有屁快放——還不快說！就算她當下的模樣沒讓人退避三舍，她的回應應該也讓他永遠不想再回來——可是翌日他又回來了：他跳船了，他解釋。他想幫這家人工作。

當然阿沙蒂蒂的父母很清楚他的意圖，他們也不太滿意——部分因為他們從這男孩的言談猜出，他的出身背景是船員，部分則歸因他們心裡有數，已經幫他們的長女安排一個更適合她的新郎。儘管如此，阿沙蒂蒂的父親還是決定用他，但絕非出於同情。他是個精明狡猾的商人，深信自己敏銳的商業直覺，他相信這名年輕水手可能對他有好處，不脫船舶供應商事業的好處：開船出河的能力。阿保可以幫忙爭取新抵達船隻的顧客，在那之前他都是自己出馬，可是他不是船夫，每次都得雇胡格利河的水手幫忙駕舢舨，過程中經常被騙。所以這年輕小夥子正好曉得怎麼在擁擠的河面上開船？答案不證自明，胡格利河的舢舨跟他們那艘同名的船：珠江「三板」舢舨大相逕庭；船尾和船頭皆往上揚翹，這艘船的胡格利版本形狀較像獨木舟，駕駛方式十分不同。

但阿保是水上出生的男兒，區區一艘小船難不倒他：小菜一碟，他輕而易舉學會了駕馭舢舨。他在珠江學會的划槳技術並非唯一受用的技能：想欺壓他的河都沙浪和河濱區混混發現，他這輩子碰多了他們這種人，那些對他譏笑嘲諷吼出——中國佬！——的人發現，他對逞兇鬥惡、叫囂怒罵並不陌生，很快就贏得其他船員的尊敬，成為河濱區名氣響亮的人物：人們都喊他巴布羅。

不久，巴布羅成為這個家族事業的中流砥柱，沒人能想起當初他們為何覺得他不配當家族長女的夫婿：反對聲浪隨之蒸發，兩個家族書信來往，要把婚禮辦得人盡滿意。在恆河平底船上舉辦過婚宴後，這對新人搬進家族大宅的一間房，阿沙蒂蒂就在那裡生下九個孩子的其中五個。

雖然巴布羅帶著勇氣展開嶄新人生，加爾各答對他的意義不像他妻子，他是在家人工作維生那艘中式平底帆船上長大，他父親在廣州附近的海岸貿易線上是個「大佬」，那艘船很小，雖然速度不夠快也不舒適，但對巴布羅而言那就是家，父親要賣掉這艘船的消息傳入他耳中時，他沒半刻猶豫：書信和禮物在加爾各答和廣州兩座城市的水路密切往來，巴布羅找了一艘又一艘船，最後終於找到可託付的熟人，說服父親暫緩賣船。在親友協助下，他們籌到盤纏，幾個月後這對夫妻就帶著孩子航向中國。

搬家後，變成阿沙蒂蒂要靠海上往返與家人聯繫，要是有沙浪或舵手帶著禮物和書信過來，請他們吃一頓想家時會吃的料理並不為過——阿差飯，這種她小時候在加爾各答常吃的食物。她燒得一手好菜的名聲遠播，越來越多阿差來找她，不只船工，甚至英國部隊的印度工、哨兵和稅務稽察員，訪客數量增加，食物開銷也跟著上漲。有天巴布羅惱怒地說，既然要填飽這麼多人的肚子，不妨順道賺點錢，他們越想越覺有理：畢竟巴布羅的中式平底帆船可以去澳門採買糧食，澳門有大批果阿人，可以輕鬆買齊綜合香料、扁豆、醃漬物和其他阿差食材。要不是有阿沙蒂蒂父母的例子在先，他們也很難因應這種需求，供應外地不易購得的食物。

食堂辦得很成功，阿沙蒂蒂和她家人展開其他生意，但對她來說，廚船是她的熱情所在，沒什麼比坐在習慣的位置（錢箱和瓦斯火爐之間）更能讓她心滿意足。

尼珥每次看見阿沙蒂蒂時，她都坐在那裡。他的腳一踏上船首，穿過食堂入口的亭子，眼睛就自動瞄向那個方位：對他而言，見到她的樂趣之一就是每次都能重溫她初次用孟加拉語跟他打招呼的驚喜。雖然淨是些家常閒話，例如nomoshkar, kemon achhen?——在加爾各答巷弄中聽到耳朵都長繭的話，但在一艘廣州廚船上聽到時卻不啻神奇魔咒。

可是今天，踏上這艘船的當下，尼珥清楚知道等待著他的驚喜與往常不同：阿沙蒂蒂不僅不坐在平常的位置，她兩個媳婦還四處奔走，拉下窗戶：食堂看似正打算關門——不過這時才上午十點，一天都還沒開始。

這艘廚船猶如駁船，船身低而方正，兩端是高聳亭子，中間是長形棚屋，兩側擺滿長凳，中間放了張上菜的公用餐桌。尼珥的目光望出走道，看見阿沙蒂蒂正在船後忙著撲熄爐火，她正好抬頭看見尼珥，露出詫異神情，然後慌慌張張穿過船身。她走到他面前說的第一句話不是往常的問候：而是近乎無禮唐突的問句：Ekhaney ki korchhen？你來這裡幹嘛？

尼珥驚訝到結結巴巴：我只是想來吃飯……

不！她打斷他的話。你現在不該來這裡。

為什麼？

官府捎來消息，要我們關門。

噢？尼珥說。出了什麼事嗎？

她聳肩：他們只想確定這裡沒人鬧事。

這話讓尼珥一頭霧水，鬧什麼事？他說，我剛才穿過廣場，路上沒看見出什麼差錯啊。

真的？她癟了下塗抹口紅的嘴唇，挑起一邊眉毛：那你有往河那邊看嗎？

沒有。

你現在看。

她一隻手壓住他手肘，轉過他的身體，讓他看河面：他看見本來川流不息的寬闊中游渠道，如今空無一船。所有老爺船、小筏子和舢舨紛紛往各角四散而去，讓道給兩艘從不同方向挺進番鬼城的戰船通行。

水面上平時幾乎難得一見戰船身影，這景象實在引人側目：兩艘船的兩端各自設有堡壘，還繫上為數可觀的旗幟和三角旗，其中一艘距離很近，接近時尼珥看見船上載了大批部隊——不是城裡常見的軍人，而是高眺的滿洲衛兵。

發生什麼事？尼珥說，妳知道嗎？

阿沙蒂蒂目光跨過他的肩頭，示意他蹲低身子。

確切怎樣我不敢說，她低聲說，但我想應該是要突襲其中一家行館。

尼珥倏地警覺，說：是哪家妳可知道？

她面露微笑，安撫似的拍了他手臂一下：不是你那家，安啦。是最遠的那家：你知道嗎？

妳是指小溪館？

她點頭，補充道：對，怡和行。

他過一會兒才搞懂這三個字指的是什麼。那是什麼？他說：你們都這樣叫小溪館的嗎？是同一家？

她又點頭。對，是怡和行，同一家。

*

巴蘭吉站在陽台上，謹慎監督船工從小船上搬運一箱箱鴉片，他的貨還只是其中一小批，但他遠遠就能認出，因為上面還留有那場風暴的污痕。巴蘭吉算了算，才數到第六箱，一陣突如其來的急切敲門聲讓他的注意力轉向小碼頭，回到河面。他旋過腳，發現已看不見小溪口後方的景觀，河口被一艘大船遮擋——那是艘中式平底帆船——已默默停駐在水路入口。

然後他明白為何突然開始敲鑼打鼓：這是一組滿洲部隊登陸的伴奏，士兵從中式平底帆船魚貫而下，在海關局的庭院排成一縱隊，領頭的幾排士兵已經開始往怡和行方向拔腿奔跑。

有可能是突襲嗎？巴蘭吉那一瞬間震懾到無法動彈，勉強擠出幾個字：「伊內思！伊內思！你看……」

汗水瘋狂滑落巴蘭吉的眉頭，把頭巾浸得濡濕。他呼吸急促，無法思考，只知道自己得設法離開，手摸向腰封確保皮袋還在原位後，巴蘭吉抽出頭巾末端裹住臉，快步離開陽台、拔腿衝過公寓，走下樓梯時聽見樓下傳來伊內思怒罵某人的聲音——是船工還是他的僕人——他無法分辨。

伊內思要怎麼處理這批士兵？巴蘭吉無法思考。無所謂，反正伊內思沒有家累，不用擔心名譽問題，他是頑強的惡棍，自己可以處理得很好——即使不行，他還有英國砲艦撐腰。而他巴蘭吉呢，沒有這種免死金牌，無法多逗留一分一秒。

巴蘭吉踏入中庭，快步走向通往行館建築內的隱蔽處，穿越中庭時，回頭張望行館入口，從走道瞥見一整隊衛兵小跑步穿過海關局院子，奔向怡和行。

巴蘭吉轉過身，開始往反方向迅速前進。跟其他商行一樣，怡和行跟豐泰行有個通往十三行街的後門。巴蘭吉知道要是能在無人發現的情況下穿過下面幾個中庭，便能安然逃離怡和行。

巴蘭吉聽見士兵的靴子聲自商行入口傳來，正踏入下一個中庭時，轉頭偷瞥一眼，目光捕捉到十來名士兵的背光剪影：他們戴著豎立的羽毛，看似高得不自然，恍若巨人。

沒時間了，沒時間了……巴蘭吉在走廊前進時，聽見士兵拖著槍猛敲伊內思的門。其他門敞開，人們蜂擁群聚而來，湊熱鬧看這場騷動。巴蘭吉檢查自己的步伐，用手杖計算他跨出的步子，然後眾人從兩個方向俯衝經過身邊時，巴蘭吉頭保持低垂：有些人倉皇逃離喧囂，有些人則衝向騷動來源。他的視線垂下，注視著腳下的鋪石，牙齒咬住頭巾尾端，沒注意跟他摩肩擦踵的人。他小心翼翼迴避目光，唯獨在看見腳下自己的影子，他才知道自己成功溜出商行建築。

他就站在十三行街，這條街上商家林立，很多是他過去常造訪的店面，都是熟面孔，他知道只要走進其中一家店，就能坐下喘口氣，但就在他思考要往哪裡去時，他發現商家空蕩無人，大家早衝出去看怡和行的好戲。

附近一座直角跨越水路的石橋能俯瞰怡和行，多數人似乎都往那座橋的方向去，巴蘭吉任由人群將他沖擠到那兒。抵達石橋後他倚在矮牆邊，發現他盯著幾分鐘前佇立的那個小陽台。陽台如今空無一人，可是底下的小碼頭人滿為患，多半是士兵：伊內思就在人群正中央，滿臉通紅，菸屁股依舊叼在嘴角閃著火光，他大聲咆哮，揮舞手臂，拉高嗓門試圖解釋。你真的要佩服他——這傢伙並非沒有勇氣或無膽——但他現在深陷困境，無庸置疑。他身邊的士兵正撬開一箱鴉片的蓋子——巴蘭吉知道，那是他的其中一箱貨。木板鬆開後，士兵兩手探進箱子，勝利般舉起一顆跟炮彈同樣大小的黑色球狀物——大英帝國最優秀的加齊普爾鴉片容器。

巴蘭吉感覺自己快要窒息，他舉起一隻手摸上喉嚨，拉扯長上衣的頸口，彷彿正抗拒掙扎想解開絞索。長上衣一鬆開，他的腰封也一併鬆脫，他感覺錢袋開始滑落，巴蘭吉甩掉手杖，兩手及時拉緊腰際。他四周的人群從四面八方俯衝而來，他被眾人擠向矮牆，有隻手忽地捉住他的手肘時，他的錢袋險些從指間滑落。

大老爺！大老爺！

是新來的祕書，他叫什麼名字？巴蘭吉一時半刻想不起，但他很少這麼開心能碰見員工。他把祕書往身邊拉攏，把錢袋塞入他手中：拿著，當心別讓任何人看見。

是，大老爺。

巴蘭吉護著肩膀，推過熙來攘往的群眾。

快來，祕書先生，來啊。

是，大老爺。

巴蘭吉掙脫人群，開始朝豐泰行方向前進。備受煎熬的巴蘭吉很感激祕書這時沒拿問題煩他——

可是他知道，他出現在混亂人群中的事遲早會傳回員工耳裡，最好現在就快想個好理由，趁推敲和謠言四起前，想出一個可以壓下這些聲音的解釋。

巴蘭吉清了清喉嚨，放慢腳步，這時尼珥跟上他，他手壓在尼珥手肘上。

我正打算去潘啟官的商行，他說：去付款，你知道……我買了些絲綢，接著一陣騷動，我被人群推著走，就這樣，沒別的了。

是，大老爺。

幸好潘啟官的連棟住宅就在附近，讓他的故事增加了可信度。但正當巴蘭吉轉身望向潘家宅邸時，正好目睹一個差點讓他喘不過氣的畫面：士兵列隊挾著潘啟官走上巷子。他穿了一套紅棕絲綢的上好補服，袍邊繡有雲紋，胸前還有一塊精緻的刺繡圖案[33]——但他頸子周圍軛上一塊沉重木板。大木板讓他的頭狀似一顆擺在桌面的蘋果。

在那麼短暫一瞬間，潘啟官與他四目相接，兩人很快又撇開視線。

木枷！巴蘭吉錯愕地低聲喃喃。他們居然給潘啟官上木枷！簡直跟隨便一個小偷沒兩樣……

視線飄向遠處時，巴蘭吉看見潘啟官的家人——他的兒子、妻子和媳婦——全聚在士兵身後的小巷子掩面啜泣。他腦中浮現一個畫面：他身陷與潘啟官同樣的遭遇，一樣銬著枷鎖，在女兒和女婿、僕人和妻舅眾目睽睽下——詩凌白袖手旁觀——他被帶出阿波羅街的密斯垂大宅，光想到這裡，他的

33 清代官袍之正式名稱為補服，原書所用英文 long pao 為作者筆誤，清代僅皇帝與親王可著龍袍。官服胸前的刺繡圖案名為補子，功能為顯示品級之別，皇帝、皇室成員與封爵官員分別用五爪龍、四爪蟒及麒麟等圖案。文官自一品以下為仙鶴等鳥雀圖案。武官自一品以下為麒麟與獅、豹等獸類圖案。

心臟就險些停止。他無法想像自己能挺過這種公然羞辱；不過他也知道，要是真走上這條路，他也會跟潘啟官一樣沒有選擇餘地。光公然示眾的羞恥並不能讓他逃過死刑。

巴蘭吉恍惚茫然地走回阿差行，尼珥跟在身後。

潘啟官居然被套上木枷！巴蘭吉不可置信地搖頭。這個身價少說上千萬銀元的男人被捕？世界真沒天理，瘋了。

12

十二月九日，馬威克飯店

噢，我最親愛的寶格麗，這裡發生一件非常驚悚的事，後來又爆出奇遇記，我的心七上八下。發生了太多事情，不過是前天，想到就覺得不可思議——不過千真萬確，因為這天開始前途光明，讓我難以置信。

事情是這樣的，我終於成功說服賈官讓我幫他作畫！這可不是小功績，妳可以拍胸脯說我不只說服他，還成功說服林官准他請假離開畫室，不過他還是有點心不甘情不願，怕其他學徒不服，最後是我幫他畫了另一幅錢納利的近作，才拍板定案。我像帶著沙場上的戰利品帶賈官回馬威克飯店——凱旋歸來讓我興奮不已，我開心地用力甩了馬威克先生的大門（當然他尾隨在我們身後，嘴裡叨叨唸著惹人生厭的話）。

這是賈官第一次來我房間——其實也是史上第一次有人來我房間，我承認我有點擔心房間的凌亂會讓他不快（畢竟他這人可是樣樣都打理地整齊乾淨）。不過他挺享受的——至少我這麼覺得，他在我唯一一張椅子上發現一只鞋時，笑得花枝亂顫（但把這當作是他覺得好玩的跡象，我也不知道是對或錯，因為我發現中國人驚訝時偶爾會大笑）。幸好這場小意外不至於讓他不肯坐在那張椅子上，不然我麻煩就大了——因為我決定要他坐著，仿效安德烈亞沙托的「施洗者聖約翰」（我肯定曾經讓妳看過這張版畫：絕對是最驚人的畫——少年衣袍褪至腰間，露出精壯結實、引人犯罪的胸膛）。當然我還沒那麼厚顏無恥，敢要求賈官寬衣解帶（相信妳非常清楚，我可愛的寶格麗兔兔，我可不是沒實力的畫家，非要看見裸體才能畫出擬真的軀幹）——此外沒人希望露出一副飢渴模樣……再說我房間冷，如此麻煩朋友也不好（可是天氣和煦點後或許可以一試……）。

不過我還是隨心所欲地擺布賈官的肢體，他也好脾氣地照我的意思擺姿勢，我可能稍微拖延了作畫時間，因為我才剛擺好畫架，廣場上的熱鬧鼎沸就打斷我們，咱倆拔腿奔到陽台，忐忑震撼的畫面怵目驚心，有群人聚在廣場，其中一些人作鳥獸散奔走，鬧局正中央是一隊滿洲印度士兵，揮舞著旗幟、三角旗，頭盔和制服上豎立著羽毛。這群人正以方陣隊形穿越廣場，列隊中間看得見十來名囚犯，上了手銬腳鐐，犯人旁還有一堆人，除了頭外，黑壓壓一片根本什麼都看不清——唯有兩個人剃了中式髮型，蓄了條馬尾：其他無一不是綁著印度斯坦式的頭巾和印花大手帕。

上了手銬腳鐐的阿差？賈官跟我一樣震驚，當地警察部隊很少抓外國人：他先前也從未見聞過這種事。這些可憐的阿差是什麼人？犯了什麼罪？

好奇心驅使之下，賈官和我衝到廣場，擠入群眾中。

賈官只用幾分鐘就搞清楚前方發生什麼事：部隊剛剛突襲伊內思在怡和行的房子，他從小艇卸下鴉片時被逮個正著。接著他們還在船上抓到幾個男人，其中兩個是引路的地頭蛇，其餘皆是船工，很快就會變成高牆裡的階下囚！

這兩個主導人全身瘀青，衣服撕成碎片，船工毫髮無傷，光裸著腳、身著薄棉寬褲和棉衣，除了頭頂的大手帕和肩上的披肩，沒有禦寒衣物，模樣甚是可憐。他們肯定被嚇到說不出話，努力隱忍著沒表現出來：只是保持阿差一貫的堅忍不拔與逆來順受，即使我知道他們是走私犯，今天的下場是自我的，但望著他們拖著腳、視線低垂地前進時，還是心生不忍：我心想，要是我在異鄉被一群憤怒群眾圍觀，領進天朝監獄，換作我會怎麼做？

在賈官的協助下，我腳步挪動到群眾最前面，同時被推擠到越來越靠近衛兵和囚犯的位置。衛兵這時走進老中國街，經過這條窄路時，我被擠到一位船工面前。他體格削瘦卻很結實，雖然他跟其他人一樣低著頭，但我感覺他年紀挺輕。我近到可以看出他頭上纏繞的骯髒大手帕是條破損褪色的粗薄棉巾，讓我好奇他是否來自孟加拉，大多船工都是打那兒來的。

我們行經老中國街的蔽蔭邊界時，群眾似乎持續鼓譟。趁警衛稍微分心時，我靠近這名船工：雖然只能看見他的側臉，但他下巴的輪廓讓我覺得似曾相識。人群密集到我無法看清他的臉——不過我向妳保證，從我站的位置來看，這人非常神似妳「哥哥」：妳摯愛的喬都。

但妳切莫擔心，親愛的寶格麗，起初我不確定這男孩是誰，但賈官安撫我，那群船工的命運不至於落得「砍頭」（這想法久久盤繞在我腦海不去……我坦承是我求他去問的）——不過，不，妳可以放心結局不會那樣，他們頂多到堡壘裡吃吃牢飯。

那天後，番鬼城又回歸正常，但似乎又有那麼點不同。伊內思先生居住的怡和行如今安了士兵和衛兵站崗，遭重重包圍。妳可能想問，他們幹嘛不直接進怡和行捉拿伊內思先生？根據查狄格大哥的說法，傳統上公行商人是外國同行的保人，所以他們抓不了他。官方堅稱公行成員有義務將伊內思逐出廣州：要是他選擇不走，接著受苦的就是他們自個兒了——他們祭出的嚴懲真的很可怕。

我接著去珠江苗圃時，就親眼見證其中的恐怖。

可是我不能再說下去了：妳會想聽聽這一小趟路的經歷，因為跟妳的畫有直接關係。

我四天前收到妳上週送來的包裹——收到整組艾倫．潘洛思小姐插畫的我們，是何其幸運啊（我不得不說，如果我夠格評論，插畫真的很驚豔出色）。包裹送達的時間再恰當不過——至少我覺得——妳還記得吧，安排寄件的時刻是阿米從飯店帶我去珠江苗圃的隔天，正好過了一週。我想見陳先生的念頭依舊未減，我迫不及待準備就緒，等阿米抵達。我把妳寄來的畫裝進一只袋子，告訴馬克先生我在等訪客，請他一出現就知會我。然後我在房裡安頓自己，接下來幾個鐘頭都待在裡頭。

我沒有白白浪費時間，正好可以開始描繪賈官的身體——親愛的寶格麗，妳絕對想像不到我有多失望，阿米沒有現身！我打擊真的很大——也很惱怒，小教堂鐘聲敲了六下後，我決定不繼續等，去找賈官並告訴他，我決定隔天早上要雇一艘船親自跑一趟花地。我很開心他提議陪我去（我也希望他陪我），甚至說要幫忙安排船。

隔天一早我們便出發。我親愛的寶格麗，妳絕對想像不到，我有多麼期待。這一切光景似乎都順暢無阻：這天風和日麗，船也不是鷹身女妖划的可怕小筏子，而是慈祥老船夫划的舢舨。船身有點窄，賈官和我得肩並肩坐著，船身顛簸搖晃，我們得經常抓緊彼此，但旅程也因此變得更有意思，所以我們決定往下游一點走，延長在海上的時間。我們行經已不新鮮的地標——沙面沙岸、荷蘭堡壘、處決場地——才發現有批人聚在岸邊，爭相一睹駁船上演的娛樂節目。

更靠近一點時，我們看見有個男人脖子上圍了塊木枷，公然示眾，賈官和行經的船夫交談兩句，原來這男人被控和可鄙的伊內思先生共謀，所以才站在那裡：這是他密謀走私鴉片到城裡的懲罰。船夫說，要是伊內思先生打死不離開廣州，他甚至可能遭斬首！

我們心想，這傢伙肯定是惡棍或流氓，跟伊內思先生半斤八兩——所以妳能明白吧，親愛的寶格麗，當我靠近看見這遭控有罪的男人是何許人時，有多驚恐。這男人別無他人，正是公行裡有頭有臉，通曉花卉園藝的行家潘啟官！

看見他脖子上掛了塊板子的模樣，成千上萬人都鄙睨著他，實在教人不忍卒睹，我巴不得立刻前往花地——可是沒門兒；我們才剛轉過船身打算前進花地就碰到障礙，最新頒布的規定正式落實，若無特殊通行證，誰都不許通行。於是我們回頭，回到馬威克飯店時我發現白跑一趟——因為阿米同一時間抵達飯店，通知我陳先生因公出城了！

自那時起我就沒再見過阿米，陳先生亦音訊全無——但這應該不奇怪，番鬼城風雲變色，令人憂心忡忡，伊內思先生死不離開廣州，每天都流傳著對他祭出新制裁和威脅。有天下午，怡和行附近豎起幾塊中英文寫的板子，我帶回一塊做紀念，我想妳會感興趣，忍不住抄下這段話：

「本月三日，夷商伊內思罔顧律法，公然違抗禁令，以船私運鴉片至廣州，遭官府逮捕，其人無行，其行髮指。本行即日起拒絕與其往來，亦不再令其屈居本行。特此敬告諸位仁人大德。」

這則宣告很可怕對吧？可是伊內思先生可不是一般人，公告絲毫沒讓他動搖。

查狄格大哥說，整件事最奇怪的，就是伊內思先生不可能單槍匹馬行動——肯定有幫兇，要是他把責任歸屬推給另一人，非常可能減緩他的罪名，可是他堅決不說，反稱指控都不是真的，他是無辜的（即便他在自家門前卸下鴉片被逮個正著！）可是伊內思先生聲稱，鴉片是中國海關人員搬到他船上的（這說法當然很荒謬可笑），他一個罪名都不會接受。這發展讓公行左右為難，他們開過多場會議，發布無數通知，卻徒勞無功，窮途末路。

但或許還有一個解決方法。查狄格大哥聽他朋友摩迪先生說，公行員要求與委員會進行祕密會議：他們想要召伊內思先生出席，直接對簿公堂。他們或許希望此舉能引起貿易商會的羞恥心，然後對伊內思先生採取行動——大家都希望事情照這樣發展。我親愛的寶格麗小壞蛋，因為目前河面交通停擺，我都不知該怎麼找到一艘船，何時能幫我把這封信送給妳。

＊

巴蘭吉以為委員會的特殊會議在大廳舉辦，就在商會大樓的一樓。可是他到了那兒才知道換場地，公行商要求立刻換地點：為了保持會議的隱密性，他們要求換到更靜僻的地方。林賽先生決定在會長家三樓的私人客廳舉行——這層樓有好幾間私人辦公室和會議室，唯獨會長、委員和幾名商會成員可用。

巴蘭吉快到客廳時，聽見一個大嗓門的聲音在客廳裡迴盪：「不，先生，我不會離開廣州的，你也不能逼我走！容我提醒你，先生，我不是商會成員，我是自由商人，要我聽命於你們兒都沒有。你最好記清楚。」

是伊內思，他的聲音讓巴蘭吉止住腳步。

好幾天來，巴蘭吉都懼怕和兩個有權指控他牽涉怡和行事件的男人——阿留和伊內思——面對面：但阿留無巧不巧消失無蹤——維可聽到謠傳，阿留已逃離中國——至於伊內思，這會是事件發生後，巴蘭吉首度跟他共處一室。巴蘭吉走進客廳前深呼吸。

輪到查爾斯・金恩說話：「伊內思先生，如果你重視你炫耀的自由，那你勢必接受個人行為的下場，你難道看不出你的豐功偉業帶來的後果？你還不明白你把潘啟官害得多悽慘嗎——我們所有人也牽累受罪？」

會長客廳寬闊，位置優異，望出窗可看見白鵝潭和北江的美好景致。大理石壁爐上方，擺了兩只優美端莊的明朝花瓶，花瓶間擺了一組兩兩相對的瓷漆鼻煙盒，委員會員都聚在室內另一頭壁爐邊：除了威廉・渣甸呈站姿，背部對著壁爐架，大家都坐著。雖然會長頭銜的主人是林賽先生，但從渣甸領導的態勢看來，他才是主持這場會議的人。傾聽伊內思和金恩的對話時，他平滑的臉龐顯現一絲笑意。

「潘啟官的遭遇不能怪在我頭上，」伊內思咆哮：「要怪就怪中國官員，他們蠢又不是我的錯。」

大家全神貫注聽他們爭執，似乎唯獨顛地注意到巴蘭吉走進門。他輕快點個頭跟他打招呼，手指向他和史萊德先生間的空椅，要他坐下。

巴蘭吉坐下時，聽見渣甸用他一貫溫和平靜的語調插入對談：「好了，查爾斯，你得承認伊內思有他的權利，天朝一如既往的混亂。」

「可是先生，」金恩回應：「伊內思先生大可解決他個人行為造成的現狀——離開廣州便可。想想他現在死賴著不走帶給大家多少不便和折磨，請他即刻離開不是合理的解決方法嗎？」

這句話讓本來在座位上焦躁不安的史萊德先生鏗鏘有力地回道：「不！伊內思先生的命運並非唯一的危機，還有跟商會權力密不可分的重要原則。任何情況下，商會都不得命令自由商人——這是對我們的自由不可容許的侵犯。」

史萊德說話同時，顛地在一旁點頭如搗蒜，他也加入談話：「就讓我把話挑明吧：如果商會打算變影子政府，我會第一個辭職不幹。成立商會是為了促進貿易和商業，但商會本身對我們不具司法效力，這點原則勢必留存，否則天朝動輒利用商會逼我們乖乖就範。這就是他們今天要求我們開會的目的——我個人認為，這是我們團結支持伊內思先生的大好理由。」

「支持伊內思？」查爾斯．金恩的聲音帶著一絲不可置信：「有人犯罪，我們還得打著自由之名支持罪犯？」

「可是儘管如此，查爾斯，」渣甸冷靜說道：「顛地說得沒錯，商會無權制裁我們任何一個人。」

查爾斯．金恩雙手扶著太陽穴：「請容我提醒在場諸位，」他說：「現在我們面對的危機是潘啟官的首級。他一直都是我們的摯友，他公行的同事正在過來的路上，乞求大家救他一命，難道我們真要打著律法主義的牌，拒他們於千里之外？」

「噢，拜託！」史萊德反唇相譏：「老天爺！你少來這套保加利亞式鬧劇！要是你沒那麼幼稚無知，你就會清楚看見，還有很多……」

「兩位先生！」渣甸打斷史萊德的話語：「請你們管好自己，我們對這件事或許抱持歧見，但現在不是發表意見的時間和場合。」

他講話同時，一位管家走上前，在他耳邊竊竊私語。渣甸轉身面對其他人，朝他點了個頭。「我收到通知，公行的人到了，他們進門前我要提醒各位一點，不管我們個人意見為何，都由林賽先生代為發言——別無他人。我說的應該夠清楚了吧？」

渣甸的目光掃過房間，最後落在查爾斯．金恩身上。

「噢，現在是什麼情況？」金恩先生眼睛冒著憤怒的火光說：「你們倆早就談妥這事兒了？」

「是又怎樣？」渣甸冷靜地說：「林賽先生是會長，代商會發言本來就是他的特權。」

金恩先生做出一個嫌惡的手勢：「那好，咱們速速結束這局猜字遊戲，讓林賽先生暢所欲言吧。」

一位管家進門宣布公行商抵達，在場人士皆起身迎接。抵達的代表為四名商人，資歷最深的商會成員浩官領頭，人人皆著正式官服，衣袍和帽冠上都有顯示官階品級的釦子[34]、補子與帽穗。

換作其他場合，公行商人和番鬼就會客套地請安問候，可是今天似乎為了表示事態嚴重，代表成員站在門邊，表情肅穆堅定，僕人重新安排客廳座位，兩邊各放一排四張並列的椅子，面對其他人，這群權貴打直腰桿走進，以僵硬的正式坐姿入座，兩手藏進袖管擱在腿上，只能從袖子的偶然振動看出他們內心的焦躁。

接著，沒有任何往常的開場白和序言，一名通譯走向林賽先生，遞給他一個紙捲軸。拆開封印，他發現裡頭的字跡是中文——商行翻譯費倫先生就在一旁，便讓他取走捲軸去接待室釐清內容。翻譯一離場就是半個鐘頭，中間鮮少有人開口：為客人準備的精緻餐點——奶油葡萄酒、蛋糕、派餅和果子露——都被公行行商打發撤走，他們文風不動坐著，筆直注視前方。現場只有查爾斯・金恩試著交談，但公行商人表情嚴肅，他很快便噤聲不語。

室內每個人都還記得和公行巨頭在數不清的宴席、花園派對和遊船時舉杯嚼舌根的場面。他們都精通洋涇濱，偶爾會用這種語言討論不與妻子分享的話題——他們的情婦、他們的星座、他們的領悟，和他們的財務。可現在沒半個人開口。

坐在最左側的是身材枯瘦、清心寡慾的浩官：巴蘭吉最愛的那張桌子就是他送的。最右側是茂官，他曾委託巴蘭吉為他女兒的婚禮添購珍珠。而坐在正中央的莫海官[35]，為人值得信賴，他有件人盡皆知的事蹟：在發現某批茶葉其中一箱低於標準後，立刻不囉唆退回整批貨款。

信任和友誼的羈絆牽繫著行商和番鬼，這種羈絆跨過無法逾越的語言、忠誠和歸屬的隔閡，甚至

---

34 原書此處用字為buttons，清代官服雖有鈕釦，但非顯示官階品級之配件，此處所指應為官帽之頂珠或掛在胸前的朝珠而非鈕釦。清代官服之頂珠品級規定：一品為紅寶石，二品紅珊瑚，三品藍寶石，四品青金石，五品水晶，六品硨磲，七品至九品則為式樣不同之金色銅頂珠。朝珠則是文官四品，武官五品以上著朝服時得以佩戴。

35 Moheiqua，未知是作者抄錄史料筆誤或純為虛構人物，現存廣州十三行文獻中未查出以此為商號的行商。簡體版譯本譯為東興行之謝鰲官（Goqua，本名謝有仁），謹供讀者參考。

更加強烈：不過現在，即便這些記憶歷歷在目，依舊無法越過這間客廳，在這些面孔上找到蛛絲馬跡。

費倫先生回來時，等待他開口的凝結空氣瞬間冒出裂痕。翻譯唸出內文前，對林賽先生說：「先生，全文恐怕無法完整譯出，但我會盡力翻出要點。幸好部分內容與公行先前和我們的溝通重複。」

「請開始吧，費倫先生，我們洗耳恭聽。」

費倫先生開始朗讀筆記：「我們行商一而再、再而三發布約束廣州貿易的法律和敕令，您們卻視若無睹，漠不關心也毫不留心。政府近日沒收伊內思先生欲走私進城的鴉片，我們一位同事因而遭罰，枷號示眾，這件事相信諸位先生已有聽聞。」

這幾句話讓巴蘭吉不由得渾身冷顫：潘啟官身負沉重枷鎖、吃力拖著腳的畫面，至今仍折騰著他的雙眼。潘啟官這些年來收買過多少人？他撈過的油水又有多少？他這一生貢獻給廣州官員的銀兩可能已有上百萬兩，就連逮捕他的人都可能拿過他的好處，儘管如此，他還是沒能逃過被捕的命運。

費倫先生對著整個客廳讀下去：「我們建立商行是為了與各位先生做生意，希望賺些蠅頭小利，確保萬事亨通，順利平穩，雙方皆獲益。但是外國人走私鴉片，不斷讓我們捲入麻煩。先生，請您們捫心自問，要是您們跟我們立場互調，可能安心嗎？你們其中必有通情達理之人，目前貿易停擺，我們在重新啟動貿易前，被迫要求頒布全新條款，在此決定不再縱容犯罪，今後若有外國人有意走私鴉片或其他禁運品，必接受法律制裁，罪犯必須逐出居所。此外外商伊內思先生暗中走私鴉片入廣州，總督大人已透過法令下達指示，將他驅逐出境。」

巴蘭吉的眼睛漫不經心飄向伊內思，他遙望窗外，表情備受打擊。此情此景引發巴蘭吉的同情心：要不是這男人保持緘默，他知道他也要面對相同境遇，等著被永久逐出廣州。

再也見不到廣場會是什麼情況？永遠不得踏入中國是怎樣？他以前不懂，但他如今明白這裡已是他人生最重要的一部分，不只是經商：唯獨在廣州，他才有活著的感覺——他是在這裡學會生活的。沒有番鬼城的逃離和庇護，他永遠是密斯垂宅邸的囚犯，是個無足輕重的男人，一個敗類，被當成一個可憐的親戚，備受憎惡。是中國救了他一命，讓他遠離那場命運，是廣州給了他財富、朋友、社會地位、一個兒子，是這座城市給予他知識，認識所謂的愛及魚水交歡的愉悅。若非廣州，他會活得像個沒有影子的男人。

他現在明白為何伊內思堅持自己是清白的：如此一來他才有希望回到中國，回到廣州——他大可牽扯其他人進來，但這麼做等於直接證明他有罪，必須接受永遠驅逐的命運。

費倫先生的聲音在室內響起：「若伊內思倔強不依，抵死不從，我們只好拆除他居住的房屋，讓他沒有屋檐擋風避雨。除非想要捲入麻煩，外國人一概不許提供他庇護所，我們必須要求您們散播此消息，傳至您的報社，出版發行。請銘記這一切都是總督指派的法令，具有效力，他威脅除非伊內思即刻離開廣州，否則我們所有公行商都得枷號示眾。時間不多，若您們不願採取行動驅逐伊內思，總督便會執行這項威脅。」

費倫先生讀到此，室內蔓延著一股不自在的沉默。

伊內思打破沉默：「我再重述一遍，我沒有罪——或者應該說就算有罪，也跟在場所有人等罪，包括在場這群行為優良的公行先生。一切都是彼此達成共識與共謀，我不明白為何唯獨我扛下罪責。我不接受當代罪羔羊，也不會順任何人的意離開，商會也拿我沒轍，你最好解釋一下，林賽先生。」

許多雙眼睛轉向商會會長，他起身跟行商說話。

「費倫先生，若你能轉告我們敬重的公行朋友兼同事，商會對此無能為力，我由衷感激。事情是這樣的，伊內思先生原本不是本組織的成員：他今天是臨時應邀前來，請務必瞭解商會無權制裁他，伊內思先生抗議，針對自己的指控都是莫須有的罪名，身為英國公民，他享有自由權，我們也無法逼他違反自由意志離開廣州。」

巴蘭吉邊聽邊對自己露出笑容：論點簡單切要，卻不容辯駁。說真的，沒有哪一種語言能像英語可以如此將謊言合理化。

巴蘭吉掃視客廳，發現他不是唯一感到欽佩的人：林賽先生的反駁贏得番鬼的廣大認可，但林賽的話語方畢，室內另一角的公行商人卻露出不可置信的震驚神情。他們快速商量，對幾個通譯竊竊私語，再跟費倫先生說幾句空話。

「費倫先生，現在如何？」

「先生，我在此轉達收到的答覆：『這個男人，伊內思的執意藐視讓整個外國貿易陷入危機，後果不堪設想。我們懇請諸位先生以理性論述，要求伊內思今日離開廣州。彼此相知多年，您們不僅跟我們做過生意，甚至曾與我們的父親與祖父交易，我們要是被迫戴上木枷，名譽將永不可磨滅地受損。名聲掃地的商人，試問該如何繼續經商貿易，無論是跟本地人或外商？請考量我們長久的情誼，捫心自問……』」

翻譯唸到這兒，被暴跳如雷的伊內思打斷：「我受夠了！」他咆哮：「我才不要讓一群膽小如鼠的野蠻人毀損我的名譽，他們全指著我鼻子加罪，可是天知道他們的罪孽和獸慾才無人能及。他們一逮到機會就挖出我們的罪行，只要有機會對我們施壓，他們就不會錯放任何機會，即使只有床柱閃過一絲光芒的短暫瞬間，他們也不會放過。你憑什麼要我走過這客廳，讓他們免於枷鎖之苦！這不過是地獄等待他們降臨前的前奏罷了。」

伊內思的語調激昂，不需要翻譯表達，公行代表也沒要求翻譯——伊內思的違抗不證自明。行商一一起身，會議戛然終止。唯一的例外是浩官：他年事已高，身體羸弱，無法立刻從椅子上站起來。其他人攙扶他起身時，他的目光掃向幾個番鬼知交，巴蘭吉是其中一人。他的神色百感交集，交織著困惑和不可置信：他的雙眼似乎在問，他們怎能縱容如此情況。

這位老人不諒解的注視別具深意，就連伊內思都不敢吭聲。外商不發一語站著等代表離席。

他們前腳才一走，伊內思便轉向其他人：「噢，看看你們自己，面色凝重故作清高，偽善散發出的臭氣已經瀰漫滿室！主導這年代的罪惡淵藪，還膽敢指摘我是罪人！你們這群人有什麼罪沒幹過，有什麼戒律沒破壞過——你們的一言一行看在上帝眼中皆是可恥。貪食、通姦、雞姦、偷竊，哪樣是你們沒幹過的？我光看你們的臉就知道上帝為何要我帶那些船進這座城市——就是讓這座罪孽之城盡早毀滅。要是目的達成，我只需要開心坐看。如果我繼續留著可以讓報應早日到來，那我就會把留下來當作我的使命。」

他停頓環顧室內，朝地板吐了口水，「你們沒人不知道，跟你們這群他媽的偽善假紳士相比，我還算清白無辜的老實人。我告訴你們，給我聽好了，要是我離開廣州，唯一可能的理由就是你們沒一個值得跟詹姆斯．伊內思來往。」

＊

十二月十二日

我真不敢相信，我最親愛的寶格麗，這封信居然無助地躺在我的書桌數日。但千真萬確，因為我還是無法找到可以幫我把信送去香港的船。真是多謝伊內思先生死不離開廣州，貿易陷入一灘死水。

不過親愛的寶格麗，我覺得有件事很怪，那就是我這段時間真的很幸福——幸福到貿易就此永遠停擺我也不感遺憾！我從未像過去幾天如此開心作畫。賈官只要一有空就會過來當我的模特兒，我坦白說，我並非一直都如此有效率——不只因為他陪在身邊讓我愉快，更是因為他非常擅長指導。妳可能會很詫異，他完全不介意我把他畫成一絲不掛，還人好到指正我，甚至修潤我的畫作——我這才發現，原來他和其他年輕學徒也深入鑽研過解剖畫。這是林官堅持的，他常去派克醫師的醫院畫手術病患，林官的作品實在太出色——我這輩子還沒見過這樣的畫作。都是一些手腳截肢的人，有些人則為恐怖疾病所苦——奇蹟的是作品一點也不毛骨悚然或猥褻，雖然畫得細膩又極度精準，我敢說換作是我長時間盯著傷口和潰爛皮膚，可能會昏厥過去（不過妳知道，我只是有點想吐）。林官的筆觸充滿同理心，我不禁在想，被他畫或許也算是病人的療程。他畫的人體殘缺和不完美並非少見例外，而是一種規則，是生命本身的證據，這種看待解剖的方式是無法在停屍間學到的，也無法光從解剖屍體中體會——肉體從不會沒有生命，生命也不能沒有肉體。

就看待人體這方面，賈官也吸收了這種堅定卻溫柔的看法，他指正我時，有時感覺像在責備我——他大笑著說，我畫的人體像是老虎眼中的肉，就只是一塊食物。這又讓我對我畫布上沙托的半身有了嶄新想法：我明瞭缺陷就是肉體的完美呈現，肉身不會展現出主角的靈魂，實際上還相互牴觸。

但這一切都是為了我好，我完全不在意賈官的批評：反而讓我有理由重新開始，有時賈官甚至要我寫生——我發現這比我嘗試畫出沒親眼見過、只看過複製品的東西還受用。

可是還不只這樣，我的寶貝寶格麗，我接到我生平第一件案子！妳可能想問是誰？這個嘛，還能有誰，正是我年輕的傑利柯：金恩先生！幾天前他在廣場上向我走來，提到貿易停擺，最近空出不少閒暇時間，趁有當模特兒的空檔，我是否願意幫他畫張肖像？我說好啊，當然，然後用了幾個下午的時間在他美國館的住處幫他作畫。

雖然他對我很好，不過我覺得金恩先生為人矜持，甚至寡言少語。我們起初沒什麼交談，直到有天發生一件怪事。某天我在廣場上撞見史萊德先生，他問我是不是真的在幫金恩先生畫肖像，我說確實如此，接著他便開始訓我話，問我知不知道自己跟這種男人有瓜葛很可恥——這個性情執拗沒人性的動物，跟中國人來往，聯手對付自己人。我說我對此一無所知，只知道金恩先生對我很友善，我非常喜歡他。史萊德先生鼻子重重哼出氣就走人，但我震驚到久久無法平息，無法不對金恩先生提這場奇遇。出乎我意料，他居然輕蔑地笑了出來，說他完全不意外。史萊德先生並非常人，他說：雖然他常常公然侮辱金恩先生，但私底下卻經常表示友好纏著他——甚至跟理髮師要了一綹他的頭髮！史萊德先生處處都看得見墮落和慾望，就是看不見自己的，但這兩者明明在他心裡占了重要位置。金恩先生說，這種男人總是憤世嫉俗，膚淺謾罵，充分示範了在番鬼城「跟蹤」就是絕望的源頭。

雖然他這人滿討人厭的，我覺得還是要感謝史萊德先生，幫我和金恩先生破冰。金恩先生對我侃侃而談，我覺得自己就快成為他的知心好友（他確實要我直呼他查理就好！）。親愛的寶格麗，他認為現在發生的一切在在折騰著他！他覺得走到這一步最該怪的就是外商：鴉片讓他們致富，他們無法想像沒有鴉片的生活，亦不懂為何因為成千上萬，甚至百萬人民——和尚、將軍、家庭主婦、士兵、中國官員、學生——成為鴉片俘虜後，中國人就不可能繼續進口鴉片。查理說，比鴉片更危險的是隨之而來的腐敗，為了確保這項貿易持續下去，好幾百名官員遭到賄賂收買。查理說這已經演變為攸關生死之事，過去三十年來，中國鴉片進口量呈十倍成長。要是中國人不終止鴉片流入，他們的國家就會被生吞活剝——他覺得最黑暗的就是這正中外國人下懷，即使他們口口聲聲說是將自由與宗教帶進中國，然而面對走私的證據，他們還是祭出最荒謬的推託之詞，認為中國人會上鉤，他們則永遠不會上當。他擔心最近伊內思先生的事件走到這一步，接下來可能爆發起義或暴動（這並沒有言過其實，親愛的寶格麗，我問過賈官，他也說完全沒錯。他有朋友氣到差點去伊內思先生家放火——他們是擔心當地警察才遲遲沒做）。

……噢，親愛的寶格麗，也許我不該寫最後幾行字，因為就連我現在坐在這兒寫信，都能從書桌後方看見廣場上正要釀起巨大騷動，我看見旗手伴隨著鼓聲、三角旗和煙火，成群結隊走進來。他們在廣場正中央繞著美國國旗駐紮，然後拿矛尾趕跑人們，清空場地。群眾開始圍繞聚集，這會兒又來了更多士兵，是一整組部隊，還有一些中國官員坐在轎子上。真難相信，他們居然帶了刑具來！就跟我在處決場地上看見的一模一樣——是某種木製十字架。

我的心臟已經衝到喉頭，親愛的寶格麗……我寫不下去了……

＊

尼珥去丹麥館送完信，正踏出門時，聽到一陣突如其來的聲響：整齊劃一的腳步聲，伴隨著敲鑼打鼓及爆裂的鞭炮聲。於是他停下腳步。

尼珥走到丹麥館的牛圈，等著看會發生什麼好事。一分鐘後，一列部隊衝出老中國街街口，有節奏地踏著腳，小跑步跑向美國國旗的高聳旗杆時，一團煙塵盤旋而上。

國旗不是高立在美國館，而是瑞典館前，因為那裡正是美國領事館的所在地。內飛地遠端的丹麥館和位置居中的瑞典館之間，共有六間商行：西班牙館、法蘭西館、明官館、美國館、寶順館和帝國館。不消幾分鐘，鼓聲、鑼聲和爆竹聲便刺穿這些商行，一會兒便見貿易商、仲介、收帳員和商人蜂擁而出。

這時是上午十點，是番鬼城最繁忙的時刻，幾個鐘頭前，來自黃埔的早班船已經抵達，載來司空見慣的士兵度上岸假期。抵達內飛地時，船工和英國水手已先行離去，按照慣例，他們都去了豬巷的酒吧，錢愈早被榨光愈好。部隊抵達的消息一傳開，他們全跑出來看熱鬧。尼珥看見不少人喝多了讓人腳步蹣跚的汁液，有些人步態踉蹌，有些則全身都壓在船員肩膀上。

群眾迅速湧出，尼珥花好幾分鐘才擠到美國旗杆，那裡清出一塊空地，搭起一個帳篷：有位穿著禮袍的中國官員坐在裡頭，助手在他身邊待命，幾碼外的旗杆底下，有隊士兵正在釘起一個奇怪的木板道具。

接著傳來一陣敲鑼打鼓，群眾讓道好讓另一列士兵進場，他們扛著一張連著兩條長扁擔的椅子。一個上衣敞開的光頭男人拴在裝置上，兩手被綁在背後，身子東甩西擺，頭部左搖右晃。

群眾在尼珥身邊推擠時，他耳朵擷取到一段孟加拉東部口音的對話。

Haramzadatake gola-tipa mairra dibo naki?……他們要勒死那混球嗎？

Ta noyto ki? Dekchis ni, bokachodata kemni kaippa uthtase……不然呢？看看那王八羔子嚇得屁滾尿流……

原來跟尼珥並肩而立的兩位是來自庫爾納的船工，一位是監工，另一位是一副。監工手裡拿著瓶飲料，碰到孟加拉同胞讓他心情大好，他手臂繞上尼珥頸子，將酒瓶湊到他唇邊。喏，喝一口吧，不會害你的……

尼珥試著把酒瓶推開，但此舉反讓兩名船工更堅定。烈酒滑過嘴唇，滲入他的身體時留下一道灼燒軌跡：他嘗得出酒精經過特製調配，好讓人醉得更快。他張嘴吐出灼熱的舌頭，用手搧了搧。這動作把兩名船工樂歪了，於是又把酒瓶湊到他嘴邊。這一次尼珥更加無力抗拒：灼熱黃湯從胃部一路燒到頭頂，卻也溢滿同胞的溫暖。這兩個傢伙是好人，操著快活的鄉下口音，能跟這兩個友善的陌生人說孟加拉語讓他很安心，他把兩隻手臂晃上他們肩頭，三人並肩而立，腳步微微搖晃，觀望處決的準備過程。

黃湯讓船工滔滔不絕，尼珥很快得知他們為東印度公司的奧威爾號工作，這艘船目前正停靠黃埔。他們最後一次出海時受氣候所累，後來捉緊機會逃到廣州，希望能忘卻這事兒。

兩名船工的英國船員同事口齒不清的聲音，壓過喧囂的嗡嗡人群聲響。

「……你看那噁心的耶穌掛在那兒……」

「……他們不會把他釘上十字架吧！」

「……真是該死的褻瀆……」

這時受刑者的動作越來越顛狂，他全身上下唯有頭部沒固定在椅子上，未綁髮辮的頭開始左右激烈搖晃，一綹綹粗厚髮絲垂散在臉旁，嘴邊流淌的口水將頭髮黏在臉上。這時主持的官員一聲令下，侍者取來一只盒子，掏出一支煙管。

「去他的王八！那是成熟的朝鮮薊嗎？」

「……要不是給那傢伙我就大抽特抽……」

「是鴉片？不正是那玩意兒讓他套上馬睡帽的？」

囚犯這會兒也瞥見煙管，他渾身用力傾向前方，臉部肌肉在淌著口水的張大嘴邊扭動，煙管塞進他嘴裡時，眾人陷入一片寂靜，他飢渴吸食鴉片的聲音清晰可聞。他閉上眼，一口氣把煙吸入肺部，徐徐吐出，嘴唇再猛力吸吮煙槍。

一聲憤慨吼打破這片詭異的寂靜：「長官，我代我的美國同胞抗議……」

尼珥轉過頭，看見三位身穿外套，頭戴帽子的男士走向帳篷內的中國官員，接踵而來的喧譁聲淹沒他們的話語，但很明顯看出中國官員和這幾名美國人的交談相當激烈，水手們歡呼鼓譟。

「……就是這樣，兄弟！不要默默吞忍……」

「……去告訴他——讓他吸得吱吱叫……」

「……他不是挺自得其樂的？」

最後三名美國人走向旗杆，取下國旗，這場紛爭方才落幕。然後其中一人轉向群眾開始咆哮。

「各位，你們看到這裡發生什麼事嗎？這種事從未在內飛地上演，太讓人忿忿不平！他們居然打算在我國國旗下處決犯人！用意很明顯——他們把這男人的死怪在我們頭上，他們指控我們跟他是一夥的！不只這樣，他們在廣場上的所作所為，就是要將我國國旗與走私和毒品販運畫上等號，這些留著長尾巴的野蠻人指控我們——美國！英格蘭！——控訴這是我們的罪和惡！你們怎麼說，各位？還要忍下去嗎？還是任由他們褻瀆我們的國旗？」

「……想都別想……」

「……他們想吵，就隨他們去……」

「……想吃鴉片牢飯的就去吧……」

紛亂雜沓的人聲愈見張狂，受刑人陷入沉默，顯然對自己的命運一無所知：他的頭垂落肩上，似在夢境裡迷失自我。當兩名士兵解開他的繩索，拉起他的身子，他一聲抗議都沒有便站好，腳步蹣跚走向已經豎起的刑具，他差幾步就走到刑具前回頭張望了一眼，彷彿是頭一遭看見刑具，然後喉頭升起一聲嗚咽，膝蓋癱軟。

「……他還真是一團糟，可不是……？」

「……蓬頭垢面跟條狗似的……」

尼珥背後傳來人聲，他轉頭去看，發現一名魁梧的水手握著一只空酒瓶，慢慢把手臂往後甩，接著酒瓶便在半空旋轉擲向群眾。酒瓶在士兵周遭著地破碎，他們轉過身面對群眾，舉起武器。高舉的武器引來水手怒吼：「去你媽的警察！」

兩名船工的叫囂聲在尼珥耳邊轟然響起：banchodgulake maar, maar……！

尼珥也跟著吼出幾句髒話，他的聲音不再只屬於自己，而是群眾的工具，是身旁這群人的聲音，這些已經變成手足的陌生人——聲音無論是他自己的抑或他們的，都不再有區別。他們團結一致向他齊聲高唱，要他跟其他人一樣，拾起腳邊的石子扔出去——就這樣，他那顆石子就跟其他冰雹般的石頭與酒瓶一起飛越廣場，擊中士兵戴著頭盔的頭，落在帳篷裡的中國官員身上。士兵現在帶著囚犯拔腿奔跑，中國官員也躲在士兵高舉的兵器後跟著跑。

勝利鼓舞著士兵，他們情緒高漲激昂笑道：「比爾，我們可不是天天都有這種豪（好）運哪！」

趕跑那組處決人馬後，群眾這會兒奔向士兵遺留下的物品——墓誌十字架、帳篷、桌椅——接著把它們砸成碎片。他們把殘骸堆在一塊兒，澆上黃湯後點火引燃。當火舌猛烈竄出，一位士兵脫下他的寬外套扔入篝火，另一位士兵也在其他船員慫恿下，卸下長褲丟進火堆。有節奏的拍手聲響起，鼓譟著這兩名半裸士兵手舞足蹈。

中斷處決的全面大勝帶來的興奮，絲毫不輸酒精、火焰和咆哮的人聲。尼珥跟著歡欣鼓舞，卻不懂為何這兩位新認識的船工朋友突然悶不吭聲，更沒預料其中一人竟扯著他的手肘，低聲道：palao bhai, jaldi……快跑，兄弟！走啊！

怎麼了？

他環顧四方：一群……中國暴民……正往他們的方向而來……

一會兒，雨水般的石頭紛紛落下，其中一顆砸中尼珥肩膀，害他跌落地上。他從塵土中抬起頭，發現幾十個甚至幾百名市民湧入廣場：他們正在拆除圍繞內飛地花園的圍籬，連根拔起柱子和柵欄，然後瞥見五、六個男人高舉棍棒朝他的方向狂奔。尼珥迅速爬起，奔向豐泰行，他聽得見背後傳來砰砰腳步聲，這是他第一次感激內飛地如此狹小——豐泰行入口距離他跌倒的地方僅有數步之遙。

他奔向大門時，看見大門正要關上，他喘到沒力氣呼喊，但正好有人認出他，把門拉開，招手示意並且大喊：Bhago munshiji bjago！跑啊！跑快一點！

當他正快衝進大門時，有樣東西擊中他的太陽穴，他腳步踉蹌倒在地上。

醒來時，他已經躺在自己房間床上，頭痛欲裂，因為黃湯，也因為那一記重擊，他睜開眼發現維可拿著根蠟燭低頭俯望他。

祕書先生？你感覺還好嗎？

難受死了。

他想坐起來，頭卻劇烈陣痛，於是又倒回枕頭上。

現在幾點？

晚上七點多，你這段時間都在昏迷中啊，祕書先生。

這段時間？

暴動啊，他們差點就破門而入，你也知道。他們激烈衝撞攻擊各大商行。

有人死嗎？

沒有，我想沒有。但很可能發生，有的白人老爺連槍都使出來了，你能想像要是他們對群眾開槍會怎麼樣嗎？幸好警察趁他們開火前抵達，他們很快就讓這鬧局落幕——短短幾分鐘便清空廣場。然後一切落幕時，你猜誰來了？

誰？

英國代表義律上校啊。他輾轉聽見暴動消息，從澳門火速帶了批印度兵和船工趕來。要是暴民還在廣場，他的人馬恐怕會開火，誰又知到時會怎樣？幸虧那時一切都結束了。

那他做了什麼，我說義律上校？

他開會演講，不然呢？他說情況已失控，正打算親自著手處理，不再讓廣州的英國船運送鴉片。

噢？

尼珥緩緩坐直身子，一手壓在頭上，這才發現頭上纏著繃帶。

大老爺呢？他沒事吧？

是，他很好，正要去俱樂部和顛地先生與史萊德先生晚餐，現在一切都平靜下來，問題解決了，除了廣場上連根拔起的圍籬和碎玻璃，壓根看不出鬧過事。

*

「事情發展正如我所料，」顛地悶悶不樂望著自己的餐盤說：「義律上校非但沒有維護我們的自由權，還與中國官員聯手剝奪我們的權利。今天的演說結束後，已不用再懷疑了。」

顛地先生說話同時，一名管家端著一盤約克夏布丁出現在他手邊。巴蘭吉不是很喜歡這道菜的組合，但還是注意到今天的版本跟餐廳以往提供的濕黏約克夏布丁大不相同——麵包熱騰騰、新鮮飽滿。

那天晚上俱樂部員工熱情服務，巴蘭吉從沒見過他們這一面：似乎是想彌補這天的渾沌混亂。稍早，其中一位管家過來在他耳邊竊竊私語：他曉得巴蘭吉喜歡澳門的中葡料理，於是端上俱樂部平時見不到的菜色——香酥炸馬介休、炭烤章魚和烤鴨飯。巴蘭吉開心笑納，但如今飯菜擺在他面前，上面盛著桃心花木色的多汁鴨肉片，他卻沒胃口。

史萊德倒似乎被這場暴動激起食慾：他已狼吞虎嚥吃下一大份烤牛肉，現在又多盛了些。

「真是昧著良心，我告訴你！義律上校居然發布這些法令，真是紮實徹底昧著良心。看來他是幻想要當天朝的警察和海關官員！」

「真錯愕，可不是，」顛地說：「他竟膽敢苛責怪罪英國商人？」

「這只顯示了他對中國局勢的無知，」史萊德說：「他似乎不知道所謂的『走私』制度其實是美國人帶頭的。當初第一艘帶著鴉片航向上游的，不就是波士頓的縱帆船珊瑚號？」

「那可不是！」

「怎麼說義律上校都沒有法律權限代我們頒布言過其實的聲明，英格蘭和中國之間本來就沒有明確的外交公約，因此他根本沒有領事權，他行使的是他不曾擁有的權力。」

顛地點頭如搗蒜，「他的薪水還是我們付的，這種男人居然敢對自由商強硬行使天朝暴政。」

巴蘭吉正好面對一扇窗，他注意到好幾艘燈火通明的花船出現在白鵝潭霧氣繚繞的水面，其中一艘靠得很近，他看見有男人躺在枕頭上，女孩的手指撥弄琴弦，彷彿這天的騷動從沒發生過，只是一場夢。

即使在當下，事件就在他自個兒的窗下一一揭幕，巴蘭吉還是很難相信這些事真實發生：一具絞刑架搬進廣場，某個可憐傢伙要在他辦公室的視野內遭到處決。受刑人被扛入場時，這不真實的表象似乎更節節加溫。這男人一度坐在椅子上蠕動扭著身子，他的頭轉向豐泰行方向，雖然披頭散髮，看不清面孔，巴蘭吉還是注意到他的眼睛睜得老大，幾乎直盯著他。這畫面讓他震懾驚愕，他從窗邊後退，再次回來時，混亂已經結束，處決人員也已經離去。

「那傢伙後來怎樣？」巴蘭吉突然說，打斷史萊德：「他們打算絞死的傢伙啊？被放走了嗎？」

「噢，不，」史萊德說：「我相信他的緩刑只延續了一、兩個小時，後來就被帶到處決場地迅速解決。」

「可憐蟲一個，」顛地說：「不過是區區一個小混混，跟其他幾百個這樣的人大同小異。」

巴蘭吉再度眺望窗外：白鵝潭另一側，有個村莊正在放煙火慶祝婚禮，沖天炮以弧線往天空發射，每支沖天炮似乎都同時在兩個表面發射，劃過天際和霧濛濛的鏡子般的湖面。他凝視這個景色，忽然想起多年前的那一夜，他和芝美躺在舢舨上彼此依偎，舢舨猶如懸在光線構成的圓球中。他還記得他把手伸進口袋摸索銀幣，然後倒入她手心，她笑著說：「那阿留呢？怎麼沒留小費給阿留？」

巴蘭吉無法再多看湖面一眼，低頭俯視餐盤，發現一口都沒動過的鴨肉片上的油脂開始凝結，他把椅子往後推，「各位先生，」他說：「還望你們見諒，我今晚不太舒服，得先走一步。」

「什麼？」史萊德說：「不吃蛋奶凍了？也不來點波特酒嗎？」

巴蘭吉微笑搖頭：「不了，今晚就不了，希望你不介意。」

「沒事，今晚好好睡一覺，明天食慾就回來了。」

「好。蘭士祿、約翰，晚安了。」

「晚安。」

巴蘭吉迅速爬下樓梯，長上衣緊緊裹住肩膀。走出商會建築時他止住腳步，出於長期以來的習慣，他四處環顧尋找提燈人阿普的身影。一般來說，維可或其他人會派阿普來接他——但今天情況特殊，所以中庭空無一人，遍尋不著提燈人的身影，並不意外。

巴蘭吉踏著輕快步伐出發，從丹麥館探出身子，發現自己孤伶伶站在廣場上，河水飄來起伏波動的濃霧，濱水區跟廣場一樣朦朧，但仍看得見行館的窗子透出一絲光線。

白鵝潭遠端仍有煙火竄入夜空。沖天炮爆破時，在濃霧中營造出奇特效果，漫射的光線閃現，似乎在霧氣間逗留。在幾波光線照明下，巴蘭吉瞥見一個穿著禮袍的男人走在他十步之前，他只能看見他的背，但他走路的步態錯不了的。

「阿留?!」

沒有回應。黑暗重返，霧氣籠罩，接著另一支沖天炮在頭頂引爆，巴蘭吉再次看見他，他提高音量：「阿留好啊！怎麼不跟巴力先生說話？」

一樣沒有回應。

巴蘭吉加快步伐，這時聽見維可的聲音在濃霧中迴盪：頭家！頭家！你在哪裡？

他轉身看見朦朧黑暗中，有只燈籠上下擺動。

我在這裡，維可！

站在那別動，頭家。等我。

巴蘭吉驟然止步，幾分鐘後維可那被燈籠打亮的臉在霧氣中赫然出現。

我正要去接你，頭家，維可說：今天提燈人都不在，我想這種大霧，你可能需要一盞燈，才正打算去俱樂部找你，就聽見你的聲音了。你剛才跟誰說話？

阿留啊，巴蘭吉說。

誰？維可的眼睛凸出，瞪得老大：你在說誰？

阿留，他就走在我前面，你沒看見他嗎？

沒有，頭家。

維可一手按住巴蘭吉的手臂，把他的身體轉向阿差行。

不可能是阿留，頭家，你肯定看錯人了。

什麼意思，維可？巴蘭吉詫異地說：我幾乎確定那就是阿留，他剛才走在我前面啊。

維可搖頭。不，頭家，你肯定認錯人了。

你怎麼一直重複這句話，維可？我告訴你，我當真看見阿留了。

不，頭家，那不可能是他，維可語調放柔說道：聽著，頭家，阿留不像我們以為的逃了，他是被捕了。

噢？巴蘭吉一隻手指撫弄著鬍子。他們放他走了嗎？不然我怎麼在廣場上看見他？

維可戛然噤聲，一手擱在巴蘭吉胳膊上。

那不是阿留，頭家。阿留死了，今天早上本來要在廣場上處決的人就是他，官府宣布了處決犯的名字：何留京——那是阿留的本名，記得嗎？暴動結束後，他被帶去處決場地，今天下午就地正法，被絞死了。

第三部

欽差大臣

13

一八三九年!!
一月四日

我從沒碰過這種事，親愛的寶格麗，我去年寫的信居然跨年才寫得完！不過這陣子河上交通封鎖，我也沒轍。聽說今早海禁解除——於是我想起這封未完待續的信，便取出這幾張從十二月十二日就受困抽屜的信紙。

我重讀最後寫下的部分，決定保留中斷的原句：如同龐貝城餐桌上吃到一半的食物是埃特納火山爆發的證據，這小小的斷簡殘篇亦見證了十二月十二日廣州發生暴動的瞬間。

既然消息不需要靠船便可傳遍四方，我相信事件已在這封信之前傳到妳耳裡。我不打算向妳贅述暴動細節，但在此附上史萊德先生在《廣州紀事報》的報導。這些事件可說是在我眼前延展攤開，如今回顧，讓我最震驚的是命運轉折讓我在暴動開始當兒，可以坐在書桌前，因此幸運地沒受到毫髮之傷（在廣場遊蕩的那些人可就不是這麼一回事了）。既然能從這麼有利的視角觀看進展，我就沒受引誘，冒險接近事發現場。

我親愛的寶格麗兒，妳也知道這不是什麼祕密，妳可憐的羅賓並不想當英雄，所以妳得知我在秩序恢復前都留在房裡，也不意外吧。傍晚，查狄格大哥通知我，英國代表義律上校抵達番鬼城，不久便向所有外國僑民發言。確定不會造成我個人危害後，我決定陪查狄格大哥參加會議，就在廣場對面與馬威克飯店遙望的英國館舉辦。

這個時刻的內飛地格外靜謐，到處有警衛站崗，四下不見常見的小販和流連忘返的閒雜人等。不過剛發生的動亂還是以垃圾之姿殘留下來，玻璃碎片在塵土間閃著光輝，圍籬柱子連根拔起，扔上商館牆壁，猶如暴風過境後樹枝散落一地，某些商館的大門嚴重破損，合頁還堅守崗位堪稱奇蹟。

美國館的損傷尤其慘烈：那正是查理的住所，看見他辦公室窗戶時我大吃一驚——這就是他坐著當我模特兒的那間房——玻璃全部碎裂！親愛的寶格麗，我天生就愛窮擔心，所以妳能理解我們不久後碰到查理，得知他毫髮無傷時我才放下一顆心。反倒是他比較激動，才剛親眼見證暴動，內心升起不祥預感。他說關於鴉片一事，外商以為平民百姓不認同統治者的做法，真是誤會大了，這場騷亂明顯是鐵證，證明草民全力支持政府採取的反鴉片方針。大眾對外國人免於刑責憤慨難平——否則人們也不會立刻轉而針對我們，我們也不用警方保護。

「鴉片走私麻痺我們對良善的感知，迎合惡劣的口慾，只怕哪天被我們一手激起爆發的迴響所累。」

查理說，不少受高等教育的知識分子深信外商就像小孩，不懂何為理性（他們稱之為「道理」）。他說中國官員尋求前所未有的極端手段，在廣場處決就是明確跡象，他們已經放棄所有透過理性手段與外國團體溝通的希望。

當然我們深有同感，應該譴責這種手段——卻沒人懷疑，中國官員的用意是喚醒番鬼，讓他們思忖自身行為帶來的後果。這就是為何我們踏入會議舉辦的「商行大廳」時心灰意冷：我們沒看見懊悔——甚至一丁點承認自己做錯事的態度——清清楚楚寫在來此的外商臉上，他們反倒表現出節節高升的好戰精神，似乎只懊悔沒能更成功守住內飛地。

這種情緒讓我們自問，義律上校是否能從中國高官跌倒的地方爬起來。他是否還能抓出番鬼的不法行徑？我很想抱持希望：上校不是商人，就我看來，他可能會從另一個視角觀看情勢。

查狄格大哥覺得不樂觀。他說關於義律上校，務必知道一件最重要的事，那就是他是純正的白人老爺：殖民地之於他，就如同水之於魚——是他的生存要素，他的呼吸，他的存在。他是馬德拉斯前總督的兒子，也是印度總督的侄子，曾在英國海軍服役多年，不管是他的出身和受過的訓練，他都不像是會跟同儕利益作對的那種人。

那他是怎樣的男人？我問，查狄格大哥回答：「等他走到你面前，對你開口，你自然會知道你需要知道的一切。」

查狄格大哥沒說錯。

最後義律上校出現時穿了全套制服，腰間戴著佩劍，我想這說法很正確，因為他光是現身就夠威風凜凜，能鎮住騷動，重整大廳秩序。不過較像是服裝造成的效果，而非人本身的威力——我在記憶人臉上很有天分，卻始終想不起上校的臉（但我清晰記得他服裝的顏色和剪裁）。

義律上校真的是純正的士兵階級白人老爺，他的容貌與他的制服融為一體——不僅屬於一個男人，更是整組部隊，他們全體穿著藍色，理個平頭，鬍子修剪俐落。他開口時，聲音像是從海軍後甲板的尾端傳來：不慍不火，卻帶威嚇，這種聲音似乎能喚醒所有人的理性，打消在廣場處決犯人的念頭。但英國商人也得講理，他們必須打消念頭，不繼續用自家船走私鴉片進廣州。英國政府強烈譴責這種讓大英帝國不光彩的做法，他決意遏止，甚至不惜與中國政府攜手合作。

換句話說，上校主要反對用英國船隻將禁運品送至珠江。更重大的議題——許多鴉片船停泊在外島，以及從印度送至中國的毒品等大問題——他都隻字未提。可是他又怎麼能提呢？畢竟想想，不正是他所代表的大英帝國贊助支持鴉片製作和販售？

我承認，我離開商行大廳時滿心惶恐不安，查狄格大哥聽到的內容也不怎麼寬慰。他深信情況會超出義律上校和中國官員的掌控，他說無論是中方或英國代表，外商絕不會默認任何介入：他們深信自由貿易的準則賦予他們特許權，讓他們為所欲為。廣州人對外國人違法無罪的埋怨節節攀升：查狄格大哥說，要不是警察攔阻，城內居民肯定會讓商館付之一炬，把番鬼趕出廣州。

我當時心想，是查狄格大哥誇張了吧。但我馬上就發現，他對城內居民脾性的預測還真是一丁點兒都沒錯——親愛的寶格麗，妳聽聽我發現這件事的經過，就會完全明白原因。我後來情緒低落了好幾天，無法下床。

事情是這樣的：

賈官約好在十三日下午（暴動發生隔日）過來當我的模特兒。我待在飯店等啊等，等到快天黑，都不見他人影，於是我索性動身前往林官畫室詢問他的下落。我一踏進畫室就知道發生可怕的事，因為他們不若以往，親切地跟我打招呼，而是悶悶不樂、暴躁地蹙眉瞪視我。

賈官不在畫室，學徒也不肯告訴我他的下落：想知道發生什麼事，我還得自己去問林官。

我聽到的內容如下：動亂當天早晨，賈官和他的學徒同伴正坐在畫室長椅上，部隊踢著正步經過畫室，他們的好奇心禁不起撩撥，儘管林官再三央求，他們還是擱下畫筆衝到廣場。事情就這麼發生了，他們在路上撞見一群暴怒的外國人：賈官不幸遭一群喝得醉醺醺的水手和船工攻擊，挨了一陣打，手臂受傷。

親愛的寶格麗，妳可以想見我有多傷心！我也不向妳隱瞞了，我當真痛哭流涕！我當然很想立刻奔去探視我受傷的朋友，但他家位在禁忌之城——即便不在那兒，我也無法前往。林官告訴我，番鬼在這節骨眼冒險外出並非明智之舉，惟恐招來鎮民憤怒的情緒。

要是這樣還不夠驚悚，我離開畫室的半路上被幾位學徒攔截。這幾個男孩先前一直對我很友善，如今卻不斷侮辱輕慢我。他們究竟說了什麼話我已不記得，其中幾句重話是，我們番鬼沒比惡棍和殺人犯好到哪兒去，我們並不了解文明的界線，不配住在廣州。

知我如妳，親愛的寶格麗，妳或許理解我為何如此挫折，好幾天走不出房間。聖誕節即將降臨，接著是新年，雖然我收到幾封邀請函，仍足不出戶。坦白說光想到再次走進番鬼城，可能遇見攻擊賈官的男人，我就格外憂傷。

過去我經常希望自己不曾出生，可是這種情緒從不像這回，如此強烈在我胸口迴盪。我告訴自己，我應該離開廣州，留在一個不受歡迎的地方並不對，會讓我良心受譴責——但我還是無法擺脫這種想法，別的地方都無法給我在這裡找到的幸福。像這樣一個給予我不斷追尋卻遍尋不著的寶藏——友誼——的地方，我怎能說放棄就放棄？

要不是查狄格大哥，我真不知道自己會落得什麼田地——多虧他，我才沒有餓肚子。查理來探視過我幾回，可是他近來閒暇時間不多，為了現狀奔波忙碌：他決定要展開一份請願書，要求所有外國人放棄鴉片交易，呈交他們的存貨。可想而知，此舉只引來憤慨和人們笑話：後來可憐的查理深陷失望泥沼，沒有心情鼓舞朋友。

我也不曉得我究竟低迷了多久，但我確定的是，要不是查狄格大哥，我的痛苦折磨會拖更久：新年這天他賣我一個關子，說會實現一個我長久懷抱的願望——那就是從靜海樓的高度眺望廣州。他已經勸了我好一陣子，要我走出房間，自從惡劣的伊內思先生離開廣州後，情況已大幅改善（沒錯，他真的離開了)。我如今還發現,他早料到我會說自己體弱,禁不起長途跋涉,於是幫我安排了一個轎子。少了這個託辭,我沒有拒絕跟他去的理由——我實在太開心我沒這麼做:因為眺望整座城市在眼前攤開實在太美妙!

親愛的寶格麗,妳或許還記得,我曾給妳看過一張艾爾.葛雷柯的「托利多風景」?請試著想像那些灰牆無盡綿延,勾勒出一個大鐘的輪廓:我這麼形容,妳就能粗略理解廣州城寨的輪廓。裡頭是錯綜複雜永無止盡的街道與大馬路:其中一些像是狹窄小弄的巷道,其他則是聳立著凱旋拱門的寬闊大馬路:但無論寬廣或狹窄,這些大路都無比筆直,以直角交錯。住宅區和行政區很容易區分:滿洲官員衙門坐落的區域,就跟貧苦窮人蝸居的營房一樣,一目了然。公共場所和紀念碑恍若棋盤上最高聳的棋子,以飛檐和升騰尖塔點出方位。

我現在才發現,擁有像是查狄格大哥這樣的抄記員是何等幸運:他仔細鑽研過這座城市,對所有地標瞭若指掌。他帶了一個小望遠鏡,對我一一指出風景。我還記得他第一個指出象徵城市落成的印度寺廟——他說落成時間跟羅馬不相上下!跟羅馬一樣,廣州的誕生也有神明插手:據說五名提婆從天庭降臨,在河岸做了記號:天神乘坐在公羊背上,每隻公羊嘴裡都啣著一穗穀物,牠們把穀物供給岸邊的人們,賜福道:「願饑餓永不降臨你們的集市。」

我要承認,這個奇特的寓言與我腳下綿延的禁忌之城景觀,強烈震撼著我,更讓我覺得自己格格不入,我體會到我和這座城市的距離,想起學徒在小巷裡對我惡言相向,突然頓悟他們說的也許是事實:或許我這樣的人闖入如此古老獨特、原本國土延伸出的產物,在此尋覓自我存在價值,真的是不可寬恕的行為吧。

可是查狄格大哥不認同這說法:他說廣州的驚喜之處,就是街道巷弄都在在提醒我們異邦人的存在。「當然，」他說，「就連這座城市的守護神都是老外——實際上還是阿差呢！」「怎麼可能！」我驚呼，但他堅持沒說錯，還拿望遠鏡指向附近一座印度寺廟，證明自己的說法：那是女神觀音的寺廟，據傳她是來自印度的比丘尼，是佛教尼姑，本來可望成佛，但她選擇不當佛陀，這樣才能照看眾生。

親愛的寶格麗，廣州的守護神居然是一名曾經身穿紗麗的女人，不覺得錯愕嗎？

我還沒從驚嚇回過神，查狄格大哥又把望遠鏡指向遠方另一間寺廟：印度佛教徒在那裡生活過好幾個世紀，他說，其中最有名的就是一個叫達拉米亞沙的和尚。

還沒完哦！河畔佇立著一座寺廟，是知名佛教傳教士——菩提達摩——建的，他從印度南部來到廣州，很可能是土生土長的馬德拉斯人！

這還不是全部：查狄格大哥的手指再度高舉，指向另一個屋頂，他說這是一座清真寺的屋頂——是全世界歷史最悠久的清真寺之一，是穆罕默德在世時建的！結構無與倫比，除了宣禮塔跟孟加拉的達嘎[1]一模一樣，外觀與中國寺廟並無差別！

這怎麼可能，我說，印度、阿拉伯和波斯人怎麼能在一個外國人止步的城市興建寺廟和清真寺？

這時我才曉得，情況並非向來如此：查狄格大哥說，曾幾何時，成千上萬名阿差、阿拉伯人、波斯人和非洲人曾在廣州生活。唐朝時（馬匹繪畫的傑出時代！）皇帝邀請外邦人帶著妻小奴僕到廣州落腳，並讓他們保存自己的宮廷和寺廟，來去自如。阿拉伯人對這座城市一點也不陌生，查狄格大哥說，他們用「橄欖」兩個字形容廣州——Zaitoon，就連馬可波羅也曾造訪廣州，事實上他很可能就站在我當下佇立的位置！

查狄格大哥故事還沒說到滿意，又搬出另一則故事，這一個甚至更聳動。

他問我，你認為珠江的名字是怎麼來的？

我說不知道，然後他的望遠鏡遙指一座河上小島，距離外國內飛地不遠：這不過是塊露出地表的岩塊，上面有著搖搖欲墜的廢墟，番鬼稱之為「荷蘭笨石」。

「可是中國人給它取了另一個名字，」查狄格大哥說：「他們稱之為珠島，據說有位珍珠商跨海過來之前（他是阿拉伯人、亞美尼亞人還是印度人，無人知曉），這座小島並不存在，但不論他究竟是哪裡人，都沒有珠寶商應有的聰明才智——他把最頂級的上好珍珠拋入河底。你看見河水多混濁嗎？東西會迅速消失吧？大半物品都是如此，但珍珠不會。珍珠沉澱在河底，像一盞明燈耀眼閃亮，緩緩茁壯，直到長成一座島。自那刻起，那條正名為『西江』的水道就成為遠近馳名的『珠江』。

妳能明白我有多啞然失聲。

「我真不敢相信，查狄格大哥，」我高呼：「你真要我相信珠江的名字是阿差取的？」

他頷首答道：「是的，」他說：「正是如此。」

「那後來發生什麼事？」我問：「他們為何都走了？那群阿拉伯人、波斯人和阿差？」

「這故事人盡皆知，」查狄格大哥說：「唐朝勢力式微，人們心懷不滿，民不聊生，動盪不安，這種時候可想而知，找麻煩的人目光便鎖定外國人，篤定千錯萬錯都是他們的錯。有一天，反叛軍忿忿不平進入廣州，殺光所有外邦人——男女老幼，成千上萬人遭到屠殺，血流成河。這段苦澀難堪的回憶久久縈繞不散，接下來好幾世紀都沒有外地訪客敢冒險來此。」他說到這兒停下來，臉上掛著驕傲的微笑，「不過後來外國人又回來了，是我國家的人帶頭的。」

---

1 伊斯蘭教蘇菲教派的清真寺。

「亞美尼亞人？」我說，他點頭：「正是。有些人走陸路，從拉薩而來，自羅馬時代起，拉薩就住了一大群亞美尼亞人。有些則穿越波斯和印度走水路，十四世紀時，好幾百名亞美尼亞人定居廣州，其中一個女人甚至蓋了座亞美尼亞教堂。」

「在城寨裡？」

「應該是，但你知道，那已是五百年前左右的事。城牆位置不是現在你看到的地方。」

「但外國人還是有可能偷偷潛入城裡是嗎？」

「噢，當然，」查狄格大哥說，「直到約一百年前，他們才嚴禁外國人進入廣州。」

他的望遠鏡這下又指向荷蘭笨石，「荷蘭人是第一個登陸廣州的，」他說：「當時他們需要一個可以蓋倉庫的地方，就像葡萄牙人在澳門做的那樣。他們獲准在那塊小島上蓋倉庫，於是接著又問，是否也能在那兒蓋醫院，治療他們的傷兵。這理由讓人無法拒絕，中國人遂隨他們去，荷蘭人開始帶著盆缸和水桶上岸——他們說裡面裝的是糧食和建築材料。可是盆缸沉甸甸，其中一個不慎墜落，粉碎成片，滾出一顆大炮！『病人怎可能吃炮彈？』他們被問到時亦啞口無言，很明顯荷蘭人以蓋醫院之名，行興建堡壘之實！雖說騙局被戳破，中國人還是沒攻擊或騷擾他們，反而套用他們對付歐洲人最常用的策略：聯合抵制。他們不讓人們運送糧食，讓荷蘭人斷糧，只得棄島離開。自那時起，中國人就知道歐洲人會不計一切侵略他們的國土——中國人有一點為人稱道的，那就是他們跟其他東方人不同，是非常實際的民族。面對問題時，他們會試著找出解決方法，而答案就在：番鬼城。建番鬼城不是因為中國人希望牽制外地人，而是歐洲人讓他們不得不起疑心。」

妳很難想像，親愛的寶格麗，這些發現對我有多大的滋補作用。

廣州對我的意義脫胎換骨：要是我能見到賈官，我想我絕對會向他解釋，我不是帶著大炮而來的番鬼，我是被藝術——繪畫和瓷器——牽引而來，就好比唐朝那時候。

幸好我不需要搬出這些解釋，因為隔天除了賈官，還有誰來敲我房門？他的胳膊纏繞著綳帶，以石膏固定，但他還是用熱情的擁抱跟我打招呼！

我確定妳可以想像得到，在我發現賈官從沒一刻將我把廣場上攻擊他的壞人聯想在一塊兒時，我有多開心：他聽到他同事指責我時十分震驚。他氣憤地責備他們，於是他們幫我畫了一幅畫，算是道歉——主角是我和賈官，手牽手在廣場上散步！雖然也許稱不上是傑作，但我從沒擁有過如此珍貴的物品！

我可愛的玫瑰花兒寶格麗，一切再度回歸安好：我的朋友回到我身邊，我的憂鬱低潮驅逐出境，我太開心了，都不曉得怎麼可能離開這裡……

我親愛的寶格麗，千萬別以為我忘了妳的山茶——我還記得呢！河上交通一開放，我便會突襲花地！

噢，結束這封信以前，我要提一下妳上一封信的事件（妳跟雷路思號廚子起口角的事）。親愛的，請別太往心裡去：告訴他廚房聞起來像可麗餅鋪不是妳的錯！錯在他把這當成冒犯之詞，我懷疑這傢伙完全不懂一個法文字，不明白妳是在讚美他製作的煎餅。如果他不開心，很可能是因為他以為（當然是場天大的誤會），妳把他的廚房比作tottee-connah（用比較粗俗的英語表達就是「茅坑」）。

說真的，親愛的，妳告訴廚子妳最喜歡用鍋子熱騰騰煮食、飄出新鮮可麗餅的香味時，我真想親眼看看他的表情。我敢說雷路思號還沒有出過這種事！

＊

雖然巴蘭吉離不開自己的信仰，但他不是狂熱信徒，忙碌的生活也讓他無法根據教條奉行習俗。但他倒是時時刻刻都保持戒慎，床邊放了本阿維斯陀波斯古經，總是穿戴宗教長衣和卡斯堤腰封。在孟買時，他經常每天陪詩凌白去火廟，只要費羅思毛拉布道，他都盡可能出席。在廣州時，他會在臥室裡照料祭壇，每天在先知的肖像底下點焚香，經常更換下方的鮮花素果，確保天堂的燈芯永不熄滅。但大多時候，他都用錯誤的方式努力牢記從小就灌輸的主要原則——Humata, Hukhta, Hvarshta——「善念、善言、善行」。

巴蘭吉雖然尊重他信奉的宗教，心態卻很隨意，這點跟其他同伴沒差，不同之處在於他不容易受騙上當——在他的商人圈子裡，他是不尋求預言家、星象師、算命師等給予指引的少數人之一。若他是例外，主要是因為他更相信自己的才智和深謀遠慮，而不是算命師的占卜結果。

可是現在，十二月的沁寒轉變成一月的麻痹冰凍，他開始懷疑自己洞悉未來的能力，他從未自我懷疑，但如今無論他轉到哪個方向，觸目皆是渾沌迷惘，每一天都有全新聲明或敕令，情況更顯搖擺不定。

有時在夜裡，霧氣從河面撲襲，他望出臥房窗戶，幻想自己看見阿留在廣場上：人影忽地冒出，朝他的窗子揮手，阿留的手指勾著他過去，要巴蘭吉跟他走到河岸。巴蘭吉一部分的大腦依稀知道，那不過是視覺捉弄——但另一部分的他已經淪陷，成為各種恐懼和幻想的獵物，阿留似乎總在陰暗處蟄伏守候。即便在腦中，他都無法忍受唸出他的名字：何留京，阿留——這幾個字以各種方式循環，猶如召喚死者的咒語。

可是無論他多努力將這些聲音逐出腦海，這幾個名字依舊如回音般迴盪，讓他逃也逃不掉。

某天早上，早餐時祕書說：大老爺，史萊德先生寫了一篇長文，強烈抨擊義律上校。

所為何事？

義律上校公開譴責，他很惱火河上走私鴉片的事。

唸來聽聽，祕書先生。

「從義律上校的發表內容推斷，他以及英國政府一方面譴責河面走私鴉片，一方面認可鼓吹在河外和中國海岸走私。在虎門外走私上百箱鴉片不算犯罪，也不是墮落，換作在虎門內走私一箱或幾顆鴉片球，便既是犯罪，也是墮落！表裡合一的政府和公僕的原則真教人欽佩啊！還真是表裡合一的政治和商業道德！義律上校要怎麼在不提及鴉片貿易的情況下，向當地人解釋英國法令？」

唸到這兒，祕書停下來瞥了眼巴蘭吉。要我繼續唸下去嗎，大老爺？

好，唸下去。

「我們才剛聽說義律上校透過行商向廣州總督發出請願書，他為了一個謊話連篇、腐敗不公的政府，背叛了英國人民的本質，讓他們顏面無光。據聞義律上校確實向總督請願，希望能擔任中國巡洋艦的指揮官，親自從河面剷除英國船隻，就我們看來，他在沒有許可的情況下，服侍一介外國王子，此舉可能傷害英國女王的君權。

「眾所周知，按照慣例，除了死罪，中國律法皆不得適用於涉及外國人的案件。就讓中國人享用他們的鴉片煙槍，皇帝和巨頭繼續他們殘酷而站不住腳的政策，為了區區一點奢侈享受和衰敗的習慣，繼續犧牲人命吧，直到『人民發射矛槍，報復王朝暴政』。」

祕書再次抬眼。

大老爺，他還提到你。

我？巴蘭吉把餐盤推至一側，迅速從桌邊起身。他說了什麼？

「我們從不期待英國貿易的老闆會聽差於廣州總督，跟在他屁股後面，貢獻服務，對抗那些他多少應該盡力保護的人。當義律上校為中國官員的服務得到認可後，下一個陛下指派他的任務，很可能就是驅逐顛地、渣甸和摩迪先生。」

你剛說什麼？巴蘭吉說。史萊德先生說「驅逐」嗎？

是的，大老爺。史萊德先生是這麼寫的，他暗示何留京的處決就是跡象……

夠了！巴蘭吉兩手壓住耳朵。祕書先生——別唸了！

好的，大老爺，我這就不唸。

巴蘭吉瞄了眼自己的雙手，發現手正微微顫抖。他想給自己一點時間鎮定，要求祕書先行離開。你可以回你辦公室，祕書先生，他說。我需要你時再叫你。

是的，大老爺。

關上門後，巴蘭吉走到窗邊俯瞰廣場。最近比較不若以往人潮洶湧，廣場上某些人似乎不是當地人：他們不像是往常的閒人，似乎警覺戒備，正在監視某些居民。

巴蘭吉站在窗邊，感覺有好幾雙眼睛瞟向他。他們是派來站崗監視他的嗎？還是他自己的幻想？最糟的是，他根本不可能知道答案。

他的視線掃向曾經懸掛美國國旗的那支旗杆，自暴動那天國旗就沒再升起，其他國旗亦然。國旗的缺席改變了內飛地的樣貌，剝奪掉顏色的主要要素。赤裸的旗杆像在提醒眾人那天的光景——那天早晨，絞刑架豎起，轎椅扛入廣場……

那傢伙的名字幾乎就在舌尖，可是他忍了下來：彷彿某種不潔淨而陌生的東西弄髒了嘴：他突然有股想清洗嘴巴的衝動，便一個箭步穿過走道，打開臥室門。走廊維持帕西傳統，以一面壁掛裝飾——那是結婚時他母親送的串珠打褶帳幔。這幅壁掛跟著他來過中國好幾趟，過去幾年，壁掛就是他和過往的牽繫，一種他個人的幸運符。

巴蘭吉正要走進室內時，發現壁掛滑落，垂掛在門楣上，在門側柱糾結成一團。他試著解開糾結的壁掛，脆弱的陳舊絲線散落，珠子如陣雨般淋在他身上。巴蘭吉驚嚇縮了一下，嘴裡低聲念念有詞：Dadar thamari madad……救救我，萬能的神。

他雙膝落地，拾起細小的玻璃珠，把它們從木板縫隙挖出，一把滑落入長上衣胸前的口袋。

一位苦力正好趕上前幫忙。大老爺，讓我來就好……

不！巴蘭吉大喊，幾乎沒有抬頭。退後！走開！

想到別人觸碰他母親的珠子，他就無法忍受，他繼續留在地板，直到其他人都離開為止。然後他起身，看見幾名貼身男僕站在走廊，縮成一團，默不吭聲注視著他。

他大吼：Chull！你們沒事好做嗎？快給我滾！滾啊！

他砰地一聲甩上臥房門，躺下，感覺眼皮下的淚水刺痛，於是他轉過臉，埋進枕頭裡。

隔天維可前來報告，廣州官員捎來公告，要求所有外國商館封閉後門。雖然只是件小事，卻非常困擾巴蘭吉，他不得不懷疑，此舉是否是在針對他。有沒有可能他從小溪館後門溜走時被人瞥見？或者維可那天被人發現……？

你覺得他們是否看見你了，維可？巴蘭吉說。他們到處設有線人，你知道的。或許你從後門偷渡那傢伙進來時，他們正在監視你。

你是指阿留？

住嘴！你知道我在說誰，維可！沒必要指名道姓。

維可對他抛出奇怪的眼神，然後眼睛低垂：對不起，頭家，對不起，我不會再提這名字了。

但維可也無能為力，無法讓這名字不在巴蘭吉腦中迴盪。

幾天後，他匆忙趕來通知：頭家，金恩先生人在樓下，說要見你。

有什麼事嗎？

我也不知道，頭家，他沒說。

這次來訪的目的跟以往截然不同：查爾斯．金恩來過幾次，徵求他參與慈善事業的資金籌措。有幾回他跟巴蘭吉繞到別的話題，其中一次金恩先生注意到辦公室裡掛著的法老王畫作，曾向他問起：而這問題延伸成一段冗長對話，他們聊到善惡本性，還有阿胡拉馬茲達和惡靈之間的永恆鬥爭。

以巴蘭吉目前的思緒狀態來看，那樣的討論遙不可及——可是他無法草率拒金恩於門外：他和中國官員的關係良好，與他為敵不會有好下場。

讓他上來，維可。

巴蘭吉接下來幾分鐘讓自己平心靜氣，等到客人進門，他就可以用往常的熱情招呼對方。「啊，查爾斯！真開心見到你！進來啊，快進來！」

「希望你今天很好，巴力。」

巴蘭吉鞠躬，指向一把扶手椅：「請坐，查爾斯。告訴我，有什麼我能為你效勞的？」

「巴力，我來找你是因為廣州現狀讓我心煩意亂，照目前看來，大英帝國遲早干預中國國內事務，並非不可能。但是干預什麼？維護孟加拉的鴉片稅收？還是保護一件就連中國異教徒都不恥吸食的東西？」

「可是這貿易已行之有年，查爾斯，」巴蘭吉說：「你不會期待一夜之間就看見改變吧？」

「不，但改變是必然的，巴力，我們勢必改變。你還記得我不久前提議要簽署一份承諾書吧？我覺得現在更有必要，我打算再次呈交委員會。你的支持響應將意義非凡。」

「承諾書？關於什麼？」

這位客人從口袋掏出一張紙，開始朗讀：「我們，本聲明書署名者，相信與中國進行的鴉片貿易是邪惡的商業、社政與道德行為，僅是對中國政府的侵犯，使得中國政府與人民不願讓我們在此繼續進行商業貿易及居留，拖延基督徒進步的真實期望，我們在此聲明，不再以負責人和仲介身分購買、運輸或銷售鴉片。」

金恩先生抬頭微笑道：「我本來想在公開會議上討論的，可惜沒人出席，除了我自己的簽名，承諾書一個簽名也沒收集到。但我想有鑒於近期發生的事件，很多人會願意重新考慮這件事。」

巴蘭吉在他的座位上揣測不安地挪動身子，他開口道：「可是這事不由我們管，查爾斯。你自然不會以為只要我們簽了承諾書，鴉片運送就會從此終止吧？其他人會干預——負責貿易的不是我們，是中國人，怎麼說喜歡鴉片的可是他們啊。」

「我不贊同你的說法，巴力。」金恩先生說：「鴉片之所以吸引人，是因為唾手可得，而造成癮頭的正是鴉片進口。」

「可是你有什麼提議，查爾斯？目前外島的船上有好幾千箱鴉片，這些貨品要怎麼處理？」

「我就開門見山說吧，巴力，我覺得必須繳出目前的庫存。」

「此話當真，查爾斯？」

巴蘭吉有那麼短暫一刻在想，這年輕人是不是在開玩笑——他那長著濃眉的臉龐閃爍著真誠，立刻就打消他這個念頭。

巴蘭吉謹慎地清了清喉嚨，兩手頂著指尖。「可是查爾斯！你建議的是極端做法吧？你知道，我敢說許多商人都有鴉片庫存，是因為有跡象顯示，中國政府可能讓鴉片貿易合法化，部分中國官員正要上呈一份提議貿易合法化的奏摺，你不會不知道吧。」

「你說得對，巴力，」金恩說：「合法化鴉片貿易的提案一開始呈交中國政府時，我們奧立芬公司的人也認為，事情會快步邁向這結局。但事實證明並非如此，請願書遭到駁回，皇帝對使用這『邪惡穢物』的反對聲浪不減，無論先前有過什麼疑慮，十二月十二日那天早上之後，情勢不都豁然開朗了？」

「什麼意思？」巴蘭吉說。

「你肯定也知道吧，巴力，總督在內飛地中央處決人犯是別有用意的。」

巴蘭吉垂下眼皮，手縮回長上衣內：「我想請問有何用意，查爾斯？」

「相信你看過總督針對此事寫的信吧？商會指控他誣衊外國國旗，他便寫信回應。他說：何留京自尋死路，此乃墮落夷人將鴉片毒物帶入廣州的下場，在夷館門前處決，用意乃在撩撥夷商反省之心——即使夷人不生於文明之地，仍舊有顆肉做的心。」

巴蘭吉瞬間想起他——受刑人——轉過頭望著他窗子的畫面。他渾身打顫，手不自覺摸索卡斯堤腰封尋求慰藉。

「巴力，你知道嗎，據聞中國政府對何留京逼供，從他口中套出非常精彩的自白？聽說他告訴他們，自己年紀很輕就受誘惑加入鴉片生意，曾有位商人送他一顆鴉片球。我還聽說，何留京知道自己難逃死刑時，乞求在廣場上處決。」

巴蘭吉再也聽不下去，他費盡力氣擠出一抹笑容。「這樣啊，查爾斯，還真有意思，」他喃喃道：「我一定會好好考慮你的提議，不過不好意思，現在我正好有事要忙……我想你能理解吧。」

「當然，我能理解。」

查爾斯・金恩滿臉堆著疑惑離去，巴蘭吉回到臥室躺下，一隻手擱在卡斯堤上。

隔天早上傳來一則噩耗：巴蘭吉一步入辦公室，就發現林則徐正在前往廣州的路上。

大老爺，事情已經拍板定案，祕書先生說。天子在十二月三十一日晚間親自委任林則徐。

所以他是下一任總督嗎？

不，大老爺，他的權力會高於現任總督，他的身分是「欽差大臣」——廣東話是Yum-chae，他的官階類似殖民地總督，而非一般總督——權力凌駕於海軍上將、將軍和其他官員之上。

這是為何？

大老爺，這是因為皇帝特別把終結鴉片貿易的工作託付予他。很顯然，皇帝委任林則徐時，眼眶含淚地告訴他，要是鴉片吸食一日在中國不斷草除根，他死後就無顏面對先父和祖父。

巴蘭吉在窗邊停下腳步：你確定這不是八卦，祕書先生？

是的，大老爺，離職的總督和副總督發布一份聯合聲明稿，專門發給外商，宣言十分嚴肅，我已挑揀出部分內容。

唸吧。

「過去我們，總督與副總督發布反對鴉片的新法令，不斷重述命令與告誡，但事到如今，你們唯一的目標還是利潤，將我們的話當耳邊風。窮極痛恨這種敗壞惡習的偉大皇帝，無時無刻不想著剷除鴉片貿易。他在首都下達命令，指示朝廷官員思索和編擬計畫。除此之外，皇帝亦指派一位高官擔任欽使，整頓廣州，檢視並採用海港事務方針，該欽使目前距離廣州不遠，很快便抵達。他的目的是徹底剷除濫用毒害的惡瘤，斬草除根這龐大的邪惡勢力，就算需要破釜沉舟，若非任務達成，他絕不袖手旁觀。」

「他有提到欽差大臣有何對策嗎？」

有的，大老爺。

「我們虛心接到一個敕令，命令每個基地的海軍上將及不同守備駐防和軍事基地的指揮官，派遣軍艦戰隊捉拿當地走私船隻，驅逐閒置的外國船。好幾百艘船已遭捉拿，至於其他在窮凶極惡的水路交通死性不改的惡徒，應執行最嚴重的法律制裁，做法將比照罪犯何留……」

這次不用巴蘭吉多說，祕書自己停了下來。

Maaf karna。大老爺，請原諒我。

這句道歉反常地讓巴蘭吉惶惶不安：祕書知道了什麼？員工是否都在樓梯底下討論他？

他的頭突然隱隱抽痛，他決定躺下休息一會兒。

先這樣吧，祕書先生，我需要再叫你。

是的，大老爺。

這之後沒多久，捎來一則好消息：外國船隻再次獲得進出廣州的護照。可是交通復甦後，除了本來停靠在外島的鴉片船，如今又多出幾艘最近剛從孟買和加爾各答抵達的船舶。

不久又來了一堆信，有些談論印度的市場現況，巴蘭吉驚訝地發現，去年罌粟花的收成是歷年最豐盛的，加爾各答和孟買市場充斥鴉片，導致鴉片價格下滑，許多潛力股商人現今都投身該貿易。

對於巴蘭吉，就許多方面來說這消息帶來的只有慘重損失：要是多等幾個月再買這批貨，便能以半價購得，知道這點就夠讓他煩躁。更慘的是他再也沒選擇餘地，沒賣出的貨品也無法運回孟買——

印度價格低廉到他連小部分的成本都無法回收。

幾天過後，一批新的孟買商湧入廣東，大多是帕西人，少數是穆斯林和印度教商人：主要是初來乍到番鬼城的年輕小商人。其中一位是詩凌白的親戚，丁雅爾．菲多恩杰。巴蘭吉數年沒看過他：所以有位高䠷健美、下顎方正、面貌姣好的年輕人走進他的辦公室時，他嚇了一大跳。

丁雅爾？

「是的，先生，」他伸出一隻手，用力握了一下巴蘭吉的手。「你好嗎，先生？」

巴蘭吉注意到他穿了一件剪裁漂亮的長褲及上好薄棉布製的外套，他的領巾一絲不苟地綁緊好，頭頂上不是纏繞頭巾，而是質感絲滑的黑帽。

丁雅爾帶來詩凌白和他女兒準備的禮物，多半是祆教新年，也就是三月份的波斯新年要穿的衣服。交給巴蘭吉這些東西後，他在辦公室內晃蕩，帶著一絲趣味盎然的笑容東看西瞧，同時持續用英語閒聊，把眾多孟買人交代的問候和訊息都說了一遍。

巴蘭吉聽到他的英語如此流利，詫異地用古吉拉特語說：Atlu sojhu English bolwanu kahen thi seikhiyu deekra——你上哪兒把英文學得這麼好，孩子？

「噢，爸爸為我請了家教——沃斯特先生。你認識他嗎？」

「不認得。」

說到這裡，丁雅爾正好走到窗邊，眺望腳下的廣場。「景色太優美了，先生！哪天我也想租這套房。」

巴蘭吉微笑：你要先把生意做起來，孩子——像這樣的辦公室很貴的。

「值得啊，先生。從這裡看，底下的動態盡收眼底。」

「那倒是真的。」

「十二月發生的事：你從這裡看，肯定啥都沒遺漏吧？」

什麼事？

「他們打算在那裡處決某人不是嗎？他叫什麼名字——何什麼的？」

Kai nai——那不重要。

巴蘭吉陷入扶手椅，抹了抹額頭。「抱歉，孩子——我還有工作要做……」

「對噢，當然，先生，那我晚點再來看你。」

這天下來巴蘭吉的目光都刻意迴避廣場，跟窗子保持一段距離，正當他打算上床睡覺時，他聽見外頭有一陣陌生聲響，像是唸咒，伴隨著鐃鈸的琅琅作響。

這下不可能不望出窗外了。他掀開窗簾，看見幾十個人群聚在廣場中央，光火閃爍的蠟燭立在他們面前，火焰在他們臉上投射出曖曖光芒：全是中國人，但不是廣場上經常看見的那票人——其中幾個身著道士袍，包括在前面帶頭唸咒的人。

巴蘭吉頓時想起他曾在芝美的船上看過類似景象：她老是害怕無法超生的鬼魂和餓死鬼，某件芝麻綠豆小事讓她最後決定召來道士。巴蘭吉望出窗外，不禁好奇廣場上的男人是否正在驅邪。但是為了誰？為何要在那裡舉行——就在那日絞刑架豎起的位置？

他的手伸向繫著鈴的拉繩，用力一扯，樓下廚房發出急切的清脆聲響。

幾分鐘後，維可一臉擔憂地跑上樓。頭家？怎麼了？

你看外面的人，維可。有看見他們在唸咒嗎？再看那邊——那個搖著手、點焚香的是不是道士？

可能是，頭家。誰曉得呢？

那不正是他們當天帶那傢伙去的位置？

維可聳肩，默默不語。

他們在那裡做什麼，維可？驅邪嗎？

維可又聳了一次肩，不願望入他的眼睛。

什麼意思，維可？巴蘭吉堅定問道。我要知道，有其他人看見我那晚在霧裡看見的東西，是嗎？你有聽過類似的傳言？

維可嘆氣，拉上窗簾。聽著，頭家，他用大人安撫小孩的語氣說，想這些有什麼用呢？能有什麼好處，嗄？

你不懂，維可，巴蘭吉說。要是能知道我不是唯一看見的人，無論我看到的究竟是什麼，心裡都會好過點。

噢，頭家，忘了吧。

維可走到巴蘭吉的床頭小桌旁，倒出黏稠的鴉片酊。

喝吧，頭家。喝下去，你會好過一點。

巴蘭吉從他手裡接過杯子，一口灌下鴉片酊。好吧，維可，他邊說邊爬上床。你可以出去了。

維可一手放在門把上，停下腳步。

頭家，你不能讓腦袋胡思亂想，還有好多人要靠你哪，這裡也好，在印度也罷。你要撐著點，頭家，為了大家好，你可別讓我們失望，你不能失去理智。

巴蘭吉微笑：鴉片酊藥效發作了，溫吞的暖意開始在體內流竄。他的恐懼化為烏有，幸福感取而代之。他幾乎記不得上一刻自己為何煩惱恐懼。

別擔心，維可，他說。我沒事，一切都會變好的。

*

阿沙蒂蒂起身歡迎尼珥來到她的水上食堂，露出閃亮金牙。Nomoshkar anil-babu！她說著招呼他穿越彩繪大門。你來得正是時候，這裡有個人從加爾各答過來，你得認識認識。

廚船另一頭坐著一個輪廓如雕像的人形，不顯身形的袍子垂墜而下：那安詳的人影，圓弧形的頭和如瀑布流瀉的長辮髮如此與眾不同，他想都不用想就知道是誰。尼珥立時腳下一頓，但為時已晚，錯過了開溜的時機。阿沙蒂蒂開始介紹：諾伯．開新大叔，這位先生就是我告訴過你，另一位在廣州的孟加拉大叔——阿尼珥．庫馬。

諾伯．開新大叔從滿滿一碟扁豆和炸薄餅抬眼時，那突聳的額頭擠弄蹙眉。他的視線停在尼珥身上，雙眼先是睜大然後瞇起。他凝望尼珥，嘗試從尼珥臉上去掉小鬍子和絡腮鬍卻辦不到。尼珥感覺到他的困惑，努力保持冷靜，臉上擠出一抹皮笑肉不笑的表情。Nomoshkar，他說著雙手合十。

諾伯．開新大叔對他的問候聽而不聞，示意他坐下。「請教您尊姓大名？」他轉換成英語說：「我剛沒聽清楚，可以麻煩再說一次嗎？」

「阿尼珥．庫馬。」

「請問你在哪一行高就？」

「我是巴蘭吉．摩迪老爺的祕書。」

大叔眉頭挑起：「是嗎！那我們可是同行囉。」

「這話怎說？」

「因為我是勃南大老爺的經紀，他也是個大班。」

尼珥用盡自制之力隱藏內心的驚訝。「勃南先生現在也在這裡嗎？」他小心裝出不帶一絲情緒的聲音說道。

「是啊，他已經搭新船抵達了。」

「什麼船？」

諾伯．開新大叔的眼睛再次狡猾瞇起，目光彷彿把尼珥的臉耙過一遍。「船名叫朱鷺號，你可能聽過？」

幸好這時一盤印度炒飯及時送上尼珥面前。他垂下眼皮搖頭：「朱鷺號？不，從沒聽過。」

諾伯．開新大叔大嘆一口氣，再次開口時切換成孟加拉語：

阿尼珥．庫馬大叔，你邊吃我邊告訴你這艘朱鷺號的事。去年勃南大老爺買入這艘船，我的眼睛一看見她，就立刻明白她會為我的人生帶來莫大變化。你可能會想問，像我這樣受英國教育的大叔，怎麼可能一眼就看出這種事兒？讓我告訴你吧：眼前這個人跟你想像得不同。在這肉眼下的身體裡頭，還住著另一個人——某個藏匿著為神明擠奶的女工，一個和乳牛為伍嬉耍、幫偷奶油的神祇製作奶油的女孩。我早就知道，也很清楚有一天，這個肉眼可見的肉身終將隕逝，內在的生命將會迸出，好比作夢的人經過一夜好眠後步出蚊帳。但會是何時？會以何種形式出現？我初次見到朱鷺號時，這些問題盤踞在心頭，我馬上知道這艘船會是我變身的媒介。船上有個男人名叫賽克利．瑞德，看到他，你可能會想，不過就是個普通的水手，但我立刻知道那只是表象。我看到他之前，先聽到他吹笛——笛子啊！——這可是音樂之神沃文達林的利器哪。我沒半點遲疑，他的出現就是徵兆，我知道自己務必要登上這艘船——幸好我運氣不差，可以安排指派自己當貨艙管理員。

這艘船載了一百多個苦力和兩個囚犯。其中一個犯人是孟加拉人——年齡跟你相仿，阿尼珥大叔。他之前是王爺，後來犯下詐欺罪，落得一貧如洗，被迫和妻兒、皇宮與僕人分離，送進監獄，審判後他遭到流放——要在模里西斯的戰俘營服七年苦役。這男人落魄潦倒前我曾見過他，這位王爺：他就跟其他地主一樣傲慢懶散、腐敗放蕩。可是船和大海有改變人的能力，你說是不是，阿尼珥大叔？

尼珥從他的炒飯抬起視線。對，或許吧……

我不知道朱鷺號改變最多的是我抑或是他，但我見到這曾風光一時的王爺，在船上被手銬腳鐐禁錮，我和他之間油然冒出某種奇特的聯繫，內心的聲音在我耳邊竊竊私語：他是你兒子，是你從未有過的兒子。我試著幫助他，去監獄看他和他的獄友，帶食物和其他東西給他們，我是貨艙管理員，有監獄的備用鑰匙，有天夜裡囚犯要我把門打開，我照做了，結果那晚，這年輕人和其他囚犯趁暴風雨來襲時逃跑。隔天我們找到證據，證實他們的小船翻覆，全員覆滅。這起事件的罪責，很不幸全落在沒做錯任何事的賽克利．瑞德肩上，他現在還在加爾各答，努力洗刷自己的罪名。而至於我，又多出一個懲罰：我以為失去了這個新兒子而飽受痛苦煎熬，因此回到加爾各答時，去見了他的妻兒……

這時尼珥只能雙眼盯著印度炒飯，設法低垂著頭，下顎持續咀嚼。

……他的死訊早就傳到他們耳裡，可是阿尼珥大叔，你若聽到定會覺得不可思議，這位王爺夫人，一個遵守印度習俗的女人，居然沒有穿戴寡婦白衣。她沒打斷鐲子，也沒有抹去中分髮線下的硃砂。我發現即使她丈夫已經宣告死亡，她內心深處卻依然相信他還活著。我坦白跟你說，她說的話真有說服力，連我都折服了。我告訴她，就算他還活著，我也很可能認不出他。他肯定已經換了名字，改頭換面，此外也會小心不在我面前露出真面目，因為他知道我為勃南先生做事，也就是勃南先生讓他家破人亡，遭到驅逐流放。可是她聽不進去，她說：如果真有奇蹟，你遇到他時，一定要對他說，你不會背叛他，他仍是你的兒子，就像他仍然是我丈夫一樣……

夠了！尼珥環顧四周，確定四下無人才欠身低語：諾伯．開新大叔，這是真的嗎？你當真見過他們？我的妻子馬拉蒂，還有我兒子拉丹？你可別騙我。

是，我見到他們了。

她怎麼樣，我是說我妻子？

她過得比你想得要好，她教你兒子和幾個當地孩子識字，你的妻兒一刻都沒懷疑過你不會回去。

尼珥眼中盈滿淚水，他低下頭，趁著無人注意悄悄眨掉。他還記得他們倆的新婚夜，他初次看見馬拉蒂的臉，那年他才十四歲，她比他小一歲。他現在憶起，即使兩人已躺在床上，她依然躲在那張面紗後方。他回想自己扯著她的衣服時，她是怎麼把臉別開。他想起她來加爾各答探監那天：她那永不離身的面紗不再，這彷彿是他第一次見到她，那當兒他才發現，他當初娶進門的小女孩已經出落成一個沉魚落雁的女人。

馬拉蒂隨遇而安，這他不意外，讓他震驚的是她不願接受他的死訊。她怎麼可能知道？她的確信意味著一種深刻的情感，令他無言以對。

那我兒子呢，拉丹還好嗎？

他長大了，這是他母親說的。雖然你才離開不到一年，但他現在已經是個勇敢堅定的小子——她說他常威脅要出海找你。

尼珥記得警察來加爾各答的拉斯卡利皇宮逮捕他的那天，他正和拉丹在頂樓放風箏，然後他被召走時，還對孩子說：我十分鐘後回來……

我得買些中國風箏給他，他喃喃自語。中國的風箏很漂亮。

他的母親說，他現在會拼湊紙片製作風箏，她說他放風箏時會想起你。

有那麼一刻，尼珥無法開口言語：他喉頭一緊，不單是想起妻兒，更因悔恨自己看到諾伯．開新大叔時的當下反應。但若非這個有時狡詐、卻又有難解的體貼與情感的特殊男人，他現在就不會在這兒，他就不可能逃離朱鷺號。大叔事實上幾乎就像守護神，一個保衛他的精靈，他出現在廣州根本不值得他害怕：這是天賜的禮物。

我很開心見到你，諾伯．開新大叔，尼珥說，請原諒我沒有立即透露身分。若是我曾刻意欺瞞，全是因為勃南先生。要是他發現我在這裡，我就完了。

他沒理由發現的，諾伯．開新大叔說。我是唯一知情的人，我不會告訴他，這你大可放心。

但要是他認出我來呢？

噢，你不用怕，諾伯．開新大叔爽朗一笑。你現在的容貌變了這麼多，連我一開始都沒認出你來，更何況是勃南先生，在他眼裡每個本地人都長一個樣——除非你自己承認，否則他認不出來的。

你確定？

是的，我確定。

尼珥放鬆呼出一口氣：Accha to aro bolun——再多告訴我一些，諾伯．開新大叔，我的妻兒最近怎樣……

*

一月份後半，隨著威廉・渣甸出海回英格蘭的日子逼近，渣甸的朋友和商行同夥間達成共識，他不能像條喪家之犬，甚至在認罪的情況下離去（因為中國政府認定「鐵頭鼠」是頭號罪犯，這已不是祕密）。後來惜別晚餐的準備過程增添了股不服氣的興高采烈：這天到來前，大家已知道這會是番鬼城有史以來最盛大的活動。

阿差行跟英國館之間只隔著一條新豆欄街，從巴蘭吉的辦公室可一覽無遺通往領事館的路。雖然巴蘭吉不是渣甸的至交，還是很難置身事外。他對接踵而來的晚宴莫名興奮：準備過程嘈雜又清晰在目，他還因此克服了他對窗景與日俱增的反感。他望出窗外，好幾次看見冗長的幾列苦力，扛著一桶桶蔬菜和好幾袋穀物，曲折蜿蜒地穿過廣場。有天下午，他忽地聽見一陣尖銳嘎嘎，衝至窗邊時，看見一群豬快步衝過廣場：豬隻消失在英國館內後便銷聲匿跡。隔日，他祕密見證了另一個更有意思的畫面：一列鴨子搖搖擺擺經過廣場，讓所有行人止步，最後一隻鴨從屁眼岬的鴨船跳至陸地前，打陣頭的那隻已經大搖大擺走進領事館。

英國館的面貌逐漸轉變。一個有立柱的偌大陽台銜接商行大廳，延伸至入口上方，俯瞰「貨物大道」——商館前的園籬花園。為了這天晚餐，陽台會化身臨時的「客廳」：一批裝潢工連日趕工，以白色大帆布遮住商館側邊。夜幕低垂後，幾十盞燈在裡頭明光錚亮，陽台變成一盞碩大燈籠，在暗夜中光輝耀眼。

這景象教人驚豔，許多觀光客從城鎮各角慕名而來：中國新年的腳步近了，燈燭輝煌的領事館成為珠江遊艇遊客的新景點。

與此同時，巴蘭吉也開始替渣甸的惜別會做準備。身為廣州阿差的老前輩，他不能讓阿差在這場宴席上失色——若說只為一個理由，那就是提醒全世界，讓渣甸致富的鴉片可是來自印度，而且還是由他孟買的合夥人供應。他想到一個好點子，可以請帕西商團合資買一份離別禮物送給渣甸。幾天後他成功募得相當於一千幾尼的款項：他們說好這筆錢將直接匯給一位英國知名銀匠，用以訂做一整套餐具，刻上渣甸的姓名縮寫。巴蘭吉決定，他會在這天晚餐宣布這份贈禮，演說則由孟買商團中英語最流利的丁雅爾．菲多恩杰負責。

到了舉行晚餐的這晚，期待已經不可思議的高漲，幾乎很難達到預期中的完美。不過踏入領事館當下，巴蘭吉看不見失望跡象：大樓梯以絲綢帷幕和高聳入天的插花花飾妝點。樓上改良過的「客廳」裡，渣甸的名字縮寫就在帆布帷幕上閃爍發光。大廳的多立克柱纏繞色彩繽紛的花朵，頭頂的水晶燈使用最上等的鯨油蠟燭，一片火樹銀花，牆上的鍍金鏡子營造出房間兩倍大的效果。甚至還請來一組樂團：停泊在黃埔的商船英格利斯號出資貢獻一組樂手：歌頌渣甸的蘇格蘭背景，晚餐時賓客魚貫進場就座，不絕於耳的蘇格蘭高地旋律逗得他們開懷不已。

巴蘭吉打頭陣負責率領帕西商團成員，他們穿戴白頭巾、金色浮雕繡花平底鞋和刺繡直線剪裁大衣，讓人印象深刻，他心滿意足。但至於座位安排，他最後決定他這樣的大班不適合和其他孟買商團的人坐一般席位，於是安排坐在委員會所在的主桌。

走到餐桌時，他發現自己坐在藍士祿．顛地與一位新人中間，這男人身材高眺、樣貌莊嚴，光滑的鬍子披掛遮住胸口一半，他的模樣很眼熟，但巴蘭吉無法立時想起他的名字。

顛地跳出來幫他一把：「容我為你介紹加爾各答的班哲明．勃南。還是你們早就認識了？」

巴蘭吉跟勃南先生僅是點頭之交，但得知他跟顛地是同類，他熱烈跟他握手。「你最近才抵達廣州嗎，勃南先生？」

「幾天前到的，」勃南先生說：「我一直無法取得護照，得在澳門等上一陣子。」

史萊德先生坐在勃南右側，露出諷刺的笑臉：「但你在澳門的時間可沒白待吧，勃南？畢竟你不是和高高在上的義律上校成了好朋友嗎？」

勃南聽見英國代表的名字，迅速掃視室內，「義律上校今天也來了嗎？」

「當然沒有，」史萊德說：「他沒受邀，即使有，我也很懷疑他會屈尊與我們分吃麵包。在他眼中，我們沒比歹徒好到哪兒去——事實上他在魯莽地寫給巴麥尊勳爵的信中便如此形容我們。」

「真的嗎？不過這風聲是怎麼傳到你耳裡的，約翰？」

「當然是勃南先生啊，」史萊德眨眼：「神來一筆，他保留了義律上校近期寄往倫敦的信件！」

勃南先生連忙否認應歸功於他。「是我的經紀幹的好事，他是個貨真價實的無賴，但還是有他的好。他是孟加拉人，是義律的辦公室抄寫員之一——其他就不用我再贅述了吧。」

「那義律上校在信裡說了什麼？」

「哈！」史萊德從口袋抽出一張紙：「我該從哪裡開始？喏，以下是精采摘錄：『爵士大人，敝人認為鴉片運輸會更詭譎狡詐滲透入每一貿易層面。隨著鴉片貿易的需求帶來更多危機和恥辱，鴉片會落入更多無藥可救的男人手裡，外國人的惡名持續劣化。爵士大人，我相信不久前世界還沒有一個地方比廣州更讓外國人感覺生命與財產受到保障，但十二月十二日的重大事件已經在眾人心中烙印下負面印象。才短短兩小時，外國商行已淪入龐大激昂的暴民手裡，其中一間商館的大門完全毀損，有人開槍，沒人受傷倒下，所以子彈可能只是擦飛過人們頭頂。要是情況不只如此，女王陛下政府和英國民眾聽到的，就會是一場恐怖的腥風血雨，導致中國鴉片貿易無限期停擺。爵士大人，不用說這全是幾個膽大妄為的人孤注一擲招致的危害，他們相信自己的行為無須承擔法律責任，英國與中國法律皆然。』」

史萊德唸著唸著，臉也跟著脹紅，他唇畔衝出嫌惡的感嘆。「我呸！這段話居然出自一個本應代表我國的人嘴裡！他領的薪水可是我們納的稅！他簡直就是猶大——遲早為我們招致毀滅！」

「約翰，你太早下定論了，」顛地平心靜氣地說：「義律不過是公職人員，頂多是顆棋子。真正的問題是，他對我們抑或中國官員帶來的實際意義。」

鼓聲隆隆宣告第一道菜上桌，是濃郁的鱉湯。用餐時，樂團演奏一曲輕快調子，巴蘭吉在樂音掩飾下，轉身對鄰座說：「勃南先生，我想加爾各答的市場價格已一落千丈，你最近有大量進貨嗎？」

「正是，」勃南先生微笑著說：「沒錯——我目前的貨物是我有史以來運過最大的一批。」

巴蘭吉的眼睛睜大：「你不擔心近期的貿易禁運嗎？」

「一點也不，」勃南先生自信滿滿地說：「說實話，我甚至派我的朱鷺號去新加坡繼續採買。我有信心鴉片貿易禁令會在需求高漲之下終止，中國官員對此無能為力，他們遏止不了自由貿易的強大力量。」

「你不認為失去渣甸的穩健操控後，會對身在廣州的我們不利？」

「正好相反，」勃南先生說：「我覺得這是最圓滿的結局，是上帝的旨意，加上我們對顛地先生的支持，他將補上這個空缺。再說渣甸人在倫敦，對我們是一大資產，他是個通曉策略和具備演說能力的男人，巴麥尊勳爵自然會被他收拾地服服貼貼。他也能影響政府其他層面。渣甸知道如何運用資金，你知道，再說他在國會的朋友也多。」

巴蘭吉頷首：「民主很棒，勃南先生。」他惆悵感慨地說：「就像一場讓老百姓忙碌奔波的隆重盛會，像我們這樣的人就能顧好其他重要的事。我希望有天印度也能享受這樣的好處——當然中國也是。」

「讓咱們舉杯致敬！」

「敬民主！」

巴蘭吉久違未聞如此鼓舞人心的話，讓他十分享受這個夜晚。這陣子以來的病態心情蕩然無存，他的注意力又能轉回享受餐點——食物不用說，是他在英國館吃過最美味精緻的一頓，山珍海味一道接著一道。到最後一刻，巴蘭吉都沒浪費美酒佳餚地狼吞虎嚥。林賽先生敲響鈴聲舉杯，讓他停下忙碌的嘴。

他先舉杯對女皇致辭，接著是美國總統。

「正如同一位父親對孩子的才能、天賦和進取心感到驕傲榮耀，」林賽先生酒杯高舉半空中道，「大英帝國也對她西方子嗣日漸茁壯的活力感到驕傲榮耀！」

接著是幾則對離別在即的渣甸的致辭，為了保持慶祝氣氛，樂團繼續演奏歡樂的歌曲——例如，「口袋豐收」和「但願不缺朋友，也不缺餽贈之酒」。然後樂團演奏了「歡樂往日」，最後幾個音符消逝時，渣甸起身說話。

「我之所以起身，」渣甸說：「是為了誠摯感謝諸位祝賀我的健康。我要帶著這些祝福離去，將今晚謹記在心，我的人生中有你們的美好。」

說到這兒，他激動到停下來清喉嚨。

「我在這個國家待了很久，有幾句我想說的支持話語。我們在這裡享受到有效的法律保護，比東方甚至世界其他國家還多。在中國，外國人可以開窗睡覺，也不擔心受怕自己的生命或財產遭到危害，我們有警戒盡責的好警察。也能以前所未有的設施和專心一意的信念做生意。我也不能遺漏中國人與外國人交流和交易時的謙恭有禮。有這些和其他因素……」

這時，渣甸的情緒澎湃：他的眼神飄移至他的密友，聲音哽咽。大廳悄然無聲，渣甸努力恢復平息情緒，用手帕擦了擦臉，說：「正是這些原因，才有這麼多人持續回到這個國家，留在這裡這麼長時間。諸位先生，我要說廣州社會真的很令人敬佩，只不過我也曉得，迄今為止和近日來，人民指控出現一批走私犯，這點我要強烈否認。我們不是走私犯，各位！真正走私、默許和鼓吹走私的人是中國官員，不是我們。請看看東印度公司：憑什麼要東印度公司扛下走私和走私犯之父的罪名！」

大廳裡歡聲雷動，淹沒渣甸接下來的致辭。他坐下後，鼓譟聲依舊不絕於耳，經過一陣搖鈴吶喊和敲鑼打鼓，才逐漸回復秩序。然後是丁雅爾．菲多恩杰的演說，他一開口，巴蘭吉就知道他沒選錯人致詞：他宣布離別禮物時，句子表達完整，也說得動聽。最後的段落尤其令人印象深刻：「我們常聽說東印度公司帶我們帕西人走進中國，這說法一點也沒錯，但這不過是時間與年代的環境背景。難道有人會謊稱，要是這間公司從來不存在，自由貿易的精神就不會找到這兒來？不！我們久遠以前早就能摸索來到中國。現在我們在這裡，不顧諸多反對聲浪，我們不要外來協助支持，因為自由貿易的精神代表的是自立自主、自給自足，是無所不在、持續擴張發展與繁榮的存在！」

歡呼聲哄然四起，有位年輕人受氣氛感染，激動到跳上長椅，舉杯敬「自由貿易，普世共有的自由貿易，滅絕所有壟斷，尤其是最令人作嘔的商館壟斷！」

這段話引起一陣騷動喝彩，尤其是顛地和他朋友就座的大廳角落。「敬自由貿易，各位！」顛地說，高舉他的酒杯：「這股清流會橫掃暴君，無論大小！」

典禮畫下句點後，管家匆忙進場清出跳舞的空間。樂隊彈奏一曲華爾滋，眾人皆騰出空位，好讓渣甸先生與韋德摩先生手牽著手，在大廳裡旋轉共舞。大家都心知肚明，這兩位老友在彼此陪伴下冒出蒼蒼灰髮，這支舞很可能是兩人的最後一支舞。他們在舞池跳第一輪時，在場幾乎沒有一雙眼不濕潤。

連史萊德先生都不禁為之動容，落下一滴淚。「噢，可憐的渣甸，」他嘶喊道：「他還不曉得他會有多想念咱們的小保加利亞。」

巴蘭吉很少有跳舞的興致，他拉起顛地的手共舞華爾滋。可是本來是這天夜晚的完美結局，卻演變成混亂和尷尬的來源。巴蘭吉正打算扶上顛地的腰，大廳角落卻爆發一場爭執。巴蘭吉轉過身，發現孟買商團隊捲入爭吵。他連忙趕過去，有幾個人差點和六個英國年輕人掄起拳頭互毆，幸好丁雅爾沒有捲入紛爭。兩批人馬總算被區隔開來，但眼見彼此憤怒難平，巴蘭吉決定帶他的團隊先離開大廳才是明智之舉。

他們離場，巴蘭吉才停下腳步問：發生什麼事？剛剛你們在裡面怎麼了？

老爺，那群混帳侮辱我們，說這裡不適合猴子，我們應該滾才對。

他們喝醉了吧？別搭理不就行了？

要怎麼不理他們，老爺？我們付這麼多錢來吃頓晚餐，還讓他們叫我們猴子和黑鬼嗎？

14

一八三九年二月二十日，馬威克飯店

我親愛的寶格麗女君主——您的僕人羅賓要驕傲地宣布一個大發現！真的是驚人發現——或許只是推測，我還不敢說，但無所謂，因為我還有其他消息——總算有關於畫作的消息哦。但一切得話說從頭……

這個月前半段光陰似箭，因為碰到中國新年——整整十四天一事無成：慶祝活動讓廣州城上下人仰馬翻，大街小巷都充斥著「恭喜發財！」的祝賀。中國新年才剛慶祝完，出現的沒有別人，正是阿米！妳還記得吧，就是帶我去花地見陳先生的使者（或林聰、阿飛，隨便妳想怎麼叫都行）。距離上次聽到陳先生的消息已經過了很久，我差點就放棄希望，以為再也見不到他。這就是為何我看見阿米時格外開心。親愛的寶格麗，不瞞妳說，潘洛思先生委託我的任務，我可是把所有希望都押在陳先生身上——除了他，目前我還沒碰到哪個人可以提供神祕金茶花的一絲希望。沒有人見過這種植物，沒有人聽過這種植物，也沒人理解為何會有人覺得這植物值得一丁點關注。確實，我四處打探都徒勞無功，害我不禁考慮，是否該退還潘洛思先生預支的大筆酬勞（但其實也不妥，親愛的，因為錢已經花掉了——幾週前，裁縫黃先生讓我看一個皮草裝飾的頸圈頭套，我一看見就知道非常適合送給賈官當新年禮物——結果這禮還真沒選錯，他非常喜歡，頻頻用有意思的方式跟我致謝，我實在無法想像要他退還啊……）

阿米和我客套一番後，告訴我陳先生這趟回廣州幾天，想知道我有沒有收到潘洛思先生的畫。我說幾週前已經收到，這陣子我已迫不及待，要是陳先生方便，我希望能盡早讓他看到畫。聞言阿米笑逐顏開，他告訴我他老闆就在附近，若能立刻和我見面會很開心。

「可以，沒問題！」我回道，用一點時間從房間取出畫作後，兩人便出發。

我本來以為阿米會帶我去廣州專門接待客人的茶店和食堂——也許在十三行街，或在城牆附近。但完全不是：阿米轉往河水的方向，我心想我們是否要再搭船，可是非也——我們是要去沙面。

我想我先前有提過沙面——這是座潮汐島，河水低潮時泥灘外露。沙面就位在番鬼城末端，距離丹麥館不遠，雖然頂多是泥灘，但在這座城市依舊享有盛名，因為沙面是全廣州最鮮豔亮眼的「花船」停泊處。我就是在其中一艘花船跟陳先生碰面——而且還是在大白天！

花船就藏在珠江最花稍俗氣的大船之間。妳要是在其他地方看見這些船，可能會以為是自己想像臆造出來的，外觀虛華如幻，有著涼亭、走廊和陽台，隱蔽與開放空間，上百盞燈籠與絲製飾物張燈結綵。每艘船的入口都有高聳門道，漆著色彩鮮豔的紅色與金色，各式各樣的奇幻生物裝飾：身軀盤繞的飛龍、面目猙獰的魔鬼和齜牙咧嘴的獅鷲。這幾具令人生畏的怪物石雕向所有來客承諾一種非比尋常的經驗，與沉悶真實世界相反——夜晚河水暗啞，燈火和燈籠打得小船豁亮，小船猶如漂浮的魔幻王國。但我剛說過，這時是上午十點左右，大白天底下的小船似乎疲憊憂傷，說它花稍，不如說是俗麗，太陽把小船姿態壓得低低的，準備接受毫無勝算、輸俗世輸得一敗塗地的戰果。

河水漲潮時，僅有船可以抵達沙面，可是退潮時一條磚石路奇蹟似地從水底赫然顯現：我們徒步經過，阿米帶我走向其中一艘最龐大的船。高大鍍金的門扉緊閉，僅有一名年長婦女站在甲板上，手裡忙著搓洗衣物。阿米嚷了幾聲，她便倏地起身，不多久大門敞開。我步入室內，發現自己站在一間客廳裡，像極通宵過後一片狼藉的遊樂場。門上覆蓋掛毯，室內裝滿精雕細琢的木頭家具，牆上掛著毛筆字畫和如夢似幻的山水畫捲軸。窗戶緊閉，室內瀰漫著香菸、線香和鴉片的煙薰。

阿米幾乎沒停下腳步，直接帶我穿越客廳，踏入船內部。前面有個兩側皆設有艙房的走道——但房門依舊緊閉，除了詭異的鼻息，一個聲響都聽不見。然後我們來到一條黑暗樓梯：阿米走到這兒突然停下，示意我先上去。

我忐忑不安，躡手躡腳走上樓，不確定前方等著我的是什麼。我踏入日光明媚的陽台，看見陳先生斜倚在鋪有軟墊的沙發上。跟先前一樣，他身著一襲中式服飾，灰袍黑帽，但他並非用天朝風格跟我打招呼，他英式作風地一下握手，一下「蛤（哈）囉！」。沙發邊擺著一張椅：陳先生手指向沙發要我坐，然後幫我倒一杯茶，說他很抱歉，距離上次見面過了很久，但近來的情況讓他不得不四處奔波。

陳先生給人感覺不是特別熱中閒聊，第一陣沉默時，我遞給他潘洛思收藏的艾倫．潘洛思愛女的畫作。但出乎我意料，他居然沒有打開畫匣，擱在一旁說他晚點再看，現在他有件事想和我討論。

我說當然沒問題。他解釋，耳聞我跟知名英國畫家喬治．錢納利先生關係密切，亦是同風格的畫家。

是，我答，傳言千真萬確。他又問，我是否正巧熟稔錢納利先生的一幅畫作——眾所周知的「歐亞人肖像」？

「知道，」我說：「我是知道沒錯！」事實上我對這幅畫再熟悉不過，這可是錢納利先生在中國繪製的作品中，我最喜歡的一幅——如妳所知，親愛的寶格麗，我習慣複製深深打動我的畫作，這次也沒忘記這麼做：畫作很小，即便如此，這幅畫依然一絲不苟，貼近原作。我寫信的同時，這幅畫就擺在我面前：描繪主角是一個年輕女子，她身穿猶如斗篷的藍色絲質短上衣，還有一件白色長寬褲。服裝奢侈華美，穿著方式卻漫不經心，她精緻的臉龐輪廓恍若一片心形葉子，眼珠漆黑，大得懾人，她的凝望溫柔卻不忸怩。一朵粉色菊花從她烏黑亮麗的墨黑秀髮間偷偷窺視，黑髮中分往後梳理，以優雅圓弧垂落太陽穴。她身後有面圓窗，形成畫中畫的效果，勾勒出她的頭形，帶出遠方兩座霧氣繚繞山巒的景觀。每個細節都經過精挑細選，在在喚醒中國室內裝潢的印象——坐者的椅子形狀、她頭頂的流蘇燈籠、高腳三腳茶几和瓷器茶壺。她的臉龐亦然，膚色和顴骨角度都彰顯出中國人的影子——但這女人的笑容、位置和姿勢說明了她某方面是外國人，部分看得出是異鄉人。

這是我心目中錢納利先生最傑出的作品，不過親愛的寶格麗，妳也清楚我不見得是最公正不阿的裁判。我對這幅畫的熱愛，可能源自與主角的共鳴——她叫亞德莉娜——不僅因為她也是私生子，更因為我知道她的生死故事（妳真該聽一下這個故事，我認為妳聽了也會贊成要不為之動容很難……）。

妳由此可知，我對這幅畫的熟稔程度並非一般（我可以告訴妳，從錢納利先生的學徒口中挖出故事可不是一時半刻的輕鬆事）——但不巧的是當時我不想說真話，告訴陳先生我熟識這幅畫。

「我確實認得那幅畫，」我說：「敢問為何？」

「錢納利先生，你覺得你可以畫一幅給我嗎？我願意付高額酬金。」

我這會兒進退維谷，我知道叔叔要是發現絕對會氣炸——但另一方面，陳先生是個飄忽不定的人，我不覺得叔叔會發現，我的財務現況讓我無法拒絕酬勞。於是我答應了，樂意之至。

「非常好，錢納利先生，」陳先生說：「我明天離開廣州，這次離開四週，回來時若能看見畫作完成會感激不盡。我再付你一百銀元。」

我差點無法呼吸——因為這筆錢不比我叔叔的畫作少——不過妳要開心的是，我沒有被迷昏頭，忘記我此行的目的。「那潘洛思先生的畫呢，先生？」我說：「還有金茶花？」

「噢，對，」他不經意地說：「我離開廣州後再看，下次見面時我們再討論。四週後見。」

就這樣，我親愛的寶格麗小甜蜜，會面結束。

我直接回到房間，在畫框上架起一幅畫布。開始動畫筆之後，我才明白這工作沒我想得簡單。從我的記憶喚醒那張精緻的臉孔就像讓鬼魂死而復生：她的存在糾纏著我。因為妳知道嗎，亞德莉娜就是在廣州過世的，正是我現在從窗口望出去的那條河——我幾乎能瞥見她祖父創建的畫室（如今依舊屹立於老中國街）。這是我和亞德莉娜的另一個共通點——她也出生藝術世家。她祖父是廣州畫派最偉大的人物之一——他叫譚其官[2]，是此畫派的先驅——他曾遠行至倫敦，作品在皇家學院展覽造成轟動，走到哪兒都大受歡迎：佐法尼畫過他，他也曾受邀和國王與女王用餐。自范戴克後，倫敦還沒用這種規格接待過外國畫家——儘管風光一時，譚其官人生的最後階段卻不光彩。他返回廣州，愛上一位身分卑微的年輕女人——有人說是船女，其他人則在指摘她是「煙花女」。

譚其官已和眾多妻妾誕下滿堂子孫，但他還是不顧遠近親戚的堅決反對，硬是娶回剛愛上的女人好好呵護。她為他生下一個兒子，他對他的疼愛無以復加，超出他對其他人的關愛。可想而知此舉招來許多嫉妒，以及關於家產分配的憂慮。無論這類恐懼是否與譚其官的死有關，都無人知曉，但他在一場宴席後突然停止呼吸，傳言甚囂塵上，眾多流言蜚語直指這名畫家被下了毒，無論如何，他年輕情婦和兒子的下場終是孑然一身，身無分文，身邊僅剩下一名僕人。

他這兒子接受過父親的繪畫指導，要是換了出生環境，被其中一間廣州畫室收留也毋庸置疑。可是這座城市的藝術家關係密切，血緣羈絆緊密，他們不願接受這男孩。男孩到處在番鬼城打零工維生，幫植物學家和採集家當過插畫家。據說故事後來發展是，有位美國富人發掘他的天分——這名商人帶他去澳門，幫他開了間自己的畫室，也是在那裡，他開始使用我們都知道的名號——阿蘭仔。

跟其他婚外出生的子嗣一樣，阿蘭仔承襲了譚其官的天賦，也超越他其他兒子。他很快就在澳門闖出名號，外國人紛紛來找他——商人、水手，當然還有城裡的葡萄牙官員，許多人都向他訂畫，畫自己、他們的孩子，還有——還有——需要我多說嗎？——他們的妻子。其中一位名人是古代世系之子，年事已高——在古老帝國塵埃漫飛的夾縫中，眾多利用人脈逮住公職不放的一位喋喋不休的金龜婿。這名優秀的紳士以前在葡萄牙的亞洲城市果阿任職，那段期間他失去一位妻子，再娶了新太太：第一位妻子被瘧疾帶走，他再娶的老婆比他年輕五十歲，是一個十六歲小姑娘。新娘來自風光一時卻式微的混血家族：大家都說她是風情萬種的女人，可以形容為最嬌貴的奧圖玫瑰花水，她丈夫能抱得如此美人歸，如獲至寶，趁她第一蕊花乍然綻放時，聘請阿蘭仔為她畫肖像。

我承認，親愛的寶格麗，這故事讓我深深著迷，有時我甚至感覺看得見這一對情人：可愛的葡萄牙小姐和俊俏的年輕中國畫家，她穿戴薄頭紗和蕾絲，他則一襲絲袍，烏黑眼珠，蓄留長髮。妳可以恣意想像：小童媳和年輕畫家。她，是無法履行婚姻義務的老殘男人的所有物，而他依然有顆純潔的心。妳可以想像這兩人在蹙眉數念珠的保母眼皮底下，眉來眼去的畫面嗎？但最後曖昧依然無疾而

---

2 Chitqua，指的是出身廣州的肖像畫家與陶藝家譚其官（Tan Chitqua, 1728-1796），一七六九—一七七二年間旅居倫敦，曾於皇家學院展出作品。由於中文歷史文獻中無其相關紀錄，無法確定其姓名確切用字，僅能以英語文獻中出現之英文拼法加以音譯。至於其他紀錄，目前唯一可得的中文資料為英國威廉·錢伯斯爵士所著《東方造園論》（*A Dissertation on Oriental Gardening*，聯經）中附錄的〈廣州府譚其官釋論〉。

終！美麗的小姐有顆虔誠的心，怎樣的誘惑都無法動搖她迷失自我。而畫家的熱情無處宣洩，只好指向他的畫架，他用畫筆愛撫畫布，觸摸與甜言蜜語，用炙熱明豔的揮灑傾注所有精力。妳瞧！種子植入，生命在畫作裡騷動。這幅畫猶如一個私生子來到人世間，這個美麗事物加深了彼此的愛戀。可是……話說回來……兩人仍舊清清白白——嚴苛批判的社會審視他們，親密關係想都不敢想，不過上天垂憐他們的愛情：如我先前所言，這位老先生已步入老朽之年，將不久人世，也等不到畫作完成（有人說這幅畫後來跟他一同下葬）。老人辭世後，小姐據說留在澳門，到他墳前哀悼，但全世界很快便發現這段祕密婚姻——小姐已與阿蘭仔結為連理！

妳可以想像到漫天飛舞的緋聞、八卦和難聽的含沙射影——這對夫妻被他們認識的人趕出去，中國人、歐洲人和果阿人皆然。這位曾經紅極一時的藝術家，如今淪落為社會棄兒，原本源源不絕的訂單瞬間乾涸，被迫以畫商店招牌和庸俗壁畫維生。但這對夫妻依舊幸福快樂，因為他們擁有彼此，兩人的熱情也有了回饋。不久後他們得到另一個寶貴的禮物：一個女兒——亞德莉娜。但這時的他們有所不知，即使女兒的誕生讓他們滿心歡喜，他們的幸福卻將走向盡頭：阿蘭仔的日子不久矣——冷酷死神包著斑疹傷寒的外衣找上他。

阿蘭仔過世後，小姐掙扎度日，這段期間他看著自己的孩子踏入成年的門檻——後來他也在一個最不巧合的時機進入墳墓，年輕的亞德莉娜被送到專門收留孤兒和窮苦孩子的米瑟利柯迪亞孤兒院，一所憑公家募款勉強維持的孤兒院。

親愛的寶格麗，可以說亞德莉娜——或大家口中的亞德莉——不屬於那種會永遠乖乖待在慈善機構牆內的女孩。她後來逃跑了，成為澳門最紅牌的娼家女子（她們說，這就是錢納利先生注意到她的原因……他們還說了些啥，妳也想像得到吧！）

跟其他國色天香的名妓一樣，眾多男人搶著分享亞德莉娜這樣的女人，她的愛人間爆發激烈爭奪——其中不乏有錢有勢的男人，但勝利終歸一個男人，這男人的優勢無人能敵。亞德莉曾有過一段過往，沉迷毒癮，吸食大量鴉片——最後是提供她鴉片的男人得到她，他的身分成謎，活像個影子，無名無姓，大家只知道他叫「大哥」。妳猜想得到，一旦落入他的手掌心，亞德莉便成了鍍金籠中的囚鳥，不再踏入她熟知的世界，與世隔絕，形單影隻。她的新主人對她百般呵護，擔心她對他不忠，於是帶她離開澳門，來到廣州一幢住宅，只要情況允許他就會去看她。但這樣的男人無論多麼希望，很少有時間可揮霍在情婦身上：他無法親自去看她時，就請他最信任的助手送錢、珠寶、鴉片給她——這年輕男人成為她跟這世界唯一的聯繫。他是她的生命線。

接下來發生的事，我無需贅述：後來他們難逃被發現的命運，年輕人消失無蹤，至於亞德莉娜——這個嘛，他們說她沒有愛人便沒活下去的打算，投江自盡了……

讀到這裡，親愛的寶格麗，妳或許也跟我一樣匪夷所思：陳先生為何要這幅肖像？亞德莉是他的誰？他究竟是誰？找尋答案時，不用說妳一定會產生同樣猜想——結論不免就是那樣，令人怔忡不安，但妳可千萬別以為我會因此就不完成我的畫作，或卸除潘洛思先生的職責：妳可憐的羅賓不是妳想像的膽小鬼……

我親愛的，親愛的寶格麗伯格女伯爵，再四週，等收我下一封信——下次聊！

＊

隨著二月的腳步接近，開始流入報告，新指派的欽差大臣和帝國全權公使挺進南方。這些消息主要透過商會的翻譯山繆．費倫傳入委員會。

費倫先生是個金髮纖瘦的年輕人：委員會部分成員很愛追蹤他的小道消息，他每每進入俱樂部都會引起漣漪般的亢奮。史萊德先生更尤其熱烈追蹤這名年輕翻譯，他有天看見他路過，便連忙把手杖夾在肘間，拖他到桌邊。「我的孩子——今天有沒有新消息跟我分享？」

「有的，史萊德先生。」

「那好，過來坐在我身邊——我想聽你親口說。勃南先生願意讓位，對吧，班哲明？」

「那是當然。」

費倫先生坐在史萊德先生桌旁，顛地先生和巴蘭吉也在餐桌上。然後他公布一條讓在座人士震驚的消息——步步逼近的欽差大臣竟自掏腰包支付盤纏！除此之外，他還大費周章確保如無必要絕對不花公庫的錢。

眾人驚呼不可思議：中國官員竟然拒絕指官府的油水，餐桌上每個人都覺得不合理，很多人——包括巴蘭吉——都點頭同意勃南先生的說法，欽差大臣不過是裝模作樣，騙騙容易上當的人罷了。「記住我說的話：等時機恰當，他們更微妙運用壓力時，施壓會更令人窒息。」

當大家還在咀嚼消化這句奇言妙語，費倫先生又道出另一則驚人消息。

史萊德先生懊惱這次沒成功把翻譯拉到他這桌：韋德摩先生搶占了他。「阿費倫！」即將上位的會長喊道：「今天有沒有趣聞分享啊？」

「有的，長官。」

其他桌瞬間淨空，大家都團團圍繞著翻譯：「快說啊，費倫，你聽到什麼？」

「先生，我聽說欽差大臣會延後抵達。」

「是嗎？」史萊德先生酸溜溜地說：「這樣啊，他還沒從歡慶新年的頭暈腦脹恢復吧？」

「噢，不是的，先生，」費倫先生說：「我想他一直都在跟學者院士開會，尤其是對外國有涉獵的專家。」

這句話引來不可置信的呼喊聲：想到中國確實有一群對外界感興趣的學者，許多委員會成員都覺不可思議。他們多半傾向同意史萊德先生，他狂笑道：「聽我的！各位，你們可以信得過——接著又會掀起大黃事件了。」

這讓大家想起，中國官員先前告訴他們紅頭野人的習慣，最後往往導致離譜結論——例如大黃。這種蔬菜只是廣州出口的次要商品之一，但當地官員卻深信這是歐洲飲食的必需食材，要是不吃，番鬼就會死於便祕。他們發生衝突對峙時，官員不只一次禁運大黃出口。但事實上，從無番鬼的腸胃阻塞或爆炸，他們卻從未質疑這個理論。

史萊德先生引述一段朝廷奏摺的段落，為這畫下句點——這段必會在俱樂部引起哄堂大笑，屢試不爽：「經過調查得知，外國人若是數日未食用中國茶和大黃，將會受視力昏暗和腸胃便祕之苦，生命垂危……」

笑聲逐漸紛落，勃南先生抹掉眼角的淚水聲明：「無可否認，律勞卑說中國民族以弱智遠近馳名，真是說得一點也沒錯。」

聞言，已在座位上不安蠕動一陣子的金恩先生跳起來反駁：「先生，我不相信律勞卑曾說出這麼不厚道的觀點：說到底他也是虔誠的基督徒。」

「容我提醒你一下，查爾斯，」勃南先生說：「律勞卑也是科學家，理性思維讓他得出這無可辯駁的結論，他不是會掩瞞真相的男人。」

「說得好，先生，」金恩先生說：「律勞卑不僅是基督徒，還是傑出的蘇格蘭啟蒙運動之子，我不相信他會表達這種觀點。」

「那好，」勃南先生說：「咱們來賭一場。」

俱樂部的賭金簿迅速送來，欄位填入十幾尼金額。接下來，他們從圖書館取得這本律勞卑就中國經驗所寫的著作後，很快翻到這個段落：「中國人——這個弱智貪婪、自負且頑固到無以復加的民族——被分配到地球最多人爭搶的地盤，以及將近全人類三分之一的人口，可真是天意。」

這段話並非逐字符合先前的引述，最後要由會長決定贏家。他宣判勃南先生獲勝，勃南將贏來的賭金捐給派克牧師的醫院，贏得滿堂彩聲。

即使這晚最後以輕鬆氣氛落幕，欽差大臣延後抵達的謠言卻逐漸破壞商會的正常運作，營造出既期待又焦慮的氣氛。韋德摩先生主持小型晚餐感謝卸任會長休．林賽先生的努力，跟這背景並不搭軋。

臉色紅潤、精神高昂的林賽先生整頓飯下來，一反常態地若有所思，輪到他致詞道別時，很明顯他的腦袋不得安寧。晚餐最後，經過一輪感謝之後，他起身提出幾個想法：「鴉片貿易提供豐富又高利潤的誘因，足以蓋過任何風險，這點必須承認，但我們也必須切記，這項貿易是中國政府批准或縱容的，至於未來是否照舊，還不能確定。此外還有其他方法嗎？要不完全放棄鴉片貿易，再不然就要採用某種不讓中國干預的方法。開誠布公地說吧：只要還存在其他可能，就不會採用第一種提議——放棄鴉片貿易。所以現在只剩下唯一一個明確直接的做法，那就是在中國海岸成立由英國統治的殖民地。」

巴蘭吉跟室內其他人一樣，對此禮貌性地鼓掌——但事實上，林賽先生的提案已不新穎：先前已經聽過不少類似建議。離岸貿易基地的優勢淺顯易懂：外國商人可以在不擔心中國政府干預的情況下，把鴉片和其他貨物送往中國，同時免除運送貨物去中國內陸的風險跟罵名——這部分會由當地走私販子負責。如此西方人就得以保留體面，罪名的重擔明顯全落在中國人身上。

這想法唯一的問題就是，每個人對全新殖民地究竟要設在哪裡，似乎依舊兜不攏。巴蘭吉聽過許多奇奇怪怪的提案——但沒一個像林賽先生剛才提出的效果驚人。

「我不必再告訴你們吧，」林賽先生緩慢莊重地說：「有很多恰巧符合這目的的空地——但我想到一個地點，有個近期才被英國政府占領的群島，其他地點都比不上：就是位於日本和福爾摩沙之間的小笠原群島。」

巴蘭吉從未聽過小笠原群島，聽到英國政府占領此處時煞是詫異。他很難想像這個群島能有實際作用，因此史萊德提出反向提案時，他頗樂見其成：「肯定還有更接近中國的好地點吧——你們說福爾摩沙怎麼樣？」

整個大廳的人都在思量這問題，但史萊德先生提出這個方案，明顯只是為了鋪陳誇張效果。「但是不行，先生！」他倏地怒喝，指出政策改變：「經過兩個世紀的貿易，我們怎能放棄自己的商館，退出廣州，我們必須在此堅守到底，讓中國人看看，他們若有意遏止外國貿易，自吹自擂的力量將裂成碎片。難道現在不正是時候，問問這君主無知而冥頑不靈的帝國，他們可能面臨什麼下場？對中國以外的一切毫無所知，頑固追隨自我的政府教條？答案很清楚了：我們勢必留在這兒，就算只是為了維護中國自身。為了平息民眾騷動，英國政府有必要馬上介入，就跟他們在其他地方的做法一樣，根本不用懷疑。」

語畢，掌聲如雷，人人都在恭賀史萊德先生，再次為一個艱鉅難題提出圓滿結論。

*

二月底，氣候逐漸回暖，三月第一週變得悶熱難耐，廣場上出現一種新小販，分賣由一只陶器裝著、以甘草和布料保冷的沁涼糖漿和冰凍糖果。

尼珥會在太陽即將西下時走上廣場，來些冰涼糖漿冷卻一下。有天晚上他正要去買甜品，路上正好撞見康普頓。他的近視更嚴重了，慌慌張張地忘了清潔被汗水沾得霧濛濛的眼鏡，「阿尼珥！你最近怎麼樣？」

「好得很，你這麼急是要去哪裡啊，康普頓？」

「我去屁眼岬囉，去租條舢板。」

「舢舨？為何？」

「你不知道咩？欽差大臣明天就到廣州啦。」

「誰？」

「欽差林大人，所有廣州人都要租船去看，你也想去嗎？可以跟我們一起，明天到屁眼岬，上午辰時集合。」

「七點？」

「對，去那裡會合，行不行啊？」

「我不知道：我可能得工作。」

康普頓笑了：「噢，不用擔心，明天沒有人工作的，連大班都不做事。」

尼珥意外發現，康普頓預測地真準：那天稍晚，維可宣布全體員工明早放假。老爺受邀去領事館陽台看新官入城，不會照慣例在辦公室用早餐。

翌日，顯然整座城市都興高采烈：可以聽見遠方傳來鼓聲和煙火，早點時刻，一片混亂中，梅斯鐸報告市場目前空無一人，十三行街一家店都沒開，包括小販和流浪漢在內的每個人都衝去一瞥欽差大臣的尊容。

尼珥邁步跨上廣場時，英國館和丹麥館的陽台早已塞滿觀眾，發出嗡嗡聲響。他抵達屁眼岬時人山人海，花了半小時才找到康普頓，康普頓正領著一幫孩子踩過河階，走上等候的舢舨。

康普頓說，其中三個男孩是他兒子，其他的是他們的朋友。顯然先前他們已被康普頓警告，因此在阿尼珥面前十分乖巧：他沒聽到有人喊出「阿差」或「黑鬼差」還是「黑鬼」等稱謂。問好時，孩子的眼神都羞怯地低垂，幾乎不敢看一眼尼珥的頭巾或開襟連釦上衣。舢舨開始移動時，他甚至聽見他們輕聲責備附近其他船的孩子，數落他們說的難聽話。

……jouh me aa（做乜嘢）……？

……mh gwaan neih sih（唔關你事）！

由於河面船多壅塞，交通十分緩慢，亦步亦趨，船舷上緣互相挨擠。

尼珥看到群眾的數量大吃一驚：「簡直跟過節沒兩樣！」「只要有大官進城都是這個陣仗嗎？」

康普頓笑了：「沒的事！不是向來如此——通常人們會躲起來，但林則徐不同——他跟其他的官不一樣……」

林大人的降臨已事先預告，康普頓解釋，之前不斷傳來他往南的消息，在廣東省掀起熱潮，盛傳的故事讓人不禁揣想，這位欽差大臣是不是只有傳說和寓言中才能見到的：清廉不貪的公僕兼學識淵博的知識分子——也就是如今稀有到形同絕跡的官員。

其他中國官員帶著大批隨扈，揮霍公費的同時，林則徐只有寥寥幾個隨員——大約六個武裝警衛、一位廚師和兩個僕人——都是自掏腰包雇來的。當其他官員的下屬逕自向老闆周圍的人勒索榨財時，林則徐的下屬會被警告，若被發現收賄，就等著吃牢飯。他下令只在客棧和旅社吃一般伙食——昂貴的奢侈品如燕窩魚翅一律不許上桌。這一路上林則徐也不與其他高官熱絡應酬，而是去找學者和知識豐富的專家詢問如何處理南方省份現況的意見。

「我的老師也被欽差大人召去了。」康普頓驕傲地說。

「他是誰？」

「他的名字叫常南山，」康普頓說，「但我也叫他『常老師』，因為他是我的老師。常老師對廣東省無所不知，寫了多部著作，目前擔任欽差大人的顧問。」

「他和大臣一起來嗎？」

「是啊！」康普頓說：「你可能會在船上看見他。」

說時遲那時快，群眾一發現欽差大臣的船靠近便哄鬧起來。不一會兒一艘官方大駁船緩緩進入眼簾：罩著船身的猩紅布料閃耀生輝，金色斑點映著日光。船員一身整齊的紅色滾邊制服，頭戴錐形藤帽。

直到駁船幾乎近在咫尺，尼珥才瞥見林則徐：他就坐在船首，籠罩在碩大雨傘的陰影下，後方有幾位藍紅衣釦的中國高官，就夾在幾排插著馬鬃羽毛的部隊中間。

坐在隨行士兵之間的欽差大臣顯得十分嬌小，與身旁華麗亮眼的帷幕與三角旗一比，他的服裝顯得樸素單調。

小船的移動速度快，槳帶著韻律鑿入水中，縱使船行進快速，尼珥仍能一睹林官員的臉。他本以為會看見一個眉頭深鎖，面色凝重僵硬的男人——但他絲毫沒繃著臉，也沒有露出嚴肅神色：反倒生氣勃勃，好奇地左顧右盼，他有張圓臉，額頭高聳光滑，蓄著墨黑色小鬍子和稀疏絡腮鬍。

康普頓拉扯他的手肘：「阿尼珥！你看那兒！那位就是常老師。」

尼珥順著他的手指看見一名目光矍鑠，留著稀疏白鬍子的佝僂老者。他佇立船尾，望著群眾。他似乎在人群中瞥見康普頓，兩人互相點頭致意。

「你跟他很熟囉？」尼珥說。

「對啊，」康普頓說：「他常來我店裡跟我聊天，他對英文書和《廣州紀事報》的內容頗有興趣，你哪天可以跟他碰個面。」

尼珥又瞥向大臣的駁船：他看著看，覺得佇立船尾的佝僂老人十分符合中國學者形象。他說：「我真的非常想見他一面。」

*

對於從領事館陽台觀看新官進城的人，典禮最驚心動魄的片刻就在他遁沒前的那一刻。他站在要塞大門前，停下來跟當地官員商量，然後幾個低階中國官員似乎在回答問題，手指向外國內飛地。這時林大人也轉過身——巴蘭吉和他身邊的人覺得他似乎正直勾勾望著他們。

很多委員會成員都覺得回敬注目禮很窘迫尷尬。沒人否定顛地的話：「咱們就別出亂子吧，各位先生：那男人可不是來維持和平的。」

之後，巴蘭吉跟幾位委員會成員前往俱樂部午餐。這日天氣晴朗和煦，他們坐在蔭涼的陽台上用餐，麥酒源源不絕上桌，食物也很美味，只不過席間氣氛不太歡樂：聚會反而變成戰爭會議。他們約好固定聚會，集中他們可以收集到的情資，接任會長的韋德摩先生接派任務，負責組成跑腿送信制度，這樣一來委員會便能不分晝夜，無時無刻都被召到商會。他們也說定要是情況危急，便敲響英國館的小教堂鐘聲，算是警報。

經過深思熟慮最壞的打算後，沒人自願跑腿送信或敲鐘時，氣氛還挺失望的：最早的消息不需要他們太緊張：據聞欽差大臣只打算開會和整頓家園。唯一一則令人忐忑的消息來自費倫先生：看來欽差大臣選擇不住在城裡士兵和高官駐紮的區域，而是廣州最受敬重的教育機構：悅林書院。

沒有委員聽過這個機構，就連費倫先生都不知道在哪裡：對番鬼來說，這座城寨的地理確實是個謎，廣州地圖不易得手。是有幾張地圖，但都交由商會會長保管：地圖根據兩百年的荷蘭藍本繪製，只要有全新可用資訊便補充註解與增添內容。為了安全起見，地圖都鎖在會長辦公室的櫥櫃裡——於是韋德摩先生邀眾人移步上樓一窺地圖。

地圖一攤開，形狀如鐘或圓頂的廣州揭露眼前，制高點是北部的一座山丘，靜海樓立在山顛上，底部直線繞著河川。十六扇門穿刺要塞城牆，裡頭的區域隔成一個格盤，有著各式各樣幾何圖形交錯的街道與大馬路。

這張地圖顯示出外國內飛地和官員區不僅由城牆分隔，中間更隔了好幾哩路的稠密民宅：番鬼城不過是個小垂飾，依繫在堡壘西南一隅。中國高官和滿洲旗手居住的地區遙遠，位在寨城的北邊象限，距離當地官方重地有一大段距離，廣州的番鬼一直都覺慶幸——這就是為何眾人認為欽差大臣的居住地很重要。在地圖上追蹤路線時，會發現它離外國行館近到令人不自在。

「明眼人都看得出，」顛地說，「他是故意把船艦轉向，與我們的船首交錯，擺明了是準備猛攻出擊。」

聞言，史萊德先生鼓起胸膛，劈里啪啦祭出他最熱烈的演說：「關於這點呢，諸位先生，」雷公說：「前方的道路很明確，外國團體必須保持低調安靜，就讓中國政府行動——採取他們的第一步：

這是他們總致力強押對手的行動，他們知道這能帶給他們什麼好處：我們也偶爾努力爭取一次吧。」史萊德停頓加強效果，然後才說出最後一句話：「面對低劣的暴風雨，我們必須當垂柳，不是橡樹。」

眾人馬上異口同聲：「說得真對！」

「說得好啊，約翰！」

巴蘭吉也熱血沸騰加入眾人的鼓譟：他擔心幾個英國冒失鬼可能立場過激，聽見其中最有侵略性的人，居然表達中庸立場時真是鬆了口氣。

「你說到重點了，約翰！」巴蘭吉說：「目前暫時當垂柳是最理想的——何必去當橡樹？最好等暴風過去。」

但預期降臨的強風延遲：接下來幾天，吹來的是雜亂紛飛，沒頭沒腦的側風。短暫的焦慮橫掃，聽說官員要求把幾名定罪的鴉片商帶到他面前——可是得知他事實上是減緩犯人的罪行時，警報平息。有人臆測，官員出了名的嚴厲實際上言過其實——但接踵而來的通知抵銷這說法。通知中提到欽差大臣離開了廣州，去視察珠江的防禦工作。

委員會全體喘了口氣，接下來幾天都風平浪靜——但正當平靜剛歸返番鬼城，官員又回來了，並展開第一波行動。

有天早晨巴蘭吉正在吃早餐，一位跑腿送信的衝進豐泰行一號大門。維可跟他交談並聽完訊息後，匆忙奔上辦公室，沒敲門便直接進去。

巴蘭吉正坐在早餐桌上，揀出油炸春季時蔬。祕書正在朗讀最新一期《廣州紀事報》，發現維可進門便立刻停下。

頭家，送信的剛來過：商會現在正舉行緊急會議。

噢？是委員會議嗎？

不是，頭家，是商會會議，但只有委員會接到通知。

你知道是關於什麼的會議？

是公行商要求開的會，頭家，他們已經到了，你動作得快。

巴蘭吉一口乾掉奶茶，從椅子起身：把我的長上衣拿來——拿件棉的，不要太薄。

近來氣溫偏涼，巴蘭吉步入廣場時，一陣意外的冷風吹拂上來。手正忙著繫起上衣衣帶時，他聽見一個叫聲——「啊，是你啊，巴力！」他抬頭看見顛地、史萊德和勃南正往商會方向前進，於是加快腳步跟上。

會議在商會中通常集合的大廳舉行，他們抵達時發現好幾排面向講台的椅子。坐在前面那排、面無表情的六位公行商人，穿著有補子的官袍，頭上的官帽有顯示官階品級的頂戴，通譯和侍從站在不遠的牆邊。

公行代表周遭的椅子幾乎全空，前幾排座位通常保留給委員會。剛抵達就座同時，他們注意到商會會長韋德摩先生正跟費倫先生急切地交頭接耳，他們倆都一臉疲憊狼狽，尤其是韋德摩先生，鬍子沒刮，披頭散髮，跟他平時打理整齊的模樣大相逕庭。

「老天爺！」顛地說：「他們看起來徹夜未眠！」

史萊德先生的嘴唇嘲諷地噘起：「或許吧，」他說：「韋德摩已經開始用保加利亞語訓人了。」

他們才剛入座，韋德摩先生遂走上講台，舉起一把小木槌。第一聲敲落，大廳裡眾語紛落。

「各位先生，」韋德摩先生說：「我很感激你們能在短時間內趕來。要不是十萬火急的要事，我不會召你們出席——這事是公行朋友通知我們的，如你們所見，一些公行友人今天也在場。他們要我知會你們，昨天公行全體被召往新任欽差大臣林則徐的住所，並在那兒逗留到很晚。凌晨時分，他們寄給我一份官員敕令，吩咐要交給廣州的外商——換句話說就是我們。我立刻找來我們的翻譯費倫先生，他過去幾小時都在翻譯這份敕令，翻譯可能不很完整，但他向我保證會點出整份公文最重要的主旨。」

韋德摩先生的視線掠過大廳：「你可以上台了嗎，費倫先生？」

「可以了，長官。」

「來吧，讓我們聽聽。」

費倫先生把一捲紙張擱上講台，開始朗讀。

「欽差大臣林則徐諭各國夷人知悉：[3]

「照得夷船到廣通商，獲利甚厚……是以從前來船，每歲不及數十隻，近年來至一百數十隻之多……倘一封港，何利可圖？況茶葉大黃外夷若不得此，即無以為命……」

「啊！」史萊德先生滿意地露齒而笑：「我不是預言過大黃的事嗎？」

「……恩莫大焉。爾等感恩，即須畏法；利己不可害人，何得將爾國不食之鴉片煙，帶來內地，騙人財而害人命乎？查爾等以此物蠱惑華民已歷幾十年，所得不義之財，不可勝計；此人心所共憤，亦天理所難容……」

坐在巴蘭吉身旁的勃南先生七竅生煙，嘴裡低聲念念有詞：「那你自己呢？偽善該死的中國高官，嗄？你和你那群卑鄙的同事又清清白白了？」

3 摘自林則徐《諭各國夷人呈繳煙土稿》。

「……從前天朝例禁尚寬，各口猶可偷漏；今大皇帝聞而震怒，必欲除之而後已……爾等來至天朝地方，即應與內地人民同尊法度。」

這時，大廳裡不可置信的喃喃自語清楚可聞：

「……遵守長尾巴的律法……？」

「……如同回到黑暗年代，脖子上圈著木枷？」

「……像何留京那樣被絞死……？」

那名字又來了！巴蘭吉縮了一下，他的目光飄向公行商和他們的隨員。其中一名通譯似乎垂下眼睛，迴避的眼神彷彿偷瞄被抓個正著。巴蘭吉心慌意亂，心跳加速，手指不聽使喚地牢牢抓緊手杖。他察覺到通譯又瞥向他，便逼自己保持鎮定，好不容易恢復冷靜後，費倫先生的朗誦已又說了一大段。

「……本大臣家居閩海，於外夷一切伎倆，早皆深悉其詳……查爾等現泊伶仃等洋之躉船，存貯鴉片甚多，意欲私行售賣……如此嚴拿，更有何處敢與銷售？此時鴉片禁止公行，人人知為鴆毒，何苦貯在夷躉久椗大洋，不獨枉費工資，恐風火更不可測也。」

這時，費倫先生停頓，深呼吸。

「合行諭飭，諭到該夷商等即遵照將躉船鴉片盡數繳官，由洋商查明何人名下繳出若干斤兩，造具清冊，呈官點驗收明毀化，以絕其害，不得私毫藏匿……」

抗議聲浪如潮水湧入大廳，大到淹沒了翻譯的聲音。

「……放棄所有貨物……？」

「……好讓他們焚燒銷毀……？」

「……先生，那淨是瘋人暴君的胡言亂語……！」

韋德摩先生舉起雙手：「拜託，各位先生，還沒唸完，還有別的。」

「還有？」

「是的，官員提出另一項要求，」韋德摩先生說。「他要求切結。」他轉向面對翻譯：「費倫先生，請繼續讀完下面的敕令。」

「好的，韋德摩先生。」費倫先生的臉轉回筆記。

「……聞該夷平日重一『信』字……出具夷字漢字合同甘結，聲明嗣後來船永遠不敢夾帶鴉片，如有帶來，一經查出，貨盡沒官，人即正法……」

「太不像話了！」

「……忍無可忍啊，先生……」

大廳這下又充斥高漲的抗議聲浪，公行商警覺地離席，各自躲在隨員身後。

抗議聲淹沒韋德摩先生的聲音，手上的小木槌也無用武之地，他走近第一排，與委員會成員快速商討。「這麼下去沒用，」他說：「根本做不了決定，委員必須即刻集合，公行馬上就要答覆。」

「他們的代表不能等嗎？」顛地說。

「不能，這是他們的堅持，他們說無法空手而歸。」

「好，那就來吧。」

委員會和公行代表在鼓譟聲掩護下，穿過後門溜出大廳，上了三樓。委員會成員逃回會議室時，公行商被留在會長辦公室隔壁的寬敞客廳。

他們就座時，看見年輕翻譯費倫先生陪會長走進室內，許多委員感到詫異，有些甚是惱怒。「怎麼了，先生，」史萊德先生對韋德摩先生說：「你跟你的小朋友形影不離，連委員會他都要加入？」

韋德摩先生冷眼瞪他：「費倫先生是要幫我們讀完剩下的敕令。」

「還沒完？」顛地問。

「還有呢。」韋德摩對翻譯點了下頭，他開始朗讀：

「……至夷館中慣販鴉片之奸夷，本大臣早已備記其名，而不責鴉片之良夷，亦不可不為剖白。」

提到「良夷」時，好幾雙眼睛轉而怒瞪查爾斯．金恩，他假裝沒注意眾人目光，冷然盯著前方。

「……有能指出奸夷，責令呈繳鴉片，並首先具結者，即是良夷，本大臣必先優加獎賞。」

史萊德先生無法自制地大喊：「太令人作嘔了——他居然承諾要表揚我們之中的叛徒。」

他直視查爾斯．金恩，無疑就是在說他。金恩先生臉色大變，正打算回應時，韋德摩先生再度插嘴：

「好了，各位，」韋德摩先生說：「費倫先生還沒唸完——我要提醒你們，他不是委員會成員，不應參與我們私下的商議。」

這句反駁讓史萊德先生不再說話。費倫先生萬分惱怒地繼續往下唸：

「……禍福榮辱，惟其自取。今令洋商伍紹榮等到館開導，限三日內回稟，一面取具切實甘結，毋得觀望諉延。」

最後幾句唸完，室內充滿氣憤難消的情緒，然而在向年輕翻譯道謝並等他離開前，都沒人再開口。韋德摩先生再次坐回椅子上，向勃南先生頷首。

勃南先生倒回椅背，捋著銀白鬍鬚。「讓我們釐清剛才聽到的內容，」他冷靜地說：「我們面臨公開威脅，生命財產和自由皆岌岌可危。但唯一針對我們的罪狀，乃是我們遵守的自由貿易法則——

我們再也無法不聽從這些法律，也不能罔顧大自然的力量，或者違背上帝的戒條。」

「噢，得了吧，勃南先生，」查爾斯．金恩說：「上帝根本沒要求你把大批鴉片運來這個國家，違背該國政府的意願，踐踏該國法律吧？」

「噢，你行行好，金恩先生，」史萊德先生厲聲說：「需要我提醒你，法律效力只及於文明國家嗎？若需要證據，這位官員今日的行動就證實了這個國家不在此行列之中！」

「那你的意思是，」金恩說：「只要是文明國家都不會查禁鴉片？這與事實背道而馳吧，先生，相信我們都很清楚自己國家的法律規範。」

「金恩先生，我只怕，」史萊德的聲音充滿含沙射影：「你對天朝的同理心已經剝奪你對簡單英語的理解能力。你誤解我的意思了，欽差大臣的威脅，本質上已透露他是非文明世界的生物。他在信中難道沒有威脅，有意煽動人民反抗我們？他難道沒有暗示，我們的生命與財產都任他擺布？先生，我向你保證，若他是文明政府的代表，就不會對我們提出這種高傲、誇大而且前所未聞的想法。」

「兩位先生，」韋德摩先生插話：「現在不是辯論文明政府本質的時候，容我提醒你們一聲，我們已經收到最後通牒，公行的朋友還在等我們答覆。」

「最後通牒？」史萊德先生說：「這四個字聽在英國人耳中還真刺耳。任何形式的回應都等同寬恕他人對英國女王的侮辱。」

這時，顛地用食指敲著桌面：「關於這點，我不同意你的說法，史萊德。對我來說，這最後通牒其實可能是最好的發展。」

「是嗎？敢問原因？」

「敵人已經亮出招式，發出第一炮，現在輪到我們還擊了。」

「你建議我們怎麼做？」勃南先生說。

顛地帶著一抹笑意環視餐桌，「沒有，我提議什麼都不做。」

「什麼都不做？」

「對，我們通知公行的朋友，茲事體大，無法不經琢磨商議就草率決定。告訴他們，我們需要幾天時間——用這幾天搞清楚這姓林的是啥貨色。發最後通牒很容易，生效不容易。」

語畢，顛地靠回他的椅子，開始在一張紙上塗鴉，勃南先生打破沉默：「顛地，你說得太對了！真是神來一筆，就這樣吧——啥都別做。咱們看看這個官員咬起人來是不是跟吠起來一樣兇狠。」

韋德摩先生不贊同地搖頭：「我不覺得公行的朋友會滿意這答案，我再提醒一聲，他們很快就要帶著我們的答覆回洋行會館了。」

「那好，韋德摩，」顛地露出微笑說：「你跟他們去洋行會館——你，當然金恩先生也去，既然他這麼深受中國官員愛戴，我相信派你們去跟他們解釋，我們還需要幾天時間考慮林大人的要求，對你們來說一點都不難吧，這提議左看右看都再合理不過。」

15

馬威克飯店，一八三九年三月二十日

我最親愛的寶格麗，還記得我說四週後會寫信給妳吧？唔，確實稍微拖得比預期久——但我敢保證，今天我告訴妳的事足以彌補我的遲到！妳千萬別以為我這段期間都沒在思考妳的事：我迫不及待讀妳的信，雷路思號發生的故事讓我讀到著迷——特別是妳在香港發現那塊很有發展空間的地，還有潘洛思先生把他的收藏轉種到那裡。如果這座島按照妳說的好好灌溉，妳可憐的植物就能離開雷路思號休個假，畢竟植物本來就不應該在船上生長，難道不是，親愛的寶格麗？明明唾手可得，卻剝奪它們在自然環境生活的機會，著實殘忍。我實在想不到潘洛思先生不考慮在島上蓋座小苗圃的理由——我和巴布羅討論過，他說他或許可以幫忙安排一塊適合的地方。

妳想想，我親愛的寶格麗公主，要是潘洛思苗圃就坐落在這遼闊陸地的邊境：妳就可在康瓦耳和中國間來往運送各式各樣的植物，不是嗎？妳也知道，這門生意可能非常有賺頭——如果真發財了，妳可別忘記感謝可憐的羅賓，是他把這想法植入妳的腦袋！

這話題說夠了：我很確定妳等不及聽我在廣州的故事吧——我在此開心通知妳，這幾週沒有白白浪費：事實上我沒有動筆寫信可是大有原因，我真的連一分鐘都不得閒。我接下陳先生的委託後，就知道他會在約定時間回來，於是下定決心要在他回來前完成亞德莉的畫作——然後阻礙來了，任務沒我想得簡單。埋頭苦幹一週後，我明白要是我想準時確實交件，就需要幫手，我想到請賈官協助（當然，我會付他豐厚酬勞），這點子實在太聰明：他每天結束林官畫室的工作後，就會來我房間待一會兒——我們共度快樂時光，說這是我人生最幸福、最有收穫的時刻，真的一點也不誇張！但畫作的進度還是別問的好：妳知道，藝術家能近距離合作、詳聊繪畫創作是天大的誘惑——我們在這方面罪加一等。咱倆在一起的時間越多，對彼此的藝術愛好就越好奇。越瞭解彼此的畫法和設備，就越不覺時間長。就算是把手放在彼此既熟悉又陌生的畫筆上，也能體會到探索的震顫！親愛的寶格麗，我們從沒想過，自己鍾愛的工具還需要學習這麼多：如果我們深入認識畫筆鬃毛的微妙變化，每分鐘都是運用得當，如果是探索纖細卻紮實的畫柄，一分鐘都不覺浪費；學習如何哄騙出躲藏在其中的美好亮度，就算花上一小時也不會捨不得。

妳也知道，親愛的寶格麗，我這人總是孜孜不倦學習，賈官教了我很多新穎獨特的東西（我好羨慕他受過的教育和經驗！）藉由手部不同的微妙動作，我現在也能創造出不同凡響的效果，認識到透過呼吸吐息的規律，身體的主能量就能轉移至畫筆。我進入了冥想藝術的殿堂，學會淨空思想，讓腦袋專注，善用進攻的瞬間。我也學會調息我的筆觸，讓每一筆累積頓悟的總結，能在最終高潮揮毫時，掌握及表達每一個創作精髓。

但矢口否認我們常常分心就不對了：有這麼多東西要學，我們難免偶爾忽略該給亞德莉娜的注意力。直到前幾天，我才注意到忘了幫她加上布料的打褶和鞋子，圓窗和遠山山景還沒躍入背景，她的三腳茶几也只有一隻腳！於是我們帶著堅強意志向畫布進攻，沒日沒夜地揮灑畫筆——努力的成果斐然。昨天早上醒來時，我發現畫作只差一點就完成了！讓我鬆了一大口氣，因為我猜阿米這天會來飯店。我心知肚明沒時間可以浪費，便倏地跳下床，開始補上最後幾筆，完成潤飾。但當然永遠修補不完的——在這兒塗上一點色彩後，那兒似乎就不得不補些什麼，否則會不平衡——要不是有人來敲房門，我很可能就會這樣畫上好幾個鐘頭。

結果訪客是鬱鬱寡歡的馬威克先生，手裡握著張給我的字條：我不常收到信，當我認出查爾斯·金恩的蠟封時更是開心！那是封邀請函——他說三月十九日是一個紀念日，是他「朋友」詹姆士·佩里的忌日。佩里七年前在廣州辭世，他每年這天都會去法國島，到他墳前放一束鮮花。他有意上午出發，但緊急會議打亂計畫，現在他預計傍晚出發——如果我有時間和意願加入他，他很樂意在船上幫我留個位置。

我怎麼可能拒絕參與這項任務呢！於是立即提筆回覆接受邀約，本來打算親送卡片——但有人上門了，除了阿米還能有誰？不過現在時間還早，我很確定趕得回來加入金恩先生，便把接受信託給一個男僕。然後急匆匆準備畫布，用紙捲確切包裝好後便出發，由阿米帶路。

這次要去哪裡？妳一定這麼問吧。我腦海當然也浮現這問題，於是我問阿米，這次一樣是去花地。但這次去那兒跟之前不同——這次是鬼祟行動，難免讓人與奮莫名（或是「莫名興奮」？我不記得哪個說法正確）。我們搭上一艘有著遮蔽房屋的大船，大多時候都待在裡頭，避人耳目，躲開偶爾攔截船隻、盤問可憐船夫的警察。

妳可能困惑為何要加強警備，所以我應該解釋一下過去幾週的狀況，賈官和我幸福沉浸在兩人的作畫世界時，廣州其餘地方正忙著重整秩序，雖然我極少留意這樣的發展，但並非完全視而不見，因為查狄格大哥不時會捎來小道消息。

這位眾人引領企盼的欽差大臣——朝廷命官——十天前在號角齊鳴下抵達（整座城市都在放

假——賈官和我樂觀其成，讓我們一整天都能進行藝術創作！）原來官員接下明確任期來到廣州，終結鴉片貿易，他達成目標的決心堅定。因為他的敕令，當地中國官員和警察近來都變得格外好管閒事。

但這些考量因素是否和我們這趟旅程有關聯，我忍住不問，我非常清楚不可能獲知真實答案。無論如何，我和阿米等到船進入花地的靜謐小溪才探出身子——這時我才驚覺，我們的目的地不是我以為的珠江苗圃，而是隱蔽坐落在它所庇護的石牆莊園。妳可能還記得我稍早形容這棟建築狀似堡壘？我不會改變這描述，但我要補充，如今四周多出全副武裝的男人站崗，建築添了一種感覺，像是遭到圍攻的要塞。

我們不是走水路，而是陸地抵達建築——這幢建築有自己的港口，港口就藏在屋後。我們在那裡遇見一大群臉色肅穆的男人，他們帶我們快步走向穿越牆壁的紅色大門，讓人惴惴不安，詭譎怪誕，但當沉重大門推開，一切都不同了。

我懷疑世上沒有一個民族比中國人更清楚大門的重要性。在這個國家，大門不僅是出入口——更是不同次元之間的隧道。在這裡，就在潘家花園的門檻前，有個感覺油然而生，我正踏入一個不凡時空的王國。

正前方有座花園，跟潘家花園很像，小橋流水、湖泊山丘、岩石森林，還有蜿蜒小徑和波浪般牆壁的優美藝術造景，這些花園的迷人之處，就是它們能強化季節效果，我曾在十一月看過潘啟官的花園，當時籠罩在一層惆悵的秋日色調裡，如今春天降臨你我身邊，尤其是這裡——樹木植物盛開耀眼，空氣飄散著花香。

要不是有人在一旁，我會開心地在羊腸小徑漫步數小時——但阿米不許我跟丟，直接帶我上

「山」，山頂上有個類似涼亭的設計，以某種超自然物質建蓋而成，外觀透明，色澤淡紫，更接近時我才發現亭子是藤架立起的碩大紫藤叢。紫藤花團錦簇，厚重垂墜，散發出一股令人暈眩的甜膩氣息，斑斑陰影底下擺著幾張椅子、三腳茶几和幾張長沙發。穿著禮袍的陳先生就坐在其中一張。

起初我以為他在睡覺，但我的腳一踏到紫藤後方，他霍然睜眼坐直。

「蛤囉，錢納利先生：你好嗎？」

他說話的聲音不再令人意外，不過還是跟背景格格不入。「很好，陳先生，」我說：「你呢？」

「噢，沒得抱怨，沒得抱怨。」他喃喃低語，像是患有風濕的退休老人。「畫在哪兒？」

「在這裡。」

我帶來依舊躺在木架上的畫布：直立擺在他面前的椅上。

在客人面前揭開畫作的瞬間總是憂心忡忡：你會發現自己焦急掃視對方的臉，想搜出一絲反應，希望讀出他們的感受，也許是柔和眼神或一抹笑意。陳先生臉上絲毫不見跡象，有那麼一刻，我似乎看見他的目光閃過尖銳，然後他對我頷首，示意我坐在另一張長沙發上。我一坐下他便拍了下手，幾分鐘後一位僕人出現，把有蓋托盤放在他身旁的桌面上。陳先生掀開蓋子，拾起一個布包遞上來：

「這是你的酬勞，錢納利先生。」

雖然很莫名突兀，但我還是慶幸得知作品通過鑑定。「謝謝您，先生，」我真摯地感謝回答（親愛的寶格麗，我不用瞞妳，過去幾週，我有時略感自己能力不足）。

「很好，」他說：「既然我拿到畫，你也收到酬勞，現在不妨陪我來一管？」

這時我才赫然發現，剛剛端給陳先生的托盤上，還有一支煙管、一根針、一盞燈和一小只象牙盒。我並非不熟這些物件的用途，我常在叔叔的屋裡看見類似物品，也很清楚偶爾跟客人來一管鴉片，對中國人來說是種禮貌。我想不出拒絕的理由——卻也沒勇敢到豁出去。陳先生遞給我煙管，我只抽了一小口，本以為會跟香菸一樣嗆喉，卻發現不太一樣：鴉片煙就像油滑濃郁的昂貴好油，絲滑柔順。吃驚的是效果跟香菸一樣來得猛烈快速，沒一會兒，或至少感覺如此，我已經飄進紫藤的天篷。

我聽說鴉片的效果不可預期：雖然多數人麻痹沉默，但也有人抽了鴉片後喋喋不休。這個真相馬上在我面前揭露——雖然我的舌頭沉重，陳先生的話卻似乎多了起來。我不很確定事情是怎麼發生的，但他瞬間對我說起自己三十年前去英格蘭的旅途。

我雙眼闔起，聆聽陳先生的故事，每一個字卻都鏗鏘落入耳中——只不過沒多久，我彷彿不再被動地聽，而是看見他的描述在眼前一幕幕揭開。鴉片神奇的力量讓我感覺自己化身名叫阿飛的十五歲園丁：我就在東印度公司船隻的甲板上，一個孤零零的中國男孩，遠渡重洋前往西方，航向英格蘭。

我的植物箱就跟命一樣寶貴：我白天為它們澆水，晚上伴它們入眠，天氣熱起來時，我用自己少之又少的衣物替他們做個小遮棚，遇到暴風雨與風暴，我用自個兒的身體替他們擋風遮雨。其他船員一逮到機會就盡可能整我，有些是船工，有些是英國水手，他們總會吵得不可開交：唯一團結的時刻就是憎恨我的時候——對他們而言，我沒比猴子好到哪去。我們穿越赤道時，我溫馴地服從他們的儀式——被浸入水中、東塗西抹——但我突然發現自己被捉住雙臂，四肢大開壓在甲板上。然後我聽見一個刮擦聲：他們拿一把鈍刀割斷我的辮髮。我起先掙扎，後來明白這麼做只會讓自己更痛，於是我靜靜躺在那兒，任他們為所欲為——但我記下了他們的長相，未來會好好規劃我的復仇計畫。帶頭的是個魁梧的前桅哨水手——有天深夜暮更，人人半睡半醒之際，我走到他的腳纜，把它刮細。兩天後一場暴風襲擊，繩纜應聲斷裂，他就消逝在海底……

我帶著數量超出任何人曾成功運送的中國植物抵達裘園，有的植物是我在廣州幫克爾先生取得的：他不知道上哪兒買鴉片，也不知道要去哪兒找植物——我是幫他採購一切的皮條客。但成功送達植物的功勞不歸我，而是克爾先生，我不過是隻跟著他們旅行的猴子。

我默然不語：幾乎沉默不再開口，我說的話不再有人懂，這樣的日子持續了數個月。我住在一個領班家，他每天都會毆打自己的孩子，我也難逃他的鞭笞。食物是難吃的流質食品，我無時不刻都餓著肚子。在我眼裡裘園不是花園，而是無人看管的荒野。有天夜裡，我闖入溫室連根拔起部分灌木叢——半懷抱著被人逮到的期望，我是真心這麼希望。後來我被送去和一位牧師住，我對他的恨意甚至超越對園丁的憎恨。某夜，他喝了白蘭地不支倒地，我便扒走他的錢包逃跑。我循著遊樂場的燈光指路，走向格林威治，這是好幾個月來，我第一次能夠這樣消沒在人群當中。人們在一個帳篷下手舞足蹈，我溜進去，沒人發現，我也莫名被舞蹈吸引，拉著我共舞的人讓我感到親切——手推車攤販和流動小販、叫賣小販和吉普賽人，被他們拉去並不顯突兀。黎明之際，我跟他們一起橫渡泰晤士河，彷彿我只是從河南前往廣州城。東倫敦的貧民窟裡，一切是如此熟悉：骯髒的破屋、赤腳、推車、街上的排泄物、烤栗子的香氣、扛著有錢人的轎子、瘋癲亂跑的小鬼頭：這就好像繞了世界一大圈，我總算找到回家的路……

真是一趟精彩的旅途！

親愛的寶格麗，每當我們慶幸自己增廣見聞之際，卻發現人外有人，天外有天，世界上各個角落都有人比我們的見識更深廣，真的很棒對吧？

我不知道是鴉片的麻醉效果，抑或陳先生的故事醉人，但我該離開時真的感覺很低迷。陳先生陪我走回舢舨，我還沒意會過來，就回到馬威克飯店。這感覺就好似我離開後，時間又往前挪了數週或數個月——外頭日光普照，我的腦袋不住旋轉，正當我準備躺下時，我的眼睛飄移到書桌，偶然瞥見查爾斯的字條。我驀然驚醒，想到約好要去法國島公墓的旅途。

查爾斯已經先走一步了嗎？他是否還在原地等我？我只匆匆洗把臉，就飛奔至他在美國館的住所，然後詫然聽到他早上的會還沒開完，人還沒回來！聽說他和商會會長韋德摩先生去給公行商送信，他們幾個鐘頭前進入洋行會館，在那之後就沒人看見他們的身影。

我親愛的寶格麗哈瓦，妳很難想像這些報告讓我內心的警報大響。是什麼事可以把我的朋友扣住這麼久？他被捕了嗎？如果是，他犯了什麼罪？

我立刻前往洋行會館，但我抵達時大門依舊深鎖：除了知道代表還在裡頭，沒有人能透露任何情報。

噢！還真是不得了的一天！

我回到房間，預計一小時後再回洋行會館——無奈藥效持續發作，我很快就昏睡過去。

今早醒來時，我立刻前往查爾斯的住處，他們告訴我，他三更半夜從洋行會館放行後，直接去了韋德摩先生家，天光破曉時才拖著疲憊身軀回到房間，到現在還沒醒。

親愛的寶格麗，妳能想像我寫到這裡時：腦袋依舊暈眩打轉，都漏掉要告訴妳的重要資訊……

……等等，我聽到敲門聲……

*

那晚俱樂部人滿為患，是巴蘭吉前所未見的空前盛況。早上開始，每個人都在等聽韋德摩先生親自口述洋行會館延長監禁代表團的故事。這一天的美好時光無聲無息地消逝，一大票心癢難搔的成員已經聚集到商會，期待韋德摩先生結束他自找的隔絕，及時來一杯他常喝的尼格斯酒。

但時間匆匆來了又走，始終不見韋德摩先生或其他代表的蹤影：他得知，他那天跟費倫先生關起房門日夜密談。

這消息沒讓史萊德先生的脾氣變好，他的下巴輕顫，滿含隱喻地宣告：「哪，要是咱們的阿基里斯要關在帳篷裡生悶氣，我想他絕不能沒有他的帕特羅克羅斯[4]。」

「帕特羅克羅斯？」巴蘭吉疑惑皺眉：「『帕特羅克羅斯』是什麼？一種新藥嗎？」

「我想可能會有人這麼說吧。」

「那查爾斯．金恩呢？」巴蘭吉說：「他怎麼不在？他也在服用帕特羅克羅斯嗎？」

「很有可能，」史萊德先生沉重地說：「當然不能完全抹殺這可能性，ab ore maoiri discit arare minor。」

「噢，老爹！那句話什麼意思，約翰？」

「子學父樣。」

「我的天！」巴蘭吉說：「真不可思議！時光飛逝，他們還忙著裝模作樣？欽差大臣下的最後通牒何時到期？」

「再兩天，」史萊德先生說：「但你不能期待他們覺得守時重要——保加利亞人的時間概念是出名的漫不經心，你不是不知道。」

晚餐上了又撤，依舊沒有韋德摩先生或其他代表的音訊，多磨蹭喝了杯波特酒後，巴蘭吉決定是

---

4 Patroclus，希臘神話英雄阿基里斯（Achilles）的男性密友，據傳兩人過從甚密，狀似同性愛侶。

時候休息了。

時間還早，所以其他人看見他打算起身無不驚訝。

「現在就要去睡了嗎，巴力？」

「你現在過的不是鄉下時間，對吧？」

巴蘭吉已經走起來，微微點頭應答：「不好意思，各位，但我今天非得先走一步。明天是我們商團最重要的節日——也就是我們袄教的新年節慶，我天一亮便得起床。」他環視餐桌時露出微笑：「當然會安排慶典節目，歡迎你們加入——午宴於正午準時在我家舉行。」

勃南先生和史萊德先生對望一眼：「謝了，巴力，」勃南先生說，不自在地在椅子上挪動一下。「但我得坦白說，我對異教慶典沒有胃口——此外，我也沒意思擋你的路。」

巴蘭吉笑出聲：「晚安，各位先生——請記住，若是改變心意，還是隨時恭候諸位大駕。」

「晚安。」

回到阿差行後，巴蘭吉倒頭就睡。隔日天色乍亮他便起床，點線香在屋裡薰了一圈。回到臥房後他精力充沛上工，擦拭清潔祭壇：他年紀很小時就有人教他，袄教新年是打掃清潔日——這一天，邪靈的黑暗陰影會被逐出屋內角落。即便他曉得打掃只是象徵性動作，但手裡的撢子卻讓他想起許多溫暖的袄教新年記憶。

打掃了一小時，渾身汗流浹背後，他搖鈴要來熱水，慢悠悠泡了個澡，接著喚來負責清洗的男僕，換上一身家人從孟買送來的新衣。

梅斯鐸準備了他最愛的帕西早點：入口即化的炒蛋、香脆餅乾、甜扁豆餡餅、水煮蛋、炸鯧魚排、椰子味四溢的香甜餃子，還有用牛奶與酥油煮的甜粗麥粉。

換作其他日子，巴蘭吉會好整以暇用餐，但今天實在太多事等著他完成，身為商團中的前輩，他邀請了廣州的每一位帕西人，一樓的大儲藏室已打掃乾淨，準備迎接典禮儀式，但他得趁客人抵達前架好祆教新年的祭壇。

維可！蕾絲桌巾上哪去了？

在這兒，頭家——我拿來了。

祭壇剛架好，才擺上ses托盤，盛裝玫瑰水、檳榔、米飯、糖、花朵、檀木火爐和一張瑣羅亞斯德先知的畫像，第一批賓客便陸續抵達。巴蘭吉站在門邊，依序與他們擁抱問好，道上一聲真誠的Sal Mubarak（新年快樂）！

其中一位賓客來自祭司家庭，為表達對他家族香火的尊敬，巴蘭吉請他領誦禱詞，主持慶典。他的主持意外得好，古語宣示清晰明瞭，就連對經文不熟的巴蘭吉都跟得上詩篇：……zad shekasteh baad ahreman……——「願打擊潰敗邪靈……」

自巴蘭吉有記憶以來，上帝與惡魔的對峙給他非比尋常的效果，比其他段落更鮮明喚醒他的感覺。今天，這段文字引起的恐懼和敬畏是如此濃烈，他開始顫抖：他閉上眼，彷彿他的頭、他的全身都被那場對立戰火紋身。他的膝蓋軟弱，必須扶著椅背才穩住沒摔倒。他勉強打直身子，撐過剩下的儀式，結束後他一刻也不停留，忙著招呼客人進入正式餐廳，餐廳為了這天特別開放裝飾。

這時查狄格加入行列，他之前來阿差行參加過幾次祆教新年的慶祝大會。有熟悉的朋友在場，巴蘭吉自在不少，他坐在查狄格右手邊，親手端給他梅斯鐸做的好菜：五花八門的魚類、酥脆炸餅和包著葉片清蒸的魚、jardalu ma gosht——杏子煮羊肉、淋上香滑杏仁醬的小羊羔、goor per eeda——羊骨髓煮蛋，各種烹調手法製成的豬腳，有的用番茄醬料調味，有的跟羊腦髓烹煮，外層酥脆，內層入口即化；還有蝦肉串和印度米粉煎餅，以及用果乾、堅果和番紅花製成的khaheragi pulao——等好菜。跟這些搭配的餐酒、紅白酒皆無限暢飲，最後梅斯鐸端上蛋糕、蛋奶凍、搭配椰子的甜煎餅，他甚至成功從河對岸的西藏人那兒取得一些優格——以糖和香料一起上桌的印度甜優格，細緻地層層疊上荳蔻粉和肉桂粉。

餐後大家都回家，只有查狄格留下來，在辦公室飲用一壺奶茶。

宴席辦得真成功，巴蘭吉兄弟！這可是我在你家吃過最美味的一餐——餵飽一整支軍隊都沒問題！

這天他的情緒五味雜陳，聽見這句讚美，讓巴蘭吉陷入沉思，他的雙眼飄向牆上他母親的小肖像。

你知道，查狄格大哥，他默想。我還小的時候，我們家只吃得起幾塊用珍珠粟製成的印度煎餅。我們窮到我母親每次煮米，都會逼我們喝下page——煮米水，吃飯也只能配生洋蔥和辣椒，可能還有葫蘆巴和芒果醃菜，每個月一、兩次分吃幾塊魚乾，這就算是我們的大餐了。可是如今……

巴蘭吉戛然而止，環視辦公室：我真希望我母親今天也在場，查狄格大哥。我真想知道她會怎麼說。

查狄格帶著一抹揶揄的笑望著他：巴蘭吉兄弟，要是她知道這全是賣鴉片換來的，她能說什麼？

雖然他是用戲謔的口吻提問，巴蘭吉不免被激怒，差點就壓不住反唇相譏，但幸好他臨時吞下這些話。巴蘭吉放下手中的奶茶杯，用平穩的聲音回答：查狄格大哥，我來告訴你她可能會說什麼：她會說，除非把根深深扎入污泥，否則蓮花不會盛開。她能理解鴉片本身不重要：那不過是泥土——從中生長出來的才是重點。

那種植鴉片會長出什麼，巴蘭吉兄弟？

巴蘭吉冷靜回視他的朋友：未來，查狄格大哥，他說。那就是從土裡長出的東西。要是進展順利，我就能靠投資大賺一筆，打造未來的道路——為了我自己，也為了我們所有人。

什麼道路？你在說什麼？

你看不出來嗎，查狄格大哥？我們的世界不是全憑自己赤手空拳打造，要是抗拒利用擺在面前的好機會，我們就無法跟上腳步，最終就會落得沒生意可做，我見識過我岳父的情況，我不會讓這種事發生在自己身上。

你這是什麼意思，巴蘭吉兄弟？你岳父怎麼了？

巴蘭吉啜了一口奶茶。我告訴你個故事，查狄格大哥，他說，有關阿拿西塔號的故事。你見過那艘雄偉的船吧？讓我告訴你，為何我已逝的岳父這麼悉心照料這艘船，他幫英國人造船多年——客戶包括東印度公司和皇家海軍。他運用最新技術，總共建了五艘巡航艦，三艘同類型的船艦，還有其他規模較小的船。他在孟買造的船會比普茲茅斯和利物浦造的船更好更便宜。當英格蘭的造船廠發現這點後，你覺得接下來發生了什麼事？他們唯有對自己有利時才會提起自由貿易——但他們改變規定，讓東印度公司與皇家海軍不再跟我們訂船，更擬出一套新法律，讓使用印度船的海外貿易成本增加。我的岳父率先洞悉局勢，他知道照這情況看來，孟買造船業再撐也不久了。這就是為何他想把阿拿西塔號打造成他這輩子製作過最優異雄偉的船。那陣子他曾對我說：巴蘭吉，你看見我們船廠的情況了嗎？其他產業和工藝也會受影響，我們得找出替代方案，否則遲早失業。

但這是什麼意思，巴蘭吉兄弟？

意思是我們得自尋出路，查狄格大哥，用自己的方式。我們得把生意遷到不會改變法律趕我們走的地方。

什麼地方？

我不知道，也許英格蘭，也許歐洲其他地方，甚至中國。或者——說到這裡，巴蘭吉對查狄格狡黠地一笑——或許我們可以擁有自己的地方，有夠多錢的話，我們或許可以買下一個國家，難道不行？例如一個小國？

查狄格哄然大笑，巴蘭吉兄弟——你聽起來像在煽動叛變啊！

叛變？巴蘭吉跟著笑了起來，但多半出於驚訝。Arre，少胡說八道！我可是英國女王最忠誠的子民……

他還沒來得及往下說，門扉突然敞開。

頭家！

維可拔腿狂奔上樓，然後得停下來喘口氣。

頭家——有個跑腿的來了！韋德摩先生送來消息，要召開會議，你得馬上動身！

＊

三月二十一日

親愛的寶格麗，我又繼續完成一封寫到一半的信——我不會對自己寫到一半中斷而抱歉，因為這次來得實在太是時候！簡單來說，回應敲門聲後，我便搭船跟查爾斯．金恩航向法國島！

法國島坐落在河南島後方往黃埔的方向：法國島是塊占地遼闊的土地，有山丘、河谷和平原，草木濃密蔓生。外國人的公墓位在草木蓊鬱的山坡上，離河邊僅有一小段路程，位置鬧中取靜，忙碌的珠江河水近在咫尺，僅數哩之遙，相形之下公墓更顯靜僻。小溪流經公墓，河岸排滿高大樹木，樹木在墳墓上投射出陰影。蒙上陰影的鬱鬱寡歡，充滿康司塔伯先生（John Constable）鄉村風景畫的影子：其中一些墓碑歪斜，雜草橫生，有些則被青苔像繭一樣包覆，上面的刻文悲天憫人，詹姆士・佩里和其他躺臥此處之人，都是青春正盛就被死神帶走——我忍不住心想，等我也躺在這裡時，肯定比許多人年長很多。

佩里先生的墳墓是少數幾個照料良好的墓（查爾斯付錢請附近一位村民照料這座墳墓），他帶來鮮花，在他跪下禱告時，我看見他流出一滴淚水，嘩啦淌下臉頰。

親愛的寶格麗，我不能再描述下去，不然連我也要控制不住眼淚：我想，這可說是我見過最動人心弦的場面（妳要知道，我當時可沒現在冷靜自持——我的手帕全毀了）。

後來我們回去的路上，查爾斯描述了他辭世的「朋友」，我明白這個傷痛讓他對中國眷戀不已。佩里先生的墳墓成為他的停泊港口，緊緊將他拴在這塊土地上。出於這個理由及其他因素，他不可能把中國人當作不同民族：他眼中的中國人具有他們的美德，也有屬於自己的挫折，跟世界其他地方的人無異——但他覺得剝奪及利用意志力薄弱的人、慫恿他們，就是昧著良心做事，在這裡如此，在其他地方也是。他認為最可怕的是，中國人眼中的外國貿易與鴉片和基督教緊緊牽絆。許多兜售毒品的人都大聲自稱是虔誠信徒，因此無可避免的，中國人自然推論出走私鴉片和虔誠基督徒是同類。查理覺得很難忍氣吞聲，異教徒都比基督徒更明瞭簡單的道德原則。

說到這，查理一臉煩惱，我想最近發生的事可能帶給他極大壓力——結果我猜得沒錯。

賈官和我最近與世隔絕，親愛的寶格麗（而且幸福美滿），我幾乎沒留意到番鬼城最近發生的事——不過我也很懷疑，即使我出門會有差別（認真做事的大人物鮮少想到我）。但查理跟我不同，人家可活躍了，主要也因為他是委員會員。他毫無遮掩告訴我最近的進展（親愛的寶格麗，我不想對妳隱瞞，他居然放心把這等重要的事告訴我，我受寵若驚啊）。

商會最近接到新上任的欽差大臣敕令，要求交出目前船上貯存的全數鴉片，還要求立下切結書，發誓永不再走私鴉片進中國。妳可想見，這在委員會引起怎樣的軒然大波：不少人都在船上貯存大批鴉片，而他們絕對不是那種會為了區區一道敕令就乖乖放棄大筆財富的男人，不論規定有多嚴厲。查理在最後一場會議起身向其他人闡明，他們的損失只是暫時的，還是可以藉由其他商品貿易打平虧損——他自己的公司奧立芬就向全世界做了示範，即使不靠鴉片交易，一樣可以賺到豐厚利潤。

但當然，要是被財富矇蔽了雙眼，自然就看不出放棄的理由。他們粗魯拒絕了查理，委員會決定聽從顛地先生的建議，也就是寄信到洋行會館，說商會正審慎考量欽差大臣的敕令，只不過需要數日考慮、盤查以及協商等等。

查理完全不同意顛地先生的信——可是他的處境偏不湊巧，必須陪同代表將這封信送到洋行會館。事情是這樣，查理來自布魯克林，跟商會會長韋德摩先生是老鄉，兩人的家族彼此熟識，韋德摩先生自小就認識查理，也一直很喜歡查理，經常兩肋插刀幫他，這就是為何韋德摩先生要他一起去洋行會館時，查理無法拒絕。

到達目的地後，他們遇見浩官、茂官和其他幾名公行成員，包括潘啟官（總算獲釋）。這些人都是他們的老友，因此和他們談商會信件的內容特別沉重——不過跟公行商的驚訝和痛苦相比，他們的遺憾算不上什麼。

當然浩官、茂官和他們的同事都是精明的商人，卻可能過分信賴他們的外國友人：他們自我催眠，以為外國人會好好考慮他們面臨的重大危機。因此得知商會決定對林則徐定下的期限視而不見時，他們大感錯愕：欽差大臣會拿幾個人開刀，這點毋庸置疑，而這群外國人居然為了這筆錢讓他們冒上生命危險，實在難以想像，畢竟跟他們畢生掙得的財富相比，這不過是蠅頭小利。查理說他不忍卒睹他們的悲嘆，最難受的是目睹他們兒子和僕人悲傷的模樣，其中不少人顧不了顏面潸然淚下。

彷彿這樣的試煉還不夠，代表又被帶去和一組中國官員會面：欽差林大人不在場，但有幾位他信任的副手和幫手，聽見商會信函的內容，他們也同樣錯愕不已——他們立刻明白，商會意圖延後推諉，他們警告這幫外國人，林大人可不是會對這種策略舉手投降的男人，他們質問代表——但查理說，外國人絲毫未受無禮對待：會議總算結束時，他們甚至還收到包括絲綢和茶葉的禮物！

查理說，這部分或許最能彰顯真相，綜觀這整件事，中國人的行為可謂表率：他們做出最合理的要求——要外商放棄進口並發誓永不再走私鴉片，這點要求根本不過分。反觀這群外國人，他們表現並聲稱是高度文明國家的人民，行為卻與此背道而馳：他們非常清楚，要是中國人有意將毒品走私進自己國家，便立刻送他們上斷頭台。

還沒完呢：查理還能追溯出那天殘存記憶裡，那一丁點小小的勝利。韋德摩先生放行離開洋行會館時狀況良好，乞求查理陪他回家。他答應了，後來的發展可說是好事一樁。渣甸的毒瘤勢力剷除後，韋德摩先生變得順從乖巧（他曾一度落淚，緊緊抓著查理不放！）經過數小時的說服，請求他良心發現後，查理總算成功扭轉他的想法！他們立刻共同撰寫一封信，正式答應林大臣的要求！由於信件今天就要交給委員會，韋德摩先生整個上午都在和翻譯費倫先生在一塊兒，等其他委員會員都簽過字，就把信送去林大臣手中。不過當然，他們是否會同意簽名就不得而知了。查理認為肯定會掀起一場腥風血雨，可是他有韋德摩先生撐腰，覺得勝利遲早會落入他們掌握！結局全要看一、兩名成員的決定，查理希望至少能動搖其他一人——巴蘭吉・摩迪先生。他本質是個好人，查理說——幾週前他拜訪過他，過去幾個月發生的事件似乎讓他心神不寧。提到十二月十二日處決的那個鴉片販子時，他的表情像是活見鬼！這就是跡象，查理說，摩迪先生的良心仍舊受到觸動：下決定的時刻，他做出正確的選擇，也並非不可能。

親愛的寶格麗，我老實說，查理毫不顫抖邁入戰場的英姿讓我佩服不已，我望著他的臉時，看見年輕傑利柯的精緻面容——但我覺得這張嬌弱容顏根本只是幌子：他內心其實是最勇猛的戰士。我問他是哪來的力量，可以獨自抵抗其他族人，他引用一句聖經名言：不得服從多數做出惡事！要是真有一人軍隊，就非他莫屬。

……我確實相信，戰爭號角鳴響在即！我可以從我的窗戶望見委員會員邁步前往商會！韋德摩先生就在查理旁邊——還有史萊德先生，一如往常的準備開戰，摩迪先生則負責打前鋒！

有誰想過商會居然會是腥風血雨的場域？不同於查理，我既非印度兵，也不是鬥士，但這樣的我卻很希望能與他並肩作戰（或「並駕」？）妳能想像這場面嗎，親愛的寶格麗：妳可憐的羅賓衝進會議室，跟一群菩提樹[5]對抗？

說到戲劇張力，我可愛的寶格麗比利，妳這麼瞭解我，肯定知道我都把最好的留到最後吧——一點也沒錯，但我現在必須有話快說，因為巴布羅今天下午要停靠各座小島，他答應明天就能把信送到妳那裡！

我敢說妳能理解，我和陳先生共享那管鴉片煙後，究竟發生什麼事回憶起來是一片朦朧。但我想起我要離開時，他說他迫不及待想看妳的植物，也準備好一批妳會感興趣的植物。不巧的是時間實在不多，陳先生擔心他很快又得出發——此外目前情況不穩定，沒人知道江水還會開放多久。結論是若要交換植物，最好即刻進行。

既然妳和潘洛思先生這回都無法遠行至廣州，你們恐怕別無選擇，只好信我一次，代你們執行這次的交換任務。我建議妳準備五、六種植物，讓巴布羅帶來給我，我也會盡力幫妳爭取最好的植物。不過我要警告妳，我不知道我是否能取得金茶花——我問過陳先生他是否成功取得樣本，但我印象中，他閃爍其詞。

無論如何，寶格麗陛下，事不宜遲啊！

*

巴蘭吉是最後走進會議室的人，韋德摩先生已經在桌子另一頭就座：巴蘭吉注意到，他的裝扮跟往常一樣講究，只不過他板著臉，神情疲累，一邊嘴角出現奇怪的輕微抽搐，將他的嘴唇扯成痙攣的鬼臉。

巴蘭吉走到他平常的位置，詫異發現他身旁的椅子空蕩蕩。他朝史萊德先生欠身，低聲問：「顛地上哪兒去了？」

史萊德先生聳肩：「也許被某個緊急事件絆住走不開——遲到不像他的作風啊。」

眾人全數到齊後，韋德摩先生又等了一、兩分鐘，才要求把門關上。「各位先生，」他開口：「我很遺憾顛地先生沒到，但我們恐怕不能再等下去：時間不多，我相信你們都急著想知道我們最近到洋行會館的結果。若是讓你們久等，還請多多見諒，但如你們所見，開會前需要先翻譯好部分文

---

5 印度的國樹，在此用來暗喻印度人。

件，這些文件我會在此傳閱。但在此之前，我先快速帶你們瞭解事發經過。進入洋行會館後，我們碰見幾個公行朋友，包括茂官、潘啟官、明官、潘海官等人。容我補充一下，他們都非常憂慮惶恐——程度已逼近恐懼，我想這點金恩先生可以作證。」

查爾斯．金恩坐在桌子另一端，巴蘭吉轉頭看他，發現他的臉也掛著相同的疲憊。但他的語調鏘果決：「縱然百般不願，我曾在人們被世俗恐懼困擾時望入他們的眼睛。各位先生，我很遺憾無法向你們表達，我看見這些老友的眼神時，內心有多沉痛——這些我們曾一起坐在他們餐桌前用餐的朋友，這些曾助我們致富、這方面我們虧欠良多的朋友。」

這幾句話語尚未沉寂落下，會議室的門便敞開，顛地先生現身。

「各位，真抱歉——請原諒我遲到。」

「你來得正是時候，顛地先生，」韋德摩先生說：「我相信你會有興趣聽我正要朗讀的文件。」他拾起一張紙，環顧餐桌，「這是欽差大臣發給公行的諭令：這份文件讓他們惶恐不已，我覺得應該仔細聽聽欽差大臣要說的話。」

「請開始吧。」

韋德摩先生環視桌面：「諸位先生，準備好了就請告訴我。」

「我們來聽聽他要說什麼。」

「『今鴉片如此充斥，毒流天下，而該商等猶混行出結，皆謂來船並無夾帶，豈非夢囈？……素有身家之原商尚不至此，而薰蕕同臭，實為爾等羞之！在爾等只知致富……

「『……至現在先以斷絕鴉片為首務，已另諭夷人將躉船所貯數萬箱鴉片悉數繳官，並責令簽名出其漢字夷字合同甘結，聲明嗣後永不敢帶鴉片，如再夾帶查出，人即正法，貨盡入官。此諭即交該商等賫赴夷館，明白諭知。必須嚴氣正性……務令慷慨激昂，公同傳諭。限三日內取結稟覆。如此事先不能辦，則其平日串通奸夷，私心外向，不問可知。本大臣立即恭請王命，將該商擇尤正法一二……毋謂言之不早也。』[6]」

桌間傳來一陣不可置信的嘀咕。巴蘭吉以為自己聽錯，說：「你剛是說『處決』嗎，韋德摩先生？」

「是的，我的確有提，摩迪先生。」

「你是在告訴我們，」林賽先生說：「要是我們不肯把貨交出來，並寫下切結書，欽差大臣就要送兩名行商上絞刑架？」

「不是的，先生，」韋德摩先生說：「我的意思是，他們會被斬首，不是絞死。我們的朋友浩官和茂官已被說服，將首當其衝接受處決。」

眾人倒抽一口氣的聲音清晰可聞。勃南先生說：「毋庸置疑：林大人果真是個禽獸，只有中國高官或禽獸才會這麼草菅人命，為如此罪狀處死兩個男人。」

「您說的還真沒錯啊，勃南先生。」金恩先生從桌子另一端開口：「你還真掛心關切人命，可謂難能可貴，容我斗膽一問，怎麼你牽腸掛肚，就是沒想到被你的鴉片禍及性命的人？你難道不曉得你每一批貨都能致上百人，甚至上千人於死地？你難道看不出自身行徑的野蠻？」

「不，先生，」勃南先生冷冷回答：「替沉浸鴉片者定罪的那隻手不是我的。這是他人幹的好事，一隻無形而無所不在的手：那是隻自由之手，貿易市場的手，行動自由的手，如同上帝的吐息。」

6 本段引自林則徐《諭洋商責令夷人呈繳煙土稿》。

金恩先生拉高痛斥的音量：「噢，你丟不丟臉，竟敢自居基督徒！把貿易市場比作上帝的對手，你難道看不出這種偶像崇拜令人作嘔？」

「好了，好了，各位！」韋德摩先生往桌面一拍，努力還原秩序。「現在不是爭辯理論的時候，我要提醒你們，我們來此是為了考慮欽差大臣的最後通牒，以及命在旦夕的人命。」

「但這就是問題，韋德摩，」勃南先生說：「如果林大人正如我想的那樣，是禽獸或瘋子，那跟他交涉怎樣都沒好處，不是嗎？」

趁韋德摩先生開口前，史萊德先生插嘴：「恕我反駁，勃南。就我看來，欽差大臣既非禽獸，也非瘋子，他不過是詭計多端的中國官員，他的用意就是吹牛威脅，恐嚇我們，這樣就能在皇帝面前自吹自擂功績，好在帽子上換個亮晶晶的頂戴。我個人是不相信這一切——不管是欽差大臣的恐嚇，還是公行友人的險境，情況很明顯，公行和欽差大臣肯定串通好——聯手演出這齣默劇，行員以為裝出幾個驚恐表情，就能在毫無損失的情況下，讓我們乖乖跟貨品說再見：就是這麼簡單——我們每次行經廣場都碰見的啞劇字謎，就是天朝一貫的詐騙手法，可別傻傻上當。」

「那你建議我們怎麼做，史萊德先生？」巴蘭吉說：「你有何建議？」

「我的建議是，」史萊德說：「堅守立場，讓他們知道我們絕不讓步，他們一旦理解這點，浩官和茂官很快就會著手此事。他們會以小費行賄，事情就此落幕，他們的首級會繼續留在肩上，我們也能保住我們的貨。可是我們這時示弱就輸了：現在是我們最需要堅守原則的時刻。」

「原則？」金恩先生詫異地反唇相譏：「我真看不出走私鴉片有原則可言？」

「這，蒙蔽你雙眼的可是你自己，先生！」勃南先生的拳頭砰地落在桌面：「自由不就是原則和權利嗎？自由之人不畏暴君和專制獨裁者，聲稱擁有人身自由權時，難道沒有危險？」

「照你這麼說，先生，」金恩先生說：「任何殺人犯都可以說他不過是在執行他與生俱來的權利，如果你亮出人身自由權的許可證，帶來無以計數的死亡和絕望，那這最多只能算是死亡許可證。」

金恩先生和勃南先生已經起身，跨過桌面瞪視對方。

韋德摩先生再次重敲桌面：「好了，兩位！容我提醒你們一下，這可是緊急事件，我們沒空爭辯抽象的原則問題。時間不多，快點解決問題吧，金恩先生和我已代眾人草擬，回覆了林大人的敕令。」

「你們已經這麼做了？」顛地覺得好笑：「這樣啊，那你最近肯定很忙吧，韋德摩！信裡都寫些什麼？」

「顛地先生，這封信是在向欽差大臣保證，我們願意配合他的條件，但也有保留。」

「是嗎？」顛地說，勉強擠出一個笑容：「所以韋德摩先生，我們可以說你和你的小朋友查理，在沒跟我們商量的情況下，擅自代我們寫了這封信？而這封信信誓旦旦要終結在場所有人出生前就存在的貿易？這個讓你自己和你的朋友——包括渣甸先生在內——致富的貿易？」

聽到別人提及渣甸的名字，韋德摩先生似乎略為激動，他的聲音微微顫抖：「關於這點，」他說，「當然我們在信裡有解釋，面對鴉片貿易，中國政府過去的態度模稜兩可，有一度甚至讓眾人相信，政府可能合法化這項貿易，可是無論過去有過什麼樣的疑義，如今林大人的行動和文字都已將之剷除地一乾二淨，沒有理由遲疑，交出他要求的宣誓。」

「噢，你說真的？」顛地語調油滑地說：「那已經停泊在香港附近和其他外港港口的船隻怎麼樣？我們也要逆來順受清空他們的貨艙，拱手送給林大人？」

「絕非如此，」韋德摩說：「我們信中有解釋，雖然船是我們的，但裡面裝的貨不是，它們實質上都屬於孟買、加爾各答和倫敦投資人的財產，交出貨品是不可能的：我們會把船送回印度。」

這是巴蘭吉最害怕的情況：「把我們的貨送回印度？」他警覺大喊：「不過韋德摩先生，你應該也清楚孟買的鴉片市價大跌吧？鴉片生產卻跟其他東西一樣不減反增，我們的貨該上哪兒去？有誰要買？送回印度只有毀滅一途。」

巴蘭吉環視桌子，他發現聽到最後幾個字時，許多雙眼睛全瞇成一條線：若他還算懂英文，應該知道沒什麼比「毀滅」兩字對商人的信用更具殺傷力。他連忙補救道：「當然我不是指在座的各位，但小投資商呢？我們要為他們著想不是嗎？很多人都傾注畢生積蓄，這些人怎麼辦？」

「就是說嘛！」史萊德嚷嚷：「就我看來，聽見行員人頭落地，遍地是血的憂愁善感，蒙蔽了在座某些人的雙眼，無法思考交出貨物後的下場。金恩先生和韋德摩先生對中國人受的苦難想得如此周到，將其他牽涉鴉片走私的人拖下水都在所不惜。但把畢生積蓄投資在我們貨物的人毀滅赤貧，這又該怎麼說？就讓這群人身分和社會地位隕落，走入債主監牢、等著感化院接濟，甚至餓死？」

「不過當然，史萊德先生，」金恩先生插話：「你的意思不是說你的投資人都是窮人，有被送入債主監獄的危險吧？怎麼會有貧窮邊緣遊走的人，把最後幾分錢賭在鴉片這種商品上？我的經驗告訴我，要是沒有雄厚資金墊背，沒人敢從事這種投資——他們跟你我一樣都不會落入讓感化院接濟的下場。這就是這項貿易的殘酷之處——少數有錢人為了多賺幾個錢，不惜犧牲百萬人的性命。」

史萊德兩手一攤：「我就是這麼懷疑的：金恩先生的心為了他的天朝朋友淌血，卻對商人同胞和投資人落難視若無睹。他怎會甘心讓自己同胞遭遇如此龐大的財物損失？說真的，何苦呢！浩官在洋行廳的一場祕密會議說過，要是我們不照他說的做，他的人頭就會落地，可是我們所認識的浩官，是個手段高明的商人，為了保護自身利益，他什麼話都說得出口。」

韋德摩先生疲憊地插話：「史萊德先生，我可以跟你保證，浩官真心相信他會是第一個人頭滾地的人。我在洋行會館看見他，心如刀割——我沒見過比這更心痛的畫面。」

「噢，拜託，韋德摩！」史萊德怒斥：「保加利亞式幻想曲就省省吧！你還記得你是商會會長，不是主持公爵遺孀代表大會的老母雞吧？」

「注意你的措辭，史萊德先生，身為委員會會員，說這種話未免太不得體，」韋德摩先生僵硬地說：「但我會當耳邊風，因為現在事態緊急，不過你不用懷疑——我們在洋行會館看見浩官、茂官和幾個行員時，他們真的深受打擊。」

「浩官？」顛地硬擠出尖銳笑聲打斷，「可是我今早才在老中國街看見浩官：所以開會才遲到。他說他和他公行同事剛收到欽差大臣的威脅，但只不過是威脅。浩官這男人格外狡猾，我懷疑他是為了金恩先生和韋德摩先生的好處，故意誇大渲染恐懼，畢竟他知道這兩人本性較多數人柔軟。他自然是不會為了我或我們多數人幹這種事兒。我不久前巧遇他時，他還精神抖擻——委員們大可信我這句。」

席間陷入一片靜默，眾人皆努力消化這段話，臉色轉為豬肝紅的金恩先生說：「你說的可是滔天謊言，顛地先生！」

史萊德先生的唇間竄出清晰可聞的噓聲：「我要是你，金恩先生，」他說：「我就會謹言慎行，你知道，有些話牽涉一種叫作pistolography的速記法。」

「你想怎麼說就怎麼說，先生，」金恩先生說：「我不會害怕的閉上嘴，我最近也見過浩官，可以跟你保證，他的擔憂不是裝出來的，是貨真價實。我親眼看見恐懼壓垮他，我跟你保證，行商現在都很擔心他們的生命與財產。替專橫手段說話不是我的責任，我只想要提醒你們，一旦事件如滾雪球般發生，我們將無能為力，無法賠償和彌補。請你們記得，現在失去的財產可以在短時間內輕易賺回——但鮮血就像潑出去的水，覆水難收。現在的情況可是要犧牲我們同胞的性命，也許有時我們會說行商壞話，但他們究竟是朋友和芳鄰，哪個明事理的人會拿投資人的口袋跟鄰居的頸項相比？」

金恩先生滿腔熱情講完，但顛地卻削弱這番話對委員們的效果，這過程中他不斷環視桌子，彷彿在數人頭，評估他的支持度。金恩先生語畢，他一副就事論事地說：「呃，很明顯，我們的意見嚴重分歧，金恩先生認為浩官和他的同袍都為自己的性命擔心受怕，而我則相信這不過是另一個天朝的詐騙伎倆，我的想法是，我們公行的朋友是在利用我們之中，個性天生就不如一般人有男子氣概的人。」

「這跟男子氣概有啥關係？」金恩先生說。

「男子氣概跟什麼都有關係，」勃南先生說：「你肯定覺得很明顯，嬌弱是亞洲人的詛咒？所以他們才屈服鴉片，認命地依賴政府，如果這國家的男士沒因為對繪畫和瓷器的喜愛而變得軟弱，中國今天就不會是這種可憐的局面。除非這國家重新復甦填滿男子氣概，否則人民永遠不能理解自由的意義，也無法欣賞自由貿易的重要性。」

「你是真心相信，」金恩先生反駁：「自由貿易的教條會產生男子氣概嗎？要真如此，男人就像天堂鳥一般稀有了。」

韋德摩先生再次插話：「好了，好了，各位——我們講回手上的要事。」

「我同意，」顛地說：「再拖下去沒意義，別再浪費時間：韋德摩先生告訴我們他擬的信件內容，我在此可以建議另一個方案：寫信給公行，告訴他們我們也相信有終止鴉片貿易的必要，為了決定終止方式，我們將設立委員會，此舉可達成目標，讓欽差大臣有撤回反對的藉口，而我們也不用讓步。」顛地停下環視桌子，然後轉向韋德摩先生：「會長先生，既然你的解決方法跟我不同，咱們來投票決定吧。」

金恩先生也環視桌子，發現顛地的話引來許多人點頭，低聲同意，他扶著桌沿起身。

「等等，」他說：「先給我幾分鐘，我最後要呼籲一聲。這不是單憑舉手就能決定的事——不只因為我們採取的下一步，會影響這間會議室外的人事物及日後發展，更因為今天有位在場人士是廣大民眾的代表——唯獨他有資格替鴉片生產國的民眾說句公道話。」

金恩先生轉身看向巴蘭吉。「我在說你，摩迪先生。我們之中，你的責任最重大，畢竟你要回應的不只有家鄉的人，還有鄰國。我們其他人都來自遙遠國度——今日的結果對我們後代的影響與你不同，今天這裡發生的事，日後遭到究責的會是你的子孫。摩迪先生，我請求你審慎思考你站在這十字路口時面臨的職責：你的話語和投票在委員會舉足輕重。你曾跟我談及個人信仰和信念，還不只一次對我說，其他宗教都沒有你的信仰清楚善惡的對立。請你好好思考眼前的選擇，摩迪先生，望向你佇足點前方的懸崖，仔細思考，不光是此時此刻，還有前方的永恆。」他停頓壓低音量：「你會選誰，摩迪先生？你會選光明或黑暗，阿胡拉馬茲達或者邪靈？」

最後幾個字巴蘭吉聽來如雷灌耳，他的手開始顫抖，趕緊把手收入長上衣袖管。這不公平，實在太不公平，查爾斯·金恩居然對他使出這招，不但提及國家與大陸，還提到他的信念。國家與大陸與他何干？他得先為最親近的人著想，不是嗎？要是他自我毀滅，他們還有什麼想像得到的好處？為了他的孩子、女兒和飛迪，他甘願犧牲自己來世的幸福：他確實想不到比這更重要迫切的任務，即使這意思是他永遠無法踏上天堂之橋一步。

習慣使然，他的右手滑入連釦開襟上衣裡，摸索他的卡斯堤腰封尋求慰藉，然後他深呼吸，清了清喉嚨，抬頭直直望入金恩先生的眼睛。

「我的這一票，」巴蘭吉說：「要投給顛地先生。」

16

菲奇風濕症發作，過去幾日臥病在床，由寶麗負責準備讓巴布羅送至廣州的植物。由於時間匆促，他們快速討論後決定寄六種植物：花旗松幼樹、紅醋栗灌木和兩個美國西北海岸的品種——黃花覆蓋、高達一碼的奧勒岡葡萄灌木，以及一盆樹葉光滑、萼片精緻呈鐘形的北美白珠樹，另外還有兩種最新引進的墨西哥植物——開著漂亮白花的墨西哥柳橙，以及美麗的吊鐘花，也是菲奇的心頭肉：長筒倒掛金鐘。

寶麗對這些植物愛不釋手，尤其是奧勒岡葡萄，這種植物異常活力充沛，看見它們被搬到雷路思號的二輪馬車上，運往巴布羅的平底帆船讓她心疼不已，她懷疑別人真懂怎麼好好照料她的孩子。

「先生，我知道我不能去廣州，」她對菲奇說：「但我能不能陪這些植物一段路？」

菲奇撓了撓鬍子，低聲喃喃說：「倪最遠可以到伶仃島，只要不去那裡鬼混就行。」

「你說真的？先生？」

「真的，平底帆船背後可以拖二輪馬車，之後他們會帶倪回來。」

「噢，謝謝你，先生。太謝謝你了。」

她奔上甲板，比手畫腳要二輪馬車稍等。

平底帆船就在附近的河面翻騰：二輪馬車停下時，巴布羅降下一塊木架盛裝植物。寶麗屏息觀看著搖柄沒有失誤，把盆栽順利搖上去，然後一具梯子拋落讓她爬上甲板。

這是寶麗首次踏上巴布羅的平底帆船，頭一個反應是失望。雷路思號在香港停泊許久，她已經能辨識出堆積在河畔那些獨特少見的船隻：形狀類似毛毛蟲、有好幾排座位的狹長客船，高高堆砌著棺木的「喪船」，有著層層疊疊房舍的兩桅「鴨尾」平底帆船，也許最引人注目的——還是猶如鯨魚的「花屁股」，長達一百呎，嘴巴像在篩濾水裡的食物。

在這樣船種豐富多樣的地方，巴布羅的平底帆船不太引人注意：這只是艘「沙船」——他祖父在北方低價購入的船。這艘船的名字長到寶麗記不住，但不重要，因為她常聽巴布羅稱他的船「榮華富貴號」，他說這就是印在船首的中文字。

跟珠江上其他船一樣，榮華富貴號船首兩側都各裝設一隻碩大的眼睛——那是隻逡巡留意獵物和掠奪者的巨眼。規模比朱鷺號以及雷路思號還小，僅約六十呎長，船桅卻超出這些船，少說不下五根船桅。桅杆的安排也跟外觀一樣奇特：東倒西歪的模樣，像極燭台上被風吹歪的燈芯。僅有兩根桅杆正襟危坐架在船上，但即便是這兩根桅杆，也以奇異不規則的角度傾斜，一根往前靠，一根往後倒。至於三根較小的桅杆，說是桅杆，反倒更像棍子，不是固定在甲板上，而是甲板欄杆上，在船身邊緣隨興裝設。船舵的擺設也一樣詭異，至少在寶麗眼中如此，因為船舵不是裝在船尾中央，而是船身一側，也不是由舵輪掌控，而是一個探出甲板室屋頂的碩大舵柄。

簡單來說，榮華富貴號的上揚船尾、五花八門的船桅和桶狀船身，投射出它在浪濤上顛簸的醜怪形象，但這只是假象：等到帆裝上船桅，平底帆船就能像其他同規模的船一樣穩健航行。

旅程以一場儀式掀開序曲，跟寶麗在加爾各答見過的印度教禮拜一樣，拿線香祭拜天后和觀音（兩位都是保佑平安的女神，巴布羅跟我解釋，祂們就像印度的拉喜米和妙音佛母）。接下來儀式瞬間爆發，我是說真的爆炸，演變成一場沸騰壯觀的煙火秀，敲鑼打鼓，數之不盡的金紅紙條打亮天際

（巴布羅在旁盡力解釋，目的是嚇跑塵旋風、羅剎和其他怪獸）。以上結合驚嚇的鴨鳴、嬰兒哭泣聲和抽著鼻子的豬隻，打造出一種氛圍，即使平底帆船像火箭發射，寶麗也處變不驚。但就在噪音達到高峰時，榮華富貴號糾結的船帆升上空中，開始向前挪動，在背後留下一條長長煙軌。

橫截的浪濤撕裂珠江口的河水，有許多船在周遭來往，這艘平底帆船必須格外小心駕駛，寶麗觀看著船員忙碌，理解榮華富貴號不同於朱鷺號和雷路思號的不只是外觀：航行和船員的做法亦成對比。寶麗思忖，這艘船的老大像是印度船船長——功能部分或完全整合船長、貨物管理員、船主，但巴布羅指揮船隻的方式，不同於她在孟加拉灣的胡格利河見識過的印度船長和商船船長，據說也沒人「操縱」榮華富貴號——船員有幾個女人，她們的職責與男人沒有區別。無論男女，所有船員都受不了咆哮和專橫的命令：巴布羅通常用溫柔哄騙的聲調對他們說話，像在試著說服他們照他的意思做。更怪的是，大多時候他悶不出聲：大家都不用別人指揮就知道自己該做什麼，巴布羅決定干預時，其他人會直接質疑他的命令。一旦爆發爭執，往往不是展現權威或暴力解決，而是其中一個女人插手終止吵鬧。

好幾個小時下來，平底帆船在漁船、利齒狀的礁岩及海浪拍打的小島間，蜿蜒出一條緩慢謹慎的路線。然後她的船首轉向一個赫然聳立的峭壁，一串憤怒的海浪綴飾著峭壁。

這裡，巴布羅說，就是伶仃島。

平底帆船緩緩繞行來到島嶼東側的一處水灣，兩艘外形特殊的船停靠在旁，船身就像是西方帆船，但船桅遭截斷，索具移除，樣子像是縱切成半的水桶。

這些是伶仃島碩果僅存的「廢船」，巴布羅解釋道：過去這種船主要功能是貯存和配送鴉片，一艘是英國船，另一艘是美國船，已在伶仃島駐紮多年，所以外國鴉片船可在前往那看守珠江口的海關前卸貨。他說幾年前不久，還有許多艘外國船停靠在這個水灣，忙著清空「摩臘婆」和「孟加拉」鴉片的貨艙，一組動作迅速的快蟹船也會停在這裡，等著把貨送至大陸。

除去歪七扭八、詭譎不祥的廢船不看，水灣是個美麗野生的地方，雲朵被風吹掃過島嶼上的陡揚高地，巴布羅把平底帆船停在水灣中央，耐心操縱入定位，然後小心選擇地點。

緊接著又是一場儀式，線香，供品和紙錢。

這是另一場儀式嗎？寶麗問，跟上次不一樣。巴布羅過了很久才回答，他突然說：對，是儀式，但跟上一場不同，意義不一樣。寶麗開始後悔自己問了這問題。

噢？怎麼說？

這是獻給我的達達兄弟，我哥哥的儀式，他在這裡過世……

巴布羅解釋，事情發生在好多年前，但他每次經過那條路線，都會停下腳步。他口中的哥哥是他的大哥，也在榮華富貴號長大，在巴布羅之前做過他父親和祖父的工作。但有天某人對他說：你身強體壯，怎麼不試試看划快蟹船？會比捕魚或航海有賺頭。誰阻止得了他？他偶爾會去當其中一艘快蟹船的槳手，工作很辛苦，但每次工作結束他都會收到一小份鴉片當小費。當然他大可賣掉鴉片換錢，但他是個男孩子，往往將自己的小費吞雲吐霧抽掉。不消多久，他工作的動力不再是薪資，而是鴉片，他工作越勤奮，就越需要鴉片，沒幾年他的身體就搞壞了，腦袋空空，再也無法划船，什麼事都做不了，鎮日像是幽靈般躺在榮華富貴號的前甲板上，有天這艘平底帆船停在這裡時，他划過水面，此後再也沒人看見他的蹤影。

我是喬他兄弟，巴布羅說，也就是最小的孩子，四個小孩裡的老么。哥哥過世時我年紀還很小，我父親決定我還是離家的好，於是幫我在開往馬尼拉的船上找到份小廝的工作，他知道如果我留在這兒，就會像我幾個哥哥一樣迷失在鴉片煙霧之中。

你大哥不是唯一一人嗎？

不，巴布羅說，我其他兩個哥哥也淪陷了。即使他們親眼目睹大哥的情況，還是無法克制自己：他們很貪婪，一心想著賺錢，於是去快蟹船上做事，其中一人還被斬首，在黃埔附近的小溪上找到他載浮載沉的遺體。時至今日，我們都不知道是誰為了什麼原因下此毒手，能確定的是他的死不脫「黑泥」。另一個哥哥活得比較久，有結婚生子，但他也吸食鴉片，二十五歲左右便過世。事情過後我父親想賣掉這艘平底帆船——他說黑泥已經把這條江水變成毒品氾濫的川流，這消息傳到我耳中時我人正在加爾各答，無法容忍賣掉榮華富貴號的想法，我可是在那艘船上長大的啊。我深愛這片水域，於是決定是時候回來了。

你很開心自己回來了嗎？寶麗說。

曾經是，但告訴妳實話吧，我現在也不知道。我愈看到現況就愈擔心，我擔心我的兒孫，他們怎能好好住在這條江上，卻不被鴉片煙嗆到？

說到這兒，巴布羅頓了頓，拍拍寶麗的肩膀：來吧，我帶妳去看樣東西。

他率領寶麗走上艉樓甲板的最高處，遞給她一個望遠鏡。

他說，妳看那，手指向上游。妳看水邊，河口旁有座偌大堡壘對吧，船工都叫它Sher-ka-mooh，意思是虎口，英國佬稱它為「河口」。幾年前才剛蓋好抵禦保衛江水，這樣看著它，妳可能會以為沒人穿得過它的銅牆鐵壁，不過到了夜晚，不管是妳、我，還是誰都能輕鬆穿越，也沒人會攔我們。士兵都迷失在煙霧之間，就連他們的長官也是，這是一場無人逃得過的瘟疫。

＊

幾小時內，番鬼城就傳遍顛地的派系在會議室裡大獲全勝的消息，阿差行是透過維可獲知結果，他還預測之後會有慶祝，果不其然，不久就聽說老爺的朋友當天稍晚會過來。

廚房陷入一陣手忙腳亂，但賓客陸續抵達時，梅斯鐸已經準備就緒：一瓶瓶香檳已經先行冰鎮，好幾批炸肉丸、油炸蔬菜和三角餃也已做好，只等著上桌。

顛地先生和勃南先生前腳率先抵達辦公室，史萊德先生後腳也跟著到達，跟其他人一起現身。慶祝開始後，服侍賓客的貼身男僕持續向其他員工報告外面的進展：現在勃南先生正在說致謝禱詞，感謝上帝帶領他們的派系大獲全勝，大老爺也舉杯對顛地先生致詞，恭喜他領導有方。

維可是唯一表達保留態度的人：結果還未定呢，他陰沉地咕噥。顛地先生也許贏了金恩先生，但欽差大臣可不好惹。頭家清楚這點：他雖然手裡高舉酒杯，但我知道他憂心忡忡。

晚餐進展到最後，貼身男僕說老爺確實露出些許緊繃情緒，這頓晚餐可以證實，顛地和他的密友前往俱樂部：即使他們催促巴蘭吉一同去，他還是決定待在家，直接上床睡覺。

底下的廚房有很多剩餘的香檳和食物，老爺在臥房安穩沉睡時，沒人需要保持安靜，酒杯淨空，托盤清潔溜溜，維可決定教大家跳國際標準舞：「來啊，祕書先生，我秀你幾步，我們從華爾滋開始。」

梅斯鐸開始在一只大平底銅鍋打起拍子，其他人湊熱鬧拍起手。鼓譟淹沒尼珥的抗議聲，他很快就在廚房笨拙地移動身子，試著跟上步伐。

他們跳躍的姿態立刻引起其他人無可自拔地哈哈大笑，一大壺兌了水的烈酒很快就見底，其他人也開始加入——貼身男僕、警衛、廚房小廝，就連最嚴肅的收帳人都加入了，沒多久除了梅斯鐸外，他們全像參加慶典的孩子在廚房裡繞圈旋轉。維可一聲令下，音樂的拍子隨之轉換，船務長把這支新舞叫作方舞，他們在他指導下排成兩列，雙臂環環相扣，衝向彼此，碰撞力道讓許多人沒站穩跌個狗吃屎。他們躺在地板開懷大笑，覺得這種荒謬可笑的東西竟稱得上舞蹈，實乃不可思議。

笑聲逐漸稀稀落落時，猛然傳出一陣深怕沒人聽見的激烈敲門聲。維可從地上爬起，走到前門查看來者何人。他回來時，臉上的歡樂已經消失無蹤。

商會派來一位跑腿的，說要召開一場臨時會議，老爺必須立刻抵達。

維可說話時，小教堂的鐘聲正好敲響：現在是晚上十一點。

會議？尼珥說：這個時間？

對，維可說，情況緊急——公行商剛才和林大人開完會回來，他們要求外國人全體集合，有非常重要的事要宣布。

維可已經開始走向樓梯，但走到樓梯時他轉過身：今晚是哪個貼身男僕值班？叫他快點過來。

這男人不只是微醺，要在他臉上潑一盆水，他才能走上樓梯。半小時後，老爺穿著一身黑色長衣條地下樓：大家都很欣慰地注意到，他的頭巾仔細紮綁，衣服也完美無瑕。

但這時間已經太晚，找不到提燈人，於是維可手持火炬，親自陪老爺去商會。

廚房開始漫長的守夜：老爺和維可回到阿差行時已是凌晨兩點，他們直接回到老爺臥室，又過了半小時維可才下樓。

這時，只剩下熬夜編《字詞選註》的尼珥還醒著。維可拿來一瓶茅台酒，倒出兩杯濃烈的酒精。

會議上發生什麼事了？

維可一口乾掉他的酒，又為自己斟了第二杯：祕書先生，頭家和他朋友看來慶祝得太早了。

怎麼說？

祕書先生，你不會相信有多瘋狂……

他們抵達商會時，發現大廳燈火通明，人們像是公開戲劇演出般漫無目的地兜轉。幸好維可可從後方觀看整個過程。

公行十二名成員全體出席，一字排開而坐。當然浩官、茂官和潘啟官都在其中，也來了好幾位年輕商人，包括葉塔、豐泰和清官。他們都帶來自己的隨身僕人和翻譯，幾十盞燈在他們頭頂搖晃，牆上投射出舞蹈般躍動的陰影。外國人在室內較暗黝的那側，或站或坐，他們的面孔在黑暗中隱隱約約，排列在大廳裡的閃爍壁燈幾乎無法擊退黑暗。翻譯佇立在兩組團隊間的無人島——一支翻譯隊伍在一側，另一側則是高大年輕的費倫先生。

會議先由宣告開始，行商通告外商欽差大臣對商會信件的回應：這事攸關生死，所以他們決定請翻譯，而不是用洋涇濱說明。結果每個字都要經過好幾張嘴過濾。

「我們帶著你們的信函去找欽差大臣，他交給副手檢查，聽過信件朗讀後，大人回道：『夷人蔑視公行，但不得對本大臣如此。』接著宣稱：『若明日仍未繳交鴉片，我將於上午十時親抵洋行會館，令其見識本大臣手段。』」

這是什麼意思？

意思是，祕書先生，他看穿了顛地先生的伎倆：他告訴行商，如果明早還沒收到鴉片，他就會執行威脅。

處決嗎？

所以行商們說——我就告訴你實話吧，祕書先生，就連我站在大廳後方，都看得出他們不是在說笑，他們的手在顫抖，僕人啜泣，有的人還暈厥過去被扛走，但商會還是不買帳。顛地和勃南為首的商人不斷爭論，質問每個細節，追問行商為何如此篤定他們會被斬首——就好像隨便一個理性的男人都可以撤這種謊。公行每個成員都說，對，對，要是明早十點還沒收到投棄的鴉片，就有兩人頭顱不保。但商會的質疑聲依舊不減，彼此唇槍舌戰，直到有人想出一個建議：與其放棄所有鴉片，何不交出一千箱就好？或許這樣就能讓欽差大臣開心？

那他們同意了嗎？

最後是同意了，不過他們——我說外商——不斷討價還價，姿態儼然像在市場買魚，甚至試著說服公行付錢買下交出的箱子：「我們為何要付錢？」他們要求知道答案。「這可是保住你們首級的代價——你們理當承擔。」

他們說出這種話？

大致上是這意思。

維可茫然不知所措地搖頭。你瞧，祕書先生，做生意時得考量利潤，這點人人皆知。有時你得來點hera-pheri，做點檯面下的生意。這就是遊戲規則，有時你賺錢，有時稍微虧損——這些對大多數人來說都很正常，可是這幾個勃南啊、顛地還有林賽，他們的看法不是這樣。他們賺的錢誰都數不清，全多虧浩官、茂官和其他公行的人幫忙，可是如今攸關行商的生死時，他們還在那裡激動地討價還價，肯定連賣魚婦都為他們覺得可恥。讓人不禁思考，如果這就是朋友在他們眼中的價值，那你我值多少錢？

可是等等，尼珥說，金恩先生呢？他想必沒有跟著胡攪蠻纏吧？

沒有，維可說。他跟公行提到商會的義務，過往情誼等——但這種論點根本無法動搖其他人，是另一個男人讓他們回心轉意——英語翻譯。他告訴他們，城裡的情緒高漲，要是公行商人最後有什麼差池，可能引起暴動。這句話讓他們略微警醒，決定交給林大人一千箱鴉片當作贖金。

你覺得他會接受嗎？

維可聳肩。要等到明早才能知道答案，那時候全世界才會知道行商能不能保住腦袋。

維可又給自己倒了杯茅台酒，並伸出酒瓶。再來一杯吧，祕書先生？

尼珥擺擺手婉拒：時間很晚了，他想在林大人抵達洋行會館前及時趕到大門。經過如此漫長的一天，巴蘭吉可能不會照平常的時間起床，就算起得來，偶爾沒聽見小道消息也不至於不開心。

隔日清早尼珥邁向廣場時，立刻就警覺到空氣裡的微妙變化。今天沒有簇擁的小鬼頭開玩笑朝他大喊：

……hak gu lahk dahk, laan lan hoi……（黑古隆咚，躝揦開）

……mo-lo-chaa, diu neih louh mei……（嚤囉差，屌你老妹……）

……haak-gwai, faan uk-kei laai hai……（黑鬼，返屋企舐屄）

一度就連平時要小費的聲音都沒效果。一群掛著鼻涕的小鬼跟在尼珥的後腳跟穿越廣場，他們的呼喊既不是戲謔也不是嘲弄，而是發自內心的惡意。進入老中國街時，小男孩消失了，不過尼珥在這裡也感覺到觀望的旁觀路人不太對勁，他們的眼裡藏著慍怒，讓他想起處決未果湧入番鬼城的暴動分子。

尼珥在巷子走到一半，聽見一個喊叫聲：「阿尼珥！阿尼珥！阿尼珥！」是阿托雷，康普頓最年長的兒子：「阿尼珥，早安！爸爸要你快點過來。」

「為什麼？」

阿托雷聳肩：「來啊，阿尼珥，快來。」

「好吧。」

抵達印刷坊時，尼珥直接被帶領穿過康普頓家的中心，中庭比以往更像靜謐的綠洲：自尼珥上次來訪，現在中央的櫻桃樹已經開花，猶如從鋪砌地板隙縫噴發的白色花瓣噴泉。

康普頓正坐在櫻花樹附近的屋簷陰影下，他身旁椅子上坐著一個鬍鬚花白的學者，也就是林大人抵達廣州那日，康普頓向尼珥提過的人物。

早安，阿尼珥，康普頓說。

早安，康普頓。

「快來見我老師，常老師。」

兩個男人起身鞠躬，尼珥盡量依樣畫葫蘆。

康普頓和常老師坐在一張低矮石桌前喝茶，康普頓示意尼珥坐在另一張空椅，經過幾分鐘的噓寒問暖，康普頓說：「所以，阿尼珥，你恐怕已經聽說昨晚的會議吧？」

阿尼珥頷首：「是啊，他們提議繳交一千箱鴉片。」

「對，沒錯，今天一大早公行商人就去找欽差大人提出這個方案。」

「那怎麼樣？大人還滿意嗎？」

「不，欽差大人非常清楚他們在搞什麼名堂——外國人根本是在討價還價。他們以為可以像先前收買其他中國官員一樣收買他，大人立刻否決了他們的提議。」

「那接著會怎麼樣？」尼珥說：「浩官和茂官會被處決嗎？」

「不，」康普頓說：「大臣瞭解公行不惜使出任何手段，他也明白有些外商不反對繳交鴉片，專門鬧事的只有那幾人，是時候對他們採取行動了——我說的是行徑最惡劣的犯人，最會惹事生非那幾個。」

「你言下之意是指？」

「你覺得是誰，阿尼珥？」

「顛地？勃南？」

康普頓點頭：「渣甸一走，最惡劣的就屬顛地，我們追蹤他多年來的行為，他走私、行賄，簡直是所有骯髒事的幕後黑手。」

「那他會怎麼樣？」

康普頓瞥了常老師一眼，然後轉頭面對尼珥：「阿尼珥，這事我們只對你說，你懂嗎？不可對外人張揚。」

「那是當然。」

「顛地必須回應，他逃不了。」

「那勃南呢？」

「沒事，他不會有事，一次一個英國人就夠啦，」他停頓，「但還有一個人會被逮捕。」尼珥啜了一口茶，普洱茶氣味濃烈，澀到他的嘴巴發皺。「誰？」

康普頓和常老師交換一句話後，轉過頭看尼珥：「你聽好，阿尼珥：我這些話也只告訴你，懂嗎？這裡盛傳會有一個印度人被捕，沒辦法，鴉片幾乎都是從那兒來的，對吧？要是沒有他們，鴉片就不會進入中國了，所以勢必要阻止他們。最好的做法就是抓一個殺雞儆猴，大家才知道怕。就像顛地。」

「你心裡想的是誰？」

「也只有一個人，不是嗎？廣州阿差的領頭。」

尼珥驚訝到喉嚨乾燥，他得再喝口茶才開得了口：「巴蘭吉老爺？」

康普頓頷首：「對不起啊，尼珥，可是所有壞事都得由他承擔，外界流出很多關於他的消息，此外，他跟顛地也一鼻孔出氣。」

尼珥望入茶杯，試著想像巴蘭吉老爺跟潘啟官一樣，頸掛木枷被帶進監獄的畫面。他還記得，當初他對老爺的隨從竟如此忠誠感到可笑，所以發現自己也帶著敬愛忠誠之心看待老爺時，尼珥心頭猛然一震，這已幾近阿發和他父親之間的血緣羈絆。如今發展出這種感情，他很難平心靜氣批判老爺，他知道要是巴蘭吉受到傷害，他也有責任，今後內心將永不得安寧。

「聽好，」尼珥說：「你思考採取這步並不意外，但你要知道，即使巴蘭吉老爺和其他阿差商人停止鴉片貿易，情況也不會改變。毒品也許來自印度沒錯，但貿易本身可是英國人一手操縱。孟加拉管轄區栽種的鴉片全由他們壟斷：很少阿差參與其中，除了被迫栽種鴉片的農夫例外——他們就跟買鴉片的中國人一樣苦啊。但英國人在孟買無法落實壟斷，因為整個區域並非全歸他們管理，這就是為何像巴蘭吉老爺這樣的當地商人也能參與貿易。他們的所得只是流回印度的龐大生意的一小部分——其他收益都流到英格蘭和歐美，所以即使巴蘭吉和其他孟買商人明日就中止鴉片貿易，鴉片貿易也只會變成另一種英國壟斷的產業。最初把鴉片運進中國的不是阿差：而是英國人，即便每個阿差都金盆洗手不賣鴉片，中國的情況還是不會變，英國和美國人還是會想方設法讓鴉片湧入中國。」

尼珥等待康普頓翻譯完這段話，然後他搬出刻意留到最後的論點：「要是你把巴蘭吉老爺的名字和顛地畫上等號，你知道會發生什麼事嗎？」

「不知道。」

「商會會捨巴蘭吉救顛地，顛地會溜出你們的手掌心。」

「真的嗎！他們真會這麼做？」

「我很確定。畢竟他們虧欠公行的人情超過虧欠巴蘭吉，既然他們都願意拿行商朋友的性命當賭注，哪有不放棄老爺的理由？」

他故意沒把話說完，靠回椅背啜飲普洱茶，過了一會兒，康普頓說：「常老師想問，你和摩迪先生來自同一省？可屬同一個宗親？」

「不，」尼珥說：「他和我的省份天差地遠——就像滿洲和廣州，我們就連信的宗教都不同。」

「尼珥，那麼請問，我可以知道你為何對他忠心耿耿嗎？他和顛地還有勃南，有什麼差別？」

「巴蘭吉老爺與顛地還有勃南不同。」尼珥說：「要是換作其他情況，他會是個先驅，甚至天才。可惜的是，他來自一個即便像他這種人中之龍都無法發揮才能的國家。」

「你是說印度嗎，阿尼珥？」

「對，就是印度。」

康普頓翻譯這句話時，常老師的眼神流露出同情，他說了一句話，似乎是特別對他講的。

「常老師說：正因為中國絕對不能變成另一個印度，所以欽差大人才必須採取行動。」

「那倒是，」尼珥點頭道：「這就是為什麼我現在會跟你們坐在這裡。」

＊

商會會議很晚結束，空氣中瀰漫著負面情緒，要不是灌下一大份鴉片酊，巴蘭吉肯定夜不成眠。他飄飄然地陷入深沉睡眠，小教堂鐘聲敲了十一響才醒來。

臥房的窗戶緊閉，即使祭壇上有盞燈，室內依舊一片烏漆抹黑。鴉片酊讓巴蘭吉的意識依然模糊，他懷疑自己是否睡掉整個白天，然後他瞥見日光從窗框縫隙篩漏透出，昨晚的記憶忽地湧上心頭：那些爭論和反對論點、浩官和茂官的破碎臉孔，顛地警告說，放棄一箱就等於接下來全都放棄，然後他想起後來解決事端的調解：湯姆先生預言，要是浩官、茂官或其他公行商有什麼差錯，必會引起暴動。這時韋德摩建議商會湊出一千箱鴉片當贖金，以保全行商的性命。

跟其他大班一樣，巴蘭吉也同意提供一千箱鴉片——當然這樣仍舊無法擔保林大人會不會接受提議，不到上午十點，沒人曉得他會不會執行威脅。

現在是十一點，一個鐘頭過去了：就他所知，浩官和茂官很可能已經不在人世。

巴蘭吉手伸向鈴繩，用力一扯，幾分鐘內一名貼身男僕出現在門前。

維可在哪裡？巴蘭吉說。

他外出了，大老爺。

那祕書呢？

他在辦公室等您，大老爺。

巴蘭吉比個手勢招呼他進門。把我的衣服拿來，快點。

巴蘭吉快速著裝，穿過走廊踏入辦公室。

祕書先生，你今早有去洋行會館嗎？

有的，大老爺。

發生了什麼事？林大人宣布了判決嗎？

沒有，大老爺，我一直待到十點半，林大人都沒來洋行會館，也沒有判決，什麼都沒有。

你確定？

是，大老爺，我確定。

巴蘭吉鬆了口氣，感到一陣頭暈目眩，伸手扶著門框穩住重心。如果林大人沒到洋行會館，意思就是他採納了商會的提議，畢竟一千箱不是小數目：即便一年前，這數量的鴉片也能賺進三十二萬五千兩銀子——換句話說，等於十一噸半銀條。就算林大人只貪其中一小部分，也夠他的後代子孫享用，世上應該沒人受得了這等誘惑。

巴蘭吉卸下肩頭重擔，環顧辦公室，看到一切如昔，心情大好：早餐已在桌上，梅斯鐸手臂上掛著餐巾等著服侍，他在餐桌前就座時，平靜的感受再度降臨心頭：這是他頭一遭沒有聽新聞的慾望，他只想安安靜靜吃頓早餐。

大老爺，要我唸《廣州紀事報》給你聽嗎？

不了，祕書先生，今天就不用了，你幫我找維可回來就好。

是，大老爺。

祕書的聲音消失的同時，巴蘭吉掃視桌面。一眼就能看出梅斯鐸今天早上卯足了全力：他顯然跑了趟廣場的小吃攤，因為巴蘭吉看見輕盈鬆軟、包著烤豬肉餡的叉燒包，還有潮州水餃，這是他最愛吃的水餃，裡面包的是花生、蒜頭、韭菜、蝦米和香菇。梅斯鐸還準備了巴蘭吉最愛的帕西家鄉菜，kolmi bharelo poro，一種包有燉番茄和多汁蝦肉的歐姆蛋。

巴蘭吉嚐了一口，對梅斯鐸露出笑臉。太好了！簡直跟我母親做的一樣美味！

梅斯鐸滿意地露齒而笑，然後把水餃推向他。試試這道，大老爺，很新鮮。

巴蘭吉細嚼慢嚥，仔細品嘗每一道菜，一小時過去，早餐結束後，維可和祕書還不見蹤影。

他們怎麼去那麼久？梅斯鐸，派個人去找他們。

梅斯鐸前腳才離開幾分鐘，維可和尼珥就倉皇衝進門，滿臉通紅，上氣不接下氣。

頭家，一隊滿洲士兵去了顛地先生家！委員跟他們在一塊兒呢。

委員是當地警區的頭頭，這號人物鮮少進番鬼城。

怎麼可能！巴蘭吉說。他為何要找顛地？

這次由祕書回答：他們有顛地先生的拘捕令，他被控走私，還有很多罪狀。

很多罪狀？

他們說他暗中監視，意圖煽動引發國內問題。

他們要逮捕他嗎？

他們想帶他去老城審問。

巴蘭吉望著祕書不禁蹙眉。你怎麼會知道？

勃南先生的經紀告訴我的，大老爺。勃南先生家就在同一家行館寶順行。經紀大叔全都親眼看見了。

巴蘭吉椅子往後一推起身。他們已經逮捕顛地了？或是他還在那裡？

他還在那兒，頭家。維可說：其他大班都在前往他家的路上。

我也得去一趟。巴蘭吉說：我的罩衫和手杖在哪裡？

寶順行離豐泰行僅四戶之遙，巴蘭吉走過去不用幾分鐘。踏進入口時，有一小支警衛攔下他，他們是頭戴羽飾頭盔的高大士兵。幸好公行的通譯小湯姆跟他們一塊兒，他認出巴蘭吉，說服士兵放行。

顛地的住所就在行館主屋後方，俯瞰十三行街。想要過去那裡，巴蘭吉得穿越好幾個中庭：中庭往往人聲鼎沸，但這裡現在空無一人——除了通往顛地住處的中庭例外。這個中庭與其他形成強烈對比，人滿為患，多半是中國人，在一支滿洲士兵派遣隊的戒備監督下，大多意志消沉地蹲在中庭的石板地上。

巴蘭吉穿越中庭時，感覺到袖子一陣拉扯。

「摩迪先生，摩迪先生——求求你幫忙……」

巴蘭吉詫異地認出那是浩官的長子阿托：往常溫文儒雅而矜持的他，如今卻狼狽凌亂，臉上還爬滿髒污痕跡。

「怎麼了，阿托？」巴蘭吉說：「你父親也在這嗎？他在顛地先生家？」

「對，潘啟官也在，欽差大人說要是顛地不肯走，他就準備砍下大家的頭。我求求摩迪先生，拜託你跟顛地先生談談。」

「那是一定，我會盡我所能。」

巴蘭吉站在顛地家門口時，大門敞開，無人攔阻。

顛地的住處跟巴蘭吉一樣，有好幾間垂直挑高的房間，分散於三層樓。這裡也照番鬼城的習慣，將貯藏室建在最低層。緊鄰入口的房間事實上是倉庫，堆著幾十年來日積月累的物品。內容物包括番鬼城常見的各式物品——來自歐洲的立式直鐘、漆器、當地仿造的歐式家具等物——還有些其他的新奇物品：如動物填充布偶及瓷器等。

滿布塵埃的昏暗倉庫滿是人和物品，有個人坐在雅緻的齊本德爾雙人沙發上，那是個橫眉豎目、腰桿挺直的中國官員，他一手拿著卷軸，另一手握著扇子。他的一側赫然聳現一個碩大朝天犀牛頭標本，另一側則是浩官和潘啟官。這兩名行商蹲坐在地，頸子雙雙架上木枷，短上衣污穢骯髒，彷彿剛從好幾哩長的沙土路上拖行而過，帽子上的頂戴顯然已被摘掉。

巴蘭吉記得有次中國官員到浩官和潘啟官面前乞求：而今這兩個貴人像乞丐般蹲坐在委員身旁的畫面，實在太難讓人理解，他忍不住更仔細打量，確認是否真是他們。

幾分鐘過後，巴蘭吉發現顛地、勃南、韋德摩和其他外商站在倉庫另一側，圍著費倫先生。他走過去時，耳朵正好捕捉到勃南說：「管轄權——這是我們必須不計代價緊抓不放的原則。你得去跟委員解釋，他對顛地先生沒有裁判權，對其他英商也是一樣。」

「我試過了，先生，你明知道的，」費倫先生按捺著性子說：「委員回說他只是依欽差大臣指令行事，而賜予欽差大臣特權的可是皇帝。」

「那好，你就跟他解釋，」勃南說：「無人能對英國女王的子民擁有裁判權，滿洲官員也不例外。」

「我真心懷疑他會採納這個說法，先生。」

「不管怎麼說，你都得去跟他說清楚，費倫先生。」

「我懂。」

費倫先生離開，顛地一手撫過臉，巴蘭吉發現他的臉色慘白病態，指甲被咬得體無完膚。

「我親愛的顛地！」巴蘭吉伸出一手，「太可怕了，他們要你做什麼？」

顛地已驚嚇到說不出話，回答的是勃南。「他們說要陪他去老城，問幾個問題，但他們真正的用意顯然不只如此。」

「有傳言說，」韋德摩插話：「高官要公行提供一名精通歐式料理的廚子。」

「這什麼意思？」巴蘭吉說：「他們打算扣留顛地？送他坐牢？」

「恐怕是，」勃南露出冷酷的笑容：「或者更可怕——打算幫他弄份最後的晚餐。」

「噢，夠了，班哲明，」顛地扭著手說：「你非說出口不可嗎？」

「先生！」

費倫先生回來了，「委員說皇上頒布的法令明言，中國境內的外國居民必須遵守中國法律。」

「可是那一向不是這裡的慣例，」韋德摩說：「在廣州，外國人可依自己祖國的法律行事，這是共識，麻煩你向委員解釋，費倫先生。」

「我懂了，先生。」

費倫先生才剛走，又調頭回來：「委員請你們過去，他想直接對你們說。」

「要我們過去？」史萊德忿然說：「好讓他在我們面前再三複述他是怎麼把浩官和潘啟官降格？真是放肆得可惡！」

「他堅持要你們過去，先生。」

「我們最好過去，」顛地說：「沒必要觸怒他。」

其他人尾隨他穿過倉庫，站在一個可與委員交談的位置，也不必直接面對兩位銬上枷鎖的行商。

「委員想問，在你們自己的國家，外國人可以不遵守貴國法律嗎？」

「不行，」韋德摩先生說：「他們得遵守法律。」

「那你為何覺得自己例外，可以不守中國法律？」

「因為這一直都是廣州外國商團的慣例，我們可以自治管理。」

「委員說：慣例的前提是你們不藐視中國法律。我們不斷警告，發布敕令和公告，可是你們卻違抗法律，持續運送鴉片進入本國海岸。請問我們出於何故不應當你們是罪犯？」

「請向委員解釋，」韋德摩先生說：「身為英國人和美國人，我們在祖國法律的庇護下享有自由權，所以我們首要遵守的是祖國法律。」

這費了他一番功夫解釋清楚。

委員說他不敢相信哪個國家敢如此野蠻，給予自己國家的商人自由權，去傷害和掠奪他國人民。這不叫自由——毋寧更接近海盜行為。不可能有政府寬容如此行徑。

這時史萊德先生的耐心已磨耗殆盡，開始大聲在地板上敲起手杖：「噢，拜託老天爺！」他嚷嚷：「我們可不可以停止這場拐彎抹角的對談？費倫先生，請你轉告他，等他看見十二磅重的炮彈發射而來，他就會明白自由為何意了。」

「噢，我無法對他說這種話，先生。」費倫先生說。

「不，當然不行，」顛地說：「但我相信史萊德說得沒錯，該是請義律上校插手的時候了。」

本來帶著一臉嘲弄笑意聆聽這段對話的金恩先生，這時突然插話：「不過顛地先生！你和史萊德先生不是一直不想讓義律上校太接近廣州嗎？當時說政府代表插手就會扭曲自由貿易法律的人，不正是你嗎？還是我會錯意了？」

「這已經不是貿易的問題了，金恩先生，」顛地冷酷地說，「如你所見，眼前的事人命關天。」

「噢，這樣啊！」金恩先生笑了，「政府的意義對你來說，就好比上帝對無信仰者的意義——唯有自己生命受威脅時才會求神。」

「好了吧，先生，」費倫先生插話：「委員還在等，我要怎麼跟他說？」

韋德摩先生代為回答：「你告訴他，未與英國代表義律上校商量之前，我們無法下決定。現在他在澳門，請轉告委員，我們已派消息給上校，他很快就會趕來。」

巴蘭吉全神貫注聽著對話，完全忽視身邊的一切：聽到查狄格的聲音時，他嚇了一跳。

巴蘭吉兄弟，不好意思，借一步說話？

好，當然。

查狄格欠身靠近他，我聽可靠來源說，你的名字也出現在拘捕令上。

什麼拘捕令？你在說什麼？

顛地收到的拘捕令啊，可靠來源告訴我，你的名字也在今早的名單上，本來你也會被捕，我想你的名字是在委員來捉顛地之前才移除的。

巴蘭吉的眼睛不可置信地瞪大：可是他們為何想逮捕我？我做了什麼？

看來他們明顯對商會的內部進展十分清楚，知道顛地反對交出鴉片，他們可能也聽說你投下反對票。

不過他們是怎麼知道的？巴蘭吉問。之後又為何移除我的名字？

也許他們覺得商會可能會捨你而救顛地吧。

巴蘭吉壓低聲音細語，可是委員會不贊成吧？他說：對嗎？

聽著，巴蘭吉兄弟，你不是美國人或英國人，沒有人會追捧你，如果商會得在你和顛地之間選擇交出其中一人，你覺得他們會選誰？

巴蘭吉盯著他，喉嚨變得乾渴，但還是硬擠出一句：那我該怎麼做，查狄格大哥？教教我吧？

你最好回商行去，巴蘭吉兄弟，或許先暫時避開官府的耳目。

雖然巴蘭吉不想這麼做，但仍遵照查狄格的建議，他一溜煙跑走，回程路上明顯感覺到衛兵的審視目光，穿越廣場時，直覺告訴他有人正在監視。無論他看向何處，眾人的眼睛似乎都緊跟著他：雖然他盡可能加快腳步前進，兩分鐘的路程仍猶如一小時之久。

就連辦公室的安全避風港都無法安撫巴蘭吉：彷彿熟悉的環境變成一座牢籠。望出窗戶時，似乎有幾組不知從何冒出的警衛回敬他的注目。他坐在辦公桌前時，操心著他的名字要是持續留在拘捕令，事情會如何發展。要是浩官和茂官脖子上掛著枷鎖來到阿差行，求他向欽差大人自首呢？他幾乎聽得見丁雅爾和其他帕西人咂舌，保持一段安全距離竊竊私語：可憐的詩凌白……丈夫在吃牢飯……想像一下這是何等奇恥大辱……

那晚，就連鴉片酊都無法像往常發揮作用：用量照理說足夠讓他合上眼皮，可是他睡得斷斷續續，輾轉難眠。有那麼一刻，他想像守護神離他遠去，拋下他獨留世上孤軍奮戰。他坐直身子，發現房間陷入葬禮般的漆黑：就連祭壇上的燈都熄滅。他帶著酒意東倒西歪下床，反覆摩擦火柴，直到點燃燈芯。他才閉上眼沒多久——或感覺如此——就撞見另一個更擾人心緒的畫面：他看見自己踏上天堂之橋Chinvat-pul，走到半路，審判天使Meher Davar擋下他，巴蘭吉聽見自己喃喃地說：kam nemon zam, kuthra nemon ayem？——我該往何處去？我該上哪去？——然後他望見天使的手指向橋下的陰影，並看見自己腳步蹣跚沿著邊緣走，跌入腳底深不可測的裂口。

他醒來時渾身汗濕——但從未如此高興能從夢中驚醒。他的手伸向鈴繩，用力拉扯，維可飛奔上樓。

怎麼了，頭家？發生什麼事了？

維可——我要你跑趟寶順行，看看顛地的情況，也帶祕書一塊兒去。

維可驚訝看著他。今天不工作嗎，頭家？

不，我不太舒服，叫他們把早餐送到我房裡。

是，頭家。

整個上午，維可和祕書輪流向巴蘭吉匯報進度：行商都聚集在顛地家，他們在商會乞求委員會成員說服顛地自首。

「可是我們沒有特權逼迫任何成員服從。」委員會堅持如此表示。

「如果商會對成員沒有影響力，」行商回應：「那還要商會幹嘛？」

中午剛過，祕書回報，他剛見到正陪同一群翻譯及調解人組成的代表團前往探訪中國官員路上的查狄格大哥。

幾個鐘頭過去，查狄格親自來訪，一臉疲態卻異常振奮。

發生什麼事了？你去哪裡？洋行會館嗎？

不是，查狄格說：我們去了城寨——這是我頭一遭進去……

他們從朱蘭門進去，被帶往觀音廟，在第一個中庭的大樹蔭下就座，接著很快被帶進廟裡，前往僧侶居住的院落，有人送上茶水、水果和其他食物。過了一會兒，幾位中國命官現身，包括廣東省藩司、鹽運使、督糧官和一位臬司。

有些人期待，有些人害怕欽差大人會出現——但無論如何他都沒有現身，僅有這些官員出席。

他們被問及姓名和國籍等問題，然後中國命官說：「顛地先生為何不服從欽差大人？」

通譯湯姆先生代為開口：「外國人都深信顛地先生要是去了老城，就會被捉去拘留。」

回答的是臬司，他說：「欽差大臣的眼睛銳利如鷹，有對順風耳。他知道這個顛地是財庫雄厚的資本家。欽差大臣接受皇帝的諭令，要終結鴉片貿易，他希望可以勸阻這位顛地，詢問瞭解他的業務運作，如果這個顛地不肯現身覲見大人，就只能強行將他從家中拘提，若敢反抗將格殺勿論。」

代表團對此沒有反應，於是藩司說：「你們為何不斷維護這個顛地？跟中國做生意對你們外國人不重要？」

「是重要，」湯姆先生說：「可是顛地的性命更重要。」

然後，查狄格說，發生了件非常奇怪的事，巴蘭吉兄弟。他們對湯姆先生的回答居然滿意到鼓掌叫好！你能相信嗎……

他話還沒說完，維可便闖了進來。頭家──快看窗外！

巴蘭吉和身旁的查狄格走到窗邊眺望下方：一群人聚集在英國館門口周圍，在游蕩的圍觀群眾間，一隊印度士兵的頭巾格外醒目，其中幾人肩上還扛著槍，領頭的男人高舉一面英國國旗。

「義律上校，」查狄格說：「那肯定是他！」

「噢，謝天謝地。」巴蘭吉說。他閉起眼睛，口中念念有詞禱告祝謝，這是他多天來第一次感到安全。英國代表就在附近，如同讓他獲得緩刑。

17

一八三九年三月二十五日
廣州馬威克飯店

我最親愛的寶格麗，壞消息總是難以啟齒，時間緊迫時更尤其是。妳會懂這封信為何來得加倍艱辛：我不但得告訴妳不幸的發展，還得長話短說——今天番鬼城上下飄散著不祥預兆。我寫信同時可聽見恐慌不安的聲音——這間行館的屋頂傳出鐵鎚猛擊的聲響，腳步急切地來回奔波——在在提醒我所剩時間不多，必須簡短扼要……

妳要是知道昨天巴布羅在最困頓的時刻，成功將妳寶貴的植物安全送達廣州，肯定會很開心。河面交通混亂，他說，那是因為英國代表義律上校從澳門火速趕往廣州，試著搶在中國命官抵達前進廣州城。巴布羅還在河灣處看見經過的義律上校——他搭著一艘小快艇，一隊船工負責划槳，身邊有印度士兵陪同：中國官員的船逼近時，他們在槍口下勉強過關。

上校行色匆匆，為了救火而來——這樣說妳就能明白番鬼城這陣子的動盪不安了吧：欽差大臣要求顛地先生現身，他嚇得魂飛魄散！他覺得自己會遭拘捕，於是拒絕離家一步。所有密友都在他周遭支持他，深怕自己成為下一個犧牲者。

我是昨天從查理·金恩那兒聽說的，事發當下他恰好就在顛地先生的住所：欽差大臣知道外商寧可犧牲公行商的性命，也不肯跟他們的鴉片說再見，於是決定直接對他們採取行動：他已經終止發放通行證，讓他們插翅難飛，逃不了廣州，他還決定正面對質最冥頑不靈的走私頭目，藍士祿．顛地。顛地先生和他的同伴對這發展始料未及：很明顯，他們以為歐洲人的身分就是讓他們免受責罰的許可證。

查理說顛地先生收到拘捕令時的表情堪稱經典，短短幾分鐘內便氣焰重挫，只剩一副空殼，原本滿口吹噓的自由貿易原則也瞬間忘得一乾二淨。他一秒都沒浪費，立刻尋覓祖國政府的庇護，他和他的自由貿易黨羽都是吹牛大師，膨風自大，其實是不折不扣的懦夫——要不是有英國陸軍和海軍在背後當靠山，擔保他們利市豐收，他們什麼角色都不是。

有鑑於此，親愛的寶格麗，妳能明白義律上校抵達番鬼城時，局面有多騷亂。一大群中外人士聚在一塊兒圍觀，看他步下小快艇，一路高舉國旗，前往英國領事館。然後他在印度士兵簇擁下走進寶順行，沒多久便帶著可憐的顛地先生冒出頭來。這時顛地先生像是殘風中顫抖的樹葉，在上校保護下穿越廣場，踏進英國館：這裡已然成為顛地先生的巢穴和避難所。查理說英國高舉國旗包庇一個罪行確鑿的罪犯，實乃恥辱，令人不齒。

不久後，所有外商就被召去英國館開會——我或許沒資格參與，不過妳也曉得我有多好管閒事，說什麼都不能錯過！我和查狄格大哥一起去——親愛的寶格麗，妳想像不到，場面真是喧囂熱鬧，各個軍階的外國人都爭搶座位！我們拚了老命才擠進去。

我真希望可以告訴妳，上校的演講如想像的激勵人心——但遺憾的是，不過是另一場司空見慣的大人物演講：他沒提及祖國政府默許鴉片走私的手段，更忽略顛地先生和其他走私犯的指控，僅宣布會迅速要求通行證，要是遭拒，便會把這當作對方宣戰的舉動（親愛的寶格麗，妳腦中是否植入一個畫面：土匪頭目昂首闊步走進法庭，要求立刻無條件釋放他的小嘍囉？）然後——也是最駭人的——上校催促我們全把個人物品移至目前停泊黃埔的英國船隻。大家都認為這番宣示的意思是他很快就會命眾人撤離廣州——我相信妳能想像，親愛的寶格麗，聽到這兒我有多沮喪，離開賈官、放棄一個讓我在人間享受到丁點幸福的地方，不用說，光想就讓我作嘔……

我深陷低迷憂愁，坐在房裡思忖下一步，這時巴布羅來敲門。

我當然很開心聽到妳的植物安然送達廣州——但容我坦白說（親愛的寶格麗，我相信妳不會因此看輕我），這消息來得真不是時候。我從沒這麼不在乎植物的下落：我該怎麼處理它們？沒有阿米的指引，我要怎麼把它們送到珠江苗圃？我要怎麼確定陳先生還在城裡？自從上次造訪後，我就沒見過他或阿米。

情況很明顯，如果真打算交換植物，就得即刻進行——因為外商明確下了戰帖，非但拒絕交出鴉片，連接受訊問都不願意，不用懷疑他們必將自食其果。

巴布羅十足贊成我的看法：欽差大臣可不是個會讓人輕易藐視的人物，他說：他絕對會關閉水上通路，交換務必在那之前完成。

這時已夜幕低垂，來不及頃刻出發花地，我們同意隔日清早再出發。今早我前往河邊，巴布羅也照安排帶著妳那六盆植物出現在遮棚舢舨，植物小心翼翼收在陰暗處（最近天氣實在熱得嚇人）。我們即刻動身，我很高興地說，我不是我本來擔心的蹩腳導遊：接近花地時，我還能指出記憶中通往珠江苗圃的小溪。

我們進入小溪時，才警覺到讓人惶惶不安的情況。前方駐紮了幾艘狀似官方船隻的船，岸邊湧入大批部隊。

親愛的寶格麗，妳不用意外，巴布羅比妳可憐的羅賓鎮定多了：他把我推向舢舨的遮棚，要我在植物間躲好。我動作敏捷地照做：貓咪般蜷曲身子，抖縮在盆栽之間（我要補充一句，親愛的寶格麗，這可沒那麼容易，因為妳那花旗松小壞蛋並沒有仁慈接待我——我發現它果如傳言，渾身帶「刺」）。

與此同時，巴布羅沉穩駛著我們的舢舨，做好心理準備，要是被問到就說他正巧通過這條溪水，要去其他地方。想當然，快要抵達苗圃前我們就遭到攔截。有位官員深入盤問巴布羅。親愛的寶格麗，妳無法想像我有多害怕——我不只怕到心臟怦怦狂跳，還得犧牲舒適（妳那叢壞心的小醋栗灌木，有片葉子成功插入我鼻孔——我努力抑制自己不狂打噴嚏）。

幸好巴布羅的鎮定自若沒有白費：我當然沒聽懂他和官員說了啥，但肯定說服力十足，因為我們的舢舨獲准通行，也沒被搜船。

巴布羅繼續以穩定節奏划槳，我們更靠近前方的苗圃時，我的視線掃到船身的木板遮棚上有一道縫隙。定睛一瞧，我應該要做好準備才是，但是，Arré，偏偏沒有：眼前的東西令我的血液瞬間凝結。一言以蔽之：要塞被攻破了！苗圃大門和後方的花園遭到摧毀，不少陳先生的人馬在碼頭排成一列，雙手綁在背後——他們的命運會如何，我實在不敢想像。

我沒看見陳先生和阿米的蹤影，但也沒太仔細找，士兵形成的封鎖線充斥我腦海，我要承認我腦中閃過許多恐怖幻想：要是事發當下我在場，現在的我會是什麼結局？

我質疑了一會兒，這麼說吧，陳先生——別名林聰和阿飛——是個角色多重的男人。如果我沒因此躊躇不去找他，純粹是因為我的好奇心無可救藥。我無法否認陳先生引人入勝的人生故事挑起我的興趣：一開始我覺得一個愛花和愛鴉片如痴的男人，格外不尋常——不過現在我覺得，這兩件事並無衝突，因為不都算是某種中毒嗎？或者甚至說，其中一個癮頭必環環相扣，引發另一個？沒有花，自然就不會有鴉片——有毒癮的人除了夢想著不屬於塵世歡愉的花園外，還能夢見什麼？

話雖如此，巴布羅和我只能說自己僥倖，勉強躲過不幸後果。回程，我們決定植物必須立刻歸還給妳，因為巴布羅不能確定自己可以讓它們活多久——我們都知道它們對妳有多寶貝，捱過多久旅途。所以親愛的寶格麗，目前或許最好還是把它們栽種在妳的小島苗圃，好好生長茁壯，等候時機成熟再說。我知道妳和潘洛思先生會失望到搥胸頓足——但妳想一想，植物能存活到交換那天，難道不也是一種安慰？親愛的寶格麗，這結果並非全盤皆輸：如果妳覺得是，我要妳思考一句中文格言，這是賈官和我在探索畫筆筆觸時他告訴我的：有失必有得，想得到必須懂得先鬆手，想贏必得先輸……

我說太多了（妳也看見了，今早的震驚事件還是沒讓我關上話匣子）。我坐在書桌前這一個小時，不祥預兆依舊蔓延。屋頂的砰砰聲愈見響亮——馬威克先生認為政府正在蓋橋，銜接行館與十三行街另一側的建築，讓他們能輕鬆走到行館，並在每個屋頂上配置哨兵，監督這塊內飛地……

……現在我從書桌前抬頭，看見幾十個男人從行館逃竄，都是當地人——幫番鬼當僕役的清潔工、廚子和苦力，頭上頂著大包小包，彷彿正要逃離瘟疫……

……有人來敲我的門了……肯定是巴布羅來飯店收走這封信……不說了……我得停筆。

*

那天下午不尋常的炎熱，尼珥和其他人坐在屋裡最涼爽的房間——緊鄰廚房的空倉庫——這時其中一名貼身男僕衝進來。

Arré，快來看外頭發生什麼事！

他們撞倒玻璃水杯和果子露，連忙跳起來俯衝到前門。拉開門時，他們發現中庭遙遠的盡頭，中國工人絡繹不絕，匆匆快步穿越篷蓋下的走廊：全都扛著墊子衣服、鍋碗瓢盆，走向行館大門。

在眾多長期旅居廣州的外國人中，巴蘭吉是少數會帶隨身僕役過來的人。雇用當地人會便宜很多，多半商人都靠買辦幫他們網羅廚子、清潔工和苦力——而現在跑路的就是這群人，一個也不剩，彷彿收到火山爆發迫在眉睫的警告，逃難似地狂奔。

尼珥在人海中搶到一席之地，發現與他並肩而行的是個常送糧食到阿差行的苦力。「阿德！你們急匆匆的在幹嘛？」

「欽差大人說——所有中國人都得走，不許留。」

他們佇立於豐泰行大門前：踏入廣場時，尼珥看見同樣的苦力奴僕人海湧出十三行。眾多外國人簇擁圍觀這盛況。尼珥注意到諾伯．開新大叔藏紅色的身影佇立在一根旗杆下，遂往他那兒走去。

發生什麼事了，諾伯．開新大叔？

很明顯了，不是？這名經紀說。他們在撤離當地人，內飛地與外界的連結將會切斷，跟廣州城隔離開來。

奴僕撤離番鬼城只花了半小時。結束後沒多久，幾支當地的巡捕隊進入廣場。部分巡捕四散開來，嘴裡咆哮著發出指令與宣告。幾乎同一時間，理髮師收起攜帶式遮棚，小吃攤販熄滅火焰，主持鬥蟋蟀的男人連忙哄他們的昆蟲進籠，叫賣小販和推銷商人也趕緊收拾物品，其他番鬼城的居民——兜攬商、零工和遊手好閒的人——也被聚攏趕了出去。

與此同時，廣場另一側的河水沸沸揚揚。幾組小艦隊調轉船身面對行館，調整完成後，船隻列成三排障礙物：前兩排是茶葉平底貨船，船上各有幾十人，第三排是一列載貨駁船：這些船隻停靠密密實實，綿延成一條路線，中間毫無空隙，就連最小的船都無法通行。接下來彷彿清楚宣告休想抱著逃跑的期望，一隊士兵把外國船隻拖出河面，拽上河岸。

你瞧，諾伯．開新大叔說：看看他們計畫得多周詳？好像要確保連隻青蛙或老鼠都逃不出他們手掌心。

尼珥提議去散個步，諾伯．開新大叔與他同行，在番鬼城繞了一圈。他們很快便發現每條通往內飛地的大馬路都被封鎖：新豆欄街、新中國街和老中國街的路口都有哨兵封堵，未持通行證就不得放行。

十三行街如今變成無人空巷：行館後門前砌起高牆，手持火繩槍和彈藥盒的步兵沿街部署。日落時，內飛地各角落豎起燈籠，燈光點亮時，廣場浸淫在一片流瀉光線中。

那天晚上，阿差行廚房的氣氛低迷，老爺一聲令下，維可、梅斯鐸和廚房小廝用大把時間編列櫥櫃糧食的庫存單。他們發現，扁豆、白米、糖、麵粉和食用油還夠用一個月，但飲水只剩兩天份。

你們覺得他們有什麼打算？維可說。打算餓死我們嗎？

討論還沒正式開始，一列苦力就出現在前門：原來政府派他們來發放口糧。豐泰行一號收到的配額包括六十隻活雞、兩頭羊、四隻鵝、十五桶飲水、一桶糖、幾袋餅乾、幾袋麵粉、幾罐食用油等。

我搞糊塗了，維可搔搔腦袋瓜說：他們是想肥死我們，還是想餓死我們？

門外依舊熱鬧不減：廣場徹夜響著海螺殼與鑼聲及呼喊的指令聲，巡捕頭告誡屬下保持警戒，偶然忽而傳來令人緊張的叫喊：Kan-cho！Tseaou-cho！（乾燥！）這天夜晚，眾人輾轉難眠。

早上，在廚房裡吃過一小份早餐後，尼珥再次外出觀察廣場：轉變實在讓人心驚——宛如嘉年華場地一夕間成了練兵場。平時常見的居民已不見蹤影，到處都有荷槍實彈的男人——為數約五百名，可能不止——或踩著正步，或警戒地站在各自駐點的國旗和三角旗下。

隨著一天延展，轉變持續發生：上午十點左右，一幫工人出現，在廣場中央架起帳篷，接著一票老湯姆為首的通譯塞滿帳篷。老湯姆是通譯這行的元老。

他們到底在那裡幹什麼？

他們派尼珥過去調查，他回來報告說，通譯之所以駐紮在那裡，是為了處理外國人可能面臨的問題和抱怨。例如，如有外國人需要洗衣服，只需帶到帳篷——通譯會確保衣物洗淨。

老爺聞言，嘴都合不攏了。他們把我們當犯人禁足，還擔心我們怎麼洗衣服？

是的，大老爺，他們說不想讓外國人生活不舒適。

不久後，幾張大扶手椅扛了出來，擱在英國館陽台的陰涼處。幾個公行商成群結隊走到廣場，一屁股坐在椅子上——他們就這樣日日夜夜輪流看守，彷彿在為自己無法說服外商夥伴放棄禁運品贖罪。

落單或兩兩成雙的邋遢遊客偶然闖入廣場：有些是歐洲水手，有些是船工，前一晚特地上岸來番鬼城度假：在新豆欄街的陋室小店昏迷醒來後，他們赫然發現內飛地一夕間全變了樣，被困在番鬼城無處可去，只好在這裡找頭路。

許多內飛地的商人跑了僕人，這消息降臨在洋行間引起眾人亢奮：閱歷豐富的老商人衣衫不整衝出行館，絆到水手，跌撞壓在彼此身上。這群爛醉如泥的水手沒人找不到出路：短短幾分鐘內，他們就被拖入行館服侍新主子。

下午過了一半，廣場浸浴在刺眼的陽光下，諾伯．開新大叔闖入阿差行，嘴裡嚷著要人幫忙：

「Bachao！事態緊急！呼叫立即救援！」

「什麼事，諾伯．開新大叔？」

「牛啊！牠們中暑，發了日疹啊！」

原來是內飛地的中國僱員離去，導致番鬼城一小群牛無人照料，牠們現在飽受上午炎熱高溫炙烤，牛群的困境讓諾伯．開新大叔內心那個愛牛的擠奶女工煎熬不已：除非尼珥找來一組貼身男僕，協助他在牛圈立起一個湊合做好的竹編遮陽棚，否則他決不罷休。

這天結束之時，有一隊新的民兵出現在廣場上：徵召集結而成的部隊，幾乎全員都是本來在洋行當僕役的男人。現在他們配帶尖釘、長矛和棍棒，身穿有著紅色腰封的俐落外衣。每個人都攜帶一個藤製盾牌，頭戴寫著碩大中國字的堅固錐形帽。

尼珥認出幾個人，他們舉止的轉變，讓他大吃一驚：身為僕人時，他們的衣裝不整，態度恭順，如今穿上新制服後，他們變成一支他前所未見、英姿勃發的部隊。

這天晚餐梅斯鐸準備了雞肉盛宴：裹粉油炸的綜合香料醃雞、雞胗做成香味四溢的雞肝餐、用肉絲製成絲滑香醇的 marghi na mai vahala，還有香脆的鑲邊肉餅。

哇，大餐耶！尼珥說。有什麼原因嗎？

維可點頭：老爺自從上次匆匆忙忙自顛地先生家回來，已經數日沒離開行館，梅斯鐸做了幾道他最愛的帕西菜，希望他一掃陰霾。

＊

隔天早晨，義律上校的私人祕書將一張署名給巴蘭吉的通知信送到阿差行。這是封緊急通知，召集他到英國領事館開會，事不宜遲，於是巴蘭吉匆匆換上衣服，走向行館大門。

雖然好幾天沒出門，巴蘭吉依然從自己的窗子追蹤廣場動態，多少預料得到情況——但一旦踏上外頭的平地，他發現廣場的氣氛變化超出他所想像，他從沒想過他有天也會見識到番鬼城不再有道德敗壞的貪財鬼和丐幫。跟許多外國人一樣，他也覺得內飛地的低廉商品販子頗惱人，常常希望他們消失——卻從沒想過，這群人一不在，內飛地的精神居然削弱許多。

當然跨越充斥乞丐和賭徒的廣場並非易事——但跟如今在警衛眉頭深鎖的注視下走過廣場，當時反倒輕鬆很多。更糟的是巴蘭吉目光掃視，發現他認出不少手持棍棒和尖釘、在內飛地巡邏的警衛。例如其中一個就是俱樂部的管家：被一個前幾天還在你手肘邊端上一盤烤鴨的人猛盯，好似你是某隻逃跑的籠中鳥，感覺著實窘迫。最令人困窘不安的是廣州經濟的隱藏機制，如今大剌剌攤在眾人目光下，就連最低下的僕人和商人——過去不遺餘力討好番鬼的人——如今都帶著批判神色不住打量。

保全警戒線最嚴密的地方非英國館莫屬：自從顛地進領事館後，為防他逃跑，整棟建築都受到嚴密監督。公行商也駐紮在那裡，似乎想逼他們往昔的夥伴羞愧地繳出鴉片。走到入口的路上，巴蘭吉得行經他們坐著的椅子，彼此僵硬地互相點頭，臉上不帶笑意，面無表情。

進入英國館時，巴蘭吉遇見一批印度士兵：他們知道他是誰，其中一人帶他進入召開會議的領事館圖書館。這間房間大且高雅，裝有皮革裝訂書的高聳書架緊挨著牆面，遙遠的端頭，一面鍍金鏡子底下設有一個壁爐，上面則是壁爐台。巴蘭吉抵達時室內已滿：他環顧四周，發現每一位委員會員都在場，此外還有不少其他面孔。

義律上校背對壁爐台，面對眾人而立：他身著整套海軍制服，剪裁透出威風凜凜的軍人架勢，腰間配有一把劍。他一眼就認出巴蘭吉，彼此點頭示意後，巴蘭吉挑了個後面的位子就座。

上校的劍頭撞得壁爐咯噠作響，彷彿在宣布會議正式展開。義律上校挺直身子說：「各位先生，我今天邀請各位過來，是為了告知你們我和欽差大臣協商的結果。兩天前我寫了封信給省政府，要求發放通行證給各位，我也指出要是沒收到通行證，我迫不得已只好下此結論，我國人民和船隻被迫扣押，並必須依照此情況採取行動。另外我還注意到，廣東政府引發令眾人不安的行動，兩國的和平危機迫在眉睫。與此同時，我向他們再三保證我有意維持和平。我的信適時送到欽差大臣手中，並在剛才收到他的回信。」

這番話引來詫異的竊竊私語，省政府向來抗拒直接跟英國代表直接對話，這點眾所周知。有幾個人問，欽差大臣是否打破過去慣例，親手寫信給義律上校，對此他搖頭表示回覆不是他親筆寫的，是較低階的官員代筆，引用一大段欽差大臣的話。

「我覺得，」義律上校說：「你們應該聽欽差大臣說些什麼，所以請我的翻譯羅伯特．莫里森先生，摘錄幾個段落，他已經完成翻譯，接著會大聲朗讀給各位聽。」

上校從壁爐台前退下坐好，翻譯起身面對群眾。他是個年近三十的男人，身材結實，神情嚴肅，是知名傳教士的兒子，在中國生活了大半輩子，可謂中國語言和文化的權威。

莫里森先生抽出幾張紙，用手背撫平。「各位先生，以下字字都是欽差大臣說的話，我盡力翻出原意。

「『我，欽差大臣，發現外國人與本國進行商業交流，獲益匪淺，然他們卻把鴉片——這種無孔不入的毒品——帶入中國，造成他人傷害。身為欽差大臣，我發布敕令，承諾對此既往不咎，只要求完整繳交已運送本地的鴉片，並且今後不再運送鴉片入中國。我指定在三天內聽到回音，卻音訊全無。身為欽差大臣，我確認顛地運來的鴉片數目龐大，於是召他檢查，他同樣延遲三日，不遵照指令行事。結果我暫時實施貿易禁運，亦終止發放澳門的通行權。讀到英國代表的信件時，我沒讀出他對該情況的認知，僅讀到他要求重新開放通行。試問一句：既然始終無人應答我的指令，無人理會我的傳喚，我要如何發通行證？義律以英國指揮的身分進入天朝領地，然而他的祖國禁用鴉片，卻引誘拐騙中國人吸食鴉片。鴉片存貨一直停泊在廣州江水邊，義律卻遲遲無法繳交鴉片，試問義律都指揮到哪兒去了？』」

巴蘭吉聽著這段朗讀時，油然升起一股奇怪的感受，好像他聽見的不是翻譯本人的聲音，而是其他人的聲音控制這位年輕人的嘴與唇說話，這個聲音明白事理，卻不容妥協。巴蘭吉對此震懾不已：這遙不可及的人物林則徐，是怎麼利用聲音掌控這位年輕英國人的？有誰可以擁有如此強而有力的特質，將自己的形象烙印在文字語言裡，無論他們用哪種語言、何時何地朗誦出來，都能讓人聽見他個人獨特的腔調語氣？

這個男人是誰，這位林則徐？是什麼給他這種神奇力量，這股權威，這不摻有雜質的篤定？

「『我僅要求義律履行責任，盡速穩當安排以下事宜：遵照我的指令繳交鴉片和契約。如果他能取得貯存在船上的鴉片，立刻呈交，完成任務，我自有責鼓勵他。如果他有話要說，且並非不合理的內容，就讓他清楚說明。但要是他不進行理性對話，並有意趁夜黑風高之時，帶著同胞潛逃，就表示他沒臉與同胞起衝突，但他有可能逃過上天廣大無邊的法網嗎？』」

唸到此，莫里森先生尷尬地擱下字條：「還要我繼續唸下去嗎，義律上校？」

義律上校的臉稍微脹紅，但頷首答道：「好，請繼續唸。」

「『義律應該要擔心自己是否犯罪，認清他必須懺悔贖罪，他應該對所有外國人清楚下達指令，督促他們遵守命令，要求他們盡速交出所有船上的鴉片存貨。之後所有外商將合法進行貿易，享用無窮盡的美好果實。但義律對此若假裝一無所知，便等於自找麻煩，他的個人行為將導致可怕後果，試問之後他該上哪兒找地方讓他懺悔？』」

＊

義律上校又站回壁爐台前：「好了，各位，」他聲音無趣而平鋪直述地說：「欽差大臣說了他想說的話，他無庸置疑嘗試過所有手段，迫使你們交出船上的鴉片存貨，他很清楚不可能靠武力攫取你們的貨——要是他派海軍襲擊，你們的船可以輕鬆擊潰他們，所以他挾持我們當人質，逼你們交出鴉片。我們已經束手無策，這就是事實真相。潛逃是不可能了：我們遭到四面埋伏，無時不刻受到監控，船也被拽上岸，即使一路抗戰到河邊也無法脫逃。要是失敗，唯恐招致傷亡恥辱。這個當下，我們也無法考慮使用武力：手邊既無可用戰艦，也沒有部隊。集結適合的遠征軍隊需要數月時間，即使我們握有必要優勢，襲擊廣州也不是我們的考量，畢竟會危及我們的生命安全。除非我們撤離該城，否則襲擊不可行，確保女王陛下所有子民都能安全無虞撤離廣州，是我當下最主要的考量。而不用多說，除非我們應允欽差大臣的要求，否則無法離開。」

義律上校深呼吸，緊張地用一隻手指順了順他的鬍子。「所以說各位，我想結論恐怕是無法推卸了：你們得交出目前貯存在船上的所有鴉片。」

底下一片震驚靜默，接著眾多雜音紛紛響起。

「這是搶劫啊，先生，根本就是搶劫，忍無可忍！」

「義律上校，你知道你說的可是價值好幾百萬元的商品哪？」

「更別說這些貨都不是我們的，你是要我們從投資人那兒偷搶嗎？」

義律上校先讓周遭的鼓譟持續數分鐘，最後插話時，他用安撫的語調說：「各位，我從沒懷疑過你們話語的真實性：但那不是重點，現在得先保障我們可以獲准釋放。欽差大臣布下陷阱，我們全動彈不得，若想要逃離他的手掌心，現在只剩一個辦法，那就是交出鴉片：別無選擇。」

這段話讓眾人議論紛紛。

「別無選擇？全世界最強國人民沒得選擇？」

「先生，你真是讓你這身制服蒙羞！」

「我們是青蛙嗎？碰到麻煩就舉雙手雙腳投降？」

義律上校露出聽天由命的痛苦表情，瞥向旋即從椅子上彈起的史萊德先生，他拄著手杖走向壁爐時，喧鬧鼓譟持續延燒。

史萊德先生扯開嗓子嚷嚷：「各位！各位，如你們所知，沒有人比我更能與你們共鳴，但這個當下，我們要記得這句話：表象會說謊。我們一定要牢記永垂不朽的塞內卡說的話，千萬不能只看表象。」

巴蘭吉這下明白了，義律上校遠比他想像的聰明：他知道他在番鬼城沒什麼權威，於是特別找來重量級人物代為發聲。

「只消思忖片刻，你們便會恍然大悟，各位，」史萊德說：「欽差大臣脅迫沒收我們的財產，其實幫了我們一個大忙，他不偏不倚給巴麥尊爵士宣戰的藉口：一個開戰的好理由。」

聞言，抗議聲漸漸消逝，靜謐降臨室內。

「我已經調查過，」史萊德先生繼續道：「即便是短暫要求沒收英國人民所屬財產，都足以當作宣戰的理由。一六二二年安汶島大屠殺就是一例，當時荷蘭人奪取島上英國居民的財產，折磨他們的殘酷手段難以言喻，事後他們付出大筆賠償。西班牙政府也發生過類似情況，他們至少一次沒收英國人財產，被要求支付賠償金。但容我強調：我舉這些只是先例，商業史上尚未見過哪個欽差大臣內心盤算著規模龐大的野蠻搶劫——更何況還是似是而非的道德要求。」

「可是史萊德先生！」查爾斯・金恩站起身打岔：「你漏掉這些先例和我們碰到的狀況有個重大區別——我們這裡講的財產可是走私商品。中國法律已經禁運鴉片將近四十年，情況愈見惡劣，這點人盡皆知。需要我提醒你嗎？相對地，英國法律明言，若任何人被逮到窩藏嚴禁物品，必須繳納價值高達三倍的罰款。需要我補充嗎？英國法律也明言規定，任何人要是因走私定罪，定視為重罪處以死刑？」

「我要提醒你，金恩先生，」史萊德先生說：「我們不在英國，而是中國，好嗎？在此無法套用英國法律：不會有訴訟，也不會有人遭逮。」

「啊！所以這是你的反對論調囉？」金恩先生反唇相譏：「欽差大臣沒有要用武力逮捕走私犯及禁運商品，他只是不斷重複警告，要求他們繳交鴉片呀？因為他不是把鴉片持有者當成個別罪犯，而是一群公開違抗一般政府的團體。但相信你也注意到了，先生，團體責任制是中國法律程序的核心。」

史萊德先生臉色大變，他的聲音再度轉為怒吼：「先生，你這是在丟自己的顏面，」他發出雷般咆哮：「把英國法律和暴君的一時興起拿來做比較！身為美國人，你要是想遵從滿洲暴政，那是你家的事，但你別希望像我們這樣的自由商人加入你的陣營，逆來順受天朝的野蠻暴政。」

「可是……」

金恩先生來得及開口前，怒吼聲撕裂室內空氣。

「……你說夠了吧，先生……」

「……你根本不屬於這裡……」

「……瞎扯你們美國佬的假道學……！」

金恩先生匆匆瞥了眼房間，然後從椅子退開站起，默默離席。

「……謝天謝地，總算擺脫他……！」

「……留條長馬尾吧，很適合你……」

嘈雜總算落下，顛地先生起身，走到壁爐加入義律上校和史萊德先生。他轉頭面對眾人：「我完全贊成史萊德先生說的：欽差大臣的要求形同搶劫，可是史萊德先生也指出，天無絕人之路：如果欽差大臣繼續堅持，就是給女王陛下政府一個大好機會，報復我們所承受的羞辱——也更穩紮穩打我們和中國的商業關係，多年來嘗試協商失敗的事，如今幾艘炮艦和一支遠征部隊便可處理妥貼。」

史萊德先生不甘示弱，手杖用力敲在地上說：「容我再提醒你們一下，各位先生，威廉四世國王派遣官員去加拿大時曾說：『切記，我們萬萬不得輸掉加拿大！』想來我不必補充，英中貿易對英國的商業價值遠超過加拿大。歲入五百萬鎊，是大英帝國貿易、製造業、船運海運的主要來源，大幅影響我們在印度帝國領地的收入，切莫遇到今日的難題就痴愚搖擺。」

義律上校眼見情勢如他所願發展，遂容許自己露出笑容：「各位先生，不會輸的，我可以向你們保證。」

顛地先生頷首：「要是真開戰，目前看來情勢確實會如此發展，熟悉中國國防現狀的人都無庸置疑，我們的軍力會勝利。結局一旦決定，英國政府會保證我們獲得有利的索賠，這點不容質疑。」這時顛地的指尖交疊，環顧圖書館。「在座各位都是商人，我應該不用解釋這其中涵義吧。我們實際上不是白白把貨交給欽差林大人。」他說到這兒停頓下來，對聽眾露出一抹微笑：「不，而是增加他的貸款——這筆貸款的利息既是懲罰他的傲慢，也是嘉獎我們的耐心。」

巴蘭吉環顧房間，注意到許多人點頭同意。他剎那間發現，他是唯一為事件轉折感到氣餒的人，發現沒人出聲抗議時，他的驚恐更深沉了，就連義律上校都起身說：「我就當作沒人反對囉？」

在眾人面前用英語說話絕非巴蘭吉會做的事，但他無法默默吞下就快跳出喉頭的叫喊：「有，義律上校！我反對。」

義律上校臉色一沉，轉頭面對他的方向：「你說什麼？」他拱起一邊眉毛說。

「你不能屈服啊，義律上校！」巴蘭吉嚷嚷：「拜託——你要站穩立場，我相信你看得出來，對吧？如果你現在屈服，這個男人就會贏——我是說那位欽差大臣。他會在我們毫髮無傷、不碰武器的情況下贏的，他光寫這些東西就贏了——」巴蘭吉指向翻譯手中的紙張——「他光寫這些就贏了，你們叫這什麼？指令？字條？信件？」

義律上校擠出一個笑臉：「我跟你擔保，摩迪先生，欽差大臣的勝利撐不了多久，我以一個海軍軍官的身分告訴你，戰爭不是寫寫信就能贏的。」

「可是他還是贏了，不是嗎？」巴蘭吉說：「至少他贏了這場戰爭，難道不是？」巴蘭吉無法言語他的心慌意亂，他感受到的背叛。他再也無法望著義律上校：他怎能想像得到，這男人居然想出對自己最有利的結果？

勃南先生在椅子上轉向他，露出一個大笑臉。

「話說回來，摩迪先生，你沒看出來嗎？欽差大臣的勝利——如果稱得上勝利——純粹是幻覺，我們會一一奪回虧損，甚至加倍奉還。我們投資人的目的是賺入漂亮收益，現在只是時間問題。」

「這就是問題，」巴蘭吉說：「我們還得等多久？」

義律上校搔搔下巴：「也許兩年，也許三年。」

「兩、三年！」

巴蘭吉還記得他辦公室裡堆積如山的抱怨信，他努力思考要怎麼向他的投資人解釋情況，想到消息傳到他妻舅耳裡，他們會有什麼反應。他幾乎能聽見他們用慣常謹慎的方式歡欣鼓舞，他能想像他們對詩凌白說：我們不是警告過妳，他是個投機商，妳當初真不該讓他揮霍妳接手的遺產……

「你的投資人當然願意等，摩迪先生，對吧？」勃南堅稱：「畢竟這不過是時間問題嘛。」

時間！

房間裡每個人全望向巴蘭吉，他驕傲到無法開口告訴他們，時間是他唯一賠不起的東西，延遲兩年代表拖欠，對他來說，義律上校的背叛帶來的結局，就是毀滅、破產和關進債務人監獄。

這些話他難以啟齒，不該在這裡，也不是現在。巴蘭吉勉強擠出笑容，「對，」他說：「那當然，我的投資人願意等。」

眾人點頭別過臉。等到審視的目光移開後，巴蘭吉努力正襟危坐卻辦不到——他的四肢不聽使喚。他攏著開襟排釦上衣的下襬，悄然無聲溜出圖書館。巴蘭吉頭低垂，茫然穿越領事館走道，離開這棟建築。他行經公行商身邊，正眼瞧都沒瞧，穿過廣場的半路上，他聽見背後傳來查狄格的聲音：巴蘭吉兄弟！巴蘭吉兄弟！

他停下腳步。怎麼了，查狄格大哥？

巴蘭吉兄弟，查狄格上氣不接下氣地說。義律上校要大家交出鴉片的事是真的嗎？是真的。

他們都同意了？

對，他們都同意了。

那你怎麼辦，巴蘭吉兄弟？

我還能怎麼辦，查狄格大哥？他淚水盈眶，趕緊抹掉眼淚。我會跟大家一樣，交出我的貨。

查狄格挽著他的胳膊，兩人步向河川。

錢財乃身外之物，巴蘭吉兄弟，你很快就能賺回虧損。

錢是最微不足道的，查狄格大哥。

不然還有什麼原因？

巴蘭吉開不了口，他得停頓嚥下哽咽。

查狄格大哥，他低聲喃喃。我把靈魂賣給邪靈……最終卻一無所獲，全盤皆輸。

＊

「阿尼珥！阿尼珥！」

尼珥穿越廣場時，小湯姆從通譯的帳篷中喊他：「阿尼珥，有你的消息，是康普頓。他說明天中午要你去老中國街，他在那裡跟你碰面。」

「在路障那裡？」

「對，路障那裡。」

「知道了。」

翌日，尼珥於指定時間趕到老中國街，遙遠盡頭的路障看似陰森可怖，街道荒涼，商店門戶緊閉更顯冷清：路障由削尖的竹棍製成，部署在周遭的士兵都佩帶火繩槍和彎刀。

尼珥走向步哨時，不由自主放慢腳步：遙遠那側的十三行街，好奇的圍觀群眾在那兒，擠得水泄不通，要不是康普頓舉起一隻手揮舞，尼珥根本找不到他：「嘿！尼珥！阿尼珥！在這兒啦！」

康普頓帶著一面木板，上頭漆著一排中文字。給值班官員瞧過木板後，路障遂豁然打開，尼珥獲准通行。

尼珥走進去後說：「這是什麼，康普頓？我怎麼可以通行？」

「某個重要的東西，你等會兒就知道。」

他們邁進印刷坊，康普頓打開一個上了鎖的櫥櫃，取出一張紙遞給尼珥。「喏，阿尼珥，你瞧瞧。」

那是一張清單，洋洋灑灑列出十八個人名，每個旁邊都有一組號碼：號碼以中文字書寫，但每串中文字旁都有英語註解。尼珥瞄了眼，人名是廣州外商大人物。

「這些數字是什麼意思，康普頓？」

「他們宣稱自己船上的鴉片存貨量，你覺得是真的嗎？」

第一個名字是藍士祿．顛地，他提供的庫存量最龐大，超過六千箱，第二個名字是巴蘭吉，旁邊的數字標記兩千六百七十箱。

康普頓見尼珥一臉猶豫，便道：「阿尼珥，你可要說實話呀。請問一下，他船上的鴉片真的只有這些？」

「我也只能姑且一猜，」尼珥說：「我不清楚細節，但直覺告訴我數字沒錯，我聽我們的買辦說過，在一場暴風雨的摧殘後，老爺的貨約略損失了超過十分之一。還有一次他提到損失了三百箱，所以算算，這帳對得上。」

康普頓點頭：「對他來說可是損失慘重——將近一百萬兩銀子，cha-mh-do（差不多）。」

「真的？」尼珥倒抽一口氣：「有那麼多？」

「Hai-le！（對囉）慘痛損失啊。」康普頓用指節敲敲紙張：「其他人怎樣？告訴我——其他人呢？」

名單上只有另一個名字引起尼珥注意：B．勃南。列在人名旁的數字相對起來還算少：只有一千。

尼珥面露微笑，心下竊喜，因為勃南先生而受了這麼多苦難之後，他總算有機會報個小仇。他說：「這數字不對。」

「怎麼會？你怎麼知道，阿尼珥？」

「勃南的會計是我朋友，他跟我說勃南先生今年的貨比巴蘭吉大老爺多。」

「真的假的？」

「千真萬確，我很肯定。」

「好！我會轉告欽差大臣。」

＊

隨著日子一天天過去，巴蘭吉越來越難入睡。無論貼身男僕把百葉窗關得多牢密，廣場的亮光還是有辦法濾篩入室，在他的臥房投射出陰影。巡邏兵或警衛成群結隊經過豐泰行時，他們鬼魅般的倒影會在他的天花板和牆面跳動閃爍。他們的聲音也無法驅逐：即使窗戶緊閉，他們呼喊和發號施令的聲音仍飄入房間。

每隔幾個鐘頭，敲鑼打鼓的喧囂便會吵醒巴蘭吉，他一動也不動躺著，望著鬼魅般的影子，聆聽聲音。有時聲音似乎很近：他聽得見走道上的腳步聲和床畔細語：有時他很難抑制搖鈴繩的慾望，但維可不在——他去了阿拿西塔號，安排把貨送去虎口的事，那裡是預定的存放處所——除了他，巴蘭吉沒有其他說話對象。

就連鴉片酊都失效：若真要說，鴉片酊反而讓聲音更喧囂，夢境愈加鮮明。有天夜晚他灌下大量鴉片酊後，夢到芝美來阿差行見他。她經常威脅要這麼做：她說煙花女子被偷偷送入行館，這種事時而有之。她們身穿男人的衣袍，綁起辮髮，神不知鬼不覺。

巴蘭吉的夢境情景正如番鬼城其他日子：晚上去俱樂部前，巴蘭吉整裝打扮，然後維可走進他的臥室。

頭家，有位中國人來探你。一位李先生。

他是哪位？我認識嗎？

我不知道，頭家，我想他曾來過這兒，他說有要事。

那好，帶他進辦公室。

這時辦公室必是空無一人：祕書在他的小隔間，貼身男僕也打掃完，巴蘭吉找了一大張扶手椅坐下。不多久門大敞，一個矮小纖細的人影戴著圓帽、身穿鑲金圖案的袍子進門。

辦公室的光線不夠明亮，巴蘭吉沒有立刻認出她來。他儀態端正地鞠了個躬說：「您好，李先生。」

她不發一語，等到維可離開，她才發出銀鈴般的笑聲：「巴力先生怎麼這麼呆啊。」

他愕怔道，「芝美？妳怎麼會來這兒？芝美太壞了。」

芝美不以為意：她高舉一盞燈，在辦公室走來走去，查看堆放的物品，從她的表情看得出，她並不認可。

「東西太多了，巴力先生怎麼全部堆在這兒？」

她的語氣帶著熟悉的溫暖：她之前常用這種語氣對他說話，既是發牢騷，也充滿溺愛，好像嘗試糾正孩子。他笑出聲。

唯一讓她滿意的東西是他那張有著許多抽屜的桌子。她仔細端詳，然後用手指敲了敲其中一個抽屜：「這裡面裝什麼？」

巴蘭吉掏出一串鑰匙，打開抽屜。裡頭是一只大型漆盒。

「那盒子是芝美送給巴力先生的，對吧？」

「正是，是芝美送的。」

「巴力先生為何收在裡頭？不喜歡嗎？」

「喜歡，當然喜歡。」

她對桌子失去興趣，再度環顧房間。「巴力先生都在哪裡睡覺？」她說：「這裡沒床。」

「在臥房睡，」他不由自主指過去：「但芝美不能去。」

她把這句話當耳邊風，擅自開門穿過走道，他尾隨她走進臥室，她對他毫不留意：看見那張鋪著絲綢棉被的床，躺了下去，並解開袍子的繫帶。她的乳房緩緩在袍子間若隱若現，令他心醉神迷。他走過去躺在她身邊，但手正要伸過去時，她改變主意。

「巴力先生的床不好，還是去船上吧，來啊，巴力先生，我們去船上，到河畔吧。Ha-loy！（下來）」

「為什麼？」他問。「芝美既然都來了，留下吧。」

「不，」她堅持，「該去河邊了。來啊，巴力先生，這裡不好。」

他內心非常想去，但有個東西阻止了他：「不，這次不行，我還不能去。」他摸上她的手。「留下吧，芝美，陪陪巴力先生。」

他沒等到回應。再望向窗子，她已不見蹤影：百葉窗敞開，窗簾在微風裡輕盈顫動。

他滿身是汗醒來，發現窗子確實被風吹開，他下床急忙關上窗。巴蘭吉渾身打顫，看來是無法回頭睡了，他點了支蠟燭，找到鑰匙圈然後帶去辦公室。他來到桌邊，打開抽屜的鎖：芝美送他的漆盒當然還在裡頭，表面覆著一層灰。他取出盒子抹去灰塵，掀開蓋子。裡面有根雕工精細的象牙煙管，一支金屬針，還有一只同為象牙製的小八角盒，盒子是空的，但巴蘭吉記得本季開始時，維可帶來裝有製作好的鴉片容器讓他品嘗：鴉片鎖在另一個抽屜裡。他找出鑰匙，打開抽屜：容器還在裡頭。

他把東西全塞入臂彎回房間去，蠟燭置於床頭櫃，然後打開容器，用針頭挖了一小撮褐色糨糊，就著燭火炊烤鴉片。烤到滋滋作響時，他把煙籤塞進煙管的煙鍋裡，深吸一口。

等到最後一縷煙消逝時，他吹熄蠟燭，背靠著枕頭，他知道這晚可以睡得安穩，真搞不懂之前怎沒想到這麼做。

隔日他醒來時，已過了平常起床的時間。他聽見貼身男僕在房門外擔心地竊竊私語。他趕緊起床，把煙槍、漆盒和鴉片容器藏進其中一只衣箱，然後打開窗戶，讓室內空氣流通，幾分鐘後才讓貼身男僕進門。

其中一人說：大老爺，梅斯鐸在辦公室，他給您備了早餐。

光想到食物就讓巴蘭吉有些作嘔。我不餓，他說：叫梅斯鐸拿走，我只想喝奶茶。

大老爺，祕書想知道您今天是否有為他安排工作，他說有幾封信尚待回覆。

不，巴蘭吉搖頭。你去告訴祕書，他今天不用忙。

是，大老爺。

巴蘭吉幾乎整個上午都坐在窗邊的椅子上，遙望河水，凝望芝美的船曾經停泊的地點。

正午左右，有幾名船工來到廣場，表演一段雜技。他們登上旗杆，在頂端玩雜耍，這畫面讓巴蘭吉心情大好，他想到可以請收帳員代他給這群人一些小費，可是起身拉鈴繩太費勁，於是作罷。下午天氣十分炙熱，他決定小睡一覺——但去床上躺好時他突然想到，還是抽一管助眠吧，於是取來吸食工具，吸了一會兒再到床上躺平。

他從未如此平靜祥和。

日日夜夜逐漸消融成為一體，小教堂的鐘聲偶爾傳入耳中，想到這鐘聲曾經宰制他的生活，他就覺得不可思議。

有天，一位貼身男僕宣告查狄格前來探望。巴蘭吉沒心情聊天，但別無選擇，查狄格已被帶進辦公室，於是他換了套衣服洗了把臉，然後穿過走廊。儘管如此，查狄格看見他時還是吃了一驚。

巴蘭吉兄弟！你怎麼回事？怎會瘦成這副模樣。

我？巴蘭吉低頭看看自己。有嗎？但我吃得很多啊。

這絕非虛言：現在光扒幾口飯就夠讓他飽到想吐。

你臉色好蒼白，巴蘭吉兄弟。你的貼身男僕告訴我，你幾乎足不出戶，你怎麼不多出去走走，到廣場上轉轉？

巴蘭吉不知所措：去外面？為什麼？外頭好熱，這裡涼快多了，不是嗎？

巴蘭吉兄弟，廣場上總有趣事發生。

辦公室的窗戶開著，巴蘭吉把頭轉向窗，聽見一個狀似木板敲擊硬物的聲響。他起身走到窗邊，廣場上正在進行板球賽：他詫異看見選手中有幾名帕西人，擊球手正是丁雅爾．費多恩杰，他穿了條白褲，戴著頂白帽。

查狄格走過來站在他身邊：丁雅爾上哪兒學的板球？

這裡吧，我想不到他還能上哪兒學打板球。

你瞧，巴蘭吉兄弟，外頭總有新鮮事兒，你應該走出家門加入人群，換個生活步調。

出門的念頭讓巴蘭吉感到深沉的疲憊。

這跟我有什麼關係，查狄格大哥？他說。我對板球一無所知。

是這樣沒錯，但……

他們靜靜觀看了一會兒，然後巴蘭吉說：我們都老了，可不是，查狄格大哥？這些小夥子才是未來——像丁雅爾這樣的年輕人。

底下爆出一陣鼓掌：丁雅爾剛擊出一顆穿越廣場的球。

這男孩一副自信滿滿的模樣，屈身揮出球拍和環顧運動場的動作嫻熟。

巴蘭吉不禁感到一絲嫉妒的痛楚。

你覺得他們打造未來時，還會記得我們嗎，查狄格大哥？你認為他們會記得我們經歷的一切嗎？是否還會記得，是我們在這裡賺的錢、我們學到的教訓，以及我們的所見所聞才讓這一切得以發生？他們會記得自己的未來是百萬中國人的性命換來的嗎？

底下，丁雅爾正在三柱門間瘋狂奔馳。

這一切算什麼，查狄格大哥？全是為了這一幕嗎：好讓這群小夥子學會說英語、穿戴西式帽子和長褲打板球？

巴蘭吉拉上窗，窗外的聲音消失。

也許這就是邪靈的王國吧，查狄格大哥？遺忘與空泛的荒漠上，一場永無止境的宴席。

18

六月五日，廣州美國館一號

我最可愛的寶格麗歐莎，自從我上次坐下寫信給妳，感覺已經過了一紀元。過去這六週，連跟外界聯繫我們都不敢想像——我們接到警告，要是信差被逮到幫忙送信，就會受到嚴厲責罰，這種情況下，寫信似乎變成很要不得的事。只有沒心沒肝的人才會要別人冒著杖笞的風險，幫他們送出天花亂墜的信件，親愛的寶格麗，妳說是吧？

但如今這已成往事，多半鴉片都交出了，欽差大臣也一言九鼎：明天起，想離開廣州都不是問題——除了那十六個最罪名昭著的外國人。查狄格大哥一、兩天後也會離開，我選擇留下，而他主動提出要幫我寄信——於是我又坐回桌前。

親愛的寶格麗，這是段多事煩擾的過渡期，我不知該從何說起。對我來說，最大的改變就是我得搬出馬威克先生的飯店。我上次寫信給妳的那天，番鬼城的工人、苦力和僕人做了鳥獸散——在內飛地工作的中國人全都收到政府的撤離通知。在那之後，可憐的馬威克先生再也無法繼續經營飯店，只得決定歇業。

妳能想像這有多為難我：我想不到自己還能去哪裡。可是我毋須擔心：查理前來探望我，提供他家的一間空房讓我住（他簡直就是全世界最善良的人對吧？）我覺得付房租是義務，他卻不願聽到房租二字，只要我幫他多畫幾幅畫，我對此也欣然接受。自此開始，我就住進美國館的一個房間，這可是上一個房間的兩倍大，奢華程度更是有過之而無不及：更別說仍然享有與馬威克飯店相同的好風景。在這裡，我也有一面可眺望廣場的窗！我實在太幸運：我想賈官想得要命，那是當然，我偶爾會跨過路障見到他，若情況允許，有時他會派個通譯送東西（大棗和糖漬水果）給我。與查理同住對我不只是小小補償：我們共度的時光非常愉快，我真痛恨結束的這天到來。

不用懷疑，妳已聽說過去幾週難以忍受的匱乏，所以我接著要說的話，妳絕對一個字都不會相信，親愛的寶格麗。我們被大方地分配到食物與飲品——缺乏僕人是我們承受最惡劣的難處，如果妳問我，我會說這實際上是最有利的發展。在內飛地四處散步，看見這群靠罪惡果實發財的懶散番鬼商人得親自掃地、鋪床、煮雞蛋等，我很難告訴妳是多棒的樂事，恐怕也是對他們唯一的審判吧。

妳不會相信他們有多無助，簡直可說是山窮水盡：有一天，有位胖墩墩的老傢伙穿著睡袍，搖搖擺擺追著我，求我當他的男僕。我說：那可不行，先生。然後挺直腰桿。我是國王的子民，從沒想過服侍他人。

我發現觀看番鬼和通譯間的互動真是樂趣無窮（通譯在廣場上搭起的棚子裡輪流坐著，正對著我的窗口）。通譯接受指示，代我們發言，提出所有抱怨和問題，他們沒日沒夜，無時無刻都被番鬼包圍：A先生的上衣髒了要交給洗衣工。B先生沒收到他每日配給的泉水而氣急敗壞。C先生掃地時扯破褲子，要是裁縫沒補好撕裂的褲子，他絕不退下。D先生要一桶柳橙，E先生對天發誓老鼠確實侵門踏戶，家中糧食全被搬空，他必須立刻拿到三條火腿和五條麵包。接著換F先生，他滿頭大汗聲稱看見有隻小牛悠閒穿過他家通道，他發誓要是這種事再發生一遍，就會用喇叭槍炸飛這頭牛，讓牠只有一路一條。然後來了G先生，他抱怨衛兵羞辱他，要是輕蔑他的衛兵沒受到嚴厲懲罰，他發誓就要用他的黃竹讓他們灰飛煙滅。對此，翻譯官只能抱持無止盡的耐心聆聽，偶爾插入一句：「還來啊？怎麼可以這樣？中國官員實在太氣憤，引起這麼大騷動……」他們可說是世上最善良的人，努力掩藏笑意。

這段期間行館依舊毫髮無傷的商人之一，就是巴蘭吉·摩迪先生，來自孟買的老爺（他搭自家船，因此每次過來都可以攜帶自己的員工）。摩迪先生是繳交鴉片的商人中，損失最慘重的（據說超過十分之一的箱子都是他的），他情緒低落，鮮少見他出入自宅——現在就連跟他交情最深的查狄格大哥都很少見到他。

可是摩迪先生的員工是活力充沛的一群人，過去幾週他們開放屋子，歡迎所有想來家裡吃飯的人。我很難跟妳描述這對我是多棒的福利，親愛的寶格麗，他們都是技藝精湛的廚師，食物好吃得沒話說——我是到了他們桌前吃飯，才明白自己有多懷念木豆和karibat！

這群人太好相處了：摩迪先生的買辦名叫維可，是個開朗愉快的人，總能想到好玩的方法「殺時間」（他最近不在館內，幫摩迪先生把鴉片搬到官府指定的地方，大家都很想他）。摩迪先生的祕書是個神祕兮兮、讓人忍不住好奇的人：他是孟加拉人，自稱來自提佩拉——可是他的孟加拉口音是土生土長的加爾各答腔，他卻怎樣都不肯承認（說到加爾各答，我正巧向他提到有位在加爾各答出生，名叫寶麗·蘭柏的小姐目前就在附近時——我敢發誓，我親愛的寶格麗兒王妃，他對妳的名字絕對不陌生。他聽到妳的名字時臉色霎時慘白，至少可說白到他膚色的最高點！）。

那群常造訪摩迪先生廚房的人中，有幾個帕西人，其中風采最迷人的一個名叫丁雅爾·費多恩杰，我們在思考找天晚上來做些好玩兒的事，結果我突發奇想，建議來演舞台劇——我們還來不及搞懂前，就演起「安娜卡莉：命運多舛的拉合爾舞女」（妳知道，親愛的寶格麗，這可是我母親最愛的角色，我一直都多麼想演哪）。

我可愛的寶貝，真希望我能告訴妳，我們玩得有多瘋！我製作自己全部的戲服，祕書演的角色是皇帝，表現格外出色（我不得不說，對於一名鄉下來的祕書來說，他對宮廷禮儀懂得還真不少）。丁雅爾演的加哈吉爾非常出眾，是我飾演的安娜卡莉的最佳綠葉：他是很厲害的歌手和舞者，所以我加了幾首新歌，彼此繞著一棵樹上演你追我跑的戲碼，一邊唱歌（當然所謂的樹只是一根柱子）。我們玩得開心到屋頂要掀了，丁雅爾說回去孟買後他要開一個劇團！

丁雅爾真像是精力充沛的一陣旋風。有天他看見幾個英國人在廣場打板球，成功說服他們教他打（他說他曾在孟買看英國人打過，但那裡的當地人無法學，他們不得進入真正的俱樂部）。丁雅爾對板球熟練到現在可以教其他阿差打球，一、兩週前，他們還向英國館下戰帖。但最後關頭他們發現隊伍少了一人——妳可能不相信，我親愛的寶格麗麗，但此人正是在下，妳可憐的羅賓被暴力威脅補上空缺！

不必我贅述吧，親愛的寶格麗，我痛恨所有運動比賽，板球更尤其。但我怎能狠下心拒絕我的加哈吉爾呢，特別是他手臂環繞著我，用懇求的口吻對我連哄帶騙。此外他承諾不會讓我受到傷，大半場下來確實平靜無波：我真的不能理解人們是怎麼捱過這種比賽——毫無進展可言啊（我要補充一下，中國衛兵對你來我往的板球驚訝到下巴合不攏，有些人甚至問我們是否收了錢追著球跑——他們無法想像還有什麼理由讓我們非要這麼跑，我想對他們來說答案不言而喻）。可是有一剎那我聽見有人呼喊「接球啊，羅賓，快接！」時，我仰望天空，除了一顆討厭的小球紮實地拋往我這裡，我還能看見什麼。我第一個念頭當然就是跑啊，但這有點困難，畢竟我的背後緊貼著牛圈。於是我站在原地，照賈官教我的做——清空雜念，只專注於我所想的目標……然後快瞧啊！我成功逮住那拋物線飛來的邪惡小東西！我顯然做得很好，因為這顆球是對手領頭的擊球手投出的——我不只逮到他的球，還有他的三柱門，為阿差帶來勝利。丁雅爾心滿意足地發誓，等他回到孟買，勢必要替當地人開一個板球俱樂部——我希望他真的這麼做。妳能想像嗎，我親愛的寶格麗，看著好幾群阿差在酷熱太陽下追逐彼此的球和三柱門奔跑，這場面有多好笑？

但親愛的寶格麗，妳千萬別以為我所有時間都花在娛樂上——住在查理．金恩這種情操高尚的人的屋簷下很難如此！他聽到我這麼說肯定要尷尬了（畢竟他是全世界最謙遜的男人），可是我深信他確實是個偉大的人——畢竟要堅定對抗自己人，我想一定要夠偉大才辦得到，尤其他孤軍奮戰，知道歷史不會寬待自己，永遠都要背負謊言，而那些趾高氣昂的人為了讓自己脫罪，什麼謊都說得出口。

奇怪的是，我真心相信唯一理解查理的勇氣與誠實的人，是欽差大臣。但或許這也不意外——我懷疑欽差林大人的處境跟查理相去不遠。他的做法並不受歡迎，即便在中國人當中也是如此，我聽到的是，他因此樹敵無數。廣東省有很多人靠鴉片致富，我敢說他們肯定對欽差大臣恨之入骨，就跟很多番鬼對查理恨之入骨是一樣的。這可能是他們兩人之間的連結：在一個由貪婪腐敗主宰的世界裡，他們卻獨善其身——也難怪他們這種清高在同儕眼中如此討人厭。

無論理由為何，欽差大臣和查理間確實有著聯繫。欽差大臣甚至公開讚揚查理，這張表揚狀有陣子貼滿番鬼城上下（你可以想像顛地先生和他的同類會有什麼反應！）。

幾天前開始銷毀繳出的鴉片，查理是少數參與此事的外國人。他向我描述的場面栩栩如生，絲絲入扣，我為之深深吸引，下定決心要以此製作一幅畫——我已經畫出幾張草圖，查理說完全符合真實情況！

場景設定是座小村莊，距離虎口不遠，是個平坦的沼地，畫面被溪川分割，四周環繞著稻田。此外還劃出一塊場地，挖掘溝渠，鴉片箱送達後堆在附近，欽差大臣決定杜絕偷竊，因此四周日夜都有人看守，在那裡工作的人進出時都要搜身。

一天天過去，囤積的鴉片數量持續上升：箱子數以百計增加，直到總數達到兩萬零三百八十一箱。價值總和幾乎超過人類所能想像：查狄格大哥說，要買下這些貨，你得先準備幾百噸銀子！（妳能想像嗎，親愛的寶格麗——一座銀子堆成的小山？這些還只是單季的銷售量：妳不覺得難以想像嗎？）

但這一大批鴉片擱在那兒，欽差大臣開始銷毀。儀式舉行前夕，欽差大臣做了什麼？他坐下寫了篇文章——這是一篇寫給海神的祈禱文，祈求水底生物能受保護，不被即將傾入河底的毒物殘害[7]。

時機到來之刻，他坐在高聳涼亭的陰影下，從那裡下達指示，讓他們開始銷毀。鴉片箱被拆開，鴉片球一一敲碎，混入鹽巴和石灰，接著扔進裝滿水的溝渠，等到鴉片融化，水閘打開，鴉片就浸入河裡。這工作不輕鬆：五百個男人埋頭苦幹，一天也只能摧毀約三百箱鴉片。

這是查理去場地目睹的場面。欽差大臣就坐在他的涼亭裡，查理被帶去見他。這是查理第一次與他面對面，他很詫異欽差大臣跟他敵人的描述有著天壤之別：他的舉止充滿朝氣，甚至堪稱活潑，查理說：他的樣貌比真實年紀年輕。他身材短小精幹，生了張圓臉，蓄著細長的黑鬍子，有雙銳利的黑眼珠。彼此客套一番後，欽差大臣問查理，他認為公行商人中誰最誠實。查理無法即刻說出答案時，他忍不住發出洪亮笑聲。

這幅畫不正是最精采的戲劇場面嗎，我最親愛的寶格麗？我想取名為：「欽差林大人與鴉片河」。

查理說，目睹毒品化為一堆堆灰燼，而不是在上百座城市的妓院裡，點燃淫欲與癲狂之火，著實大快人心，可是他的狂喜沾染著深沉的哀傷，因為他心知肚明欽差大臣的勝利稍縱即逝：好幾艘英國戰艦已在前往中國的途中，要是當真開戰，結局如何無需懷疑。查理十分擔心，於是寫了封長信，指名交給義律上校。在我眼中，這是篇最出類拔萃的文章，身為一介擇善固執的複製畫家，我不由得記下幾個段落（我會連著這封信一併寄出）。

查理一想到未來就情緒低迷，因為他覺得巨大災難即將降臨。無論是真是假，我都無從得知——老實說我也不在乎。我只深信應該好好享受慶祝這一刻，這可是世上難得一見的事，對吧，親愛的寶格麗，幾個好人戰勝抗衡的勢力？

一如既往，我親愛的寶格麗，我又長篇大論了——這真是積習難改的罪過啊。可是要是我不提及上週發生的怪事，就無法結束這封信。

有天晚上，一個亮紅色信封，也就是中國的邀請函出現在這間房子的門前，用英文書寫署名給我，寄件者別無他人（或如信件聲稱），正是陳先生（或阿飛還是隨便妳開心怎麼叫都好）。信中這麼說：

「親愛的錢納利先生，我因急事必須出城，不知何時歸返，著實可惜，因為我已備好幾種美麗花卉要給你，你要知道一件事，金茶花不在其中。那是因為這種植物根本不存在，那是威廉．克爾先生捏造出來，就跟許多關於中國的傳言一樣，全是虛構騙人的。克爾先生為了讓贊助者持續寄錢給他，便編造出這種植物，這就是真相。圖片是個叫作阿蘭仔的畫家畫的，克爾先生教他植物繪畫，我會知道是因為我曾是他們的家僕和園丁——送我去幫克爾先生工作的正是阿蘭仔的母親。我希望能有此榮幸親自告訴潘洛思先生，但如今我也不敢說是否還有這個可能了。

「在此與你話別。陳藍尼（林聰）。」

---

7 指一八三九年（道光十九年）四月二十一日林則徐於虎門銷煙前一日所寫的祭海文。

親愛的寶格麗，坦白講我不知道要怎麼看待這件事，也不打算嘗試。這一切都太詭異了——不過可能對廣州來說還算不上吧。

花與鴉片，鴉片與花！

想到這座城市吸取了世界萬惡，居然還能生出這麼多的美好，就不禁覺得奇怪。讀著妳的信，我想到從這座城市送出到世界其他角落的花卉，不免感到不可思議：菊花、牡丹、萱草、紫藤、杜鵑花屬、矮叢杜鵑、紫菀、梔子、秋海棠、山茶、報春花、繡球花、天竹、刺柏、柏木、蔓性茶香玫瑰和開花玫瑰——這些，還有許許多多品種。要是我有能力，便會命令世上所有園丁種花時，切記他們花園裡所有花，全是拜這座城市所賜——這個擁擠貪腐、嘈雜紛亂、驕奢淫逸，名叫廣州的地方。

有一天，這一切將會被人淡忘——番鬼城和這裡激盪出的友誼，鴉片與花船，甚至繪畫（我懷疑有人會跟我一樣喜愛這些畫作〔以及畫家〕，畢竟這可是私生子藝術，不是中國也不是歐洲藝術，對許多人來說都是種冒犯）。

不過等到其餘一切皆被淡忘後，花朵仍會留存，不是嗎，親愛的寶格麗？

廣州的花永垂不朽，恆久遍地綻放。

*

敬查爾斯・義律先生，

將近四十載，東印度公司為首的英商來此經商貿易，違反中華帝國的最高法律和利益。在該貿易不斷強力推行之下，中國貨幣貶值，官員貪腐，招致無數中國人民走向敗壞毀滅一途。就國家政治而言，走私鴉片與羞辱和惡兆、刑典、斧頭與地牢畫上等號；在老百姓心裡，就個人生活來說則等同於財產、品德、榮譽和幸福的敗壞。所有階級，上至高高在上的皇帝，下至居住寒舍陋室的平民，都深感此痛。衰敗滲透至社會階級最底層，我們都是血淋淋的見證人，宮廷官報便是鐵證，標記出帝國宗親間飽受屈辱和毀滅的受害者。

正義禁止中國人採取行動，捉拿他們所承受的不義制度，友誼的面具更掩飾了更多不公不義。利益以不法的走私聖壇，宣告犧牲中國法定和實質貿易，甚至在不公的爭吵中，張揚提出武力警告——不僅針對中國政府——甚至中國百姓。強如大英帝國，她卻無法打贏三、四千萬中國人民的良心、道德感。

比起其他古今的走私，異教徒更是以鴉片貿易玷污上帝之名，「流動的毒品」、「邪惡的泥土」、「外國人施加於我的悲慘災難」，這一些，還有一百個類似的稱呼，都是中國語言乘載背負的名號，這些名字的外國來源已傳遍各地，帶它進來的人和他們的特質都烙印在中國每座城市和寒舍。

是什麼推動摩臘婆、比爾哈和比納萊斯省成為鴉片栽種重鎮？為什麼這些地區的龐大土地，先前種滿其他作物的地方，如今全都滿滿覆蓋著罌粟花？雖已十分普及，這種文化為何仍持續快速蔓延？

鴉片走私是東印度公司的產物，也是英國政府機構。包括鴉片在內的印度收入，不斷受國會支持認可。鴉片製造以及與鴉片製造密不可分的鴉片貿易，這種在其他國家禁賣的商品獲得一個國家有史以來接受過最高的支持。英商藉由立法高位，參與東印度公司的買賣，他們坐擁權威，成為他人典範，獲得認同，這樣的他們怎會在乎中國這個陌生、專制而可憎的政府？國會誤導他們，社會的決策讓他們認知失誤，沒有哪個社會秩序可以反駁這個幻覺。史坦霍普斯、諾爾和哈里斯難道不會抗議，告訴英格蘭子民，就實踐慈愛的原則來說，他們遠遠落後中國人？異教徒帝國起義，對抗邪惡誘惑的惡魔，西方的基督徒對此難道依舊無動於衷？我交情最久的中國朋友——一位熟知該國語言的男人說：「我和成千上百人討論過毒品使用，卻不曾碰過**一個**為毒品辯護，甚至企圖掩飾的人。」在英格蘭，金碧輝煌的特許酒吧對每位路人公然招手，而中國吸食毒品的人滿載罪惡感和羞恥心，蜿蜒著步伐，前往他的祕密處所。

目前預計共有八萬箱鴉片，累積庫存之龐大，在在告訴我們應立即終止全印度上下的罌粟花栽種。遭受有害文化侵蝕的國家土地，應該回歸至其不與人類生命、品德和福祉相違背的功能。

我們聽說毒品大量病態使用，迂迴潛進西方社會的惡習之列（大英帝國一八三一到一八三二年的吸食量，每年已超過兩萬八千磅）。這種品味一旦流行蔓延，將積習難改，傳承一、兩個世代後，試問該如何根除？

這年頭天意造成的結果，其中一些主要是由國家的品味決定，這點不容否認。長久以來，以及目前而言，英格蘭和中國對茶的品味讓他們產生羈絆，無非是個好例子。請切記，像這樣把特殊偏好當作國家友誼的手段，可能會演進變成社會懲處的目的。我們只希望這類報應——品味墮落的後座力，禁不起誘惑物品帶來的反應——不會等著那些跟中國經商的西方國家。

上帝的力量和真相與我們同在，加快普世和睦與自由的勝利，可是這樣的世代必須與時並進，做到「各國不應對彼此高高舉劍，也不該再與戰爭熟悉」。

C・W・金恩
誠摯敬上

＊

某天，突然間一切都落幕。路障移除，新中國街和老中國街的商店敞開大門，掀開百葉窗。不過番鬼城如今幾近荒蕪：唯獨剩下十六名不得離開廣州的商人，帶領員工留下。

在空蕩寂寥的行館，對留下的人來說，最後的拘留期成為一種試煉，當鴉片總算繳棄完畢，大家可以離開時，阿差行鬆了一大口氣。

他們離開的前一天，尼珥最後獨自在內飛地繞了一圈，跟阿沙蒂蒂告別，還去問候通譯官，其中一些現在跟他成了好友。他最後一站是印刷坊：康普頓領他走到內院中庭，叫人送上茶和茶食，他們聊了一會兒關於尚未完成的《字詞選註》，然後康普頓遞給他一個信封：「這是給你的最後一份校訂，尼珥。送你的禮物。」

「這是什麼？」

「信件。」

「誰寫的信？是誰寫的？」

「這是林大人寫給英格蘭女王的信。」

尼珥禁不住詫異：「欽差林大人寫信給維多利亞女王？」

「是啊！才剛完成翻譯和印刷，你晚點可以讀。」

「我會的，」尼珥說，起身要走。「謝謝你，康普頓，Do-jeh（多謝）！」

Mh sai！（不謝！）

走到印刷坊的門邊，尼珥登時止步。「聽著，康普頓，有件事我一直想問你。」

「哦，阿尼珥，什麼事？」

「你介紹我認識你常老師那天，你說了句話讓我百思不解。」

「哪句話？」

「你說你發現巴蘭吉老爺的事——有關他做過的壞事。」

康普頓點頭：「對啊，我們是透過何留京知道的。你還記得他嗎？那個被處決的男人？」

「記得。」

「他死前非常恐懼，臉色蒼白，嘴唇發白，好像有鬼在背後追他。他說了很多話，囉哩叭嗦，供出很多事，他說當初是摩迪先生給他鴉片——那就是他接觸這門生意的起源。那時摩迪先生在廣州有女人——是何留京的阿姨。之後她和他生下一個兒子，對吧？你知不知道這些事，阿尼珥？」

「我有耳聞。請繼續說。」

「這小男孩長大後需要工作，何留京帶他去澳門——讓他加入走私幫派。他幫他們工作了幾年，最後惹上麻煩想要跑路，請他父親帶他回家鄉，可是他爸說什麼也不准，命令他留在這裡。後來他的情況變得很棘手，幫派大老想殺他，於是他跑來廣州，躲在他母親那裡。幫派的人逮住何留京，他只好老實說出這男孩跟他母親躲在船上，他們去船上抓他，可是他早就跑了對吧？只剩母親留在那裡。」

「然後呢？」

「然後他們殺了她，把她丟在船上。」

康普頓不認同地撇撇嘴，搖頭道：「摩迪先生不是好傢伙，他做了太多錯事。我就直說吧，你不該幫他做事的，阿尼珥。Yau-jyuh——要注意，他的所作所為連累了他身邊所有人。」

尼珥靜默半晌，反芻這番話：「也許你說得沒錯，」他說：「可是康普頓，你知道嗎，那些跟巴蘭吉老爺親近的人，幾乎很少有人不喜歡他。我就不屬於那種人——若說我對老爺有所認識，那就是他有顆寬厚仁慈的心，這就是他跟勃南、顛地、費多恩杰等其他人不同之處。你要記住我的話，那些人最後什麼都不會損失，只有巴蘭吉老爺是最大輸家——理由很簡單：他有顆肉做的心。」

康普頓微笑：「你真的很忠心，尼珥，真的。」

「我們阿差都很忠心——也許這就是我們最大的弱點。對給我們鹽吃的人背信忘義，就是一種罪。」

「真的嗎？」康普頓笑說：「那我下次看見你就餵你吃鹽巴，尼珥。」

「那倒不用，」尼珥微笑：「我已經吃過你的鹽了。」

康普頓微笑鞠躬，Joi-gin（再見），阿尼珥。

Joi-gin，康普頓。Joi-gin。

*

當晚稍後，行李打包好後，尼珥才打開康普頓給他的信封。他反覆讀了幾次欽差大臣致維多利亞女王的信，然後摸找一頁尚未完成的《字詞選註》，出於衝動翻到背面，把幾個段落譯成孟加拉語：

「照得天道無私，不容害人以利己，人情不遠，孰非惡死而好生。貴國雖在重洋二萬里外，而同此天道，同此人情，未有不明生死利害者也。

「我天朝四海為家，大皇帝如天之仁，無所不覆。即遐荒絕域，亦在並生並育之中。廣東自開海禁以來，通流貿易，凡在內地民人，與外國番船，相安於利樂者，百數十年於茲矣。

「……乃有一種奸夷，製為鴉片，夾帶販賣，誘惑愚民，以害其身而謀其利。從前吸食之人尚少，近則互相傳流，染毒日深……是以現將內地販賣鴉片，並吸食之人一體嚴行治罪，永禁流傳。

「惟此貴國所屬各部落內鬼蜮奸人，私行造作，自非貴國王令其製賣，且即各國之中，亦止數國製造此物，並非諸國皆然。又聞貴國禁食鴉片甚嚴，是故明知鴉片之為害也。既不使為害於貴國，則他國尚不可移害，況中國乎？設使別國有人販鴉片至英國，誘人買食；當亦貴國王所深惡而痛絕之也。向聞貴國王存心仁厚，自不肯以己所不欲者施之於人。然禁其吸食，何如禁其販賣、禁其造作，乃為清源之道。若徒禁其吸食，而仍製造販賣，引誘內地愚民，則是欲之己生，而陷人於死，欲己之利，而貽人以害。此則人情之所共恨，天道之所不容！」8

*

無論是否故意，載著最後一批外國人到虎口的運貨駁艇，循著一條路線，帶他們經過那片銷毀鴉片的田野，巴蘭吉要是早知如此，就會緊閉船艙窗戶，可是這畫面卻趁他來得及閉眼之前躍入眼簾：幾百個男人在場地上奔波，扛著箱子，反轉倒入一個大桶內。

他不必別人告知就曉得他們在做什麼：他大半輩子都忙著把那些熟悉的芒果木箱運送過河，即使距離遙遠，他仍能輕而易舉認出。如今望著它們，他想起孟加拉灣的暴風雨，當初他為了那些寶貴的箱子，差點性命不保，他想起好幾個月前努力湊出安排這一大批貨，以及他對這批貨所抱的希望。即便他寧可不去看銷毀的畫面，眼睛依舊無法撇開這群半身浸在大桶內的男人，望著他們在鴉片上蓋章：這感覺彷彿他自己的身體被踐踏，直到溶化成水，流入河川——有如從水閘濺出的黑暗污泥。

他渴望能來一管鴉片，喉嚨、頭部和胸口開始隱隱作痛——但他不可能在這裡點起煙管，不能在員工面前這麼做。他得等到抵達阿拿西塔號。他躺下，開始倒數計時。

午夜過後，他終於在船東套房獨處，打開窗戶，鎖上門，他準備抽一管。吸入鴉片煙時，他的手指劇烈顫抖，幾秒不到，他的雙手逐漸穩定下來，糾結緊繃的肌肉開始放鬆。

這夜炎熱無風：他已經脫掉開襟排釦上衣，可是卡斯堤和長衣如今為汗水浸濕。他脫掉衣服，裸身躺在床上，身上僅著一條寬褲。

透過窗子，他能瞥見香港荒無人煙的山脊與海岬輪廓正赫然聳立在船上方，剪影映照著明亮月空。阿拿西塔號周遭的河面擠滿了船，附近有許多小船划行。他聽見船槳濺起水花的聲響及煙花女的聲音，她們捏著嗓子，時而大笑時而嗲聲牢騷。她們的聲音非常耳熟，就像過往的回音蕩漾，當他聽見有人呼喊他的名字，絲毫不覺驚訝：「巴力先生！巴力先生！」

他走到窗邊，看見一艘停在阿拿西塔號船尾的舢舨，後頭有個男孩，傾身靠在搖櫓上，戴著一頂錐形遮陽帽，臉上罩著黑影。即使壓低嗓子說話，盡量不驚擾船員，巴蘭吉仍能清楚聽見他的聲音：「快來，巴力先生，來啊。她在等你——她在裡頭等你呢。」他指向舢舨的篷頂船身。

巴蘭吉知道船東套房的窗戶也能在失火或其他緊急狀況時作逃生艙口之用。底下是一只玻璃面的箱子，裡面擺著一條繩梯。巴蘭吉取出繩梯，把小艇錨綁在窗櫺，沿著船身往下放。男孩捉住梯子底部，巴蘭吉穿著寬褲的一隻腿跨過窗櫺，開始往下爬。他小心翼翼，一次一階，每一步都格外謹慎。

「來啊，巴力先生，Ha-loy！（下來）」

舢舨現在已在他腳下，於是他鬆手放開梯子並推開。

男孩指著舢舨的篷頂船艙：「在那裡，巴力先生，她在那裡等你。」

---

8 本段引文出自欽差大臣林則徐、兩廣總督鄧廷楨及廣東巡撫怡良聯名發布的外交照會《移英吉利國文》。

巴蘭吉在竹編篷頂下匍匐前進，剎那間有隻手刷過他光裸的胸膛，他立刻認出那粗糙長繭的手指。

「芝美？」他聽見她在咯咯笑，便往黑暗中伸出雙臂。「芝美！來！」

然後他們一如往常，徐徐爬往船首，腹部平貼船底，望著月亮的倒影在水面熠熠發光。月亮如此皎潔明亮，反射的光暈打亮她的臉龐：她似乎從水面下抬眼，對他一顰一笑，一隻手指勾著他。

「來啊，巴力先生，來啊。Ha-loy！」

他露出微笑：「好，芝美，我這就來，是時候了。」

河水是如此溫暖，彷彿他們仍在船上，躺在彼此的臂彎中。

*

一早，懸掛的繩梯勾起寶麗的注意力。不多久她已經按照每日慣例，爬上小島山坡，來到菲奇租來栽種植物的園圃。

這個地點位置夠高，能讓她飽覽海峽，每天早上她爬到山上後，便會在樹底下的陰影花幾分鐘，數著水灣的船隻，喘口氣。

過去幾週以來，香港島與九龍間的水道變得比往常忙碌，許多英國船已經離開澳門，移師這裡，大多澳門的英國居民也已經離開，現在都住在停泊的船上，最後在香港山顛與山脊的影子下，形成一個漂浮的聚落，雖然聚落核心是由外國船隻艦隊組成，但那裡也聚集許多船民，提供各項服務，從洗衣到糧食樣樣有。幾十艘小船不斷徘徊，叫賣著蔬果肉類、活雞等商品。

在那五顏六色的船隻陣仗間，阿拿西塔號優雅的線條和瀟灑的桅杆，她一眼就能看見。寶麗和菲奇在前往小島東部搜找植物的途中，數次行經這艘船，經過時，阿拿西塔號上站崗的船工總會揮手跟他們打招呼。

今天，阿拿西塔號的船尾正好轉向寶麗的方向，這就是梯子引她注意的原因：這畫面實在詭異——梯子掛在停泊船隻的窗上，梯子底下除了河水空無一物。她沉思片刻，然後不以為意聳聳肩，又回頭蒔花弄草。

天氣炙熱濕黏，一小時後她需要喘一喘，臉又轉向阿拿西塔號，看見這艘優雅的三桅船上一陣騷動：有人發現了懸掛的梯子，把它拉起。船員聚攏在主甲板上，高舉信號旗，對著河面大呼小叫，把號角湊到嘴邊。

正午左右，寶麗下山去與雷路斯號的二輪馬車會合時，她注意到有艘快艇從阿拿西塔號降下，正在航往香港的路上。船上有十幾個綁著頭巾的男人，多半是船工，他們用力划著船槳。

通往海邊的小路銳利地來回劃破山坡，寶麗循著這條路徑下山，好幾分鐘都沒看見小艇，當她又再次瞥見小艇時，小艇已經著陸：乘客跳下船，拔腿狂奔過海灘。他們顯然瞥見某樣東西狂奔過去：究竟是什麼東西，她實在無法辨認，因為那東西被一道懸空峭壁給遮住。

約莫一分鐘後，尖叫聲迴盪山坡，聲音是如此絕望沉痛，狂烈地聲嘶力竭，用印度普通話高聲嘶吼：Yahan！這裡！在這裡！我們找到他了……

她加快腳步，這群男人沒多久便進入她的視線，他們跪在沖上海灘的半裸屍體旁，有些人輕輕啜泣，有些人用掌根敲打額頭。

其中一個男人蓄著鬍子，圍著頭巾，抬眼瞥見她。他的臉並不面熟，但她能從睜大的雙眼看出他認得她。他起身走過來。

「是蘭柏小姐嗎？」他輕聲問。

她立刻認出這聲音。Apni？她用孟加拉語說。是你嗎？朱鷺號上？

是的，是我。

她看見他臉上爬滿淚水。這裡發生什麼事了？她說：那是誰？

妳還記得朱鷺號上的阿發嗎？

她點點頭：當然記得。

那是他父親，巴蘭吉．摩迪老爺。

＊

根據柯弗家族傳說，尼珥會拿到羅賓．錢納利的信純屬巧合。故事是這樣的，尼珥去柯弗農莊探訪的最終，問道是否能在寶麗在海邊待過的地方過幾夜。那是一艘有錫篷的船艙，就塞在椰子樹叢中：裡面有張便床、搖搖晃晃的桌子和一、兩張椅子，除此之外，這地方空無一物，完全沒有遺留下寶麗曾經待過的痕跡。就好像有人盯著自己時，背後總能感覺到灼熱目光一般，尼珥也感覺到某樣屬於她的東西緊緊瞅著他的臉。他雙膝跪落在鋪有磁磚的地面，四肢著地爬了過去，檢查牆壁，然後出去，在周圍的沙地巡視，希望能找到她種的花叢。可是除了椰子和海葡萄，他啥都沒看見。

這個過程中，尼珥越來越確信，某樣寶麗的物品正藏在視線範圍內：會是什麼？會在哪裡？這念頭堅定不休折騰他的腦袋，使他無法安然入睡。夜裡某刻他把枕頭推落便床：注意到床墊裡有個疙瘩——底下藏著某個東西。他點燃一盞燈，推開床墊。底下擺著一包以防水帆布包裹的東西。他解開纏繞著包裹繫綁的皮繩，輕輕拆開包裝。

裡頭有一疊紙，第一頁在經年累月下泛黃，覆滿著手寫字跡——大字斜得誇張，略微褪色。尼珥把燈移過去，開始閱讀。

*

伊格納休—巴提斯塔街八號
澳門
一八三九年七月六日

親愛的寶格麗美人兒，妳無法想像我收到妳上一封信有多開心，這讓我重拾久違的好心情，得知賽克利已經洗刷所有罪名，目前正在前往中國的路上，實在太令我振奮了！

我真的真的為妳開心，親愛的寶格麗：我迫不及待聽見更多令人開心的好消息——可以讓我喊妳一聲「寶格麗太太」的消息！——我真的期待能盡快聽見，這恐怕是唯一能讓我一掃過去幾週陰霾的好事。

我覺得澳門一點也不適合我——妳可以說我單純就是不喜歡住叔叔家。不過，不——要是把我的沮喪怪到澳門，或我「叔叔」或他家上頭，那就是我的不對了。事實是，我對廣州魂牽夢縈：廣場、行館、新豆欄街、老中國街、林官畫室——但最思念的還是賈官。我唯一的安慰就是他也掛念著我。我會知道是因為他幾週前寄了禮物給我：跟往常一樣的大棗和糖果，但包裹在非常新奇的包裝裡——細看後我發現，那是精織的絲綢，是一段他截斷的禮袍袖管！當然他沒另外寫信——我們沒有共通的書寫語言，所以我也不期待他寫信給我。但坦白說，那塊絲綢撩撥起我的好奇心：我自問，這只是個小小的紀念品，或者像密碼般潛藏著某種訊息？我越想就越確定這是一封信，所以最後決定去找我叔叔的中國助理幫忙。他們的回應立刻證實了我的懷疑——他們咯咯竊笑，滿臉通紅，不肯告訴我信裡的訊息。我不得不加以賄賂、好言相勸，才逼他們說出故事：顯然很久以前，曾經有個中國皇帝與他的「朋友」過從甚密，這位朋友在他的臂彎中睡著後，由於皇帝不願驚醒他，便裁掉一截珍貴的龍袍袖子！

這故事不是很感人嗎？我該滿心歡喜才是，但坦白說，這只是讓情況更糟：要是說我之前是思念廣州，在這件事情過後，我發現自己簡直是極度渴望，甚至絕望迫切地想再看見它。

憂鬱纏身讓我惡夢連連：惡夢從兩週前那場襲擊海岸的暴風雨之夜開始——我記得很清楚，那場暴風雨想必也讓雷路斯號遭到重創。

無論如何，在那漫長驚悚之夜的某一刻，風勢開始減緩，我閉上眼想像自己回到廣州——卻發現廣州發生另一場暴動讓這一夜更加動盪不安，就跟十二月十二日那天一樣，只是情況更為惡劣。

城裡發生了件駭人聽聞的事，一大群暴民湧入番鬼城，這次沒有部隊維持，眾人搞破壞的決心果斷堅定。我看見男人舉著火炬俯衝廣場，撞進洋行，放火焚燒倉庫。我從我房間逃跑，沿著城牆奔跑，直到來到靜海樓。我從那個頂端俯望，看見一排火焰在河面竄起，行館起火了，燒了整整一夜。早上太陽升起時，我發現番鬼城已化為灰燼，全部付之一炬，消失無蹤——包括馬威克飯店和林官的畫室，以及新豆欄街的酒吧，還有廣場的旗杆。全部灰飛煙滅，那裡僅存一片灰燼……

這些畫面時時縈繞心頭，親愛的寶格麗，幾乎每晚都回來騷擾我。即使醒來，我還是無法抹滅掉眼前的畫面。除了畫下來，我什麼也做不了。我已經畫了十幾個版本——我會隨信寄上其中一幅。

我真的很想親自送信給妳，親愛的寶格麗，但這一次我太過震驚，根本不想考慮走這一小段路。

這是錢納利家的習慣，妳也知道——我們開心時飛騰千里，不開心便墜入萬丈深淵。親愛的寶格麗，如今我就在萬丈深淵中。

我羨慕妳能過得如此幸福，我可愛的寶格麗女皇，不過我希望不是垂涎的那種羨慕。我真心為妳感到高興，只希望也能分享妳的喜悅……但是，沒錯，我希望妳可別幸福到忘了妳可憐的羅賓啊。

*

尼珥徹夜讀信，早上狄蒂來到小木屋時，他給她看那個包裹。她從沒學過識字，信件勾不起她的興趣。不過尼珥在包裹裡找到的畫倒馬上勾起她的注意力——尤其是那張熊熊烈焰中的番鬼城。

這是什麼地方？她想知道。在哪裡？

這就是妳時常耳聞的地方，尼珥說：是卡魯瓦和妳哥哥克斯里參戰的地方——他們肯定跟妳說過。還有喬都——還有寶麗。

啊！是那個叫 Chin-Kalan 的地方嗎？

對，英文叫 Canton。

這裡為什麼失火？

這事說來古怪……

尼珥翻過圖畫，指向右下角，有排小字寫著「E．錢納利，一八三九年七月」。

看，他說：這畫家——寶麗的朋友羅賓．錢納利——記下的作畫日期是一八三九年七月，可是十三行毀於十七年後，顯然羅賓是在夢裡看到這畫面。

所以這地方已經不在？

尼珥搖頭。不在了，全部燒掉了。戰爭期間某一夜，廣州被英國和法國戰艦夾擊炮轟。城內居民眼見這些外國行館是城裡唯一毫髮無傷的地點，一群暴民氣憤難消，便放火燒毀行館，此後這裡便夷為平地，不再重建。

你回去過嗎？

尼珥點頭。有的。上次回去是離我第一次造訪的三十年後。這地方已經改頭換面，讓人認不出來。廣場一片荒涼：行館不再——幾乎連一塊磚都不剩，附近有塊新的外國內飛地，就建在填土造陸的泥灘上。這個島叫沙面島，歐洲人在那裡蓋的房子完全不像十三行。新的內飛地氣氛也與舊時的番鬼城截然不同。這座城中城是英國人走到哪裡都會蓋的那種典型「白人城」——跟所在城市的其他地方區隔開來，除了僕役之外，極少有中國人獲准進入。街道乾淨整潔，綠意盎然，建築物就跟住在裡面的人一般古板沉悶。可是樸素體面的門面後方的進口鴉片，數量遠超過印度輸出的鴉片——英國人打贏戰爭後，很快就讓中國對鴉片的禁運畫下句點。

我痛恨沙面島上沉悶的歐洲建築，他們整潔的門面，以及那害人不淺而貪婪的三牆：新的內飛地就像邪惡勢力所建的紀念碑，慶祝他們昂首闊步走過歷史的勝利。我無法忍受在那裡多留片刻：這跟我記憶中的廣州完全不同，我不禁開始思忖，我對廣州的回憶是否只是個夢。不過我回到番鬼城僅存的十三行街時，有些畫坊仍在賣畫，接著在其中一家找到描繪廣場與十三行的畫作……

尼珥再次低頭看著羅賓的畫，喉頭一緊……

我買不起那幅畫，他說：但還是買了下來，我太清楚，要不是有那些畫，不會有人相信曾經存在這樣一個地方。

誌謝

本書內容根據尼珥建議，盡量參照《中國叢報》與《廣州紀事報》（這段期間由約翰・史萊德擔任編輯）的內容。除了這些報刊外，資料主要取自與尼珥同時代的廣州居民或遊客所寫的書籍、回憶錄、文件、遊記與詞彙清單，包括：雅裨理（David Abeel）、Colin Campbell、C. Toogood Downing、海軍上校羅伯・義律（Capt. Robert Elliot）、Émile D. Forgues、沈復、Thomas Gardiner、Henry Gribble、郭士立（Charles Gutzlaff）、William C. Hunter、J. Johnson、William Kershaw、查爾斯・W・金恩、羅存德（W. Lobscheid）、龍思泰爵士（Sir Anders Ljungstedt）、Gideon Nye、Samuel Shaw、George Smith、Russell Sturgis、Harriet Low、William Henry Low，還有其他見多識廣的布魯克林家族成員。

尼珥為其中國經驗積極蒐集各式文獻，他的資料庫中包括國會文獻，如《英國上院會議文獻，一八四〇年，第八卷，中國相關書信》（*The Sessional Papers Printed by Order of the House of Lords, Session 1840, Vol VIII, Correspondence Relating to China*）（一八四〇年於倫敦由T.R. Harrison印刷，呈交國會上下議院），其他相關文件收藏如《英國人民對以公共用途於廣州將鴉片繳交義律上校之聲明》（*Statement of Claims of the British Subjects interested in Opium surrendered to Captain Elliot at Canton for the Public Service*）（一八四〇年，倫敦）。另也包含中國官方文獻摘要，像是由叔未士（J. Lewis Shuck）編輯的《中國近事公牘：中國歷史現況真實報導》（*Portfolio Chinensis: or A Collection of Authentic Chinese State Papers Illustrative of the History of the Present Position of Affairs in China*）（澳門，一八四〇年）。

尼珥的資料庫顯示了他包羅萬象的興趣。例如某些自然史作品，如Cuthbert Collingwood所著之《一位自然學家的中國海海岸與海域漫遊》（*Rambles of a Naturalist on the Shores and Waters of the China Sea*）（John Murray出版社，一八六八年，倫敦），還有幾部園藝作品，如J.C. Loudon的權威著作《園藝百科全書：園藝、花藝、樹藝與造景之最新改良理論與操作》（*An Encyclopaedia of Gardening, Comprising the Theory and Practice of Horticulture, Floriculture, Arboriculture and Landscape-Gardening, including All the Latest Improvements*）、《各國園藝簡史及現況統計》（*A General History of Gardening in All Countries and A Statistical View of Its Present State*）（朗文出版社，倫敦，一八二四年），以及威廉．錢伯斯爵士（Sir William Chambers）影響深遠的作品：《東方造園論（附錄：廣州府譚其官釋論）》（*A Dissertation on Oriental Gardening, To Which is Annexed An Explanatory Discourse By Tan Chet-qua of Quang-chew-fu, Gent*）（倫敦，一七七三年）。

尼珥運氣不錯，恰巧取得一本能說明他在大尼可巴島經驗的書：John Gottfried Haensel的《大尼可巴島書信》（*Letters on the Nicobar Islands*）（倫敦，一八一二年）。不過他的運氣沒有好到能找到裨治文（Elijah Coleman Bridgman）的《廣東方言撮要》（*A Chinese Chrestomathy in the Canton Dialect*）（衛三畏〔S.W. Williams〕協力編輯，澳門，一八四一年）。他後來完全放棄發行自己的《天朝字詞選註》的希望，將內容轉向其他方向（網站www.amitavghosh.com上可找到某些片段）。

本書角色的對白皆真實出自其口，約翰．史萊德的致詞部分改編自他於《廣州紀事報》的社論和文章，查爾斯．金恩的話也有部分改編自《廣州紀事報》的報導與其個人著作，像是最知名的《鴉片危機：致查爾斯・義律先生函》（*Opium Crisis: A Letter Addressed to Charles Elliot Esq.*）（倫敦，一八三九年）。有些丁雅爾・費多恩杰、威廉・渣甸、查爾斯・W・金恩和H・H・林賽的對白也是改編自出版刊物。

所引用的中國官員（包括欽差大臣林則徐）發布的敕令與公告，同樣改編自同時期發行的《中國叢報》、《廣州紀事報》、《中國近事公牘》和《中國相關書信》的翻譯。在描寫尼珥用孟加拉語翻譯欽差大臣林則徐致維多利亞女王的信件段落時，我部分採用W.C. Hunter的翻譯，但大半改編自Arthur Waley在《中國人眼中的鴉片戰爭》（*The Opium War Through Chinese Eyes*）（史丹佛大學出版，一九六八年）中的美妙譯文。

為了補充尼珥的藏書，我也參考了不少現代和近代學者與歷史學家著作，要一一列出所有參考過的書目、文章與論文根本不可能，但要是不感謝以下諸位，那就是我的輕忽：E.N. Anderson、Robert Antony、S.F. Balfour、Jack Beeching、David Bello、Henry & Sidney Berry-Hill、Kingsley Bolton、J.M. Braga、Lucile Brockway、Anne Bulley、張馨保、Gideon Chen、Wen Eang Cheong、柯律格（Craig Clunas）、Alice Coats、Patrick Conner、A.H. Crook、Carl L. Crossman、Stephen Dobbs、Jacques M. Downs、Wolfram Eberhard、Mark Elvin、范發迪、Amar Farooqui、Peter Ward Fay、R.W. Ferrier、S.N. Gajendragadkar、Valery M. Garrett、John Gascoigne、L.Gibbs、Basil Greenhill、Martin Gregory、Mary & John Gribbin、Amalendu Guha、Deyan Guo、G.A.C. Herklots、A.P. Hill、韓獻博（Bret Hinsch）、Ke-en Ho、Nan Powell Hodges、A.W. Hummell、Robin Hutcheon、Christopher Hutton、Graham E. Johnson、Russell Jones、Maneck Furdoonji Kanga、Frank Kehl、Maggie Keswick、Jane Kilpatrick、Paul Kriwaczek、Roy Lancaster、Daniel Irving Larkin、Thomas N. Layton、Zhiwei Liu、Hosea Ballou

Morse、H. Le Rougetel、Elma Loines、David R. MacGregor、Joyce Madancy、Pierre-Yves Manguin、John McCoy、Wilson Menard、Erik Mueggler、Yong Sang Ng、E.H. Parker、Glen D. Peterson、James Duncan Phillips、Behesti Minocher N. Pundol Saheb、Peter Raby、Desmond Ray、H.E. Richardson、石定栩、Asiya Siddiqi、蕭鳳霞、Anthony Xavier Soares、Tan Chung、Madhavi Thampi, Adrian P. Thomas, G.R.Tibbetts, G.H.R. Tillotson、祖運輝、Peter Valder、Paul A. Van Dyke、Arthur Waley、Barbara E. Ward、Rubie S. Watson、Tyler Whittle、G.R. Worcester、Ching-chao Wu和Liu Yu。

至於語言與事實真相的細節，多虧以下朋友的協助與支持，幫我追蹤相關素材：Robert Antony、Pengyew Chin、Amar Farooqui、Atish Ghosh、郭國良、Ashutosh Kumar、Jiajing Liu、Ming Lu、Megha Majumdar、Cecil Pinto、Rahul Srivastava、Mo-lin Yee、許細素，特別感謝：Kingsley Bolton和Robert McCabe。Shernaz Italia、Freny Khodaiji，以及他們的遠親，我要向他們致上最深切的感激。

要是沒有我的經紀人Barney Karpfinger、英國出版商與編輯Roland Philipps不離不棄的支持，前往上游的漫長道路將會格外艱辛。少了我的妻子兼頭號讀者黛比，這艘船肯定只有擱淺一途。沒有我的孩子麗拉和納揚，船很可能偏離正軌。而教我讀書認字的母親Anjali Ghosh——若沒有她，這趟旅程永遠不可能展開。

小說精選

朱鷺號三部曲之二：煙籠河

2017年6月初版
有著作權・翻印必究
Printed in Taiwan.

定價：新臺幣500元

著者	Amitav Ghosh
譯者	張家綺
總編輯	胡金倫
總經理	羅國俊
發行人	林載爵

出版者	聯經出版事業股份有限公司
地址	台北市基隆路一段180號4樓
編輯部地址	台北市基隆路一段180號4樓
叢書主編電話	(02)87876242轉203
台北聯經書房	台北市新生南路三段94號
電話	(02)23620308
台中分公司	台中市北區崇德路一段198號
暨門市電話	(04)22312023
台中電子信箱	e-mail：linking2@ms42.hinet.net
郵政劃撥帳戶	第0100559-3號
郵撥電話	(02)23620308
印刷者	世和印製企業有限公司
總經銷	聯合發行股份有限公司
發行所	新北市新店區寶橋路235巷6弄6號2樓
電話	(02)29178022

叢書主編	胡金倫
封面設計	兒日
校對	施亞蒨

行政院新聞局出版事業登記證局版臺業字第0130號

本書如有缺頁，破損，倒裝請寄回台北聯經書房更換。 ISBN 978-957-08-4723-9 (平裝)
聯經網址：www.linkingbooks.com.tw
電子信箱：linking@udngroup.com

國家圖書館出版品預行編目資料

朱鷺號三部曲之二：煙籠河/ Amitav Ghosh著．
張家綺譯．初版．臺北市．聯經．2017年6月（民106年）．
496面．14.8×21公分（小說精選）
譯自：Ibis trilogy. 2, river of smoke

ISBN 978-957-08-4723-9（平裝）

867.57 105006028